Jorge Amado

Nächte in Bahia

SERIE PIPER

Zu diesem Buch

Bahia hat 365 Kirchen und fast ebenso viele Freudenhäuser. Hier blühen das Leben, die Halb- und die Unterwelt. Die Helden dieses sinnenfrohen Romans sind Schwerenöter und Halunken, Säufer und Dirnen, Ganoven und Diebe, die trotz Armut und Not singen und lachen. Da ist die Windsbraut, die den Sterbenden beim Sterben (nach-)hilft, Nelke-im-Knopfloch ist ein sympathischer Dieb, und Tante Jungmädchen ist weit über achtzig. Sie alle verbindet vitale Sinnenfreude und barocke Lebenslust, die sie das Elend der Welt vergessen lassen. Jorge Amado, populärster brasilianischer Schriftsteller, hat ein kleines Kunststück vollbracht: Er verbindet in liebevoller Zeichnung schönste Poesie mit kluger und aufmerksamer Sozialkritik.

Jorge Amado, 1912 als Sohn eines Kakaoplantagenbesitzers in Bahia geboren. Ab 1927 journalistisch tätig, ab 1931 Studium der Rechtswissenschaft in Rio de Janeiro. War als engagierter Sozialist mehrfach inhaftiert, 1941 bis 1945 im Exil in Argentinien. 1945 Parlamentsabgeordneter in Brasilien, 1948 bis 1952 in Europa und Asien im Exil. Lebt heute in Salvador / Bahia und Paris.

Jorge Amado

Nächte in Bahia

Roman

Aus dem brasilianischen Portugiesisch von
Kurt Meyer-Clason

Piper München Zürich

Von Jorge Amado liegen in der Serie Piper außerdem vor:
Dona Flor und ihre zwei Ehemänner (666)
Jubiabá (687)
Tote See (697)
Tieta aus Agreste (926)
Die Abenteuer des Kapitäns Vasco Moscoso (1187)
Die Geheimnisse des Mulatten Pedro (1504)
Das Verschwinden der heiligen Barbara (1568)
Leute aus Bahia (1596)
Die Auswanderer vom São Francisco (1910)
Viva Teresa (2098)

Ungekürzte Taschenbuchausgabe
1. Auflage August 1985
7. Auflage März 1999

Titel der brasilianischen Originalausgabe:
»Os Pastôres de Noite«, Livraria
Martins Editôra, São Paulo

Umschlag: Büro Hamburg
Simone Leitenberger, Susanne Schmitt, Annette Hartwig
Umschlagabbildung: mit freundlicher Genehmigung
des Künstlers Fernando Botero, Galerie Brusberg Berlin
Satz: Mandruck München Theodor Dietz KG
Druck und Bindung: Clausen & Bosse, Leck
Printed in Germany ISBN 3-492-20411-2

Für Zélia,
am Seewind von Rio Vermelho,
mit Oxossi und Oxun,
am Meeressaum von Bahia.
Für Antonio Celestino, Carybé, Eduardo Portella,
Jenner Augusto, Gilbert Chaves,
Lênio Braga, Luís Henrique, Mario Cravo,
Mirabeau Sampaio, Moysés Alves,
Odorico Tavares und Tibúrcio Barreiros,
Walter da Silveira und Willys,
alles Bahianer verschiedener, aber
waschechter Herkunft,
die Tibéria, Jesuíno und seine Kumpane
entstehen und wachsen sahen –
mit der Freundschaft des Verfassers.
Für den Romancier
Josué Montello aus Maranhão,
den Verwandten.

Inhalt

In der Schule des Lebens
gibt es keine Ferien

(WAHLSPRUCH AUF EINEM FERNLASTER
DER STRECKE RIO-BAHIA)

Man kann nicht
mit allen Frauen der Welt schlafen,
aber versuchen muß man es

(SPRICHWORT VOM KAI BAHIAS)

Mensch!
Dieses Wort klingt stolz!

(MAXIM GORKI, »IN DER TIEFE«)

Wir weideten die Nacht, als wäre sie eine Herde Mädchen, als führten wir sie zu den Häfen der Morgenröte mit unseren Hirtenstäben aus Zuckerrohr, mit unseren rohen Stecken aus Gelächter.
Und wenn wir nicht wären, Landzunge in der Dämmerung, gemächliche Wanderer auf den Weiden des Mondscheins, wie sollte die Nacht – mit ihren entflammten Sternen, mit ihren verwehten Wolken, mit ihrem Mantel aus Schwärze –, wie sollte sie, verloren und einsam, sich zurechtfinden in den verschlungenen Straßen dieser Stadt aus Sackgassen und Steigen? In jeder Steilgasse ein Ebó, hinter jeder Ecke ein Geheimnis, in jedem nächtlichen Herzen ein Hilfeschrei, ein Liebesleid, ein Hungergeschmack in Mündern voller Schweigen, und Exu tollt in der gefährlichen Stunde der Kreuzwege.
Und während wir grenzenlos weideten, sammelten wir den Durst und den Hunger, Flehen und Schluchzen, den Dünger der Schmerzen und die Keime der Hoffnung, das Ach der Liebe und die hemmungslosen Schmerzenslaute, und wir banden einen Strauß aus der Farbe des Blutes und schmückten damit den Mantel der Nacht.
Wir durchliefen die fernen Wege, die engsten, verlockendsten, wir gelangten an die Grenzen menschlicher Widerstandskraft, zum Kern seines Geheimnisses, und ihn mit dem

Dunkel der Nacht erhellend, erkannten wir seinen Boden und seine Wurzeln. Der Mantel der Nacht bedeckte alles Elend und alle Größe und verschmolz sie zu einer einzigen Menschheit, zu einer einzigen Hoffnung.
Die Nacht lenkend, sobald sie am Kai erwachte, zitternder Vogel der Angst, die Schwingen noch feucht vom Meer, bedroht in ihrer Waisenwiege, zogen wir mit unseren persönlichen, unübertragbaren Schlüsseln durch die sieben Tore der Stadt und gaben ihr zu essen und zu trinken, fieberndes Leben und vergossenes Blut, und sie wuchs in unserer Fürsorge und unserem Wissen, schön von Silber und geschmückt vom Regen.
Jungfrau des gestirnten Dunkels, saß sie mit uns in den fröhlichen Schenken. In ihrem goldbesternten Rock tanzte sie den Samba, rund und rund, sie bog ihre schwarzen afrikanischen Hüften, ihre Brüste, wogende Wellen. Sie spielte mit in der Runde der Capoeira, sie kannte die Griffe der Meister und, erfinderisch wie keine, erfand sie neue, sie, die Regeln verachtende, spielerische Nacht! Im Kreis der Iawôs war sie der gefeierte Orixá, das Pferd aller Heiligen, von Oxolufã mit seinen silbernen Stecken, des gebeugten Oxalá, von Yemanjá, der Fischgebärerin, von Xangô mit Blitz und Donner, von Oxossi mit seinen feuchten Wäldern, von Omolu mit seinen blatternarbigen Händen, sie war Oxumaré von den sieben Farben des Regenbogens, die Laune Oxums und die Kriegerin Iansã, die Flüsse und Quellen Euás. Sie war alle Farben und Perlen, die Kräuter Ossanis und seine Hexenkunst, seine Zaubereien, sein Trugwerk aus Schatten und Lichterspiel.
Schon etwas trunken und erregt, betrat sie mit uns die armseligsten Bordelle, wo die älteren Frauen ihre letzte Liebeszeit verlebten und die jüngsten Provinzmädchen das schwierige Handwerk der Dirne erlernten. – Sie war eine verderbte Nacht, ein Mann allein genügte ihr nicht, sie kannte die erlesensten und gewalttätigsten Genüsse, die Betten barsten unter ihrem Treiben, ihr Liebesgeschrei füllte die Sackgassen

mit Musik, und die Männer lösten einander ab an ihrem Leib, aus dem alle Augenblicke das Geschlecht brach, aus Achselhöhlen und Schenkeln, aus den Fußsohlen und aus den Haarwurzeln ihres duftenden Nackens. Eine verhurte Nacht war sie, unersättlich und süß, und wir schliefen in ihrer behaarten Rose, in ihrem samtenen Tau.
Und wieviel Arbeit machte sie uns, wenn wir sie aufs Meer mitnahmen, in den leichten Segelbooten, zu den Fischessen mit Schnaps und Gitarrenspiel. Verborgen in ihrem Mantel brachte sie Regen und Wind. Und wenn das Fest am friedlichsten war, liederfroh, und die Mädchen nach Salz und Ebbe schmeckten, ließ sie die Winde los und die Stürme. Nun waren es nicht mehr die Fluren des Mondscheins, das süße Weiden der Harmonikas und Gitarren, nicht mehr die warmen Körper voller Hingabe, es waren die Abgründe des Meeres, wenn sie, die wütende, wahnsinnige Herrin der Angst und des Geheimnisses, die Schwester des Todes, den Mondschein löschte, die Sterne und die Laternen der Fischerboote. Wie viele Male mußten wir sie in unsere Arme schließen, damit sie nicht im Meer von Bahia ertrank und die Welt nicht für immer und ewig ohne Nacht, ewig und immer heller Tag blieb, Sonnenstunde ohne Morgenrot und Abenddämmerung, ohne Schatten, ohne Farbe und ohne Geheimnis, eine so klare Welt, daß sie nicht mehr zu erkennen war.
Wie viele Male mußten wir sie an Beinen und Händen ziehen, sie an den Türen der Kneipen und am Fuß von Tibérias Bett festbinden, mußten wir Türen und Fenster schließen, damit sie, schmollend oder schläfrig, nicht vor der Zeit schied und eine leere Zeit zurückließ, die weder der Nacht gehörte noch dem Tag, eine eiskalte Zeit des tödlichen Schmerzes und des Todes.
Wenn sie kam, in ihrer Wiege der Dämmerung, im Schiff eines frühen Mondes, an den letzten Fransen des Horizonts, war sie eine arme Nacht ohne Sinn, einsam, unwissend, eine Analphabetin des Lebens, der Empfindungen und Erschütte-

rungen, der Schmerzen und Freuden, der männlichen Kämpfe und weiblichen Liebkosungen. Eine grobe Nacht, nur Schwärze und Ferne, nutzlos und derb.
Während wir endlos weideten, sie weideten durch Ängste und Begierden, durch Kummer und Freuden, durch Bitternis und Gelächter, durch Eifersucht, Träume und Einsamkeiten der Stadt, gaben wir ihr Sinn und erzogen sie, wir machten die kleine zaudernde Nacht, die scheue und leere, zur Nacht des Mannes. Wir, ihre männlichen Hirten, schwängerten sie mit Leben. Wir bauten die Nacht aus dem Stoff der Verzweiflung und des Traums. Aus den Ziegeln entstehender Liebschaften und verwelkter Leidenschaften, aus dem Zement des Hungers und der Ungerechtigkeit, aus dem Lehm der Demütigung und der Meuterei, aus dem Kalk des Traums und dem unerbittlichen Vorwärtsschreiten des Menschen. Als wir, gestützt auf unsere Hirtenstäbe, sie zu den Häfen der Morgendämmerung führten, war sie eine mütterliche Nacht, war sie nährende Brüste, gebärender Schoß, eine warme gewissenhafte Nacht. Dort, am Saum des Meeres, ließen wir sie zurück, entschlummert zwischen den Blumen der Morgenröte, umhüllt von ihrem Mantel der Poesie. Sie war roh gekommen und arm, nun war sie die Nacht des Mannes. Bei der nächsten Abenddämmerung würden wir wiederkehren, unermüdlich. Die Hirten der Nacht, ohne Ziel und Zeitmaß, ohne Uhr und Tagdienst.
Entkorkt eine Flasche Schnaps und gebt mir einen Schluck, damit ich meine Kehle stimme. Viel hat sich seither verändert, und viel wird sich noch ändern. Doch die Nacht von Bahia blieb dieselbe, gemacht aus Silber und Gold, aus Brise und Wärme, duftend von Strandmyrte und Jasmin. Wir nahmen die Nacht bei der Hand und brachten ihr Geschenke. Einen Kamm für ihr Haar, eine Kette zum Schmuck ihrer Schultern, Reifen und Balangandãs zur Zierde ihrer Arme, und jedes Lachen, jedes gehauchte Ach, jeden Schrei, jeden Fluch, jeden Liebesseufzer.

Ich erzähle, was ich weiß, weil ich es erlebt, nicht weil ich es gehört habe. Ich erzähle wahre Begebenheiten. Wer nicht zuhören will, mag fortgehen, meine Rede ist schlicht und bescheiden.
Wir weideten die Nacht, als wäre sie eine Herde unruhiger Jungfrauen im Alter, den Mann zu empfangen.

Die wahre Geschichte von der Hochzeit des Korporals Martim in allen Einzelheiten, reich an Ereignissen und Überraschungen
ODER
Curió, der Romantiker, und die Enttäuschungen meineidiger Liebe

I

Als diese Geschichten sich abspielten, war Jesuíno Tollhahn noch am Leben, und auch Korporal Martim hatte sich aus Verdienst und Notwendigkeit noch nicht zum Feldwebel Portiúncula befördert, was übrigens am Ende der Arbeiten geschah, wie der Leser zu gegebener Zeit erfahren wird. Was den Tod von Tollhahn betrifft, so wird davon die Rede sein, sofern sich eine passende Gelegenheit bietet, natürlich mit der entsprechenden Zurückhaltung und im richtigen Augenblick.

Windsbraut kam mit gesammeltem Gesichtsausdruck die Steilgasse herab und pfiff mechanisch vor sich hin. Ein ernstes knochiges Gesicht, blaue, unbewegliche und bisweilen ausdruckslose Augen, als führe sein Geist zur See und hätte nur Füße und Hände zurückgelassen, die behaarte Haut, die Zähne, den Nabel und die hervorstehenden Knochen. Wenn er sich in dieser Verfassung befand, sagte Jesuíno immer: »Windsbraut ist nach Santo Amaro gesegelt.« Warum gerade nach Santo Amaro, erfuhr man nie, Jesuíno gebrauchte in seiner Rede etliche verzwickte Wendungen, warum, wußte nur er. Windsbraut war klein und schmächtig, ein wenig gebeugt, seine Arme waren lang, die Hände ausgezehrt. Er lief geräuschlos, als gleite er dahin, und war in Gedanken versunken. Er pfiff ein altes Musikstückchen, wiederholte die

Melodie und streute sie über den Steilhang hin. Nur ein alter Mann fing sie auf, überrascht, sie zu hören, denn er hatte sie seit langem vergessen. Sie erinnerte ihn an ein längst entschwundenes Gesicht, an den Klang eines hellen Lachens, so daß er sich fragte, wann und wo Windsbraut, der sicherlich noch keine vierzig Jahre alt war, diesen uralten Schlager aufgeschnappt haben mochte.

Es war die Zeit, die immer rascher dem Ende zugeht, eine Endzeit, eine Endwelt. So rasch – wie soll man da die Erinnerung an Ereignisse und Menschen bewahren? Und niemand – ach, niemand! – wird derartige Dinge mehr erleben oder Leute wie jene kennenlernen. Morgen ist ein neuer Tag, und in der neuen, jüngst angebrochenen Zeit, in der neuen Morgenrotblüte des Menschen werden solche Fälle und solche Menschen keinen Platz mehr haben. Nicht Windsbraut mit seinen blauen Augen, nicht Neger Massu, nicht Korporal Martim mit seinen Streichen, nicht der junge verliebte Curió, auch Curiófink genannt, nicht Ipicilone, der Schneider Jesus, der Devotionalienhändler Alfredo, auch nicht unser Mütterchen Tibéria, nicht Otália, Teresa, Dalva, Noca, Antonieta und Raimunda, all die kleinen Mädchen, auch nicht die anderen weniger bekannten Gestalten, denn es wird eine Zeit des Messens und Wiegens sein, und diese hier lassen sich weder messen noch wiegen. Vielleicht wird man noch von Jesuíno reden, zumindest solange der Candomblé des Dörfchens Angola an der Bundesstraße im Gange ist, wo er zu einem gefeierten Heiligen und achtunggebietenden Führer geworden ist, der berühmte Caboclo Tollhahn. Doch schon ist es nicht mehr derselbe Jesuíno, man hat ihn mit Federkleidern behängt und ihm alles zugesprochen, was in den letzten zwanzig Jahren hier geschehen ist.

An derartige Philosophen indes dachte Windsbraut nicht, wenn die Art der Gedanken, die ihn bei seinem Abstieg auf der Steilgasse begleiteten, auch keiner weniger wichtigen Ordnung angehörten. Er dachte an die Mulattin Eró, richtiger gesagt, sie und die durch sie in seinem Gehirn angerichtete Verwirrung hatten seine Betrachtungen auf die Welt der Mulattinnen im allgemeinen gelenkt, aber der echten Mulattinnen, die alle körperlichen und seelischen Eigenschaften ohne eine einzige Ausnahme besitzen. Durfte man Eró zu den echten, den vollkommenen Mulattinnen rechnen? Offensichtlich nicht, entschied Windsbraut endgültig und aufgebracht.

In der Tasche seines massigen Einreihers, geerbt von einem Deutschen, der fast so groß war wie Neger Massu, eines Rocks, der ihm bis zum Knie reichte, saß das Mäuschen verschüchtert in einer Ecke. Ein weißes Mäuschen mit niedlichem Schnäuzchen, blauen Augen, etwas Herziges, eine Gottesgabe, Spielzeug und Leben in einem.

Mehrere Tage hindurch hatte Windsbraut ihm eine Geschicklichkeitsübung beigebracht, zwar nur eine, aber sie genügte. Wenn er mit den Fingern schnalzte, lief es eifrig auf und ab und legte sich dann auf den Rücken, strampelte mit den Pfötchen in der Luft und wartete, daß man es am Bauch kraule. Wer wäre nicht glücklich gewesen, ein Tierchen wie dieses zu besitzen, zart und pieksauber, klug und gelehrig?

Das Ehepaar Cabral, dem Windsbraut Strandpflanzen verkaufte, Kakteen und Orchideen, wollte es unbedingt erstehen, als Windsbraut es ihm stolz vorführte. Dona Aurora, die Ehefrau, rief aus: »Das ist ja wie aus dem Zirkus.« Sie wollte es ihren Enkeln zum Geschenk machen, doch Windsbraut lehnte jeden Handel mit hartnäckiger Entschlossenheit ab. Er hatte es nicht als Handelsobjekt aufgezogen, hatte es nicht in mühsamer, zeitraubender Kleinarbeit gezähmt und es Gehorsam gelehrt, nur um dafür ein paar Mil-Réis einzutauschen. Er hatte Stunden um Stunden gebraucht, um sein Vertrauen zu gewinnen, und hatte dies auch nur erreicht, weil es sich um ein Weibchen handelte. Windsbraut brauchte es nur leicht am Bauch zu kitzeln, und schon blieb es regungslos, mit geschlossenen Augen, auf dem

Rücken liegen. Wenn er aufhörte, öffnete es die Augen und bewegte die Pfoten, um neue Liebkosungen bettelnd.
Er hatte Geduld und Zeit verwendet, um es Eró zum Geschenk machen zu können und damit ihr Lächeln, ihre Sympathie und ihren Körper zu erobern. Die Mulattin war die jüngste, gutgewählte Errungenschaft des Herrn Dr. Aprigio, eines von Windsbrauts Kunden, und übte in dessen Residenz mit anerkannter Fachkenntnis den Beruf einer Köchin aus. Kaum hatte Windsbraut sie gesehen, als er Kopf und Herz an sie verlor und beschloß, sie so rasch wie möglich in seine ferngelegene Baracke zu entführen. Das Mäuschen erschien ihm das praktischste und sicherste Mittel, das erstrebte Ziel zu erreichen. Windsbraut war nicht der Mann, viel Zeit und Spucke mit Liebeserklärungen, Süßholzgeraspel und zärtlichem Geflüster zu vergeuden, und sah auch keinerlei Vorteile in derartigem Gewinsel. Curió hingegen tat nichts anderes, er war ein Meister in Liebeserklärungen: er hatte sogar ein Buch gekauft, »Der Sekretär der Liebenden« (auf dem Umschlagdeckel war ein Paar dargestellt, das sich schamlos küßte), um honigsüße Worte und verzwickte Redewendungen auswendig zu lernen. Und trotzdem gab es niemand, der gehöriger betrogen worden wäre von Bräuten und Betthasen, von Schätzen und Schwärmen. Bei all seiner Liebesliteratur verbrachte Curió, ein Opfer ständiger Treulosigkeiten, die Zeit damit, in Alonsos Kaufladen oder in Isidro de Batualês Kneipe seine Enttäuschungen in Zuckerrohrschnaps zu ertränken.
Sanft fiel die winddurchwehte Nacht auf Steilgassen, auf Plätze und Straßen, die Brise war lau, Wehmut breitete sich über die Welt und ihre Geschöpfe, ein fast vollkommenes Gefühl von Frieden, als bedrohte keine Gefahr mehr die Menschheit, als hätte sich das Auge der Bosheit für immer geschlossen. Es war ein Augenblick reiner Harmonie, in dem ein jeder glücklich war mit sich selbst.
Alle, nur nicht Windsbraut. Weder glücklich mit sich selbst

–

noch im Frieden mit den anderen, und all das nur wegen jener unverständlichen Eró. Er hatte Tage daran gegeben, um an sie, um an knapp verhüllte Brüste zu denken: als sie sich über den Herd gebeugt hatte, waren Windsbrauts Augen entflammt. Die Mulattin hatte sich gebückt, um irgend etwas Belangloses aufzuheben, ihre Schenkel hatten honigfarben geschimmert. Windsbraut hatte die letzten Wochen mit seinem Begehren gelebt, hatte von ihr geträumt, ihren Namen in Regennächten vor sich hingeseufzt. Er hatte das Mäuschen abgerichtet, seine Liebeserklärung war fix und fertig. Er brauchte es nur noch Erô zu übermitteln, es zum Hin- und Herlaufen zu bewegen, ihm das Bäuchlein zu kitzeln, und die Mulattin würde sich ihm ergeben, willfährig und leidenschaftlich. Er würde sie in seine ferne Baracke mitnehmen, am Rand des verlassenen Strandes, dort würden sie Liebe und Hochzeit feiern, Verlobung und Flitterwochen, alles auf einmal und durcheinander. In einem Sarg, unter Bananenstroh, verwahrte Windsbraut gut versteckt einige Flaschen. Er würde unterwegs Brot und Bierwurst einkaufen, sie würden, wenn sie wollten, das ganze Leben friedlich verbringen. Das ganze Leben oder nur eine Nacht. Windsbraut schmiedete stets nur vage Pläne von bestimmter Zeitdauer, von begrenzten Zukunftsaussichten. Sein Ziel war ein einziges, unmittelbares: Eró in seine Baracke zu schleppen und sie im Sand aufs Kreuz zu legen. Wie die Dinge sich hinterher entwickeln würden, war eine andere Frage, die zur gegebenen Zeit erwogen werden würde.

Während er das weiße Mäuschen abrichtete, gewann er Zuneigung zu dem Tierchen, und zärtliche Freundschaft erwachte zwischen den beiden, so daß Windsbraut von einem gewissen Augenblick an die Mulattin Eró völlig vergaß, ihr Vorhandensein und die Sonnenbräune ihrer Schenkel. Er beschäftigte sich mit der Maus aus reinem Spieltrieb, aus Spielfreude, ohne jede weiteren Absichten und Zwecke. Er verbrachte Stunden, in denen er sich mit ihr vergnügte, mit

ihr lachte, schwatzte. Windsbraut verstand die Umgangssprache der Tiere. Jedenfalls bezeugte er das, und wie darf man daran zweifeln, wenn Mäuse, Frösche, Schlangen und Eidechsen seinen Gebärden und Geboten gehorchten?
Wäre er nicht in die Stadt gegangen, um Erós Arbeitgeber, einem Arzt und Besitzer eines Laboratoriums biochemischer Analysen, etliche von diesem bestellte Frösche abzuliefern, alles wäre anders gekommen. Doch kaum hatte Windsbraut die Küche betreten, sah er sie am Herd, ihr Palmenprofil, ihre langen Beine. Verdammt! dachte er, ich habe vergessen, die Maus mitzubringen. Er legte die Frösche im Ausguß ab, nahm sein Geld in Empfang und kündigte Eró an, er werde gegen Abend wiederkommen. Die Mulattin zuckte mit den Achseln und wiegte sich in den Hüften, als wollte sie ihre völlige Gleichgültigkeit bekunden: er möge wiederkommen, wenn es ihm gefalle, wenn er noch etwas zu erledigen habe, ihr liege nichts daran. Doch Windsbraut unterstellte ihrem Körperspiel andere und zwar sündige Absichten, nie war Eró ihm so feurig und drängend vorgekommen.
Er kehrte zur angekündigten Stunde zurück und betrat, ohne anzuklopfen und um Erlaubnis zu bitten, unbesorgt die Küche. Eró, die im Wirtschaftsraum am Tisch saß, war dabei, Kartoffeln fürs Abendessen zu schälen. Windsbraut näherte sich ihr aalglatt und machte sich bemerkbar. Eró hob überrascht den Blick:
»Nanu, wieder hier? Bringst wohl noch mehr Tiere? Wie widerlich... Wenn's wieder Frösche sind, tu sie in den Ausguß... Mäuse in den Käfig. Was für ein Unrat«, bemerkte sie, die Stimme senkend und sich wieder ihren Kartoffeln widmend, ohne Windsbraut eines weiteren Blickes zu würdigen. Übrigens hörte Windsbraut gar nicht auf ihre Worte, er blickte auf ihren Kleiderausschnitt und ihren Busenansatz und seufzte. Wieder sprach Eró:
»Krank? – Wenn man mit so viel schmutzigem Getier umgeht, muß man ja die Pest kriegen...«

Windsbraut steckte die Hand in die Tasche der übergroßen Jacke, zog das weiße Mäuschen hervor und legte es mit ausgesuchtem Zartgefühl auf den Tisch. Das Mäuschen schnüffelte, bestrebt, die mannigfachen verführerischen Gerüche der Küche zu erkunden. Es streckte sein Schnäuzchen in Richtung Kartoffeln. Eró fuhr auf, mit einem Satz und einem Schrei:

»Weg mit dem Biest... Ich hab ihm doch schon gesagt, er soll das Geschmeiß nicht in die Küche bringen...«

Sie wich vom Tisch zurück, als wäre das weiße, so hübsche und so scheue Mäuschen eine giftige Schlange, wie sie Windsbraut bisweilen jagte und an das Institut verkaufte. Sie fuhr fort, mit kreischender Stimme zu zetern, und verstieß Maus und Mann aus ihrer Küche, doch Windsbraut, beschäftigt wie er mit dem Tierchen war, hörte nicht zu.

»Ist es nicht niedlich?« Er schnippte mit den Fingern, und das Mäuschen lief von einem Tischende zum anderen, um sich dann auf den Rücken zu legen, die Pfötchen kerzengerade in die Luft gestreckt. Er streichelte es am Bauch und vergaß von neuem Eró, ihre Brüste und Schenkel.

»Raus! Raus mit euch! Los, und nimm das schmutzige Biest mit!« schrie Eró, mit ihrem Messerchen drohend.

Diesmal schrie sie so laut, daß Windsbraut sie hörte, die Augen auf sie heftete, sie erkannte und sich auf den Grund besann, weswegen er gekommen war. Er hielt ihre Erregung für natürliche Begeisterung, lächelte sie an, warf einen mitleidigen Blick auf die Maus, und mit dem Finger auf das Tierchen deutend, sagte er zu Eró:

»Sie ist für Sie, für Euer Gnaden... Schenk sie Ihnen...«

Nachdem er ihr so sein Geschenk dargebracht hatte, lächelte er von neuem, streckte den langen Arm aus, faßte die Mulattin am Handgelenk und zog sie an seine Brust. In dieser Stunde begehrte er nicht mehr als einen Kuß des Dankes. Alles übrige würde sich nachts in der Baracke ergeben. Doch Eró, statt sich schmachtend zu fügen, rang um ihre Freiheit

und entrang sich wütend seinen Armen:
»Loslassen... laß mich los...«
Endlich gelang es ihr, sich freizumachen, sie hastete in den äußersten Winkel der Küche zurück und schrie:
»Raus mit ihm, bevor ich die Herrin rufe... Und nehm er sein widerliches Biest mit... Laß er sich hier bloß nicht wieder sehen...«
All das war reichlich unklar für Windsbraut. Das noch immer erschrockene Mäuschen in der Tasche, stieg er im duftdurchhauchten Abend die Steilgasse hinab, kurz vor Einbruch der föhnigen Nacht mit ihren schweren Wolkenbergen, verloren in Nachdenken. Warum hatte Eró sein Geschenk zurückgewiesen, warum war sie seinen Armen entflohen, warum war sie ihm nicht dankbar und freudig an den Rand des Strandes gefolgt? Das verstand er nicht.
In der Welt geschieht viel Unerklärliches, Unbegreifliches, sagte ohne Unterlaß Jesuíno Tollhahn, ein Mann von reichem Wissen. Er war es gewesen, der in einer Nacht der Vertraulichkeiten eine These dargelegt hatte, nach der die Mulattinnen Ausnahmewesen waren, Gotteswunder, und daher schwierig, launisch und unberechenbar.
Windsbraut stimmte zu: Für ihn gab es keine Frau, die sich mit einer anständigen Mulattin auch nur im entferntesten vergleichen ließ. Weder eine weizengelbe Blonde noch eine kohlrabenschwarze Negerin, keine von beiden. Er hatte die Frage nicht nur mit Jesuíno erörtert, sondern auch mit dem Herrn Doktor Menandro, einer bedeutenden Persönlichkeit, deren Foto häufig in der Zeitung erschien und die, wiewohl Direktor einer Versuchsanstalt, trotzdem schlicht und leutselig war und alle Welt wie Ebenbürtige behandelte, mithin ein Mann, der keine törichten Flausen im Kopf hatte. Er unterhielt sich gern mit Windsbraut, nahm sich seiner an und brachte das Gespräch auf Tiere, auf Frösche mit hervorquellenden Augen, auf Teiú-Eidechsen, reglos wie Steine.
Einmal, nach einer ausgedehnten Reise durchs Ausland, be-

gann der Doktor Menandro die Französinnen zu loben, mit der Zunge schnalzend und das weise Haupt gewichtig wiegend. »Eine Frau wie die Französin gibt es so bald nicht wieder«, so sagte er, und Windsbraut, der bis dahin ehrerbietig geschwiegen hatte, konnte sich nicht länger beherrschen:
»Sie müssen entschuldigen, Herr Doktor. Sie sind ein gebildeter Mann, der Heilmittel erfindet, an der Fakultät lehrt und vieles mehr. Aber entschuldigen Sie meinen Freimut: Ich habe zwar nie mit einer Französin geschlafen, doch ich kann Ihnen garantieren, daß sie gegen eine Mulattin nicht viel zu bestellen hat. *Seu* Doktor, in diesen Dingen ist die Mulattin ihrer Natur nach nicht zu schlagen. Ich weiß nicht, ob der Herr Doktor es schon mal mit einer Mulattin probiert hat, mit einer von der Farbe wie Holundertee, mit flügelameisenfarbigem Hintern, einer, die aussieht wie ein Segelboot, das auf dem Wasser dahintanzt... Ah! *Seu* Doktor, von dem Tag an, wo Sie sich mal eine von denen ins Bett holen, werden Sie nie mehr etwas von einer Französin wissen wollen, und sei's nur, um sie am Hintern zu kratzen...«
Schon lange hatte Windsbraut keine so lange Rede gehalten, ein Zeichen seines Gefühlsüberschwangs. Er hatte im Brustton der Überzeugung gesprochen, er zog ehrerbietig den löchrigen Hut und verstummte. Dr. Menandros Antwort kam für ihn völlig überraschend:
»Einverstanden, mein Lieber. Ich habe die Mulattinnen immer zu schätzen gewußt. Besonders in meiner Studentenzeit, aber auch heute noch. Man nannte mich sogar den »Baron der Kindermädchen«. Aber wer hat dir gesagt, daß es in Frankreich nicht auch Mulattinnen gibt? Hast du eine Ahnung, was eine gerade aus Senegal angekommene französische Mulattin wert ist? Aus Dakar landen die Mulattinnen schiffsladungsweise in Marseille, mein Lieber...«
Tatsächlich, warum sollte es nicht so sein?, fragte sich Windsbraut und gab dem Doktor recht, einem Mann, den er ausnehmend bewunderte. Vielleicht standen nur Jesuíno Toll-

hahn und Tibéria höher auf Windsbrauts Stufenleiter der Bewunderung und Hochachtung. Als er wieder aufmerken konnte, verbreitete Doktor Menandro sich über Achselhöhlen.

Wie man sieht, verfügte Windsbraut, was die Mulattin betrifft, nicht nur über beträchtliche praktische Erfahrungen, sondern auch über gewisse theoretische Kenntnisse. Praxis und Theorie, die sich indes angesichts der unbegreiflichen Eró als nutzlos erwiesen hatten. Windsbraut fühlte sich geschlagen und enttäuscht. Sie kam ihm eher vor wie eine hellhäutige Mulattin, die Angst hat vor einem armseligen Mäuschen – wo gab's denn so etwas? Wollte die eine echte Mulattin sein? Nie und nimmer.

Windsbraut war nach Alonsos Laden unterwegs. Die Steilgasse zum Pranger füllte sich vor ihm mit Mulattinnen, mit echten. Ein Meer von Brüsten und Schenkeln, von wiegenden Hüften, von duftenden Halsausschnitten. Zu Dutzenden enttauchten sie den mittlerweile geschwärzten Himmelswolken, bevölkerten die Gassen, es war ein Meer von Mulattinnen, und in diesem bewegten Meer segelte Windsbraut dahin. Mulattinnen liefen eilends die Steilgasse hinan, andere kamen geflogen, eine stand auf Windsbrauts Kopf, ein Busen wuchs und reckte sich gen Himmel, der Gehsteig wimmelte von Hintern, großen und kleinen, doch alle waren stramm, zum Aussuchen, zum Greifen nah.

Es war zu Beginn der Nacht, zum geheimnisvollen Beginn der Nacht der Stadt Bahia, wenn alles geschehen kann, ohne daß man sich darüber wundert. Es war die erste Stunde Exus, die Stunde der Dämmerschatten, wenn Exu sich auf den Weg macht. Ob die Kumpane an jenem Tag in allen Priesterhäusern ihre Andacht, ihren unerläßlichen Padê verrichtet hatten? Oder hatte etwa jemand versäumt, seiner Pflicht nachzukommen? Wer, wenn nicht Exu, hätte die Steilgasse zum Pranger und Windsbrauts Augen mit bildschönen, lockeren Mulattinnen zu füllen vermocht?

Drunten auf dem Meer beeilten sich die Segel der Fischerboote, noch vor dem Regen an Land zu kommen. Windgejagte Wolken trieben auf die Reede hinaus und versperrten dem Vollmond den Weg. Es kam eine goldbraune Mulattin daher, nahm Windsbrauts gepfiffene Melodie mit und überließ ihn seinen einsamen Betrachtungen. Sein Ziel war Alonsos Laden. Die Freunde mußten bereits dort sein, mit ihnen würde er sein verzwicktes Problem besprechen. Jesuíno Tollhahn besaß die Fähigkeit, dergleichen zu entwirren und zu erläutern. Er war goldrichtig, der alte Jesuíno. Und sollten die Freunde zufällig nicht da sein, würde Windsbraut bis zur Kneipe Isidro Batualês an den Sieben-Toren, er würde bis zum Kai vordringen, zu Cirilíacos Bar am Rande des Gesetzes, mit ihren Schmugglern und Maconha-Essern, er würde zur Afoxé-Probe gehen, in Tibérias Bordell, er würde überallhin gehen, bis er sie gefunden hatte, selbst durchnäßt vom Regen, der in dicken Tropfen zu fallen begann. Um mit den Freunden die Geschichte, die er allein nicht zu entwirren vermochte, zu erörtern und zu erhellen. Und Mulattinnen flogen ringsum, eine echter als die andere.

2

Solange die Vorstellungszeremonie dauerte, lächelte Otália einmal, dann wurde sie wieder ernst, blickte zu Boden und zerdrückte mit den Händen die Schleife ihres gelben Kleides, verwirrt wie jemand, der um Entschuldigung bittet. Scheu ließ sie die Augen über die vor ihr versammelte Schar gleiten, ließ sie länger auf Curiófink haften und wiegte sich sanft hin und her. Trotz der starken Schminke auf Mund, Wangen und Augenlidern, trotz der vertrackten Frisur sah man, wie blutjung und unerfahren sie war, und höchstens siebzehn Jahre alt. Der schwarze Laufjunge entledigte sich hastig seiner Botschaft, er hatte es eilig umzukehren:

»Meine Patin Tibéria hat mir aufgetragen, ich soll das Mädchen herbringen und sagen, sie heißt Otália, ist frisch eingetroffen, ist mit dem Abendzug von Bonfim gekommen, hat aber am Bahnhof Calçada ihr Gepäck verloren, alle ihre Habe, sie ist, scheint's, bestohlen worden, aber sie wird euch alles erzählen, meine Patin hat gesagt, ihr werdet das schon hinkriegen, die Koffer der Dona finden und den Langfinger dazu, um dem ein paar auf die Birne zu geben, und ich soll gleich wieder heimkommen, weil's in der Pension viel zu tun gibt, sonst bin ich der, der eine auf den Dez kriegt...«
Er holte tief Luft, lächelte mit weißen Zähnen, streckte langsam die Hand aus, stibitzte eine Pastete vom Teller, machte kehrt, und fort war er, begleitet von Alonsos Flüchen.
Otália ließ die Hände hängen, senkte den Blick und sagte:
»Ich möchte wenigstens mein Paket wieder haben. Es sind Sachen von persönlichem Wert darin.«
Eine Stimme, lau wie die jüngstgeweihte Nacht. Sie hob ein flehendes Augenpaar zu den beiden Freunden auf, die beide mit ihren Schnapsgläschen in der Hand dastanden; an ihre Adresse war sie geschickt, ihnen war sie vorgestellt worden, jedoch nicht den anderen: Curió und Neger Massu. Curió steckte in seinem fadenscheinigen Gehrock, die Melone in der Hand, das Gesicht rotbemalt, er sah aus wie ein Zirkusclown. Otália verspürte Lust, ihn auszufragen, fürchtete aber, vorlaut zu sein. Neger Massu sagte:
»Nehmen Sie doch Platz, Fräulein, und machen Sie sich's bequem.«
Otália lächelte dankbar. Eine freundliche Geste, die Massus angeborenes Feingefühl verriet, aber auch reichlich platonisch war, wie Otália feststellte, als sie den Blick durch das Lokal schweifen ließ: Jenseits der Theke bewegte sich Alonso, diesseits waren alle Kisten von den Stammgästen besetzt, aber auch so trank ein Teil der Kundschaft seinen Schnaps stehend, an Wände und Türen gelehnt. Natürlich war Massus Angebot eine Höflichkeitsformel, so daß Otália nicht wußte, wo

sie mit ihren Händen bleiben sollte. Aller Augen waren auf sie gerichtet, alle waren begierig, ihre Geschichte zu hören. Der Laufjunge hatte ihre Neugier geweckt, und eine anständige Diebstahlgeschichte, vor dem Abendessen geboten, zur Stunde des Apéritifs, ist als Appetitanreger ideal. Otália machte einen Schritt auf die Theke zu, mit der Absicht, sich dort anzulehnen, um sich ungezwungener geben zu können. Doch sie blieb stehen, als sie Neger Massu brüllen hörte:
»Ungehobelte Proleten...«
Als der Neger das Mädchen aufforderte, sich zu setzen, hatte er es nicht um der schlichten Formalität, um eines sinnlosen, leeren Wortspiels willen getan. Es war ein greifbares Angebot gewesen, sie sollte sich irgendeinen Sitz aussuchen. Indessen, die sitzenden Typen schienen nicht verstanden zu haben: sie saßen, sie blieben sitzen, bequem und ungeschliffen. Doch am bequemsten saß Massu, und zwar auf einem Kabeljaufaß. Bequem, aber nicht ungeschliffen. Im Gegenteil, er wachte über den Riten der Höflichkeit und guten Sitten. Sein Blick, in dem eine Zornesflamme loderte, überflog den Halbkreis der Trinkenden und blieb auf Jacinto haften, einem jungen Falschspieler aus Buben-Wasser, der sich ziemlich dämlich aufspielte, stets eine Krawatte um den Hals trug und als Nachfolger und Erbe Korporal Martims zu gelten versuchte. Der hockte nun auf seiner Kiste, die honigsüßen Augen auf Otália gerichtet. Massu spuckte aus, streckte den Arm und stupfte dem Gauner mit dem Finger auf die Brust. Der Finger des Negers glich einer Faust, so daß Jacinto ihn zwischen den Rippen spürte. Es hieß immer wieder auf dem Stadtmarkt und in der Umgebung, Neger Massu sei sich seiner Kraft nicht bewußt.
»Gib dem Fräulein deinen Platz, klobiger Knochen, und zwar dalli...«
Jacinto räumte im Handumdrehen seine Kiste und lehnte sich an die Tür. Massu wandte sich an Alonso:
»Ein Gläschen für das Fräulein, Alonso...«

Nachdem er für Sitzplatz und Getränk gesorgt hatte, fühlte sich Massu etwas erleichtert. Die Geschichte mit dem gestohlenen Gepäck würde ihm noch allerhand Kopfzerbrechen machen, das fühlte er im voraus, ohne genau zu wissen, warum. Bisher war Jesuíno noch nicht aufgetaucht, und was Korporal Martim betraf, so war er seit mehr als zwei Monaten aus Bahia verschwunden und schwirrte in der Gegend herum. Jesuíno Tollhahn und der Korporal waren in schwierigen Angelegenheiten sehr nützlich, sie lösten die verwickeltsten Fälle zur größten Zufriedenheit aller Beteiligten. Was ihn, Massu, anlangte, so würde er sein möglichstes tun: Das Fräulein war von Tibéria geschickt worden; konnte man ihm da seine Hilfe versagen? Tibéria befahl, sie bat nicht. Curió und Ipicilone würden sicherlich mithelfen, doch Neger Massu sah eine schwierige Nacht vor sich. Nicht einmal Windsbraut war eingelaufen und ließ ziemlich lange auf sich warten. Es gibt Abende wie diesen, die von vorneherein fragwürdig sind, unübersichtlich, irgendwie verbaut. Warum blieb nur Jesuíno Tollhahn so lange aus? Es war längst an der Zeit, die Kreuzer des Tages zu zählen und seine Cachaça zu kippen. Was nutzte es, wenn das Fräulein seine Geschichte abspulte, ohne daß Jesuíno anwesend war? Weder er, Massu, noch Curió, auch nicht Ipicilone mit all seiner Klugrederei, wieviel weniger dann der Dummbart Jacinto – keiner der Anwesenden war imstande, die Angelegenheit der gestohlenen Koffer ins reine zu bringen, ein Umstand, dessen Schwierigkeit Massu schon an Otálias Gehabe ablesen konnte, denn an Menschenkenntnis fehlte es ihm nicht. Mit diesen Gedanken versuchte Massu wieder an die vorhergehende Unterhaltung anzuknüpfen, an eine aufschlußreiche Unterhaltung über Filmstreifen. Als hätte Otália nichts zu sagen, als wollte niemand etwas von ihr hören.

»Du meinst also«, sagte der Neger, an Eduardo gewandt, »daß das, was man im Kino sieht, nichts anderes als Lüge ist? Daß die Schüsse gelogen sind, die Schlägereien, das Gerenne der Pferde auch? Alles? Nein, das kann ich nicht glauben ...«

»Natürlich ...«, versicherte von neuem Eduardo Ipicilone, so genannt wegen seiner stadtbekannten, weltumspannenden Kenntnisse. Man brauchte nur ein Thema anzuschneiden, und schon mischte sich Ipicilone ein und gab sich als Fachmann der Materie zu erkennen. »Alles Tricks, um Dummköpfe wie euch einzuseifen ... Ich habs in einer Zeitschrift gelesen ...« Und mit dieser Behauptung machte er sie alle mundtot. »Alles nur Mache. Du glaubst, das Pferd galoppiert, und dabei steht es ganz bequem da und wirbelt nur mit den Beinen vor der Maschine, mit der man Filme dreht. Du siehst ein Bürschchen, das sich einen Abgrund von mehr als tausend Metern hinabstürzt, und da ist gar kein Abgrund, nur ein Loch, kaum einen halben Meter tief ...«

Neger Massu nahm die Behauptung bedächtig zur Kenntnis, doch überzeugt war er nicht. Er suchte Unterstützung bei den anderen, aber jedermann schien das Interesse an der Sache verloren zu haben; der Gesprächsstoff hatte seine Anziehungskraft eingebüßt und war zu einer akademischen, geisttötenden Diskussion abgesunken, die nur das Fräulein daran hinderte, ihre Geschichte auszupacken. Alle waren erwartungsvoll zu Otália gewandt. Jacinto hatte eine kleine Schere aus der Tasche gekramt und beschnitt sich die Fingernägel, die Augen auf die Reisende geheftet. Neger Massu indes ließ sich nicht so leicht überzeugen und fragte Otália:

»Was meinen Sie denn? Ist alles wirklich Lüge im Kino, oder will Ipicilone uns nur auf den Arm nehmen?«

»Um die Wahrheit zu sagen«, antwortete sie, »ich mach mir nichts aus Kino. In Bonfim gibt es eines, aber das ist ein verrotteter Stall, und der Streifen reißt alle nasenlang. Vielleicht sind die hiesigen Filme besser, so behauptet man, aber was es dort gibt, taugt überhaupt nichts. Trotzdem bin ich manchmal ins Kino gegangen, das heißt, seit ich erwachsen bin, denn vorher war ich nur zweimal drin, weil's der Vater nicht

erlaubte und ich selber kein Geld hatte. Teresa, meine Schwester, geht oft, sie ist ganz versessen auf Kino, sie kennt die Namen aller Schauspieler, verknallt sich in sie, schneidet die Bilder aus den Zeitungen aus, heftet sie mit Stecknadeln an die Wände ihres Zimmers. Verrückt, nicht? Daß eine erwachsene Frau sich in einen Filmschauspieler verguckt, wo hat man sowas schon gesehen? So einem trau ich zu, daß er nicht mal ein echter Mann ist, vielleicht ist wirklich alles Schmus, wie der junge Mann dort meint, der scheints ein Kenner ist... Aber so ist Teresa nun mal, die hat immer den Kopf voll von vornehmem Getu. Und wo wir beim Kino sind, mein gestohlenes Gepäck hat auch was von Kino oder Büchern...«
Neger Massu seufzte entsagend. Er hätte Otálias Bericht gern hinausgezögert, hätte lieber die Ankunft Jesuíno Tollhahns abgewartet (wo trieb sich das verkommene Subjekt nur herum?), daher hatte er das Mädchen in eine Diskussion über das Kino verwickelt. Um Zeit zu gewinnen. Doch sie hatte die Unterhaltung nach ihrem Wunsch zu dem Punkt gelenkt, wo sie beim Bahnhof Calçada ausgestiegen und wo ihr das Gepäck entwendet worden war. Schon vermochte Curió seine Begierde nicht länger zu verhehlen:
»Ja, das Gepäck, wie ging denn das zu?«
Der sucht Krätze, um sich zu kratzen, dachte Massu, als er den Freund reden hörte. Auch alle andern wollten es gern erfahren, selbst Ipicilone hatte die Sache mit den Filmstreifen fallen lassen. Neger Massu hob die Schultern und sah eine bewegte Nacht vor sich, er und die Freunde meilenweit unterwegs, dem Gepäck des Neuankömmlings auf der Spur. Er schlug mit seinem Glas auf die Theke, forderte mehr Schnaps, mochte Gott vorhaben, was er wollte! Alonso schenkte ein und fragte:
»Noch jemand?«
Er wünschte nicht unterbrochen zu werden, während das Fräulein erzählte, er wollte ungestört zuhören. Otália empfand plötzlich ihre Verantwortlichkeit: alle waren aufmerk-

sam und voller Erwartung. Sie konnte ihre Zuhörer doch nicht enttäuschen; so trank sie einen winzigen Schluck, schürzte die Lippen zu einem Schnabel, lächelte allen zu und blickte zu Curió hinüber: war der nun ein Zirkusclown oder nicht? Wenn nicht, warum bemalte er sich dann das Gesicht rot und steckte in Gehrock und Melone? Curió gab ihr Lächeln zurück, er war bereits in sie verliebt und fand sie wunderschön mit ihrem offenen Haar, schwarz und feinsträhnig, sehr fein, auch die Lippen und ihre bleiche, blasse Hautfarbe. Eine stramme Cabocla, aber von scheuem Wesen, das der Zärtlichkeit und des Schutzes bedurfte. Ermuntert durch Curiós Lächeln begann Otália ihre Erklärung:

»Wie ich schon sagte: Ich kam aus Bonfim, wo ich in der Pension der Zizi untergebracht war und alles gut ging, bis der Delegado sich mit mir anlegte und mich verfolgte. Und zwar wegen des Skandals mit dem Sohn vom Herrn Doktor Amtsrichter, aber welche Schuld habe ich daran, wenn Bonfim ein rückständiges Nest ist, wenn der junge Mann nicht aus der Pension weichen wollte und den ganzen Tag in meinem Zimmer klebte? Ich mochte ihn nicht mal sehr gern, neumodische junge Leute gehen mir auf die Nerven, mit denen kann man sich überhaupt nicht unterhalten, alles ist so langweilig mit ihnen, sie reden nur Blödsinn, ist's nicht so? Aber der Richter sagte, er würde mich einsperren lassen, und seine Frau warf mir Schimpfwörter nach, log das Blaue vom Himmel herunter und sagte, ich hätte einen Zauberspuk losgelassen, damit ihr Sohn in mich vernarrt bleibe. Hat man sich sowas schon mal ausgedacht? Ich sollte einen Zauber benützen, um mir Scherereien auf den Hals zu laden...! Die Hetze gegen mich wurde immer schlimmer, und was gewann ich damit? Wenn das so weiter ging, würde ich eines schönen Tages im Loch erwachen, vielleicht gar verprügelt. Obendrein kürzte der Richter seinem Sohn den Wechsel, und da riß Zizi die Geduld: Der arme Tropf hatte nicht mal das Geld, um sein Bier zu bezahlen, von der Miete für mein

Zimmer, von meiner Verköstigung und sonstigen Spesen gar nicht zu reden. Zaster hatte er keinen mehr, aber Eifersucht, eine wahnsinnige Eifersucht, die mir das Leben vergällte... Und dann...«

Windsbrauts Ankunft unterbrach sie. Pfeifend kam er hereingelatscht, blieb einen Augenblick auf der Schwelle stehen, um der hier versammelten Gesellschaft einen guten Abend zu wünschen. Dann ging er zur Theke, drückte Alonso die Hand und nahm sein Gläschen Zuckerrohrschnaps in Empfang; er lehnte sich neben Massu an den Bartisch und musterte die Anwesenden. Jesuíno Tollhahn war noch nicht da. Trotzdem verkündete Windsbraut:

»Ich habe in Frankreich ein Schiff mit vierhundert Mulattinnen bestellt. Es kommt am Mittwoch an...« Nach einer kleinen Trinkpause wiederholte er: »Vierhundert ...«.

Windsbrauts Ankündigung, eine unzeitgemäße Enthüllung, brachte Otália aus dem Konzept ihrer Berichterstattung. Dann pfiff er wieder selbstvergessen vor sich hin, als hätte er seiner Nachricht nichts hinzuzufügen. Otália schickte sich nach kurzem Zögern an, fortzufahren, als Neger Massu fragte:

»Vierhundert? Findest du das nicht etwas viel?«

Ärgerlich entgegnete Windsbraut:

»Zuviel? Ich möcht wissen warum. Zuviel, na sowas...! Vierhundert sind's und nicht eine weniger...«

»Und was hast du mit einem solchen Haufen Mulattinnen vor?«

»Das weißt du nicht? Was sollte ich wohl damit vorhaben? Na, so was...!«

Otália wartete auf den Abschluß des Zwiegesprächs, um ihre Geschichte weiterspinnen zu können. Neger Massu merkte es und bat um Entschuldigung:

»Lassen Sie die Straßenbahn ruhig weiterfahren, Fräulein, ich wollte mich nur kurz ins Bild setzen...«

Und winkte mit der Hand, als gäbe er Otália freie Fahrt, und sie fuhr fort:

»So besehen, war es für mich das beste, zu packen und abzuhauen. Zizi gab mir einen Brief an Dona Tibéria mit, die beiden sind Gevatterinnen, und den steckte ich in meinen Ausschnitt. Das war mein Dusel, sonst hätte ich auch noch den Brief verloren, und was hätte ich dann tun sollen? Halb heimlich stahl ich mich aus der Stadt, damit der Junge nichts merkte, sonst hätt's noch einen wüsten Zores gegeben. Nur Zizi wußte Bescheid, sie und meine Schwester Teresa. Hier stieg ich aus, mit meinem Handkoffer und meinem Päckchen... Ich stellte alles neben mich, hier auf dem Bahnhof...«
Sie kam zum erregenden Höhepunkt ihrer Geschichte. Weshalb sie auch eine Pause einlegte. Neger Massu nutzte die Gelegenheit, Windsbraut um eine Bestätigung zu bitten:
»Hast du wirklich all die Mulattinnen kommen lassen?«
»Aus Frankreich. Eine Schiffsladung voll. Sie soll Mittwoch einlaufen. Die Französinnen sind die besten.«
»Wer behauptet das?«
»Doktor Menandro.«
»Pssst...«, machte Curió, einen Finger auf die Lippen legend, als er sah, daß Otália wartete.
Nun nahm sie den Faden ihrer Erzählung wieder auf:
»Ich stellte also meine Handtasche mit dem Paket dicht neben mich auf den Bahnsteig. Das Päckchen auf den Koffer, damit nichts zerdrückt wurde, es waren Gegenstände von persönlichem Wert darin, wie ich schon sagte... Nichts Wertvolles freilich... Meine Kleider, die Schuhe, ein Halsband, das der junge Mann mir gleich zu Anfang unserer Liebschaft geschenkt hatte, alles das war im Koffer. Im Paket waren nur Andenken, verstehen Sie... Ich war in Eile, mußte mal, im Zug konnte man nicht, so eine Sauerei. Ganz in der Nähe stand ein Herr, ein pikfeiner Kavalier und schielte nach mir herüber. Ich hielt es schon nicht mehr aus, bat ihn, auf meinen Koffer und mein Paket aufzupassen, und er antwortete: »Gehen Sie unbesorgt, ich paß schon auf.«
Wieder machte sie eine Pause und streckte das leere Glas

Alonso entgegen. Neger Massu beugte sich zu Windsbraut hinüber:

»Womit wirst du das zahlen?« Ein Anflug von Bedenken schwang in der Stimme des Negers mit.

»Hab auf Pump gekauft...«, erläuterte Windsbraut.

Nachdem sie ihr Gläschen Schnaps bekommen und einen Schluck getrunken hatte, fuhr Otália fort:

»Ich ging also rein, eine blitzsaubere Latrine, und als ich wieder herauskam, war kein Kavalier mehr da, auch kein Koffer, von meinem Paket gar nicht zu reden. Ich klapperte den ganzen Bahnhof ab und suchte...«

Es stand aber geschrieben, daß Otália nicht weiterreden sollte, ohne daß ihre Geschichte jeden Augenblick unterbrochen werden würde. Diesmal war es Meister Gottgabs vom Fischerboot »Blüte-der-Wellen«, der den Laden betrat und nach Jesuíno Tollhahn fragte. Da er ihn nicht fand, erklärte er, er gäbe sich auch mit Massu, Curió und Windsbraut zufrieden. Er war gerade aus Maragogipe gekommen und brachte eine Botschaft für sie mit:

»Habe euch gesucht, Seu Massu. Die Nachricht war zuerst für Tollhahn bestimmt, falls der nicht da sei, tät's auch einer von euch..«

»Nachricht?«

»Ja, eine eilige... Von Korporal Martim...«

Stammkunden und Freunde gerieten in Bewegung und zeigten lebhafte Anteilnahme, als rückten damit Otálias Gepäck und Windsbrauts Mulattinnenschiff in den Hintergrund.

»Hast du Martim gesehen?« Die Stimme des Negers zitterte.

»Noch gestern hab ich ihn in Maragogipe gesehen. Ich verlud gerade meine Ware im Boot, als er auftauchte und wir anschließend ein Bierchen zusammen zischten. Er läßt dir sagen, daß er zurückkommt; noch ein paar Tage, und er ist wieder da. Hab mich sogar erboten, ihn mitzunehmen, aber er hat noch ein paar Dinge zu erledigen...«

»Und ist er gesund?« wollte Curió wissen.

»Gesund und gesünder. Außerdem verheiratet mit jener Dona, die eine Schönheit ist... Hübsche Weiber gibt's dort...«
»Hat er 'ne neue Liebschaft? Eine Mulattin?« fragte Windsbraut gebannt.
»Dann bleibt er vielleicht doch länger...«, schloß Ipicilone, der es für eine ausgemachte Torheit hielt, überstürzt abzureisen, wenn man sich erst kürzlich verliebt hat.
»Ihr habt mich nicht verstanden. Ich habe gesagt: verheiratet...«
»Verheiratet? Mit Bett und Tisch?«
»Genau das hat er mir eröffnet. Und zwar so: ›Gottgabs, mein Bruder, das hier ist meine Gattin, ich habe mich verheiratet, hab eine Familie gegründet. Ein Mann ohne Familie taugt nicht. Ich rate dir, das gleiche zu tun.‹ «
»Was du nicht sagst...«
»Jawohl, genau das... Und er hat mich gebeten, ich soll euch aufsuchen und euch alles haarklein erzählen. Soll euch auch sagen, daß er nächste Woche mit seiner Frau herüberkommen wird. Eine ganz Stramme, Herr Bruder. Die würde selbst ich heiraten...« Schweigend überging er die Erinnerung an den Leberfleck auf der linken Schulter von Korporals Ehefrau. Übrigens griff das Schweigen auf die anderen über, ein betretenes Schweigen. Niemand, weder die drei Freunde, noch die anderen Stammkunden, fühlten sich fähig, sofort ein Wort zu äußern, eine Bemerkung zu machen. Die Nachricht war nicht leicht zu verdauen. Schließlich meinte Windsbraut:
»Du sagst, Korporal Martim hat geheiratet? Glaub ich nicht. Ich werd ihm sechzehn von meinen Mulattinnen schenken...«
Gottgabs zuckte erschrocken zusammen:
»Sechzehn Mulattinnen? Wo wollen Sie denn die auftreiben?«
»Wo? Na, so was... Von den vierhundert, die ich bestellt habe.«
Die anderen waren bemüht, sich von der überwältigenden Mitteilung zu erholen.

»Sowas Ungeschicktes...«, sagte Massu.

Otália empfand zwar die Bedeutung des Geschehens, versuchte aber trotzdem, mit ihrem Bericht fortzufahren. Da alle Anwesenden sichtlich verwirrt waren, wollte sie sich zuerst bei Neger Massu erkundigen, in dem sie vermutlich dank seiner Größe eine Art Oberhaupt zu erkennen glaubte:

»Kann ich weitersprechen?«

»Haben Sie Geduld, Dona, warten Sie, noch ein Tröpfchen...«

Sie begriff, daß etwas Schwerwiegendes vorgefallen war, ein Ereignis, ernster und bedeutsamer als das Verschwinden ihres Gepäcks. Sogar Alonso war verwundert:

»Caramba! Daß Martim sich aufhängt...!«

Windsbraut bemerkte die Traurigkeit Otálias, die in dieser absonderlichen Umwelt ebenso verloren war wie ihr Gepäck, wie ihre Geschichte. Er griff in die Tasche und förderte sein weißes Mäuschen zutage. Er setzte es auf den Fußboden, schnalzte mit den Fingern, das Mäuschen lief auf und ab und legte sich auf den Rücken, um von seinem Herrn zärtlich am Bauch gekitzelt zu werden.

»Wie süß...«, seufzte Otália mit glänzenden Augen.

Windsbraut war zufrieden. Hier war jemand, der ihn verstand. Nur schade, daß es keine echte Mulattin war.

»Es ist so schlau, daß es jetzt nur noch zu reden brauchte... Ich hab schon mal einen Kater gehabt, der sprechen konnte. Man konnte sich glänzend mit ihm unterhalten. Er sprach sogar etwas Englisch.«

Otália senkte die Stimme, um nicht von den übrigen gehört zu werden:

»Du und die anderen beiden – seid ihr vom Zirkus?«

»Wir? Nicht, daß ich wüßte, nein...«

Das Mäuschen stand auf und, die Nase in die Luft gereckt, beschnüffelte es den Duft von Kabeljau und Trockenfleisch, von Käse und Bierwurst. Otália fragte weiter.

»Ist es wahr, daß Sie die vielen Mulattinnen haben kommen lassen?«

»Aus Frankreich. Eine Schiffsladung voll. Sie soll Mittwoch einlaufen. Die Französinnen sind die besten, Doktor Menandro hat es mir bestätigt« – und flüsternd gab er das bisher eifersüchtig bewahrte Staatsgeheimnis weiter, das er weder Massu noch Curió offenbart hatte: »Sie sind auch in der Achselhöhle Mulattinnen.«
Er schnippte mit dem Finger, das Mäuschen lief fort und kam wieder, schon hatte es mehrere Augenpaare angezogen. Curiós, Ipicilones, Jacintos und die etlicher anderen. Gottgabs lachte sogar laut heraus, so gefesselt war er von dem gefügigen Mäuschen. Neger Massu bedachte die Lage. Er wollte etwas tun, eine Entscheidung treffen, einen Entschluß fassen. So viel Ereignisse hatten bei Beginn der Nacht einander abgelöst: das gestohlene Gepäck Otálias, die vierhundert Mulattinnen von Windsbraut und die sinnwidrige Nachricht von Korporal Martims Heirat. Das war zuviel für ihn, nur einer wie Jesuíno Tollhahn hatte das Zeug, mit einem solchen Wust von Dingen fertig zu werden, die Fäden so vieler Knäuel zu entwirren. Wo steckte bloß der alte Schwerenöter?
Er stand in der Türe, lächelnd, den zerschlissenen Filzhut in der Hand, das Haar zerzaust, eine Zehe schaute aus einem Schuh, und er grüßte die Freunde. Nun konnte Neger Massu wieder ruhig atmen und Ogun, seinem Heiligen, danken: Ogun ê, Ogun ê, mein Vater! Tollhahn war da, ihm gebührte es, den Ereignissen die Stirn zu bieten, ihm, die Knäuel abzuspulen.
Er kam und fragte, die gütigen Augen auf Otália gerichtet:
»Woher kommt denn das schöne Kind?«
Curió gab kurz und bündig Auskunft. Jesuíno trat näher. Er ergriff Otálias Hand und küßte sie. Auch sie küßte die Hand von Tollhahn und bat ihn um seinen Segen. Man brauchte ihn nur anzusehen, um zu begreifen, daß er der Mann des Segens war und nicht des Guten-Abend-Grußes, vielleicht war er ein Babalaô, vielleicht ein Babalorixá, wer

weiß, vielleicht ein Obá de Xangô, sicherlich ein alter Ogan, einer von jenen, die von den Atabaques beim Betreten des Kultplatzes als würdige Figur ehrerbietig begrüßt wurden.

»Einen Doppelten, Alonso, denn die Nacht riecht nach Regen und Feier. Wir wollen die Ankunft des hier anwesenden Fräuleins feiern.«

Alonso stellte den doppelten Zuckerrohrschnaps vor ihn hin und zündete das Licht an. Jesuínos Augen lächelten, der ganze Mann strahlte vor Lebensfreude. Wassertropfen funkelten auf seinem Rock, dessen Kragen und Ärmelkanten ausgefranst waren, und auf seinem dichten verfilzten weißen Bart.

Er genoß seinen Schnaps mit einem geräuschvollen großen Kennerschluck.

Neger Massu senkte den Kopf, groß wie der eines Ochsen, und seufzte:

»Väterchen, wir haben so viele Neuigkeiten, daß ich nicht weiß, wo beginnen. Ob bei dem Gepäck des Fräuleins, das verloren ging oder gestohlen wurde, ob bei den Mulattinnen, es sind Gott weiß wie viele, ob... Weißt du, Tollhahn, was für ein Unglück geschehen ist? Martim hat geheiratet...«

»Ein Mordsblödsinn...«, warf Windsbraut ein, sein Mäuschen wieder in die Rocktasche steckend. »Ich wollte ihm sechzehn Mulattinnen schenken, einzeln ausgesuchte.« Und vertraulich an Jesuíno gewandt: »Ich habe ein Schiff mit vierhundert kommen lassen... Wenn du willst, leihe ich dir eine...«

3

Korporal Martims Hochzeit, gefeiert während des Juniregens, gab viel Gesprächsstoff. Die von Meister Gottgabs mitgebrachte Neuigkeit, unerwartet und unglaublich, verbreitete sich in Windeseile und schlug jedes andere Thema, jedes andere Geschwätz aus dem Feld. Zwar wimmelten die Zei-

tungen von bedeutenden Ereignissen, aber überall da, wo der Korporal bekannt war, beherrschte die Nachricht von seiner Hochzeit alle Unterhaltungen.
Das üble Wetter hielt an, schwere Wolkenbrüche wechselten mit beharrlichem Nieselregen von der Art, die einen bis auf die Knochen durchnässen. Flüsse traten über ihre Ufer, Erdrutsche rissen Häuser an Uferhängen mit, machten Bewohner obdachlos, zäher Lehm wälzte sich durch die Gassen, und der Verbrauch von Schnaps stieg an, weil es gegen Regen und Kälte, als Verhütungsmittel gegen Erkältungen, Grippe, Schwindsucht und andere Lungenerkrankungen kein besseres Heilmittel gibt, wie zur Genüge bewiesen wurde. Angesichts der vom Himmel stürzenden Wassermassen waren die Kneipen überfüllt, Alonsos Laden, die gastlichen Häuser der Frauen. Und das Lieblingsthema war die Hochzeit des Korporals.
Sogar die jüngst angekommene Otália, für die der Name Martim völlig unbekannt war, vergaß fast ihr verlorenes Gepäck, so neugierig war sie, den Grund von soviel Lärm und Gerede über die Hochzeit jenes Korporals zu erfahren. Wäre es wenigstens ein Leutnant oder Hauptmann gewesen, sie hätte es begreifen können... In Bonfim hatte ein Hauptmann der Militärpolizei sich mit der Tochter eines Fazendeiros eingelassen, das Mädchen in den Busch verschleppt und damit einen Mordszank vom Zaun gebrochen. Der Oberst ließ seine Jagunçobande los, und der Hauptmann nahm Reißaus, wobei er nicht nur das junge Mädchen zurückließ, sondern auch Frau und Kinder, denn er war verheiratet und hatte vier kleine Buben und Mädchen. Ein Heidenspektakel.
Gottgabs hatte Einzelheiten berichtet: Der Korporal und seine Frau befanden sich auf Hochzeitsreise, es war ein einziges Girren und Gurren, sie waren wie Turteltauben, man mußte es gesehen haben. Dauernd hatten sie sich kleine und kleinste Geheimnisse ins Ohr zu flüstern, Küßchen in aller

Öffentlichkeit auszutauschen, Kosenamen und -nämchen fanden kein Ende – kurz und gut: eine Reihe der abscheulichsten Einzelheiten. Stoff für langwierige Betrachtungen und ausgedehnte Erörterungen.

Bald krochen Gerüchte wie rankendes Unkraut von Alonsos Laden nach allen Seiten und verbreiteten sich über die Stadt. Die Sackgassen, Märkte und Buden, die ärmlichen Bordells durchlief ein Flüstern und Tuscheln, das keine Grenzen kannte. In den Kneipen wurden Mutmaßungen, belebt von Getränken, in erregtem Tonfall geäußert. Fragen und Antworten lösten einander ab, haargenaue Nachforschungen und unvollständige, unbefriedigende Erklärungen, eine ganze Welt der Vermutungen und – warum es nicht gestehen? – der bitteren Worte, der düsteren Prognosen.

Das Geheimnis des Zauberpäckchens, das vor die Tür der ehemaligen Wohnung des Korporals gelegt worden war, ist bis heute noch nicht hinreichend erhellt. Es muß ein übermächtiges Ebó gewesen sein, die Arbeit eines fachkundigen Babalaô, eines von denen, die imstande sind, nicht nur ein verliebtes Pärchen ins Jenseits zu befördern, sondern eine ganze Sippe, von den Großeltern bis zu den Enkeln. Wären Martim nicht starke Heilige zur Seite gestanden, vor allem Oxalá, der Alte, gefolgt von Omolú, Orixá der Krankheiten und ihrer Heilung (Atotô, mein Vater!), hätte der Korporal nicht über feste Freundschaften in gewissen Häusern von Heiligen verfügt, die über ihn gewacht und Ebós durch noch stärkeren Zauber unwirksam gemacht hätten, er wäre schnurstracks zum Friedhof gefahren. Er und seine Frau, die beiden im selben Sarg, denn wenn sie sich im Leben keine Minute losließen, wie die von Recôncavo eingetroffenen Reisenden zu berichten wußten, so würden sie vermutlich auch im Tode ungetrennt bleiben wollen. Kurz darauf wurde die von Gottgabs übermittelte Neuigkeit bestätigt und erweitert. Budenbesitzer, die von ihren Einkäufen in Santo Amaro zurückkehrten, Reisende aus Cachoeira, Seeleute von Mutter-Gottes: Aus allen Winkeln des Paragaçu liefen Nachrichten ein, die das Blut in den Adern stocken ließen. Das Idyll des Korporals bedeckte mit einem Taschentuch der Zärtlichkeit das Bahia von Allen-Heiligen, die Dörfer und Flecken, in denen die Neuvermählten auf der Durchreise gesehen worden waren, Hand in Hand, Auge in Auge, die Lippen in hellem, glücklichem Lächeln geöffnet, gleichgültig gegenüber der Landschaft, dem Klima und den Einwohnern. Abgesehen von der öffentlichen Schaustellung, von der Schamlosigkeit des neugebackenen Ehepaars, löste die bemerkenswerte Übereinstimmung über die in Korporal Martims Grundsätzen und Umgangsformen beobachtete Wandlung Unwillen und ernsthafte Besorgnis aus. Er schien ein anderer Mensch geworden, so verändert war er: Es gab Stimmen, die von Martims Absicht wissen wollten, eine Arbeit zu beginnen und sich eine Stellung zu besorgen. Unverständlich und nur glaubhaft, wenn man den Beweis dafür selbst vor Augen hatte.

Wer weiß nicht, welche Veränderungen die Liebe im Charakter des Mannes bewirkt? Der Traurige wird fröhlich, der Leutselige verwandelt sich in einen Melancholiker, der Optimist in einen Pessimisten und umgekehrt, der Feigling faßt sich ein Herz und der Untentschlossene wird entschlossen. Dennoch hätte keiner sich träumen lassen, daß Korporal Martim, dessen Charakterstärke so vielgerühmt und dessen Treue zu seinen Überzeugungen so eingewurzelt waren, eines Tages von einer Anstellung sprechen würde. Grundsätze und Überzeugungen über Bord werfend, seine Freunde bestürzend, viele seiner Bewunderer enttäuschend und einen gefährlichen Präzedenzfall schaffend für die Jugend, die sich anschickte, an der Rampe-des-Marktes, in Buben-Wasser, in Sieben-Toren das Leben zu erlernen. Wie sollte man den Charakter dieser Heranwachsenden stählen, wenn der Korporal, das bewundertste Vorbild, mit seiner Vergangenheit brach und so tief sank? Wie sollte man ein derartiges Gerücht – der Korporal auf Arbeitssuche – hinnehmen, es sei

denn, daß, wie Massu vermutete – er von so viel Liebe verrückt geworden und seiner Taten und Worte nicht mehr Herr war.
War übrigens nicht schon die Hochzeit als solche Beweis genug für eine vollständige Verrücktheit? Niemand hätte sich im geringsten über die Hochzeit irgend eines anderen, beispielsweise von Curió, gewundert. Die Bemerkungen hätten sich auf ein paar Worte über die Schönheit der Braut, über Curió und seinen unheilbaren Romantismus beschränkt. Der Korporal indessen schien aus anderem Holz geschnitzt. Die verantwortungsbewußten Männer wiegten die Köpfe, die alten Onkels, die ehrwürdigsten Ogans, in Gäßchen und Steilgassen, beim Kneipenschwof und Afoxê, in den Spielerrunden, auf den Kultplätzen der Heiligen. Zahlreiche Frauen an allen Ecken der Stadt brachen in Tränen aus oder schworen zähneknirschend Rache.
Dergestalt und so zahlreich liefen die Gerüchte um, sie gingen so sehr ins Hundertste und Tausendste, daß sogar von einer Hochzeit mit Priester und Notar, mit kirchlicher und standesamtlicher Trauung, mit schriftlicher Niederlegung nebst beglaubigten Unterschriften und Trauzeugen gemunkelt wurde. Es wäre sinnlos gewesen, ins Feld führen zu wollen, daß Marialva ihre erste Hochzeit feierte, die daher mit allen Formalitäten begangen werden mußte, oder daß sie noch ein blutjunges Ding war.
Aber auch so verstummten die Gerüchte nicht. Sogar das Kleid der Braut wurde beschrieben, mit Schleier, Kränzchen und Orangenblüten. Orangenblüten, du lieber Himmel, welche Gotteslästerung!
Die Wahrheit muß bekannt werden, die ganze Wahrheit. Nicht einmal, wenn es um die Frau eines Freundes geht, darf die Wahrheit, dürfen bekannte und leicht nachweisbare Tatsachen verschwiegen werden. Als Marialva den Korporal kennenlernte, hatte sie bereits die Matratzen dreier Liebhaber gewärmt, nachdem sie sich von ihrem Mann, einem

gewissen Duca, getrennt hatte, der, einst ein geschickter Möbelschreiner, heute halb verblödet im Markt-der-Heiligen-Anna dahindöste. Man kann ihm jetzt im Umkreis des Marktes begegnen, wo er seine Dienste als Träger von Bündeln und Körben anbietet, die einzige Beschäftigung, derer er fähig ist. Wo ist sein handwerkliches Können, wo seine Lebhaftigkeit, wo sein Ehrgeiz geblieben? Marialva hatte beim Fortgehen alles mitgenommen und wäre mehr dagewesen, sie hätte noch mehr eingepackt.

Vier Ehemänner hatte sie gehabt, ganz zu schweigen von ihrem Aufenthalt in Leonore Milchpuddings Bordell, das beliebt und gut besucht war. Und trotz dieser langen Chronik gab es Leute, die behaupten wollten, die Kleine habe den Korporal geheiratet, geschmückt mit Schleier und Kränzchen aus Orangenblüten, Sinnbilder einer mit sieben Schlüsseln behüteten Jungfräulichkeit. Jungfräulich konnte die augenblickliche Frau des Korporals nicht einmal an dem Leberfleck genannt werden, der ihre linke Schulter verschönte, ein aufreizendes Familienmerkmal, das auch ihre Schwestern zierte. Sie wußte es und trug daher ausgeschnittene Kleider, um ihr verlockendes Schönheitspflästerchen besser zur Schau stellen zu können. Jeder Mann, der den Blick arglos auf das Muttermal heftete, ließ sich von ihm betören und verlor den Kopf. So war es wohl auch dem Korporal ergangen, als er ihr zum ersten Mal begegnete. Verbannt und einsam wie er war, fern der Freunde, schutzlos. Im Monat Juni, als in der Hauptstadt die lustigen Feste stattfanden. Sie mit dem Schönheitsfleck an der linken entblößten Schulter und mit ihren scheuen, flehenden Augen! Augen, die dringend um Schutz baten!

Die Freunde schüttelten ratlos die Köpfe. Sie wußten nicht, wie sie den Korporal vor soviel Gezischel, vor soviel Gerede bewahren sollten. Es hieß, er sei nicht mehr derselbe und hinge wie ein Hündchen am Rockzipfel seiner Frau. Jacinto und etliche andere hielten sich die Seiten vor Lachen, wenn sie derartige Geschichten zum Besten gaben. Nur Jesuíno Toll-

hahn mit seinem altbekannten Gerechtigkeitssinn machte den Mund nicht auf, wenn es darum ging, den Korporal zu verdammen. Auch Tibéria hielt ihr Vertrauen in Martim hoch wie eine zerfetzte, im Sturm aller Wortstreite mutig flatternde Fahne. Sie glaubte an nichts dergleichen. Und als Otália sie fragte, wer denn dieser so vielbesprochene und umstrittene Martim sei, streichelte Tibéria ihr das feine Haar und sagte:
»Den gibt's nur einmal, meine Tochter. Ohne ihn gibt es keine echte Stimmung. Warte, bis er auftaucht, und du wirst was erleben.«

4

Es sollte lange dauern, bis Otália den Korporal Martim näher kennenlernte und Tibérias Worte bestätigt fand. Denn als der Korporal nach Bahia zurückkehrte, schien sein Verhalten Grund zu den bestürzendsten Gerüchten zu geben.
An jenem Abend indessen glaubte trotz all der Erregung, die Gottgabs Nachricht ausgelöst hatte, kein Mensch in Wahrheit an jene tiefen Wandlungen, die sich im Charakter des Korporals vollzogen haben sollten. Jeder der Anwesenden erinnerte sich Otália zuliebe an eine Geschichte, an eine Besonderheit, an irgendeinen Streich Martims. Auf diese Weise also hörte Otália von ihm viel früher, als sie ihn zu Gesicht bekam, und das erklärt vielleicht gewisse Einzelheiten späterer Ereignisse oder trägt zumindest zu ihrem Verständnis bei. Dinge, die später aufgeklärt werden sollen, da vorläufig Otália nicht einmal genau wußte, wer Martim war. Nach den Erläuterungen der übrigen stellte sie lediglich fest, daß er ein Mensch war, ledig aller Fesseln, und wie kein anderer auf seine Freiheit bedacht. Wenn dem so war, wie hatte er sich dann in eine Ehe zwängen lassen, wie hatte er ein Heim und eine feste Bleibe gründen, wie ein so vorbildlicher Gatte werden können?

Es lohnt, den Hergang des Falles zu beleuchten, damit er verständlicher und erklärbarer wird. Wie, wenn man ihr nicht den Hergang erzählte, sollte Otália ein genaues Bild von dem Ereignis bekommen? Damit eine Geschichte ganz begriffen werden kann, müssen ihre Anfänge, die Wurzeln, denen sie entkeimt, entwächst, aus denen sie sich entfaltet, üppig an Blattwerk, Früchten und Lehren, genau umrissen werden. Gebannt von den Worten und Geschehnissen hörte sie den übrigen aufmerksam zu, als hätte sie sogar ihr Gepäck, das auf dem Bahnhof Calçada verloren gegangen oder entwendet worden war, völlig vergessen. Es machte Spaß, einen so aufmerksamen, teilnahmsvollen Zuhörer zu haben. Ein sympathisches Geschöpf, diese Otália.
Man erklärte ihr also, Martim sei seit zwei Monaten in Recôncavo, um dort in den stillen Städtchen am Paraguaçú, in denen das Leben ereignislos dahindämmerte, seine Künste zu zeigen. Martim wollte ihnen einen kurzen, überraschenden Einblick in den Fortschritt, einen Überblick des bewegten, gefahrvollen Lebens der Hauptstadt vermitteln.
Er konnte sich nicht beklagen, unfreundlich empfangen worden zu sein. Im Gegenteil: er hatte eine für seine Darbietungen empfängliche Atmosphäre, eine glühende Bereitschaft vorgefunden, so daß ihm keinen Augenblick das Kleingeld ausging. Freilich fehlte ihm alles, was er in Bahia zurückgelassen hatte: die bestirnten, besungenen Nächte, das leichte Lachen, die langen Gespräche beim Gläschen Schnaps, die Sorglosigkeit, die freundschaftliche Bruderwärme. Er hatte die Feiertage des Monats Juni, das Fest Oxossis verpaßt, das in diesem Jahr mit dem Ende des Dreizehntagegebets des Heiligen Antonius am Dreizehnten zusammenfiel, das Sankt-Johannisfeuer, wo es Maisbrei und Jenipapolikör in Hülle und Fülle gab. Er hatte seine Pflichten gegenüber Xangô vernachlässigt, er hatte nicht seinen Bori gemacht. All diese Versäumnisse wurden ihm von den Freunden und von den Orixás nachgesehen, kannten doch die einen wie die anderen

die Gründe für seine freiwillige Auswanderung zur Genüge. Er hatte ja nicht aus eigenen Stücken gehandelt, sondern aus eiserner Notwendigkeit. Man vermißte ihn, man dachte jeden Tag an ihn, ja Tibéria drohte, seinen Geburtstag nicht zu feiern, sofern er nicht rechtzeitig zur Stelle sei. »Ohne Martim kommt keine richtige Stimmung auf«, sagte sie.

Eines schien gewiß und unbestreitbar zu sein: wäre der Korporal bei seinen Kumpanen, in seiner angestammten Umwelt verblieben, geschätzt von allen, geachtet in den Kreisen der Capoeira, ein kleiner Abgott der Frauenhäuser, er hätte sich nicht verheiratet und somit nicht so viel Staub aufgewirbelt. Indessen, einsam in Cachoeira, im Gedenken an die Bahianer Festlichkeiten, stieß er auf Marialva und den Busenausschnitt, der jenes Muttermal an der linken Schulter freiließ. Und er kapitulierte. Die Sertanejos waren gerächt. Denn um etlicher undankbarer Wäldler willen hatte er überstürzt nach Recôncavo abreisen müssen. Die Polizei fahndete nach ihm, und die Polizeihäscher, deren alte Abneigung gegen Martim im gleichen Verhältnis zu den freigebigen Trinkgeldern der Hinterländler stieg, waren bereit, ihn um jeden Preis auszuheben und eine Zeitlang außer Zirkulation zu setzen. Da blieb ihm nichts anderes übrig, als schleunigst von der Bildfläche zu verschwinden, ohne ein Stück Gepäck mitzunehmen und Dalva, seinen augenblicklichen Schatz, ihren Seufzern zu überlassen.

Und all das, weil Martim für gewöhnlich die gelegentlichen Einwände einiger seiner Spielpartner beim Rondaspiel weder beachtete noch ernst nahm. Einwände übrigens, die stets zwischen den Zähnen gemurmelt und von dem betreffenden vorlauten Spieler selten laut vorgebracht wurden. Trat dies aber einmal ein, war es ein Gaudium für die Runde.

Der wiederholt ausgesprochene Standpunkt des Korporals beschränkte sich auf zwei klare Begriffe einer unwiderruflichen Wahrheit: »Wer keine Fachkenntnis besitzt, lasse die Hände vom Handwerk.« Und zweitens: »Wer setzt, tut es, um zu gewinnen oder zu verlieren.« Mit seiner sanften, stillen Stimme legte er diese alte Philosophie dar, sobald Zweifel und Streitereien auftraten. Er war nicht der Mann, sein Organ mir nichts dir nichts zu überanstrengen, und gab sich als guterzogener Mensch; doch soviel gute Erziehung störte bisweilen und erwies sich bei Mitspielern, die mit derartigen Spielregeln nicht vertraut waren, als unzweckmäßig. Er war ein Freund friedlichen Zusammenlebens, und um sich ernstlich mit ihm anzulegen, mußte man ihn in seiner Soldatenehre beleidigen. Da er früher Korporal der brasilianischen Armee gewesen war, hatte er Verpflichtungen gegen die »Ruhmreiche« übernommen – die »Ruhmreiche« war seine Uniform – und war sich daher seiner Stellung wohl bewußt. Somit konnte er über gewisse Beleidigungen nicht hinwegsehen, da seiner Auffassung nach Zweifel und Kränkungen nicht nur ihn persönlich trafen, sondern die Ehre der gesamten militärischen Körperschaft in Mitleidenschaft zogen, vom jüngsten Rekruten bis hinauf zum General. Wer ihn beleidigte, beleidigte das Heer – so sah er die Sache an. Übrigens ein Gesichtspunkt, der mit dem der Generäle und Obersten übereinzustimmen scheint, so daß Korporal Martim sich damit in guter Gesellschaft befand.

Daher war das Auftauchen eines Hitzkopfs, der sich in jener Gegend meist als Neuling erwies, der nicht genau wußte, mit wem er es zu tun und der keine Ahnung von Martims militärischer Laufbahn hatte, stets eine willkommene Abwechslung. Der Korporal verlor nie sein Gesicht, er gab keine Sekunde die Haltung auf, die ihm seine gute Erziehung gebot. Der Kopflose indes ließ sich von der sanften Stimme des Korporals irreleiten, er verwechselte Erziehung mit Angst, vergriff sich im Ton und verstieg sich zu Beleidigungen: »Das kommt davon, wenn man sich mit einem Ganeff einläßt...«

Der Korporal ließ sich nicht kirre machen:

»Soll ich dir etwas sagen, Brüderchen? Geh zur Hure, die dich gezeugt hat...«

Der Mitspieler bekam keine Zeit, den Ausspruch hinunterzuschlucken, denn der Korporal bekräftigte das Kraftwort durch eine Gebärde, und der Leichtfuß rollte am Boden. Martim war ein Meister der Capoeira, er konnte sich mit den Großen der Vergangenheit und der Gegenwart messen: mit Götterliebling, mit Juvenal, mit Raubfisch, mit Meister Haarpomade. Wenn er sich Sonntag nachmittags, den Bitten seiner Bewunderer zuliebe oder um die Augen einer kleinen Mestizin zu füllen, am Pranger oder auf der »Freiheit« in Szene setzte, war er eine Augenweide. Einer dieser Schaustellungen beiwohnend, verliebte sich einmal eine junge Dame der Paulistaner Gesellschaft, die sich auf einer Vergnügungsreise in Bahia befand, über beide Ohren in den Korporal und stellte alles auf den Kopf. Für Martim barg das Spielzeug von Angola keine Geheimnisse.
Atemlos, wortlos, mit verdrehten Augen, im Straßenstaub ausgestreckt, sah der Querulant jene berühmte Rasierklinge in der Sonne blitzen, die den Namen Raimunda trug, zu Ehren einer Eifersüchtigen, der einstigen Besitzerin der besagten Rasierwaffe, die sich auf Martims Kosten Sporen der Tapferkeit hatte verdienen wollen.
Raimunda, eben jene, an deren Namen die Klinge erinnerte, war eine Negerin, die etwas von einem Landsknecht, von einer Kriegerin, hatte. Im Besitz unwiderleglicher Beweise, daß Bettbeziehungen zwischen dem Korporal und dem Dienstmädchen Cotinha bestanden, erklärte sie mitten im Trubel des Baronschwofs, sie sei allergisch gegen Hörner, eine Frau ihres Kalibers trage kein Geweih, dergleichen verursache ihr Kopfschmerzen, abgesehen davon, daß ihre Heilige es nicht zulasse. So mischte sie ein paar Gläschen Zuckerrohrschnaps in ein paar Flaschen Bier und stellte sich an der Tür des Ballsaals auf, in Erwartung des Korporals. Wäre er von Körperbau nicht äußerst gelenkig, er hätte ein paar saubere Schmisse im Gesicht abbekommen. Wer aber nicht ungerupft davonkam, war die arme Cotinha, doch ihre Narbe, nach-

dem sie verheilt war, stand ihr sogar recht gut zu Gesicht, und ihr Mund hing seitdem seitlich ein wenig herunter, so daß sie unablässig zu lächeln schien. Während Cotinha zur Ersten Hilfe abgeführt wurde, versetzte der Korporal Raimunda eine Tracht Prügel, als Arznei, um ihre Nerven zu beruhigen, und nahm ihr die Rasierklinge ab. Während Martim sie ins nächste Haus schleppte, mußte er sie mit Gewalt bändigen und geriet dadurch, daß er sie mit beiden Armen festhielt, dergestalt in Feuer, daß er die mit drei Stichen genähte Lippe und die arme Cotinha, die bei der Ersten Hilfe auf ihn wartete, völlig vergaß. Die Negerin Raimunda, übrigens eine Iawô von Iansã, war nebenbei ein strammes Weib und glich eher einer Stute, die, auf der Straße losgelassen, einen Reiter sucht, der sie zähmt und reitet.

Indessen hat die Rasierklingengeschichte eigentlich nichts mit der Heirat des Korporals zu tun. Sie spielte etwas früher und hätte Otália überhaupt nicht erzählt zu werden brauchen. Doch es ist immer so: Man braucht bloß von einer Sache zu reden anzufangen, und ehe man sichs versieht, verwickelt man sich in andere Geschichten, gerät auf Abwege, und wenn man endlich zu sich kommt, spricht man bereits von Dingen, die man nicht gesucht und nicht gewollt hat, weitab von der eigenen Fährte, völlig verrannt, und kennt weder Anfang noch Ende.

Die Geschichte der drei Sertanejos dagegen, die hat mit dem Korporal zu tun, mit seiner überstürzten Abreise und der vielbesprochenen Hochzeit. Martim, wie man weiß, nahm nie eine Beleidigung mit nach Hause, so daß die Anzahl seiner Spielkumpane stetig wuchs. Anspielungen auf die verdächtige Beschaffenheit der von ihm verwandten Spielkarten, sowie auf seine Fingerfertigkeit, bewirkten, daß seine Kundschaft eher zu- als abnahm, und befestigten nur seinen Ruf. So verdiente der Korporal, als er sich mit jenen drei Typen aus dem Sertão einließ, ehrenhaft sein tägliches Brot.

Allem Anschein nach tauchten diese drei Zeitgenossen ganz

zufällig in Buben-Wasser auf. Sie schlenderten durch die Hauptstadt, traten in den Gassen von einem Bein aufs andere, besuchten Kirchen, die von Bonfim, um ein Gelübde abzulegen, die von Sankt Franziskus, um den von den Wänden fließenden Goldschmuck zu bewundern, sie besahen berühmte Stadtteile und Plätze und gelangten auf diese Weise zum Markt Buben-Wasser. Sie trugen Hüte, wie man sie in Filmen sieht, und rauchten Zigarren.
Der Korporal war in seinem Element, er gab die Karten und hielt die Bank für ein paar Budenbesitzer, altgewohnte, tägliche Mitspieler. Man spielte nicht hoch, um ein paar Nickel nur, um dem Spielchen einen kleinen Reiz abzugewinnen. Es war eine Runde zwischen alten Bekannten, der Korporal gewann hier ein paar Kreuzer, dort ein paar mehr, gerade die notwendigsten Mil-Réis für seinen allabendlichen Schnaps. Es ging ihm mehr um das Zurschaustellen seiner Geschicklichkeiten in einem gastlichen, herzlichen Kreis als um ein ernsthaftes Spiel. Man riß Witze, Gelächter erscholl, es herrschte Kameradschaftlichkeit, man war wie eine Familie, und das heißt: unter sich. Von der Tribüne etlicher in nächster Nähe parkender Lastwagen schauten Fahrer und Beifahrer zu; ein paar Straßenjungen, ringsum gedrängt, gingen hier in die Lehre. Alle hegten große Hochachtung und Wertschätzung für den Korporal, bei ihm lernten sie Erziehung und gutes Benehmen – sie tranken von der Quelle seines mannigfachen Wissens, ihre Blicke waren auf Martims flinke Hände geheftet. Das war die Hochschule, die sie besuchten, die Schule des Lebens, in der es keine Ferien gibt, und in dieser Schule gab Korporal Martim als erfahrener Lehrer seine Kenntnisse weiter; freigebig und kostenlos. Erfahrener und geachteter war nur Jesuíno Tollhahn, dank seines Alters, seines unvergleichlichen Wissens und vieles anderen, was zu gegebener Zeit erläutert werden soll. Denn es gibt nichts Schlimmeres als eine Geschichte gehetzt, übereilt und überstürzt zu erzählen, ohne jedes Ereignis genau zu schildern.

Die drei Sertanejos also schlenderten mit offenen Mündern durch Buben-Wasser – sie hatten bis jetzt weder einen Markt wie diesen gesehen noch ihn sich so groß vorgestellt –, als sie des Korporals ansichtig wurden, der im Schatten eines Baumes saß, umgeben von seinen Mitspielern, auf Kisten und Hockern thronend, dahinter im Halbkreis die Straßenjungen, die Fahrer auf dem Hochsitz ihrer Fernlaster. Die Wäldler blieben stehen und schauten Martims Kunstfertigkeiten ein Weilchen aufmerksam zu. Schließlich raffte sich einer von ihnen auf, zog den Schlapphut, kratzte sich am Kopf, steckte die Hand in die Hosentasche und förderte aus ihren Tiefen einen Geldklumpen zutage. Ein Bündel, das kaum in seiner Hand Platz fand, alles Scheine zu hundert, zweihundert und fünfhundert, so viele, daß das Auge des Korporals aufblinkte und einer der Jungen, ein hochgeschossener Bengel, der schon zweimal mit dem Kittchen Bekanntschaft gemacht hatte, vernehmlich aufseufzte. Der Hinterwäldler entblätterte die Banknoten, wählte eine zu hundert und legte sie auf die Dame.

Martim überschlug rasch seine Verfügbarkeiten, die Kasse zeigte Ebbe, doch sein Kredit war hoch. So nahm er seine Zuflucht zu einigen ihm befreundeten Kapitalisten, denselben Spießgesellen, mit denen er bisher gejeut hatte, den Budenbesitzern vom Markt. Nachdem die Bank aufgefüllt worden war, lächelte er den Sertanejos zu. Es war ein herzliches Lächeln, das ihnen sagen sollte, sie würden das in ihn gesetzte Vertrauen nicht bereuen: Wenn sie lernen wollten, wie man spielt, würden sie wohl kaum eine bessere Gelegenheit, noch einen bereitwilligeren, lustigeren Lehrer finden.

Die Sertanejos gewannen die ersten Runden, das versteht sich. Die gute Erziehung des Korporals gestattete ihm nicht, gleich zu Anfang als Gewinner aufzutreten. »Der erste Mais für die Kücken«, pflegte Martim seinen Mitspielern zu versichern. In einem Lidschlag schüttete Martim ein Conto und achthundert Mil-Réis an die Gewinner aus, so daß die Budenbesitzer unruhig wurden und für ihr Geld fürchteten. Mittlerweile waren die drei Wäldler bereits feste Mitspieler geworden, und die Bank belebte sich: hundert vom einen, fünfzig vom anderen, zwanzig von einem dritten, und einer der jungen Kiebitze wurde fortgeschickt, um ein paar Flaschen eisgekühlten Biers gegen die glühende Sonnenhitze zu holen. Auf unerklärliche Weise standen plötzlich ein paar Schemel da, auf denen die Wäldler es sich bequem machten, bereit, den Nachmittag hier zu verbringen.

Sie hielten sich an die Dame, als wüßten sie nicht, daß die Frau ein trügerisches, wenig vertrauenswürdiges Tierchen ist. Die edlen Senhoras begannen nämlich gerade in dem Augenblick zu versagen, als derjenige der drei Sertanejos, der sich als erster beteiligt hatte, einen Geldschein von fünfhundert setzte. Da geschah es.

In jener Nacht brachte Martim seiner Halbgöttin Dalva, einer durchtriebenen, verspielten, launischen Mulattin, Bewohnerin von Tibérias Frauenhaus, ein goldenes Perlenhalsband mit, Oxums vergoldete Perlen. Und Tibéria, seiner Busenfreundin, überreichte der Korporal einen goldenen Anhänger, etwas Erstklassiges, eingehandelt auf dem Markt bei Chalub zum Selbstkostenpreis, ohne einen Heller Verdienst für den Händler. Alle Spesen des Stegreiffestes gingen auf Kosten des Korporals, genauer gesagt, auf Kosten der Sertanejos. Sie hatten zugesagt, am nächsten Tag wiederzukommen, weshalb Martim, solange die Dummbärte in Bahia zu bleiben gedachten, mit einem leichten, lockeren Leben rechnen durfte. Wollten sie die »Runde« spielen lernen? Der Korporal würde sich anheischig machen, es ihnen beizubringen und ihre Ausbildung abzurunden. An Geld und Gaudium würde es in den nächsten Tagen nicht fehlen, gar nicht zu reden von diesem oder jenem Bierchen gegen die Hitze. Rosig waren die Aussichten an jenem Festabend, niemand hegte den leisesten Verdacht, nicht einmal Antônio Garcia mit all seinem Spiritismus, ein Medium und noch einiges

mehr. Weder er noch sonst jemand, alle waren fröhlich und redeten von nichts anderem, als daß die Hinterwäldler am nächsten Tag wiederkehren würden, und rechneten bereits aus, wie lange man brauchen würde, sie um ihre gesamte Barschaft zu erleichtern.
Sie kamen denn auch vor der vereinbarten Zeit zurück und brachten die Polizei mit. Wäre Martim nicht gegerbt geboren worden – und wer gegerbt geboren wird, genießt Oxalás Schutz sein ganzes Leben hindurch –, er wäre schnurstracks ins Kittchen gewandert. Doch die Polizisten verbargen nicht ihre Absicht, sie brummten vernehmlich und sprachen davon, sie würden diesen Berufsspielern, welche die Stadt mit ihren gezinkten Kartenspielen verpesteten und dem Arbeitsvolk von Markt und Buden, sowie den ehrlichen Ländlern aus dem Innern ihre sauer verdienten Moneten abknöpften, endgültig das Handwerk legen. Sie nannten den Namen des Korporals, nach ihrer Ansicht der schlimmste von allen, der heimtückischste und niederträchtigste, und verhehlten nicht ihre Absicht, ihn eine Zeitlang als Kostgänger in den Knast aufzunehmen, wo er mit der flachen Säbelklinge schadlos gehalten würde. Unter den schreierischsten Häschern wurde ein gewisser Miguel Zigarre erkannt, ein besonders überheblicher beleidigender Geselle, der das Blut des Korporals trinken wollte, und alle wußten, warum. Er hatte sich in die vielgerühmte Clarinda verguckt, eine Gabocla mit dem Schnäuzchen einer Chinesin, ein schamloses Weibchen, wie es kein zweites gab. Der Polizist zahlte ihr das Zimmer im Bordell, die Bohnen und sein Vorrecht, mit den dem Volk abgeschwätzten Trinkgeldern. Eines Tages entdeckte er einen Teilhaber im Geschäft: den Korporal Martim, Teilhaber ohne Kapital, der nur seine körperliche Arbeit beisteuerte. Den Mut, Martim von Mann zu Mann gegenüberzutreten, besaß Miguel Zigarre nicht. Doch nun gedachte er, die Gelegenheit wahrzunehmen, und gelobte Rache mit Zinsen.
Mittlerweile wollte Otália wissen, ob der genannte Korporal

ein Filmkünstler sei, da sich jede zweite Frau ihm in die Arme werfe, ob die Freunde nicht vielleicht übertrieben? Sie bestätigten ihr jedoch das Gegenteil, von Übertreibung könne keine Rede sein. Warum die Frauen allesamt in ihn vernarrt waren, in einen hageren, hochgeschossenen Kerl, das wußten die Freunde nicht zu sagen, aber wer kennt sich schon aus in den Weibern? Wer übrigens wie ein Filmkünstler aussah, war nicht er, sondern Miguel Zigarre mit brillantineglänzendem Haarschopf, Spazierstock und mit Koteletten.

Der Korporal hatte sein Glück größtenteils der Großsprecherei des gehörnten Miguel zu verdanken. Denn dieser rülpste so viel von Schneid und Rache, daß die Sache ruchbar wurde, und schon ergriff man die entsprechenden Sicherheitsmaßnahmen. Überdies war es bei der Sauferei des Vorabends spät geworden, so daß Martim frühmorgens noch seelenruhig in Dalvas Armen schlummerte.

Straßenjungen, Budenbesitzer, Lastwagenfahrer, Bahianerinnen mit Bauchläden trieben sich in der Umgebung herum, stellten sich an strategisch wichtigen Punkten auf und hielten die ganze Wegstrecke unter Beobachtung, die Martim, reinen Gewissens lächelnd, einschlagen mußte.

Er bekam Wind und verduftete. Die Polizisten suchten ein paar Stunden, um den Vergütungen der Sertanejos gerecht zu werden, dann gaben sie ihre Fahndung auf, nicht ohne feierlich zu schwören, die Jagd sei noch nicht zu Ende. Martim würde ihnen nicht entwischen, sie wüßten, wo sie ihn zu suchen hätten. Miguel Zigarre blieb noch eine Weile, um seine Hörner in die Baracken und Fischerboote zu stecken und da und dort herumzuschnüffeln.

Als Martim später einen vollständigen Bericht über die Ereignisse erhielt und ihn im Freundeskreis beim Genuß einiger Gläschen Pitangaschnaps prüfte, sprach er der bunten Chronik der Polizisten keinerlei Bedeutung zu. Seiner Auffassung nach war das Ganze, der Zorn der braven Ländler und das aufwiegelnde Treiben der Polizisten, nicht mehr als ein Sturm im Wasserglas. Vermutlich hatten die Wäldler irgendwelches Gerede aufgeschnappt, vielleicht in nächster Nähe des Jahrmarktes, etwa abfällige Kritik an den Spielkarten, die er, der Korporal, verwendete, und an seiner Art, zu mischen und zu geben. Die Leute aus dem Sertão sind von Haus aus mißtrauisch und lassen sich durch Gehörtes leicht anstecken. So schenkten sie der üblen Nachrede Glauben, hängten den Klatsch an die große Glocke, hetzten die Polizei auf und veranstalteten einen Riesenspektakel. Doch damit wäre diese Aufregung sicherlich abgetan, sie würden, für immer geheilt vom Laster des Spiels, zu ihren Ländereien zurückkehren, zu ihrer Arbeit bei Hacke und Spaten, zu den Korralen und Weiden. Eines Tages, wenn ihr Zorn verraucht war und sie in aller Ruhe über die Tatsachen nachdachten, würden sie Martim dankbar sein. Martims einziger Zweifel ging dahin: Waren die Sertanejos wirklich geheilt oder bestand noch die Gefahr, daß sie die Lektion vergessen und dem Laster von neuem verfallen würden? Ideal wäre zumindest noch eine Sitzung, noch ein Spielabend gewesen. Der Korporal bedauerte aufrichtig den Abbruch jener sympathischen Beziehungen, die sich am vergangenen Abend in solcher Herzlichkeit angebahnt hatten und – so hatte er gedacht und gewünscht – dazu bestimmt waren, in eine verläßliche Freundschaft überzugehen.

Jesuíno Tollhahn war anderer Meinung: Er hielt die Angelegenheit nicht für ganz folgenlos. Im Gegensatz zum Korporal glaubte Jesuíno nicht, daß am nächsten Tag, nach einer vierundzwanzigstündigen geistigen Sammlung von seiten Martims in Tibérias Freudenhaus, im warmen Obdach von Dalvas Armen, alles vergessen sein würde.

Wäldler sind dickköpfige Leute, gebläht von Stolz und obendrein rachsüchtig. Unbeugsam und hartnäckig wie sie waren, würden sie nicht so leicht von ihren Zielen ablassen. Jesuíno förderte aus seinem Sack mannigfacher Erfahrungen ein oder zwei Fälle zutage, die seine These veranschaulichen sollten, wahre, beispielhafte Geschichten, deren eine wahrhaftig das Blut in den Adern erstarren ließ. So erzählte er von einem Sertanejo, der eineinhalb Jahre lang durch die ganze Welt einem Wagehals nachjagte, der seine übrigens von früheren Bewerbern angenagte Tochter vernascht hatte. Aber nicht einmal diese Einzelheiten, welche die Verantwortlichkeit des jungen Mannes weitgehend einschränkte, kühlte die Rachsucht des entehrten Vaters. Er setzte dem Burschen nach durch den ganzen Sertão, einer auf den Fersen des anderen, einer als Verfolgter, der zweite als Verfolger, auf einer wahnwitzigen Hetzjagd, bis an die Grenzen des Mato Grosso, wo der Verführer eine Atempause machte, gerade lange genug, um sich ein neues Unschuldslamm zu Gemüte zu führen, und in dieser schmerzvollen Stunde wurde er in Ausübung seiner männlichen Tugenden von dem Sertanejo überrascht, der ihm die Eier wegnahm und mit ihnen seine Ehre im Leumund der Dorfbewohner reinwusch, wo er sie verloren hatte. Dann schloß er Frieden mit der Tochter, die inzwischen im Haus des Vikars als Mädchen für alle Dienst- und Vertrauensleistungen aufgenommen worden war, und lebte fortan glücklich, umgeben von größter Achtung, als Mann von Ehre und Religion.

Aber auch diese Geschichte vermochte die stille Zuversicht des Korporals nicht zu erschüttern: Man konnte – so erklärte er – die drei Groschen der jungen Jungfer, eine Angelegenheit der Verantwortung, unmöglich mit einigen wenigen Contos de Réis im *Ronda*-Spiel an einem pechösen Tag vergleichen. Von Jungmädchenehre oder Männertod war bei seinen flüchtigen Beziehungen mit den Sertanejos nicht die Rede. Noch ein oder höchstens zwei Tage, und alles würde nur mehr eine lustige Erinnerung sein. Noch lustiger übrigens, sobald er, Korporal Martim, den Namen des Stänkers, des hämischen Hetzers, der den Sertanejos mit Verleumdungen in den Ohren gelegen hatte, entdecken und ihm die Tugend der Diskretion beibringen würde.

Jesuíno wiegte bedenklich das von Silberhaar bedeckte Haupt. Silberhaar, das ihm über die Ohren und in die Stirn wuchs, aufsässiges Kraushaar, in dem die dralle Magda ihre Finger in Stunden der Zärtlichkeit zu vergraben liebte. Jesuíno hielt Martims Haltung für freiweg leichtsinnig. Seines Erachtens war die Lage ernst: Die Sertanejos waren bereit, Geld springen zu lassen, die Polente hatte Blut geleckt, Miguel Zigarre platzte vor Rachsucht. Der Korporal solle gefälligst auf der Hut sein.

Martim nahm alles auf die leichte Schulter, ohne den warnenden Worten Tollhahns Gehör zu schenken, als wäre Jesuínos Meinung unwichtig, nebensächlich, überflüssig; schon am darauffolgenden Tag ging er auf den Markt Modêlo, wo er eine Angelegenheit von Karnevals-Afoxê mit Gemme, dem Besitzer der Baracke Sankt-Johann und der wichtigsten Figur des genannten Afoxê, besprechen wollte. Da der Karneval noch in weiter Ferne lag, war der Afoxê natürlich reiner Vorwand. Der Korporal versäumte nie eine Gelegenheit, in der Baracke einen Schwatz zu halten, den Peji von Oxossi und Yemanjá zu bewundern, einen der schönsten der Stadt, *Berimbau* mit Camafeu und Didi zu spielen, mit Carybé Scherze zu treiben und die jüngsten Begebenheiten zu besprechen.

Um ein Haar wurde er festgenommen: Der Markt wimmelte von Polizisten, in Buben-Wasser, am Pranger, an den Sieben-Toren; an den übrigen Punkten, wo der Korporal seinen täglichen Obliegenheiten nachzukommen pflegte, war es das gleiche. Als hätte die Polizei nichts anderes zu tun, keine andere Verpflichtung zu erfüllen, keinen Verbrechen nachzuspüren, keine Geschäftshäuser zu überwachen, oder großmäulige Politiker zu beschützen und ehrenhafte Lottoverkäufer zu verfolgen. Als müßte das Geld der Steuerzahler ausschließlich in der Jagd auf den Korporal Martim angelegt werden. Der reine Wahnsinn, wie man sieht, so daß man geneigt ist, den empörten Ermahnungen Jesuínos, dessen

Horror vor Polizei und Polizisten erzbekannt war, ungeteilt recht zu geben.
Martim konnte nicht einmal in Tibérias Pension zurückgehen, da Miguel Zigarre und ein anderer Widerling von Spitzel sich dort herumtrieben, die armen Mädchen belästigten, Tibéria bedrohten, Dalva ausquetschten. Was die Sertanejos betraf, drei wahrhaft aufsässige Kanaken, so strolchten sie von einem Ende zum anderen, stachelten die Geheimen auf, versprachen ihnen das Blaue vom Himmel, sofern diese die eingebüßten Scheine loseisen und den Korporal einbuchten würden. Da es glücklicherweise um Glücksspiel ging, begnügten sich die Sertanejos damit, Martim hinter Gittern zu sehen. Wäre Mädchenehre im Spiel gewesen, Martim hätte bei der Verstocktheit der drei Waldgänger Gefahr laufen müssen, kastriert zu werden.
Eine Mutmaßung, die übrigens erwogen wurde, als einige intime Freunde außer Tibéria und Dalva sich in der Werkstatt von Alfredo, dem seit vielen Jahren in Cabeça etablierten Devotionalienhändler, trafen, um Fluchtpläne für Martim auszuarbeiten und ein Abschiedsschnäpschen zu schnasseln. Windsbraut hatte eine Flasche mitgebracht, Gemme stiftete eine zweite, und der Hausherr die erste und letzte, wie es seine Pflicht und sein Recht waren. So zögerte die Unterhaltung sich hinaus, und jemand erinnerte an die von Jesuíno erzählte Geschichte. Curió, dessen Jugend ihm verbot, den guten Ton zu bewahren, bemerkte lachend:
»Stellt euch vor, wenn sie Martim verschneiden…«
Eine weithergeholte und unwahrscheinliche Vermutung, jedoch bestürzend genug, um Dalvas tiefster Seele den Schrei eines waidwunden Tiers zu entreißen, den Wehlaut einer Kreatur, jäh bedroht in ihrem teuersten Gut, in ihrem Lebensgrund. Die Schöne wollte sich auf Curió stürzen, die Fingernägel als Krallen gezückt, es bedurfte eines gebieterischen Machtworts Tibérias, um sie zu besänftigen.
Freilich hatte die kleine Mestizin nicht ganz unrecht, und

wenn es ihnen auch schwer fallen mußte, sich an ihre Stelle zu versetzen, so fiel es leicht, sie zu verstehen und zu entschuldigen. Wozu war der Korporal von ihrem weiblichen Standpunkt aus noch nütze, wenn die Sertanejos ihn jenem peinlichen Eingriff unterzogen? Ein verschnittener Korporal, wo hatte man schon so etwas gesehen?

Sie konnte nicht ahnen, die bedauernswerte Dalva, in jener Abschiedsstunde, am Halse Martims hängend, Schwüre ewiger Liebe tauschend, umhüllt von Weinen und Wehmut, sie konnte sich nicht vorstellen, daß das Ergebnis der Reise des Korporals in gewisser Weise der von Curió geäußerten Mutmaßung gleichen würde. Doch, wie hätte sie voraussehen, wie hätten die Freunde, hier versammelt zwischen restaurierten Heiligenbildern, auch nur den geringsten Verdacht schöpfen sollen, daß der Korporal, der, aufgebrochen im nämlichen Morgengrauen, versteckt im Fischerboot Meister Manuels, zwei Monate später während des großen Regens zurückkehren würde, an seinem Arme hängend die vielbesprochene Marialva mit ihren Honigaugen und dem Leberfleck auf der linken Schulter, schimmernd im Ausschnitt des Kleides? Von Dalvas Gesichtspunkt aus kehrte der Korporal auf natürliche Weise verschnitten zurück.

Als die Männer in Alonsos Butike der jungen Otália die Hauptpunkte des Falles erzählten, war ihnen das Ausmaß des Verhängnisses noch nicht völlig bewußt. Erst nach der Ankunft des Korporals vermochten sie alle Folgen in ihrer ganzen Tragweite zu ermessen. Denn selbst in Tibérias Frauenhaus war Martim, der sich ausschließlich seiner Ehe widmete, nicht mehr zu sehen.

An jenem Abend lachten und scherzten sie noch und teilten die von Windsbraut bestellten vierhundert Mulattinnen unter sich auf, als sie sich auf die Suche nach Otálias Gepäck machten.

5

Überschwenglich und siegreich gelangten sie in später Nacht zu Tibérias Freudenhaus. Groß war der Verbrauch von Schnaps gewesen in dieser arbeitsamen Nacht, zuerst im Kramladen Alonsos, wo der Regen sie überrascht hatte, dann auf ihrem Pilgerzug zum Sandweg, und schließlich bis zu dem ergreifenden Wiedersehen mit Otálias Gepäckstücken. Noch nieselte es, als sie Tibérias Pension zustrebten; dann und wann trieb der Wind einen Regenschauer vor sich her und besprühte die Straßen und letzten Fußgänger.

Sie hatten eine Regenpause dazu benutzt, um zur Suche nach den Koffern aufzubrechen, nachdem die vorausgegangenen Ereignisse, die zu Korporal Martims Heirat geführt hatten, dargelegt und erläutert und die Öffentlichkeit hinreichend aufgeklärt worden waren. Mittlerweile begann die sensationelle Nachricht von seiner Reise in der Stadt die Runde zu machen und Vermutungen, Verwünschungen, Gerüchte und Gerede auszulösen. In Alonsos Laden, geschützt gegen das heftige Gepladder, gegen den Wind, der in den alten Behausungen seufzte, hörten die Freunde zum wiederholten Male Otálias Geschichte. Jesuíno Tollhahn hatte die umständliche Erzählung von dem Verlust des Reisegepäcks, die mit Otálias Liebschaft mit dem Sohn des Richters im Städtchen Bonfim begonnen und mit ihrer Ankunft auf dem Bahnhof Calçada, bewaffnet mit einer Handtasche und einem graueingewickelten Paket, geendet hatte, aus dem Mund des Mädchens hören wollen. Und zwar ohne die geringste Einzelheit auszulassen. Er bekundete großes Interesse an dem Paket und versuchte, Näheres über seinen Inhalt herauszubringen, doch Otália hatte ausweichend geantwortet:

»Lauter Unwichtiges... Nichts von Wert...«

»Unwichtig? Aber du hast doch vorhin gesagt, du würdest lieber den Koffer verlieren als das Päckchen...«

»Ganz recht... Wie dumm von mir... Ja, ich möchte gern das Paket wiederhaben, weil es Dinge von persönlichem Wert enthält... Nur das...«

Sie lächelte so verwirrt, daß sie Jesuíno dazu brachte, von dem Verhör Abstand zu nehmen, trotz seiner wachsenden Neugier nach dem geheimnisvollen Paket.

Während des Berichtes verwahrte Windsbraut das weiße Mäuschen, dem er schließlich einen Keks zum Knabbern gegeben hatte, wieder in seiner Tasche und entschlummerte selig. Massu und Eduardo Ipicilone schliefen bereits fest, und das Schnarchen des Negers brachte Flaschen und Blechbüchsen auf dem Wandbord zum Erzittern. Die übrigen waren trotz Wind und Wetter fortgegangen, begierig, die Nachricht von der Hochzeit des Korporals weiterzuverbreiten. Nur Curió war wach geblieben, er saß vor Otália und betrachtete sie, er verspürte ein Jucken in der Brust, einen leisen Schauder der Zärtlichkeit, offensichtlich Anzeichen dafür, daß eine neue Leidenschaft in ihm entbrannt war.

Statt auf Einzelheiten über das Paket zu beharren, forderte Jesuíno nun Otália auf, sich über den Kavalier zu äußern, der sich bereit erklärt hatte, ihr Gepäck zu überwachen, als sie sich entfernte, »um dringenden persönlichen und unübertragbaren Bedürfnissen zu genügen«, wie sie sich ausdrückte.

Kaum hatte Otália ihn beschrieben: »Ein distinguiert aussehender Herr... Weißer gut gestärkter und gebügelter Anzug, Strohhut, Schmetterlingsbinder, wie aus dem Ei gepellt«, zuckten Blitze in Tollhahns Augen auf. Er warf Curió einen Blick zu, um seinen Verdacht bestätigt zu sehen, doch der junge Mann war abwesend, seine Augen hingen an Otálias Gesicht, er lauschte, ohne zu verstehen, unfähig, zuzuhören und noch viel weniger, Verdacht zu schöpfen, lediglich imstande, sich leidenschaftlich zu vergaffen. So war Curió geartet, sein Herz war für Liebe stets empfänglich, stets ergriffen von der Schönheit und Anmut der Frauen.

»Wie aus dem Ei gepellt... Und was weiter?«

»Und was weiter?« Otália suchte in ihrem Gedächtnis: »Seine Augen klebten an mir wie die von dem jungen Mann hier...« Und sie lachte pausbäckig, aber sie lachte nicht verderbt, sie lachte, weil sie alles sehr komisch fand und weil sie Schnaps getrunken hatte.
Curió blickte befangen drein, wandte den Blick ab und paßte nun auf. Er war schüchtern und verlor leicht die Fassung. Otália lachte noch immer:
»Mit dem bemalten Gesicht, das so komisch ausschaut, und seinen Augen, die an mir kleben... Der Kavalier am Bahnhof war genauso, er fraß mich förmlich mit den Augen... Ah!« Jetzt erinnerte sie sich: »Er hatte eine Blume im Knopfloch, eine rote Blume...«
Jesuíno lachte laut heraus, höchlich zufrieden mit sich, er hatte sich nicht getäuscht. Zwinkerte Curió zu, der Tollhahn und seinem bestätigten Verdacht mit hin- und herwiegendem Kopf beipflichtete. Jawohl, es konnte kein anderer sein.
»Los...!« sagte Jesuíno.
»Wohin?« hauchte Otália.
»Deine Sachen holen. Den Koffer, das Päckchen...«
»Wissen Sie denn, wo sie sind?«
»Klar. Du brauchtest nur ein bißchen zu erzählen, und schon wußte ich Bescheid«, prahlte er.
»Und wissen Sie auch, wer sie gestohlen hat?«
»Das war kein Diebstahl, nur eine kleine Spielerei...«
Curió versuchte die anderen zu wecken, um die Regenpause zu nutzen. Massu, Windsbraut und Ipicilone, in Kenntnis gesetzt von dem genauen Portrait des Kavaliers, dem Otália nach ihrer Schilderung das kostbare Gepäck übergeben hatte, stimmten mit Jesuíno überein; es konnte nur Zico Nelke-im-Knopfloch sein.
»Ein Gevatter von mir... Ein Spaßvogel, wie's keinen zweiten gibt...«
Eine seiner Lieblingsspielereien war ausgerechnet diese: den Freunden Gegenstände zu stibitzen und ihnen einen ge-

hörigen Schrecken einzujagen. Ein Lebenskünstler, dieser Nelke-im-Knopfloch. Schüchtern wagte Otália an eines zu erinnern: Sie war keine Freundin des fröhlichen Zico, sie kannte ihn kaum und hatte ihn ja nur einmal gesehen, als er auf dem Bahnhof ein Auge auf sie geworfen und sie die Gelegenheit beim Schopf ergriffen hatte, ihn um einen Gefallen zu bitten. Jesuíno fuhr sich in den wilden Haarschopf und brachte eine Entgegnung vor, die ihm unwiderleglich schien:

»Er mag nicht Ihr Freund sein, aber er ist unser Freund, auch Tibérias Freund, mein Freund und sogar mein Gevatter, ich habe einen seiner Söhne getauft, einen, der gestorben ist, das arme Bübchen... Drum ist das, was er getan hat, ein Scherz und nichts anderes...«

Otália öffnete den Mund, um etwas zu sagen, sie war ein wenig verwirrt; hatte Jesuíno nun recht oder nicht? Während sie zauderte, ergriff Jesuíno von neuem das Wort, entschlossen, jeden Anflug von Argwohn, jedes Mißtrauen Otálias zu verscheuchen. Während sie die Steilgasse zum Pranger hinabstiegen, versuchte er ihr nicht nur die spielerisch veranlagte Natur Zicos, sondern auch sein vom Pech verfolgtes Leben nahezubringen. Sie gingen zum Strandweg, wo Nelke-im-Knopfloch mit seiner zahlreichen Familie wohnte.

Sie stiegen den Tabuão hinunter und durchschritten die Gassen der ärmlichsten, verwahrlosten Frauenhäuser, wo sie begeistert begrüßt wurden, zumal Jesuíno Tollhahn, der sich in dieser Gegend offensichtlich großer Beliebtheit erfreute. Um auszuruhen, legten sie in den geöffneten Kramläden eine kleine Pause ein, und Tollhahns Stimme nahm bei jedem Schluck an Farbe und Ergriffenheit zu, sein Loblied auf Zico klang aufrichtiger, desgleichen sein Bericht über die von diesem erlittenen Nackenschläge, über dessen Mangel an Glück und die abgefeimte Verfolgungssucht, mit der die Polizei diesen »ausgezeichneten Familienvater« quälte.

Ausgezeichneter, vorbildlicher Familienvater, schwer geprüft mit Söhnen und Töchtern, außerdem ein Mensch von zarter Gesundheit. War seine Magerkeit ihr nicht gerade ins Auge gesprungen? War er doch ungeeignet für den Heeresdienst wie für schwere Arbeit, die körperliche Anstrengung erforderte. Nun sollte Otália versuchen, sich ein Bild von dem Lebensdrama Nelke-im-Knopflochs zu machen. Empfindsam wie kaum einer, begabt wie Korporal Martim, der Gitarre Verse zu entlocken, Frau und Kindern zärtlich zugetan, verbrachte er seinen Tag mit der Suche nach Beschäftigungen, die ihm den Unterhalt der Seinen, die Bezahlung von Mietzins, Licht und Wasser, von Bohnen und Maniokmehl ermöglichten. So rannte er von einer Stelle zur anderen, suchte mal hier, mal dort, doch bot man ihm nur unmögliche Stellungen an, bei denen er acht bis zehn Stunden täglich in Lagerhäusern Ballen und Kisten schleppen oder in Kramläden der niedrigsten Sorte die Kundschaft bedienen sollte – und das noch stehend. Derartige Schwierigkeiten mußten einen achtbaren, arbeitsamen Menschen dazu bringen, als brotloser Eckensteher, als unerwünschtes Element angesehen zu werden. Seit mehr als vier Jahren, seit der ungerechtfertigten Schließung der Spielkasinos, lebte Zico so dahin und trat in den Gassen von einem Bein aufs andere. Solange die Kasinos im Gang waren, hatte es ihm nie an Arbeit gefehlt, es gab keinen besseren »Anreißer« in Spielsälen, keinen fähigeren, eleganteren. Das ja, das war eine Arbeit gewesen, die sich mit seiner zarten Gesundheit vertrug, die ihm erlaubte, in aller Seelenruhe in den Tag hinein zu schlafen. Andrerseits ist die Nachtarbeit bekanntlich leichter, als nachts die Hitze weniger drückend und der Betrieb geringer ist. Doch nun waren die Kasinos geschlossen, so daß Nelke-im-Knopfloch, wenn es hochkam, hin und wieder ein paar Groschen in gewissen Lokalen verdienen konnte, wo illegal gespielt wurde, und das war ein vorübergehender, nicht ungefährlicher Erwerb, zumal für einen Menschen wie ihn, der von der Polizei beschattet wurde. Die Polizei hatte sich Zico Nelke-im-Knopfloch gegenüber höchst böswillig gezeigt, sie hatte sein Bild der Galerie der Gelegenheitsdiebe und -betrüger einverleibt, und die Polypen nahmen ihn alle nasenlang fest, ohne jeglichen Grund, aus reinem Verdacht.

Zico litt sehr darunter. Besorgt um seinen guten Ruf, sah er seinen Namen angeprangert, ein Opfer hartnäckigster Pechsträhnen und Polizeiverhöre. Trotzdem ließ er sich nicht unterkriegen, er hielt den Nacken steif, er ließ sich sein Lächeln und seine unverwüstliche gute Laune nicht nehmen. Er war ja ein urkomischer Kumpan, niemand verstand eine Anekdote zu erzählen wie er, er besaß ein unerschöpfliches Repertoire. Und so ein Mensch, fröhlich und harmlos, wurde auf die niederträchtigste Weise verfolgt.

Jesuíno Tollhahn hatte geringe Sympathien für die Polizei. Auch er ein Opfer der Geheimpolizisten, Polizeikommissare und Delegados, hatte er lange Zeit die Psychologie der Polizeibeamten studiert und war dabei zu vernichtenden Ergebnissen gelangt. Es gab so viele Berufe in der Welt – so pflegte er zu bemerken –, es standen jedem Zeitgenossen so viele Erwerbszweige zur Wahl, die einen erholsam, die anderen schweißtreibend, die einen Gewitztheit, Gerissenheit, Gescheitheit erfordernd, die anderen lediglich rohe Kraft und den Mut, hart anzupacken; wenn aber einer das Handwerk des Polizeibeamten ergriff, um seine Mitmenschen zu verfolgen, festzunehmen, zu quälen, dann taugte er eben zu nichts anderem, dann hatte er nicht einmal das Zeug, Kehricht auf der Straße einzusammeln. Dann fehlte es ihm eben an menschlicher Würde und an menschlichem Gefühl.

Indessen – so fragte er erregt Otália nach einem weiteren Schnäpschen in einer noch geöffneten Bude in Buben-Wasser –, wer hat denn in der Welt von heute zu bestimmen, wer sind die Herren, die absoluten Herrscher, jene, die über den Regierungen und Regierenden stehen, den Regimen, den Ideologien, den ökonomischen und politischen Systemen? Wer herrscht denn wirklich in allen Ländern, in allen

Staatsformen, in allen Regierungssystemen, wer bringt das Volk dazu, in Angst zu leben? Die Polizei, die Polizeibeamten! – und Tollhahn spuckte seine Verachtung mit dem Nachgeschmack des Zuckerrohrschnapses weit von sich. Der letzte der Polizei-Delegierten hat mehr zu sagen als der Präsident der Republik. Um das Volk unter Druck und Angst zu halten, haben die Mächtigen die Macht der Polizei dermaßen vermehrt, daß sie selber deren Gefangene geworden sind. Täglich begeht die Polizei Gewalttaten, Ungerechtigkeiten, die grausamsten Übergriffe, sie ist gegen die Armen und gegen die Freien eingesetzt. Wer hat je einen Polizisten wegen eines begangenen Verbrechens verurteilt gesehen? Für Jesuíno, den Allerweltsrebell, einen Menschen mit freiem Herzen und glühender Brust, wird die Welt erst an dem Tage lebenswert sein, da es nicht einen Soldaten, ganz gleich welcher Waffengattung, und nicht einen Polizisten, ganz gleich welcher Sorte, mehr gibt. Vorläufig standen alle Menschen, Könige und Diktatoren eingeschlossen, nicht zu reden von den schutzlosen Armen, unter der Fuchtel der Polizei, einer Macht über allen Machthabern. Man solle sich einmal die Übermacht vorstellen, die sich gegen einen schlichten Familienvater wie Zico Nelke-im-Knopfloch gekehrt hatte, der, flink mit dem Schnabel, zwar einen Dummbart flugs über den Löffel zu barbieren verstand, aber dafür jeder Gewaltanwendung wehrlos ausgeliefert war. Er wünschte nichts anderes, als in Frieden zu leben, aber man gönnte es ihm nicht, die Polizei – und das Pech – hatten sich gegen ihn verschworen. Folglich durfte Otália nicht voreilig urteilen über einen Menschen, der nur ein Spielball des Schicksals war.

Dergestalt folgernd und unterwegs da und dort, wo ein Kneipenlicht schimmerte, ein Schnäpschen kostend, gelangten sie schließlich in die schlechtbeleuchtete Gasse, wo der unglückliche Nelke-im-Knopfloch hauste. Sie hatten längst den Asphalt und die Quadersteine, die gepflasterten Straßen hinter sich und marschierten auf festgestampftem Erdboden.

Zicos Haus stand ein wenig abseits von den anderen, im hintersten Winkel der Gasse, daneben ein winziges Stückchen Land, ganz bepflanzt mit Nelkenstöcken. Tropfen des letzten Regens zitterten auf Blättern und Blumen.
»Er liebt Blumen, Nelken. Jeden Tag steckt er sich eine ins Knopfloch...«, erklärte Curió und schien damit Zicos Portrait, das wahre, abzurunden und nicht das so viele Male in den Zeitungen abgebildete, mit einer Nummer auf der Brust. Angesichts des verschlossenen, schlummernden Hauses, angesichts der tiefen Stille, die nur von einer zwischen den Nelkenstauden hausenden Zikade unterbrochen wurde, nach so vielen auf Nelke-im-Knopfloch gesungenen Lobeshymnen schlug Otália, deren Beine schmerzten und deren Kopf vom vielen Reden und vielen Schnapstrinken zentnerschwer wog, kurz und bündig vor, die Suche aufzugeben und nach Tibérias Frauenhaus zurückzukehren. Doch Jesuíno, der nicht gewillt war, irgendwelche Zweifel über Zicos Achtbarkeit offen zu lassen, wollte sich andrerseits auch nicht länger über den Schabernack des Freundes mit Otálias Gepäck verbreiten.
»Jeder Scherz hat seine Grenzen...«
Während Ipicilone vor der Haustür in die Hände klatschte, hüpfte Jesuíno über die Nelkenstöcke und lenkte seine Schritte zum Hinterhaus. Niemand antwortete auf das Klatschen, Curió und Windsbraut halfen Ipicilone nach Kräften – das Stillschweigen hielt an. Als wäre niemand zu Hause, oder als wären alle tot. Nun setzte Neger Massu seine Faust an die Tür, so daß Dach und Wände ins Zittern gerieten. Währenddessen war Tollhahn zum Hinterhaus gelangt, um gerade noch zu sehen, wie Nelke-im-Knopfloch aus der Küchentür setzte und im Buschwald verschwand.
»He, Gevatter, halt ein... Wohin gehst du? Wir sind's...«
Als der die bekannte Stimme hörte, fragte der Eilige von weitem: »Bist du's, Gevatter Jesuíno?«
»Ich und Massu, Windsbraut, Ipicilone... Komm zurück und mach auf...«

»Was zum Teufel tust du hier zu dieser Stunde und störst die Leute im Schlaf?«
Langsam kam seine Gestalt näher, behende umging er die Wasserlachen, sein weißer Anzug war tadellos gestärkt, Strohhut auf dem Kopf, die Schmetterlingskrawatte, eine gealterte Nelke im Knopfloch.
»Ich hab das Fräulein mitgebracht...«
»Fräulein?...« Ein Anflug von Argwohn klang in Zicos Stimme mit.
Nun ging ein Licht im Hause an, und ein Kinderkopf erschien in der Küchentür. Gleich darauf waren es drei Köpfe, deren lebhafte Augen in die Nacht spähten. Auch Otália's Freunde schlängelten sich durch die Nelkenstengel dem Hinterhaus zu.
»Ja, das Fräulein. Und du, warum bist du so eilig weggerannt?«
»Ich dachte... Das heißt, ich wollte in der Apotheke Mehl für das Neugeborene kaufen...«
Die Familie erwachte und wurde munter. Otália hatte noch nie so viele kleine Buben und Mädchen gesehen, die sich drängelnd durch die Türe schoben.
»Kommt herein...«, lud Nelke-im-Knopfloch ein.
Von der Küche aus sah man in die beiden anderen Räume des Hauses, in die Schlafkammer und in die Wohnstube. In der Kammer lagen sieben von den acht Kindern auf einer Matratze und auf einigen Bodenmatten, unter- oder übereinander. Das älteste war wohl um die zwölf Jahre alt, ein Bild von einem kleinen Mädchen. Das jüngste mochte sechs Monate alt sein und wimmerte am Hals der Mutter, deren vorzeitig gealtertes Profil in der offenen Wohnzimmertür auftauchte, in dem das Ehepaar schlief. Mit müdem Blick musterte die Frau die Ankömmlinge.
»Guten Abend, Gevatterin«, grüßte Tollhahn.
Die anderen grüßten auch, Otália eingeschlossen.
»Guten Abend, Gevatter... Kommst du, um was zu holen...?«
Jesuíno sagte:

»Siehst du nicht, daß das Fräulein ein Schützling der Tibéria ist? Drum bin ich mit ihr gekommen.« Und zu Zico gewandt: »Wo ist der Koffer, Gevatter?«
»Was für ein Koffer, Mann Gottes?«
»Der Koffer, den du am Bahnsteig geschnappt hast... Das Fräulein weiß, daß es nur Spaß war... Ich hab's ihr bereits erklärt.«
Nelke-im-Knopfloch ließ den Blick über die Gruppe schweifen.
»War keine böse Absicht dabei... Wie hätte ich erraten sollen, daß es Leute aus Tibérias Haus waren? Sie wollte es ja nicht anders und hat mir ihr Gepäck geradezu aufgedrängt. ›Können Sie kurz aufpassen, solange ich mal muß?‹ War's nicht so, kleines Fräulein?«
Damit schritt er an seiner Frau vorbei, betrat die Stube und kam mit dem Koffer zurück. Leer.
»Nehmen Sie mir die Verwechslung nicht krumm...«
»Aber der Koffer ist ja leer, Gevatter...«
»Na und? Glaubst du vielleicht, es ist was drin gewesen?«
Otália deutete auf die an der Tür stehende Frau:
»Sie hat mein Hemd an...«
Die Frau sagte nichts, blickte nur Jesuíno an, Otália, die übrigen. Die Kinder im Schlafzimmer verfolgten den Auftritt zwischen Flüstern und Gelächter. Die zweitälteste, gleichfalls ein Mädchen von etwa zehn Jahren, hatte nur ein Höschen an, das ihr viel zu weit war.
»Der Schlüpfer dort gehört auch mir...«
»Gevatter...«, beschwor ihn Jesuíno.
Die Frau in der Stubentür machte den Mund auf und sprach mit eintöniger Stimme ohne Wärme, ohne Zorn und ohne Zärtlichkeit:
»Hab ich dir's nicht gesagt, Zico, daß es keinen Wert hat? Du taugst wirklich zu gar nichts... Es hat doch keinen Sinn.« Dann hob sie die Stimme und befahl den Kindern: «Gebt die Sachen des Fräuleins heraus.«
Dann trat sie zurück, schloß die Tür, öffnete sie kurz darauf

wieder und warf das Nachthemd in Otálias Richtung. Wenige Minuten später kehrte sie zurück, in einen alten, geflickten Morgenrock gekleidet.

In der Kammer und im Wohnraum wurden nach und nach die anderen Dinge sichtbar: ein Paar neue Schuhe, Pantoffeln, zwei Kleider, die über dem einzig vorhandenen Stuhl hingen; Nelke-im-Knopfloch erklärte:

»Verstehst du, Gevatter, hier fehlt's vorn und hinten an Wäsche und Zeug. Schau die Kleinen, die armen Würmer, man kriegt richtig Mitleid mit ihnen...«

Die Frau stellte ein paar Gläser auf ein altes Blechtablett und schickte sich an, eine Flasche aus einem Küchenwinkel hervorzukramen. Nun machte Zico den Kindern Beine, bestrebt, den peinlichen Vorfall mit dem Koffer so rasch wie möglich zu beenden. Man war unter Freunden, das mußte begossen werden. Die Frau schenkte den Schnaps ein, schweigsam, gealtert, ohne zu lachen, aber auch ohne zu weinen, sie war am Leben, mehr nicht.

Das Packen des Koffers schien beendet zu sein, Neger Massu schickte sich an, ihn zu schließen. Doch Otália stellte fest:

»Es fehlt noch mein bestes Kleid, das hübscheste.«

Die Frau blickte das älteste Mädchen an, die Kleine senkte den Blick, lief in die Kammer und kam mit einem geblümten Rüschenkleid zurück. Der Sohn des Richters hatte es Otália zu einer Zeit geschenkt, als der Vater ihm noch nicht seinen Monatswechsel beschnitten hatte. Das kleine Mädchen kam langsam einhergeschlichen, die Augen so traurig auf das Kleid geheftet, daß man Mitleid bekam. Otália fragte:

»Gefällt es dir?«

Befangen deutete die Kleine ein Ja mit dem Kopf an. Sie biß sich auf die Lippen, um nicht zu weinen.

»Dann behalt' es!«

Die Kleine blickte Nelke-im-Knopfloch an:

»Darf ich's behalten, Vater?«

Zico blähte sich würdevoll:

»Laß dem Fräulein sein Kleid, Teufelsrange. Was wird sie von uns denken?«

»Es soll dir gehören«, sagte Otália. »Sonst werd ich noch böse.«

Das kleine Mädchen wollte lächeln, Tränen füllten seine Augen, das Kleid an die Brust gedrückt, machte es kehrt und rannte fast ins Wohnzimmer.

Nelke-im-Knopfloch hob lebhaft die Arme:

»Vielen Dank, vielen Dank. Da Sie darauf bestehen, bin ich damit einverstanden, daß sie es annimmt, um Sie nicht zu beleidigen... Sag dem Fräulein deinen Dank, Dorinha... So ein ungezogenes Kind...«

Jetzt wurde der Schnaps herumgereicht. Otália nahm das Jüngste auf den Arm, um der Frau größere Bewegungsfreiheit zu ermöglichen.

»Wie viele Monate ist es?«

»Sechs... Und ich hab schon wieder ein neues im Bauch...«

»Dieser Zico verliert keine Zeit...«, lachte Ipicilone.

Alle lachten. Nelke-im-Knopfloch beschloß mitzugehen, er mußte in der Apotheke Mehl für das Nesthäkchen kaufen und sich bei Tibéria entschuldigen. Sie waren gerade im Gehen, als Otália fragte:

»Ich hatte auch ein Paket... Wissen Sie noch?»

»Paket? Ah! In Papier gewickelt? Es war aber nichts Brauchbares drin... Ich weiß nicht, was die Kinder damit gemacht haben. Wo habt ihr's hingesteckt?« schrie er in die Kammer hinein.

Das Zehnjährige holte das Paket, es lag versteckt in einem Winkel. Die Kleine ließ das Papier fallen, und eine Puppe kam zum Vorschein, alt und zerschlissen. Otália stürzte vor, packte die Puppe und drückte sie an sich. Sie wollte auch das braune Packpapier, um sie wieder einzupacken. Die anderen blickten einander verständnislos an, nur Windsbraut bemerkte:

»Eine Puppe...«, und, sich an Otália wendend: »Warum soviel Wirbel um eine Puppe? Wenn's wenigstens ein lebendiges Tier wär...«

Die Kinder ließen den Blick nicht von der jungen Person. Sie stand auf, ging zu ihrem Handkoffer, verwahrte das Paket, und Massu half ihr beim Schließen.

Schließlich zogen sie ab. Massu trug den Koffer; die Frau, den Säugling im Arm, blickte ihnen von der Küchentür nach:

»Vergiß nicht, das Mehl fürs Kleine zu bringen...«

»Das Tierchen hat Durchfall... Es kann nur Büchsenmehl essen, und ich bin völlig abgebrannt...«, erklärte Nelke-im-Knopfloch.

Auf der Stelle legten sie das Geld zusammen, ein jeder stiftete ein paar Groschen. Zico streckte die Hand aus, um den Betrag an sich zu nehmen, doch Jesuíno steckte das Geld in die Tasche:

»Ich will selbst einkaufen, Gevatter... Es ist besser.«

»In Ordnung... Wie du willst...«

»Hat nichts auf sich. Du könntest es vergessen.«

Jesuíno wußte von anderen Kindern Nelke-im-Knopflochs, die im zartesten Alter gestorben waren, weil es an Geld für Mehl gefehlt hatte. Er wußte auch, wie vergeßlich sein Gevatter war, vor allem aber, wie wenig er der Versuchung am Spieltisch zu widerstehen vermochte. Es wäre möglich, daß er unterwegs durchs Morgengrauen an einem Spieltisch hängen bliebe, bevor die Apotheken aufmachten, und bei all dem Pech, das ihn letzthin verfolgte, noch jene der Schnapsquote entzogenen spärlichen Mil-Réis verlöre.

Als sie zu Tibérias Freudenhaus gelangten, war bereits Feierabend. Die Mädchen lagen in ihren Betten und ruhten aus, allein oder mit ihren Schätzen. Im großen Wohnzimmer waren die Lichter gelöscht, der Plattenspieler war verstummt. Im Eßzimmer saß Tibéria in ihrem Schaukelstuhl, den sie mit ihrem Schwergewicht überschwemmte. Sie war eine feiste Mulattin, gute sechzig Jahre alt; riesige Brüste, friedliches Gesicht, entschlossene, gütige Augen. In jener vorgerückten Nachtstunde war ihr sonst so einladendes heiteres Gesicht verdüstert, als wäre etwas Ernstes vorgefallen. Mit einem kaum hörbaren »Guten Abend« empfing sie die Karawane. Wer freundschaftlich lachte, war Jesus, ihr Mann, der an der Stirnseite des Tisches saß und Zahlen in ein Büchlein eintrug.

Jesus Bento de Sousa, Soutanenschneider seines Zeichens, ein Gemisch aus Indio und Neger mit glattem Indiohaar, bronzefarbener Haut, die Brille auf der Nasenspitze balancierend. Vielleicht zehn Jahre jünger als Tibéria, war er ein blendend aussehender Bursche gewesen, als die beiden sich vor fast dreißig Jahren begegnet waren, sie eine üppige Balzaquiana mit strammem brünettem Fleisch, Karnevalskönigin, Standartenträgerin ihres Klubs und obendrein Freudenmädchen in Aninhas Pension. Er, jung, Lehrling in der Schneiderei »Modell«, hatte eine Vorliebe für kleine nächtliche Bummeleien und komponierte dann und wann ein Liedchen auf der Gitarre. Sie lernten sich auf einem Fest von Micareta kennen und schliefen noch am selben Abend zusammen, so vernarrt waren sie ineinander, und daraus entstand eine dauerhafte Liebe, beständig und süß, die auch mit den Jahren nicht nachließ.

Als zehn Jahre des Zusammenlebens und der gegenseitigen Zuneigung vergangen waren, als Tibéria sich selbständig gemacht hatte, er desgleichen, mit der »Schere Gottes«, einem kleinen, aber kundenreichen Schneidergeschäft, spezialisiert in Soutanen und Priestergewändern, Sekretär der Bruderschaft Karmel, ein Amt, das er, dank langbewährter Eignung mehrfach wiedergewählt, nach wie vor innehatte, heirateten sie vor dem Standesbeamten und vor dem Priester. Tag und Stunde der standesamtlichen Trauung, die nur wenigen nahen Freunden bekannt war, vermochten sie geheimzuhalten. Doch das für die kirchliche Trauung festgesetzte Datum, ein Sonntag, sickerte langsam durch. Die Kirche war besetzt mit Frauen und Freunden, die Freudenmädchen in ihren teuersten Kleidern, die Glieder der Bruderschaft in der nahe am Pranger gelegenen Kirche der Tore-des-Karmel in ihren roten Pelerinen. Es herrschte in der Kirche ein derartiges Gewühl von Dirnen, es herrschte eine so echte Feststimmung, mit all den Düften, Spitzen, mit all dem Gelächter und Blumenschmuck, daß Pater Melo gestehen mußte, nie habe er in seiner vierzigjährigen Amtstätigkeit eine so prächtige, so besuchte Brautmesse zelebriert. Tibéria in ihrem Schleppenkleid, ein Diadem im Haar, war eine Königin. Jesus, mit den Jahren mager geworden, ging ein wenig gebückt. Er trug makelloses Weiß. Pater Melo mochte reichere Hochzeitspaare gesegnet haben, jedoch keine Eheschließung, der soviel gegenseitiges Verständnis und soviel ruhiges Glück beschieden sein sollte wie dem Bund zwischen dem Soutanenschneider und der Kupplerin.

Kupplerin? Ein häßliches Wort, wenn es auf Tibéria angewandt wird. »Mütterchen« – so wurde sie von den kleinen Mädchen des Freudenhauses genannt. Generationsweise, die eine die andere ablösend, gingen die Dirnen bei ihr aus und ein, fröhlich oder traurig, ihr arbeitsames Gewerbe hassend oder liebend, doch stets gewiß, sich Tibéria anvertrauen zu können. An ihrem üppigen Busen konnten sie ihren Kopf ausruhen, ihrem Herzen ihre Traurigkeiten, Leidenschaften und Enttäuschungen ausschütten, mit ihr konnten sie in schwierigen Augenblicken rechnen. Tibéria, die immer das richtige Wort fand und immer das Richtige tat, war für sie Trost und Arznei. »Mütterchen« – so nannten sie auch ihre vielen, vielen Freunde aus mancherlei Herkunft und Verhältnissen, es gab sogar welche, die bereit waren, für Tibéria zu töten oder sich töten zu lassen. Weitreichend war ihr Einfluß, der Einfluß einer geachteten und beliebten Frau. Korporal Martim war einer ihrer Busenfreunde. Für Tibéria tat er alles, täglich besuchte er sie in ihrer Pension; mochte er nun eine Schwäche für eine der Dirnen haben oder nicht, er kam zu einem Schwatz, legte Hand an, wo Not am Mann war, trank sein Bierchen und ging wieder fort. Dies, sofern er nicht in Gesellschaft von Freunden auftauchte, um die Mädchen einzusammeln und zu irgendeinem Fest mitzuschleppen.

Wegen Martim waren ihre Gesichtszüge verdüstert, so daß sie Jesuíno und die anderen kaum begrüßte. Sie war dabei, die mit Windeseile eingetroffene, entstellte Nachricht von der Heirat des Korporals zu verdauen. Doch die Nachricht wollte ihr nicht in den Kopf, sie konnte sie nicht hinnehmen, nicht glauben.

Sie musterte die Ankömmlinge mit hartem Blick:

»Ist das eine Zeit, Leuten auf den Leib zu rücken?«

»Wir haben das Gepäck der Kleinen gesucht...«, erklärte Tollhahn, am Tisch Platz nehmend.

»Habt ihr es gefunden?«

Massu stellte den Koffer auf dem Boden ab:

»Zico hatte es zu Hause aufbewahrt, damit es nicht gestohlen würde...«

Tibéria heftete einen langen Blick auf Nelke-im-Knopfloch.

»Wird aus dir nie ein Mensch? Und deine Frau, wie geht es ihr? Du sollst Lourival aufsuchen, er hat Arbeit für dich. Er will ein Geschäft aufmachen...«

»Morgen werd ich ihn aufsuchen...«

Jesus hob den Blick von seinem Merkbuch:

»Ist es wirklich wahr, daß Martim geheiratet hat?«

Doch bevor jemand antworten konnte, platzte Tibéria heraus:

»Ich glaub's nicht. Ich glaube es nicht, und damit Schluß. Hier, in meinem Hause, will ich kein böses Wort gegen Martim hören, das bitte ich mir aus. Wer sich über die Sache auslassen will, soll sich scheren, soll sich in der Hölle Luft machen. Hier nicht...«

Sprach's und stand empört auf. Und winkte Otália, sie möge mitkommen:

»Nimm dein Köfferchen und komm mit, dein Zimmer ist gemacht...»

Und brummte beim Hinausgehen:
»Martim und verheiratet, wo hat man schon eine derartige Verbohrtheit gesehen...«
Nun waren die Männer im Wohnzimmer allein, rund um den Tisch. Jesuíno fuhr sich mit der Hand durchs Haar und warf hin:
»Die Sache mit der Hochzeit des Korporals ist ja fast eine Revolution.«
Jesus nickte bestätigend:
»Gott sei uns gnädig... Als die Nachricht einlief, dachte ich, die Mädchen würden streiken... Es war das Ende der Welt...«
Dann stand er auf, um ein Schnäpschen einzuschenken.

6

In den vierzehn Tagen zwischen jener Regennacht, in der Otálias Gepäck wiedergefunden wurde, und dem leuchtenden Morgen, an dem der Korporal in Begleitung seiner jungen Frau Marialva an der Markt-Rampe landete, prallten die Meinungen siedeheiß aufeinander, vervielfältigten sich die Gerüchte, erreichte die Nachricht die entlegensten Winkel, Vororte und sogar andere Städte. In Aracajú, im Nachbarstaat Sergipe, füllte sie die begehrten Augen der Maria-von-der-Gnade, eines Hausmädchens von gepriesenen Gaben, mit Tränen. Trotz Zeit und Entfernung hatte sie nicht ihren Wahnsinn vom vergangenen Jahr vergessen können, als sie, nachdem sie Martim beim Baronschwof hatte auftreten sehen, Stellung und Bräutigam verließ, um sich an den Korporal mit seinem leichtfertigen Leben ohne Bleibe und Zeitplan zu hängen.
Unverbrüchliches Vertrauen in Martim hatte nur Tibéria bewahrt. Jesuíno Tollhahn klagte den Korporal zwar nicht an, das muß gesagt werden, auch Jesus Bento de Sousa tat es

nicht, sie verteidigten ihn sogar, indem sie die umstrittene Heirat zu erklären und zu begründen suchten. Doch weigerten sie sich nicht, an die in Umlauf gesetzten Gerüchte zu glauben. Eine radikale Haltung nahm nur Tibéria ein, für die all das nichts war als ein böswilliges Lügengespinst, eine erzverderbte Erfindung von Feinden und Neidhammeln, die aus einer jener einschlägigen Eintagsliebschaften des Korporals gleich eine Eheschließung machen mußten. Zahllose dieser Verhältnisse mit Dirnen ihres Hauses hatte Tibéria miterlebt und sogar einige davon bemuttert. So mochte der Korporal eines Tages wahnsinnig verliebt antanzen, erklären, er könne keinen Augenblick ohne die geliebte Frau sein, und behaupten, er sei für immer gebunden. Und doch brauchte ihm nur eine andere über den Weg zu laufen, und weg war Korporal Martim, und wenn eine dritte ihm Augen machte, warf er sich dieser Hals über Kopf in die Arme, als könne, als müsse er alle Frauen der Welt lieben. Wie viele Auftritte, Stänkereien und Handgreiflichkeiten zwischen Martims liebestollen Betthäschen hatte Tibéria nicht miterlebt? Sie erinnerte sich auch an den Fall mit Maria-von-der-Gnade, der hübschen, harmlosen. Die verging vor Leidenschaft, und das praktisch am Vorabend ihrer Hochzeit mit einem prächtigen jungen Mann. Einem Spanier in ungekündigter Stellung im Feinkostgeschäft eines Landsmanns, der ihm in Kürze eine Beteiligung in Aussicht gestellt hatte, einem schmucken Galizier. Nur um Martim nachzulaufen, hatte sie alles aufgegeben, ihre Stellung als Kindermädchen im Haus des Herrn Doktor Celestino, wo sie Kind im Hause war, den Verlobten und die Zukunftsaussichten. Der Korporal hatte ihr ihre drei Groschen abgeknöpft, doch auch er schien der wahnwitzigsten Leidenschaft verfallen, es wurde viel von Heirat gesprochen, zumindest von einem verlängerten Liebesverhältnis. Korporal Martim war nämlich gerührt: Die anscheinend so schüchterne Kleine hatte alles aufgegeben, nur um mit ihm zusammen zu sein, und verlangte nichts. Und war

obendrein so graziös, so zärtlich und gefügig! Martim hatte sie in der Umgebung von Cabula versteckt, zum erstenmal glaubte Tibéria ihn an ein festes Verhältnis gebunden.
Und plötzlich, als alle dachten, er sei endgültig im Hafen jener jähen, tiefen Liebe gelandet – von der ersten Begegnung auf dem Tanzboden an gerechnet war noch kein Monat vergangen –, platzte die Bombe, der Skandal: Martim wurde in der Nähe des Kultplatzes Jesus von einem Schuster überfallen und in die Schulter gestochen. Der Schuster, von einer wütenden Nachbarin, natürlich einer alten Jungfer, gewarnt, hatte seine Frau mit Martim im Bett überrascht, uneingedenk ihrer häuslichen Pflichten, am hellichten Nachmittag eines gewöhnlichen Wochentages. Der Schuster war gerade bei seiner Arbeit, als die Schandmäulige ihm sein Unglück ins Ohr flüsterte: Er stand auf, steckte sein Ledermesser zu sich, stürzte nach Hause, warf sich auf Martim und traf ihn an der Schulter. Die Nachbarn vermochten ein größeres Verhängnis zu verhüten: Der Schuster wollte auch seine Frau niederstechen, sich dann selber umbringen, er gierte nach Blut, um seine Hörner reinzuwaschen. Angesichts des Krawalls landeten alle Beteiligten auf der Polizei, und die Zeitungen veröffentlichten eine Notiz, der zufolge Korporal Martim als »der Verführer« gebrandmarkt wurde. Martim fühlte sich durch diese Bezeichnung höchst geschmeichelt und bewahrte den Zeitungsausschnitt in der Tasche auf, um ihn jederzeit vorzeigen zu können.
Maria-von-der-Gnade jedoch, als sie von dem Vorfall hörte, packte ihre Siebensachen und machte sich davon, ebenso still und unauffällig, wie sie gekommen war. Sie beklagte sich nicht, sie fand kein Wort des Vorwurfs, nahm aber ebensowenig Entschuldigungen und Bitten um Vergebung entgegen. Martim stürzte sich in eine sintflutartige Besäufnis mit Zuckerrohrschnaps, den er sich in einer Hinterkammer von Tibérias Pension flaschenweise hinter die Binde kippte.
Wenn er somit nicht einmal damals Beständigkeit gezeigt,

wenn nicht einmal die Sanftmut und Hingabe Mariens-von-der-Gnade sein leichtsinniges Herz zu fesseln vermocht hatten, wenn nie eine Frau seiner Herr geworden war, wie sollte er sich dann so tiefgreifend wandeln können, daß er mit einmal von Arbeit sprach? Sollte Tibéria, eine Frau von Kaliber, erfahrungs- und erlebnisreich, seit mehr als zwanzig Jahren Besitzerin eines Frauenhauses, sich einen derartigen Bären aufbinden lassen?

Jesus Bento de Sousa zog die Schultern hoch – warum sollte es nicht so sein? Jeder Mann, auch der verschworenste Schürzenjäger, geht eines Tages ins Netz, einfach weil er die Notwendigkeit spürt, sich auf eine einzige Frau festzulegen, sein eigenes Heim zu gründen, sich in eine Erde zu pflanzen, in der seine Wurzeln wachsen, Äste und Früchte treiben können. Warum sollte Martim aus dem Rahmen fallen? Er hatte geheiratet, er würde sich eine Arbeit suchen, Kinder würden geboren werden. Der alte Martim ohne Gesetz und ohne Herr war tot; das Abbild eines Tunichtgut, der erfahrene Karnevalstänzer, der Spieler von Gitarre, Berimbau und Handtrommel, der Meister der Capoeira, der Martim der gezinkten Karten und behenden Finger, der Liebhaber aller Cabrochas, »der Verführer«, sie alle existierten nicht mehr. Nun war die Zeit der Kinder und der Arbeit gekommen, da gab's kein Entrinnen. War nicht auch er, Jesus Bento de Sousa, ein eingefleischter Bummler, der Mann vieler Frauen, der am heißesten umworbene Mestizenmulatte gewesen?, fragte der Schneidermeister Tibéria, ihr ein Lächeln schenkend. Die Zeitungen jener Zeit hatten ihn nur nicht als Verführer hingestellt, weil er dazu keine Gelegenheit gehabt hatte, und nicht, weil es ihm an Verdiensten gefehlt hätte. Und dennoch, als er Tibéria kennenlernte, wandelte er sich grundlegend, er ergab sich der Arbeit, platzte mit einemmal vor Ehrgeiz und wurde ein anderer Mensch.

Statt über das Lob ergriffen zu sein, entgegnete Tibéria kratzbürstig:

»Diese Laus soll ich mir von dir in den Pelz setzen lassen?«
»Warum sprichst du so, wenn du die Kleine überhaupt nicht kennst, Mütterchen...?«
»Ich kenne sie nicht, und niemand kennt sie, ich höre nur, daß sie eine Schönheit ist, etwas Hübscheres gibt es nicht, sie ist fabelhaft und was noch alles. Ich kenne sie nicht, kann dir aber versichern, daß sie keine Blume ist, in die man die Nase steckt...«
Jesus verstummte verständnisvoll. Von Hause aus so liebenswürdig und fröhlich, brauste Tibéria auf, sobald jemand eine neue Einzelheit zu dem Fall beisteuerte, welche die Glaubwürdigkeit der Nachricht erneut zu bekräftigen schien. Für sie war Martim wie ein Sohn, mutwillig und kopflos, und daher umso verhätschelter. Mütter sehen ihre Söhne ungern verheiratet und an eine andere Frau gefesselt. In jenen schwierigen Tagen war ihre einzige Abwechslung, sich der neuangekommenen Otália zu widmen, die eine Landpomeranze, ein unbeschriebenes Blatt und noch jung, so jung war – man stelle sich vor! –, daß sie noch mit Puppen spielte. Denn in der Tat, in jenem geheimnisumwitterten Paket hatte sich zwischen Zeitungsausschnitten eine altersschwache, schadhafte Spielpuppe gefunden. Tibéria führte Otália spazieren, zeigte ihr die Stadt, die Parkanlagen, die Plätze, die Sehenswürdigkeiten.
Nur die Betreuung Otálias vermochte sie abzulenken von ihrer wachsenden Verärgerung, die allerdings zum äußersten stieg, als sie erfuhr, daß Maria Clara, die Frau Meister Manuels, für den Korporal und seine Frau eine Baracke in Vila América, unweit vom Candomblé in Alte-Zuckerrohrmühle, gemietet habe. Dafür hatte Martim ihr Anweisungen und Geld gegeben, als Manuels Boot Ziegel in Maragogipe lud. Er hatte sie gebeten, ein Häuschen für sie beide zu mieten und Möbel zu kaufen: Tisch und Stühle, ein breites, widerstandsfähiges Bett, einen großen Spiegel. Besonders ans Herz gelegt hatte er ihr den Spiegel, einen besonderen Wunsch

Marialvas, und so hatte Maria Clara halb Bahia danach durchsucht und ihn schließlich auch gefunden, wiewohl zu einem sündhaften Preis. Martim jedoch war ein Leichtfuß, und nichts war ihm für seine Frau zu gut und zu teuer. Als Tibéria von den Machenschaften der Frau des Fischermeisters erfuhr, verfluchte sie sie. Was zum Teufel ging sie die Beschaffung eines Mietshauses und der Einkauf von Möbeln an? Sobald Maria Clara ihr über den Weg laufen sollte, würde sie ihr unverblümt Bescheid sagen.

Indessen sah sie sich zu einer Milderung ihrer feindseligen Haltung veranlaßt, als sie streng vertraulich von Maria Claras Meinung über die besagte Marialva erfuhr. Denn die Bootsmeistersfrau vertraute ihr, sowie den ihr nahestehenden Leuten an, die Korporalsfrau habe keinen guten Eindruck auf sie gemacht: Sie sei aufgeblasen und überheblich. Hübsch, gewiß, wer konnte das leugnen? Dafür aber launisch, eine geleckte Rühr-mich-nicht-an, widerwärtig, mit einem Wort: ein Brechmittel. Das Schlimmste war, daß Martim all das anzubeten schien, die weinerliche Stimme, die läppischen Kinkerlitzchen, die Hochnäsigkeit jener Dingsda. Förmlich an ihren Röcken hängend, hatte er Augen für keine andere Frau. Mochten alle Mulattinnen von Recôncavo vor seiner Nase herumscharwenzeln, ihn verführerisch angrinsen, er verschwendete keinen Blick an sie. Seine Marialva umgirrend, hatte er nur Augen für sie, er war der ideale Ehemann, ein neuer Mensch, Tibéria solle selbst urteilen, sobald er käme, es sei nur mehr eine Frage von Tagen.

Tibéria sah rot, als sie diese Randbemerkungen hörte. Rasend zog sie vom Leder gegen die Nachrichter, als trügen sie Schuld an dem Ereignis. Sie weigerte sich, die Einzelheiten zu glauben, und mochten sie ihr die schlüssigsten Beweise unter die Nase reiben: Sie war unerschütterlich. Sie mußte sehen, um zu glauben. Vorher ergab sie sich nicht.

»Nächste Woche sind sie hier, Euer Gnaden werden schon sehen...« Maria Clara steckte ihr Öfchen an, um Kaffee zu kochen. Schweigsam hörte Meister Manuel der Unterhaltung der beiden Frauen zu; er mischte sich nicht ein, gab keine Parolen von sich. Er schmauchte nur sein Tonpfeifchen im Heck seines Bootes.

Von all dem Nachrichtenschwindel, von all dem Gerüchtewust ließ Tibéria nur die Ankündigung der bevorstehenden Ankunft des Korporals gelten. Sie erwartete ihn zu ihrer Geburtstagsfeier.

Ein Mordsfest war Tibérias Geburtstag, ein wichtiges Ereignis in der Welt des Marktes, der Rampe, des Prangers, des Jahrmarkts von Buben-Wasser, von Sieben-Tore und Fünfzehn-Geheimnisse. Von Jahr zu Jahr gewann die Begehung ihres Wiegenfestes an Pracht und übertrumpfte die Feier des Vorjahres. Sie begann mit einer Messe in der Kirche von Bonfim, an die sich ein monumentales Bohnengericht als Mittagessen anschloß, während abends das eigentliche Fest stattfand, das erst in den frühen Morgenstunden ausklang. Tibéria sah den Tag näherkommen, und Martim, eine obligate, unerläßliche Figur der Feier, war noch in Recôncavo mit dem besagten Weibsstück bei der Hochzeit. Tibéria weigerte sich, den Gedanken an Martims Fernbleiben von den vorgesehenen Festlichkeiten auch nur zu erwägen. Übrigens beschränkte sich das Interesse für die Ankunft des Korporals nicht auf Tibéria. Tagtäglich wuchs die Zahl der Neugierigen, die sich die Beine in Vila América vertraten, wie jemand, der dort eigentlich gar nichts zu suchen hat, mit der einzigen Absicht, festzustellen, ob in dem von Maria Clara für die Unterbringung des Paares gemieteten Häuschen bereits Leben sei. Doch beim Anblick der verschlossenen Fensterläden und der verriegelten Tür fühlten sie sich betrogen. Selbst Jesuíno Tollhahn, scheinbar über solche Torheiten erhaben, vermochte seine Unruhe nicht zu verbergen. Eines Tages, als das Thema zur Sprache kam, verlor er die Haltung: »Was denkt sich Martim schließlich und endlich? Daß wir nichts anderes zu tun haben, als uns die Schnauze über ihn fusselig zu reden und darauf zu warten, daß er sich herabläßt, mit seiner Dingsda aufzukreuzen? Er glaubt wohl, er hat eine Bande von Dummbärten vor sich...«

Zu diesem Ausbruch kam es in jener Niemandsstunde, wenn es nicht mehr Nacht und noch nicht Morgen ist. Sie hatten einem Fest Oguns, dem Heiligen Massus, beigewohnt und dann in gehobener Stimmung bis in die tiefe Nacht weitergefeiert. Vom Candomblé hatten sie sich in die Kneipe des Isidro von Batualê verfügt. Wie immer endete die Unterhaltung, die vom Hundertsten ins Tausendste ging, bei Martim und seiner Eheschließung.

In jener selben Stunde des Niemandslichtes fuhren Martim und Marialva in Meister Manuels Fischerboot Bahias Gestade entgegen. Das Schiffchen segelte in der Brise manierlich dahin. Marialva schlief, den Kopf auf den Arm gelegt, Maria Clara erhitzte Wasser für den Kaffee, Meister Manuel saß am Ruder, sein Pfeifchen schmauchend. Allein im Bug des Bootes suchte Martim in der Ferne Bahias Lichter, die in der trüben Helle des Vormorgens verblaßten. Sein Gesicht war unbeweglich, aber sein Herz pochte stürmisch.

Er heftete den Blick auf die schon entschlummerte Frau: ihre Brust atmend im Rhythmus des Schlafs, halbgeöffnet der sinnliche Mund, der zu küssen und zu beißen verstand, das lose wehende Haar, das ausgeschnittene Kleid, der Leberfleck auf der linken Schulter. Wieder blickte er in die Weite: Dort lag die Stadt, eine schwarze Masse am grünen Berghang über dem Meer, die Stadt und die Freunde, die Freude, das Leben. Die Lichter erstarben im Morgenrot, bald würde die Stadt erwachen.

7

Dem Neger Massu sollte es beschieden sein, sie vor allen anderen kennenzulernen, und nie würde er jenen Morgen vergessen, als er zum ersten Mal ihr Profil im Türausschnitt erspähte. Marialva erschien ihm wie ein Gesicht aus einer anderen Welt, aus der Welt der Bücher, der Geschichten, der Filme: eine Märchenprinzessin, und Massu schwärmte für Geschichten mit Hexen, Riesen, Prinzessinnen und Gnomen, für Filmschauspielerinnen, wie man sie im Film sieht und im Traum wiedersieht, oder für eine jener unerreichbaren blutjungen Bewohnerinnen eines verschwiegenen Freudenhauses am Strand von Pituba zwischen Kokospalmen, für eine jener aus Rio und São Paulo, ja von Europa eingeführten Frauen, welche die Spitze sind, der Gipfel der Herrlichkeiten, die Krone. Schon etliche Male hatte Massu von weitem derartige Frauen gesehen, mit blonden Haaren, mit zartester Haut, sanft parfümiert, gekleidet in schwere Pelzhüllen oder flutende Gewänder, mit langen Beinen, göttlichen Gesichtszügen, eine stets flüchtige Vision, die ein Luxusautomobil bestieg oder ihm enttauchte. Ah! eine von denen im Sand des Strandes aufs Kreuz zu legen... Neger Massu fuhr mit der Hand über seinen kohlrabenschwarzen Bauch, beim bloßen Gedanken an diese Dinge fühlte er seinen Leib kalt durchschauert. Denn Marialva konnte mit Gottes Hilfe und dem Leberfleck auf der Schulter ohne weiteres eine von ihnen sein, so mächtig war er von dem Mädchen beeindruckt, als er zum ersten Mal ihr Gesicht sah, ihre Augen entdeckte, ihrem Lächeln erlag und sie mit jener maßlosen, da hoffnungslosen Begierde begehrte. Er würde sich damit zufrieden geben, das Muttermal auf der linken Schulter zu berühren, und blieb wie ein Sklave vor ihr stehen, ein unterwürfiger Hund, ein Erdenwurm. Er senkte den mächtigen Schädel wie einen Rinderkopf und wartete auf ihre Befehle, um sie unverzüglich auszuführen. Sie lächelte nur, das süßeste aller

Lächeln, und sah ihn mit jenen scheuen schutzsuchenden Augen an. Der Neger blähte die Kämpferbrust, seine Muskeln spannten sich unter dem durchlöcherten Hemd. Marialvas Lächeln wurde groß und hell, als sie die Bullenkraft des Negers betrachtete, und sie schloß halb die Augen.

Nach der gegenseitigen Vorstellung öffnete sie den Mund, um einige Worte der Entschuldigung vorzubringen, warum sie ihn nicht in das noch unordentliche Haus bat, überdies sei sie selber zu dieser frühen Stunde noch nicht für Besuche gerüstet. Korporal Martim blickte stolz drein, als wolle er Massu fragen, ob jemand in Bahia eine so schöne Frau und so vollkommene Hausfrau besäße. Marialva war eine Senhora. Und zu ihren Füßen, im Staub, kroch der Neger Massu.

Martim war morgens um drei Uhr dreißig an der Rampe des Marktes gelandet. In der Hosentasche klimperten die Schlüssel des von Maria Clara gemieteten Hauses. Ausnahmsweise eilte er bei der Ankunft in Salvador, von auswärts kommend, nicht unmittelbar zu Tibérias Pension. Wenn er, eingeladen von Boots- oder Barkassenbesitzern, von einer kurzen Ausfahrt nach Sicherer-Hafen oder Valença, nach Cachoeira oder Santo Amaro zurückkehrte, galt sein erster Besuch stets Tibéria. Stets brachte er ihr ein Andenken mit und erzählte ihr von seinen Reiseerlebnissen. Dann tranken sie auf seine Heimkehr, sie aßen zusammen, wenn es gerade Essenszeit war, und wenn er mitten in der Nacht oder gegen Morgen die Stadt betrat, war noch stets eine Dirne wach, um ihm ein Obdach in ihrem Bett zu gewähren, ihr Kopfkissen mit ihm zu teilen, ihn mit der Wärme ihres Busens gegen die Kälte zu schützen. Weniges auf der Welt sagte Martim so zu, wie nach einer Woche oder zehn Tagen Seefahrt heimzukehren nach Bahia und wieder die behagliche Luft von Tibérias Freudenhaus zu atmen, während sie in ihrem Lehn- und Schaukelstuhl saß, ihren Altersspeck über die Armlehnen gebreitet, mütterlich, schwatzlustig plauschend, die Dirnen um sie geschart, Jesus am Kopfende des Tisches mit seinen

Abrechnungen beschäftigt, das Ganze gewissermaßen eine trauliche Familie, übrigens die einzige, die Martim kannte und gelten ließ.

Diesmal wandte der Korporal seine Schritte nicht in Richtung Pranger, wo Tibérias Etablissement lag. Er hatte selber sein Haus, sein Heim. Sein Ziel war eine Baracke in Vila América, wo das Paar in Begleitung eines mit den Koffern und Siebensachen beladenen Karrens eintraf. Die Frühaufsteher unter den Nachbarn sahen, wie das Paar den Hang hinanstieg, der Korporal gebeugt unter dem Gewicht einer großen Ledertruhe, die junge Frau einen Sonnenschirm in der Hand drehend und neugierige Blicke werfend. Der Kärrner brachte den Rest des Gepäcks und keuchte den steilen Hang hinauf. Das blaubemalte Holzhäuschen mit einem windschiefen Fenster beherrschte auf dem Hügelkamm die grüne Tallandschaft, die sich unten mit ihren Bananenfeldern, Mango- und Jaquabäumen entfaltete.

Martim stellte die schwere lederbespannte Truhe auf dem Erdboden ab, öffnete die Türe, dann schleppten er und der Kärrner Kram und Koffer hinein. Marialva blieb draußen stehen, vor dem Haus, vor der Landschaft, ließ den Blick über die Umgebung gleiten, ließ sich begaffen und bewundern von der eiligst erwachten Nachbarschaft, deren Köpfe in Türen und Fenstern auftauchten.

Es war einer jener Nachbarn, der Massu die Neuigkeit überbrachte. Gegen acht Uhr stattete der Neger dem Lottoverkäufer gerade seinen üblichen Besuch ab, als einer seiner Bekannten, Robelino mit Namen, ihm riet:

»Wenn du gewinnen willst, spiele ›Bär‹ ... Zehnerreihe, neunzig, setze alles drauf ...«

»Und warum? Ist das ein Tip oder ein Traum?« wollte Massu wissen, der an jenem Morgen wegen einer verzwickten Reihe von Umständen eher für ›Ziege‹ eingenommen war.

»Es ist die Hausnummer Martims, droben auf dem Hügel, das erste, worauf heute mein Auge hämmerte, in aller Herrgottsfrühe. Ich trat gerade vor die Türe meines Blockhäuschens, um mir die Zähne zu spülen, als Martim die Tür zum Nebenhaus öffnete, und mitten auf der Türe stand die Zahl, gemalt mit roter Tinte: 90. Gelungen, daß meine Baracke, genau daneben, die Zahl 126 hat. Müßte eigentlich 92 sein, findest du nicht?«

Massu hielt den Atem an:

»Soll das heißen, daß Martim angekommen ist?«

»Ich sag dir's doch... Er ist den Hang hinaufgeschwitzt, auf dem Rücken einen Mordskoffer, groß wie die Welt, er keuchte unter dem Gewicht. Wenn der voll von Kleidern seiner neuen Dona ist, hat nicht mal die Frau des Gouverneurs so viel anzuziehen... gar nicht zu reden von dem anderen Koffer, den der Kärrner zog, und obendrein noch eine Riesenkiste.«

»Welche Dona denn?«

»Die bei ihm war, die Leute erzählen herum, er hätte sich verheiratet, wußtest du's nicht? Wieso hast du das nicht gewußt, da du doch sein Freund bist... Er ist mit ihr angekommen, hat die Truhe abgesetzt, die Tür aufgeschlossen, da erst hab ich die Nummer gesehen, früher hatte ich nie darauf achtgegeben. Neunzig, die Zehnerreihe platzte mir geradezu ins Gesicht, ich hab meine gesamten Ersparnisse gewettet, *Seu* Massu...«

Er brach ab, als weile sein Denken anderswo, dann senkte er vertraulich die Stimme:

»Was für ein Weibsstück, Brüderchen, wie das Traggerüst einer Prozession. Was hat Martim nur getan, daß er bei Gott so einen Stein im Brett hat? Donnerknipsel, Brüderchen...«

Massu spielte für alle Fälle zwei Tostões auf ›Bär‹, dann eilte er nach Vila América. Er wollte der erste sein, der Martim umarmte, der ihm die neuesten Neuigkeiten brühwarm erzählte, der sich von ihm berichten ließ, der die vielgerühmte Dona kennenlernte.

Unterwegs merkte er sich am Fuß des Hangwegs eine Kneipe,

in deren Fenster ein reiches Flaschensortiment Zuckerrohrschnaps ausgestellt war. Darauf wollte er Martim aufmerksam machen, dort könnten sie seine Rückkehr feiern. Dies war ein Tag, an dem die Freunde, alle, samt und sonders, frühmorgens einen Saufzug beginnen mußten, der erst in später Nacht, kurz vor Sonnenaufgang, am Kai der Fischerboote enden dürfe.

Er fand den Korporal, den Hammer in der Faust, damit beschäftigt, das schadhafte Vorderfenster zu entfernen, um es instandsetzen zu können. Er war bewaffnet mit Nägeln, Beißzange, Latten und packte eifrig zu. Er legte alles beiseite, um den Neger zu umarmen, und wollte wissen, was es Neues gebe bei Tollhahn, Windsbraut, Curió, Ipicilone, Alonso, bei all den anderen, vor allem aber bei Tibéria und ihrem Mann Jesus. Er wischte sich mit dem Handrücken über die Stirn und griff wieder nach dem Hammer. Massu warf einen Blick auf das Holzhäuschen, auf die Landschaft, die sich hügelabwärts ausbreitete, auf den emsig werkelnden Freund. Er dachte an die Kneipe am Fuß der Steige, er mußte wohl Martim einladen. Doch der Korporal schien derart in seine Arbeit vertieft, so sehr darauf erpicht, das Fenster zu reparieren, daß Massu zu warten beschloß: Wenn er fertig ist, spreche ich von der Kneipe, und dann kippen wir unser Schnäpschen. Er setzte sich auf einen Stein neben der Haustür, zog einen Zahnstocher hervor und begann seine schneeweißen makellosen Zähne zu säubern.

Während Martim nagelte und das Fenster wieder brauchbar machte, sprach er von diesem und jenem, von den Leuten in Cachoeira und Sankt Felix, von Maragogipe und Muritiba, von Kreuz-der-Seelen – in all den Orten war er gewesen. Auch Massu erzählte ihm, was es Neues gab, Einzelheiten vom Ogun-Fest des Vorabends, er berichtete von dem scheußlichen Fieberanfall, der Ipicilone zehn Tage lang aufs Bett gestreckt hatte; das Fieber sei auf kein einziges Apothekenmittel angesprungen und sei erst auf wunderbare Weise ge-

wichen, als man Jungmädchen, die »Besprecherin«, rief. Sie habe Ipicilone gegen elf Uhr morgens besprochen, so daß er gegen vier Uhr nachmittags bereits wieder auf zwei Beinen stand und um etwas Eßbares bat. Eine Besprecherin wie Jungmädchen gab es in Bahia kein zweites Mal. Martim pflichtete ihm bei und stellte einen Augenblick seine Arbeit ein, um Jungmädchen und ihre Fähigkeiten zu preisen. Wie alt mochte Tante Jungmädchen mittlerweile geworden sein? Sie hatte sicherlich die Achtzig hinter sich, wenn sie nicht bereits eine gute Neunzigerin war. Trotzdem tanzte sie noch in der Runde der Heiligentöchter beim Candomblé der Senhora und trippelte kilometerweit zu Fuß, ihre heiligen Kräuterblätter schleppend, die sie im Peji von Ossani geholt hatte. Ja, Tante Jungmädchen gehörte zur alten, unverwüstlichen Garde!
Massu erwähnte auch das vorübergehend verschwundene Gepäck Otálias, eine Spielerei Nelke-im-Knopflochs, die ihn und die Freunde gezwungen hätte, bis zum Sandweg zu zotteln. Nun wollte Martim wissen, wie es Zico und seiner Familie ging, wie den Spielfreunden, Lourival, den Leuten aus Buben-Wasser. Massu stand Rede und Antwort, kehrte aber sogleich wieder zu Otália zurück: das sei vielleicht ein hübsches Püppchen, Curió habe sich über alle Ohren in sie verknallt, doch die kleine Otália sei eine lahme Trine. Sie habe zwar mit Curió ebenso anstandslos gepennt wie mit den anderen, von Liebschaft oder Verhältnis habe sie aber nichts wissen wollen, sie habe sich weder an ihn noch an irgendeinen anderen gehängt. Wenn sie mit ihnen zu einem Schwof ausging oder zu einem Fischgericht auf einem Fischerboot, gab sie dem ersten besten Anwärter den Arm und blieb bis zum Schluß des Festes bei ihm, sie überließ sich ihrem Partner mit einem Drängen, das fast mit Liebe zu verwechseln war. War aber die Nacht vorbei, gönnte sie ihrem Dingsda keinen Blick mehr, als wäre zwischen ihnen nie das Geringste vorgefallen. Zumal über Curió spottete sie, sie machte sich lustig über seine Blicke, verlachte seine Seufzer,

seinen alten zerschlissenen Gehrock und sein bemaltes Gesicht. Es nutzte nicht, daß er sein Gesicht reinwusch, seinen widerspenstigen mulattenkrausen Haarschopf mit dem Inhalt ganzer Brillantinedosen zu bändigen versuchte, nichts rührte sie. Nicht der Kauf eines neuen Rocks, nicht einmal ein Verschen, das er zu ihren Ehren geschmiedet hatte, ein wirklich kunstvolles Gebilde, in dem Otália sich auf Dahlia reimte und in dem von seinem Herzen und seinen Schmerzen die Rede war. All das machte ihr keinerlei Eindruck, sie verdingte sich nachmittags und abends im Freudenhaus, um anschließend am Kai spazieren zu gehen, da sie das Ein- und Auslaufen der Schiffe so gern sah. So war sie, diese Otália, ein wenig bescheuert, ein wenig unterbelichtet. Sie hatte Jacinto abblitzen lassen – wußte Martim noch, wer er war? Ein frecher Grünling, der den Spielteufel im Leib hatte, ein Lackaffe und Hammel, der nie ohne eine Krawatte um den Hals auf die Straße ging. Er hatte Otália ein festes Verhältnis angeboten, nichts weniger als das. Doch sie entgegnete, sie würde nicht mit ihm schlafen, nicht einmal als Kunden, für kein Geld auf der Welt, nicht, wenn Tibéria es ihr befehle, sie zöge vor, nach Bonfim zurückzufahren. So gebaut, ohne Rücksichten, ohne ein Blatt vor den Mund zu nehmen, dabei bildhübsch, zwar keine Schönheit, vor der man sofort in die Knie ging, aber dennoch appetitlich und gefällig, war Otália mittlerweile der Mittelpunkt der allgemeinen Anziehung geworden. Tibéria hatte sich für sie erwärmt, desgleichen Justino, Jesus hatte ihr sogar eine neue Puppe gekauft, eines jener Riesenbabies aus Zelluloid, welches die in braunem Packpapier aus Bonfim mitgebrachte, beschädigte, altersschwache Puppe ersetzen sollte. Ja, sie spielte noch mit Puppen wie ein richtiges Kind. Ein Kind, und dabei ein so blutjunges, mitunter befiel einen Mitleid, wenn man sie im Wohnzimmer des Freudenhauses sitzen und auf einen Mann warten sah. Als sie in Bahia ankam, hatte sie sich älter gemacht und als Achtzehnjährige ausgegeben, doch Tibéria hatte sie einer Zwangsbeichte unterzogen und die Wahrheit erpreßt: Sie war mit knapper Not sechzehn geworden.

Es war nicht Massus Absicht, den Freund herauszufordern, wenn er von diesen Dingen sprach, wenn er in der Morgensonne Otálias widersprüchliches Porträt entwarf. Derartige Feinheiten waren nicht Sache des Negers, er sprach von der Kleinen, weil er sie gut leiden konnte, er war wütend, weil er ein halbes Kind als Hure sah. Dennoch war Massu kein so schlechter Beobachter, daß er sich nicht über das gleichgültige Schweigen des Korporals verwundert hätte, der weiterhin seine Nägel einschlug, die Latten der Fensterrahmen zurechtrückte und die Erläuterungen des Negers mit einem Lächeln begleitete; doch war leicht zu sehen, daß er das nur aus guter Erziehung tat – man weiß, wie gut erzogen der Korporal war – und aus keinem anderen Grund. In der Tat – dachte Massu –, Martim war völlig verändert, die Gerüchtemacher hatten recht. Zu anderen Zeiten hätten seine Augen Blitze geschossen, er hätte Massu einem Kreuzverhör unterzogen, er hätte keine Zeit mit dem Instandsetzen von Fensterrahmen verloren, sondern hätte schnurstracks Otália nachgespürt. Stattdessen hörte er unaufmerksam zu, ein Ohr auf die Unterhaltung des Negers gerichtet, das andere dem Inneren des Hauses zugewandt, in Erwartung jedweden Geräusches, das herausdringen mochte.

Bis zu jenem Augenblick war kein Wort über Marialva gefallen, nicht, daß es Massu an Lust gefehlt hätte, er war ja verrückt darauf, etwas über die vielbesprochene Frau des Korporals zu erfahren, über jene, der zuliebe dieser sein altes Leben an den Nagel gehängt. Doch fühlte er sich nicht befugt, die Unterhaltung auf einen so heiklen Punkt zu lenken. Martim kam es zu, die Unterhaltung darüber einzuleiten, ihm in aller Form seine Verehelichung mitzuteilen, von seiner Frau zu sprechen oder ihm zumindest ein Stichwort zu geben, irgendeinen Anhalt, an dem er einhaken und das Gespräch weiterspinnen konnte. Solange Martim nicht seine

Verschlossenheit ablegte und unablässig von diesem und jenem schwatzte, von Tod und Teufel, nur nicht von dem, was wirklich interessierte, konnte Neger Massu nicht das Thema wechseln, ohne die unantastbaren Gesetze der Höflichkeit zu verletzen.
Wer weiß, wenn der Korporal seine Fensterreparatur beendet hatte und sie zusammen zu einem Schnäpschen in die Kneipe hinuntersteigen würden, vielleicht würde er dann seine Zurückhaltung aufgeben und endlich die Karten auf den Tisch legen. Massu wälzte gerade diese Mutmaßungen, als er eine Veränderung in Martims Gesichtszügen bemerkte. Der Neger, mit dem Rücken zum Haus auf dem Stein hockend, drehte sich um. Hinter ihm stand Marialva, wie eingerahmt von der Tür, und musterte ihn mit kritischen Augen. Kaum hatte der Neger sich umgedreht, als alle Härte aus ihrem Blick wich, jeder Argwohn, um sich in die einer scheuen, verwöhnten Jungfrau in Gefahr zu verwandeln, die plötzlich den Helden erkennt, der die Fähigkeit besitzt, sie zu verteidigen. Der Wandel ihres Gesichtsausdrucks war so rasch vor sich gegangen, daß Massu alsbald jenen ersten Blick der kalten argwöhnischen Augen vergaß. Ihre Stimme vervollständigte die Verzauberung, denn sie klang melodisch und eingeschüchtert:
»Martim, willst du mich nicht vorstellen?«
Neger Massu erhob sich und streckte die Hand aus. Martim sagte:
»Du weißt sicher, daß ich mich verheiratet habe. Das ist meine Patroa.« Und, zu Marialva gewandt: »Und dieser flotte Bursche ist hier Massu, mein Busenfreund, mein Bruder.«
Marialvas kleine Hand verschwand in der Bärenpranke des Negers, der verbindlich lächelte und seine frisch gestocherten Zähne zeigte.
»Sehr erfreut, Dona. Ich habe schon viel von Euer Gnaden gehört, Ihr Ruhm eilte Ihnen voraus, man hat nur von Martims Heirat gesprochen.«

»Davon hat man hier gesprochen?«
»Und wie... Es gab keinen anderen Gesprächsstoff...«
»Und warum gerade darüber?«
»Niemand, müssen Sie wissen, hat daran geglaubt, daß Martim sich verheiraten würde. Den hat bisher keine an die Kette legen können...«
»Aber nun ist er verheiratet und sehr gut verheiratet, wenn Sie es genau wissen wollen. Und wer daran zweifelt, soll herkommen und es mit eigenen Augen sehen...«
»Marialva?« unterbrach Martim jäh, mit erbostem Gesicht. Nur eine Sekunde lang hatte die Stimme der jungen Frau messerscharf geklungen, hatte Zorn ihre Augen gebleicht; doch kaum hatte Martim sie zur Ordnung gerufen, als sie wiederum ihre Haltung des scheuen Rehs annahm, umbraust von den Stürmen des Lebens, sie war ganz melodische Stimme, schüchterner Blick, zärtlichkeits- und schutzbedürftig. Der Ausbruch war so blitzschnell gewesen, daß Massu ihn ebenso rasch vergaß, wie er den auf seinen Rücken gehefteten Blick vergessen hatte. Wer recht hatte, dachte der Neger, war Robelino, der Marialva mit einer Heiligen auf ihrem Traggestell verglichen hatte, vor der Neger Massu am liebsten anbetend in die Knie gesunken wäre.
Sie nahm wieder ihre bescheidene Pose der höflichen Hausfrau an und erklärte:
»Schade, daß im Haus noch alles auf dem Kopf steht, drum bitte ich Sie nicht herein. Doch Martim hat mir gesagt, er will die Freunde heute abend zu einem Täßchen Kaffee bitten. Ich hoffe, Sie kommen auch . . . Ich erwarte Sie.«
»Sie können mich erwarten, ich komme mit Bestimmtheit.«
Martim stellte wieder sein altes Lächeln zur Schau. Er hatte die Stirn gerunzelt, als Marialva herausgeplatzt war, mit einem einzigen Wort ihren Willen durchgesetzt und gezeigt hatte, wer das herrische Zepter im Hause führte. Vielleicht bekräftigte er deshalb jetzt Marialvas Einladung und bat Massu, sie an die Freunde weiterzugeben. Und, übers ganze

Gesicht strahlend, mit dem Hammer den Bauch des Negers betätschelnd, fügte er hinzu:
»Du mußt heiraten, Massu, damit du weißt, was gut ist...«
Marialva senkte sittsam den Blick. Dann machte sie einen Schritt auf Martim zu, der Korporal kam ihr entgegen, umarmte sie, drückte sie an seine Brust, küßte sie auf den Mund, und sie schloß die Augen. Massu blickte befangen drein.
In diesem Augenblick sauste ein Paket, von einem jenseits des Sträßchens gelegenen Hang mit aller Kraft geschleudert, an ihnen vorbei und fiel kurz hinter dem Haus zu Boden. Als es aufschlug, zerriß die Papierhülle und mit ihm die Schnur. Und es kam zum Vorschein ein totes schwarzes Huhn, dessen Hals abgeschnitten war; der Kopf war sicherlich zu Füßen von Exu geblieben. Außerdem gelbes Dendêpalmehl. Ein Stück Stoff, der Rest eines von Martims alten Hemden. Ein paar Münzen. Martin lief in Richtung Abhang, nur um eine Gestalt hinter dem Hügel verschwinden zu sehen. Marialva starrte den in nächster Nähe des Hauses auf dem Boden zerstreuten Ebó an. Massu kratzte sich an seinem Krauskopf, bückte sich, berührte den Erdboden mit der Hand, die er zur Stirn hob, murmelte: »Ogun ê, ê Ogun ê«, seinen Heiligen um Hilfe anflehend, und sagte:
»Gott erlöse uns von bösem Tun, Gott und Xangô.«
Wieder blitzte in Marialvas Augen ein zornigkaltes Leuchten auf, jenes Zeichen vorbedachter Berechnung. Sie trat auf den Zauber zu, betrachtete ihn aus der Nähe und erklärte:
»Die können Zauberspuk treiben, so lange sie wollen. Jetzt gehört Martim mir, und ich mache mit ihm, was ich will.«
Martim kehrte rechtzeitig zurück, um sie davon abzuhalten, eine Torheit zu begehen und die Überbleibsel des Ebó mit den eigenen Händen fortzuwerfen.
»Bist du wahnsinnig geworden? Willst du, daß wir sterben? Laß es liegen, ich werde Mutter Doninha rufen, sie nimmt dem Ding die Kraft weg und reinigt unsere Körper. Könntest du sie für mich rufen, Massu?«

»Beruhige dich, ich geh hin und bring sie her.«
Doch bevor er fortging, fiel ihm die Kneipe drunten ein, es war heiß, jetzt würde ein Gläschen gut tun. So schlug er vor:
»Willst du nicht vorher einen mit mir zischen, gleich dort unten ist eine Butike ...«
Martim lächelte:
»In Ordnung. Gehen wir, Brüderchen...«
Er nahm Massu am Arm, massig wie ein Baumstamm, und schickte sich mit ihm zum Gehen an. Marialva sagte:
»Warte. Ich komme mit...«
Unmutig blieb Martim stehen. Er blickte auf seine Frau, die hinter ihm hergelaufen kam, er wollte etwas sagen, äugte nach Massu, der Neger wartete, Martim zauderte, doch Marialvas siegreiche Miene bestimmte ihn zu erwidern:
»Du kommst nicht mit. Der Ort einer verheirateten Frau ist im Haus, dort soll sie sich um ihren Kram kümmern... Wir kommen gleich wieder...«
Sie stiegen den Hang hinab, Marialva hörte Martims lachendes Geplauder mit dem Neger. Eines Tages zahlt er mir alles, dachte sie, die Augen von neuem von jenem kalt-berechnenden Blick getrübt.

8

Die Heilige stieg von ihrem Traggerüst herunter; glücklicherweise wurde sie dabei nicht von Neger Massu, ihrem jüngsten Bewunderer, oder von Rubelino, dem Urheber dieses Vergleiches, gesehen. Marialvas Gesicht verdüsterte sich, schon sah sie Schwierigkeiten in Bahia voraus, hier würde sie nicht so leichtes Spiel haben wie auf ihrer Reise durch Recôncavo. Kaum waren sie in der Stadt gelandet, wagte Martim, ihr Vorschriften zu machen, über ihr Tun und Lassen zu bestimmen, sie im Haus schuften zu lassen, während er mit einem seiner Kumpane in der Kneipe Schnaps trinken ging. Martims Lachen, beantwortet von Massus heiserem

Gelächter, verlor sich auf der Steige, Marialva witterte Gefahr in diesen Lachsalven, in der Luft der Stadt, in Massus handfester ruhiger Gegenwart, in der grünen Landschaft der Bananenfelder, gesprenkelt von den bunten Häuserflecken in Blau, Gelb, Rot, Rosa. Es würde nottun, sie alle in die Knie zu zwingen, Martims gefeierte Freunde, und ihnen den Fuß auf den Nacken zu setzen. Zweimal schon an jenem ersten Vormittag hatte der Korporal die Stimme gegen sie erhoben und sie unter seinen Willen gebeugt. Gleich am ersten Tag, noch bevor sie richtig eingezogen und eingerichtet waren. Wo war der maßlos Verliebte geblieben, der außerstande war, sie auch nur einen Augenblick allein zu lassen, und bisher nur vor ihren Pantoffeln im Staub gekrochen war?
Es war an der Zeit, ihn den Zügel spüren zu lassen, ihm notfalls die Sporen der Eifersucht zu geben, ihm das Herzblut abzuzapfen. Marialva besaß Erfahrung in dergleichen Lagen, sie liebte es, die Männer herumzukommandieren, auf ihren Nasen herumzutanzen, sie ihren Reizen hörig zu sehen. Und je größer ihre Zahl war, desto tiefer die Lust, das Vergnügen am Befehlen, die Wollust, sie nach List und Laune zu gängeln. Sie tat alles, um sie zu erobern, sie war bescheiden und scheu, schutzbedürftig und zärtlich, sie wußte sich unentbehrlich zu machen. Dann aber saugte sie die Männer aus, beraubte sie ihres Willens und ihrer Entschlußkraft, um sie wie ausgequetschtes Zuckerrohr wegzuwerfen, sobald sie nichts mehr taugten, sobald sie ihr alles, sogar ihr männliches Gewissen, ihr männliches Bewußtsein, ausgeliefert hatten. Dann waren sie zu nichts mehr zu gebrauchen und nur mehr imstande, sich an sie, Marialva, zu erinnern, noch ein letztes Mal in ihrem Bett schlafen zu wollen, sie zu schmähen und zu hassen, von ihr zu träumen. Sie war geboren, Männern zu befehlen, sie war geboren, Königin zu sein, die über Sklaven schritt, als Heilige auf einem Traggestell auf die lange Kette kniender Männer herabzuschauen,

wenn sie – was für eine Männerfresserin! – an ihnen vorübergetragen wurde. Sie, Marialva.

Bis jetzt hatten ihre Pläne sich wunschgemäß verwirklicht. Schon lange war sie mit dem Gedanken umgegangen, dem kleinen Städtchen von Recôncavo den Rücken zu kehren, um zur Eroberung der Hauptstadt aufzubrechen. Sie hatte sich jedoch nicht träumen lassen, daß sie so viel Glück entwickeln und am Arm des Korporals Martim, ihrem Liebhaber, nachdem sie ihn eingefangen und gezähmt hatte, triumphierend in Bahia landen würde. Doch so war es geschehen, und Marialva war entschlossen, ihn unter ihrer Fuchtel zu halten, ja, ihn immer mehr zu unterjochen. Sie war in Bahia ausgestiegen, am Gängelband jenen Mann, der als der freieste der Männer galt, nach dem alle Frauen seufzten, dessen Herz sich nie verschenkt hatte. War das nicht das Tagesgespräch aller? Nun galt es, den ihrem Willen unterworfenen Korporal Martim vorzuzeigen. Dafür mußte sie ihn kurzhalten. Und wenn er daran denken sollte, auszubrechen, wußte sie ihn zu bändigen: Sie brauchte nur einem anderen zuzulächeln und ihre Augen spielen zu lassen. Sie hatte ihn zu erobern verstanden, es würde ihr auch gelingen, daß er verliebt und abhängig, daß er von ihren Gebärden und Worten, von Marialvas Willen lebte.

Sein Ruf als Spieler, als Gauner, als unbestrittener Verführer und wankelmütiges Herz war Martim durch die Städtchen von Recôncavo vorausgeeilt, noch bevor er nach Cachoeira kam, war von ihm die Rede gewesen in den Frauengassen, in den armseligen Kneipen, auf den Märkten. Von der Stadt, durch die er reiste, kamen die Nachrichten, verliehen ihm Gestalt und betörten die Herzen. Auch Marialva, die einige Zeit lang in Leonor Kokospuddings Frauenhaus gearbeitet hatte, hörte von ihm reden, von den ihm zuliebe vergossenen Tränen, von Frauen ohne Zahl, die ihm nachliefen, um ein Wort, eine zärtliche Gebärde von ihm zu erbetteln. Er schlief zwar mit der einen und mit der anderen, doch mit keiner wurde er warm, und bald war seine Neugierde befriedigt. Marialva gelobte sich, ihn gefügig zu machen, sobald er dort auftauchen würde. Um Martim in ein Werkzeug ihres Willens zu verwandeln und ihn später abzuschütteln, wie sie es mit Duca, ihrem Mann, mit Artur, mit Toni von der Kapelle, mit Juca aus Minas, ihren Liebhabern, mit so vielen anderen, Eintagsliebschaften, gemacht hatte. Zumal mit einem, der sich als Herzensbrecher und Don Juan aufspielte. Sie mußte zeigen, wie brav er ihr aus der Hand fraß, wie ergeben er hinter ihrem Heiligenbild einherkroch, sie mußte beweisen, was eine Marialva wert war.

Es fiel ihr nicht einmal so schwer: Kaum tauchte der Korporal auf, als sein Blick unverzüglich an ihr haften blieb. Vielleicht dachte er nur an eine Nacht im Bett, doch Marialva hatte ihre Pläne geschmiedet. Sie begriff sogleich, daß Martim fern von seiner Geburtsstadt, von seiner Umwelt, von seinen Freunden, vor Heimweh verging, umsomehr, als man den Monat der Feste schrieb: den Juni. So versuchte er seine ausweglose Vereinsamung in Schnaps und Frauenkörpern zu vergraben. Das Geld, das er bei den Bauerntölpeln leicht verdiente, vergeudete er in Kabaretts und Kneipen mit vollen Händen und versuchte dabei, die Stadt Bahia, in der er sein lebenslustiges Wesen zurückgelassen hatte, zu vergessen.

Marialva merkte sofort, wie einsam der Korporal war, vielleicht, weil sie selber die Einsamkeit fürchtete und haßte. So umhegte sie ihn mit Zärtlichkeit, sie verstand es, mütterlich zu sein, Leib und Herz zu sein, in denen alles Leid der Welt Platz sowie Trost und Heilung findet. War sie nicht selber ebenso schutz- und zärtlichkeitsbedürftig? So jedenfalls sagten die Augen jenes verschüchterten kleinen Mädchens, das ein Opfer der Verständnislosigkeit und des Schicksals geworden war. Martim fühlte, wie Zartheit ihn umgab, wie Wärme seine Einsamkeit löste, wie ein Arm seine Wehmut vertrieb. Getröstet tauchte er hinab in die Geheimnisse jenes Körpers, dessen Seele sich über ihn gebreitet hatte.

Ah! Es gab wenige Frauen, die im Bett Marialva glichen! Mochte es ein Glück oder ein Unglück sein, wer eine einzige Nacht mit ihr verbracht hatte, war fortan ein neues Wesen, ein anderer Mensch. Er war in einem bestimmten Augenblick ein Erwählter geworden. Alle, die dieses Glück oder Unglück erlebt hatten, sollten sich versammeln und zu einer Bruderschaft oder einem Bund, zu einem ehrenwerten, hochheiligen Orden zusammenschließen, um sich zumindest einmal im Monat an einem bestimmten Tag und Ort zu versammeln und unter Tränen und Zähneknirschen eine Gedenkstunde abzuhalten. Gab es doch wenige Frauen, die es im Bett mit ihr aufnehmen konnten: Sie war ein stürmisches Gewitter, eine läufige Hündin, eine brünstige Stute, und gleich darauf ein stilles Stauwasser, ein zärtliches Kopfkraulen, beruhigender Ruheschoß, und wieder ein Meer von Aufruhr, und wieder das Gurren von Tauben. Wer einmal mit Marialva schlief, hatte weder Ruhe noch Freude, bis er von neuem neben ihr lag, von ihrem Hunger aß, von ihrem Durst trank. Ein Seemann hatte einmal mit ihr geschlafen und war am darauffolgenden Tag nach Salvador abgereist, wo sein Schiff vor Anker lag. Er fuhr aus mit der Erinnerung an Marialva, ging aber bei der ersten Zwischenlandung von Bord, um nach Bahia zurückzukehren und flehend zu ihr zu laufen. Sogar ein Pater schlief eines Nachts mit ihr, und seither reitet ihn der Teufel für alle Zeiten.
Auch Martim empfand die Macht ihres Körpers. Ihres so geheimnisreichen Körpers und des von mütterlicher Güte erfüllten Herzens, das ihm die Einsamkeit ertragen half und ihm die Lebensfreude wiederschenkte. Somit schien es ihm, als hätte er mit Marialva seine bessere Hälfte gefunden, die andere Seite seines Gesichts, die Frau, die er in allen vorigen gesucht hatte, die seine, einzige, immerwährende.
Marialva, die ihm Ergebene, ihn Vergötternde, leidenschaftlich Verliebte. Martim sonnte sich und schwelgte in dieser Ergebenheit, in ihrer Vergötterung, in ihrer grenzenlosen

Leidenschaft. Zugleich heißblütig, sinnlich, scheu und zurückhaltend, gestand sie ihm, nicht gelebt zu haben, bevor er in ihr Leben getreten sei; erst jetzt, mit ihm, lerne sie das Dasein und die Bedeutung der Liebe, bisher sei alles vergeblich und sinnlos gewesen. Und so ging es auch Martim, so daß ihre Verliebtheit ins Rauschhafte stieg und die beiden in ganz Recôncavo als das vollkommenste Paar auf Hochzeitsreise galten. Martim fühlte sich wie ein fahrender Ritter, der das arme Opfer eines widrigen Schicksals aus der Prostitution rettete, sie, geboren zur Liebe und Hingabe an einen einzigen Mann, um seine treue, einzige Sklavin zu sein, die seine für immer und über den Tod hinaus.

Abgesehen von den Nächten mit ihrer Besessenheit, mit ihren Bissen und ihren Seufzern, hatte es nie ein goldeneres Fleisch, einen duftenderen Busen gegeben. Tausendmal starb er in ihrem Schoß, tausendmal erstand er glorreich in ihrem dankbaren Blick. Langsam aber sicher verschlang Marialva den Korporal, er war ihr großer Ruhm, sie würde mit ihm in Bahia einziehen, als seine Frau, die Herrin jeder seiner kleinsten Gebärden, aller seiner Augenblicke. Nie war die kleine Dirne vom Sankt-Anna-Markt so hoch gestiegen, die Tochter einer Köchin im Hause Falcão, denn nicht der Reichtum lockte sie, sie gierte auch nicht nach Ruhm, sie war nur darauf erpicht, die Männer zu beherrschen, sie zu ihren Füßen zu sehen, einem Wort ihres Mundes, einer Gebärde ihrer Hand gehorchend. Sie war die Ehefrau Korporal Martims, der König der Landstreicher Bahias war ihr Diener.

Doch kaum waren sie an der Markt-Rampe von Bord gegangen, als sie eine kaum merkliche Veränderung spürte. Als ob beim Betreten der städtischen Pflastersteine etwas in Martim wüchse. Marialva wurde hellhörig. Und gleich darauf, noch am Morgen ihrer Ankunft, hatte er zweimal aufbegehrt, die Stimme erhoben, ihr einmal das Wort abgeschnitten und ihr nachher verboten, ihm zu folgen. Daher kam es darauf an, ihn von neuem an seinen Platz zu verweisen, nämlich ihr,

Marialva, zu Füßen. Vor der Tür des Holzhäuschens, das Gelächter der den Hang hinabsteigenden Freunde im Ohr, wappnet und stärkt sie sich für jedwede Situation, der sie zu begegnen hat. Sie blickt ringsum in die Landschaft, auf das Häusergewirr der Stadt, das sich den Hang hinauf zieht und am Meer entlang ausbreitet: Dort überall würde Martim wie ein Hündchen hinter ihr herlaufen.

Den Hang hinab, Richtung Butike, sang Martim seinem Freund Massu ein Loblied auf das Eheleben. Er hatte nie gedacht, soviel Reiz und Abwechslung in der Ehe zu finden. Indessen, obgleich er in Marialva verliebt war und glücklich, sie und ihre Liebe zu besitzen, glaubte er sie doch ganz allmählich und sanft an ihren Platz verweisen zu müssen. Sie war in den Zeiten des Idylls von Recôncavo verwöhnt worden, da sie ihm die ganze Zeit überallhin auf Schritt und Tritt gefolgt und keine Sekunde von seiner Seite gewichen war. Ob Massu gesehen habe, wie er ihr beim Weggehen den Kopf wusch? Ein Nasenstüber dann und wann war dem Eheleben sehr zuträglich und bewirkte, daß die Ehefrau sich ihrem Gatten in zunehmendem Maße unterordnete. Dadurch, daß er sie dahin stellte, wo sie hingehörte, setzte er sie ins genaue Maß ihrer Rechte ein. Massu sollte all diese Dinge lernen, denn sicherlich würde er früher oder später heiraten, eine Familie gründen und sich den Freuden des eigenen Heims ergeben.

9

Ja, der Korporal war den Freuden des eigenen Heims ergeben, und zwar mit unbedingter Überzeugung – das konnten die Freunde abends selber feststellen, und sie beneideten ihn darum. In der Tat, ihr vorherrschendes Gefühl war der Neid. Es gab auch noch andere Empfindungen, wir wollen sie nicht verbergen und werden sie auch noch erwähnen, selbst die weniger rühmlichen. Zum Beispiel leuchteten die Augen Nelke-im-Knopflochs vor hemmungsloser Begeisterung, als er das Besteck sah. Und weniger rühmlich, weil ordinär, waren die Gefühle der ganzen Versammlung (natürlich mit Ausnahme von Maria Clara) im Hinblick auf Martims Frau. Marialva überbot sich in Liebenswürdigkeiten, sie ging von einem zum anderen. Vom Standpunkt des Eheglücks aus, das bei dieser Gelegenheit unter Beweis gestellt wurde, war die erste Einladung ein voller Erfolg für Hausherrn und Hausfrau. Und für Marialva ein doppelter Erfolg, denn wer von den Gästen war ihrer Schönheit und Zurückhaltung nicht erlegen, wer von ihnen hatte sich nicht in die Prozession ihrer Verehrer eingereiht, während sie auf ihrem Postament stand, wobei ihr Postament ein Bett mit Spiegel war? Als die Gäste jedoch nach Mitternacht fortgingen, schüttelte Jesuíno Tollhahn, dessen Lebenserfahrung und Urteilskraft von niemandem bezweifelt wurden, bedächtig den Kopf, rümpfte die Nase und prophezeite pessimistisch:

»Zu schön, um dauerhaft zu sein...«

Diesmal schenkten die Freunde ihm keinen Glauben. Sie hielten im Gegenteil die Wandlung des Korporals für endgültig und beneideten ihn im Grunde samt und sonders. In jener Nacht waren sie alle bereit zu heiraten, sogar Nelke-im-Knopfloch, der ein alter Ehemann und mehrfacher Vater war. Aber ach, sollte es ihm je vergönnt sein, eine zweite Marialva kennenzulernen, er würde trotz bescheidener Güter eine neue Familie gründen, neue Kinder zeugen, denn er nährte keine Vorurteile gegen die Vielehe. Alle beneideten den Korporal, einschließlich Jesuíno. Und das ist die volle Wahrheit. Wie gut hatte Martim ausgesehen! Fast feierlich lehnte er in seinem Lehnstuhl, angetan mit einer weißen Leinenhose und der gestreiften Pyjamajacke, dazu klopfte er vorsichtig seine Zigarettenasche in dem Aschenbecher ab. Sie hatten den Korporal beobachtet, seine Ruhe, jetzt schmiedeten sie selber Heiratspläne, unbestimmte Pläne freilich, die

zwar verschiedene Einzelheiten, aber eine einzige Ehefrau, vorsahen: Marialva.
Alle, mit Ausnahme von Jesuíno. Martim beneiden, Marialva begehren, das tat er, doch nicht im Sinne einer Eheschließung. Wenngleich er es vermied, seine Vergangenheit zu berühren, und nie auf das Thema zu sprechen kam, so war Tollhahn doch in früheren Zeiten, vor vielen Jahren, verheiratet gewesen. Man wußte, daß seine Ehe nicht glücklich gewesen war, man munkelte von Geschichten und düsteren Geheimnissen. Fest stand in Jesuínos Fall einzig und allein, daß er weder Frau noch Heim besaß, als er zum ersten Mal in Bahias Straßen auftrat. Den Lästerzungen zufolge trug er aus seiner Ehe nur die Last eines Toten auf dem Rücken, den Leichnam eines jungen Burschen, des einstigen Liebhabers seiner Frau. Ob das Wahrheit oder Erfindung war, konnte nie festgestellt werden. Wenn die Nachricht zutraf, so empfand Tollhahn dennoch nie das Bedürfnis, seinen Toten auch nur einen Augenblick abzusetzen, um einen Lidschlag lang zu verschnaufen. Nein, nie hatte er seine Last mit den Freunden zu teilen gewünscht, wenn er je eine oder diese Last getragen hatte. Und doch lastet ein Toter schwer, das ist eine erwiesene Tatsache, wer wüßte das nicht? Selbst wenn er eines natürlichen Todes gestorben war und heute friedlich in einem Sarg liegt; doch wieviel mehr, wenn er mit Messerstichen abgemurkst worden war, mit einem haßvergifteten Dolch, wie es von dem durch Tollhahn ins Jenseits beförderten Zeitgenossen hieß. Jeder Stich wiegt mehr als hundert Kilogramm. Sieben mal hundert sind siebenhundert, es wird schwer halten, einen derartig schweren Toten auf dem Rükken zu schleppen, ein ganzes Leben hindurch. Hat man darüber schon einmal nachgedacht? Tagaus tagein sind die Arme des Verblichenen um den Hals des Lebenden geschlungen, seine gefalteten Hände beklemmen die Brust, sein Gewicht beugt ihm den Rücken, bleicht ihm das Haar, drückt ihm das Herz ab. Eines Tages hält der Arme es nicht mehr aus, er

wirft den Toten auf die Erde, in der unvermutetsten Stunde, an einer Bartheke, im Bett einer unbekannten Frau, auf dem menschenwimmelnden Markt, mitten auf der Straße, selbst auf die Gefahr hin, ins Gefängnis zu wandern oder aus Rachsucht der Eltern sein Leben lassen zu müssen.
Wenn Tollhahn einen Erdolchten auf dem Rücken mitnahm, schien er die Bürde leicht zu tragen, er teilte sie mit niemandem, auch nicht, wenn er betrunken war und vornüber auf den Tisch sank, sei es in der Kneipe von Isidro do Batualê oder nebenan, in Alonsos Laden. So viele und viele Jahre hindurch ein derartiges Gewicht zu schleppen, jeden Tag den Toten auf den Lenden zu spüren, jede Nacht von ihm zu träumen, dazu wäre nicht einmal Jesuíno Tollhahn imstande gewesen. Sehr wahrscheinlich ging die ganze Geschichte der vierzehn Messerstiche – sieben in den Mann, sieben in die Frau, er an Ort und Stelle niedergestreckt, sie gerade noch imstande zu fliehen, jedoch entstellt zu einer hageren Hexe für den Rest ihres Lebens, das Gesicht von oben bis unten zerschnitten – sicherlich ging das Ganze nicht über ein Märchen vom Kai Bahias hinaus. Wenn man die Sache aus der Nähe betrachtete, war der Hundesohn vermutlich gar nicht gestorben, sondern hatte rechtzeitig das Weite gesucht und war mit dem Schrecken davongekommen.
Wenn daher Jesuíno, da er einmal verheiratet und schlecht verheiratet gewesen war, am Neid teilhatte, so nahm er dennoch nicht an der allgemeinen Begeisterung teil. Genausowenig wie Tibéria, versteht sich.
Tibéria übrigens hatte jäh und unwirsch die von Massu überbrachte Einladung Martims zurückgewiesen. Als der Neger sich mit der Botschaft des Korporals im Frauenhaus zeigte, hatte er Schmähreden und Beschimpfungen ohne Zahl über sich ergehen lassen müssen.
Er traf Tibéria in der Geruhsamkeit des Abends, in ihren Schaukelstuhl gelehnt, zu ihren Füßen kauernd Otália mit aufgelöstem Haar und im Begriff, von ihrer Herrin frisiert

zu werden. Tibéria flocht ihr Zöpfe und band sie mit einer blauen Schleife zusammen. Otália sah noch jünger aus, wer hätte je eine Dirne in ihr gesehen? Der Neger trat ein, wünschte einen Guten Abend, blickte die beiden Frauen an, die Wächterin des Freudenhauses und das blutjunge Freudenmädchen. Sie könnten Mutter und Tochter sein, dachte Massu, und es kam ihm ungerecht vor, die beiden Frauen in der Stube eines Bordells sehen zu müssen. Warum ungerecht, hätte er nicht zu sagen vermocht, es war nur ein wirres Gefühl, doch stark genug, daß Neger Massu, dem es nicht lag, über derlei Dinge nachzudenken, plötzlich gewahrte, daß die Welt auf dem Kopf stand und umgestülpt werden müsse. Er wäre sogar in dieser Stunde imstande gewesen, an der eiligen Einrenkung der Welt mitzuwirken, hätte er nur gewußt, wie das zu bewerkstelligen war. Sie sahen aus wie Mutter und Tochter, Otálias Wange ruhte auf Tibérias feisten Knien, ihre Augen waren halbgeschlossen unter der Liebkosung des Kämmens und des Kraulens auf der Suche nach nicht vorhandenen Läusen.

Tibéria lächelte Massu entgegen, sie mochte den Neger und lud ihn ein, Platz zu nehmen.

Doch stehend entledigte er sich seines Auftrags.

»Ich kann mich nicht lange aufhalten, ich muß gleich weiter. Bin nur gekommen, um eine Botschaft zu überbringen. Wißt ihr, Mütterchen, wer wieder im Lande ist und mich hierher schickt? Martim und seine Frau...«

Tibéria ließ Otálias Haare los, stieß ihr Gesicht mit den Knien weg und reckte sich vor Massu in die Höhe:

»Er ist gekommen? Wann?«

»Heute in aller Herrgottsfrühe... Ich hab's früh erfahren, bin hingegangen, Martim war gerade dabei, ein Fenster zu reparieren. Sie lassen dir ausrichten, Mütterchen...«

»Sie lassen mir ausrichten? Wer?«

»Martim und seine Frau, ihr Name ist Marialva, sie sieht aus wie eine Heilige auf einem Traggestell, sie ist so hübsch, da wird's einem ganz anders... Sie laden dich ein, heute abend zu kommen und ihnen einen Besuch zu machen...«

Otália hatte noch nie dem Schauspiel einer wutentbrannten Tibéria beigewohnt. Ebenso berühmt wie ihre Güte, die Großmut ihres Herzens, waren ihre Ausbrüche von Unmut und Zorn. Wenn sie in Wut geriet, verlor sie den Kopf, und dann war sie imstande, die schlimmsten Gewalttätigkeiten zu vollbringen, ihr Gegenüber anzugreifen und weidlich durchzubläuen. Doch geschah dies im Laufe der Jahre immer seltener, so daß etwas Außerordentliches eintreten mußte, um sie in Harnisch zu versetzen, als wäre in ihrem Herzen kein Platz mehr für Galle und Verachtung. Jetzt war sie dabei, in Sanftmut zu altern, in allseitig verteilter Milde, in einem Gefühl verständnisvoller Zusammengehörigkeit. Als sie jedoch die Nachricht vernahm, geriet ihr zu dieser Stunde vom Korsett befreiter Oberkörper in Bewegung, ihr Fleisch, ihre Brüste, die wie riesige Kopfkissen waren, begannen zu beben, ihr Gesicht lief puterrot an, sie schnaubte durch Nase und Mund, sie hob zwar mit normaler Stimme zu sprechen an, verstieg sich dann aber rasch zu einem Kreischen:

»Das heißt also, daß er mit dieser Kuh angekommen ist und daß ich ihn besuchen soll? Und du hast gewagt, mir diesen Bescheid zu überbringen, du niederträchtiges Stück Mist, hast du gar keine Scham im Gesicht?«

»Aber ich...«

»Und erdreistest dich noch, eine ausverschämte Hure mit einer Kirchenheiligen zu vergleichen...«

»Robelino hat das gesagt...«

Tibéria nahm keine Entschuldigungen entgegen. Sie zog vom Leder, sie zitterte am ganzen Leib, Neger Massu winkte beschwörend mit den Händen, er war ja doch unschuldig an der ganzen Sache. Worauf Tibéria bellend wissen wollte, ob das Martims berühmte Rücksicht sei, die er seinen Freunden entgegenbringe, alten und bewährten Freunden wie ihr und Jesus? Ausgerechnet er, der nichts tue als seine angeblich gute Erziehung hervorzurülpsen, der dauernd den feinen Mann markiere und sich unablässig auslasse über die Regeln höflicher Manieren! Wie könne er sich die Frechheit herausnehmen und ihr eine Einladung bestellen lassen? Es sei im Gegenteil Martims Pflicht, selbst herzukommen, wie er es immer getan hatte, um sie gebührend zu begrüßen, zu fragen, was es bei ihr Neues gäbe, sich nach ihrer Gesundheit zu erkundigen, Jesus zu umarmen. Sie, Tibéria, würde in diesem Fall nie und nimmer ein Haus betreten, in dem er ein schamloses Weibsbild untergebracht habe, ein aus dem Müll geklaubtes, eine Scheißsyphilitikerin, ein Stück Kuhfladen, einen Schankerlappen. Sollten die beiden Lust verspüren, sie zu sehen, sollten sie gefälligst bei ihr antanzen, aber die verlauste räudige Katze solle gefälligst ein Bad nehmen, bevor sie sich über ihre Schwelle wage. Aber noch besser sei es, die Schmutzgöre gar nicht mitzubringen, fehlen würde sie Tibéria gewiß nicht. Doch wenn er dazu Lust verspüre, könne er sie auch bringen, da er ja die Scham und den guten Geschmack eingebüßt haben müsse, wenn er sich mit solchem Kehrichtstunk eingelassen habe. Sie, Tibéria, war zu Hause und bereit, die beiden zu empfangen. Falls sie kommen wollten. Als guterzogener Mensch würde sie ihm nicht mit einem Wort flüstern, was sie von seiner Wahl hielte, sie würde das Paar anständig behandeln, sie war ja nicht irgendwer. Doch hingehen würde sie unter keinen Umständen, sie war nicht geneigt, zahllose Gassen abzuklappern, die Steige nach Vila América hinaufzukeuchen, nur um Martim nachzulaufen und seiner Aussatztrine, die glaubte, sich als Ehefrau aufspielen zu müssen. Was Martim sich wohl dabei gedacht hatte, das hätte sie gerne gewußt. Sie, Tibéria, war alt genug, um seine Mutter zu sein, und durfte daher etwas mehr Respekt verlangen ...

Endlich, nach Atem ringend, brach sie ab, ihre Brust keuchte, ihr Herz schlug rasend. Otália eilte besorgt mit einem Glas Wasser herbei. Tibéria setzte sich von neuem, die Hand auf die Seite des Herzens gepreßt, schob das Glas von sich und befahl mit schwacher Stimme:

»Mach eine Flasche Bier auf und bring zwei Gläser, eines für mich und eines für diesen Neger und schamlosen Botengänger...«

Der Zorn war verraucht; niedergeschlagen und traurig fragte sie:

»Findest du, Massu, daß Martim das Recht hat, mir das anzutun? Mir und Jesus? Ist nicht er verpflichtet, mich zuerst aufzusuchen?...«

Und, fast wimmernd, fügte sie hinzu:

»Du weißt, daß ich am Samstag nächster Woche Geburtstag habe... Wenn Martim nicht kommt, schwör ich, daß er mein Haus nicht mehr betritt, solange ich lebe. Dann will ich seine Visage nie mehr sehen. An meinem Geburtstagsfest dulde ich keine Entschuldigung.«

Massu pflichtete bei, Otália füllte die Gläser mit Bier. An dem geruhsamen Abend zwitscherten in den Hinterräumen des Freudenhauses Vögel in ihren Käfigen.

Abends, im Hause Martims, dachte Neger Massu wieder an das Gezwitscher und das Bier. Auch dort trillerte, von Licht und Lärm geweckt, verzweifelt ein Kanarienvogel, während Marialva zuerst den Kaffee, dann den Schnaps herumreichte. Drei Augenblicke tiefer Ergriffenheit gab es an jenem Abend. Der erste trat ein, als sie die Kaffekanne von einem Möbelstück nahm, einer Art kleinem Geschirrschrank, auf dessen Borden Tassen, Gläser, Kelche standen. Ja, Kelche, in die sie den Schnaps mehrfach nachfüllte, nachdem sie den Kaffee angeboten hatte. Voller Staunen öffneten die Gäste den Mund über so viel Ordnung, so viel Geschmack, so viel Behaglichkeit. Es spielte keine Rolle, daß das Büffet hinkte und nach links herunterhing, daß zwei Untertassen und an den Mokkatäßchen etliche Henkel fehlten, daß die Kelche untereinander verschieden waren. Trotzdem gab es Kelche und Tassen, es herrschte ein Luxus, eine köstliche, heimische

Atmosphäre. Und die Kaffeekanne? Als die Gäste ankamen, stand sie auf der Kredenz wie Zierat. Hoch, aus Porzellan, die schadhafte Seite der Wand zugekehrt, ein Schmuckstück. Auf dem Herd kochte das Wasser in einer Blechbüchse, und Marialva bereitete den Kaffee.

»Vor dem Schnaps ein Kaffeechen, um den Mund zu wärmen...«, verkündete Marialva, und alle stimmten zu, selbst Massu, der lieber gleich ein Schnäpschen gekippt hätte.

Der warme Duft des Kaffees füllte das Wohnzimmer, die Gäste sahen zu, wie die Gastgeberin stehend das heiße Wasser durch das busengleich gewölbte Sieb goß. In der Hand die Kaffeetassen, die sie von dem Möbel genommen hatte. Ipicilones Augen leuchteten: Der Korporal war ein echter Lord, er besaß sogar eine Kaffeekanne. Windsbraut ließ sich zu Ausrufen der Bewunderung hinreißen, Martim lächelte, Marialva senkte bescheiden die Augen.

Mit der größten Natürlichkeit hielt sie die Kaffeekanne, deren Bauch der frischgeseihte Kaffee, schwarz und wohlriechend, entfloß. Dann ging sie herum, in einer Hand die Kaffeekanne, in der anderen ein Tablett mit den Tassen und einer zuckergefüllten Untertasse, und bediente einen nach dem anderen. Sie fragte: »Viel oder wenig Zucker?« Sie gab Zucker je nach Wunsch, schenkte einen Blick dazu, ein Lächeln, eine schmiegsame Bewegung des Körpers. Die Kaffeekanne zierten verschlungene Rosen, eine erhabene Arbeit! Gab es etwas Hübscheres?

Im Schaukelstuhl, seinen Kaffee schlürfend, verfolgte Martim Marialvas Bewegungen mit zärtlichem Blick. Er sah, wie der Neid in den Augen der Freunde zunahm, wie er sich reckte im Raum und alle beherrschte: Der Korporal hüllte sich in diesen Neid wie in ein Laken, er überließ sich den Reizen seines Heims. Marialva kehrte mit dem Tablett wieder, um die Tassen einzusammeln. Unermüdlich machte sie die Runde mit den Kelchen und der Schnapsflasche, die reinen Zuckerrohrschnaps aus Santo Amaro enthielt. Vor Curió blieb sie stehen, wählte einen Kelch und reichte ihn ihm: einen dunkelblauen, den schönsten von allen. Benommen folgte der Korporal ihr mit den Augen und suchte den Blick der Freunde, mit der Frage, ob sie je eine schönere, kundigere Hausfrau kennengelernt hätten. Wie er so im Lehnstuhl saß, in seiner weißen Hose, in Pantoffeln und der gestreiften Pyjamajacke, seine Bequemlichkeit genießend, war er ein Herr, ein Lord in seiner Lordschaft.

Und um ihn waren die Freunde versammelt, die Geladenen, sowie zwei oder drei ungeladene Gäste:

Jesuíno Tollhahn, Windsbraut, Curió, Massu, Ipicilone, Nelke-im-Knopfloch, Jacinto, Nelson Gebiß, ein Marktbudenbesitzer aus Buben-Wasser, außer Meister Manuel und Maria Clara. Alle stammelnd vor Staunen, sogar Jesuíno, wenngleich er es nicht so offen zeigte wie die anderen. Sie begafften und bewerteten alle Einzelheiten des Hauses und Marialvas Bewegungen, sie waren so gefesselt von allem, daß sie kaum einen Gesprächsstoff fanden. Und folgten ihr mit den Blicken, gespannt auf jede ihrer Gebärden, und lächelten, wenn sie lächelte.

Der zweite sensationelle Augenblick trat ein, als sie, nachdem sie den Schnaps eingeschenkt und die Flasche auf den Tisch gestellt hatte, damit ein jeder sich nach Wunsch bedienen könne, auf einem Hocker Platz nahm und die Beine überschlug. Ihr enges Kleid verrutschte an den Beinen und ließ ein Stück Schenkel sehen. Martim bemerkte das beklommene Schweigen und die feucht glänzenden, begehrlichen Augen. Der Korporal hustete, Marialva berichtigte ihre Stellung, zupfte am Kleid und setzte sich aufrecht. Die Gäste wandten den Blick ab, Curió stand sogar von der Bank auf und trat verwirrt ans Fenster. Nur Windsbraut sah sie nach wie vor an, lächelte und sagte:

»Sie müßten ein paar Meerbäder nehmen ...«

Marialva lachte, stimmte zu, sagte, auf Martim deutend, »wenn er mich läßt«. Die Unterhaltung wurde angeregter,

die leere Schnapsflasche wurde durch eine volle ersetzt, schließlich konnte der Korporal nicht länger widerstehen und mußte seine Gäste einladen, das Schlafzimmer zu besichtigen. »Unser Nest«, sagte er angesichts Ipicilones Verwunderung und Jesuínos Widerwillen. Wo hatte man schon gehört, daß ein Schlafzimmer »Nest« genannt wurde? Martim hatte ganz entschieden den Kopf verloren, er benahm sich wirklich unmöglich. Die übrigen indessen fanden den Ausdruck passend und gescheit. Es war ein enges Kämmerchen, in dem kaum der Bettrost mit der Roßhaarmatratze und der Flickendecke Platz fanden, während an der Wand ein riesiger Spiegel über einem Tischchen hing. Darauf lagen die Bürsten, die Kämme, standen Martims Brillantine, Marialvas Parfüms. Martim lächelte, deutete auf Tisch und Spiegel:
»Und hier kämmt sich meine Frau, bringt ihre Fassade auf Hochglanz und macht sich fertig, für die Nacht...«
Marialva war im Wohnzimmer geblieben, sie wollte jetzt ein paar Happen Maiskuchen auftragen, doch alle sahen sie vor sich im Schlafzimmer. Keiner hatte auf Martims Worte etwas zu sagen, das allgemeine Schweigen wurde nur durch Neger Massus Gelächter unterbrochen. Marialvas Bild, wie sie sich für das Nachtlager vorbereitete – der Neger konnte sich nicht beherrschen, ein Lachen hemmungsloser Fröhlichkeit entkollerte seiner Kehle, er sah Marialva im Nachthemd, ihr über die Schultern flutendes Haar, halbgeöffnet ihren Mund. Die anderen sahen sie auch, sahen ihr Bild im Spiegel. Aber sie lachten nicht, sie verhielten Stimme und Atem, bemüht, ihre Gedanken zu verbergen. Curió schloß die Augen, weil er sie nackt im Spiegel sah, das Muttermal diesmal dicht über dem Nabel, die spitz gereckten Brüste, und eine bläuliche Rose. Von der Farbe des Kelchs, ein dunkles Blau, einen Kelch goldenen Honigs. Er schloß die Augen, sah sie aber trotzdem. Überstürzt lief er aus dem Schlafzimmer, nach Atem ringend.
Sie war im Wohnzimmer, wie um ihn zu erwarten, sie stand

unbeweglich, hoch gewachsen, heiter. Sie lächelte ihm zu. Die Augen auf Curiós Augen geheftet, fragend, als wollten sie alles erraten, was in seinem Herzen vorging. Und diese Augen flehten, sie baten um Schutz und Freundschaft, man sah sofort, daß Marialva die reinste der Frauen, die einsamste und verlassenste, die unverstandene war. Sie war ein Opfer, ohne jeden Zweifel. Hatte sie Massu und Curió noch nicht erzählt, wie Martim sie, die Ärmste, noch am gleichen Morgen mehr als einmal brutal angeschrien hatte? Hatte er sie dafür aus Recôncavo geholt und sie geheiratet? Traurige Augen blickten Curió an, wie um ein wenig Verständnis und Zärtlichkeit bittend. Nicht mehr als brüderliche platonische Freundschaft, zarte Zuneigung eines Bruders, Zusammengehörigkeitsgefühl eines Freundes. Marialvas Lippen öffneten sich, und er sah die weißen Zähne, die rote Zungenspitze, fleischige Lippen, gut fürs Küssen und Beißen...
Curió legte die Hand auf den Mund, wie um einen bösen Gedanken zu verbergen, aber er vermochte einen Seufzer nicht zurückzuhalten. Auch Marialva seufzte, und die beiden Seufzer trafen sich in der Luft, verschmolzen und erstarben gemeinsam. Die anderen kamen aus dem Schlafzimmer herein. Ah! Wenn Curió könnte, er würde sich auf den Boden werfen wie ein Iawô vor ihrer Iyalorixá und Marialvas Fußsohlen küssen.
Alle setzten sich, nur nicht Curió; Martim ließ sich in seinen Sessel sinken, und Windsbraut fragte:
»Wußtet ihr, daß es auf dem Meeresboden einen Himmel gibt, der genau so ist wie der andere? Mit Sternen und allem übrigen? Ja, den gibt es, einen Himmel, noch besäter mit Sternen, mit Sonne und Mond. Nur, daß auf dem Meeresgrund jede Nacht Vollmond ist.«
Marialva trat unter ihre Gäste, um den Kuchen anzubieten, Curió füllte seinen dunkelblauen Kelch und nahm einen Schluck.

10

»Martim ist mein Bruder, ach mein Bruder! Nicht nur mein Bruder im selben Heiligen, weil wir beide Söhne von Oxalá (Exê ê ê, Babá) sind, sondern auch mein Busenfreund aller Stunden, aller Freuden und Leiden. Für ihn bin ich imstande und zerreiße mich von oben bis unten, für ihn schlag ich mein Leben in die Schanze, wie kann ich da seine Frau, seine echte Ehefrau, die Herrin seines Hauses, mit anderen Augen ansehen als mit denen eines Freundes, wie kann ich Gefühle für sie nähren, die nicht die der lautersten Brüderlichkeit sind? Ach, Martim, mein Bruder, dein Bruder ist ein Schuft.« So dachte Curió in jenen Tagen zwischen seinem Besuch in Martims Haus und Tibérias bevorstehender Geburtstagsfeier. Der Akquisiteur war verbittert, seine Gedanken waren düster, zweideutig seine Gefühle. Als er sie zum letzten Mal sah, an einem Sonntagmorgen, hatte sie sich von ihm durchs Fenster verabschiedet und ihm mir nichts dir nichts die Zungenspitze gezeigt. Eiskalt hatte es Curió durchzuckt, durchschaudert. »Ach Bruder! Ich hab keine Kraft mehr! Oxalá, mein Vater, rette mich, ich will meinen Körper zum Beten zwingen, damit er den Ebós dieser Frau widersteht, dem Zauberspuk ihrer Augen.« Während er vor der Tür des Ladens »Billigkeit der Welt« seiner Arbeit unaufmerksam nachging, wurde Curió sich darüber klar, daß Marialvas schelmische Geste und sein fiebriges Erschauern nicht nur jeden brüderlichen Anstrich und jene für geschwisterliche Spielereien unerläßliche unschuldige Atmosphäre hatten vermissen lassen, sondern im Gegenteil Anzeichen fragwürdiger Empfindungen und sündiger Absichten waren. »Ach, mein Bruder, wo hat man je eine Schwester gesehen, die dem Bruder beim Abschied ihre rote Zungenspitze zeigt und die Lippen in sehnsüchtiger Erwartung öffnet? Und wo, Exê ê ê, hat man je gesehen, daß es den Bruder eisig durchschaudert,

daß sein Gesicht fiebrig erglüht, wenn er die fleischigen Lippen der Schwester sieht und ihre schlangenflinke Zunge?«
Wenn sie Geschwister waren, Curió und Marialva, wie sie einander beteuerten, konnten solche Gefühle nur blutschänderisch genannt werden. Curió preßte den Kopf zwischen seine geballten Fäuste, was sollte er tun?
Es war schon die Rede von dem übertriebenen Romantismus, der Curiós Charakter prägte, von seinen zahllosen Leidenschaften, von seinen Liebesbriefen, die in die Hunderte gingen, von seinen wiederholten Verlobungen, es ist schon gesagt worden, daß er stets einer Dame zu Füßen lag und dennoch immer als schnöde Verlassener sein Los beklagte. Daher war es das Natürlichste von der Welt, daß er sich in Marialva verliebte. Denn mehr oder minder verliebt in die Frau des Korporals waren alle, selbst Windsbraut. Was Mulattinnen anging, so war Windsbraut ein Purist, ein verwöhnter Kenner. Allzu hellhäutig, ohne die bekannte Brandfarbe, stand Marialva außerhalb des streng beschränkten Kreises des von Windsbraut festgelegten echten Mulattentums. Dessen ungeachtet machte er ihr zuliebe eine Ausnahme und schenkte ihr sein weißes Mäuschen und versprach ihr außerdem einen echten Laubfrosch.
Verliebt, freilich, jedoch platonischerweise, ohne auch nur eine Sekunde an verbotene Annäherungen zu denken. War Marialva nicht Martims Frau? In stummer Anbetung verharrend, waren sie ihre ergebenen Diener, bereit, ihrem leisesten Wink zu gehorchen – mehr nicht. Man besuchte sie, ließ sich von ihr ein Schnäpschen kredenzen, hörte ihrem Plauschen zu, beäugte ihr Muttermal auf der Schulter, ihr schlankes Geschlängel, und das war alles.
Curiós Fall indessen lag anders: Seine Leidenschaft durchbrach die Schranken, welche die Freundestreue ihm auferlegte. Curió fühlte, daß er gefährlich jene Grenzlinie überschritten hatte, hinter der Undank, Untreue und Heuchelei lauerten. Er durchlebte dramatische Tage, sein Kopf war beschwert

von widersprechenden Gefühlen, seine Brust ächzte, sein Herz schmerzte. Er kam sich vor wie ein Ertrinkender, der mit offenen Augen wahrnimmt, was ringsum vorgeht, in vollem Bewußtsein, doch außerstande, sich an der Oberfläche zu halten, zu schwimmen, und sich unwiderstehlich zum Meeresgrunde hinabgerissen fühlt. Wo waren seine ehrenhaften Empfindungen geblieben? Er gelobte, sich zu wehren, es gab so viele Frauen auf der Welt, er schwor, sich Martims Freundschaft würdig zu erweisen, und doch genügte ein Blick von Marialva, um all seine Würde zu vernichten. Er war nur noch ein menschliches Wrack.

Und zwar so willenlos, daß er seine Arbeit vernachlässigte und Mamede ihn zu lebhafterer Werbetätigkeit anstacheln mußte:

»Nanu, Curió, willst du dir dein Geld bei Chalub auf der faulen Haut verdienen? Was soll das heißen? Wo bleibt meine Kundschaft?«

Ach, Mamede, was weißt du von den seelischen Leiden eines Mannes? Curió hatte gute Lust, den schweren Kopf an die Schulter des Arabers zu legen, ihm sein Leid zu klagen, ihm alles zu beichten.

Beruflicher Einpeitscher, oder »kaufmännischer Werbeleiter«, wie er sich betitelte, wurde Curió hin und wieder von dem Araber Mamede angestellt, um Kundschaft anzuziehen. Dann postierte er sich vor die beiden Türen der »Billigkeit-der-Welt«, die auf die Schustersenke gingen, um die Vortrefflichkeit der Hosen aus erbärmlicher Reißwolle, aus gewöhnlichstem Baumwollstoff, um Mamedes sündhaft teure spottbillige Kurzware anzupreisen. Angetan mit seinem zerschlissenen Gehrock, den Böller auf dem Kopf, das Gesicht bemalt wie ein Zirkusclown, posaunte Curió die zahllosen Vorteile des Araberladens in alle Winde, vor allem bei Ausverkäufen, die auf einem über die Fassade des Hauses gespannten Stoffstreifen mit roten Lettern angekündigt wurden:

»Der Ausverkauf der Welt! Alles umsonst!«

Mindestens zweimal im Jahr »verschenkte« Mamede unter Anwendung der mannigfachsten Vorwände seine alten Bestände, um sein Lager zu erneuern. Curió war ein wichtiges Element dieses kommerziellen Manövers. Ihm oblag es, die Kundschaft zu bewegen, Kenntnis zu nehmen von der Güte des Arabers, von einer so großen Güte, die schon fast Wahnsinn war, und jene zu Spottpreisen verkauften, praktisch verschenkten Erzeugnisse zu erwerben. Die Masse des Volkes, die gleichgültig durch die Schustersenke trottete, schien Mamedes Großmut gegenüber weder Empfänglichkeit noch Dank zu bekunden. Daher mußte Curió sich in lärmender Werbetätigkeit geradezu überbieten und versuchen, die eiligen Fußgänger aufzuhalten. Mitunter verstieg er sich, einen von ihnen festzunageln und ihn in den Laden zu schleppen. Er war nicht nur fachgeschult, er war auch gewissenhaft und tat etwas für sein Geld.

Daher wunderte sich Mamede, als er ihn so lustlos und ohne seine übliche witzige Schlagfertigkeit sah. Wo blieb sein umfangreiches Repertoire an Sprüchen, Redensarten und Scherzworten, all das, was die Leute veranlaßte, zu verweilen, sich um ihn zu scharen, so daß immer einige von ihnen sich entschlossen, die Schwelle des Ladens zu überschreiten? Sobald einer eintrat, kaufte er, denn Mamede nahm es auf sich, den Arglosen zu überzeugen. An jenem Vormittag indes fehlte es Curió an Lebendigkeit, an Schwung, er war teilnahmslos, traurig. Vielleicht ist er krank, dachte der Araber:

»Bist du krank, oder hast du einen Kater?«

Curió antwortete nicht, sondern stürzte schreiend auf den Gehsteig hinaus:

»Hereinspaziert! Kommt alle herein! Der Araber Mamede ist verrückt geworden und verschleudert alles unter Preis! Er hat seinen Laden verkauft, geht nach Syrien, er verschenkt seine Ware! Los, hereinspaziert! Ergreift die Gelegenheit beim Schopf! Rasch, kommt herein, bevor das letzte Stück weg ist!«

Wie hätte er antworten sollen, ohne alles zu erzählen? Da die Leidenschaft ihn verzehrte, konnte er keine Sekunde verharren, ohne an sie zu denken, ohne sie vor sich zu sehen, ihre flehenden Augen, jenes arme Opfer des Lebens und Martims. Ein Opfer Martims? Curió suchte ängstlich Anzeichen von schlechter Behandlung und Gewalttätigkeit bei dem Korporal gegen seine Frau und fand sie nicht. Sie wären ein nützlicher Vorwand gewesen, um seine Gewissensbisse zu besänftigen.

Klar erschien ihm die Botschaft von Marialvas leidenden Augen: Sie war ein Opfer, sie war aus Zwang hier, wer weiß, was für Mittel Martim, der Mann der Zungenfertigkeit und Verschlagenheit, angewendet hatte, um sie herumzukriegen? Sie hatte ihm nichts gesagt, nichts angedeutet, nur ihre Augen sprachen Bände. Bislang war Curió einer freimütigen Unterhaltung, einer gegenseitigen Erklärung ausgewichen, wenngleich Marialva mehr als einmal versucht hatte, allein mit ihm zu sein. Curió hatte Angst.

Doch gegen wen konnten Marialvas Augen Schutz und Hilfe suchen, wenn nicht gegen Martim? Wenn auch Curió von keinem weiteren derben Wort des Korporals gegen seine Frau wußte, wenn er Martim stets honigsüß, stets verliebt Marialva alle Wünsche an den Lippen ablesen sah, hätte er sich keine andere Quelle der Bedrückung und Gewalttätigkeit denken können.

Doch nichts von alledem rechtfertigte Curiós Leidenschaft. Selbst wenn der Korporal sie mit Fußtritten traktiert, wenn er sie an den Haaren gezerrt, ihr den Hintern versohlt und die Rippen zerquetscht hätte, so war sie dennoch seine Frau, so war es sein Recht, sie so zu behandeln, wie es ihm gefiel. Und wenn sie nicht damit einverstanden war, konnte sie ja weglaufen, Mann und Heim verlassen. Wenn dann Gras über das Drama gewachsen war, konnte Curió sich ihr unter Umständen nähern und um sie werben. Wenn sie aber zu Hause mit Martim wie ein Schmeichelkätzchen schmuste, sich auf seinen Schoß setzte, und er sie zartfühlend behandelte und, ein wahrer Mustergatte, ihr jeden Wunsch erfüllte – wie waren dann ihre Blicke und sein Erschauern, ihre halbgeöffneten Lippen und die hervorluchsende Zungenspitze zu erklären? Curió hatte nicht einmal das Recht, begehrlich an sie zu denken. Genauso wenig wie Marialva, an ihn zu denken.

Mit Todesverachtung stürzt sich Curió in die Werbetätigkeit beim Ausverkauf der »Billigkeit-der-Welt«. Seine Stimme durchschneidet die Schustersenke, sie schreit abgedroschenste Kalauer hinaus, sie plärrt die lustigen Verkaufsparolen von unfehlbarer Durchschlagskraft in die Gegend. Doch unter dem Bleiweiß und dem Karmin seiner Maske zittert ein schamhaftes Rot, ein Rot der Scham darüber, Verrat gegen den Freund zu schmieden. Ach, Martim, mein Bruder, dein Bruder ist ein Schuft! Seine Stimme hallt von seiner üblichen Heiterkeit wider, seine Gebärden sind mechanisch, und in seinem Herzen ist keine Fröhlichkeit. Bisher hat die Liebe ihn immer erregt und frohgestimmt. Nun aber, da er die Liebe seines Lebens entdeckt zu haben glaubt, das Unwägbare, das Ganze und Ewige, ist sein Herz voll von Traurigkeit und Reue. Ach! Könnte er sie doch vergessen, könnte er doch ihr Heiligenbild seiner Brust entreißen, um Martim in die Augen sehen und sich seiner Freundschaft würdig erweisen zu können.

Ja, er mußte sie sich aus dem Herzen reißen, sie für immer aus seinem Denken verbannen. Selbst wenn es dafür nottat, sie nie wiederzusehen, nie wieder das Haus des Korporals zu betreten, nicht einmal an Tibérias Geburtstagsfeier teilzunehmen, wo er das Ehepaar todsicher treffen würde. Gewiß, dem Fest fernbleiben, wäre ein Verhängnis. Tibéria würde ihm nie verzeihen. Doch er mußte es tun, es gab keine andere Möglichkeit. Martim würde auch nicht anders handeln, wenn er, Curió, der bedrohte Ehemann wäre. Curió fiel ein Vorfall ein, der ihn dem Korporal gegenüber noch dringlicher zu einer tadellosen Haltung in Dingen der Liebe verpflichtete. Einmal beim Baronschwof war er einer rothaarigen Mulattin nachgelaufen, man hatte sich miteinander eingelassen, man war fast verliebt, halb und halb versprochen, als Martim, nichts ahnend, unschuldig wie ein Lamm, die Kleine zum Tanzen aufforderte und ihr einen mehr oder minder anzüglichen Antrag machte. Und sie, die Schamlose, zerfloß vor seinen Augen. Und machte mit, während sie Curió eine Mordskomödie vorspielte und sich als unberührtes Mädchen aus gutem Hause ausgab. Als sie dann mit Martim ein Stelldichein für nach dem Ball verabredete und riet, Curió geschickt zu umgehen, da sie fast mit ihm verlobt sei und er daher nichts merken dürfe, wußte Martim Bescheid...

Die Treulose indes hatte Martims Reaktion nicht erwartet: Er ließ sie mitten im Ballsaal mit einem dummen Gesicht stehen. Wie konnte sie, wenn sie Curió versprochen und fast seine Braut war, sich von dem ersten besten einwickeln lassen, der sie aufforderte, mit ihm ins Bett zu gehen? Wußte sie, das freche, unverschämte Weibsbild, zufällig nicht, daß Curió und er, Martim, demselben Heiligen angehörten, daß sie Busenfreunde waren? Es war keine vierzehn Tage her, da hatten sie zusammen Borí gemacht, sich den Schädel glattrasiert, Seite an Seite in der Kammer des Heiligen geschlafen, wie zwei Blutsbrüder im gleichen Bett. Wären sie nicht auf einem Fest gewesen, er hätte ihr links und rechts ein paar Ohrfeigen verabreicht, damit sie endlich lernte, ihren Begleiter zu achten.

Als Curió geschniegelt und gebügelt, im neuen Anzug, daherkam, erzählte Martim ihm die Niedertracht der Rotbraunen, die aus der Entfernung ängstlich zusah. Curió wollte sie unverzüglich mit der größten Verachtung abschieben, doch Martim, in diesen Dingen erfahren, war nicht einverstanden. Zuerst – so riet er – solle er den Erzürnten spielen, dann solle er ihr großmütig verzeihen, doch unter der Bedingung, daß die Dirne zur Sühne mit ihm in derselben Nacht schlafe.

Erst nach gemeinsam verbrachter Nacht solle er ihr die kühle Schulter zeigen und sie kaltschnäuzig vor die Türe setzen. Das tat Curió, selbst wenn es ihn Mühe kostete, zuerst eine Komödie zu spielen, um die Metze anschließend aus seinem Bett zu jagen. Nie würde er ein Beherrscher der Frauen wie Martim werden, er war und blieb ein rettungsloser Schmachtlappen.

Wenn er also nicht wie der schäbigste aller Freunde handeln wollte, blieb ihm nichts anderes übrig, als sich diese Liebe aus seinem Herzen zu reißen, nie mehr einen Blick auf Marialva zu werfen, nie wieder ein Wort an sie zu richten. Er wußte mit jenem endgültigen Wissen, daß, wenn er sie träfe und seine Augen in ihre flehenden Blicke bettete, er nicht widerstehen, er seine Leidenschaft bekennen und damit den Freund, den Bruder im gemeinsamen Heiligen, hintergehen würde. Jäh brach Curió sein Werbegeschrei ab: Er würde sie nicht wiedersehen, nie mehr würde er ihr ein zu Herzen gehendes Wort sagen, er würde lieber ein Leben lang darunter leiden, sie verloren zu haben, denn er würde nie mehr imstande sein, eine andere Frau zu lieben, zwar unglücklich für immer, dafür aber Martims Freundschaft würdig, treu seinem Freund. Ach, Martim, mein Bruder, dir zuliebe werde ich mich ins Unglück stürzen, aber so müssen Freunde handeln! Curió kam sich heldenhaft und ergreifend vor. Er warf einen Blick auf die Straße und sah: Da stand sie, stand unbeweglich vor der Tür des zu jener Morgenstunde geschlossenen Kinos und lächelte ihn an. Sie hob den Arm, winkte mit der Hand, Curió glaubte, eine Fata Morgana zu sehen; er schloß die Augen und öffnete sie wieder. Marialva ließ ihr Lächeln blühen, die Gebärde wandern, Curió sah nichts mehr, seine festesten Vorsätze, seine heroischsten Entschlüsse zerflossen zu Rauch. Der tiefsten Kammer seiner Erinnerungen enttauchte Martim, doch Curió verscheuchte die Gestalt. Was war denn so Verdammenswürdiges dabei, wenn er der Frau eines Freundes einen Guten Morgen wünschte, wenn er ein Weilchen mit ihr plauderte, wenn er von diesem oder jenem sprach? Er würde im Gegenteil Argwohn erregen, wenn er sich weigerte, sie zu sehen und ein Wort mit ihr zu wechseln. All das schoß ihm im Bruchteil einer Sekunde durch den Kopf, zwischen einem Schließen und Öffnen der Augen. Er hielt seine Melone fest und stürzte mit einem aufsehenerregenden Sprung auf die andere Straßenseite, ohne die heranbrausende Straßenbahn eines Blickes zu würdigen, von dem aus der anderen Richtung daherratternden Lastwagen gar nicht zu reden. Wie durch ein Wunder entkam er dem einen wie dem anderen Fahrzeug, Mamede, der ihn bereits zerfetzt sah, schrie laut auf. Was zum Teufel war heute in Curió gefahren? Ein plötzlicher Anfall von Wahnsinn, eingeleitet von einer Krise der Schwermut? Neugierig machte der Araber ein paar Schritte auf dem Gehsteig, gerade so viele, um Curió an der Seite einer strammen Dona in angeregter Unterhaltung um die Ecke biegen zu sehen. Er wiegte den Kopf hin und her: Bei diesem Curió war Hopfen und Malz verloren. Und da er nicht erwartete, ihn an jenem Vormittag nochmals zu Gesicht zu bekommen, hob Mamede mit seinem eigenen levantinischen Tonfall die Stimme und begann in eigener Person die Vorteile des Ladens »Billigkeit-der-Welt« und damit seinen sensationellen Schlußverkauf mit den praktisch verschenkten Waren zu verkünden.

II

Es war unmöglich, sich an die grundlegende Veränderung im Leben des Korporals zu gewöhnen. Um ihn zu sehen, war es tatsächlich notwendig, ihn aus seinem eigenen Haus loszueisen, er erschien nicht mehr wie früher aus eigenem Antrieb, er war ein schwieriger Mensch geworden. Freilich war er wieder an seinen Lieblingsplätzen auf dem Markt in Buben-Wasser für die Dauer eines raschen Kartenspielchens zu sehen, natürlich hatte er seine Kartenkünste zum Ergötzen der jungen Generation wieder aufgenommen. Doch nur gerade so lange, um das nötige Kleingeld für Bohnen und Trockenfleisch, für Mehl und Dendê-Öl zusammenzukratzen. Abgesehen davon blieb er zu Hause und genoß die heimlichen Freuden des eigenen Heims.

Es gab Leute, die ihn als einen endgültigen Versager, als einen hoffnungslosen Kasus betrachteten. Seine Frau hatte ihn völlig unter ihre Fuchtel gebracht, sie machte aus ihm Kater und Schuh, sie ließ Martim nach ihrer Pfeife tanzen, sie ließ ihn am knappen Halfter gehen. Der Korporal hatte lange gebraucht, bis er sich verliebte, bis er sich ergab; aber als er einmal so weit war, tat er es ganz und gar. Die Freunde und Bekannten sahen noch immer jenen freizügigen Martim vor sich, einen trinkfesten Karnevalstänzer, einen Capoeira-Sportler, einen erfahrenen Ballöwen, einen Hans Lustig, der an jedem Fest den Ton angab. Und der war nun für immer verschwunden, vertauscht durch einen geduckten Ehemann, der sich einem strengen Stundenplan zu unterwerfen hatte. Sofern es ihm noch nicht schlimmer ergangen war, denn schon begannen etliche die Zunge darüber zu wetzen, daß Marialva und Curió häufig in endlosem Geplausche, unter Gelächter und Gezwinker, gesehen wurden. Zwar waren Martim und Curió enge brüderliche Freunde, ja Brüder im selben Heiligen, gemeinsam verrichteten sie ihr jährliches Borí, vielleicht ging all das vertraute Tratschen nicht über die harmlosesten Höflichkeitsbezeugungen hinaus. Trotzdem konnte man sich eines Gefühls von Argwohn nicht erwehren. Nur Martim, ausgeliefert an seine Leidenschaft, an die Reize seines neuen Lebens, schien nichts zu sehen und zu merken. Denn – und das darf nicht unerwähnt bleiben – die Kritiken, die über das Verhalten des Korporals laut wurden, und der Chor der Klagen, der seinetwegen erscholl, schlossen jenen bereits erwähnten anfänglichen Neid keineswegs aus.

Freilich loderte er jetzt nicht mehr so heftig wie in den ersten

Tagen, als alle selber ans Heiraten dachten. Angesichts der von Martim hingenommenen Beschränkungen sank die Begeisterung, aber auch so verwirrte die Vorstellung von Ordnung, Bequemlichkeit und Nestwärme zu gewissen Stunden Ipicilone und den Neger Massu, gar nicht zu reden von Curió, denn dieser träumte von nichts anderem: selber zu heiraten, sich dem milden Gefängnis auszuliefern, aber – versteht sich – Marialva zu ehelichen.

Und darin lag die Schwierigkeit. Das Idyll gewann Raum, nachdem es an jenem Vormittag der Begegnung in der Schustersenke vor dem Laden »Billigkeit-der-Welt« seinen Anfang genommen hatte und man gemeinsam, wiewohl schüchtern und etwas beschämt, fortgegangen war. Und eine Weile geschwiegen hatte, ohne recht zu wissen, wie man beginnen sollte.

Sie blickten zu Boden, sie gingen Seite an Seite, bald lächelnd, bald ernst und gesammelt, schwere Gedanken wälzend. Endlich ergriff Marialva die Initiative, in einem fast geflüsterten Tonfall:

»Ich wollte mit dir sprechen ...«

Curió hob die Augen zu dem offenen, wehmütigen Gesichtchen von Martims Frau:

»Du wolltest mit mir sprechen? Um mir was zu sagen?«

»Um dich um etwas zu bitten ... Ich weiß nicht recht ...«

»Drum raus mit der Bitte ... Ich tu, was in meinen Kräften steht ...«

»Versprichst du's?«

»Es ist versprochen!«

»Ich wollte dich nämlich bitten ...« Und sie wurde noch schüchterner und wehmütiger.

»Was denn? Na los, sag's schon ...«

»Ich wollte dich bitten, daß du nicht mehr zu uns kommst.«

Es war, als hätte Curió einen Schlag ins Gesicht bekommen. Alles hatte er erwartet, nur nicht diese Bitte, nicht diesen Schlag gegen seine Hoffnungen. Obwohl er selbst vor kurzem aus eigenem Antrieb beschlossen hatte, das Haus des Korporals nicht mehr aufzusuchen, verletzte ihn Marialvas Ansinnen doch tief. Er machte eine wahre Unglücksmiene, einen Augenblick brachte er kein Wort heraus und blieb mitten auf dem Gehsteig stehen. Auch sie hielt inne und blickte ihn mitleidig an. Faßte ihn am Arm und sagte:

»Denn wenn du weiter zu uns kommst, weiß ich nicht, was dann noch alles geschehen wird...«

»Und warum?«

Marialva senkte den Blick:

»Siehst du denn nicht... Schließlich wird Martim Verdacht hegen, er hat bereits einen Floh im Ohr...«

Ein zweiter Schlag gegen Curiós Brust. Was tun, wenn Martim bereits argwöhnte? Ach mein Bruder, welch ein Graus!

»Wenn aber überhaupt nichts passiert ist...«

»Gerade deshalb ist es besser, wenn wir uns nicht wiedersehen... Solange noch nichts passiert ist... Nachher wäre es viel schlimmer...«

Nun, von der Leidenschaft bezwungen, verblendet, ohne den ringsum brandenden Verkehr wahrzunehmen, ergriff er Marialvas Hand und fragte mit verschleierter Stimme:

»Und du glaubst, daß...«

Wieder senkte sie die Augen:

»Was dich angeht, so weiß ich nicht... Was aber mich angeht...«

»Ich kann ohne dich nicht mehr leben...«

Sie begann weiterzugehen:

»Komm, wir gehen, die Leute schauen schon auf uns...«

Sie gingen weiter, und sie erklärte, das dürfe nicht sein. Sie sei Martim gegenüber verpflichtet, er habe sie hergebracht, sie schulde ihm alles, er sei der gütigste Mensch auf Gottes Erde, ihr völlig ergeben, wahnsinnig nach ihr, wahnsinnig im wahren Sinn des Worts, imstande, kaltlächelnd ein Verbrechen zu begehen. Wie könne sie ihn da im Stich lassen, selbst wenn sie ihn nicht liebte, selbst wenn ihr Herz für einen anderen pochte? Sie beide, sie und Curió, müßten alles opfern, um Martim nicht zu verletzen, um ihm jeden Kummer zu ersparen. Sie zumindest sei bereit, Curió nicht mehr zu sehen, selbst wenn sie noch so sehr unter dieser Entscheidung litte. Und er müsse das gleiche tun, er war Martims Freund, ihre Liebe dürfe nicht sein. Sie war zu ihm gekommen, um ihm das Versprechen abzunehmen, sie nie mehr zu besuchen, nie mehr zu versuchen, sie zu sehen.

Curió schwor's, er war ergriffen, Marialva war eine Heilige und er ihrer Liebe unwürdig bis ins letzte. Sie führte ihn wieder auf den Weg der Ehre, der Freundestreue. Ja, er würde zwar wie ein zu Höllentiefen Verdammter leiden, doch keinen Versuch unternehmen, sie zu suchen, eher würde er seine Liebe erwürgen, um sich seines Freundes würdig zu erweisen. Es wurde ihm warm ums Herz, Marialva belauerte ihn aus den Augenwinkeln. Er schwor und küßte das mit den Fingern gebildete Kreuz, und fort war er, blitzartig, um jeder Versuchung zu entgehen. Sie sah ihn weglaufen, und ein Lächeln glitt über ihre Lippen. Sie schlängelte sich durch die Menschenmassen, welche die Schustersenke füllten, und hörte befriedigt die Bemerkungen und Pfiffe, mit welchen junge Frechlinge ihre Gegenwart quittierten. Sie drehte sich nicht um und verstärkte lediglich das Wippen ihrer Hüften. Curió verlor sich in den Gassen, auf der Suche nach einer Butike, er fühlte sich umtost von einem Orkan von Erregungen, er war ein Schifflein in Seenot mit zerfetzten Segeln, mit schadhaftem Ruder.

Drei Tage lang segelte Curió mit seinem Schmerz, seinem Opfermut und seinem Heldentum durch die Stadt Bahia und trank Schnaps. Es gelang den Freunden nicht, die Gründe für diesen Dauerbummel zu entdecken. Handelte es sich um den Beginn oder die Beendigung einer Verlobung? Hatte er sich etwa einem neuen Schatz versprochen oder gar den Laufpaß bekommen? Seine Unterhaltung war wirr, ließ jedoch trotz des gequälten Tonfalls einen gewissen Stolz erkennen. Als

Jesuíno Martim zwei Tage später aufsuchte, um mit ihm einige Hahnenkampfwetten zu besprechen, erzählte er ihm von Curiós Verzweiflung, daß er betrunken in Ecken liege und mit Märtyrermiene von Selbstmord rede. Martim erklärte:
»Curió muß heiraten...«
Marialva hatte die Unterhaltung mitangehört, sie lehnte an der Stubentür und lächelte. Martim fuhr fort:
»Die Frau ist dazu geboren, um unsereins daheim zu bedienen...« Und an Marialva gewandt: »Komm, meine Schönheit, bediene Tollhahn und deinen Braunen... Bring uns ein Sonderschnäpschen, wenn's sein darf...«
Marialva durchschritt den Raum, um die Kelche zu füllen.
Am nächsten Tag, als Curió, struppig und schmutzig in Isidro do Batualês Kneipe sitzend, sein erstes Morgengläschen bestellte, trat ein Straßenjunge, ein Kapitän des Strandes, auf ihn zu und flüsterte:
»Junger Mann, draußen steht eine Dona, die mit Ihnen sprechen will. Sie hat gesagt, ich soll Sie herausrufen...«
»Ich will mit niemand sprechen ... Geh, hau ab ...«
Doch die Neugierde war stärker, und er spähte zur Türe hinaus. Ein paar Häuser weiter stand sie, er stürzte ihr entgegen:
»Marialva!«
»Ach, mein Gott, wie siehst du denn aus... Ich hätte nie gedacht...«
Einer späteren Beichte Marialvas zufolge geschah es in dieser Stunde; als sie ihn so sah, entstellt durch Schnaps und Schmutz, ergab sie sich dieser schuldigen Liebe. Sie brach in Tränen aus, und ihre Tränen wuschen Curiós Seele wie ein Bad, einige Stunden später sollte sie ihn geläutert und erleichtert entlassen.
Das war die erste Begegnung, doch es folgten mehrere im Verlauf weniger Tage. Marialva war bis über beide Ohren verliebt, von Curió gar nicht zu reden. Sie trafen sich über-

stürzt, für wenige Minuten, in Kirchenschiffen, an den Hafenkais, sie sprachen abgerissen und voller Angst vor Martim. Wenn sie konnte, suchte sie ihn an seiner Arbeitsstätte auf, dann wanderten sie durch die Gassen, stiegen den Taboão hinab, tauchten im Geschäftsviertel unter. Zwei Geschwisterseelen, zwei Verliebte, einer betört vom anderen, aber trotzdem zwei edle Seelen.

Und zwar, weil sie beschlossen hatten, Martim nicht zu hintergehen. Sie waren gewillt, ihre Liebe, die riesengroß war und ohne Grenzen, zu zähmen und sie auf rein geistiger Ebene zu bewahren. Sie liebten sich, gewiß, dagegen konnten sie nichts tun, ihre Liebe war stärker als sie. Aber sie würden nie zulassen, daß aus ihrer Liebe Sünde würde: Sie würden jeder Begierde widerstehen, nie würde er sie berühren, nie würden sie Martim betrügen. Curió lebte in einem fast wütenden Überschwang der Empfindungen, die Freunde wußten nicht, was sie denken sollten.

Marialva lud ihre Bitternisse bei ihm ab. Sie war ihr ganzes Leben unglücklich gewesen. Nie war ihr etwas Gutes zuteil geworden, sie war vom Schicksal gezeichnet, verfolgt vom bösen Los. Sah er in ihrem gemeinsamen Verhängnis nicht den besten Beweis dafür? Als sie endlich der Liebe begegnete, als das Leben ihr endlich etwas Gutes bescherte, war sie durch die Bande der Dankbarkeit an einen Mann gefesselt, den sie nicht liebte, dem sie indessen Achtung und Freundschaft schuldete. Und ausgerechnet mit ihm war Curió eng befreundet, das Geschick schien ihr nicht die geringste Glückschance bieten zu wollen.

Sie erzählte ihm auf ihre Weise die Geschichte ihres Lebens. Man mußte ihr zuhören, um zu gewahren, wie sie die Tatsachen deutete, wie in ihrer Erzählung der Schreiner Duca, ein friedfertiger Mensch und außerstande, einer Fliege etwas zuleide zu tun, sich in ein haßerfülltes Tier verwandelte und ein armes kleines Mädchen von fünfzehn Jahren quälte, das von ihrer niederträchtigen Stiefmutter praktisch an jenen

Wegelagerer verschachert worden war. Duca war somit ein Bandit. Die gütige Ermelinda, die Geliebte von Marialvas Vater, die, ein Ausbund der Geduld, die Schändlichkeiten der Stieftochter ertrug, verwandelte sich in die Stiefmutter eines häuslichen Schauerdramas, welche die unglückliche Waise verfolgte, schließlich verkaufte und so weiter. Natürlich spielte in dieser Lesart der Tatsachen kein anderer Mann zwischen Duca und Martim eine Rolle. Verschwunden, weggewischt von der Bildfläche waren der feiste Artur, der Kapellen-Toni, seines Zeichens Mesner, und der Minas-Sepp, ein Ladenbesitzer, ausgemerzt waren die Zeiten, die sie in Freudenhäusern zugebracht hatte, waren Gelegenheitsbekanntschaften und die Liebschaften einer Nacht. Im Gegenteil, als Duca sie dem Elend überantwortet, nachdem er ihr ein Leben der Opfer aufgezwungen hatte, in dem es nur Kochen und Waschen gab, als er, vom Laster des Alkohols bezwungen, sie auf die Straße setzte, ging sie auf Stellungssuche und verdingte sich im Hause reicher Leute zum Waschen und Bügeln, um sich nicht verkaufen zu müssen. In diesem Plackerleben fand Martim sie, und zwar in Umständen, in denen er ihre Zuneigung und Dankbarkeit gewinnen mußte. Sie war von der übermäßigen Arbeit erkrankt, eine böse Grippe zehrte ihr die Brust aus und bedrohte sie mit der Schwindsucht. So fand er sie und war gut zu ihr, er holte einen Arzt und besorgte Arznei für sie, ohne auch nur einen Heller von ihr zu verlangen. Als sie, halb genesen, wieder gehen konnte und an die Arbeit dachte, machte er ihr den Vorschlag, mit ihm nach Bahia zu gehen und ihr Leben dem seinen zu verbinden. Sie schlug ein, wenngleich sie keine tieferen Gefühle für ihn hegte. Doch war sie ihm dankbar, sie achtete ihn, zumal es über ihre Kraft ging, ans Waschbrett, ans Bügeleisen zurückzukehren. Hätte sie es getan, sie wäre binnen kurzem mit zerfetzter Lunge ins Armenhospital eingeliefert worden. So sah ihr bisheriges Leben aus – ein Rosenkranz von Traurigkeiten, ein Meer von Tränen.

Curió litt beim Zuhören, sein Herz strömte über vor Zärtlichkeit für sie. Mit verschränkten Händen – sie hatten beschlossen, nichts Unerlaubtes zu tun, dies war nur das Zeichen ihrer Zusammengehörigkeit, der Beweis für den geistigen Bund zweier edler Seelen – gingen sie am Kai entlang und träumten, wie schön es wäre, könnten sie ihre Einsamkeiten vereinen, ihre vergangenen Enttäuschungen, ihre düsteren Lumpen, und gemeinsam ein neues Leben beginnen. Einer auf den anderen gestützt, einer den anderen stützend. Nein, sie konnten es nicht, zwischen ihnen stand Martim, der gute Martim, der Freund Martim, der wundervolle Mensch, schon einmal hatte er dem Freund Treue bewiesen, der brüderliche Martim, Martim, Bruder im selben Heiligen, ebenso geheiligt wie ein Blutsbruder, Martim, ach! Martim, dieser Hurensohn von Martim, warum hatte er sich nur mit Marialva einlassen müssen?...

12

In jenen Tagen kurz vor Tibérias Geburtstagsfest bestand laut den letzten Nachrichten von der Ehefront des Korporals Martim folgendes Kräfteverhältnis: Der Korporal, gemütlich in seinem Faulstuhl geräkelt, machte den Eindruck, der glücklichste der Ehemänner zu sein; Marialva, ihren Mann umhegend, ihr Haus betreuend, erregte den Neid aller Mestizinnen der Nachbarschaft. Curió, der treue Freund, seufzte vor Leidenschaft und opferte sich für den Heiligenbruder. Die übrigen Freunde beklagten zwar den Verlust Martims, des Stimmungmachers bei nächtlichen Saufzügen, erkannten aber einstimmig das stille Glück der beiden und waren insgeheim etwas neidisch. Martim hatte sich in einen Herrn verwandelt, und wenn er auch nicht mit der widersinnigen Idee spielte, Arbeit und Anstellung zu suchen, so hatte er doch sein Leben vollständig geändert. Nur Jesuíno ließ sich nicht beeindrucken: Dieser Schwank konnte nicht von Dauer sein. Offenbarten solche Mitteilungen indes die ganze Wahrheit? Wenn der Korporal sich nach einem eiligen, zur Geldbeschaffung unternommenen Rundgang stillen Betrachtungen überließ, war das ein neuer Beweis dafür, daß er mit der Ehe das Richtige getroffen hatte? Er war glücklich, zu glücklich... Genau das: zu glücklich war er, er war des Glücks überdrüssig.

Aus den Augenwinkeln beobachtete er Marialva, wie sie sich im Hause bewegte, kommend, gehend, Staub wischend, Geschirr waschend; die Kaffeekanne, die Kelche spülend, alles betreuend, aber nicht so sehr, um das Haus in Ordnung und blitzblank zu halten, sondern um ihre Vollkommenheit zur Schau zu stellen. Sie war vollkommen, ja zu vollkommen, und das verursachte eine leichte Reizung der Magenwände. Mitunter fühlte Martim sich von einem seltsamen Gedanken beschlichen: Warum hatte er sich mit Marialva eingelassen? Das sind unvorhergesehene Dinge, die im Leben eines jeden eintreten können. Es ergibt sich eine Lage, jäh wird eine Verpflichtung eingegangen, ringsum werden Bemerkungen laut, Interessen verdichten sich, und bevor der Betreffende weiß, wie ihm geschieht, sieht er sich umgarnt und gezwungen, Schritte zu unternehmen und eine Rolle zu spielen. Zwar mißfiel ihm keineswegs die Rolle des glücklichen Ehemanns: Er hatte eine hübsche Frau mit einem Leberfleck auf der linken Schulter, sie war feurig im Bett wie kaum eine, sie war eine gute Hausfrau, alles stand geschichtet und geschachtelt an seinem Platz, alles lief ab wie am Schnürchen – konnte Martim mehr verlangen? Warum sollte er die Haltung des verheirateten Mannes, des vollkommenen Ehemannes, des glücklichen Gatten als Last empfinden? Er konnte sogar bekennen, daß er sie eine Zeitlang höchst unterhaltsam gefunden hatte. Nun freilich begann er eines so großen Wohlbefindens, eines so geordneten Hauses, einer so musterhaften Gattin überdrüssig zu werden.

Als er, darauf angewiesen, die Einsamkeit der Verbannung mit der Wärme der Zärtlichkeit zu durchbrechen, Marialva in einem Freudenhaus von Cachoeira kennengelernt hatte, kam ihm beim Anblick ihrer Augen vage der Gedanke, sich mit ihr zusammenzutun, und so schlug er es ihr gleichsam nebenbei vor. Schon nahm sie ihn beim Wort, bündelte ihre Siebensachen und bestieg seine Kruppe. Er fühlte ein so starkes Bedürfnis nach menschlicher Nähe und Zärtlichkeit, daß er beschloß, sie einige Tage mitzunehmen und ihr zwei Städte vor der Hauptstadt den Laufpaß zu geben. Er hatte jedoch nicht mit Marialvas Erfahrung gerechnet, mit ihrer Fähigkeit, sich unentbehrlich zu machen. Martim fühlte sich von dieser Liebe umhegt, er fühlte Dankbarkeit gegen jene Frau, für die er das Leben selber war, hingebreitet vor ihre Füße. So ließ er sich einwickeln, und als er zu sich kam, war er, Martim, an sie gefesselt, mit Handschellen an den Handgelenken und einer dicken Kette um die Fußknöchel. Wer hatte beschlossen, nach Bahia zurückzukehren? fragte er sich, in seinen Liegestuhl gelehnt, die verflossenen Ereignisse überschlagend. Wer hatte beschlossen, ein Haus zu mieten und Möbel zu kaufen? Wer hatte die Nachricht von der Heirat in alle vier Winde posaunt und noch ausschmückendes Beiwerk dazu erfunden? Wer hatte die Einzelheiten zu einem neuen Lebensplan für Korporal Martim entworfen? Marialva, sie und nur sie, hatte ihn in seiner Verzückung des Geliebtwerdens dahin gebracht, allem zuzustimmen, ihre Entschlüsse zu unterstützen und ihre Vorsätze zu bestätigen. So geschahen die Dinge, und als der Korporal merkte, was gespielt wurde, war er verheiratet und saß fest verankert in einem Heim, um seine zahllosen Glückseligkeiten zu genießen.

Dennoch war er dabei einigermaßen auf seine Kosten gekommen: die Überraschung der Freunde, der unter ihnen gärende Neid, Tibérias Unmut, Jesuínos Bedenken und Jesus' Erklärungen, die über dem Ereignis entstandene Stimmung mit all ihren Gerüchten und Meinungen, die abgeschlossenen Wetten, die vor seine Tür geschleuderten Ebós – all das hatte sein häusliches Wohlbefinden um die Vorstellung eines vollständigen Glücksgefühls vermehrt. Doch langsam erlahmte er: Draußen brandete das Leben weiter, es geschahen die spannendsten Dinge, und Martim hatte nicht Teil daran, er war nicht mehr der Kommandant, der Standartenträger, der Mann der Entscheidungen. Niemand suchte mehr um seine Teilnahme an Festen nach. Hier mag eine Bemerkung genügen: Man hatte vergessen, ihn zur Teilnahme an den Afoxê-Wahlen aufzufordern. Aus diesem Grunde wurde Gemme nicht zum Präsidenten gewählt, und alle waren sich der Folgen eines derartigen Irrtums wohl bewußt: Der Afoxê gewann in jenem Jahr nicht den ersten Platz und verlor somit die dreifache Meisterschaft. Martim hatte vor seiner Abreise nach Recôncavo Gemmes Anwartschaft eingeleitet und wäre mit seinem Ruf, seiner Gerissenheit, seinen Beziehungen und Freundschaften der Wahlführer gewesen, um den Sieg zu gewährleisten. Gemme stand bei seinem Klub hoch im Kurs, er war ein tätiges, allseitig beliebtes Mitglied. Waldemar von der Schwiegermutter, fast lebenslänglicher Präsident, hatte nicht mehr das Zeug, den Afoxê zu fördern, der an Mitgliedern und Einfluß so stark zugenommen hatte, daß Waldemars Schultern die schwere Verantwortung nicht mehr zu tragen vermochten. Man behielt ihn jedoch in seinem Amt, um ihn nicht zu verstimmen und weil im Augenblick niemand da war, um die Anwartschaft zu übernehmen. Da sprang der Korporal ein, nahm sich mit Rücksicht auf die dreifache Meisterschaft der Angelegenheit an und brachte Gemmes Namen aufs Tapet. Er stieß auf Sympathie und Unterstützung, und alles ging nach Wunsch, als er sich gezwungen sah, zu verduften und in Recôncavo unterzutauchen. Erst kurz vor den Wahlen kehrte er zurück. Gemmes Anwartschaft war jedoch ohne die Unterstützung des Korporals eingeschlafen, vergessen und hatte die Wiederwahl

Waldemars von der Schwiegermutter nicht aufzuhalten vermocht. Gut und schön: Martim war mittlerweile so fest im Ehehafen verankert und lebte so zurückgezogen, daß niemand, nicht einmal Gemme von Oxossi, daran dachte, auf ihn zurückzugreifen, ihn zu berufen. So nahm er nicht einmal an der Wahl teil und erfuhr das Ergebnis erst Tage später.

Auch Marialvas Vollkommenheit machte ihn nach und nach müde. So begann er, ihr dann und wann ein Kontra zu geben, damit sie sich nicht allzu sicher als unumschränkte Herrin fühlte. Natürlich tat er das nicht in Anwesenheit der Freunde und nie in der Öffentlichkeit. Nach außen trat er weiterhin als der verliebteste aller Männer auf, als der ergebenste Ehemann, als Mustergatte. Er liebte es, Neid in den Augen der anderen aufblitzen zu sehen und zu fühlen, Neid auf sein vollkommenes Glück. Curió jedenfalls verging so sehr vor Neid, daß er drauf und dran zu sein schien, die erste beste Mulattenmestizin von der Straße weg zu heiraten, nur um Martim nachzuäffen...

Das war unterhaltsam, gewiß, aber langsam wurde er des Spiels müde... Seine Streifzüge, »um Kies für die täglichen Unkosten zu besorgen«, wurden zahlreicher und zeitraubender. Hätte man ihn auf jenen allmählich einsetzenden Beginn von Überdruß angesprochen, wäre die Vermutung laut geworden, daß seine so gefeierte Ehe bald ein Ende nehmen könne, Martim hätte fraglos heftig protestiert. Denn er erwog mit keinem Gedanken einen Bruch, er dachte nicht daran, Marialva zu verlassen, sein Heim aufzulösen. An nichts dergleichen. Es war nur alles so gut und so vollkommen, daß man einfach ermüden mußte; wie kann eine Sache nur *zu* gut sein?

Marialva merkte das, ihr entging nicht das verschwiegene Gähnen Martims, sie schien seine Gedanken zu erraten, als vermöchte sie in seinem Herzen zu lesen: Der Korporal war nicht mehr der von Recôncavo. Sie hatte es am Tag ihrer

Ankunft in Bahia bemerkt, während des Morgenbesuchs von Neger Massu, langsam wuchs ein Gefühl des Überdrusses in ihm, und Martim begann, seines und Marialvas Lebens überdrüssig zu werden. Sie spürte es in der Luft, an einer gewissen Flüchtigkeit seiner Küsse, an seinem Zögern, zu Bett zu gehen, doch sie ließ sich nichts anmerken. Nicht, daß es ihr etwas ausmachte, Martim zu verlieren und ihr gemeinsames Heim aufzulösen: Sie hatte schon andere Lebensgemeinschaften gelöst, wegen eines Geliebten mehr oder weniger ließ sie sich keine grauen Haare wachsen. Nur gegen eines sträubte sie sich: daß die Initiative, das erste Gähnen, von ihm ausging, daß er derjenige war, der sie wie eine beliebige Dirne, wie ihre Vorgängerinnen, auf eine von Bahias Straßen setzte. Wenn dieses Recht jemandem zustand, so mußte es Marialva zustehen, und zwar wann und wie es ihr beliebte. Sie fühlte, wie er langsam aber sicher von ihr abrückte, so langsam und so sanft, daß es einer anderen, weniger scharfsinnigen Frau wohl kaum aufgefallen wäre. Marialva indessen hat nicht vor, Martim seinen Rebbach auf ihre Kosten einstreichen zu lassen. Sie wird nicht zulassen, daß seine Erschlaffung, sein Überdruß, überhand nehmen. Sie wird sich nicht damit abfinden, daß Martim eines Tages abflitzt und sie mit Haus und Möbeln, mit Kelchen und Kaffeekanne sitzen läßt... Sie hat bereits ihren Angriffsplan geschmiedet: Sie wird seine Eitelkeit so tief treffen, daß er ihr auf den Knien nachhumpelt, zu ihren Füßen wimmert, sie um Vergebung anfleht. Sie weiß, wie man mit Männern umgeht. Es gab keine bessere Waffe als die Eifersucht. Marialva würde ihre Waffe erproben, dafür rechnete sie mit Curió. Wer war ein besseres Werkzeug als Curió, der vertraute Freund, der Bruder im Heiligen, er, der wie Martim Oxalás Sohn war... Martim sollte seine Unverfrorenheit, ihres Körpers und ihres Lächelns müde geworden zu sein, teuer bezahlen. Bisher war ihr nie dergleichen passiert: Stets hatte sie rechtzeitig dem händeringend Verliebten den Laufpaß gegeben. So würde sie

Martim, noch bevor er sie satt haben und durchbrennen konnte, auf den Kopf spucken, und zwar mit Hilfe ihres neuen Liebhabers, und ihn an die Luft setzen, hinaus ins Straßengewühl, aus dem er gekommen war. In seinem Haus würde der von ihr Erwählte schlafen, in seinem Bett, für ihn würde Marialva sich vor dem großen Schlafzimmerspiegel für die Nacht schön machen.

Curió, nichts ahnend von all den findigen, feinen Machenschaften, von des Korporals beginnendem Überdruß – denn er glaubte den Freund mehr und mehr dem Liebeswahnsinn verfallen, was Marialva ihm übrigens bei ihren hastigen, heimlichen Verabredungen am Kai bestätigte –, nichts vermutend von Marialvas Racheplänen, litt Höllenqualen und genoß Paradieswonnen, mithin die Leiden und Lüste eines, der eine große Liebe durchlebt. Wenn Marialva ihn traf, aufgewühlt, wehrlos, ratlos, ließ sie ihn erschrocken und taumelnd zurück. Sie kam, tollkühn, Ruf und Leben aufs Spiel setzend, um ihn zu sehen, zu einem kurzen platonischen Stelldichein, an dem nichts geschah außer, daß sie ein paar überstürzte Worte gestammelt, Pläne ohne Sinn und Verstand geschmiedet, einen Händedruck, einen Augentrunk getauscht hätten, während das Begehren in beiden aufloderte und Curió fast den Verstand raubte.

Dann erzählte sie ihm von Martims Liebe, einer hemmungslosen Liebe, sagte, er könne nicht einen Augenblick ohne sie sein, wenn er ausging, um Geld zu beschaffen (Pausen, die sie nutzte, um sich mit ihm zu treffen), verlor er so wenig Zeit wie möglich und kehrte stehenden Fußes, fast rennend, nach Hause zurück. Wenn sie sich nächtens im Bett zerfleischten, zerfledderten – Curió knirschte haßerfüllt mit den Zähnen –, drohte er, sie umzubringen, sofern sie eines Tages auch nur daran denken sollte, ihn zu betrügen, ihn zu verlassen, mit einem anderen anzubandeln. Er schwor, sie dem Tod durchs Messer – dem schlimmsten aller Tode – zu überantworten, ihren Liebhaber zu erwürgen und sich hinterher selbst den Rest zu geben, um das Trauerspiel zu vervollständigen. Somit konnte er, Curió, sehen, was sie aufs Spiel setzte, nur um einen Augenblick mit ihm zu sprechen, heimlich seine Hand zu drücken, ihm in die Augen zu blicken. Ob Curió wirklich all das Wagnis wert war, ob er sie wirklich so heiß liebte, ob er sie nicht vielleicht mißbrauchte, ihre Einfalt, ihre Unschuld? Wie eine Verlorene oder Wahnsinnige kam sie, nur eine Sekunde, seine Liebe zu spüren, die eine Liebe ohne Zukunft und ohne Aussichten war; sie konnten unmöglich so weitermachen, Tod und Ehrlosigkeit würden die Folge für alle Beteiligten sein. Ach! Wenn Martim auch nur den geringsten Argwohn schöpfte...

So sprach sie, überhitzt, überspannt. Doch zu gleicher Zeit, als könnte sie sich nicht länger beherrschen, verstieg sie sich in die betörendsten Träume: Ob Curió sich vorzustellen vermöchte, wie schön und süß es wäre, wenn sie beide für immer zusammen sein könnten, frei, unbedroht in ihrer Liebe, in einem Haus, das noch viel hübscher, gepflegter wäre als Marialvas jetziges Häuschen, mit Gardinen an den Fenstern und einem Vorhang vor der Tür? Dann würde sie für ihn sorgen, endlich imstande, nur für ihn, den Geliebten, zu leben, während er in seinem Beruf vorankäme, nicht mehr im Dienst syrischer Ladenbesitzer, sondern als selbständiger Kaufmann, als Verkäufer von Wundermitteln und den neuesten Errungenschaften für Haushalte stets auf Reisen durchs Innere, und sie an seiner Seite... Davon träume sie, ein unmöglicher Traum, ein Wahn, doch sie könne die schreckliche Wirklichkeit nicht länger ertragen, sie wolle und müsse, koste es was es wolle, eines Tages die Seine sein, ihm und nur ihm gehören...

Und plötzlich eilte sie davon, befürchtend – es war kaum auszudenken –, Martim könne vor ihr heimkommen, wissen wollen, wo sie gewesen war, mit wem sie sich getroffen, was sie mit dem Betreffenden gesprochen hatte. Sie wäre imstande und würde alles erzählen, all das, was ja ein Nichts war, eine Bagatelle, aber doch genug, damit Martim sich so betrogen und gehörnt fühlte, um sie auf der Stelle mit dem Küchenmesser ins Jenseits zu befördern. Sie ließ Curió völlig verzweifelt zurück, in einem Widerstreit ohne Maßen, schwankend zwischen der Treue zum Freund und den Forderungen der Liebe, zwischen dem in ihm brodelnden Begehren und seinem romantischen Lebensgefühl, seiner Neigung zu edlen, tragischen Gesten. Marialva war für ihn die reinste, die angefochtenste, die duldendste aller Frauen. Was konnte er nur tun, um sie zu befreien, sie dem Kerker zu entreißen, vor dem Martim wie ein Zerberus wachte, um sie in seinen Armen entführen und sich im Bett über sie werfen zu können?

Ja, um sich über sie zu werfen, denn wiewohl romantisch veranlagt, schloß Curió aus seinen unmöglichen Träumen nicht die Möglichkeit aus, sich mit Marialva in Martims augenblicklichem Bett zu wälzen, von ihr umschlungen, zwischen ihren Brüsten versunken, von ihrem Haar umhüllt, in ihrer Rose vor Anker gegangen.

Auch ohne alle diese Einzelheiten zu kennen, glaubte Jesuíno Tollhahn nicht an die von der Kampffront eintreffenden Nachrichten. Da er eine Art sechsten Sinn besaß, fürchtete er für die Ehe des Korporals. Und vertraute Jesus seine Zweifel bei einer gutgekühlten Flasche Bier an, während der Schaum seinen Bart benetzte:

»Das geht nicht gut, *Seu* Jesus, das kann nicht gut gehen... Tibéria hat keinen Grund, so wütend zu sein. Der Sturm ist bald vorüber. Früher oder später kommt Martim wieder zu uns, um sich hier eine kleine Blonde zu schnappen...«

Das war reine Vermutung, nicht mehr, und doch irrte Jesuíno selten in seiner Diagnose, wenn die Krankheit Verliebtheit war, Leidenschaft oder Liebe. Für ihn war die Liebe nur ewig, weil sie sich in den Herzen der Männer und Frauen erneuert. Und nicht, weil es Liebe gab, die das ganze Leben dauerte und ständig zunahm. Er schnalzte mit der

Zunge, genoß sein Bier und wiegte seinen aufsässigen Silberschopf hin und her:
»Ich kenn die Sorte Frau, *Seu* Jesus. Ich kenne die Weiber, die einem den Kopf verdrehen. Man ruht nicht eher, als bis man mit ihnen geschlafen hat. Aber kaum ist man mit ihnen ins Bett gestiegen, hat man die Nase voll... Weil sie nämlich das große Wort führen und einen an die Kandare nehmen wollen... Glaubst du, daß Martim sich das auf die Dauer gefallen läßt?«
Jesus legte sich nicht fest. Für ihn war das menschliche Herz ein unerklärliches Geheimnis voller Überraschungen. Es genügte zum Beispiel, diese kleine Otália aufmerksam zu betrachten... Sie sah aus wie ein dummes kleines Ding ohne irgendwelche Besonderheiten, eine hübsche Fratze und nicht mehr. Und doch brauchte man nur näher hinzusehen, und schon entdeckte man einen Abgrund von Verzwicktheiten, voll von Vorsprüngen und Ausbuchtungen, von Neuland, das es zu erforschen galt.

13

Ja, schwierig und überraschend war die kleine Otália – Jesus hatte recht. Fast noch ein Kind, war sie doch bereits imstande, die verwickeltsten Situationen zu meistern, wie sie an Tibérias Geburtstagsfeier bewies.
Noch heute hallt am Meeressaum von Bahia, am gesamten Kai, auf den Märkten und ihrer Umgebung, das Echo jenes Festes wider, nicht nur wegen der Fröhlichkeit, die dabei herrschte, wegen der Unmengen von Schnaps und Bier, die dabei konsumiert wurden, sondern auch wegen der Entschlossenheit, die Otália an den Tag legte, als die Ereignisse es erforderten. In Stunden schwerster Entscheidungen erkennt man das wahre Maß, das wahre Gesicht eines Mannes oder einer Frau. Mitunter glaubt man über einen Menschen Be-

scheid zu wissen, ihn von innen und außen zu kennen, und plötzlich, wenn es auf Spitz und Knopf geht, enthüllt er sich als ein ganz anderer, der Schüchterne wird kühn, der Feigling ein Draufgänger.

Vielleicht weil sie seit der Rückkehr des Korporals verärgert und von Kummer zerfressen war, hatte Tibéria beschlossen, ihr Wiegenfest mit besonderem Prunk zu begehen. Nachdem die ihr durch Neger Massu übermittelte Einladung so unverblümt abgelehnt worden war, hatte sich die Lage zwischen ihr und Martim schier ausweglos zugespitzt. Wenn sie nicht in sein Haus kam – so erhitzte sich Martim –, betrat er auch nicht ihr Bordell. Der Korporal, bewandert in Dingen der Etikette und des Protokolls, folgerte, Tibéria habe die Verpflichtung, ihn zuerst zu besuchen, denn er sei von der Reise zurückgekehrt und überdies verheiratet, so daß es den Freunden oblag, Marialva ihre Aufwartung zu machen, sie kennenzulernen und sie in Bahia willkommen zu heißen. Daß derartige Narrheiten, Torheiten, Dummheiten zwei langjährige Freunde trennen, daß sie in bösen Lästermäulern beängstigende Ausmaße annehmen und eine festgefügte Freundschaft zunichte machen konnten! Denn nichts auf der Welt kommt einer guten Freundschaft gleich, sie ist das Salz des Lebens. Und es war ein Trauerspiel, mit ansehen zu müssen, wie die alte Freundschaft von Tibéria und Martim in die Brüche ging. Als Tibéria die vom Korporal geäußerte Ansicht hörte, erklärte sie jedem, der es hören wollte, Marialva solle sich zum Warten lieber hinsetzen, denn sie würde wohl ein Leben lang auf ihren Besuch warten müssen; denn nicht sie, Tibéria, eine geachtete, geschätzte Frau, würde sich der Mühe unterziehen, einer hergelaufenen Hure aus dem Busch, einem ungewaschenen Schankerlappen, einen Willkommensbesuch abzustatten.

Freilich vermied Tibéria es, den Namen des Korporals in den Mund zu nehmen, sie umging es, ihn im gleichen Atemzug mit ihr zu nennen. Nach außen stellte sie die gewohnte

Fröhlichkeit zur Schau, doch ihre Busenfreunde wußten, wie verletzt und vergrämt sie war, weshalb die Männer sie an ihrem Ehrentag auch mit besonderer Liebe zu umhegen suchten. Und zwar seit dem frühen Morgen, anläßlich der Fünf-Uhr-Messe in der Bonfim-Kirche. Zahlreiche Personen waren zum mittäglichen Bohnentopf geladen, viele sollten abends zu Tanz und Trunk kommen. Doch zur Messe erschien nur der engste Freundeskreis: die Frauen des Freudenhauses (sie hatten zusammengelegt, um den Pater zu bezahlen, den Küster zu belohnen und für die Kosten der Kerzen und des Blumenschmucks für den Altar des wundertätigen Heiligen aufzukommen), sowie die Freunde ihres Alltags. Um Fremde und Neugierige auszuschalten, hatte Tibéria die Messe auf diese frühe Stunde verlegt.
Sie kam am Arm von Jesus, sie entstieg dem Taxi Hilários, ihres Gevatters. Sie begrüßte auf den Treppenstufen die Freunde, zu allererst Jesuíno Tollhahn. Die Mädchen bildeten einen frischfröhlichen Reigen und umringten sie, um mit dem Paar die Kirche zu betreten.
Das war für Tibéria der Augenblick der größten Ergriffenheit. Die über den Kopf gebreitete schwarze Mantille, die ihr Gesicht zur Hälfte verbarg, das perlmuttgebundene Gebetbuch in der Hand, das schwarze strenge Kleid verliehen ihr ein frommes Aussehen. Sie kniete in der ersten Bank, Jesus an ihrer Seite. Die Dirnen verteilten sich auf die anschließenden Bänke, die Freundinnen weiter hinten, in der Nähe des Weihwasserbeckens.
Sie kniete, die Hände gefaltet, das Gesicht gesenkt, ihre Lippen bewegten sich. Sie öffnete nicht ihr Brevier, als brauchte sie es nicht, um sich der in ihrer Kindheit erlernten Gebete zu erinnern. Jesus stand, er war fast ein Kirchenmann, denn seine Hände, seine Schere und seine Nadel hatten die Sutanen und dort getragenen Priestergewänder verfertigt, er war ein Vertrauter jener heiligen Gegenstände; gleichmütig erwartete er den Augenblick der Tränen. Denn die Tränen

kamen unfehlbar jedes Jahr im Verlauf der Messe, und das mühsam verhaltene Schluchzen ließ Tibérias Brust, die breit war wie ein Sofa, wogen und keuchen. Welche Ergriffenheit mochte in der feierlichen Stunde ihrer Geburtstagsmesse ihr Inneres bewegen? Was für Erinnerungen, was für Geschehnisse, Gesichter, Orte, was für Tote mochten eine halbe Stunde lang in ihr umgehen, wenn sie allein mit sich war, während ihre Lippen Gebete murmelten, wenn ihr Denken sich vielleicht in den Tagen ihrer Kindheit und Jugend verlor? Wenn die Tränen ihren Augen entquollen, wenn ihre Brust erschüttert bebte, streckte Jesus die Hand aus und legte sie in innigem Einverständnis auf die Schulter seiner Frau. Tibéria ergriff die tröstliche Hand und führte sie dankbar an die Lippen. Sie hob die Augen, lächelte Jesus an, und der Augenblick der Tränen war vorüber.

Als sie in jenem Jahr Hilários Taxi entquoll und die Stufen zur Kirche emporstieg, umfaßte sie die Anwesenden mit einem Blick. Die Dirnen lachten, der Festmorgen versetzte sie in freudige Erregung, der Anblick der morgendlichen Welt verscheuchte ihre letzte Schläfrigkeit. Gewöhnt, spät zu erwachen, kannten sie nichts von dem Leben der Stadt zu jener frühen Morgenstunde. Wenn sie zufällig bei Tagesanbruch wach waren, so deshalb, weil sie noch nicht schlafen gegangen waren und auf diese Weise nie den Tag anbrechen sahen, sie arbeiteten noch, umgeben von Rauch und alkoholgetränktem Atem, sie waren müde von der vergeudeten Nacht und von der Verpflichtung zu lachen. Am Morgen von Tibérias Geburtstag war das anders: In aller Herrgottsfrühe sprangen sie aus dem Bett, zogen ihre zurückhaltendsten Kleider an, legten kaum einen Hauch von Rouge auf und sahen in Tibérias Gesellschaft aus wie Verwandte, Töchter und Nichten, die eine geliebte Angehörige feiern.

Sie umringten sie auf der Treppe mit Kaskaden von Gelächter, das bei jeder Gelegenheit ihren Mündern entsprudelte. Nachdem sie die Umarmungen der Freunde empfangen hatte, betrat Tibéria rasch die Kirche, bemüht, im Halblicht des Vorraums Martims Gestalt zu erspähen. Nicht ein einziges Mal hatte er sie in den letzten Jahren sitzen lassen. Stets war er der erste gewesen, der sie umarmte, der ihr einen Sohneskuß auf die feisten Wangen drückte. Stets war er elegant herausstaffiert, sein weißer Anzug strahlte förmlich von Stärke, seine polierten Schuhspitzen versandten Blitze. Als Tibéria sein Fehlen gewahrte, senkte sie den Kopf: Ihr Fest begann traurig.

Sie kniete nieder, wie sie es jedes Jahr am selben Ort tat, faltete die Hände, und ihre Lippen begannen wieder die alten Gebete zu murmeln. Doch ihr Denken folgte nicht seinem gewohnten Lauf, es drang nicht tief in ihre Erinnerungen, in die fernen Verstecke der Jugend, um das plumpe und muntere kleine Mädchen der ersten Liebeleien an die Oberfläche zu holen. Sie vermochte sich nicht einmal an ihre Kindheit auf dem Land, an Vater und Mutter zu erinnern, die sie so früh und für immer verloren hatte. Martim war nicht gekommen, derartigen Undank hatte sie noch nie erlebt, wie falsch war seine Freundschaft gewesen, wie unbeständig seine Gefühle. Es brauchte nur irgend eine Schlampe ihm über den Weg zu laufen, und schon warf er alte, bewährte Freundschaften über Bord. Tibéria senkte den Kopf über die gefalteten Hände, in diesem Jahr drohten die Tränen früher als zu der gewohnten Stunde zu fließen...

Sie fühlte den Druck von Jesus' Fingern auf ihrer Schulter. Jesus begriff, er wußte, was Martim ihr bedeutete, wie mütterlich sie ihn liebte: Er war der lange Zeit erwartete Sohn, die in ihrem Innern leer gebliebene Stelle. Sie hatte sich sehnlich einen Sohn gewünscht, hatte eine langwierige ärztliche Behandlung über sich ergehen lassen, doch ohne jeden Erfolg. Martim war der Erbe all ihrer im Lauf der Jahre angesammelten Zärtlichkeit.

Jesus streifte leicht ihre Schulter, sie wollte schon seine Hand ergreifen und küssen, als er ihr zuraunte:

»Sieh, dort...«
Sie wandte den Kopf, Martim stand im Portal, das Licht fiel auf ihn, sein weißer Anzug schimmerte, es blitzten die schwarzen spitzen Halbschuhe. Er lächelte ihr entgegen. Tibéria wollte nicht lächeln, sie wünschte ein mürrisches Gesicht zu zeigen, all den in den letzten Wochen schlecht verdrängten Ärger – wie sollte sie widerstehen? Martim lächelte sie an, er blinzelte mit den Augen, nun lächelte auch sie. Wieder neigte sie den Kopf, nun fand sie die alten Bilder wieder, die Jugend, Vater und Mutter. Heiße, tröstliche Tränen liefen ihr übers Gesicht, ihre Brust geriet in Bewegung, Jesus legte die Hand auf ihre Schulter.
Damit nichts übergangen werde, muß festgestellt werden, daß Martim nicht so unwillkürlich herbeigeeilt war, wie man hätte erwarten können. Am Vorabend nämlich, zu später Stunde, war Jesuíno Tollhahn im Haus des Korporals erschienen und hatte lange mit ihm geredet. Marialva hatte den Schnaps gereicht, sie saß dabei und machte sich in der Nähe der beiden Männer zu schaffen. Jesuíno kam vom Hundertsten ins Tausendste, Marialva merkte, daß die ganze Rederei nur eine Einleitung war, Tollhahn hatte sich noch nicht geäußert. Doch nachdem er sein Gläschen an die Lippen gesetzt hatte, sagte er:
»Weißt du auch, Martim, daß morgen Tibéria Geburtstag hat?«
Der Korporal wiegte den Kopf hin und her, während ein Schatten über seine Züge huschte. Jesuíno fuhr fort:
»Die Messe findet um fünf Uhr früh in Bonfim statt, du weißt Bescheid...«
Marialva warf einen Blick auf den einen, dann auf den anderen, diese Angelegenheit interessierte sie brennend. Es entstand ein kurzes Schweigen, Martim blickte durchs Fenster auf die Straße, ohne etwas zu sehen, er sah nicht einmal die Herren des Strandes, die mit einer Stoffkugel Fußball spielten, auch nicht die Straßenbahn, die in ihren Schienen

kreischte, Jesuíno hätte es beschwören mögen. Endlich sagte er:
»Weißt du, Tollhahn, ich werde nicht kommen.«
»Und warum nicht?«
»Tibéria hat sich mir und Marialva gegenüber nicht richtig benommen. Sie hat mich beleidigt.«
Jesuíno nahm den leeren Kelch auf, blickte hinein, Marialva stand auf, um nachzuschenken.
»Vielen Dank«, sagte er. »Du mußt wissen, was du tust. Wenn du nicht hingehen willst, so bleibst du eben zu Hause, damit habe ich nichts zu schaffen... Nur eines möchte ich dir gesagt haben: Wenn man mit unserem Mütterchen diskutiert, hat sie immer mehr Recht als irgendeiner von uns.«
»Mit unserem Mütterchen...«
»Ja, was denn sonst...«
Er leerte sein Glas, Marialva trat dicht an ihn heran:
»Meinetwegen kann Martim ruhig hingehen. Dona Tibéria mag mich nicht leiden, ich weiß nicht, warum, es muß irgendein Tratsch dahinter stecken... Doch deshalb braucht Martim sich noch lange nicht mit ihr zu verzanken... Ich hab's ihm bereits gesagt...«
»Wenn ich du wäre«, schloß Jesuíno – »ginge ich allein zur Messe, die nur für die engsten Freunde bestimmt ist, hinterher gingen wir beide zum Bohnentopf... Über nichts würde Tibéria sich mehr freuen...«
Martim antwortete nicht, Jesuíno Tollhahn wechselte den Gesprächsstoff, trank noch einen Schluck und ging fort. Als er bereits den Hang hinabschritt, hörte er eine Stimme, die ihn im Dunkeln rief. Es war Marialva, sie war ihm nachgelaufen, um ihm zu sagen:
»Überlaß es mir, er wird schon gehen... Er will nur meinetwegen nicht, aber ich kriege ihn noch herum... Er tut, was ich will...« Und sie lachte.
So ging Martim allein zur Messe, zum Mittagessen kam er gemeinsam mit Marialva. Das massige Bohnengericht dampfte in zwei Benzinkanistern: Kilos und Kilos Bohnen, Land-

jäger, Trockenfleisch, Rauchfleisch aus dem Sertão, frisches Rind- und Schweinefleisch, Schwanzstücke, Schweinsfuß, Rippen, Schinkenspeck. Gar nicht zu reden vom Reis, von den Keulen, von den Lenden, von Huhn in brauner Tunke, vom Maniokmehl, kurzum: ein Gericht, um ein Regiment zu sättigen.

Zwar machten die Geladenen nicht gerade ein Regiment aus, sie aßen jedoch für ein Bataillon und waren Esser, vor denen man den Hut ziehen konnte. Schnaps, Wermut und Bier gab es nach Herzenslust. Etliche der Gäste würden sicherlich nicht bis zum abendlichen Fest durchhalten, sondern noch beim Mittagessen schlappmachen. So zum Beispiel Curió: der rührte kaum das Essen an und leerte ein Gläschen Schnaps nach dem anderen, fast ohne Pause.

In ihrem Schaukelstuhl ausgestreckt, wieder ganz die alte nach den widerstreitenden Erregungen der Messe, nahm Tibéria Glückwünsche und Geschenke entgegen, Umarmungen und Küsse, heiter und fröhlich beherrschte sie ihr Fest. Von Zeit zu Zeit rief sie eine der Dirnen, trug ihr auf, Fulano oder Beltrano neu nachzuschöpfen, besorgt um das Wohl eines jeden ihrer Geburtstagsgäste. Jesus ging im Wohnzimmer umher, doch ohne sich dabei weit von Tibérias Platz zu entfernen; er wartete ihr eigenhändig auf, schenkte ihr Vermuth, ihr Lieblingsgetränk, ein und fuhr ihr dabei zärtlich übers Haar. Er hatte ihr lange Ohrgehänge zum Geschenk gemacht, die sie nun zur Schau trug, einen Schmuck, in dem sie wie eine riesige orientalische Statue wirkte.

Als Marialva ankam, ging sie unverzüglich auf Tibéria zu und überbot sich in Knicksen, Kratzfüßen, in schmeichelnden Redensarten. Sie wünschte, sich bei der Bordellbesitzerin, einer bedeutenden Persönlichkeit in ihrer Umwelt, lieb Kind zu machen. Eines Tages war sie vielleicht auf sie angewiesen, sie wußte, was die Stunde geschlagen hatte. Tibéria nahm die Ehrung entgegen, ohne sich aus der Ruhe bringen zu lassen, sie wiegte den Kopf hin und her, als wären ihr die Lobhudeleien angenehm, unterbrach die Rednerin nur, um ihrem schwarzen Küchenjungen Anweisungen zu erteilen, und hieß sie sofort mit herablassender Gebärde fortfahren. Als Marialva geendet hatte, lächelte Tibéria ihr zu, wobei sie sich freundlich aber zurückhaltend gab, ohne sonderliche Begeisterung über Marialvas Teilnahme an ihrem Fest zu bekunden, ohne sie zu ihrer Verheiratung zu beglückwünschen, als wüßte sie nicht einmal, daß sie die Frau des Korporals war, ohne ihr ein Kompliment über ihre Schönheit zu machen. Freilich entging ihr Marialvas anziehende Gestalt nicht, sie hielt es jedoch für besser, kein Wort darüber zu verlieren. Sie kam ihr herzlich entgegen, lud sie zum Sitzen ein, wies eine der Dirnen an, sie zu bedienen, so als wäre sie eine offizielle Besucherin, doch keinen Augenblick spielte sie auf ihre Verbindung zu Martim an, auf die vielbesprochene Eheschließung, auf ihr in Vila América eingerichtetes Heim. Auch mit Martim wechselte sie kein diesbezügliches Wort und kam ihm entgegen, als wäre nichts passiert, als wäre er nicht einmal nach Recôncavo gereist. Martim versuchte die Sache ins reine zu bringen und die von Tibéria aufgerichtete fragwürdige Schranke zu durchbrechen. So fragte er kurz entschlossen:

»Wie findest du meine Frau, Mütterchen? Ist sie nicht ein patentes Mädchen?«

Tibéria tat, als hätte sie nicht gehört, und richtete das Wort an einen beliebigen Gast. Martim wiederholte die Frage und berührte sie am Arm.

»Ein jeder ißt aus dem Teller, der ihm lieb ist...«, brummte sie. Eine wenig passende Antwort, wie man sieht, so daß Martim hinter den versteckten Sinn, die Boshaftigkeit, den Spott ihrer Worte zu kommen suchte. Schließlich zog er die Schultern ein und wandte seine Schritte zu der in der Nähe sitzenden Marialva: Augenscheinlich war Tibéria nicht zu einer Sympathieerklärung aufgelegt, noch immer war sie gekränkt, da sie sich weigerte, Marialva zärtlich anzunehmen. Wie lange würde sie den Trotzkopf spielen? Martim kannte sie gut, sie war im Grunde unfähig, lange böse zu sein und sich in Haß und Abneigung zu verkrampfen. Vorderhand hielt sie sich streng an die Grenzen der guten Erziehung, sie übertrieb sogar gewisse Aufmerksamkeiten, die einem Gast zustehende Betreuung, indem sie Marialva mit Speisen und Getränken förmlich überschütten und ihr bei jeder Gelegenheit neu auftragen ließ. Weniger mit der Absicht, ihr angenehm zu sein, als ihr zu zeigen, wie üppig es in ihrem Hause zuging, als ihr den Prunk ihres Festes ins Gesicht zu schleudern und die Verschwendung, die sie mit festen und flüssigen Genüssen trieb.

Die anderen Frauen, die vom Hause und die geladenen, verbargen nicht ihre Neugierde, sie drängten sich gegenseitig, um Marialva zu begaffen, um ihr Kleid in Augenschein zu nehmen, ihre Schuhe, ihre Frisur, und sie machten leise lachend untereinander Bemerkungen. Marialvas erstes öffentliches Auftreten kam gewissermaßen ihrer Einführung in die ortsansässige Gesellschaft gleich. Wäre in jenem nächtlichen Bereich billiger Freuden ein Gesellschaftsberichterstatter zugegen gewesen, er hätte fraglos diese Tatsache zur Kenntnis genommen und sie gebührend und bewundernd gewürdigt. Marialva fühlte sich im Brennpunkt aller Blicke und gab sich den zudringlichen Weibsbildern gegenüber ebenso abweisend und hochtrabend wie sie sich Tibéria gegenüber liebedienerisch und bescheiden benommen hatte. Als geliebtes Weibchen an Martims Arm, musterte sie alle übrigen von der Höhe ihrer überlegenen Stellung herab. Sie flüsterte Martim zu, zwickte ihn zärtlich ins Ohr, tauschte Küsse mit ihm und zog alle Register der stimmlichen Koketterie. Die Frauen machten ihre Glossen, freilich aus purem Neid.

Besonders weil die Männer nur für sie Augen hatten, einschließlich derer, die sie in Martims Haus kennengelernt und mit ihr gesprochen hatten, während sie Kaffee und Schnaps herumreichte. Marialva hatte sich für das Fest herausgeputzt, sie trug ein neues Fähnchen mit engem Rock, das jede Schwellung ihres Körpers hervorhob, und wenn sie sich setzte, zeigte sie Beine und Knie. Als ausgezeichnete Schneiderin schnitt und nähte sie ihre Kleider selbst. Der einzige, der sie anzusehen vermied und Abstand hielt, war Curió. Er hatte das Bohnengericht nur gekostet und ließ sich mit Schnaps vollaufen.

Der Auftritt mit Otália spielte sich im Verlaufe des Abends ab, auf dem Höhepunkt der Festlichkeit. Viele waren nicht einmal nach Hause gegangen und hatten das Mittagessen in die abendliche Tanzerei übergehen lassen. Marialva indes war nach Hause geeilt, um sich umzuziehen, und erschien in Blau, tief ausgeschnitten, mit offenem Haar. Sie trat am Arme Martims ein, als bereits im Vorraum getanzt wurde, dort, wo die Dirnen sonst ihre Kunden erwarteten. Als sie ihren Einzug hielt, geriet die Musikkapelle fast aus dem Takt, da André, der die Flöte spielte, danebengriff und Tibúrcio die Augen so weit aufriß, daß er seine Mandoline fallen ließ. Tibúrcio war ein Student der Rechte, ein berühmter Bohemien, Intimus Tibérias, ein vorzüglicher Mandolinenspieler. Er hatte sich der Hauskapelle – zwei Gitarren, Harmonika und Flöte – zugesellt. Marialva, nach wie vor an Martims Arm, durchschritt die Länge des Wohnzimmers bis zum Schaukelstuhl, der einem Thronsitz gleichkam, in dem das Geburtstagskind, umringt von den Dirnen seines Etablissements, neue Glückwünsche entgegennahm. Man brachte ein Geschenk, ein Stück Kleiderstoff, überreichte es ihm und ging dann zum Tanzen über.

Nun war es stadtbekannt, daß der Korporal ein Salonlöwe war. Als alter Karnevalshengst, der seine Künste beim Baronschwof darzubieten liebte, war er ein leidenschaftlicher Tänzer und gab wahre Schaustellungen, wenn er das Tanzbein schwang. Lange war er nicht mehr in Bahia zu sehen gewesen, so daß er sich an diesem Abend besonders ins Zeug legte. Marialva konnte sich schwerlich mit ihm messen, doch machte sie mögliche Schwächen durch geschmeidige Bewegungen wett, indem sie sich bald an ihn schmiegte, bald entfloh, und sich, begierig auf Bett und Mann, dann wieder seiner Führung überließ. Es war nicht nur Martims reine Tanzkunst, welche die Blicke bannte, seine vor lauter Behendigkeit und Anmut vogelgleich schwebende Leichtigkeit. Denn wer hätte nicht gerne jene schmiegsamen Hüften zum Rhythmus der Klänge gleiten und wirbeln gesehen?

Als der Tanz beendet war, ließ der Korporal Marialva im Wohnzimmer zurück, um sich ein Gläschen zu genehmigen, hinten im Haus, mit den Freunden. Dort waren alle versammelt, nur Curió fehlte, gleich nach dem Mittagessen war er umgesunken und hatte fortgeschafft werden müssen. Jesuíno, Neger Massu, Windsbraut, Ipicilone, Nelke-im-Knopfloch, Isidro, Alonso, und so viele andere. Sie tanzten wenig, tranken dafür aber um so mehr. Der Korporal stellte sich zu den Freunden, nun war er zufrieden, der Streit mit Tibéria war ihm ein Stachel im Fleisch gewesen. Zum ersten Mal seit seiner Rückkehr trank er wie in alten Zeiten seit dem Vormittag und war unwiderstehlich zum Lachen aufgelegt.

Im Wohnzimmer hatte Marialva es sich auf einem Stuhl bequem gemacht und ließ sich bewundern. Sie senkte die Augen, sandte sie auf die Reise, auf der Suche nach Curió. Als sie sich nach der Bohnensuppe eilends auf den Heimweg gemacht hatte, war der junge Werbefachmann bereits nicht mehr zurechnungsfähig gewesen und hatte wirres Zeug gefaselt. Sicherlich hatte man ihn heimgeschleppt. Zu schade, Marialva hätte ihn gern gesehen, wie er sich aus Liebe, aus unwiderstehlicher Leidenschaft zu ihr bis zur Bewußtlosigkeit betrank. Er war nur noch ein Bündel, ein Häuflein Mensch. So liebte sie die Männer zu sehen: zu ihren Füßen, sich vor ihr im Staub wälzend. Sie fühlte die Augen auf sich haften, an ihren Beinen hochgleiten, über ihren Ausschnitt huschen. Sie schlug die Beine übereinander, geschickt ein Stück Schenkel mal enthüllend, mal verbergend.

Jetzt spielte die Musik einen Samba, einen jener mitreißenden Tänze. Marialva hätte gern getanzt, warum kam Martim nicht zurück? Er ließ sich förmlich vollaufen mit Zuckerrohrschnaps, noch nie hatte sie ihn so hemmungslos bechern sehen. Das Wohnzimmer füllte sich rasch mit fröhlichen Paaren. Der Samba war wie geschaffen, damit man mit den Hüften wippte, damit in den Männeraugen Begierde, ein gelbes, stumpfes Licht, aufleuchtete. Warum holte Martim sie nicht? Die anderen wagten sich nicht heran, sie war die Frau des Korporals, das wäre unschicklich gewesen. Überdies tanzte keiner wie er, so elegant und mutwillig, und er gehörte ihr, ausschließlich ihr...

Nein, er gehörte nicht ausschließlich ihr, stellte Marialva fest, als sie ihn, Otália in seinen Armen, plötzlich durch den Wohnsaal wirbeln sah. Sie hatte die beiden nicht hereinschweben sehen, hatte den Beginn ihrer Unverfrorenheit, ihres schamlosen Benehmens, nicht miterlebt. Wo hatte er sie bloß aufgegabelt, die bleichgesichtige, schwindsüchtige Göre, diese spillerige Schnepfe mit Zöpfen und Gürtelkleid? Otália trug dasselbe Kleid vom Morgen, von der Messe, sie sah wirklich aus wie eine kleine Landpomeranze, kaum mehr als ein Backfisch mit Zöpfen, die ihr im Nacken in die Luft standen.

Im Raum kreisend, lächelte sie in Martims Armen. Sie lächelte, und der Korporal lächelte, sein Gesicht strahlte Glückseligkeit. Wer ihn nicht genau kannte, konnte nicht wissen, wie betrunken er war, denn außer seinem Wohlbefinden, das aus seinen Augen sprach und sich in hemmungslosem Gelächter offenbarte, verriet ihn nichts. Indessen, seit der Messe hatte er getrunken: Gleich dort, in unmittelbarer Umgebung der Kirche, hatten er, Jesuíno Tollhahn und Massu zu Beginn der Feierlichkeiten etliche Appetitanreger hinter die Binde gekippt. Nun lächelte er Otália ermunternd zu. Sie stellte beim Tanzen keine von Marialvas Verrenkungen zur Schau, sie war ein Blatt, dahinflatternd im Wind, ihre Füße schienen den Fußboden nicht zu berühren, sie war ein süßes Kind, durch Zufall wieder aufgefunden, aus Musik geboren, eine dem Korporal wahrhaft ebenbürtige Tänzerin.

Sie tanzten so rein, so rein und schön, daß die übrigen Paare eines nach dem anderen die Tanzfläche räumten und lieber zuschauten, um dem echten Tanzpaar den Raum zu überlassen.

Dann ließ Martim Otália los und begann, vor ihr einherzutanzen, mit atemberaubender Schnelligkeit und Vielfalt die erstaunlichsten Schritte ausführend, während das Mädchen, auf der Stelle kreisend, den Tanz ihres Partners ergänzte. Nach der Schaustellung zogen sie durch die Mitte des Saales ab, ledig wie Vögel, Träger der Anmut und Fröhlichkeit. Vorher hatten die Männer mit begehrlich entflammten Augen Marialva zugeschaut. Jetzt schauten Männer und Frauen, von Zärtlichkeit erwärmt, Otália zu. Martim lachte, und sein Tanz wurde immer rasender, sausender.

Nie in ihrem Leben hatte Marialva sich so beleidigt und angegriffen gefühlt. Sie schloß die Augen, um nicht zusehen, sie preßte die Zähne aufeinander, um nicht herausschreien zu müssen. Sie war leichenblaß, kalter Schweiß bedeckte ihre Stirn, ihre Hände.

Sie sah die beiden in nächster Nähe vor sich wirbeln, auf Otálias Lippen ein Lächeln, ein Glanz in Martims Augen. Ein Nebelschleier legte sich vor ihre Augen und verdunkelte ihr die Sicht, und die Einsicht dazu. Als sie wieder zu sich kam, fand sie sich mitten im Saal, auf Otália zugehend, und schrie:

»Raus mit dir, Rotzgöre, und laß meinen Kerl los!«

Alles war so rasch und unerwartet gekommen, daß etliche es gar nicht bemerkten, wie die Trinker im Hinterzimmer, die damit das Beste des Festes versäumten. Marialva war auf Otália losgestürzt und versuchte, sie durch einen heftigen Stoß von Martim loszureißen.

Doch Otália ließ nicht locker und tanzte weiter. Nun entfaltete Martim lachend seine Künste vor beiden Frauen und streckte die Arme mal nach der einen, dann nach der anderen aus, beglückt, so umstritten zu sein. Otália lächelte und tanzte weiter, als wäre nichts geschehen. Eine Welle der Begeisterung ging durch den Raum, gab es etwas Fesselnderes als Weibergezänk?

Marialva blieb stehen, ihr Mund stand halb offen, ihr Atem stockte. Als sie wieder handeln konnte, rannte sie von neuem auf Otália los und schrie:

»Hure! Schwindsuchtsrotz!«

Doch Otália, nicht faul, versetzte ihr im Rhythmus des Tanzes Fußtritte gegen das Schienbein, als Marialva die Hände ausstreckte, um sie an den Zöpfen zu zerren. Stöhnend wich die Frau des Korporals zurück und hielt sich das getroffene Bein. Angesichts ihres Wehgeschreis kamen einige Frauen zur Tanzfläche gelaufen, um Otália festzuhalten, aber das junge Ding bot allen die Stirn, ohne ihr Tanzen abzubrechen, und verpaßte noch rasch Marialva zwei derbe Hiebe. Erst jetzt erhob Tibéria Einspruch und forderte Achtung und Anstand in ihrem Haus und für ihr Fest. Nach Jesuínos Meinung hätte sie es früher tun können. Sie hatte Tollhahn zufolge sogar schon vorher Jesus' Eingreifen verhindert, als Otália die Hand hob, um Marialva ins Gesicht zu schlagen. Schließlich stieg sie majestätisch von ihrem Thron herab und rief die entfesselte Otália zu sich:

»Komm, mein Kind, und mach dich nicht billig...«

Marialva wurde unter Geschrei weggeschoben. Martim lachte, er lachte immer lauter, während er, mit Hilfe von Neger Massu und Windsbraut, die schluchzende Marialva fortzerrte. Der Korporal wußte nicht genau, ob er zu Hause seiner Frau eine gehörige Tracht Prügel verpassen oder ihr recht geben und sie trösten sollte. In jener Nacht konnte und wollte er sich mit niemandem verzanken. Auch nicht mit Tibéria, obgleich sie ihm im Vorbeigehen zugeraunt hatte: »Nimm deine Allerweltsschlampe mit, mein Sohn. Und wenn du wieder heiratest, frag mich vorher, damit du eine bessere Wahl triffst...«

Er war aber auch nicht böse auf Otália, die Marialva Püffe versetzt hatte, sie war eben ein beherztes, eigenwilliges Persönchen. Auch gegen Marialva hegte er keinen Zorn: Hatte sie sich nicht aus Eifersucht zu ihrer Handlungsweise hinreißen lassen? Auf niemanden hatte er einen Zorn. Im Gegenteil, fröhlich zog er durch die Gassen, versöhnt mit Tibéria, seinem Mütterchen Tibéria, eine Freundin wie die gab es nicht ein zweites Mal. Als er Marialva in die Straßenbahn hineinbugsierte, entdeckte der Korporal Martim seine Stadt wieder, als wäre er an jenem Tag zurückgekehrt, als wären die vergangenen Wochen ein Traum gewesen.

Neger Massu und Windsbraut halfen ihm, die widerspenstige Marialva zu verfrachten, sie wehrte sich und biß Windsbraut in die Hand. Dann versuchte sie dem Korporal das Gesicht zu zerkratzen und schrie zum Gaudium der wenigen Fahrgäste:

»Hund! Hast dich mit diesem Besen eingelassen! Schmutzfink! Hurenbock!«

Martim lachte aus vollem Halse. Neger Massu lachte auch. Windsbraut streckte die Arme aus, sich mühsam im Gleichgewicht haltend, und erklärte den Mitreisenden, dem Schaffner, dem Fahrer:

»Ein Fest wie bei Tibéria gibt's nur einmal... Nicht mal in Deutschland zur Zeit des Kaisers der Welt, weder dort noch sonstwo. Stimmt's oder stimmt's nicht?«

Die Straßenbahn fuhr ab und nahm Marialva mit, während das Gebrüll und Gelächter des Korporals im anbrechenden Morgen durch die Gassen hallten.

14

Von Tibérias Fest an überstürzten sich die Ereignisse.

Immer, in jeder Geschichte, tritt ein Augenblick ein, in dem »die Ereignisse sich überstürzen«, ein im allgemeinen ergreifender Augenblick. Seit langem wünschte man, in der Ehegeschichte des Korporals, in der in Wahrheit nur wenig und in schleppendem Rhythmus geschah, möge etwas geschehen. Auch jetzt bedeutet die Ankündigung von der Überstürzung der Ereignisse nicht, daß diese mit überraschender Schnelligkeit vorwärtsschreiten, sondern nur, daß sie ins Sieden geraten sind. Daß das Ende von Curiós und Marialvas tragischer Liebe vor der Tür steht.

Als Marialva sich beruhigte und ihre Nerven ihr wieder erlaubten, einen klaren Gedanken zu fassen, begann sie auf Rache zu sinnen. Das Ärgernis von Tibérias Fest hatte ihre schlimmsten Befürchtungen bestätigt, jene Ahnung der Gefahr, welche sie seit ihrer Ankunft in Bahia belauert hatte. Sie mußte Maßnahmen ergreifen, sonst würde der Korporal sie schließlich gefügig machen, an die Kandare legen und ihr die Sporen geben. Oder er zog eines Tages unvermutet und stillvergnügt ab und ließ sie wie einen Putzlumpen liegen. Doch das würde sie nicht zulassen. Sie würde ihre Zeit nutzen, solange er noch verliebt war, sie würde ihm zeigen, wes Geistes Kind sie, Marialva war, und ihn in die Knie zwingen. Dafür rechnete sie mit Curió und seiner maßlosen Leidenschaft. Denn merkwürdigerweise hatten die geräuschvollen Ereignisse von Tibérias Geburtstagsfest weder Groll auf die Gastgeberin noch auf Otália in ihr hinterlassen. Verständlicherweise wollte sie den beiden, wie auch den übrigen Frauen des Bordells und der Umgebung, ihre Macht über Martim zeigen, beweisen, daß sie ihm Tränen entpressen, daß sie über ihn lachen konnte. Wütend war sie nur auf Martim, genau genommen auf sein Gelächter, auf die Art

und Weise, wie er sich auf ihre Kosten amüsiert hatte. Statt die Lumpendirne sofort stehen zu lassen und reuig und demütig zu ihr, Marialva, zurückzukehren, unter Beteuerungen, wie wenig ihm daran gelegen gewesen sei, mit der anderen zu tanzen, war er zwischen ihnen beiden stehen geblieben, gleichsam einen Streit vom Zaun brechend, und wie ein Hahn mit geschwollenem Kamm, der Zankapfel der beiden zu sein, die sich pufften und einander die Schienbeine demolierten. Ah! Das durfte nicht ungesühnt bleiben, sie würde sich rächen. Und zwar schleunigst, sobald wie möglich, bevor das Echo des Festlärms verhallt war. Alle sollten die Demütigung Martims erleben, wie sie ihm ins Gesicht lachen, wie sie ihn zum Gespött und Gefeix der Leute machen würde. Man würde mit den Fingern auf ihn zeigen, mit seinem prahlerischen Wesen würde es von einem Tag auf den anderen aus und vorbei sein.
Zunächst sah sie freilich ihre Pläne wegen Curiós anfänglichem Mangel an Bereitwilligkeit ernsthaft bedroht. Marialva hatte geplant, ihre Liebschaft mit dem jungen Werberufer dem Korporal ins Gesicht zu schleudern und Martims Hörner durch den Staub der Bahianer Hauptstraße zu schleifen. Doch dazu war es notwendig, ihm die Hörner auch rechtzeitig aufzusetzen und Curiós Geliebte zu werden. Das schien ihr nicht allzu schwierig zu sein, ganz im Gegenteil. Verzehrte sich Curió nicht in dem Wunsch, mit ihr zu schlafen? Nur ein Wort, ein Wink war nötig, und er würde außer Rand und Band geraten.
Doch es kam anders, als sie gedacht hatte. Wiewohl immer vernarrter und kopfloser, schien Curió über schier unerschöpfliche seelische Rücklagen zu verfügen. Den Freund zu hintergehen, stand außer Frage, er würde lieber aus Liebe und Begehren sterben, als mit der Frau seines Bruders (im Heiligen) ins Bett zu gehen.
Noch zwei Tage nach den Ereignissen waren die Tuschelzungen eifrig am Werk. Martim, augenscheinlich zurückge-

kehrt in sein stilles Dasein eines häuslichen Ehegatten, mußte ausgehen, um Geld zur Deckung der Lebenskosten zu beschaffen. Er hatte sich Tibérias Fest eine Stange kosten lassen: das Geschenk für das Geburtstagskind, ein Stöffchen für Marialva, dazu Schuhe und Strümpfe, Armreif und Ohrringe. In seiner Kasse war Ebbe. Martim steckte sein Kartenspiel in die Tasche und machte sich auf die Suche nach Spielfreudigen. Marialva trug ihrem Kapitän des Strandes auf, er möge schleunigst Curió benachrichtigen, und machte sich schön; diesmal gab sie sich besondere Mühe mit ihrem Haar, sie parfümierte sich und wählte ein Kleid, das ihre Formen noch verführerischer zur Geltung brachte. Dann ging sie ans Unhão-Ufer hinunter, stellte sich auf die verlassene Brücke und wartete.

In jenen Tagen war Curió außerstande, an Arbeit zu denken. Seine Gefühle befanden sich in derartigem Aufruhr, daß er nicht einmal eine Beschäftigung suchte, an allen Ecken und Enden hatte er Trinkschulden, und wenn man ihm nach wie vor Schnaps auf Pump ausschenkte, so geschah es aus purem Mitleid. Nie hatte man den guten Jungen so verzweifelt gesehen, den armen Curió, der immer verliebt war und immer verlassen wurde. Diesmal indes sah die Sache ernster aus denn je, weil sie nämlich länger als gewöhnlich dauerte: Normalerweise genügten zwei, drei Tage der Schnapssucht, um Curiós Leidenschaften zu heilen. Diesmal jedoch übertraf er alle Voraussagen und sprach sogar von Selbstmord. Der Kapitän des Strandes fand ihn in einer Butike, in nächster Nähe des Marktes, allein vor einem Gläschen Pinga.

Als er zum Unhão kam, wartete sie schon auf ihn, sie sah ebenso schwermütig wie schön aus, sie saß auf der Brücke und sah mit verlorenem Blick aufs Meer. Curió seufzte. Einen unglücklicheren Menschen als ihn gab es nicht auf der Welt; mochte er fortan noch soviel Ungemach im Leben zu erdulden haben, nie würde er wieder vom bösen Los so gezeichnet und verfolgt sein wie diesmal. Er liebte und wurde von der Schönsten aller Schönen wiedergeliebt – er konnte es kaum glauben, so viel Glück verdient zu haben! –, aber ach, mein Gott! Sie war so treu wie schön, so ehrbar wie sanft. Sie war – welch ein Verhängnis! – durch die Bande des Dankes an einen Mann gefesselt, den sie nicht liebte, sie war ihm jedoch treu, beherrschte ihre Leidenschaft und ihr Begehren und beschränkte ihre Leidenschaft auf ein Drängen ohne Erlösung, auf eine ausweglose Begierde, auf eine platonische Liebe. Gab es ein größeres Unglück auf der Welt? Unmöglich!

Aber noch unglücklicher würde er von ihrer Begegnung nach Hause gehen, noch unglückseliger und elender. Und doch wieder zufrieden mit sich, und stolz, die Kräfte zum Widerstehen aufgebracht zu haben, als sie, im Kampf bezwungen, die Waffen streckte, so daß die beiden um ein Haar Martims Stirn mit einem Paar Hörnern geziert hätten. Curió hatte sich als würdiger, tadelloser Freund erwiesen.

Denn kaum war er angelangt und hatte die ersten überschwenglichen Worte mit ihr gewechselt, ergriff sie seine beiden Hände und erklärte:

»Liebster, ich kann nicht mehr... Sei es wie es sei, komme was da wolle, ich will die deine sein... Ich weiß, daß es falsch ist, aber was soll ich tun?«

Curiós Augen traten aus ihren Höhlen, er glaubte nicht richtig gehört zu haben, er bat sie, ihre Worte zu wiederholen, und sie wiederholte mit zunehmend erregterer Stimme, durchglüht von einer Flamme, gewillt, sich ihm auf der Stelle an den Hals zu werfen und ihn zu küssen, ihm jenen bislang verweigerten Kuß auf den Mund zu drücken.

Curió schwankte, er begehrte sie lodernd, in schlaflosen Nächten hatte er sie im Geist in den Armen gehalten, an den Bartheken hatte er sich mit ihr durch die Gassen schlendern sehen, Arm in Arm, ihren Kopf auf seine Schulter gelegt, hinter Schnapsschleiern zog sie sich für ihn aus, einmal, viele Male, er sah ihren schimmernden Leib, ganz mit Leberflecken bedeckt, sah den betauten Grund ihres Leibes und die samtblütene Rose. Ja, er hatte sie rasend begehrt und litt an seiner Liebe für sie, doch er fühlte sich in seiner Zerrissenheit auch wieder gestillt und ruhig, da Marialva von Anfang an die Schranken der Ausweglosigkeit zwischen ihnen aufgerichtet und beteuert hatte, ihre Liebe dürfe nie vollzogen werden. Er hatte sich in Wahrheit nie vor die Frage gestellt gesehen, zwischen seiner Liebe zu Marialva und der Treue zu Martim, seinem Freund, zu entscheiden, der wie ein Bruder war und ein Bruder im Heiligen. Und nun kam sie und bot sich ihm an, mir nichts dir nichts. Bereit, alles zu tun, was er bestimme und begehre, bereit, mit ihm auf und davon zu gehen, für immer oder auch nur einmal mit ihm zu schlafen und dann wieder nach Hause zurückzukehren.

Curió versank in seinem Elend, er war ein Rohr im Wind, ein Segel, fortgerissen vom Orkan. Vor ihm stand Marialva, er war am Ziel seiner Wünsche. Doch zwischen ihm und Marialva stand Martim, was tun? Nein, er konnte nicht den Dolch des Verrats gegen seinen Bruder zücken, noch viel weniger meuchlings. Nein, das konnte er nicht tun.

»Nein, wir dürfen's nicht...« schluchzte er verzweifelt. »Nein, es ist ganz unmöglich.«

Ein durchdringender schriller Schrei, eine selbstmörderische, jedoch unwiderrufliche Entscheidung. Er bedeckte das Gesicht mit den Händen, sein Leben war zu Ende, es winkte ihm kein Ausblick, doch er wollte ein ehrenhafter treuer Freund bleiben.

Das hatte Marialva nicht erwartet, auf einen Korb war sie nicht gefaßt gewesen. Sie hatte gedacht, ihn taumelnd vor Glück zu sehen und nur allzu bereit, sie in sein Zimmer am Pranger mitzunehmen, in die Dachkammer eines alten zweistöckigen Hauses. Sie hatte sich bereits ausgedacht, wie sie ihr Entzücken beherrschen, wie sie sich zögernd, und am ersten Tag nur seinen Küssen, seinen glühenden Umarmungen, ergeben würde, um seine Begierde zu steigern. Wie sie ein neues Stelldichein verabreden würde, um ihn endlich zu ihrem Liebhaber zu machen und sich an Martim zu rächen. Und nun stieß sie gegen Curiós unbezwingliches seelisches Bollwerk.

Nein – erklärte Curió und ergriff ihre beiden Hände – es durfte nicht sein. Zwischen ihnen durfte nichts geschehen, ihre Liebe forderte Opfer und Entsagung. Damit sie eines Tages einander gehören konnten, war es nötig, daß zwischen ihr und Martim keinerlei Bindung, keine Verpflichtung mehr bestehe. Sie hatte doch selber schon so oft gesagt, sie sei Martim verpflichtet, sie sei ihm dankbar, sie dürfe ihn nicht hintergehen. Sie habe nicht das Recht, den Kopf zu verlieren, wie sie es in diesem Augenblick allem Anschein nach tat. Sie habe nicht das Recht dazu, und er noch viel weniger. Seine Freundschaft mit Martim sei viele Jahre alt und gehe auf eine Zeit zurück, als er, Curió, noch ein kleiner Junge war, bettelnd durch die Straßen zog und sich unter die Kapitäne des Strandes mischte. Damals spielte Martim eine bedeutende Rolle unter den Kapitänen des Strandes, er hatte seine Hand über den Neuling gehalten und ihn gegen Verfolgungen und Mißbrauch von Seiten der älteren geschützt. Dann, als sie heranwuchsen, als sie ins Leben und in den Candomblé eingeweiht wurden, entdeckten, daß sie beide Oxalá gehörten, Martim zu Oxolufã, dem alten Oxalá, und Curió zu Oxuguian, dem jungen Oxalá. Gemeinsam machten sie mehr als einmal Bori, während die Priesterin das Blut der Opfertiere über ihren Köpfen ausgoß, wobei dasselbe Blut den einen wie den anderen reinigte. Einmal brachten sie zu geteilten Kosten gemeinsam einen Ziegenbock dem Orixá dar. Wie konnte er da mit Martims Frau schlafen, selbst wenn er halb wahnsinnig vor Leidenschaft war? Nein, Martim war ihm heilig, er zog vor, sich und Marialva zu töten.

Sich töten zu lassen oder gar selber zu töten, war in Marialvas Plänen nicht vorgesehen. Zwar setzten ihr die bei Tibérias Geburtstagsfeier vorgefallenen Ärgernisse mächtig zu, doch sich deshalb gleich umbringen zu wollen, wäre ihr nie eingefallen. Aber rächen wollte sie sich an dem Korporal, ja, sie wollte ihn auf die Knie zwingen, ihr zu Füßen, mit gebrochenem Rückgrat und geknebeltem Eigensinn.

Inmitten der Orgie aus Tränen und Verzweiflung, der Liebesschwüre und Todesdrohungen, bei denen Curió Sätze, die er aus dem »Sekretär der Liebenden« auswendig gelernt hatte, mit seinen aufrichtigsten Worten vermengte, ließ eine Stelle Marialva aufhorchen und gab ihr den Schlüssel zu der ihrer Meinung nach besten Lösung.

Als sie sich nämlich einerseits bemühte, ihm wieder Mut zu machen, aber andrerseits in ihrem Stolz gekränkt war, da sie sich zum ersten Mal von einem Mann zurückgewiesen sah (denn sie, der bisher die Männer nachgelaufen waren, hatte sich ihm angeboten), schleuderte sie ihm ihre Verachtung ins Gesicht:

»Du bist ein Feigling, du hast nur Angst vor Martim...«

Curió erbebte. Angst? Er hatte Angst vor niemandem auf der Welt, nicht einmal vor Martim. Er achtete ihn, ja, er empfand Freundschaft für ihn, er war ihm zugetan. Wie konnte er ihn dann hintergehen, ihm einen Dolch in den Rücken jagen, ihn heimlich betrügen? Wenn er wenigstens Bescheid wüßte... Frei, von vorne, ins Gesicht...

Wenn er wenigstens Bescheid wüßte... Mit einemmal ließ Marialva wieder ihre honigsüße Stimme spielen, sie war wieder die verliebte, die gute, treue Marialva von früher:

»Und wenn wir's ihm erzählten? Wenn du's ihm sagen würdest? Ihm erklären, daß wir uns lieben und zusammen leben wollen?«

Das war eine neue Idee, allem Anschein war Curió zunächst nicht sonderlich begeistert. Doch wie konnte man nein sagen? Marialva hingegen war im siebten Himmel. Nichts konnte ihr lieber sein: als daß Curió Martim seine Liebe beichtete, während sie dem Auftritt beiwohnte, erlebte, wie

Martim sich ihr zu Füßen warf, vielleicht wütend auf Curió losstürzte, wie die beiden Männer sich um sie schlugen, sich womöglich ihretwegen umbrachten. Sobald sie an Martim gerächt war, würde sie entscheiden, mit welchem von beiden sie zusammenleben, mit welchem von beiden sie lediglich schlafen wollte. Vielleicht würde sie bei Martim bleiben – sie hatte sich ja bereits mit ihm zusammengetan –, ihm aber währenddessen mit Curió Hörner aufsetzen. Oder sie würde zu Curió überwechseln, dabei Haus und Möbel erben und trotzdem hin und wieder zu Martim ins Bett schlüpfen; schließlich machte es ihr Spaß, mit ihm zu schlafen, sie wollte ihn auch nicht so leicht verlieren. Es würde ihr Ruhmestag sein, wenn Curió die Schwelle ihres Hauses überschreiten und seine offizielle Erklärung abgeben würde. Curió wiegte den Kopf hin und her: Nein, es schickte sich nicht, zu Martim zu gehen und ihm alles zu erzählen, warum auch? Machte Marialva sich klar, was daraus entstehen konnte?

Wie furchtbar würde Martim leiden? Was für Tollheiten waren von ihm zu erwarten? Marialva lächelte, die Idee reifte in ihrem Kopf, es war ihre Rache, ihr Ruhmestag, ihr Triumph. Sie würde nicht nachgeben, es gab für Curió kein Entkommen. Es würde ihm nichts anderes übrigbleiben, als sich vor Martim hinzustellen und ihm alles zu erzählen, ihm die Frau streitig zu machen.

Ihre Hände berührten Curiós Haar:

»Du hast kein Wort von dem verstanden, was ich zu dir gesagt habe, als du ankamst. Du dachtest vielleicht, ich wolle mit dir ins Bett gehen und Martim hinterrücks betrügen.«

»Meintest du das nicht?«

»Was denkst du nur von mir? Meinst du, ich brächte so etwas fertig? Ich wollte, du solltest hingehen und mit Martim von Mann zu Mann sprechen. Ich bin sicher, daß er auf dich hören wird... Es wird ihm arg schwer fallen, weil er verrückt nach mir ist, aber am Ende wird er doch ein Einsehen haben. Und selbst wenn er nicht einwilligt, haben wir wenigstens unserer Verpflichtung genügt und könnten tun und lassen, was wir wollen... Findest du nicht auch?«

»Du meinst also: Wenn wir's ihm erzählt haben, können wir abhauen, selbst wenn er nicht einverstanden ist...«

»Klar.«

»Damit wird er nie im Leben einverstanden sein...«

»Natürlich nicht... Aber dann haben wir wenigstens unsere Pflicht erfüllt und es ihm gesagt. Wenn du einen Zweifel hast, frag doch Jesuíno... Hinterrücks betrügen darfst du ihn nicht, versteht sich, auch ich nicht. Drum gehen wir beide hin und sagen's ihm klipp und klar ins Gesicht. Hinterher können wir tun und lassen, wozu wir Lust haben ...«

Das schien Curió zu überzeugen.

»Ich glaub, du hast recht...«

»Natürlich hab ich recht...«

Zum ersten Mal gab sie ihm einen Kuß, einen jener langen Küsse, die nur sie zu geben verstand, mit Lippen und Zunge; er mußte kämpfen, um sich loszumachen.

»Noch nicht, erst wenn wir mit ihm gesprochen haben.«

»Und wann wirst du mit ihm sprechen?«

Doch Curió bat um einen Aufschub, er wollte sich erst an die Idee gewöhnen. Die Sache war nicht so leicht, wie sie aussah.

15

Im Gegenteil, sie war recht schwierig. Mannigfache Verwicklungen erschwerten die Lösung des Problems, und da Curió die Last einer so großen Verantwortung nicht ertrug, beschloß er, sie auf die Freunde zu verteilen. Mit schamhaft stammelnder Stimme, mit erregten Gebärden, mit Büchern entlehnten Sätzen spuckte er die ganze Geschichte vor den brüderlich neugierigen Ohren Jesuíno Tollhahns aus. Er spuckte ihm auch den Schnaps und etliche Stücke Bierwurst, seine einzige Tagesnahrung, vor die Füße. Er war abgezehrt und bleich, hatte Ringe unter den Augen, sein Krauskopf war zerzaust. Im Handumdrehen waren Neger Massu und Ipicilone vollständig und Windsbraut halb eingeweiht: Er verstand die verknäuelte Geschichte nicht – hatte nun Curió Martims Mädchen vernascht oder nicht? –, trotzdem war er in schwierigen, dramatischen Augenblicken wie diesen mit seinem wortkargen Gemeinschaftsgeist zur Stelle.

Nun folgten Tage erregter Beratungen, langwieriger Prüfungen der verschiedenen Aspekte der Lage, vorausschauende Mutmaßungen, Tage der Ratschläge, Pläne und des entsprechenden Schnapskonsums. All das glich einem internationalen Kongreß: Man diskutierte und diskutierte in einer bisweilen erregten Debatte, um am Ende der Nacht nur geringe Fortschritte in den Verhandlungen erzielt zu haben. Jesuíno zufolge erforderte die Angelegenheit Takt und Erfahrung, den Ratschlag von Männern mit Lebenserfahrung und, dank der heiklen Situation, eine bedächtige Einschätzung aller Blickpunkte: Schließlich stand die alte Freundschaft zweier Gefährten, zweier Brüder desselben Heiligen auf dem Spiel, ganz zu schweigen von minderen Werten wie der Ehre, den seelischen Hörnern, dem gefährdeten Leben. So wurde der Rat etlicher Honoratioren und mehrerer in bestimmten Randgebieten bewanderter Techniker eingeholt. Und genau wie Marialva es wünschte, machte der Fall so rasch die Runde, daß er ihr aus allen Winkeln ihres Hauses entgegenlachte. Nachts wachte sie auf, um in sich hineinzukichern.

Die Meinungen gingen weit auseinander. Neger Massu fand die Sache reichlich verkehrt, für ihn waren das Wahnsinnsideen Curiós, der ohnehin meist auf dem Mond lebte und nicht mehr normal reagierte, sobald es sich um eine Frau handelte. Nach seiner hervorragenden Meinung standen Curió nur zwei Wege offen, und keiner von ihnen führte durch die Haustür des Korporals.

Was sind das für zwei Wege – wollten alle wissen. Neger

Massu begann bei dem praktischsten und klügsten: Curió sollte alles liegen und stehen lassen und eine Zeitlang nach Alagoinhas oder nach Sergipe gehen. Sergipe war das Land des guten Zuckerrohrschnapses und der Ort, der einem Werbefachmann eine große Zukunft versprach. Übrigens kannte er, Massu, einen Zeitgenossen, der einen vom Schlage Curiós brauchte, der das Innere durchpflügte, um ein von ihm erfundenes Wunderheilmittel anzupreisen und an den Mann zu bringen. Es handelte sich um einen Kräuterkenner, der eine Zeitlang unter Indios gelebt und bei ihnen mancherlei gelernt hatte über alles, was Kräuter und Buschwald angeht – er hatte ein Präparat gegen den Tripper entdeckt, eine tolle Sache! Bestehend aus Baumrinde und Wildwurzeln, dem keine Geschlechtskrankheit gewachsen war.
Er brauche, wie gesagt, jemanden, der das Produkt im Landesinnern auf Jahr- und Ortsmärkten feilbot. Curió lehnte das Angebot ab: In seiner Laufbahn als Propagandist hatte er den Vertrieb derartiger unfehlbarer Arzneien immer vermieden, so etwas konnte Kasten kosten, weil Ärzte und Apotheker die Polizei darauf hetzten. In der Hauptstadt – erwiderte Massu – mochte es in der Tat vorkommen, daß die Polizei von den Apothekern Wind bekam. Daher wollte sein Freund auch die Märkte des Hinterlandes erobern. Er mußte ohnehin seine Tätigkeit in der Hauptstadt einschränken, da er dort zu allem Überfluß mit dem Kittchen bedroht worden war. Nur weil er keinen Doktortitel hatte, wurde seine Formel nicht anerkannt; die Ärzte, neidisch auf sein Können und aus Angst vor seiner Konkurrenz, hatten nach der Prüfung eines Fläschchens von »Reck dich Knüppel« (ein toller Name, was!) einstimmig erklärt, es handle sich um verbrecherische Quacksalberei. Ihnen zufolge bewirke das Mittel, daß die Gonokokken sich im Blut ausbreiteten, was ungeahnte Folgen nach sich ziehen könne. Und was den Urheber der Formel betraf, so war er ein Kurpfuscher, der einen gehörigen Knast verdiente.

Das Ganze war nichts als Niedertracht, Neid, Angst, denn das Heilmittel war in der Tat ausgezeichnet, nach drei oder vier Dosierungen kapitulierte jede Gonorrhoe, Ausfluß und Schmerzen verschwanden vollkommen, und all das um einen lächerlichen Preis und ohne jene lästigen Spülungen mit Permanganat. Der verdiente Erfinder der Formel, der alte Gast der Indios, hatte die Arznei bereits an mehr als einem Kranken erprobt und in allen Fällen positive Ergebnisse erzielt. Allerdings schoben die Ärzte diesen Versuchen die Schuld dafür in die Schuhe, daß Arlindo Hübscher-Junge im Alter von achtundzwanzig Jahren gelähmt im Bett lag. Er hatte sich nämlich einen Mordstripper geholt und vergeblich mehrere Ärzte aufgesucht. Urinieren war eine Hölle für ihn, von dem üblen Geruch gar nicht zu reden. Schließlich befolgte er den Rat von Freunden und machte einen Versuch mit »Reck dich Knüppel«, und schon ging es Schlag auf Schlag: Mit weniger als zwei Flaschen war er hergestellt und ganz der alte. Freilich lag er wenige Monate darauf lahm im Bett, als ob Nervenstränge und Muskeln verkrampft wären. Doch wie kam man dazu, hartnäckigen Rheumatismus des Arlindo Hübscher-Junge – so genannt wegen seines heute etwas beeinträchtigten vorteilhaften Aussehens – mit der Arznei des Seu Osório Redondo in Verbindung zu bringen? Das konnte nur der böse Wille der Ärzte sein. Und nur wegen dieser niederträchtigen Verfolgung konnte Osório seine gesundheitsfördernde Formel nicht in der Hauptstadt an den Mann bringen, so daß ihm nur das Hinterland blieb, das er von Markt zu Markt durchstreifte, um dort die zurückgebliebenen Wäldler zu heilen. Da aber das Landesinnere groß war, suchte er einen, der bereit war, ihn auf Kommissionsbasis bei seinem Kreuzzug gegen die Geschlechtskrankheiten zu unterstützen. Wenn Curió wollte, könne Neger Massu ihn zu Seu Osório bringen, er wohnte in der Gegend von Hacke-Arm und hatte zu Hause ein paar Sonderschnäpse, vermischt mit Kräutern, die nur Indios kannten, sie machten

einen Mann feuriger als einen Zuchtstier oder einen Kater auf dem Bummel durch mondhelle Nächte. Er hatte so viel Kundschaft unter alten Krachern, daß es eine Lust war.
Curió wies dies verlockende Angebot zurück, er wollte weder sein Leben im Innern verdienen, noch Marialva aufgeben, doch Jesuíno Tollhahn ergriff Partei für den verdienten Bürger, hielt einen Besuch in seinem Hause für unerläßlich und forderte, man müsse dem verfolgten Menschenfreund mit einer Solidaritätserklärung aufwarten. Auch Jesuíno verstand sich auf Kräuter, er kannte sich aus in den Geheimnissen der Blätter, er gehörte zu den Anhängern Ossanis.
Curió wollte wissen, welches der zweite Weg sei, vielleicht wäre dieser angebrachter. Neger Massu ließ sich nicht lange bitten: Wenn Curió somit nicht die Kraft besaß, die Kleine aufzugeben und in die Welt zu ziehen, um die unglückseligen Träger von »Krankheiten des Lebens« zu heilen, so blieb ihm nur ein Ausweg. Welcher? Die Dirne in einer mondlosen Nacht zu packen, mit ihr durchzubrennen und sich in einem Winkel zu verstecken, in dem er für Martim unauffindbar war, und sich nie mehr in Bahia blicken zu lassen. Sich in den Sertão stürzen, in der Buschsteppe verduften, auf den Feldwegen von Piauí oder Maranhão zu verschwinden, an Orten, von deren Vorhandensein Massu gehört hatte, in fernen Landen an den Grenzen vom Ende der Welt. Denn darüber dürfe Curió sich keinen Illusionen hingeben: Martim würde außer Rand und Band geraten, wenn er heimkäme und seine Schöne mit dem Leberfleck auf der Schulter, seine ausgezeichnete Gattin nicht mehr anträfe. Bekäme er aber Curió in seine Klauen, könne ihm kein »Reck dich Knüppel« mehr aus der Patsche helfen.
So lauteten Neger Massus Vorschläge. Er sah keinen dritten Weg, zumal ihm der Gedanke, daß Curió und Marialva sich Martim stellen und ihm ihr schamloses Treiben erzählen, dem Korporal eine Nase drehen, ihm ein Hörnungszeugnis ausstellen wollten – zumal dieses Vorhaben ihm…

Dem Curió schwoll der Kamm, und er brüllte aufgebracht: Von schamlosem Treiben könne keine Rede sein, auch nicht von einem Gehörnten, dem man es schriftlich zu geben beabsichtige, Massu bewerfe eine reine, platonische Liebe mit Dreck und beleidige Curiós Würde. Sie und er hätten sich bisher musterhaft und mit der größten Treue gegen den Korporal aufgeführt. Bisher war alles nur verliebtes, lyrisches Zwiegespräch gewesen, Pläne und Träume, ohne eine unerlaubte kühnere Liebkosung. Und wenn sie sich mit Martim aussprechen wollten, so geschah es nur, um ihm diese unbedingte Treue weiterhin zu halten. Daher dachten sie auch nicht daran, wie Flüchtlinge in stockfinsterer Nacht auf und davonzugehen, um einem Freund nicht in den Rücken zu fallen. Sie wollten ihm ehrlich gegenübertreten, ihm erzählen, sie seien von der Liebe, von einer unwiderstehlichen, unbezähmbaren Leidenschaft, bezwungen worden. Zwar unbezähmbar, und doch hätten sie sie gemeinsam bezähmt, so groß war ihre Treue gegenüber seiner Freundschaft und seiner Dankbarkeit, so treu waren sie gegenüber Martim, sie hatten ihre Liebe unbefleckt und rein gehalten. Nun waren sie in Treue und Anstand zu ihm gekommen, um ihm zu sagen, daß sie ohne den anderen nicht mehr leben konnten, daher baten sie ihn das Feld zu räumen, Marialvas Haus und Marialva selbst zu verlassen...
Marialvas Haus? Ipicilone staunte über die übereilte, endgültige Besitznahme des Hauses mit seiner Wohn- und Schlafzimmereinrichtung: von dem Bett bis zur Kaffeekanne, von dem großen Spiegel bis zu den Schnapsgläschen. Gehörte das nicht alles Martim, war es nicht erworben mit seinem Geld, verdient mit dem Schweiß seines Angesichts und dem Wagnis, seine Freiheit durch gesetzwidriges Kartenspiel zu verlieren? Wollte Curió, nicht zufrieden mit dem Schmerz, den er dem Freund mit seinem Frauenraub zufügte, ihm auch noch das Mobiliar wegnehmen und das Haus erben? Wo hatte man dergleichen schon gesehen und gehört?

Curió ging zu seiner Verteidigung über: Er für sich allein beanspruchte nichts, mit Marialva besaß er alle Güter der Welt, mit ihr hatte er vollauf genug. Was Haus und Hausrat betraf, so würde sich bei einer genauen Prüfung herausstellen, daß die Frage des Besitzrechtes nicht so einfach lag. Wann hatte Martim in seinem ganzen Leben je eine eigene Wohnstätte, je ein eingerichtetes Heim besessen? Es traf wohl zu, daß er von Zeit zu Zeit eine Kammer mietete, um darin seine Kleider aufzuhängen und kleine Mädchen aufs Kreuz zu legen. Konnte man Behelfsunterschlupfe, die er aufgab, sobald er sich in eine Bordelldirne verliebte, in ihr Zimmer zog und in ihrem Schrank seine weißen Anzüge aufhängte, billigerweise ein Haus nennen? Wie oft hatte Martim schon sein Zeug in Curiós Behausung der Prangersteige untergebracht, in Jesuínos Zimmer am Taboão, in dem entlegenen Häuschen, das Massu mit seiner Großmutter bewohnte, selbst in der von Windsbraut am Strand aufgeschlagenen Baracke? Er schleppte es nur nicht zu Ipicilone, weil dieser nie ein Mietszimmer, viel weniger eine Baracke oder ein Haus besessen hatte, von der Hand in den Mund, von einem Augenblick zum anderen lebte, weil er in Butiken oder in Alonsos Laden auf dem Ladentisch schlief oder dort einen Ballen Trockenfleisch in eine geruchvolle Matratze verwandelte. Wenn Martim jetzt Haus und Möbel besaß und genoß, so verdankte er das Marialva. Sie hatte ein Mietshaus gefordert, anständige Möbel; um sie zu erobern (denn sie hatte ihm nach Kräften Widerstand geleistet und nur aus Dankbarkeit nachgegeben, wie jedermann wissen mußte, um sie gerecht beurteilen zu können), hatte der Korporal ihr alles gegeben und würde ihr noch mehr geben, sofern sie die Ausbeuterin, die Profitmacherin zu spielen wünschte. Für sie, Marialva, nicht für sich selbst, hatte Martim das Häuschen in Vila América gemietet, moralisch gesehen, gehörte es ihr – konnte sich einer vorstellen, daß Martim allein ein Haus bewohnte?

Was die Möbel betraf, so lag die Frage noch eindeutiger, noch klarer. Für Marialva hatte er sie gekauft, um ihr Bequemlichkeit zu verschaffen, es waren Geschenke, mit denen er seine Zuneigung beweisen wollte, somit waren sie Marialvas Eigentum – übrigens alles, was die Ärmste besaß. Außer ihren Kleidungsstücken, etlichen Halsbändern und Ohrringen – es war ohnehin herzlich wenig. Wer ihr Halsbänder und Ohrringe geschenkt hatte, war das nicht auch Martim gewesen? Indessen, würde er ihr vielleicht Schuhe und Kleider wegnehmen und sie nackt stehen lassen, wenn sie nicht mehr mit ihm leben wollte? Sicherlich nicht. Warum sollte er sich dann die Möbel aneignen wollen, denn mit den Möbeln und Kleidern verhielt es sich doch haargenau gleich. Und mit dem Haus ebenso. Curió vertraute auf Martim: Der würde sich nicht mit solchen Kleinigkeiten rächen, er hatte ein großmütiges Herz, Curió kannte keinen so freigebigen und selbstlosen Menschen wie den Korporal.
Ipicilone war von der dargelegten Beweisführung keineswegs überzeugt, und da mittlerweile der fröhliche Nelke-im-Knopfloch sich zu der erlauchten Versammlung gesellt hatte, ein Mann, der als Autorität auf dem Gebiet des fremden Eigentums und der Mietskontrakte galt, wurde seine Meinung erbeten; er stimmte gegen Curió. Herr des Hauses und sein wirklicher Besitzer war derjenige, der es gemietet hatte, und daher verantwortlich für die Zahlung der Miete, selbst wenn er im Rückstand war. Hatte nicht Martim die Mietsverhandlung geführt, ein Stück Papier unterzeichnet oder jedenfalls sein Wort gegeben, den Mietzins regelmäßig zu zahlen? Dann gehörte das Haus ihm, Marialva wohnte darin nur als Gast, als Eingeladene, zur Verschönerung der Atmosphäre. Das traf umso mehr zu, als er, Nelke-im-Knopfloch, schon über sechs Monate lang nicht mehr die Miete des von ihm bewohnten Hauses bezahlt hatte, und der spanische Eigentümer jener Bruchbude ihn trotzdem nicht einmal mit Hilfe eines Anwalts auf die Straße setzen konnte. Einen

schlagenderen Beweis gab es nicht. Was die Möbel und alles übrige anging, so war es noch offenkundiger, das sie Martim gehörten, da er sie gekauft und bezahlt hatte. Nicht zufrieden, das Leben des Freundes zu zerstören, wollte Curió ihn allem Anschein nach auch noch um Haus und Möbel bringen, da mußte Nelke-im-Knopfloch sich doch sehr wundern. Es fehlte nur noch, daß Curió die elegante Ausstaffierung des Korporals beanspruchte, die weißen Anzüge mit enger Hose und langen Jacken, die gestreiften Hemden mit hohem Kragen, die spitzen Schnabelschuhe...

Curió schnaubte, man verstand ihn nicht... Martim solle seinetwegen sein Haus und seine Möbel, ja sogar die Kleider und Schmuckgegenstände der Kleinen behalten. Er wünschte und forderte ja nur Marialva, sonst nichts. Sie liebten sich, keiner konnte mehr ohne den anderen leben; sie konnten nicht länger das brennende Begehren in der schmerzenden Brust bezähmen, sie waren beide verwaist, beraubt der leisesten Zärtlichkeit, und wenn sie einander am Kai trafen, um über das Problem ihres Lebens zu sprechen, legten sie den Gehsteig zwischen sich, um nicht der Versuchung zu erliegen. So konnten sie keine Minute weiterleben.

»Du bist Hand in Hand mit ihr gegangen, red doch keinen Blödsinn... Leute haben dich gesehen...«, warf Jesuíno ein, dessen Stimme zum ersten Mal gebieterisch aufklang.

Doch zuerst hatte er Curiós Erklärungen hören wollen. Hand in Hand mochte einmal im Leben, das andere Mal im Tod vorgekommen sein, daß sie weder ein noch aus wußten, daß sie keinen Ausweg mehr sahen, überschattet von den »schwarzen Gewitterwolken seines Daseins« (ein Satz aus dem »Sekretär der Liebenden«, den Curió geschickt in seine Verteidigungsrede eingeflochten hatte). Möglich, daß sie sich mit fieberheißen Köpfen und rasend pochenden Herzen einmal die Hand gegeben hatten, um sich besser in ihrem Schmerz stützen zu können, in ihrer verwünschten Liebe, »in dieser fluchbeladenen Liebe, die in meiner zyklongepeitschten Brust wogte...« Wo sie gerade davon sprachen, konnte ihm einer sagen, was zum Teufel Zyklon bedeutete? Ein verflixtes Wort, das immer wieder im »Sekretär der Liebenden« vorkam, vielleicht kannten Jesuíno oder Ipicilone seine Bedeutung...

»Das heißt Sturm, du Trottel«, erklärte Jesuíno, sogleich genauere Einzelheiten fordernd: »Sag mir mal ganz offen, ob ihr nicht nur Schweißhändchen gehalten und noch ein bißchen mehr getrieben habt...«

Curió hätte am liebsten die Küsse verschwiegen, jenen ersten an den Ruinen des Unhão, als sie beschlossen, mit Martim zu sprechen. Desgleichen die anderen, weiteren, die vom selben Tag und die der anschließenden Wochen, als sie über die Einzelheiten des geplanten Besuchs beim Korporal einig zu werden suchten. Marialva hatte im Hinblick auf die Küsse zwei Überlegungen anzuführen. Erstens: Würden sie nicht zusammenleben, nachdem sie Martim alles erzählt hatten? Was war dann ein Kuß mehr oder weniger? Er machte den Kohl nicht fett, sie hatten ja nicht einmal miteinander geschlafen. Es war somit eine Erklärung, die sie von Sünde und Gewissensbissen freisprach. Andrerseits machte Marialva sich nach den Küssen auf etwas widersprüchliche Weise plötzlich Sorgen und warf sie in die Waagschale, um den gemeinsamen, entscheidenden Schritt, die Aussprache mit dem Korporal, zu beschleunigen. Vor dem Kuß hatte sie ihm nicht die geringste Bedeutung beigelegt. Hinterher sah sie in ihm den Weg in den Abgrund. In diesem Hin und Her nahmen die Küsse zu in Zahl und Glut, etliche von ihnen benahmen einem den Atem, andere rissen einem fast die halbe Lippe aus, sie dauerten ein Leben lang und einen Tod dazu, sie saugten und bissen, es waren Küsse, die von seiner Seite gefährlich an Marialvas Schulter hinab und an der Rundung ihrer Brust hinaufglitten.

Sie konnten die Auseinandersetzung nicht länger hinauszögern, sonst würden sie Martim zu guter Letzt noch hinterrücks niederstechen. Marialva erzitterte in seinen Armen: Wenn Curió ein Freund seines Freundes war, mußte er so rasch wie möglich den Besuch beim Korporal festsetzen. Sich an Curió klammernd, an seine Küsse und Bisse, seufzte sie vor Gewissensqualen, sie war Martim soviel Dank schuldig, wie konnte sie sich nur so vergessen? Diese Wahnsinnsliebe brachte sie noch ins Verderben und auf den Weg der Unehre... Curió sollte sich beeilen, bevor das Unvermeidliche geschah...

Curió hätte am liebsten die Küsse unterschlagen oder zumindest vermieden, in Einzelheiten zu gehen, doch er wußte, daß Lügen bei Jesuíno kurze Beine hatten. Tollhahn war nämlich als Wahrsager, als Seher bekannt, imstande, in den Augen und Gedanken der Menschen zu lesen, er war fast ein Babalaô. Nutzlos, die Wahrheit vor ihm zu verbergen, er entdeckte sie mit tödlicher Sicherheit...

»Schön... Den einen oder den anderen Kuß, aber sonst nichts...«

»Kuß? Wohin? Auf die Stirn, auf die Hand, auf die Wange, auf den Mund?«

Zum Gaudium der anderen fühlte Jesuíno Curió auf den Zahn und zog ihm jeden Kuß, jeden Sauger und Biß aus der Nase, spürte den Weg seines Mundes unter dem Vorwand des Muttermals über die Schulter nach und hetzte ihn rund um die Rundung der Brust.

»Sprich lieber gleich mit Martim, bevor das noch ein böses Ende nimmt. Wenn du hingehst und mit ihm sprichst, handelst du richtig, wie ein anständiger Mensch, und wenn er dann böse wird, ist er im Unrecht und nicht du.«

Ipicilone fand das Unternehmen gefährlich, er hielt es für unmöglich, die Reaktion des Korporals vorauszubestimmen, womöglich würde er den Kopf verlieren, Marialva und Curió auf einen Schlag umbringen. Wenn der Korporal ihn umlegte, war er im Recht, denn Curió hatte ein Auge auf die Frau eines Freundes geworfen, das mußte er zugeben.

»Nur ein Auge? Und die Küsse, die Sauger?«
Die Küsse erwähnte Curió, als er von dem Auge sprach, das er auf die verbotene Frau des Freundes geworfen hatte. Anderer Dinge bezichtigte er sich nicht, anderer Übergriffe hatte er sich dem Freund gegenüber nicht schuldig gemacht. Wenn er den Tod verdiente, so war es wegen jener wenigen Küsse, doch es lohnte sich, wegen des Geschmacks von Marialvas Mund den Tod zu erleiden.
Erst jetzt schien Windsbraut sich für die Angelegenheit zu erwärmen. Geschmack? Was für ein Geschmack? Wie war der Mundgeschmack dieser Dona? Er, Windsbraut, hatte in früheren Zeiten einmal eine Frau gekannt, deren Kuß nach gerösteten Krabben schmeckte, etwas Unerhörtes. Das hatte ihm stets einen tollen Kitzel verursacht, aber eines Tages war sie plötzlich verschwunden, er hatte nie mehr den gleichen Geschmack im Mund einer anderen Frau wiedergefunden. Wie war nun der Geschmack von Marialvas Kuß?
Curió antwortete nicht, ihm lag mehr an Jesuínos Antwort.
Tollhahn überlegte eine Weile, das Licht fiel auf sein Haar, alle hingen an seinen Lippen. Er glaubte nicht, daß Martim sich dazu hinreißen lassen würde, Curió anzugreifen und vielleicht gar zu schießen. Warum sollte er es tun, wenn sein Freund sich anständig benahm, getreu den heiligen Bräuchen der Freundschaft? Gewiß, die Auseinandersetzung mochte schmerzlich sein. Wenn es zutraf, daß der Korporal seine Dona so heiß liebte, daß er ihr so ergeben war, daß er nicht ohne sie leben konnte, würde die Nachricht ein fürchterlicher Schlag für ihn sein und ihm unter Umständen den Verstand rauben. Und wenn er den Verstand verlor, war seine Reaktion unabsehbar.
Massu, der an das Leiden und den Schnaps des Korporals dachte, schlug vor, alle sollten Curió am vereinbarten Tag begleiten, auf diese Weise würden sie der Aussprache beiwohnen und könnten eventuelle Ausfälle Martims verhüten. Das war ein Vorschlag, der zwar die Begeisterung der An-

wesenden auslöste, doch auf Jesuínos Widerspruch stieß, der hart blieb, und zwar nicht ohne Grund. Da es sich um eine heikle Angelegenheit handelte, welche die Ehre der Mitspieler berührte, dürfe niemand außer den Hauptpersonen sich in die Sache mischen. Daher mußte Curió unbegleitet zu Martim gehen. Sie könnten ihn höchstens bis zur Talsohle begleiten und in der Butike am Fuß des Hügels bei einem Bierchen auf ihn warten. Auf diese Weise könnten sie Martim, wenn er trübsinnig aus seinem Haus torkeln würde, in seinem Schmerz Gesellschaft und Zuspruch leisten. Oder sie könnten zu Hilfe eilen, sofern verdächtiger Lärm aus dem Haus dränge, der auf Gewalttat oder Verzweiflung deutete.

So lautete der gemeinsame Beschluß, und Curió setzte den Vormittag des kommenden Tages vor dem Mittagessen fest, ein Termin, an dem Martim mit ziemlicher Sicherheit zu Hause anzutreffen war. Jesuíno trieb zur Eile, denn jede weitere Verzögerung konnte verhängnisvolle Folgen haben. Bis wann würde Curió Marialvas Küsse aushalten können? Sie stand am Rande des Abgrunds, jeden Augenblick konnte sie abstürzen...

Marialva wiederholte das gleiche, als sie Curió in der Öde von Unhão umarmte und küßte. Doch an jenem Nachmittag hätte sie es nicht zu tun brauchen. Curió kam aufgeregt an, verkündete ihr seinen Entschluß für den nächsten Tag und vereinbarte mit ihr die Stunde: zehn Uhr vormittags. Im allgemeinen widmete Martim sich zu dieser Stunde dem Gitarrenspiel, nachdem er seine Vögel versorgt hatte.

Curió war von dem drohenden Drama beschattet: Am nächsten Tag würde er dem Lieblingsfreund einen Dolch in die Brust stoßen. Sollte Martim ihn töten, er würde kein Recht zur Klage haben. Vielleicht war es sogar besser. Er sollte ihn und sie, die beiden (platonisch) Liebenden, töten, sie würden nebeneinander in der Leichenhalle liegen, gemeinsam würden sie von den Freunden zur Grabstätte geleitet werden. Schon sah er sich tot, eine Blume auf der Brust, Marialva an seiner Seite, mit offenem Haar, mit durchschnittener Kehle.

16

Entweder tot hingestreckt, kalt und blutüberströmt, Marialva mit einem Dolch in der Brust, oder lebend und Martims Verzweiflung beiwohnend. In gewissen Augenblicken zog er die erste Möglichkeit vor, so sehr erschreckte ihn die zweite, der Anblick eines so männlichen Mannes wie Martim, erschüttert, erledigt für immer. Ja, denn ohne Marialva war das Leben für beide traurig und überflüssig.

Curió stellte sich den Auftritt vor: Er würde ankommen, dem Freund ins Auge blicken, ihm alles erzählen. Nein, nicht alles – er würde nicht von den Küssen sprechen, von den Bissen, von seiner Hand, die in ihren Ausschnitt geschlüpft war, auf der Suche nach den Köstlichkeiten ihrer Brüste. Er würde jedoch von jener Liebe auf den ersten Blick sprechen, die plötzlich, wie Wahnsinn und Unheil, über sie hereingebrochen war, von dem unendlichen Leiden, von seinem ausweglosen Kampf, die verbotene Liebe zu bezähmen und seinem Herzen zu entreißen. Bisher hatten sie sich wie Geschwister geliebt, rein und makellos. Doch wer vermag der Liebe zu widerstehen, »wenn zwei Herzen gemeinsam das Lied der heiligen Ehe anstimmen«, wenn »nicht einmal die Sturmwinde, nicht Todesdrohungen sie zu trennen vermögen«, wie es der »Sekretär der Liebenden« so treffend ausdrückte. Und wenn es ihnen auch unmöglich gewesen war, ihre stetig wachsende Liebesglut zurückzudrängen, so hatten sie doch unter Aufbietung aller Kräfte Martims Ehre bis zu diesem Augenblick nicht angetastet. Marialva tat es aus Dankbarkeit, um Martim, der vor wahnsinniger Liebe zu ihr fast verging, nicht zu kränken, Curió tat es aus Freundschaft, aus Treue zu seinem Bruder im Heiligen, der für ihn so heilig war, als wäre er sein Blutsbruder. Unberührt, unbefleckt und unbesudelt war Martims Ehre, sie zeigte nicht den geringsten Flecken (ach! die Küsse, er durfte sie nicht erwähnen, nicht einmal den leisesten Händedruck), und doch verzehrte sie die Liebe wie die Flammen der Hölle. Er und Marialva waren außerstande, diese zweideutige, entsetzliche Lage länger auszuhalten. Und darum stand er vor ihm, feierlich und ernst. Um die Entscheidung, die Bestimmung aller drei in seine Hände zu legen. Ohne Marialva konnte er nicht mehr leben, er zog den Tod vor. Er wußte, wie schmerzvoll es für Martim sein müßte, indessen...

Er sah den Freund vor sich leiden. Gedemütigt in seiner männlichen Eitelkeit, in seinem Ruf als berühmter Weiberheld; einmal hatte die Zeitung ihn »Verführer« betitelt, und die Polizei war hinter ihm her gewesen. Ausgestochen von Curió, von diesem Pechvogel Curió, der von seinen Schätzen, Bräuten und Geliebten bisher immer nur verachtet, über die Achsel angeschaut und stehengelassen worden war. Verletzt in seiner Eitelkeit... Doch das war nichts, verglichen mit dem viel tieferen Schmerz, Marialva verlieren zu müssen. Für sie hatte der Korporal sein Leben geändert. Was vor kurzem ein eingefleischter Bohemien, ein unverbesserlicher Nachtschwärmer, ein Landstreicher ohne Bleibe und Stundenplan gewesen war, hatte sich nun in einen friedlichen, ordnungsliebenden Bürger, in einen vorbildlichen, häuslich sorgenden, aufmerksamen und zärtlichen Ehemann verwandelt. Aus dem Eckensteher war ein Herr, fast ein Lord, geworden. Er wurde von allen Freunden um sein Heim beneidet. Und da stand nun Curió, sein Bruder im Heiligen, sein Busenfreund, und schickte sich an, all das große Glück zu zerstören, ihm die Frau zu rauben und das Heim des Bruders mit Beschlag zu belegen. So wie ein feindlicher Soldat Fluren und Städte eines überfallenen Landes besetzt, Ehefrauen, Bräute und Schwestern vergewaltigt, das kostbarste Gut an sich reißt, Leben um Leben vernichtet. Eine verhängnisvolle Aufgabe, eine tragische Liebe!

Ratlos durchstreifte Curió die Gassen, zahllose Male diese Schrecken durchlebend, tief ergriffen, aber auch ein wenig heldenhaft. Heldenhaft, weil die Sache ja doch nicht ganz ungefährlich war. Es konnte den Tod kosten, er konnte tödlich getroffen neben Marialva zu Boden sinken. Er konnte hinterher Martim ein Leben lang auf dem Buckel lasten. Curió hätte am liebsten losgeheult, über sein eigenes, über Martims Schicksal. Dann und wann vergaß er sogar Marialva. Abends wurde er in einer Butike gesehen, Sätze, ja ganze Absätze, die stärksten, ergreifendsten, aus dem »Sekretär der Liebenden« auswendig lernend.

Auch die Freunde bereiteten sich für die Ereignisse des kommenden Tages vor, der starke Herzen erforderte. Nichts stärkt den Mut mehr, nichts bringt erregte Gemüter besser zur Besinnung als ein paar gut gefüllte Gläschen starken Branntweins, am Vorabend eingenommen. Das jedenfalls taten sie in Isidro do Batualês Kneipe, wo Neugierige auf Curió mit Fingern zeigten. Denn – wie es geschah, weiß man nicht – die Nachricht übersprang die Schranken des engen Freundeskreises und machte die Runde in verschiedenen Zirkeln. Gewisse Dinge brauchen weder erzählt noch enthüllt zu werden, sie werden geahnt, mit dem sechsten Sinn wahrgenommen, ohne Erklärung und ganz plötzlich. So geschah es mit Curiós geplantem Besuch bei Martim. Sogar Wetten wurden über die vermutliche Reaktion des Korporals abgeschlossen. Die Mehrzahl der Wettenden setzten auf die Tracht Prügel, die Martim Curió verpassen würde, wobei noch einige Ohrfeigen für die wiewohl ergebene und doch fast untreue Ehefrau abfielen. Als Curió von diesen Wettvoraussagen erfuhr, erbebte er: Die Drohung einer Abreibung war weder eine angenehme noch eine würdige Aussicht zu nennen. Denn sie enthielt nicht das Heldentum des Todes, sie war seicht und nichtswürdig. Doch er war entschlossen. Er würde nicht zurückschrecken.

Marialva schwamm in Fröhlichkeit, sie sang bei ihrer Hausarbeit, sie strahlte, sie schwebte, allem Anschein nach hatte sie den vor einigen Tagen in Tibérias Haus erlebten Vorfall völlig vergessen. Martim, in seinem Liegestuhl gemütlich ausgestreckt und damit beschäftigt, eine verzwickte Liste für das Bicho-Spiel auszuarbeiten, brach seine schwierigen Berechnungen ab, um zuzusehen, wie sie in jugendlicher Erregung auf und ab ging und in den Ecken des Hauses stillvergnügt vor sich hinlachte.

Stillvergnügt vor sich hinlachte und dabei die Aufregungen des morgigen Tages vorwegkostete, wenn Curió hereinkommen, wenn die beiden Männer einander gegenüberstehen würden, zu ihrer vollen Größe aufgerichtet, von Angesicht zu Angesicht, haßbewehrt, zu allem fähig, von der Handgreiflichkeit bis zum Brudermord, und all das nur ihretwegen. Die beiden waren Busenfreunde, seit sie als Stöpsel unter den Kapitänen des Strandes getollt hatten, sie waren Jünger desselben Heiligen, beide dienten sie Oxalá, sie hatten gemeinsam Bori gemacht, gemeinsam das Blut der Hähne und Böcke über ihre Köpfe gegossen, hatten einander Treue geschworen, und nun, aus Liebe zu Marialva, standen sie gegeneinander auf wie Mauern aus Haß, und ihre Augen forderten Tod und Blut. Vielleicht würde es nicht so weit kommen, vielleicht würden sie nur übereinander herfallen und sich am Boden wälzen, wobei der Korporal die Oberhand gewinnen würde, da er ein berühmter Capoeirista war, gegen den Curió wenig ausrichten konnte. Mithin besaß Martim einen körperlichen Vorteil, wenn es zu einem Handgemenge kam, und doch würde ein Stachel im Herzen des Korporals zurückbleiben, weil Marialva ein Auge auf den Marktschreier geworfen, Liebesworte mit ihm getauscht und ihm den Kopf verdreht hatte, daß dieser nichts mehr wünschte als Martim die Stirn zu bieten. Marialva sah den Korporal vor sich, demütig im Staube kniend und bettelnd, sie möge doch bleiben. Sie sah ihn zwar siegreich im Zweikampf, doch für immer verwundet und nie mehr derselbe.

Dann konnte Marialva die Entscheidung treffen, die ihr am vorteilhaftesten erschien. Sie konnte bei Martim bleiben, einem endgültig ihrem Willen unterjochten Martim, und sich gleichzeitig mit Curió treffen, seine Wunden mit dem Balsam ihrer Versprechungen und ihrer Küsse heilen, und, wer weiß... Oder aber sie konnte fortan Bett und Tisch mit Curió teilen, der ein idealer Gatte zu sein versprach, so gefügig und romantisch war er, doch dabei hin und wieder mit Martim schlafen, denn das behagte ihr, das war gut, man konnte es nicht leugnen. Jedenfalls würde die Entscheidung in ihren Händen liegen, und sie würde dementsprechend handeln, je nach der Eingebung des Augenblicks und den Ergebnissen der Auseinandersetzung. Marialva trug ihr Lachen grundlos durchs ganze Haus, sie lachte so viel und quietschvergnügt, daß Martim den Grund von soviel Heiterkeit zu wissen wünschte:

»Was für ein Tierchen hat dich denn gekitzelt?«

Sie kam und setzte sich ihm zu Füßen, ergriff seine Hände, hob den alten scheuen Kinderblick, die Augen eines flehenden Opfers zu ihm auf. Eine Liebkosung erbettelnd, erheischend. Mechanisch legte Martim seine Hand auf ihr Haar, was führte sie wohl im Schilde? Wenn sie diese Augen machte, wenn sie ganz Demut, ganz Sanftmut war, ging sie mit einem Plane schwanger, hatte sie irgendein Ziel im Sinn. Martim betrachtete die Frau, die er in Cachoeira gefunden hatte, an einem Tage großer Einsamkeit, wenn der Mensch eine Heidenangst hat, wie ein Hund allein zu sterben. Seitdem war er mit ihr durch Dick und Dünn gegangen und hatte sein Leben geändert. Wollte jemand ihm das jetzt sagen, er würde es nicht glauben...

»Magst du deine kleine Cabrocha, Schwarzer?«

Martim liebkoste ihr Haar deutlicher, als Antwort auf ihre Frage. Doch seine Gedanken weilten weit weg, und wieder sah er Otálias jugendliches Gesicht. Komisch, die Kleine... Er wiegte den Kopf hin und her und zog seine Hand aus

Marialvas Haar, er hatte genug von allem, er hätte gewünscht, den ganzen Weiberbetrieb los zu sein. Zwar war es einem Mann allein nicht möglich, mit allen Frauen der Welt zu schlafen, und doch mußte man sich anstrengen, es zu tun, so lehrten die alten Seeleute am Kai. Martim gab sich auch redliche Mühe, doch es war unmöglich, es gab zu viele Frauen, soviel Kraft und Zeit, um diese Aufgabe zu bewältigen, hatte kein Mann. Er wünschte zu seiner Zahlenliste für das morgige Lotto-Spiel zurückzukehren, das war eine Arbeit, die Überlegung und Ruhe erforderte, dazu waren schwierige Berechnungen und Sonderkenntnisse notwendig, zum Beispiel die Fähigkeit, Träume zu deuten. Aber Marialva lenkte seine Aufmerksamkeit ab, sie forderte Zärtlichkeit, Beweise seiner Liebe. Martim gähnte, jetzt war nicht die Stunde für dergleichen Zeitvertreib, sein Geist war auf Pfau und Elefant gerichtet, er hatte geträumt, Windsbraut reite auf einer Wolke aus lauter Pfauenfedern dahin.

»Jetzt nicht...«

Jäh stand sie auf und verschwand in einem Wirbel aus Röcken und Unterröcken. Morgen würde er etwas erleben, morgen würde er für seine Rücksichtslosigkeit zahlen, morgen vormittag gegen zehn Uhr.

Und wenn Curió nicht kam? Wäre es nicht besser, einen Laufburschen mit einem Bescheid zu ihm zu schicken? Doch warum sollte er ausbleiben? Er war ja verrückt nach ihr, er fraß ihr bereits aus der Hand. Wie auch Martim aus ihrer Hand fressen würde, sobald Curió auftauchte und ihm alles haarklein beichten würde. Sie sah die beiden, den einen auf den anderen losstürzend, Todfeinde die beiden alten Freunde, die Gebrüder im Heiligen. Den Dolch der Begierde, der Eifersucht, des Hasses gegeneinander gezückt, aus Liebe zu ihr, Marialva, gegeneinander gereckt, ohne sie konnten sie nicht leben, ohne sie, ohne ihre Gegenwart wollten sie nicht leben.

17

Die Freunde blieben unten am Fuß des Hanges, in der Butike. Die Schar hatte sich um ein paar Zaungäste vermehrt, um Leute, die sich an den äußerst regen Wetten des Vorabends beteiligt hatten. Dort, von der Bar aus, konnten sie trotz der Steige, die sie von Martims Haus trennte, bis zu einem bestimmten Grade die Ereignisse verfolgen: Sie würden jeden Schrei hören, sie waren auf jeden Schuß oder Hilferuf gefaßt, auf die geringste Veränderung im stillen Eheleben des Korporals. Sie waren erregt, und etliche klopften Curió ermunternd auf Schultern oder Rücken. Insbesondere die, welche Geld auf eine gewalttätige Reaktion des Korporals gesetzt hatten und zumindest auf eine Tracht Prügel, womöglich ein paar Messerstiche in den Wanst des Ausrufers. Nun bestellten sie zur Belebung der Stimmung eine erste Runde. Sie boten auch Curió ein Gläschen an, bevor der verliebte Freund den Anstieg begann, doch dieser lehnte dankend ab. Er hatte am Vorabend zuviel getrunken, er hatte einen bitteren Geschmack im Mund, seine Zunge war pelzig und sein Kopf schwer, und das gerade in einem Augenblick, wo er einen kühlen Kopf und eine behende Zunge brauchte. Nun hob man das Glas zu seinen Ehren, zu einem stummen, aber darum nicht weniger bedeutungsvollen Trinkspruch. Lange blickte er die Freunde an, einen nach dem anderen, ergriffen, ernst. Er drückte Jesuíno die Hand und begann den Anstieg. Alle Anwesenden waren gleichfalls ernst und ergriffen, eingedenk der Tatsache, daß sie einen historischen Augenblick erlebten. Curió verschwand hinter der Biegung des schlammbedeckten Hanges. Die Akazien ließen sich vom Wind entblättern und bedeckten den Weg mit einem Teppich aus gelben Korollen.

Curió war seriös gekleidet, er hatte seine Dienstkleidung, den zerschlissenen Gehrock und die gestreifte Hose, das alte, mit Kalk und Bleiweiß gestärkte Frackhemd zu Hause gelassen. Er hatte seinen Sonntagsanzug angelegt, Krawatte und Rock, hatte sich rasiert, der ganze Mann war nur noch Haut und Knochen, sein Gesicht bleich, seine Augen umschattet. Gemessenen Schrittes stieg er bergan, seine Miene voller Schwermut, seine Gesichtszüge ernst. Im übrigen lag etwas Gefaßtes über seiner Gestalt, eine freilich düstere Gefaßtheit, die seinem Anstieg den Anflug eines Leichenbegängnisses verlieh. Curió hatte sich absichtlich wie für einen feierlichen Anlaß gekleidet, damit Martim bei seinem Eintritt sofort das Außergewöhnliche, Folgenschwere seines Besuches gewahren würde. Als er daher nach einer Rechtsschwenkung Martims Baracke erspähte, blieb er stehen, um seine Kleidung zu ordnen, und gab seinem Gang eine noch feierlichere Note. An der Türe erwartete Marialva ihn ungeduldig: Auf allen Uhren hatte es soeben zehn Uhr geschlagen. Sie winkte Curió, sich zu beeilen, doch er behielt seinen langsamen Gang bei, jetzt war nicht die richtige Gelegenheit zu Dauerläufen, zu leichtfertiger Ungeduld. Er war drauf und dran, das Leben eines Freundes zu zerstören; das Herz des jungen Mannes blutete. Wäre es im Grunde nicht besser gewesen, dem Rat Neger Massus gemäß die Flaschen des wundertätigen Trippermittels einzupacken, um im Inneren von Sergipe die ferne Geliebte zu beweinen? Kaum würde er die Schwelle überschritten haben, wäre Martim nach einem Blick auf Curiós dramatisches Gesicht über den verhängnisvollen Anlaß seines Besuchs im Bilde.

Doch kaum hatte er die Türschwelle von seines Freundes Haus erreicht – die er verschwiegen, verschlagen zu überschreiten gedachte, schlimmer als ein Dieb oder ein Mordbube, weil er rettungslose Trostlosigkeit und Trauer mitbrachte – mußte er Marialvas zwischen den Zähnen gezischelten Vorwurf über sich ergehen lassen: »Ich dachte schon, du kämst nicht mehr, du hättest dir in die Hose gemacht...«

Das war eine bodenlose Ungerechtigkeit, denn er war auf die

Minute gekommen, zehn Uhr war die vereinbarte Stunde. Nie in seinem ganzen Leben, das voll war von übernommenen und erfüllten Verpflichtungen, war er so pünktlich gewesen. Die Freunde, ihm am tragischen Kreuzweg seines Daseins so gemeinschaftlich zur Seite, aber auch an den Wettergebnissen interessiert, hatten sich anheischig gemacht, ihn zu wecken, und längst vor der Zeit geweckt.
Marialvas Gesicht war ein einziges Lodern. Ihre Augen, seltsam durchflackert, schimmerten unruhig, sie sah aus, als schwebte sie in der Luft, betörend wie eine Elfe, und doch haftete ihrer Schönheit etwas Grausames an, ein teuflischer Ausdruck, vielleicht auch wegen der kunstvoll gedrehten Korkenzieherlocken auf ihrer Stirn, die wie teuflische Hörner wirkten. Nie hatte Curió sie so gesehen, er kannte sie nicht wieder, seine süße, liebestrunkene Marialva.
»Komm schon, er ist in der Stube...«
Eilends lief sie voraus und verkündete:
»Mein Schatz, Curió ist hier und will mit dir sprechen...«
»Warum zum Teufel kommt er denn nicht rein?« hallte Martims Stimme von drinnen, etwas undeutlich, als spräche er mit vollem Mund.
Es war unbedingt notwendig – so versuchte Curió sich innerlich zu ermuntern –, das Außergewöhnliche seines Besuches, den Ernst schon durch die ersten Gebärden und Worte augenfällig zu machen. Daher sagte er, bevor der den Raum betrat:
»Wenn's erlaubt ist...«
Nie hatte bisher ein Freund um die Erlaubnis gebeten, das Haus des Korporals betreten zu dürfen. Daher mußte Martim unverzüglich den tragischen Charakter der Geschehnisse ahnen, sobald Curió starren Schrittes die Stube betreten und noch starrer, bleich, fast aschfahl, stehen bleiben würde. Doch zur Enttäuschung und Verzweiflung des verliebten Warenausrufers gewahrte der Korporal nichts, er merkte nicht das Geringste. Vertieft wie er war in den saftiggelben Anblick einer überreifen Jaca, die aufgeschnitten auf

dem Tisch lag. Er hatte sie soeben geöffnet, und die Trauben dufteten verführerisch, der Saft lief auf ein Stück Zeitungspapier, das schützend über die Tischplatte gebreitet war. Der Anblick der Frucht löste Gaumenkitzel und Heißhunger aus. Martim drehte sich nicht einmal um, so daß Curiós Anstrengung, sich eine ernste Haltung zu geben, überflüssig war. Überdies drang das starke Aroma der Jaca in seine Nasenflügel, stieg bis in seinen Magen hinab, Curió fastete und hatte an diesem Morgen des Verrats und des Todes noch keinen Bissen zu sich genommen:

Martims Stimme berührte ihn überraschend brüderlich:

»Komm, setz dich, Bruder, und iß ein paar Jacabeeren mit uns. Sie strotzen vor Saft.«

Curió kam mit dem gleichen gemessenen Schritt näher, sein Gesicht eine Grabesmiene, seine Haltung bedächtig, fast hoheitsvoll. Marialva lehnte an der Kammertür, sie hatte sich den besten Platz gesichert, um keine Einzelheit des bevorstehenden Schauspiels zu verlieren. Martim versuchte eine Jacabeere, der Duft füllte die Stube, wer konnte diesem Parfüm widerstehen? Curió widerstand unerschrocken. Jetzt drehte Martim sich nach ihm um, endlich fiel ihm die ernste Miene des Freundes auf:

»Ist irgendwas los?«

»Nein, nichts... Ich wollte nur mit dir reden. Um eine Sache ins reine zu bringen...«

»Dann setz dich und leg los. Was in meinen Kräften steht, soll geschehen...«

»Es ist eine ernste Sache, drum wart ich lieber, bis du aufgegessen hast...«

Wieder musterte Martim seinen Freund:

»Du kommst mir vor, als hättest du einen Besen verschluckt... Einverstanden, zuerst verputzen wir die Jaca, dann reden wir... Setz dich und greif zu...«

Zwischen den Fingern des Korporals rann der Saft der Jaca herunter, die Beeren leuchteten golden, und der Duft schwebte durch den Raum. Nicht einen Krümel hatte Curió an diesem Morgen verzehrt, jetzt war nicht die richtige Gelegenheit, um zu essen, jetzt hieß es eher weinen und sich ein Herz fassen. Er hatte keinen Hunger, dafür aber einen Klumpen in der Kehle. Doch es war bereits zehn Uhr vorbei, die Freunde hatten ihn viel zu zeitig in aller Herrgottsfrühe aus den Federn gejagt. Sein leerer Magen meldete sich, plötzlich zwickte ihn der Hunger, forderte sein Recht und die Annahme der wiederholten Einladung:

»Los, Junge... Worauf wartest du?«

Unwiderstehlich lockte die Jaca, Curiós Lieblingsfrucht, Saft lief an Martims Fingern und Lippen herunter, der betörende Duft schwängerte die Stube, was machten da ein paar Minuten mehr oder weniger aus?

Curió zog die Jacke aus, lockerte den Krawattenknoten, man kann keine Jaca essen, wenn man wie zu einem Staatsakt angezogen ist. Er setzte sich, steckte seine Finger in die Frucht, zog eine Beere heraus, schob sie in den Mund und spuckte den Kern aus:

»Fabelhaft!«

»Goldrichtig!« bestätigte Martim. »Von einem Jacabaum ganz in der Nähe, er hängt voll von Früchten...«

Das Zwiegespräch wurde durch ein wütendes Zuschlagen der Schlafkammertür unterbrochen. Auf diese Weise wollte Marialva die Aufmerksamkeit der beiden Freunde auf sich lenken, ihre Augen schossen Blitze, und ihre Korkenzieherlocken auf der Stirne ähnelten immer überzeugender Teufelshörnern.

»Hast du nicht gesagt, du hättest eine dringende Angelegenheit mit Martim zu besprechen?« fragte sie Curió mit harter Stimme.

Sie war wütend, sie hatte sich den Auftakt der Unterhaltung ganz anders vorgestellt. Wenn das Curiós geläuterte, wahnsinnige, maßlose Liebe war! Wenn er nicht fähig war, den Beeren einer überreifen Jaca zu widerstehen!

»Wenn ich fertig bin, spreche ich... In ein paar Minuten...«

»Es gibt für alles eine Zeit und eine Stunde...«, entschied Martim.
Marialva machte mit einem wütenden Ruck kehrt und verschwand in der Schlafkammer.
»Sie kann Jacas nicht ausstehen, sie läßt nur Apfel und Birne gelten...«
»Was du nicht sagst...«
Curió leckte sich die Finger, Jaca ist eine gute Frucht, vor allem morgens auf leeren Magen. Wie kann man nur die Jaca verschmähen und versessen sein auf Birne und Apfel, blöde Früchte, was ist schon an einem Apfel? Da hat die Süßkartoffel noch mehr Geschmack und ist weniger fade. Diesen seinen Meinungen Ausdruck verleihend, erklärte Martim sich zufrieden und wischte seine Finger an Zeitungspapier ab. Curió schlürfte noch ein oder zwei Beeren aus und lachte vor Vergnügen. Donnerwetter, das war eine Frucht, die Jaca! Und diese hier war wirklich einzig! Martim, seine Zähne mit einem Streichholz säubernd, sagte:
»Jetzt kannst du losschießen!«
Curió hatte fast den feierlichen Anlaß seines Besuches vergessen, die Jaca hatte ihn mit dem Leben ausgesöhnt, er fühlte sich aufgelegt zu einem gemütlichen Plauderstündchen, zu einem ausgiebigen Schwatz über die mannigfachen Probleme, wie es immer geschah, wenn sie, die beiden Freunde, beieinander waren. Nun stieß Martim ihn von neuem in jenen licht- und luftlosen Tunnel, jetzt mußte er hindurch. Er stand auf.
Wieder erschien Marialva in der Kammertür, ihre Augen flackerten, ihre Nasenflügel bebten, sie war eine Vollblutstute, dicht hinter dem Startband tänzelnd, darauf brennend, loszustürmen. Curió rückte seine Krawatte zurecht, zog die Jacke an, mit übermenschlicher Anstrengung gelang es ihm, wieder ein feierliches Gesicht, eine Leichenbittermiene aufzusetzen. Schon fastete er nicht mehr, statt des bitteren Geschmacks auf der Zunge füllte Jacaduft seinen Mund, alle

Gedanken an Selbst- und Männermord hatten sich verflüchtigt. Trotzdem errang er einen beachtlichen Erfolg, indem nämlich Martim, während er sich wieder in seinem Liegestuhl ausstreckte, um besser zuhören zu können, über sein merkwürdiges Aussehen und Gebaren in Verwunderung geriet:

»Du siehst mir aus wie ein Leichenwärter...«

Curió reckte die Hand mit Rednergeste, seine Stimme versagte den Dienst. So im Zimmer stehend, glich er zum Verwechseln einem jener Standbilder, mit denen ein Volk seine bedeutenden Männer ehrt. Martim war von Curiós Haltung und Gebaren derartig eingenommen, daß er kaum die ersten Worte seiner Ansprache vernahm.

Martim solle versuchen, ihn zu verstehen – perorierte Curió –, wenn es ihm auch schwerfalle, das sah er ein; doch was sollte er tun? Langsam kam er in Fluß und spulte mit des »Sekretär der Liebenden« und Jesuíno Tollhahns wirksamer Hilfe seine in den letzten Tagen einstudierte Rede ab. Es mochte noch mehr treue Freunde wie ihn auf der Welt geben, doch einen treueren gab es nicht. Treu, und doch starb er aus Liebe zu Marialva, der heiligen und reinen, »keuschen und unbefleckten Jungfrau«, eine treuere Gattin wie sie gab es nicht auf Erden. Zwei Leben standen im Begriff, im schrecklichen Spiel des Schicksals entzweizubrechen, zwei Existenzen, gezeichnet vom widrigen Geschick, vom unvergleichlichen Pech, vom teuflischen Malheur. Sie waren der Spielball des Unheils, die Narren des Verderbens.

In der Schlafzimmertür vermochte Marialva kaum an sich zu halten, es fiel ihr in dieser ruhmreichen Stunde mehr als schwer, das arme Opfer, die vom Ungemach verfolgte Jungfrau zu spielen. Ihr Gesicht strahlte Triumph. Ihre Augen wanderten von Curió zu Martim, sie brannte darauf, den Fuß auf den Nacken der beiden zu setzen, von den beiden Kampfhähnen auf Tod und Leben umstritten zu werden.

Martim bemühte sich ehrlich, die mit schwierigen Worten

gespickte langatmige Erklärung des Freundes zu verstehen; Curiós Sucht, Druckschriften und Bücher zu kaufen und durchzuackern, konnte einem wahrhaftig auf die Nerven gehen. Vor lauter Anstrengung verkrampfte sich sein Gesicht. Verzweiflung, mutmaßte Marialva. Entsetzen über den Verrat des Freundes, dachte Curió. Es war indes nichts als Anstrengung, um Curiós Geschwafel, vollgepfropft mit Redewendungen aus Predigten oder Wörterbüchern, einigermaßen folgen zu können. Hier lag die wahre Erklärung für Curiós Mangel an Glück bei Frauen: Keine Cabrocha konnte seine Büchern entlehnte Sprechweise aushalten. Dank äußerster Konzentration kam Martim langsam hinter Curiós Geschichte, da und dort schnappte er ein einzelnes Wort auf, dann wieder begriff er einen ganzen Satz und beobachtete dabei mit scheelem Blick das theatralische Gehabe Marialvas, die mit erhabenem, weltfremdem Gesichtsausdruck im Türausschnitt lehnte. Jetzt ging ihm ein Licht auf über Curiós Auftreten, seinen Aufzug und seine schwermütige Miene: Der Schafskopf schien tatsächlich bis über beide Ohren in Marialva verschossen zu sein... War das menschenmöglich, Herr des Himmels von Bonfim, Oxalá, mein Vater (Exê ê ê Babá)? War es erdenmöglich? Und sie, sollte sie etwa auch... War es etwa das, worauf Curió mit seinem hübschen Vergleich der Zwillingsseelen, des platonischen Bundes, der entzweigebrochenen Leben anspielte? Er begriff: Curió war irrsinnig verknallt in Marialva, beherrschte sich aber, weil er, Martim, sein Freund war, weil Curió ihm keine Hörner aufsetzen wollte, aus Achtung für die geehrte Stirn des Freundes. Ein Mordskerl, dieser Curió!

»Hast du sie vernascht?«

Curió erbebte, somit hatte er vergeblich seine Gaben, seine Bildung vergeudet, man hatte ihn nicht verstanden, Martim verkannte offensichtlich die Reinheit seiner Absichten. Rasch entgegnete er:

»Keineswegs! Was beteure ich denn die ganze Zeit?«

Dann aber fügte er die ganze Wahrheit hinzu:
«Vernascht habe ich sie nicht, aber Appetit gemacht hat sie mir!«
»Appetit hat sie dir gemacht, was? Und du ihr auch?«
Curió nahm das Stichwort wahr und kehrte zu seiner Ansprache zurück, er hatte nicht vor, sie abzubrechen, um sich dem schleppenden, unvorhergesehenen Dialog zu überlassen. Ja, seine Liebe wurde von ihr erwidert, doch sie als ehrbare Ehefrau hatte als erste wehrende Schranken errichtet...
Korporal Martim lächelte gerührt, eine so große Treue von Curiós Seite brannte ihm in den Augen und erweichte sein Herz. Er wußte, wie abgründig Curió litt, wenn er sich verliebte. Zumal jetzt, wo Martim störend dazwischen stand: Er litt wie ein räudiger Hund, nur um dem Bruder-im-Heiligen die Treue zu halten. Eine so tiefe Ergebenheit verdiente, würdig belohnt zu werden, und er, Korporal Martim, ein Mensch von Erziehung und Wort, durfte nicht hinter so viel aufopfernden Freundschaftsbeweisen zurückstehen. Sie waren Jünger desselben Heiligen, Curió hatte ihn daran erinnert, sie hatten mehr als einmal gemeinsam Bori gemacht; daher bewahrte er ihm die Treue, dafür litt er, um ihn nicht zu hintergehen, er litt wie ein verfluchter Hund, er litt Höllenqualen... Drum verdiente er auch eine Belohnung. Martim wollte ihn in diesem Wettbewerb einer bedrohten und siegreich bestandenen Freundschaft nicht den kürzeren ziehen lassen.
»Hast du sie wirklich so lieb? Wirklich so lieb?«
In dem tiefen feierlichen Schweigen, das Marialva veranlaßte, den Atem anzuhalten – schlug doch die Stunde ihres Triumphs –, senkte Curió das Haupt, um nach einer langen Sekunde des Zögerns seine Liebe von neuem zu beteuern.
Martim blickte zur Kammertür, Marialva schien zu wachsen, glückstrahlend, eine Prinzessin, der zwei im Staube vor ihr schmachtende Männer, zwei betörte Herzen zu Füßen lagen, sie war eine Schönheit, die nicht ihresgleichen kannte, sie

zwang die stärksten Männer unter ihr Zepter, sie war die Frau des unwiderstehlichen Schicksals. Grausam, weise, war sie bereit, auf Martims unausweichliche Fragen zu antworten. Doch der Korporal stellte keine Fragen. Er musterte sie lediglich mit berechnendem Blick, die Frau des unwiderstehlichen, unwiderruflichen Verhängnisses, die endgültig Verhängnisvolle, dazu geboren, auf Männern herumzutrampeln, sie im Schlepptau hinter sich herzuziehen, so war sie, Marialva, die Schöne, mit ihrem Leberfleck auf der linken Schulter. Ja, sie war verhängnisvoll, wer entging ihrem Zauber? Und doch ging sie einem dann und wann auf die Nerven. Sogar ziemlich auf die Nerven. Curió hatte sie verdient, Martim kam sich großzügig und gut vor wie ein Ritter alter Zeiten. Die erhabensten Empfindungen füllten seine von der kurz vorher genossenen Jaca bedrückte Brust.

Und seine Stimme hallte in der feierlichen, gespannten Stille wider:

»Nun, mein Bruder, ich sehe alles. Du liebst und leidest. So etwas sieht man gern, denn du bist der Bruder deines Bruders. Und ich sage dir: Wer sie verdient, bist du, und du kannst sie mitnehmen. Sie gehört dir.«

Damit drehte er sich nach der Kammertür um:

»Marialva, pack deinen Kram, du gehst mit Curió.« Und dem Freund zulächelnd: »Nimm sie lieber gleich mit, es wäre doch unschicklich, wenn du bei dem Ruf, den ich genieße, deine Frau in meinem Hause ließest...«

Curió sperrte den Mund angelweit auf und brachte ihn nicht wieder zu. Alles hatte er erwartet: Geschrei, Flüche, Verzweiflung, ein gezücktes Messer, einen drohenden Pistolenlauf, oder, wer weiß, Handgreiflichkeiten, lautes Gejammer, Entsetzen, Schrecknisse, Selbstmord, Massenmord, eine Tragödie mit Schlagzeilen in den Zeitungen, alles, nur nicht das, nur nicht diese ganz und gar unvermutete Lösung. Als er wieder sprechen konnte, stöhnte er mit der Stimme eines Betrunkenen:

»Sie mitnehmen? Jetzt gleich? Und wozu?«
Starr, aschfahl, stand Marialva in der Tür.
»Jetzt gleich, weil sie von jetzt ab dir gehört. Und es schickt sich doch nicht...«
Noch versuchte Curió ihn zur Vernunft zu bringen:
»Du wirst leiden, wirst allein zu furchtbar leiden... Da will ich lieber...«
Marialva biß die Zähne zusammen, die Augen traten ihr aus dem Kopf. Martim, großmütig, logisch, sagte:
»Du hast ja meinetwegen gelitten... Weil du korrekt gegen mich sein wolltest. Nun bin ich an der Reihe... Auch ich habe das Recht, für einen Freund zu leiden, nicht nur du...«
Ein so großer Opfermut hob diese Freundschaft zu den Höhen weltweiten Ruhms, beide waren tief ergriffen. Auf der Schwelle zur Schlafkammer begann Marialva sich aufzulösen.
»Das stimmt schon... Aber du bist doch ihr Mann, vielleicht ist es richtiger, daß ich weiter leide, nach Sergipe gehe und dort Arzneimittel verkaufe, eine ganz tolle Arznei, ich habe ein Angebot bekommen, drum werd ich hier nicht mehr aufkreuzen... Damit du nicht leiden mußt. Drum behalte du sie, ich werde sofort abhauen, allein. Lebwohl für immer...«
Er machte eine halbe Kehrtwendung, doch Martims heiserer Schrei hielt ihn zurück. Der Korporal kochte:
»Immer mit der Ruhe, Bruder, wo willst du denn hin? Hab ein Einsehen: Du kannst zwar gehen, aber nur mit ihr, sie hat dich verlockt, du hast sie verlockt, was soll ich euch da noch im Wege stehen? Einen Teller auslöffeln, den ein anderer begehrt hat? Nimm sie mit, und zwar auf der Stelle... Bei mir ist Feierabend, ich will sie nicht mehr sehen...«
Curió hob die Hände, er steckte in einer verteufelten Sackgasse:
»Ich weiß doch gar nicht, wo ich mit ihr hin soll...«
Martim, immer großmütiger und entschlossener, entschied:
»Keine Bange, Brüderchen... Dann bleibst du eben hier, zusammen mit ihr, und ich zische ab... Ich will bei Tibéria

vergessen, sofern sie eine hübsche stramme Schwarzbraune auf Lager hat... Ich werd ihr sagen, daß sie so bald nicht auf dich warten soll, weil du geheiratet hast und weil ein verheirateter Mann nicht dazu da ist, die Nase in Bordells zu stecken ... Du kannst alles behalten, nur meine Klamotten will ich mitnehmen ...«

»Alles? Ich...«

»Jawohl, alles... Tisch und Stuhl, Bett und Spiegel. Ich schenk dir sogar die Kaffeekanne, obwohl sie mir aus persönlichen Gründen lieb ist...«

»Und was soll ich mit all dem Kram anfangen? Nein, ich kann's nicht annehmen. Du bist sehr gut zu mir, aber...«

Marialva hatte schon keine Lust mehr zu kreischen, ihre Fingernägel in die Gesichter der beiden zu graben, ihr Gesicht glühte nicht mehr fiebrig, auch ihr Blick verriet keinen Zorn mehr. Sie hatte all das über sich ergehen lassen, nun stand sie geschrumpft im Türausschnitt, die Haarsträhnen fielen ihr wirr in die Stirn. Martim lächelte ihr zu. Sie ging einem weiß Gott auf die Nerven, Curió würde das bald heraushaben.

Schon fühlte Curió Reue:

»Soll ich dir was sagen, Bruder?«

Martim erhob sich langsam und feierlich, wie ein Besucher:

»Ja, bitte...«

»Es soll alles bleiben, wie es bisher war. Um ehrlich zu sein: sie verlockt mich schon nicht mehr so arg...«

»Heda! So haben wir nicht gewettet, Bruder. Du bist hier hereingeplatzt, um sie abzuholen. Nun behältst du sie auch. Du hast ja keine Ahnung, wie übel es einem bei ihr werden kann. Kotzübel.«

»Aber ich will sie nicht mehr, ich hab schon so was gespürt. So ein Haufen Leidenschaft mußte doch einen Grund haben... Ich sage dir noch was: Sie ist keine anständige Frau. Wäre es nach ihr gegangen, du hättest schon mehr Hörner auf dem Kopf als ein Stier im Korral...«

Martim lachte, deutete auf Marialva in der Tür, auf ihr abgetackeltes Gestell:
»Und dieser Putzlumpen hat gemeint, er kann uns aufeinander loshetzen, uns beide, die wir sind wie Brüder... Da kann man nur lachen...«
Und er lachte aus vollem Halse, lachte wieder sein altes ungezwungenes, für alle Zeiten zurückgewonnenes Lachen. Auch Curió lachte, und das fröhliche Gelächter der beiden Freunde rollte hügelab in die Kneipe, in der die Wettenden jenen merkwürdigen Laut, der aus dem hochgelegenen Häuschen zu ihnen herunter drang, zu katalogisieren und zu charakterisieren suchten.
Martim ging und holte die Flasche:
»Einen Schluck. Um das Ereignis gebührend zu feiern?«
Curió hatte schon Lust, aber es fiel ihm siedendheiß ein:
»Wir haben doch Jaca gegessen, das paßt nicht zusammen.«
»Hast recht. Schnaps mit Jaca kann nur Stuhlverstopfung geben.«
»Zu schade...«, klagte Curió.
Die Blicke der Freunde trafen sich über den Resten der überreifen Jaca. Einladend leuchteten die goldenen Beeren.
»Dann gibt's nur eines: die Jaca vollends verputzen. Und wir verschieben das Feiern auf heute abend...«
Curió riß sich die Krawatte vom Hals, den Rock vom Leib, seine Leichenbittermiene war wie weggeweht. Von neuem machten sie sich über die Jaca her.
Marialva packte in der Kammer ihr Zeug. Die beiden Freunde schienen sie vergessen zu haben, sie lachten und aßen. Sie durchschritt die Stube, die beiden bemerkten sie nicht.
»Ich glaube, niemand hat die Wette gewonnen...«, überlegte Curió. »Wir wollen den Zaster aufbewahren und erst heute abend versaufen... Wir könnten uns ja damit im Boot von Meister Manuel eine Fischsuppe genehmigen...«
»Und ein paar Dirnen aus Tibérias Puff dazu einladen? Sag mir eins, Curió: Die kleine Cabocla mit dem glatten Haar,

eine, mit der ich an Tibérias Geburtstag getanzt habe, ist die noch da?«

»Otália? Ja, die ist noch da...«

Marialva stieg den Hang hinab, die Schar Männer, die in der Butike tranken, sah sie vorbeigehen, einer blickte den anderen an. Vom Häuschen auf dem Hügel wellten die Lachsalven zu Tal. Nun beschlossen alle, hinaufzugehen, denn mit dem unerwarteten Gelächter war die Ehe des Korporals Martim offensichtlich zu Ende.

Marialva hatte auf der Straße ihre Habseligkeiten abgestellt, nun war sie wieder das arme, einsame, das scheue verschüchterte junge Ding, das auf den Gepäckwagen der Straßenbahn wartete, der sie in Tibérias Frauenhaus bringen sollte.

Zwischenspiel
für die Taufe Felícios,
des Sohnes von Massu und Benedita,
ODER
Der Gevatter Oguns

I

Das Kind war blond, hatte seidiges Haar und dunkelblaue Augen. Dunkelblaue Augen eigentlich nicht. »Er hat himmelblaue Augen«, sagten die bösen Zungen, aber das traf nicht den Kern der Wahrheit. Bläulich und nicht blau, die Anspielungen auf die Vaterschaft des Gringo waren nichts als niederträchtiger Tratsch böswilliger Menschen, die stets bereit sind, wegen nichts und wieder nichts ihre Lästermäuler in Bewegung zu setzen.

Im übrigen war es leicht, das Gerücht zu entkräften, ja zu widerlegen: Der Ausländer war im Bereich der Kais völlig unbekannt, der stillvergnügte, unentwegte Schnapssäufer mit seinen himmelblauen Augen war noch längst nicht, Gott weiß woher, in Bahia gelandet, als Benedita ihr Kind geboren hatte und es in der Nachbarschaft vorzeigte. Außerdem wurden der Gringo und Benedita auch nachher nie in gegenseitiger Tuchfühlung beobachtet, so daß die beiden einander womöglich nicht einmal kannten, da die Schwindlerin nach ihrem unvergeßlichen Auftritt und störenden Aufenthalt von einigen Monaten auf Nimmerwiedersehen verschwunden war und nur noch einmal auf den Plan trat, um ihr Kind an den Mann zu bringen. Aber auch so dauerte ihr Besuch nur einen Augenblick, gerade lange genug, um das arme Wurm loszuwerden und bekanntzugeben, daß es noch nicht getauft sei, denn nicht einmal dafür besaß sie Möglichkeiten und Mittel, und von neuem von der Bildfläche zu verschwinden, ohne eine Anschrift oder eine Spur zu hinterlassen. Etliche wollten wissen, sie sei endgültig in ihren Geburtsstaat – Alagoas – zurückgekehrt und dann später dort gestorben, doch derartige Mitteilungen entbehren greifbarer Beweise.

Diese Nachrichten fußten nämlich auf dem bedauernswerten Zustand Beneditas bei ihrer Rückkehr. Sie war nur noch Haut und Knochen und hustete unablässig. Warum zum Teufel hatte sie nur das Kind hergebracht und den Händen des Negers übergeben, wenn sie nicht die Gewißheit hatte, daß ihr nicht zu helfen war? Wenn man nämlich den Behauptungen der Nachbarschaft zufolge Benedita auch nachsagen konnte, daß sie leichtfertig, unbeständig, eine Lügentasche, eine Trinkerin, ein Spottmaul sei, so verdiente sie jedenfalls nicht den Vorwurf, eine so entartete Mutter und Stiefmutter zu sein, daß sie ihren kaum ein Jahr alten Sohn aussetzte. Ah! wenn es eine gute, fürsorgliche Mutter gab, dann kam sie vielleicht Benedita gleich, eine bessere als sie gab es nicht. Sie war voller Liebe, und ihre Fürsorge kannte keine Grenzen. Wenn der Säugling eine harmlose Darmreizung bekam, tat Benedita nächtelang kein Auge zu, sie beweinte und bewachte den Schlaf des Kleinen und geriet bei dem leichtesten Katarrh, bei jedem Magenkrümmen des Bübchens förmlich aus dem Häuschen.

Als das Kind geboren wurde, dachte sie sogar daran, ihr Lotterleben an den Nagel zu hängen und sich als Ausschankhilfe oder auch als Wäscherin und Büglerin zu verdingen. Sie litt sogar Hunger, damit es ihrem Sprößling an nichts gebräche. Sie kleidete ihn in teure Spitzen und Rüschen, sie führte ihn in Flitterkram reich geborener Kinder vor, in dem er wie der Sproß eines Industriekapitäns wirkte.

Wenn sie ihren Sohn fremden Händen übergab, wenn sie sich von ihm trennte – schlossen die einen und anderen –, so deshalb, weil sie ihr Ende nahen fühlte, weil das Fieber mit dem Blutgeschmack auf der Zunge und dem ewigen Blutspucken keine Frist mehr ließ. Und da sie in der Übereiltheit ihres kurzen Besuches einer Bekannten von ihrem Wunsch sprach, nicht zu sterben, bevor sie nicht die Umgebung wiedergesehen hatte, in der sie das Licht der Welt erblickt hatte, schloß man auf ihr Ableben in Alagoas, in der Nähe eines Weilers mit Namen Pilar.

Wer weiß, ob sie nicht doch in Bahia im Armenspital gestorben war, wie eine gewisse Ernestina, ihre alte Kameradin, verbreitete, deren leidende Mutter auch dort lag. Denn bei einem Besuch ihrer Mutter hatte sie Benedita im Saal der Todeskandidatinnen entdeckt. Sie war schon dermaßen abgezehrt, daß Ernestina sie, die hustend in ihrem Bett lag – wenn man die Pritschen des Hospitals so nennen konnte –, kaum erkannte. Sie bat, ihr von ihrem Kind, von sich selbst zu erzählen. Doch die Kranke wollte in ihrem elenden Zustand, der nicht von Dauer sein konnte, keinen Besuch mehr empfangen und nahm der Freundin das Versprechen ab, keiner Seele gegenüber ein Wörtchen verlauten zu lassen.

Drei Nächte lang kaute Ernestina auf ihrem Gelöbnis herum, doch einen Tag vor dem nächsten Besuchstag konnte sie nicht länger widerstehen, brach ihr Versprechen und erzählte das Geheimnis Tibéria und Neger Massu.

Am nächsten Tag zogen die drei ins Hospital, brachten Früchte, Brot, einige Kuchen und mehrere Heilmittel mit, die Tibéria ihrem Freund, Dr. Filinto, dem Hausarzt ihres Etablissements, einem guten Menschen, verdankte. Sie hatten hin und her überlegt, ob sie das Kind mitnehmen sollten, dann aber beschlossen, es vorerst zu unterlassen, der Anblick ihres Sohnes könnte ein zu schwerer Schock für die Kranke sein. Schwach und entkräftet wie sie war, konnte der Schlag womöglich eine tödliche Wirkung haben.

Doch im Spital war von Benedita nichts mehr zu sehen, und niemand vermochte Auskunft über ihren Verbleib zu geben. Überanstrengte Krankenschwestern, schlechtgelaunte

Heilgehilfen, kein Mensch wußte Bescheid. Sie befanden sich ja in einem Armenspital und konnten daher nicht erwarten, Ordnung und Organisation einer Privatklinik vorzufinden. Somit erfuhren sie nicht, ob die Kranke abgemeldet worden war – denn Abmeldung bedeutete nicht etwa Heilung, sondern die Unmöglichkeit der Heilung – oder ob sie auf der Liste der drei armen Frauen stand, die in den letzten Tagen gestorben waren.

Fortan war nie mehr die Rede von der lebenslustigen, sympathischen und flatterhaften Benedita, die ebenso gut am Leben wie auch tot sein konnte, da kein einziger ihrer Bekannten den Sarg begleitet hatte. Vielleicht – wer weiß – würde sie eines schönen Tages völlig unvermutet auftauchen und ihren Sohn einfordern, wenn es auch viel wahrscheinlicher war – wie Tibéria meinte –, daß sie tot und begraben und das Kind eine Mutterwaise war. Sie selbst, Tibéria, hatte in Übereinstimmung mit Jesus gewünscht, bei ihrem Krankenhausbesuch Massus Kind mitzunehmen. Doch der Neger wollte davon nichts wissen, er fuhr förmlich aus der Haut, er und die Großmutter, die Negerin Vevéva, seine fast hundertjährige Ahne, die jedoch noch rüstig genug war, um beim Candomblé im Kreis der Iawôs zu tanzen, und daher noch leichter ein Kind betreuen konnte. Sie war sogar zornig aufgestanden: Das Kind mitnehmen, Massus Sohn, nie und nimmer!

Wenn also Benedita erst anläßlich ihrer Rückkehr, als sie bereits schwerkrank ihren Sohn mitbrachte und bei Massu ließ, von dem Gringo hätte geschwängert werden können, wie wäre dann dem blonden Seemann eine derart unmögliche Vaterschaft zuzutrauen? Vermutlich nur aus der Sucht, die Nase in fremde Kochtöpfe zu stecken und üble Klatschereien auszuhecken. Bläuliche Augen kann jedes Kind haben, selbst bei einem farbigen Vater, da es menschenunmöglich ist, sämtliche Blutströme eines in Bahia geborenen Kindes voneinander zu unterscheiden und zu Protokoll zu nehmen.

Plötzlich taucht unter Mulatten ein Blonder, unter Weißen ein Negerlein auf. So sind wir nun mal gebaut, Gott sei gepriesen!
Benedita sagte, ihr Kind sei deshalb weiß geraten, weil es seinem Großvater mütterlicherseits nachgeschlagen sei, einem Bullen von Mann, Ausländer und Biertrinker, einem Herkules, der auf Märkten Gewichte hob und Balanceakte vollführte, zum Staunen der Bauerntölpel. Eine höchst vernünftige Erklärung, wie man sieht, und nur die Lästerzungen bestanden darauf, sie nicht zu glauben, und sprachen dem Knäblein mehrere Väter zu, als genügte ihnen nicht Massu, ein Mordsvater, ein rechtlicher und geachteter Bürger, dem kein Mensch so leicht am Zeug zu flicken wagte und der überdies seinen Sprößling abgöttisch liebte. Gar nicht zu reden von der alten Negerin Vevéva mit dem Kindchen im Arm. Selbst Tibéria, eine Frau von strengen, endgültigen Urteilen, hatte ihre Entscheidung gefällt, als sie davon Abstand genommen hatte, das Kind zu adoptieren, es war in guten Händen und konnte bei einem so pflichtbewußten Vater und einer so sanftmütigen Großmutter in keinen besseren sein.
Was die Vaterschaft betraf, so konnte darüber kein Mensch besser urteilen und entscheiden als Benedita und Massu. Als sie sich von dem Kleinen trennen mußte, um in Frieden zu sterben, hatte die junge Frau vermutlich keinen anderen Vater für ihren Sohn gewünscht und mußte wissen, was sie tat. Massu seinerseits hatte nie den geringsten Zweifel, das geringste Mißtrauen, nicht den Schatten eines Verdachts an Beneditas Verhalten in der Angelegenheit gezeigt. Als sie aus ihrer gewohnten Umwelt verschwand, gab sie den Freundinnen ihre Schwangerschaft bekannt. Warum sollte er nicht für ihren dicken Bauch verantwortlich sein, wenn die beiden sich in einer feuchtfröhlichen Nacht im Sand der Lagerschuppen gewälzt hatten?
Benedita war doch mit ihnen herumgezogen, man brauchte

sie nur zu rufen, dann kam sie, trank und sang bei den Tanzfesten, manchmal schlief sie auch mit einem von ihnen. Man sprach von einer Liebschaft mit einem Handlungsgehilfen namens Otoniel, einem hellhäutigen Dummgesicht. Genaues war jedoch nicht bekannt. Sie konnte mit ihrer Zeit tun und lassen, was sie wollte, dieser Otoniel hatte in ihrem Leben nichts zu bestellen.

So kam es, daß in einer sauftüchtigen Nacht, als alle in die Knie gingen – sogar Jesuíno Tollhahn, den kaum einer je hatte schwanken sehen –, und nur Neger Massu, der nie seine Kraft und seine Selbstkontrolle verlor, noch auf zwei Beinen stand, das Mädchen Benedita mit ihm zum Sandboden schlich und sich ihm ergab. Und zwar ohne daß die Ärmste etwas wußte, denn wie hätte sie die alte, verschwiegene Leidenschaft Massus, der sich um sie verzehrte, ahnen sollen? Sie legten sich in den Sand, und der Neger schnaubte wie ein aufgespießter Stier. Benedita empfing ihn fröhlich, sie war stets fröhlich und mit ihrem Leben zufrieden.

Auch die anderen genossen ihren Körper und ihre Fröhlichkeit, jedoch ohne ihr einen Stempel aufzudrücken. Nicht so Neger Massu, der nicht nur ihren Körper von oben bis unten mit Fäusten und Zähnen bearbeitete, so daß sie rot und blau anlief, als hätte er ihr eine gehörige Tracht Prügel verabreicht, sondern sie auch noch seine maßlose Begierde und Eifersucht fühlen ließ.

Schon am nächsten Tag wollte er sie von neuem auf dem Sandplatz sehen, und da er sie nicht fand, drang er wütend in Isidro do Batualês Schenke, er war kaum mehr zu halten. Als sie kurz darauf nachweislich mit dem besagten Otoniel, dem Verkäufer der Galerie Sankt Peter, gesehen wurde, lief er wie ein Besessener dorthin. Er stemmte den Handlungsgehilfen auf den Ladentisch und warf ihn gegen die Küchenregale – das Haus handelte mit Töpfen, Bratpfannen und Kasserollen –, er verprügelte noch zwei weitere Verkäufer sowie den Geschäftsführer und machte schließlich dem Inhaber lange Beine. Vier Soldaten waren nötig, um ihn loszueisen und mühsam durch die Straßen zu schleppen, wobei ihre flachen Seitengewehrklingen mithelfen mußten.

Benedita nutzte Massus Haft, Tage der Ruhe nach den stürmischen Ereignissen, um ihre Schwangerschaft kundzutun und von der Bildfläche zu verschwinden. Auch Otoniel suchte das Weite, doch nicht mit seinem Schwarm, er verspürte keine Lust, sein Leben aufs Spiel zu setzen, da Massu gedroht hatte, ihn stehenden Fußes kalt zu machen, sofern er ihr nachstellen sollte. Dafür erhielt er von seinem Brotherrn ein Empfehlungsschreiben nach Rio und versuchte dort sein Glück. Als Massu durch Vermittlung des Majors Cosme de Faria endlich auf freien Fuß gesetzt wurde, war jede Spur von Benedita verwischt. Eine Zeitlang schlich er mit mürrischer Miene umher und hatte an allem etwas auszusetzen, doch dann fing er sich wieder, vergaß das Gesicht des Mädchens und die Nacht auf dem Sandboden. Wieder wurde er der grundgütige, herzensgute Massu von den Sieben-Toren; Benedita war in seinem Gedächtnis vollständig ausgelöscht. Bis sie eines Abends in seinem Haus mit dem Kleinen erscheint, diesen vor ihn auf den Fußboden setzt, so, daß das Bübchen, seine ersten Torkelschritte machend, fällt, aufsteht, wieder fällt, sich an Vevévas Beinen festklammert und über sein ganzes drolliges Gesichtchen lacht. Es sei der Sohn, den Massu ihr gemacht habe, als er vor vielen Monaten ihr Geliebter gewesen sei, vielleicht sei Großmama Vevéva im Bilde. Hatte sie nie von ihr reden hören? Denn Massu habe Benedita geschwängert und dann sitzen lassen. Sie hatte ihr Kind bekommen, dieses süße Kind, wie man sehen konnte, und hatte auch nicht vorgehabt, sich von ihm zu trennen, wäre sie nicht erkrankt und müßte sich jetzt schleunigst in ein Hospital einweisen lassen. Gab es in diesem Fall ein besseres Heim für das Kind als das Haus des Vaters? Eines wußte sie: Massu war gut, er würde seinen Sohn nicht dem Elend überantworten.

Genau die Stunde, in der Benedita diese Worte sprach, wählte Massu für seinen Auftritt. Kam und brachte der Großmutter etwas Kleingeld für den Einkauf von Lebensmitteln. Er lauschte Beneditas Wortschwall, schielte dem Kleinen nach, der auf seinen unsicheren Beinchen, schwankend, fallend und sich wieder hochraffend, durchs Haus geisterte. Bei einem dieser Stürze blickte der Eindringling Massu an und lächelte. Der Neger erbebte: Wo war sie so hager und häßlich geworden, eine Vogelscheuche mit den Gliedern eines Gerippes? Das Kind hingegen war robust und kräftig, es hatte stramme Beinchen und Ärmchen, das Abbild des Vaters. Wäre es weniger weiß und dafür krausköpfiger gewesen, er hätte es lieber gesehen. Doch das spielte im Grunde keine Rolle.

»Er ist meinem Großvater mütterlicherseits nachgeschlagen, der weiß war, blaue Augen hatte und eine verquere Sprache sprach. So ist er weiß geworden, hätte aber genau so gut schwarz werden können, mein Blut ist halt durchgeschlagen. Doch körperlich ist er genau wie du. Obendrein hat er die Art wie du lachst . . .«

Seine Art zu lachen – gab es etwas Niedlicheres? Der Neger kauerte sich auf den Fußboden, der Dreikäsehoch kam und hielt sich an Massus Schenkeln fest. Sagte »Papa« und sagte es wieder. Massus Gelächter ließ die Wände erzittern. Benedita lächelte und ging beruhigt fort. Ihre Tränen sollten vor Sehnsucht rinnen, nicht aus Angst und Verzweiflung.

Im übrigen wurde nie ein so vertrautes, so verträgliches Vater-und-Sohn-Paar gesehen. Der Kleine ritt auf dem Rücken des Negers Huckepack. Die beiden lachten zusammen, und die Großmutter mit.

Nun brauchte er nur noch getauft zu werden. Wo hatte man schon erlebt – so fragte Großmutter Vevéva –, daß ein elf Monate altes Kind noch ein Heide war?

2

Die Taufe eines Kindes scheint eine höchst einfache Angelegenheit zu sein, doch das ist sie nicht, wie man sehen wird, vielmehr erweist sie sich als eine recht umständliche Prozedur. Es genügt nicht, den Kleinen an die Hand zu nehmen, ein paar Freunde zusammenzutrommeln, zur ersten besten Kirche zu trotten, sich mit dem Priester zu verständigen, und die Sache ist ausgestanden. Wenn es nur darum ginge, es wäre kein Problem. Indessen gilt es, rechtzeitig den Priester und die Kirche auszuwählen, Andachten und Pflichten der Eltern, ja des Kindes, in Betracht zu ziehen, zudem die Orixás und Zauberformeln zu bedenken, an welche sie gebunden sind, es tut not, die Kleider für den großen Tag vorzubereiten, die Taufpaten zu wählen, ein kleines Fest für die Freunde zu veranstalten und nicht zuletzt das nötige Kleingeld für die beträchtlichen Unkosten zu beschaffen. Mithin handelt es sich um eine mühsame Aufgabe, um eine schwere Verantwortung.

Die alte Negerin Vevéva wollte von Ausflüchten nichts wissen: Das Kind durfte auf keinen Fall im Zustand des Heiden, wie ein Tier, das erste Lebensjahr vollenden. Vevéva fand Beneditas Versäumnis empörend. Sie war wirklich kein Mensch, der seine sieben Sinne beieinander hatte. Sie hatte sich damit begnügt, dem Kind einen Namen zu geben, und es Felício getauft; niemand wußte, weshalb. Es war kein häßlicher Name, doch hätte Vevéva zu wählen gehabt, sie hätte Hasdrubal oder Alcebiades vorgezogen. Doch auch Felício war zu gebrauchen, jeder beliebige Name diente seinem Zweck, solange sein Träger getauft war und nicht Gefahr lief, ohne Sakrament zu sterben, dazu verdammt, nie die Schönheiten des Paradieses zu schauen, sondern die Ewigkeit in der Vorhölle zu verbringen, einem Ort, der nach Vevévas Auffassung feucht und regnerisch war.

Massu versprach, die notwendigen Schritte zu unternehmen. Doch das würde er nicht übereilt tun, das Kind war nicht vom Tode bedroht, und eine überstürzte Taufe konnte sein ganzes Leben aus der Bahn werfen. Er würde die Freunde befragen und sodann mit seinen Vorbereitungen beginnen. Vevéva genehmigte ihm eine strenge Frist: vierzehn Tage. Zwar kam dem Neger ein Termin von zwei Wochen kurz vor, doch Jesuíno Tollhahn, den er unverzüglich zu Rate zog, fand ihn angemessen angesichts des bevorstehenden Geburtstages, der nicht begangen werden dürfte, ohne daß das Kind vorher gebührend getauft worden war. So wurde eine erste Entscheidung getroffen: Taufe und Geburtstag sollten gemeinsam gefeiert werden, auf diese Weise würde die Freude bei kleineren Spesen größer. Die von Tollhahn getroffene Lösung fand Massus sprachlos bewundernde Zustimmung: Jesuíno war in der Tat eine tolle Type und wußte für jede Ausweglosigkeit einen Ausweg. So wurden denn die Beratungen, bei denen die verschiedenen mit Felícios Taufe zusammenhängenden Fragen zur Sprache kommen sollten, von den Freunden begonnen und in mehreren Runden Pinga zu Ende geführt.
Anfangs traten keine größeren Schwierigkeiten auf. Jesuíno verstand jeder Lage Herr zu werden und war stets mit vernünftigen Beweisgründen zur Hand, und wenn nicht das ganze Programm in einer einzigen Nacht bewältigt wurde, so deshalb, weil es eine allzu anstrengende Belastung für die Beteiligten gewesen wäre, zumal für einige von ihnen wie Jesuíno und Nelke-im-Knopfloch, die nicht mehr die jüngsten waren. Sie und Eduardo Ipicilone erwiesen sich als die Köpfe der Beratung, an der auch Windsbraut, Korporal Martim und Curió teilnahmen. Windsbraut hatte zuerst einen Rat von sich gegeben, sich dann aber aufs Schweigen verlegt: »Wäre es der Sohn meiner Wenigkeit, ich ließe ihn von allem taufen, was irgendwie Religion ist: vom Priester, von den Wiedertäufern, von den Zeugen Jehovas, bei den Pro-

testanten und auch bei den Spiritisten. Fünffach genäht hält besser. So könnte ihm der Himmel nicht entgehen.«

Doch diese denkwürdige These wurde nicht ernstlich in Betracht gezogen. Auch Windsbraut setzte sich nicht für sie ein. Er legte keinen Wert darauf, Vorschläge und Einfälle auf den Diskussionstisch zu werfen, nur um mit ihnen zu glänzen und sie debattiert, gerühmt oder angefochten zu sehen. Er hatte nichts anderes im Sinn, als seinen Beitrag zu stiften, und zwar kostenlos. Übrigens war er in der ersten Nacht derjenige, der die Zeche zahlte, die anderen waren abgebrannt, selbst Korporal Martim hatte keinen Heller auf der Naht. Im allgemeinen klimperte der Korporal stets mit einer Handvoll Kleingeld, dem Erlös seiner Spieltätigkeit, in der Hosentasche. An jenem Nachmittag jedoch war er mit Otália ausgegangen und hatte ihr zuerst einen Stapel Zeitschriften gekauft und sie dann zu einer Trauung mitgenommen. Denn Otália schwärmte für Hochzeiten.

In der ersten Nacht wurde der größte Teil der auf der Tagesordnung stehenden Programmpunkte erledigt. Die Aussteuer für den Täufling würde von Tibéria gestiftet werden, für die Festspesen würde Massu mit Hilfe der Freunde aufkommen. Die Kirche müßte die am Prangerplatz gelegene Kirche Vom-Rosenkranz-der-Neger sein, nicht nur, weil dort Massu vor mehr als dreißig Jahren getauft worden war, sondern auch, weil die Freunde dort den Mesner, Herrn Innozenz vom Heiligen Geist, kannten, einen manierlichen Mulatten, der in seinen Mußestunden Lotto-Makler war. Er trug dunkle Brillengläser und hatte stets ein uraltes Brevier bei sich, das Geschenk eines Pfarrers aus Empfängnis-vom-Strand, in dessen Seiten er seine Wettlisten versteckte. Er war ein besonders vertrauenswürdiger Losverkäufer, da er allen Polizeirazzien unbeirrbar entging. Abgesehen davon, daß er ein Sakristan allererster Ordnung mit zwanzigjähriger Praxis war. Hin und wieder streute er in die Unterhaltung ein »Deo gratias« oder ein »Per omnia saecula saeculorum» ein, gelegentlich aufgeschnapptes Latein, das sein Ansehen bei den Anwesenden nur erhöhte. Gern holte man seinen Rat ein, er galt sogar als Seher, doch dafür lagen keine Beweise vor. Mit seiner Frömmlermiene, mit seiner dunklen Brille und seinem Gebetbuch war er der richtige Kumpan bei einem Geburtstagsfest, bei einer Taufe oder Hochzeit, er war ein strammer Esser und verachtete auch eine Cabrocha nicht, sofern die Sache nicht allzu sehr auffiel, denn er hatte seinen guten Ruf vor den Lästerzungen zu schützen. In dieser Beziehung stimmte er mit Martim überein, wenn der Korporal seine Ehre mit der Ehre des gesamten ruhmreichen Heers der Nation auf einen Nenner brachte. Innozenz sah seinen Ruf als Teil des Rufes der weltumfassenden Kirche. Jeder Makel, der auf den Sakristan fiel, befleckte die gesamte Christenheit. Daher ging er sehr vorsichtig zu Werke und ließ sich nicht mit jeder Dirne ein, die ihm über den Weg lief.

Schon dieser Grund hätte ausgereicht, damit die Wahl der Freunde auf die Kirche Vom-Rosenkranz-der-Neger gefallen wäre: Senhor Innozenz war Curió zu großem Dank verpflichtet, in gewisser Weise auch Neger Massu, hatten diese doch maßgeblich zur Rettung seines guten Rufes beigetragen. Massu hatte Curió einem seiner Freunde vorgestellt: dem Arlindo Hübscher-Junge, einem Amateur-Pharmazeuten und Kräuterkenner, dem Fabrikanten eines Wundermittels zur Heilung des Trippers. Curió hatte ein paar Dutzend Flaschen des Produkts zum Verkauf in den Vororten mitgenommen und eine *Seu* Innozenz überlassen.

Der Sakristan war nämlich in seiner Achtbarkeit von einer jener Luderdirnen verhöhnt worden, die sich als Puritanerinnen, ja als Betschwestern ausgeben. Die Lotterdirne hatte sich in den Kopf gesetzt, jeden Morgen in der Sakristei anzutanzen, den Mund voller Gebete, die Augen in ergreifender Einfalt auf Innozenz gerichtet. Der Mesner beging die Unvorsichtigkeit, der Kleinen über den Hintern zu fahren, sie ließ es geschehen, und so wagte er sich weiter vor. Zuerst zierte sie sich ein wenig, um die Standhafte zu spielen, doch Innozenz wurde stürmisch und bezog Stellung. Das Abenteuer entzückte ihn: Die Feurige war zwar nicht mehr sehr jung, dafür war sie aber eine Dame aus gutem Hause, und Innozenz fühlte seine Brust dergestalt schwellen, daß er am darauffolgenden Tag nicht die Mulattin Cremildes besuchte, der er seit langem jeden Dienstag den Tribut seiner Männlichkeit zollte. Ergebnis: Drei Tage später fühlte er in seinem Fleisch schmerzhafte Enttäuschung: Die Fromme hatte ihm eine häßliche Krankheit beschert. Der Herr Mesner steckte in einer üblen Zwickmühle: Sollte er sich der Kritik des Volkes aussetzen, wenn er einen der vielen Ärzte aufsuchte, die, Spezialisten in der Heilung derartiger Krankheiten, in den Kultstätten des Macumba und im Bistum praktizierten, oder stillschweigend verfaulen? Es brauchte nur eine Klatschtante zu sehen, wie er bei einem Arzt die Klingel drückte, und schon ging das Gezeter los. Das konnte ihn womöglich seine Stellung kosten.

Zu jener Zeit hörte er in Alonsos Kramladen von den wundersamen Tugenden des von Curió angebotenen Arzneimittels. Er kannte den Marktschreier und unterhielt freundschaftliche Beziehungen zu ihm; von Zeit zu Zeit traf man sich am Pranger. Innozenz hatte eine innere Erleuchtung und sah endlich einen Ausweg aus seinem Malheur.

So suchte er Curió auf und erzählte ihm folgende umständliche Geschichte: Ein Freund von ihm, halb verwandt mit seiner Familie, hatte sich die Krankheit der Halbwelt geholt und fand keine Heilung. Er schämte sich, persönlich zu Curió zu kommen, um das Medikament zu erstehen, und hatte ihn gebeten, es statt seiner zu tun. Doch auch so wünschte er, Innozenz, sein mildtätiges Eingreifen in unbedingtes Stillschweigen gehüllt zu wissen, da sonst die zynischen Zungen womöglich verbreiteten, Innozenz selber bedürfe des Hausmittels. Curió sagte ihm nicht nur unbedingtes Stillschweigen zu, er räumte ihm auch einen Rabatt auf den Preis der

Flasche »Reck Dich Knüppel« ein. Eine Woche später konnte Innozenz, reuig und demütig, zum Haus und dem reinen Leintuch der verschmähten Cremildes zurückkehren.

Dergestalt an den Freundeskreis gebunden, versprach Innozenz sein Bestes zu tun, um der Taufe des Sohnes von Neger Massu den größtmöglichen Glanz zu verleihen. Er wolle höchstpersönlich die notwendigen Vorkehrungen für die Zeremonie treffen. Er würde auch Pater Gomes ein Wörtchen sagen und ihm das Kind, seinen Vater und die Freunde des Vaters ans Herz legen. Felício sollte in allen Ehren und mit aller Sorgfalt getauft werden.

Nachdem Kirche, Sakristan und Priester gewählt waren, fehlte noch das Schwierigste: die Taufpaten. Das sollte an einem nächsten Abend besprochen werden, es war ein äußerst heikles Thema.

Übrigens wusch Jesuíno seine Hände in Unschuld und entzog sich der Debatte, als das Kapitel Taufpaten aufs Tapet kam. Seiner Haltung war sofort anzusehen, daß er rechnete, für diesen so wichtigen Posten ausersehen zu werden. Schließlich war er Massus Busenfreund, ein Kumpan vieler und vieler Jahre, er hatte ihm wiederholte Male beigestanden, von seiner Mitarbeit in der Taufangelegenheit gar nicht zu reden.

Er sagte, er habe nicht vor, auf Massu irgendwelchen Einfluß oder gar Druck auszuüben, daher wolle er auch nicht an der Diskussion teilnehmen. Die Wahl von Taufpate und Taufpatin war eine Angelegenheit, die ausschließlich die Eltern betraf, so daß niemand das Recht hatte, seinen Senf dazuzugeben. Ausgesucht und ausgewählt unter den nahestehenden, geschätztesten Freunden, denen man die meisten Aufmerksamkeiten und Gefälligkeiten verdankte, waren die Gevattern, die Paten wie nächste Verwandte, gewissermaßen Brüder, Geschwister. Niemandem stand es zu, sich in diese persönliche Angelegenheit zu mischen und die einmal getroffene Entscheidung zu kritisieren oder gar anzufechten.

Daher schied Tollhahn, der wieder einmal mit gutem Beispiel voranging, freiwillig aus der Abstimmung über diese Frage aus und riet den übrigen, es zu halten wie er und die gleiche edle Gesinnung walten zu lassen. Das war die einzige Einstellung, die eines jeden der Beteiligten würdig war: dem Vater und der Mutter die Freiheit und die Verantwortung für die schwerwiegende Entscheidung zu überlassen. In diesem Falle freilich nur dem Vater, da die Mutter, die selige Benedita, inzwischen verstorben war. Wäre sie noch am Leben, Tollhahn wüßte mit Sicherheit, wie ihre Wahl ausgefallen wäre.

Indessen, Abstand zu nehmen von der Abstimmung und sich jeder Meinung zu enthalten, das brachte keiner fertig, nicht einmal Jesuíno, trotz seiner Beredsamkeit. Man verlor sich in versteckten Anspielungen, in halb gemurmelten Sätzen, wobei Ipicilone sogar einige Bemerkungen darüber zum besten gab, daß es zum guten Ton gehöre, Patenkinder immer wieder königlich zu beschenken. Eine Behauptung, die mit fröhlicher Skepsis aufgenommen wurde: Ipicilone besaß nicht einmal einen Fetzen Rupfensack, auf dem er tot umfallen, kein Patenkind, das er beschenken konnte. Jedenfalls fand Jesuíno jene Anspielung äußerst geschmacklos und unangebracht, so daß sein eigener Einspruch von den anderen unverzüglich sekundiert wurde.

Somit gewahrte Neger Massu, daß alle ohne Ausnahme – Jesuíno, Windsbraut, Curió, Ipicilone, Nelke-im-Knopfloch und der Spanier Alonso –, daß jeder einzelne darauf wartete, zum Paten des Kindes gewählt zu werden. In diesem Augenblick waren es sieben, am nächsten Tag konnten es ohne weiteres zehn oder fünfzehn Anwärter sein. Die erste Reaktion Massus war befriedigte Eitelkeit – somit wünschten sich alle den Vorzug, ihn Gevatter nennen zu dürfen, als wäre er ein Politiker oder ein Kaufmann der Unterstadt. Wäre es nach ihm gegangen, er würde alle auffordern, auf diese Weise hätte der Kleine zahllose Paten, die sieben Anwesenden und dazu viele andere, alle Freunde, die vom Kai, die Bootsmänner, die Leute vom Markt, von den Jahrmärkten, aus Sieben-Toren und Buben-Wasser, aus den Heiligenhäusern und den Kreisen der Capoeira. Trotzdem durfte unter vielen Kandidaten doch nur einer zum Paten gewählt werden, und plötzlich wurde Massu sich des Problems bewußt und fand keine Lösung. Der einzige Ausweg war, die Angelegenheit zu vertagen und die Entscheidung auf den kommenden Tag zu verschieben. Wie hätte man sonst in Frieden und guter Kameradschaft weitertrinken sollen? Schon gab es scheele Blicke und zweideutige Worte, und säuerliche Bemerkungen begannen die Runde zu machen.

Um nun den Abend in Harmonie und Freundschaft zu beenden, einigten sie sich über die Patin: Die sollte Tibéria sein. Sie wäre ja um ein Haar Felícios Mutter geworden, sie hatte ihn an Sohnes Statt annehmen wollen und versprach, das Taufkleidchen zu stiften. In diesem Fall ergab die Wahl sich als zwangsläufig und schloß jegliche Diskussion aus. Nun galt es, ins Freudenhaus zu gehen und seiner Herrin die frohe Botschaft zu überbringen. Wer weiß, ob sie, über die Nachricht freudig bewegt, eine Flasche Schnaps entkorken oder ein paar Fläschchen gekühltes Bier auftischen würde.

So verließ man Alonsos Laden, von neuem in Kameradschaft vereint. Doch zwischen ihnen, als unsichtbare Klinge und Anlaß unablässiger Reibungen, drohte die Frage nach der Wahl des Paten. Massu wiegte seinen Riesenschädel hin und her, als wollte er sich der Sorge entledigen: Er würde die Sache im Verlauf der Woche bereinigen, sie war nicht so eilig. Vevéva hatte ihm eine Frist von vierzehn Tagen gestellt, und schon bei der ersten Sitzung hatten sie den größten Teil der schwebenden Probleme gelöst.

3

Den größten Teil, aber nicht den schwierigsten. Wahrhaft schwierig war die Wahl des Paten, darüber war Massu sich im klaren, als drei Tage nach der Nacht der ersten glücklichen Entscheidungen die Lage noch immer dieselbe und das Kind ohne Taufpate war.

Sie war aber im Grunde nicht mehr dieselbe: In Wahrheit hatte sie sich verschlechtert. Man war der Lösung des Problems keinen Schritt näher gekommen, dafür lastete jedoch auf der Gruppe die Bedrohnis schlimmster Zerwürfnisse. Dem äußeren Anschein nach war die alte, erhabene Freundschaft unverändert und hatte nicht die leiseste Scharte erlitten. Ein aufmerksamer Beobachter hätte freilich im Verlauf der Abende und Trinkrunden gespürt, daß eine zunehmende Spannung Worte und Gebärden prägte, daß lange Pausen des Stillschweigens die Unterhaltung lastend unterbrachen. Als hätten alle Angst, sich gegenseitig zu kränken, gaben sie sich so wohlerzogen und förmlich, daß trotz der langjährigen Freundschaften, trotz zahlreicher Schnapsrunden keine gelockerte Stimmung aufkommen konnte.

Massu gegenüber befleißigten sich jedoch alle der größten Zuvorkommenheit und behandelten ihn wie ein rohes Ei. Der Neger fand daher keinen Grund zur Beschwerde, hätte die alte Vevéva nicht einen strengen, unwiderruflichen Termin festgesetzt, er hätte sich kein besseres Leben wünschen können denn als Vater einer Versammlung von großmütigen Anwärtern auf das in Aussicht gestellte Vorrecht des Taufpaten zu präsidieren.

Nelke-im-Knopfloch hatte ihm Zigarren mitgebracht, etliche schwarze, starke, aus Kreuz-der-Seelen, von allererster Qualität. Curió hatte ein Amulett gestiftet, um das Kind gegen Fieber zu schützen, außer einigen geweihten Bändern aus Bonfim. Ipicilone hatte Massu zu einer Schlemmerei im Haus der Negerin Sebastiana eingeladen, wo der Zuckerrohrschnaps von Santo Amaro in Strömen floß, und ihn bei dieser Gelegenheit besoffen zu machen gesucht, womöglich mit der Absicht, ihm eine seinen eigenen Bestrebungen geneigte Entscheidung zu entlocken. Massu aß und trank, bis er platzte, doch wer als erster am Boden lag, den Kakerlaken ausgeliefert, war Ipicilone. Was Massu veranlaßte, die Gelegenheit wahrzunehmen und die Weichteile der Negerin Sebastiana kurz und kräftig zu drücken, doch dann machte er halt, aus Rücksicht auf Ipicilone, der zwar betrunken, aber immerhin noch anwesend war. Es schickte sich eigentlich nicht, in Gegenwart eines Freundes solches zu tun.

Was Korporal Martim betraf, so zeigte sich dieser von seiner allerbesten Seite. Als er den Neger sah, der in der Elfuhrsonne den Weg nach Barra entlangschwitzte, auf dem Kopf einen riesigen, mit Einkäufen gefüllten Korb, unter dem Arm einen bauchigen, unbequemen Tontopf, lief er sofort auf ihn zu und bot ihm seine Hilfe an. Ein anderer hätte sich sang- und klanglos um die nächste Ecke gedrückt. Martim dagegen nahm ihm sogleich den Krug ab, entlastete damit den Neger um einen Teil seiner Bürde und begleitete ihn nach Barra, wobei er den Weg durch sein stets kurzweiliges, erbauliches Gespräch verkürzte. Massu wußte ihm Dank, nicht nur wegen der gewährten Erleichterung – ein Tonkrug ist ein unleidiges Stück Gepäck, das sich schlecht unter den Arm klemmen läßt, denn auf dem Kopf trug der Neger bereits den Korb –, sondern auch wegen seiner Unterhaltung, die ihm die gute Laune erhielt, denn bevor er auf Martim stieß, haderte der Neger mit seinem Leben und verwünschte den Teufel: Er hatte sich diese Gelegenheitsarbeit aufschwatzen lassen, die Traglast einer eleganten Dona aus Barra, Einkäufe, getätigt auf dem Markt von Sieben-Toren, Lebensmittel für eine ganze Woche, denn er war völlig abgebrannt, und Vevéva schrie nach Geld für Kindermehl. Der kleine Schelm liebte Bananen mit Mehl, er futterte wie ein Verhungerter, und er, Massu, war in letzter Zeit vom Pech verfolgt und vermochte beim Lottospiel keinen einzigen Tip mehr zu landen.

Martim, den Tonkrug umfaßt, ihn mal auf, mal unter dem Arm tragend – er weigerte sich, ihn auf den Kopf zu setzen –, erzählte die letzten Neuigkeiten. Er war am Vorabend nicht erschienen, weil er zum großen Fest von Oxumaré beim Candomblé der Arminda de Euá gegangen war: Welch ein Fest, Brüderchen, ein schöneres konnte man sich kaum denken ... Der Korporal hatte nie in seinem langen Macumba-Leben so viele Heilige auf einmal auftreten sehen, allein von Oguns waren sieben gekommen, einer aufgekratzter als der andere ...

Neger Massu blieb stehen: er war Sohn von Ogun und auch *Seu* Ogã. Martim erzählte vom Fest, vom Tanz und von den Liedern. Obwohl Massu den mit zerbrechlichen Dingen gefüllten Korb unsicher auf dem Kopf balancierte, probierte er einige Tanzschritte. Auch Martim verrenkte seine Glieder und stimmte ein Lied von Orixá der Metalle an.

»Ogun ê ê!« rief Massu grüßend.

Und er hatte eine Erleuchtung, als berste die Sonne gelb, jene grausame, strafende Sonne, etwas riß ihn in seinem Kern zusammen, etwas blitzte in seinen Augen, ein Gesicht: Er sah Ogun, der ihm aus den nahen Wäldern entgegenlachte, geschmückt von oben bis unten mit seinen Werkzeugen, er hieß ihn Ruhe bewahren, er, Ogun, sein Vater, werde das Problem des Taufpaten für seinen Kleinen lösen. Massu sollte ihn aufsuchen. Sagte es und verschwand leichtfüßig, von allem blieb nur ein Pünktchen Licht auf der Netzhaut des Negers zurück, der unwiderlegliche Beweis des Geschehens.

Massu drehte sich zu dem Korporal um und fragte:

»Hast du's gesehen?«

Martim setzte sich von neuem in Trab:

»Die ist eine Sünde wert, was? Was für ein prachtvoller

Hintern...« Lächelte und blickte der hoheitsvollen Mulattin nach, die hinter der Wegbiegung verschwand.

Massu, noch ganz im Bann seiner Vision, war meilenweit entfernt von solchen Betrachtungen.

»Ich rede von was anderem... Von etwas Ernstem...«

»Von was denn, Bruder? Gibt es etwas Ernsteres als den Hintern einer Dona?«

Neger Massu schilderte ihm seine Vision. Martim war sichtlich beeindruckt.

»Hast du's selbst gesehen, Neger? Bindest du mir keinen Bären auf?«

»Ich schwöre es dir... Zum Schluß blieb noch eine rote Kugel in meinem Auge...«

Martim ließ sich die Sache durch den Kopf gehen und fühlte Hoffnung keimen. Schließlich hatte er die Unterhaltung auf das Thema Candomblé gebracht. Wenn Ogun ihm einen Namen nennen würde, warum sollte es dann nicht der seine, Martims, sein?

»Ach, mein Bruder, dann mußt du sofort hingehen ... Wen wirst du aufsuchen?«

»Na, wen schon... Meine Mutter Doninha, versteht sich ...«

»Dann lauf gleich hin...«

»Ich gehe noch heute...«

Doch an jenem Tag konnte die Priesterin Doninha, Iyalorixá des berühmten Axê Halbe-Tür, wo Massu erwählter und bestätigter Ogã war, und wo Jesuíno einen hohen Posten, eines der höchsten Ehrenämter, bekleidete, an jenem Tage konnte sie den Neger nicht empfangen, sie konnte ihn nicht einmal sehen und ihm auch kein Wort widmen. Sie war in der Kammer der Iawôs, mit einer schwerwiegenden Angelegenheit, mit einer Arbeit für eine ihrer Heiligentöchter beschäftigt, die von auswärts gekommen war. Sie ließ ihm sagen, er solle am nächsten Tag zu einer beliebigen Stunde des Nachmittags wiederkommen.

Abends in der Butike des Isidro von Batualê vereint, hörten

die Freunde aus dem Mund des Negers die genaue Lesart des Geschehens.
So erzählte der Neger, er sei mit Martim auf der Straße nach Barra unterwegs gewesen, beladen mit Körben und Krügen, als er plötzlich die Trommelwirbel von Atabaques hörte und dazu Gesang von Heiligenliedern. Zunächst ganz leise, gedämpft, dann stärker, lauter, bis es festliche Klänge wurden. Martim bestätigte das Gesagte und fügte eine Einzelheit hinzu: Sie hatten vorher von dem Oxumaré-Fest im Candomblé der Arminda de Euá gesprochen, und als der Name Ogun fiel, empfanden Massu und er den Aufprall des Heiligen im Nacken und ein Einknicken des Körpers, als wenn ihnen dies in der Kultstätte beim Tanz des Heiligen geschähe. Als fielen sie in einen Trancezustand. Er, Martim, hatte ein deutliches Zittern in den Beinen gespürt.
Dann schwollen die Klänge an, und Ogun erschien, aus dem Wald an den Straßenrand tretend, es war ein riesiger Ogun, über drei Meter hoch, voll gewandet, behängt mit allem Drum und Dran, und seine Stimme übertönte alles. Er umarmte Massu, seinen Ogã, und sagte ihm, er solle sich keine Sorgen wegen der Geschichte mit dem Taufpaten für den Kleinen machen, da es ihm, dem Ogun, obliege, die Angelegenheit zu entscheiden. Auf diese Weise befreite er Neger Massu aus jener Zwickmühle, aus seiner schrecklichen Verlegenheit, nicht zu wissen, welchen seiner gleichermaßen geliebten Freunde er wählen solle. War es nicht so, Martim?
Von neuem bestätigte Martim Massus Version, ohne sich freilich auf die genaue Größe Oguns festzulegen, er mochte zwar drei Meter, aber genau so gut etwas kleiner oder etwas größer gewesen sein. Und das Stimmengewirr? Ein so stürmisches Stimmengetöse, daß einem Hören und Sehen verging. Die anderen beäugten den Korporal aus den Augenwinkeln: Man sah sofort, daß er Ogun umschmeichelte, um sich bei dem Orixá lieb Kind zu machen.
Massu beendete seine Erzählung befriedigt: Ogun würde den

Taufpaten bestimmen, und wer die Wahl des mächtigen Orixá in Frage zu stellen gedachte, war ein Narr und ein Tollpatsch, denn Ogun war kein Heiliger, der eine Beleidigung ungestraft durchgehen ließ.

Ein Stillschweigen trat ein, voll von Übereinstimmung und Ehrerbietung, doch auch von stummen Fragen. Ob das Ganze nicht von Martim ausgeheckt worden war, ob er nicht dem guten Neger Massu die merkwürdige Vision zur Mittagsstunde mit Macumba-Musik und dem mitten auf der öffentlichen Verkehrsstraße tanzenden Heiligen eingeredet hatte? Martim war ein Bürschchen, das den Kopf voll hatte von Schabernack und losen Streichen, dieses Garn konnte ohne weiteres ein abgekartetes Spiel sein. Die Blicke wanderten unruhig und voller Argwohn von Massu zu Martim. Schließlich ergriff Jesuíno das Wort:

»Das heißt also, daß Ogun wählen wird? Ausgezeichnet. Doch wie wird die Wahl vonstatten gehen? Er hat gesagt, du sollst ihn aufsuchen. Wo? Wie wirst du vorgehen?«

»Indem ich jemanden befrage, der mir Aufklärung geben kann. Ich bin schon dort gewesen, gleich heute.«

»Du warst schon dort?« In Tollhahns Stimme klang Bedenken mit. »Wen hast du befragt?«

Ob es vielleicht Martim selbst war oder jemand, der von ihm eingeweiht worden war?

»Ich bin bei Mutter Doninha gewesen, sie war aber beschäftigt und konnte mich nicht empfangen, erst morgen hat sie für mich Zeit.«

Jesuíno atmete erleichtert auf, die anderen desgleichen, Mutter Doninha war über jeden Zweifel erhaben, kein Mensch würde es wagen, den leisesten Argwohn in ihre Ehrenhaftigkeit zu setzen, gar nicht zu reden von ihrer Mächtigkeit, von ihren vertrauten Beziehungen zu den Orixás.

»Mutter Doninha? Recht hast du getan. Für eine so ernste Angelegenheit kommt nur sie in Frage. Wann gehst du wieder hin?«

»Morgen, ganz gewiß.«

Nur Windsbraut beharrte noch immer auf seinem ersten Ratschlag.

»Wenn ich du wäre, ich würde den kleinen Ketzer vom Priester, von den Spiritisten, in den Kirchen aller nur erdenklichen Glaubensbekenntnisse taufen lassen, es gibt über zwanzig, die alle auf verschiedene Weise taufen. Für jede Taufe würd' ich einen besonderen Taufpaten wählen...«

Eine vielleicht praktische und radikale, aber unannehmbare Lösung. Was sollte der Kleine im Leben mit all den Religionen anfangen, er würde nichts anderes zu tun haben als von einer Kirche in die andere zu rennen. Nein, die katholische Taufe und der Candomblé, die sich bekanntlich vermengen und ergänzen, waren völlig ausreichend...

Seine Taufe sollte vom Priester vorgenommen und vom Heiligen in der Kultstätte bekräftigt, verstärkt werden. Wozu noch mehr?

Am nächsten Tag machte Massu sich zur Höhe Retiro auf den Weg, wo Doninhas Terreiro lag. Es war einer der größten Axês der Stadt, eine riesige Roça mit mehreren Heiligenhäusern, Behausungen für die Töchter, Heiligenschwestern und Gäste, mit einer mächtigen Baracke für die Feste, mit dem Haus der Eguns und dem Häuschen Exus, nahe am Eingang.

Doninha weilte im Haus von Xangô, dem Eigentümer des Axês, und dort empfing sie Massu. Sie reichte ihm die Hand zum Handkuß, lud ihn zum Sitzen ein, und bevor sie auf sein Anliegen einging, sprachen sie von allerhand Belanglosem, wie es sich für wohlerzogene Menschen schickt. Schließlich ließ Doninha eine Pause im Gespräch eintreten, bestellte bei einer ihrer Jüngerinnen Kaffee, faltete die Hände und neigte den Kopf Massu leicht entgegen, um ihm zu bekunden, sie sei bereit, ihn anzuhören, der Augenblick der Befragung sei gekommen.

Massu breitete also sein Vaterunser aus und erzählte, wie

Benedita mit dem wohlbetreuten, wohlgenährten, wiewohl ungetauften Kleinen gekommen sei. Benedita hatte nie viel von Religion gehalten, sie war eine leichtfertige Person gewesen und hatte im Leben eigentlich nichts ernst genommen. Die Ärmste, sie hatte im Spital den Löffel weggelegt, jedenfalls hieß es so, da niemand sie später zu Gesicht bekommen und kein Mensch den Sarg begleitet hatte.

Die Priesterin hörte schweigend zu, nickte zustimmend und murmelte dann und wann ein Wort auf Nagô. Sie war eine Negerin von gut sechzig Jahren, fett, von gemessenem Gebaren, mit gewaltigem Busen und lebhaften Augen. Sie trug einen weiten Rock und eine weiße Bluse, ihre Füße staken in Lederpantoffeln, eine Perlenschnur war um ihre Taille geschlungen, den Hals und die schwerfälligen Handgelenke schmückten Ketten und Bänder, sie war umweht von der königlichen, sicheren Luft eines Menschen, der sich seiner Macht und seiner Weisheit bewußt ist.

Massu sprach ohne Furcht und Zittern, vertrauensvoll, zwischen ihm und der Heiligenmutter herrschte wie zwischen ihr und den übrigen Personen des Axê ein vertrautes, fast verwandtschaftliches Verhältnis. Er berichtete von Vevévas Sorgen mit dem ungetauften Kind, und Doninha lobte diese Besorgnis, Vevéva war ihre Heiligenschwester, eine der ältesten des Hauses. Vevéva also hatte ihm eine Tauffrist von vierzehn Tagen gestellt, sie wollte unter keinen Umständen, daß das Kind an seinem ersten Geburtstag noch ein Heide sei. Bisher seien die Besprechungen über die Festvorbereitungen vortrefflich gelaufen, sogar die Wahl der Patin sei getroffen, man habe sich auf Tibéria geeinigt, doch bei der Wahl des Paten sei man steckengeblieben. Massu war von Natur ein leutseliger Mensch, abgesehen von seinen ungezählten Bekannten hatte er so viele brüderliche Freunde – wie sollte er unter all denen einen einzigen wählen? Zumal er sich allabendlich mit fünf oder sechs Kumpanen traf, von denen er unzertrennlich war wie von Brüdern. Massu tat bereits nachts kein Auge mehr zu und vertrieb sich die Stunden des Schlafs damit, die Tugenden der Freunde miteinander zu vergleichen, kam jedoch zu keinem Ergebnis. Er sah sich schon auf Nimmerwiedersehen mit allen überworfen, und wie konnte man leben ohne menschliches Zusammensein? Das glich ja der Verbannung im eigenen Land.

Doninha begriff seine Klemme und wiegte beipflichtend den Kopf. Nun brachte Massu die Geschichte von Oguns Eingreifen zur Sprache:

»Ich ging, beladen wie ein Packesel, auf der Straße, Martim neben mir, wir redeten miteinander, als wie aus heiterem Himmel mein Vater Ogun neben mir stand, ein Riese, über fünf Meter groß, höher als ein Telegraphenmast. Ich habe ihn sofort erkannt an den vielen Paramenten und an seinem Gelächter. Er kam und sagte, ich solle Euer Gnaden, meine Mutter, aufsuchen, er würde euch sagen, was er wegen des Taufpaten für den Kleinen beschlossen habe. Ich solle den Fall ruhig ihm überlassen, er würde die Sache entscheiden. Drum bin ich gestern hier gewesen und heute wiedergekommen, um eure Antwort zu erfahren. Als er ausgesprochen hatte, lachte er von neuem und brauste der Sonne entgegen, durchstieß sie, und dann platzte etwas, und alles wurde gelb, es war wie ein Goldregen.«

Massu beendete seinen Bericht, Doninha erwiderte, sie sei mehr oder minder auf dem laufenden, denn gestern abend, als der Neger hier und sie zu beschäftigt gewesen sei, um ihn zu empfangen, sei etwas wahrlich Absonderliches geschehen. Genau in der Stunde, als Massu ankam, war sie dabei, die Muscheln zu schütteln, um Xangô um eine Antwort auf die bekümmerte Befragung der Dona mit der Kultverpflichtung zu bitten – es handelte sich um eine ihrer Heiligentöchter, die seit Jahren fern von Bahia in São Paulo lebte und in eine kaum glaubliche Zwickmühle geraten sei; es genügte, wenn sie ihm sagte, daß sie unverzüglich vom Süden heraufgekommen sei, um ihre Verpflichtung Xangô gegenüber zu er-

füllen und sich unter seinen Schutz zu stellen. Wie gesagt, Doninha schüttelte ihre Muscheln- und Perlenschnüre und rief Xangô an, doch an Stelle von Xangô kam und sprach, wiewohl verquer und durcheinander (jedenfalls kam es ihr so vor), Ogun. Sie schüttelte die Muscheln, rief Xangô, doch es kam Ogun und drängte sich vor, so daß alles in Unordnung geriet. Doninha wußte von nichts, sie hatte keine Ahnung von Massus Verhängnis, fertigte Ogun ab und wartet auf Xangô. Schließlich ließ sie eine Iawô nachsehen, wer sich zu jener Stunde in der Kultstätte befinde. Und die Iawô, eine von Oxossi, kam mit Massus Botschaft gelaufen. Doninha brachte zunächst Massus Besuch nicht mit Oguns Erscheinen in Verbindung, sondern ließ dem Neger nur sagen, er solle am nächsten Tag wiederkommen.
Doch kaum hatte Massu den Terreiro verlassen, als auch Ogun sich zurückzog, und schon renkte sich alles ein, Xangô konnte in all seiner Hoheit Einzug halten, auf die Fragen der jungen Frau antworten und ihre Probleme aufs beste lösen.
Dann, über das Geschehen nachsinnend, begann Doninha ihre Schlüsse zu ziehen: Ogun war gekommen, weil er mit Massu zusammenhing. Daher beschloß die Priesterin, den Besuch Oguns abzuwarten. Noch jetzt, während sie sprachen, spürte sie etwas in der Luft, sie könnte schwören, Ogun sei in der Nähe und höre die ganze Unterhaltung.
Mühsam stand sie aus ihrem Stuhl auf, legte die Hände auf die Hüften, die breit waren wie Meereswellen in Aufruhr, und hieß Massu warten. Sie versprach, alles sofort ins reine zu bringen, und machte sich zu Oguns Haus auf, das hinter der großen Baracke an einem sanften Hang lag. Eine Heiligentochter erschien, ein Tablett mit Kaffeetassen und Kaffeekanne in der Hand, und küßte Massu die Hand, bevor sie ihm ein Täßchen heißen duftenden Kaffees anbot. Der Neger fühlte sich zum ersten Mal seit Tagen getröstet und gestillt. Doninha blieb nicht lange aus und kehrte mit ihrem kleinen,

eiligen Schritt zurück. Sie setzte sich und verkündete Massu Oguns Entschließungen. Der Neger müsse zwei Hähne und fünf Tauben bringen, außer einem Tablett mit Acarajés und Abarás, als Nahrung für seinen Kopf. Dann würde er sich zu der Frage des Taufpaten äußern. Und zwar in zwei Tagen, am Donnerstag, nach Sonnenuntergang.

Doninha erbot sich, die Gerichte zubereiten zu lassen, Massu hinterließ den erforderlichen Geldbetrag. Hähne und Tauben versprach er am nächsten Tag zu bringen. Am Donnerstag würde er in Begleitung seiner Freunde kommen, um mit Doninha und ihren zufällig anwesenden Jüngerinnen die Mahlzeit des Heiligen zu verzehren. Es würde auch Ananas-Aluá geben.

Alle durchlebten jene zwei Tage in größter Spannung und fragten sich, wen wohl Ogun als den würdigen Taufpaten bestimmen würde. Das Problem gewann neue Ausmaße. Blieb die Wahl Neger Massu überlassen, konnte ihm leicht ein Irrtum unterlaufen und eine Ungerechtigkeit. Doch Ogun würde nicht fehlgehen und keine Ungerechtigkeit begehen. Der von ihm Gewählte würde als der beste, der würdigste, der vorbildlichste Freund anerkannt werden. Allen sank der Mut, denn nun waren Kräfte im Spiel, gegen die Machenschaften, Mätzchen und Manipulationen nichts auszurichten vermochten. Nicht einmal Jesuíno, der auf der Stufenleiter der Candomblés so hoch stand, konnte irgendwelchen Einfluß geltend machen. Ogun ist der Orixá der Metalle, seine Entscheidungen sind unwiderruflich, seine Klinge ist aus Feuer.

4

In der Ferne gingen die Lichter der Stadt an, auf dem Waldweg zum Axê sank rasch die Dämmerung. Schweigsam, nachdenklich schritten sie einher, unter ihnen Tibéria, die auf ihrer Anwesenheit bestanden hatte, da sie als Patin unmittelbaren Anteil nahm. Ziegen und Ziegenböcke tummelten sich auf den Hängen und suchten ihre Unterschlupfe. Schatten sanken auf Baumwipfel und Fußgänger, die Dunkelheit war vor ihnen wie eine Mauer.

Im Axê herrschte die Stille von gelöschten Lichtern und leisen Schritten in den von Heiligentöchtern bewohnten Häusern. Rötlicher Schein von Petroleumlämpchen sickerte durch die Ritzen der Türen und Fenster. Im Hause Oguns beleuchteten brennende Kerzen den Peji. Als sie den Eingang durchschritten und Exu grüßten, enttauchte eine Tochter Oxalás in rituellem Weiß dem Halbdunkel und murmelte:

»Mutter Doninha erwartet Sie. Im Hause Oguns...«

Ein bedruckter Vorhang verdeckte Tür und Eingang. Einer nach dem anderen traten sie ein, zuerst verbeugten sie sich vor dem Peji des Heiligen, dann lehnten sie sich an die Wand. Die Priesterin, auf einem Schemel sitzend, vor sich einen Teller mit Obis, reichte ihnen die Hand zum Kusse. Draußen sank langsam die Dunkelheit auf die Felder. Da der Raum klein war, fanden außer Doninha nur Massu, Tibéria und Jesuíno darin Platz. Die übrigen und die Helferinnen der Priesterin gruppierten sich draußen vor dem Eingang, dessen Vorhang zur Seite gerafft worden war.

Eine Jüngerin trat ein und überreichte Mutter Doninha kniend auf einem Tonteller zwei geschliffene große Messer. Eine zweite brachte die beiden Hähne. Die Heiligenmutter stimmte ein Lied an, die Töchter respondierten. Die Opferhandlung begann.

Doninha hielt den ersten Hahn mit den Füßen fest und

stellte den Tontopf vor sich. Dann packte sie das Tier am Kopf, griff nach dem Messer, schnitt den Hals ab und ließ das Blut fließen. Dann riß sie zwei Federn aus und legte sie zu dem Blut.

Auch der zweite Hahn wurde geopfert, die Lieder zerrissen die Stille der Nacht und glitten die Hänge hinab, der Stadt Bahia entgegen, zum Lobpreis Oguns.

Eine Iawô kam und brachte die weißen, ängstlich flatternden Tauben. Ihr Blut wurde in einem zweiten Tontopf aufgefangen, die ausgewählten Federn wurden dazugelegt.

Doninha stand auf, nahm den Adjá, und gab damit ein Zeichen zum Beginn der Musik. Sie sprach die Worte der Opfergabe und brachte die toten Tiere Ogun dar. Massu kniete auf der Erde, desgleichen Jesuíno. Mit blutbefeuchteten Fingern berührte Doninha die Stirn aller, nicht nur derer, die sich in der Kapelle befanden, sondern auch derer, die draußen warteten. Ein jeder konnte der Erwählte sein. Die Töchter der Priesterin trugen die toten Tiere weg, damit das Mahl der Heiligen zubereitet werden konnte.

Nun traten alle auf den Kultplatz hinaus und warteten dort bei gemessener Unterhaltung, während es in der Küche des größeren Hauses lebendig wurde. Mittlerweile war die Nacht hereingebrochen, zahllos funkelten die Sterne an dem von elektrischen Lichtern unbehelligten Himmel, doch man sprach nicht von der Sorge, die sie hergeführt hatte. Doninha erzählte Begebenheiten aus ihrer weit zurückliegenden Kindheit und rief die Erinnerungen an längst verstorbene Menschen wach, Tibéria erzählte Erlebtes und Erlittenes. So verharrten sie, bis die Iawô von Oxalá verkündete, das Essen sei angerichtet.

Die Jüngerinnen brachten im Gänsemarsch die Tabletts mit den in Öl zubereiteten Speisen, Arabás, Acarajés, Xinxim. Aus den Opfertieren war eine duftende bunte Mahlzeit geworden. Doninha wählte die rituellen Stücke für den Heiligen aus und legte Abarás und Acarajés dazu. Die Teller wur-

den auf den Altar gestellt, die Heiligentöchter sangen Lieder, die Doninha anstimmte.
Dann schüttelte sie die Muscheln. Die Freunde streckten die Köpfe zur Türe herein, damit ihnen nicht die kleinste Einzelheit entging. Sie schüttelte, spielte und rief Ogun. Er war zufrieden, das sah man sofort, denn er lachte und scherzte, begrüßte alle, insbesondere Mutter Doninha und seinen Ogã Massu.
Doninha dankte und fragte, ob er wirklich bereit sei, Massu aus seiner Verlegenheit, der schwierigen Wahl des Taufpaten für sein Kind, zu retten. Was für eine Frage, antwortete er, er sei doch gekommen, zunächst um für die von Massu dargebrachte Speise zu danken, für das Blut der Hähne und der Tauben, sodann um mit ihnen zu reden und ihnen die lang erwartete Lösung bekanntzugeben.
Nun war es an Massu, seinerseits zu danken und ihm seine herzlichsten Grüße zu entbieten. Denn hier stand er samt dem vermaledeiten Problem des Paten für den Täufling, der ein so hübscher Schelm, ein ausgelassener Zappelphilipp, ein Teufelchen sei und fast Exu gleiche. Nun gälte es, den Paten unter seinen Freunden, unter so vielen und so guten Freunden auszuwählen, denn es könne doch nur einer Pate werden. Er hätte daher gern gewußt, wie er vorgehen solle, um nicht die übrigen vor den Kopf zu stoßen, er sei gekommen und habe Oguns Weisungen gemäß die Hähne und Tauben gebracht. Ob das nicht recht sei?
Genau so sei es, stimmte Ogun zu, all das war die reine Wahrheit. Er habe seinen Sohn Massu in so großer Ratlosigkeit gesehen, daß er herbeigeeilt sei, um ihm zu helfen. Massu wollte also keinen seiner Freunde verstimmen und wußte weder aus noch ein. War's nicht so?
Alle verfolgten die Zwiesprache mittels des Spiels, Doninha, die Herrin unbekannter Kräfte, der Magie und der Jorubá-Sprache, der entscheidenden Worte und der geheimnisvollen Kräuter, wuchs vor ihnen an Gestalt und Gewalt.

Und wie lautete die Lösung, fragte Massu den Verzauberten, Orgun, seinen Vater – und alle, einschließlich der Priesterin Doninha, warteten in gespanntem Schweigen auf die Antwort. Wie lautete die Lösung, die keiner von ihnen sah?
Nun ließ sich in der Kammer das Klirren von Eisen, der Lärm von Stahl gegen Stahl, das Rasseln gekreuzter Klingen vernehmen, denn Ogun war der Herr des Krieges. Man hörte fröhliches, heiteres Lachen; es war Ogun, der, ermüdet von dem langsamen Zwiegespräch mittels des Perlenspiels, unmittelbarer mit ihnen in Verbindung zu treten wünschte, es war Ogun, der eine der geweihten Jungfrauen, seine Tochter, ritt. Sie stürzte zur Tür herein, grüßte Doninha, stellte sich vor den Peji und hob die Stimme:
»Ich habe meinen Entschluß gefaßt. Niemand wird Pate des Täuflings sein. Ich, Ogun, werde sein Pate sein.« Und lachte.
In der verblüfften Stille wollte Doninha eine Bestätigung haben:
»Wollt Ihr, mein Vater, der Pate sein?«
»Ich und niemand anderes. Von jetzt ab ist Massu mein Gevatter. Gehabt euch wohl, ich gehe, bereitet das Fest, ich komme erst zur Taufe wieder.«
Und machte unverzüglich kehrt, ohne das Abschiedslied abzuwarten. Mutter Doninha sagte:
»Dergleichen hab ich noch nie erlebt. Es ist das erste Mal, daß Orixá der Pate eines Täuflings sein will, daß ein Heiliger einen Gevatter nimmt... So etwas hab ich nie in meinem Leben gehört...«
Massu blähte sich vor Stolz. Einen Gevatter Oguns hatte es bisher nicht gegeben, er war der erste.

5

Ja, die Lösung war einzigartig, bewunderungswürdig, und tat allen Beteiligten Genüge. Keiner von ihnen war gewählt worden, keiner sah sich von Massu bevorzugt. Über ihnen stand nur Ogun, der Zauberer der Metalle, Oxossis und Xangôs Bruder. Die Lösung befriedigte alle. Dennoch konnte man nicht behaupten, daß das Taufproblem völlig gelöst war. Im Gegenteil, wenn Oguns Entscheidung den unlösbaren Knoten der Patenwahl entwirrt hatte, so hatte sie trotzdem eine neue, unabsehbare Lage geschaffen: Wie sollte man es anstellen, daß Ogun in die Kirche Vom-Rosenkranz-der-Neger kommen und dort dem katholischen Weiheakt beiwohnen konnte? Ein Orixá war kein menschliches Wesen und konnte daher keinen der Freunde als Stellvertreter ermächtigen. Überdies brachte die von Curió zur gegebenen Stunde aufgeworfene Lösung sie wieder auf das bereits angeschnittene Problem: Wen würde Ogun als Vertreter bestellen? Denn der erkorene Ersatzmann würde in gewisser Weise der Pate des Kindes sein. Nein, ein derartiger Gedanke stand völlig außer Frage.
Selbst Dona Doninha bekannte ihre Ratlosigkeit. Wie sollte man mit diesem Fall fertig werden? Ogun hatte sich seelenruhig als Pate des Kindes, als Gevatter Massus erklärt, die Nachricht würde sich wie ein Lauffeuer verbreiten und binnen kurzem Stadtgespräch sein. Nie hatte man einen Orixá ein Kind taufen sehen, es war das erste Mal, daß ein Sterblicher Gevatter von Ogun wurde, all das würde die Gemüter bewegen, Neger Massus gesellschaftliches Ansehen würde unversehens zunehmen, alle Welt würde der Taufe beiwohnen wollen. Um nämlich zu sehen, wie der Vater sich mit seinen Freunden einigen, wie sie es bewerkstelligen würden, daß Ogun der Zeremonie beiwohnte. Der Orixá hatte sich als Taufpate ausgewiesen, schön und gut. Doch damit hatte er

ihnen – Massu, Doninha, Jesuíno, Tibéria, Martim und den übrigen – eine harte Nuß zu knacken gegeben: Wie konnte Ogun Zeuge der Taufhandlung sein?

Mutter Doninha hatte sich die größte Mühe bei ihrem Spiel gegeben und Ogun gerufen, sie hatte auf den Atabaques den Trommelschlag des Heiligen gerührt und dazu seine Ruflieder angestimmt. Hatte er nicht unter fröhlichem Gelächter versprochen, am Tag der Taufe wiederzukehren? Denn er schien gewillt zu sein, Wort zu halten. Doninha unterhielt einflußreiche Beziehungen zu den Heiligen, niemand in den Kreisen des Bahianer Candomblé wußte so viel wie sie, keine Priesterin vor ihr war je so mächtig gewesen. Doch obgleich sie sich bei den Orixás hohen Ansehens erfreute und zu allen ihr zu Gebote stehenden Mitteln griff, Ossane anrief und geheimste Kräuter verwendete, überdies Ogun einen Ziegenbock auf eigene Kosten darbrachte, vermochte sie ihn dennoch nicht zur Rückkehr zu bewegen, um mit ihm ein Wort wechseln und Aufklärung darüber bekommen zu können, wie sie vorgehen sollte. Ogun war verschwunden, nicht nur von seinem eigenen Kultplatz, dem Axê Halbe-Tür, sondern auch von allen anderen Heiligenstätten Bahias. Er antwortete auf keinen Ruf, holte nicht die für ihn bereiteten Speisen ab, auch nicht die zu seinen Ehren geopferten Tiere ab. Die Atabaques wurden gerührt, es floß das Blut der Hähne, Tauben, Enten, Hammel und Ziegenböcke, die Iawôs tanzten in der Runde, die Gesänge stiegen gen Himmel, Halsketten und Muscheln wurden von den höchsten Babalaõs und den ältesten, weisesten Iyalorixás geschüttelt. Ogun antwortete nicht. In den vier Himmelsrichtungen Bahias lief die Nachricht heimlich von Mund zu Mund: Ogun hat beschlossen, bei der Taufe von Massus und der verstorbenen Benedita Sohn Pate zu stehen, er hatte alle übrigen Anwärter aus dem Feld geschlagen, in Anbetracht dieses Enschlusses war er verschwunden, um erst am Tage der Taufe wiederzukehren. Die Taufe sollte in einer Woche stattfinden, am ersten Geburtstag des Kleinen, in der Kirche vom Rosenkranz-der-Neger am Pranger; Tibéria würde Patin sein. Sie war dabei, die Aussteuer des Täuflings zu nähen, ein Gedicht aus Leinen und Batist, bei dem das Dunkelblau, die Farbe Oguns, vorherrschte; alle Mädchen des Freudenhauses wollten unbedingt ein Geschenk stiften, die Taufe begann ungeahnte Ausmaße anzunehmen. Und die Neugierde wuchs. Seit der Hochzeit des Korporals Martim mit der schönen Marialva, die inzwischen als Star des Kabaretts an der Steilgasse-vom-Hauptplatz ihr schwarzes Muttermal und ihr geziertes Getue zur Schau stellte und sich als Sängerin ausgab, hatte keine Nachricht die Neugierde der Gemüter dermaßen angestachelt.

Sie hatte außerdem hochgeachtete, hochbewanderte Intellektuelle in Aufregung versetzt, bedeutende Fachkenner der afro-brasilianischen Kulte, die alle eine eigene Auffassung von den mannigfachen Seiten des Candomblé hatten. Wenngleich die Theorien der Wissenschaftler voneinander weitgehend abwichen, so hielten sie die Geschichte von einem Orixá, der bei einer Kindstaufe Pate stehen will, einstimmig für ungereimt und widersinnig. Unter Berufung auf englische, amerikanische, kubanische, ja deutsche Verfasser bewiesen sie, daß es die Kategorie des Gevatters in der Rangordnung des Candomblé nicht gibt, weder in Brasilien noch in Afrika. Alle, seien es hervorragende Ethnographen oder schlichte Scharlatane, versuchten händeringend zu ergründen, ob »der Gevatter eines Heiligen« über den Ogãs, unter dem Obá stand, welche Ehrbezeugungen ihm zustanden und ob er vor oder nach der Kleinen-Mutter, der Unterpriesterin, begrüßt werden mußte. Denn wenn sie sich auch gegen eine Neuerung und somit eine Verunreinigung des Rituals auflehnten, so nutzte ihr Aufruhr wenig, da die Abwandlung das Werk des Orixá selber gewesen war. Immerhin wünschten sie der Taufe beizuwohnen und bemühten sich bei der Sekte um die Erlangung von Einladungen.

Von all dem schwoll Massu mächtig der Kamm, in den ersten Tagen konnte kein Mensch ein vernünftiges Wort mit ihm reden, so dämlich, so aufgeblasen stolzierte er umher. Doch mehr und mehr wurde er von Jesuíno und Martim, von Tibéria und Ipicilone, vor allem von Doninha unsanft in die bittere Wirklichkeit zurückgerufen. Wie sollte man sich aus dieser Patsche ziehen – so lautete ihre Frage.

Wer Taufpate sein will, muß sich zur Kirche bequemen, der heiligen Handlung beiwohnen, seine Kerze halten, das Glaubensbekenntnis ablegen. Wie konnte Ogun das tun? Massu wiegte seinen Ochsenschädel, hob den Blick von einem zum anderen, darauf wartend, daß einer der Freunde das rettende Wort aussprach. Er, Massu, war ahnungslos und wußte nicht, wie man den Hals aus der Schlinge ziehen sollte.

Doninha hatte alles versucht, nun gab sie sich geschlagen. Es war ihr nicht gelungen, von neuem mit Ogun in Verbindung zu treten, alle ihre Bemühungen waren vergeblich gewesen. Da konnte nur der Verzauberte selber helfen, Massu solle ein Einsehen haben, sie war mit ihrer Weisheit am Ende. Wieder einmal glänzte Tollhahn, tat den Mund auf und sprach das erlösende Wort. Einen vom Schlage Tollhahns gab es nicht nochmal, lassen wir alle Umschweife, und verkünden wir die Wahrheit! Damit treten wir niemandem zu nahe, niemand wird vor den Kopf gestoßen, denn im Verlauf der Zeit waren alle darin übereingekommen, Jesuínos längst erwiesene Überlegenheit anzuerkennen. Wenn Tollhahn auch bei dieser Gelegenheit noch nicht seine volle Form, seinen Höhepunkt erreichte, wie es später der Fall sein sollte, so zollten sie ihm doch schon jetzt alle Ehre und wagten nicht mehr, mit ihm in Wettbewerb zu treten. Jesuínos Lösung war so einfach, und doch hatte niemand daran gedacht. Massu war gerade vom Axê heimgekehrt, wo er Doninhas entmutigende Eröffnung vernommen hatte: Nun war Hopfen und Malz verloren. Der Neger hatte beschlossen, die Taufe aufzuschieben, bis Ogun bereit war, mitzuwirken. Der Aufschub würde ein Schlag sein für die alte Negerin Vevéva, der viel daran lag, das Kind getauft zu sehen, doch Massu sah keinen anderen Ausweg. Das erklärte er den Freunden in Alonsos Kramladen.

»Ich glaube, daß ich weiß, wo der Haken liegt...« verkündete Jesuíno.

Er wollte jedoch seinen Fund nicht bekanntgeben, ohne Doninhas Meinung eingeholt zu haben, da Ausführung und der Erfolg des Planes von ihr abhingen. In höchster Erregung beschlossen sie, unverzüglich zur Kultstätte zu eilen.

In Anwesenheit Doninhas legte Jesuíno seine Gedanken dar. Er begann mit der Frage: War den anderen nicht Oguns seltsames Verhalten am Tag der Befragung aufgefallen? Zuerst hatte er Anstalten gemacht, durch das Spiel zu antworten, dann aber erschien er plötzlich persönlich, auf einer seiner Töchter reitend – war es nicht so gewesen? Und so, durch den Mund der Jüngerin, hatte er die Aufgabe des Taufpaten auf sich genommen und erklärt, er werde erst am Tauftag wiederkehren – war es nicht so gewesen? Waren nicht alle über die mangelnde Bereitwilligkeit Oguns verwundert, der mit einemmal verschwand, sie ihrer Sorge und der Lösung des schwierigen Problems allein überließ? Und doch hatte Ogun an jenem Tage alles gelöst, angedeutet, wie man vorgehen müsse, und die Lösung des Problems mitgeteilt.

Die anderen blickten einander blöde an. Windsbraut ergriff im Namen aller das Wort:

»Für mich könntest du genau so gut türkisch reden, ich verstehe kein Wort von dem, was du sagst.«

Jesuíno machte eine Gebärde, um zu zeigen, wie leicht die Lösung sei, man brauche nur sein Köpfchen ein wenig anzustrengen. Doch die Freunde sahen die angedeutete Leichtigkeit nicht. Nur Mutter Doninha, die sich mit geschlossenen Augen gesammelt hatte, erriet die Lösung. Ihren feisten Körper im Korbstuhl zurechtrückend, öffnete sie die Augen und lächelte Tollhahn an:

»Du willst also damit sagen...«

»Natürlich...«

».... daß Ogun am Tag der Taufe in einer Tochter kommen wird, die zwar den Paten spielen wird, aber nicht sie ist, sondern er...«

»Na und? Ist das nicht einfach?«

So einfach, daß sie immer noch nicht begriffen und Jesuíno sich gezwungen sah, die Sache zu erklären: Zur Kirche kommen würde eine Jüngerin Oguns, doch als Stellvertreterin des Heiligen, das heißt, sie würde nur das Pferd des Orixá sein. Hatten sie nun begriffen?

Endlich glitt ein Lächeln des befriedigten Begreifens über die Gesichter. Donnerwetter, dieser Jesuíno war ein Teufelskerl, er hatte den Nagel auf den Kopf getroffen, er hatte des Rätsels Lösung gefunden. Die Jüngerin, geritten von Ogun, würde mit dem Heiligen in die Kirche kommen und den Paten darstellen...

»Nur daß eine Frau kein Pate sein kann...«, warf Curió ein.

»Ein Pate könnte sie nicht sein, das stimmt wohl... Sie müßte eine Patin sein...«

»Aber eine Patin haben wir doch: Tibéria...«, erinnerte Massu die Freunde.

»Auch Ogun wird es kaum behagen, eine Patin zu sein«, erhob Doninha Einspruch. »Als männlicher Heiliger wird er nicht den Posten einer Frau übernehmen wollen. Patin kommt somit nicht in Frage.«

Plötzlich schien es allen, als wären sie wieder da, wo sie begonnen hatten. Doch Jesuíno ließ sich nicht aus dem Konzept bringen.

»Wir brauchen doch nur einen Heiligensohn, einen Jünger Oguns, zu besorgen.«

Wie einfach, wie einleuchtend das klang! Sie waren so verwirrt, weil sie darauf nicht gekommen waren und gleich die Flinte ins Korn werfen wollten. Es gab keinen Zweifel, das Problem war gelöst.

Allerdings befand sich im Augenblick auf Doninhas Terreiro kein einziger Sohn Oguns, kein Jünger des Heiligen. Zwar waren Anhänger des Heiligen vorhanden, wie zum Beispiel Massu, doch diese kamen nicht in Frage, sie empfingen den Heiligen nicht, sie fielen nicht in Ekstase. Die einzigen von Doninha geweihten Jünger waren aus Bahia verzogen, der eine wohnte in Ilhéus, der andere in Maceió, wo er übrigens ein Heiligenhaus errichtet hatte.

»Vielleicht sollte man mit einem von einem anderen Kultort reden...«, schlug Curió vor.

Ein scheinbar annehmbarer Vorschlag, gegen den Doninha jedoch eine ganze Reihe von Bedenken ins Feld zu führen wußte. Würde so etwas zum Erfolg führen? Würde Ogun damit einverstanden sein, daß man Leute aus einem anderen Haus holte? Massu war doch ein Ogã von hier, er gehörte zum Candomblé Halbe-Tür und nicht zu einem anderen Terreiro. Hier hatte sich Oguns Wille offenbart, zuerst durch Doninhas Mund, dann durch eine Tochter des Axê.

Wieder verloren sie sich in derartigen Betrachtungen, als vor dem Haus Xangôs, in dem sie sich besprachen, in die Hände geklatscht und nach Mutter Doninha gefragt wurde.

»Ich kenne diese Stimme...«, sagte die Iyalorixá. »Wer ist es?«

»Ein Freund, meine Mutter...«

Und in der Türe tauchte der alte Artur da Guima auf, ein an der Steilgasse Große Planke ansässiger Handwerker, ein guter Freund aller. Es war eine Freude, ihn wiederzusehen, und wären sie nicht mutlos gewesen, alle hätten ihn mit dicken Umarmungen und Schulterklopfen empfangen.

»Seh sich das einer an!« sagte er. »Da steig ich all die Hänge hinauf, um meiner Mutter Doninha die Hand zu küssen und sie zu fragen, ob die Geschichte, die in aller Mund ist, wahr ist, daß mein Vater Ogun sich zum Taufpaten gemacht hat, und nun finde ich hier die ganze Gesellschaft beisammen. Salve, meine Mutter, salve, meine Brüder!«

Er beugte sich herab, um Doninhas Hand zu küssen, sie blickte Jesuíno an, Martim lächelte. Martim war ein Intimus des Handwerkers, sein Spielgenosse, Artur war eine leidenschaftliche Spielratte und eingeschworen auf das Würfelspiel. Martim sagte mit zitternder Stimme, so außergewöhnlich schien ihm die plötzliche Ankunft des Freundes:

»Artur ist ein Jünger Oguns, ein Jünger des Hauses...«

Zuerst sperrten alle Mund und Augen auf, bis sie begriffen, was geschehen war. Dann umarmten sie ihn, drückten ihm die Hand und gaben sich freudigem Überschwang hin.

Denn Artur da Guima war nicht nur ein Sohn Oguns, er hatte auch hier »den Heiligen gemacht« und war im hiesigen Axê geweiht worden. Er war über vierzig Jahre Jünger, sein Schiffchen war in der Prozession aus dem Heiligtum ausgefahren, bevor Doninha Priesterin geworden war und als die Leitung des Axê noch in den Händen des verblichenen Dodo gelegen hatte. Das war der Grund, warum Doninha, als sie Oguns Söhne aus dem Kreis des Axê aufzählte, nicht Artur da Guima erwähnt hatte, der ihr Heiligenbruder und nicht ihr Heiligensohn war. Artur da Guima war fraglos genau in dieser Stunde durch Ogun hierher geführt worden, wer konnte daran zweifeln? Niemand zweifelte, nicht einmal Artur selbst.

Als altes Mitglied des Axê, in dem er einen hohen Posten bekleidete, trat Artur nur zu festlichen Anlässen und in Zeiten unerläßlicher Verpflichtungen in Erscheinung. Nie, fast nie ließ er sich bei Tänzen blicken. Wenn er kam, setzte er sich auf einen Stuhl hinter die Priesterin; dann bat sie ihn meistens, zwei oder drei Lieder seines Heiligen zu singen. Und er tat es verschwiegen, zurückhaltend, stellte sich nie zur Schau und drängte sich ungern in den Vordergrund. Einmal im Leben, das andere Mal im Tod, stieg Ogun hernieder, und dann tanzte er in der Runde mit. Doch *Seu* Ogun war nicht sehr fürs Herniedersteigen, er war ein schwieriger Ogun, äußerte sich sehr selten, er war übrigens auch Mas-

sus Ogun, wenngleich der Neger ihm diente, ohne geweiht zu sein.
Doninha und Jesuíno blickten einander an; die Heiligenmutter kam aus dem Staunen nicht heraus, obgleich sie in ihrem Leben schon vieles erlebt hatte; Jesuíno war doch ein wenig stolz, er hatte gewissermaßen mit Ogun zusammengearbeitet, an seinen Plänen teilgenommen und zu ihrer Verwirklichung beigetragen.
»Ein Sohn Oguns und noch dazu vom hiesigen Axê...«
»Und das seit mehr als vierzig Jahren...«, bestätigte Artur da Guima stolz. »Einundvierzig Jahre, vom Namenstag an gerechnet... Aus der Zeit sind nur noch wenige am Leben...«
»Ich war damals eine Göre von kaum dreizehn Jahren«, erinnerte sich Doninha. »Erst zwei Jahre später trat ich in den Tempel ein, um den Heiligen zu machen...«
»Der patenteste Heilige ist Ogun...«, stellt Neger Massu fest.
Artur da Guima war einverstanden. Freilich mit gewissem Widerwillen, wie schon gesagt wurde, denn er war ein zurückhaltender, schüchterner Mensch und lebte still in seinem Winkel, den er nur zum Spielen verließ, da er ein unverbesserlicher Würfelschüttler und Knobler war, der fast immer verlor, jedoch kein Maß und Ziel kannte. *Seu* Ogun ließ sich hin und wieder in Terreiro blicken, blieb dann wieder Monate aus und forderte nur ab und zu eine Verpflichtung, etwa Speise für seinen Kopf. Doch wenn er einmal niederstieg, war er aufgekratzt, fröhlich, redselig; und da von Natur leutseligen Wesens, begrüßte und umarmte er seine alten Bekannten, seine Ogãs und die Figuranten des Candomblé, er schüttelte sich vor Lachen, verrenkte die Glieder und tanzte wie der Lump am Stecken, er war ein Ogun allererster Sorte, ein fabelhafter Kerl, kein x-beliebiger Heiliger, sondern eine Schönheit von Heiligen, der, wenn er einmal kam, von der ganzen Kultgemeinde stürmisch begrüßt wurde.
Artur da Guima forderte Doninhas Anwesenheit bei der Taufzeremonie: Nur sie mit ihren Kräften würde imstande

sein, diesen ausgelassenen, lärmenden Ogun in Schach zu halten, wenn er, plötzlich auf Bahias Straßen losgelassen, die Fliesen einer Kirche beträte und den Paten bei einer Taufe spielte. Er, Artur da Guima, war nicht bereit, die Verantwortung für ihn zu übernehmen. Er brauchte nur an eine zurückliegende Begebenheit zu denken: Eines Sonntagnachmittags wartete er auf den Omnibus nach Markt-der-Heiligen-Anna, wo er eine wichtige Angelegenheit zu erledigen hatte, eine in der Tat so schwerwiegende Sache, daß er nicht zu dem am gleichen Abend stattfindenden Fest Oguns kommen konnte. Doch Ogun kam an Ort und Stelle, an der Omnibushaltestelle, herniedergebraust, packte ihn, und bevor er wußte, wie ihm geschah, stand er auf Dodos Kultplatz, nachdem er die ganze Stadt durcheilt hatte, den Heiligen im Genick. Als Auftakt hatte Ogun ihm eine Tracht Prügel verabreicht, damit er fortan Oguns Feiertage zu heiligen lerne, hatte sich mit ihm auf den Erdboden geworfen und ihm den Schädel gegen das Straßenpflaster gehämmert. Dann hatte er mit ihm kreischend und lachend den Weg zum Axê eingeschlagen. Dorthin waren sie mit einem kleinen Gefolge, das sich ihnen unterwegs angeschlossen hatte, gelangt. Artur da Guima erfuhr all das später aus Erzählungen der anderen. Er hatte somit seine Erfahrungen, mit diesem seinem Ogun war nicht zu spaßen, man mußte ihm gehörig auf die Finger sehen, andernfalls würde Artur da Guima nicht für ihn einstehen können.

Doch niemand gab viel auf seine Worte, alle waren von der Lösung des letzten Taufproblems begeistert, die Nachricht würde die alte Negerin Vevevá erfreuen, und das Fest würde wie vorgesehen abrollen.

6

Pater Gomes' Großvater war noch Sklave gewesen, einer der letzten, die auf einem Sklavenschiff herübergekommen waren, sein Rücken war von Knutenschlägen zernarbt, er hieß Ojuaruá und war in seiner Heimat ein Stammesoberhaupt gewesen. Er war aus einer Zuckermühle in Pernambuco geflohen, hatte den Vormann blutig geschlagen und an einem Quilombo teilgenommen, war lange durch die Buschwälder geirrt und endlich nach Bahia gelangt, wo er sich mit einer hellhäutigen strammen Mulattin befreundete und bei seinem Tode drei Söhne und einen Gemüseladen hinterließ.
Seine älteste Tochter, Josefa, heiratete nach der Sklavenbefreiung einen Handlungsgehilfen, einen weißen hübschen Lusitaner, der wild war auf die Mulattin mit den hohen Hüften und den gefeilten Zähnen. Eines Tages überraschte der alte Ojuaruá die beiden eng umschlungen hinter einer Mauer, und da er noch Stierkräfte besaß, packte er den Burschen am Schlafittchen und preßte ihm so lange die Kehle zu, bis er den Hochzeitstag festsetzte.
Für den jungen Mann schien eine derartige Heirat das Ende seiner sehnlichsten Hoffnungen zu bedeuten, da sein Arbeitgeber und Landsmann, der Besitzer des Ladens, in dem er arbeitete, ein Portugiese und kinderloser Witwer, ihn für eine Kusine ausersehen hatte, den letzten Sproß seiner Familie, gebürtig aus einem Dorf in Trás-os-Montes. Der Chef schätzte seinen Gehilfen, fühlte sich indessen auch gegen seine ferne Base verpflichtet, der er dann und wann einige Patacas zukommen ließ. Das Ideal war daher, seinen zuverlässigen Angestellten mit seiner Verwandten zu verheiraten und dem Paar bei seinem Tode das gutgehende Ladengeschäft zu hinterlassen. Doch Josefa durchkreuzte seine Pläne. In seinem Zorn drohte der Portugiese, die Base kommen zu lassen, sie selber zu heiraten – mit seinen vierundsechzig

Jahren hatte der tapfere Lusiade noch nichts von seiner Muskelkraft eingebüßt – und ihr alles zu vermachen.

Josefa indes war nicht gewillt, den Laden zu verlieren, aber auch nicht, die Wertschätzung des Patrons einzubüßen. Sie verstand, sich lieb Kind zu machen, forderte den Portugiesen auf, den Trauzeugen zu spielen, umschmeichelte ihn, scherzte mit ihm, begann ihn Schwiegerväterchen zu betiteln und ihn am Kopf zu kraulen. Tatsächlich vergaß der Handelsmann und Schankwirt, den angedrohten Einladungsbrief an die Base abzusenden, deren Konterfei, das er Josefa zeigte, bei der kleinen Mulattin Kaskaden von Gelächter auslöste: Der Herr Pate verdiene eine bessere Braut, die da sei nichts als ein Besenstiel aus Haut und Knochen. Ob der Herr Pate, ein schmucker stattlicher Mann, denn Lust verspüre, den Rest seines Lebens an einem Knochengerüst zu nagen ...? Der Portugiese heftete den Blick auf Josefa, auf ihr festes Fleisch, auf ihre prallen Brüste, auf ihre wippenden Hüften und pflichtete ihr bei.

So half denn Josefa ihrem Mann, der, ein prachtvolles aber dummes Mannsbild, ein guter Arbeiter und ein guter Bettgenosse war, Teilhaber seines Chefs und einziger Inhaber des Ladens nach dessen Tod zu werden. Denn als Josefa ihr erstes Kind, einen Sohn, gebar, geriet der Portugiese völlig aus dem Häuschen vor Zärtlichkeit zu dem kleinen Mulatten und war zu ihm wie ein Vater. Übrigens ließen die bösen Zungen keinen Zweifel aufkommen: Wenn der alte Portugiese auch nicht der Vater war, hatte er fraglos an der Anfertigung und am letzten Schliff des Kleinen mitgewirkt. War es nicht eine Tatsache, daß er das Ehepaar in sein weiträumiges Witwerhaus aufgenommen hatte und dort stundenlang mit Josefa allein war, während ihr Mann im Laden schwitzte? Josefa zuckte nur mit den Achseln, wenn irgend jemand ihr diese Gerüchte hinterbrachte: Sie hatte sich zu einer fetten, friedlichen Mulattin entwickelt, die leichterdings in der Lage war, mit zwei Lusitanern fertig zu werden, sich mit beiden zu amüsieren, beide zu befriedigen, den einen wie den anderen, den jungen, ungefügig wie ein junger Zuchthengst, den Alten, geil wie ein Ziegenbock.

Der Alte hatte sich zur Zeit seiner Ehe sehnlich einen Sohn gewünscht, und zwar so sehnlich, daß er ein Gelübde abgelegt hatte: Sollte ihm ein Sohn geboren werden, würde er ihn ins Seminar schicken und ihn zum Priester weihen lassen. Doch seine Frau machte ihm nicht diese Freude, kein Kind hielt sich in ihrem Leib, sie hatte vier oder fünf Fehlgeburten, so daß sie durch die dauernden Schwangerschaften und Frühgeburten im Handumdrehen alterte und schließlich einer Grippe erlag. Nun erfüllte der Portugiese sein Gelübde und bestimmte den kleinen Mulatten zum Priester. Was Josefa betraf, so gehörte sie zu Omulu, noch als Kind hatte sie »den Heiligen gemacht«, ihr Vater Ojuaruá war Obá von Xangô und stetiger Gast in der Kultstätte Alte-Mühle, die ein Schattendasein führen mußte und in den schlimmen Zeiten böse verfolgt wurde. Daher wurde der künftige Pater in seiner frühen Kindheit häufig zu den Festen und Pflichtübungen der Orixás mitgenommen, und wäre er nicht in einem Seminar erzogen worden, hätte er sicherlich »den Heiligen gemacht« oder zumindest gewählt.

Im Seminar vergaß der kleine Mulatte die bunten Bilder der Macumbas, der harmonischen Kreise der Iawôs, den Wirbellaut der Atabaques, wenn sie den Heiligen riefen, die Gegenwart der Orixás bei den Kulttänzen, er vergaß den Namen seines Großvaters Ojuaruá, für ihn war der Großvater der Portugiese und Ladenbesitzer, Trauzeuge seiner Eltern, sein Taufpate sowie der Schutzherr der Familie.

Auch Josefa ging nicht mehr zum Candomblé-Platz und erfüllte nur insgeheim ihre Pflichtübungen gegen Omolu, den Alten (atotô, mein Vater, gib uns Gesundheit!). Es schickte sich nicht für die Mutter eines Seminaristen, sich unter die Leute vom Candomblé zu mengen, und noch viel weniger, die Terreiros der Heiligen zu besuchen. Noch bevor aus dem kleinen Jungen der zarte Pater Gomes wurde, der, soeben geweiht, seine erste Messe gelesen hatte, gab sie vollständig den alten Omolu auf, brachte ihm keine Speisen, erfüllte keine Pflichtübungen mehr und unterließ es ein für allemal, sich in Alte-Mühle sehen zu lassen.

Außer dem Seminaristen hatte sie nur eine Tochter namens Teresa geboren, die im Alter von elf Jahren an den Pocken gestorben war. Bald darauf verstarb Josefa an schwarzen Blattern. Nun wollten die alten Ratschtanten wissen, das sei Omolus Strafe, des Orixá der Gesundheit und der Krankheit, des Herrn der Blattern und der Pest, wie jedermann weiß. Gehörten nicht beide Omolu an, Mutter und Tochter, hatte der Alte nicht mehrmals sein junges Pferd gefordert und verlangt, sie möge in die Tempelkammer kommen, um sich den Kopf schaben zu lassen und den Heiligen zu empfangen? Doch Josefa hatte aus Rücksicht auf ihren Sohn, den Seminaristen, der sich aufs Priesteramt vorbereitete, nicht zugelassen, daß ihr Töchterchen »den Heiligen mache«, und sich gegen die erhaltene Vorschrift aufgelehnt. Und auch sie, die früher so eifrige Anhängerin ihres Orixá, kümmerte sich jetzt nicht mehr um ihn und vergaß völlig ihren Kultdienst. Auch die beiden Portugiesen waren mittlerweile heimgegangen, Teilhaber im Betrieb und im Bett, die Väter des jüngstgeweihten Paters. Gomes verkaufte den Laden und erwarb mit dem Erlös zwei weitere Häuser in Santo Antônio, hinter dem Karmel, eines zum Wohnen, das andere zum Vermieten. Übrigens waren beide jahrelang vermietet gewesen, solange er im Landesinnern, in São-Gonçalo-der-Felder und in Empfängnis-des-Marktes amtierte. Später verließ er die Hauptstadt nie mehr und alterte in der Kirche Vom-Rosenkranz-der-Neger, geschätzt von den Gläubigen, unterstützt von *Seu* Innozenz-vom-Heiligen-Geist. Er las seine Messen, zelebrierte Taufen und Trauungen und bewegte sich still unter der bunten, betriebsamen Menge von Handwerkern, Hafenarbeitern, Straßendirnen, Landstreichern,

Handlungsgehilfen und Menschen ohne Beruf oder solcher Berufe, über die man nicht spricht. Er verstand sich mit allen, war ein herzensguter Bahianer und jedem Dogmatismus abhold.

Hätte ihn jemand daran erinnert, daß sein Großvater mütterlicherseits ein Obá Xangôs und seine Mutter eine geweihte Tochter Omolus gewesen waren, eines Omolu, berühmt durch die Buntheit seiner Strohgewänder und die Lebhaftigkeit seines Tanzes, er hätte es nicht geglaubt, so verweht im Wind der Zeit, so unwiederbringlich dahin waren die Bilder seiner frühen Kindheit in seinem Gedächtnis. Er würde sehr aufgebracht sein, wenn plötzlich eine altehrwürdige Matrone aus jener Zeit bei ihm auftauchte und ihm eröffnete, all das sei das Werk des empörten Omolu gewesen, der sein Pferd zum letzten Ritt bestieg.

Pater Gomes wußte wohl – wie sollte er es nicht wissen? –, daß die Stadt von Candomblés aller Arten wimmelte, von Geges-Nagós, von Congos, Angolas, von einer Unzahl von Caboclo-Candomblés, von Heiligenhäusern, die das ganze Jahr über offen waren, von Kultplätzen, auf denen Nacht für Nacht die Gläubigen wie Ameisen wuselten. Und zwar jene Gläubigen, die seine Kirche während der Sonntagsmesse füllten, dieselben glühenden Anbeter der katholischen Heiligen. Die große Mehrheit seiner Pfarrkinder, die als eifrige Kirchgänger bei den Prozessionen die Heiligenbilder trugen und Leiter der Bruderschaft waren, gehörten gleichzeitig zum Candomblé, vermengten den römischen Heiligen mit dem afrikanischen Orixá und verschmolzen beide zu einer einzigen Gottheit. Auch in den Tempelkammern der Candomblés – so hatte er gehört – hingen die Farbdrucke der katholischen Heiligen Seite an Seite mit den Fetischen, neben den Negerplastiken; so befand sich der Heilige Hieronymus in Xangôs Heiligtum, Sankt Georg in dem Oxossis, Santa Barbara stand auf dem Peji Yansãs, der Heilige Antonius auf Oguns Altar.

Für seine Herde von Gläubigen war die Kirche eine Art Verlängerung des Fetisch-Kultortes, und er, Pater Gomes, war Priester der »Orixás der Weißen«, wie sie die katholischen Heiligen nannten. Einmal hatte Pater Gomes verwundert aufgeblickt, als die Kirche sich mit weißgekleideten Menschen füllte, mit Männern, Frauen, ja Kindern, allesamt in Weiß. Er fragte Innozenz, was der Anlaß dieser Aufmachung oder ob ihr makelloses Weiß ein bloßer Zufall sei. Der Sakristan erinnerte ihn daran, daß es der erste Sonntag von Bonfim sei, der Tag Oxalás, aus Pflichterfüllung gegenüber den Bezauberten müßten alle Weiß tragen. Weiß sei die Farbe des größten der Oxalás, des Vaters aller übrigen Heiligen, des Herrn von Bonfim, dem hellsten von allen.
Mit einem überraschten Seitenblick gewahrte Pater Gomes auch Innozenz' makellos weißen Anzug, seine jasminweiß schimmernde Hose, sein weißes Hemd und seinen weißgestärkten Rock. Gehörte auch sein Mesner dazu? Pater Gomes zog vor, keine weiteren Fragen zu stellen.
Trotz seiner Zurückhaltung konnte Pater Gomes nicht umhin, den ungewöhnlichen Besuch seiner Sieben-Uhr-Messe wahrzunehmen, die an jenem Tag für die Taufe von Massus Sohn ausersehen war. Und das an einem Wochentag, denn es war weder ein Sonn- noch ein Feiertag. Die Kirche war überfüllt, richtiger gesagt, seit den frühen Morgenstunden waren die Kirchgänger herbeigeströmt, und als Pater Gomes um sechs Uhr und dreißig Minuten eintrat, plauderte bereits eine kleine Menschenmenge auf den Stufen. Unter Grußworten durchschritt Hochwürden eine Ansammlung von Negern, Mulatten und Weißen, die plauderten und lachten, es herrschte festliche Stimmung. Eigenartig: Die überwiegende Mehrheit der Frauen trug bunte Bahianer Tracht, und einige von den Männern, soweit er sehen konnte, trugen dunkelblaue Bändchen im Knopfloch.
Das Innere der Kirche war gleichfalls angefüllt, und die weiten Röcke der Bahianerinnen schleiften durch das Schiff, wo

eine Unzahl von Iawôs und geweihten Jüngerinnen mit ihren Pantoffeln behende wie Tänzerinnen über die Fliesen glitten. Uralte feiste Iyalorixás, magere asketische Ratgeberinnen mit weißen Krausköpfen saßen auf den Bänken, geschmückt mit Armspangen, Perlenarmbändern und schweren Halsgehängen. Die Kirche strahlte leuchtender von den Farben der Perlen und geblümten Stoffe als von dem bleichen Licht der Altarkerzen. Pater Gomes runzelte die Stirn, das war neu für ihn.

Er zog Innozenz zu Rate, und der beruhigte ihn. Es sei nichts Besonderes. Nur eine Taufe, die für jenen Tag bestellt worden sei, all die Leutchen seien Taufgäste. Eine einfache Taufe? Dann mußten die Eltern aber reich sein und Mitglieder der Gesellschaft. War der Vater vielleicht ein Politiker? Oder gar ein Bankier? Zwar wurden die Kinder von Bankiers nicht dort, in der Kirche vom Rosenkranz-der-Neger am Pranger, getauft, sondern in der Gnaden-Kirche, in der Frömmigkeits-Kirche, in der Kirche des Heiligen Franz, aber auch in der Kathedrale. Vielleicht war es ein Politiker, der sein Kind aus demagogischen Gründen zu dem bescheidenen Taufbecken trug.

Doch es handelte sich weder um einen Politiker noch um einen Bankier, nicht um einen Ladenbesitzer, auch nicht um einen Hafenarbeiter. Es war Neger Massu, der Vater des Kleinen, ein Gelegenheitsarbeiter, der Lasten und Frachten übernahm, wenn er wirklich in Geldnot war. Sonst liebte er es, mit Windsbraut zu fischen, bei einer anständigen Partie Karten und Würfeln zu kiebitzen, sowie ausgiebige Plauder- und Schnapsstündchen zu halten. Was die Mutter anging, so war sie fröhlich und hübsch gewesen, ein gutes Kind, die sich um nichts gekümmert und wie ein Vögelchen gelebt hatte, ledig und sorglos, und in einem Armenspital an Schwindsucht gestorben war.

Aber wozu die vielen Taufgäste? fragte der Pater verwundert, als er über diese Besonderheiten aufgeklärt worden war.

Was führte sie hierher, wenn Massu ein armer Schlucker war und ihnen nichts zu bieten hatte, weder ein öffentliches Amt bekleidete noch literarischen Ruhm genoß, wenn er ihnen nicht einmal Geld leihen konnte?

Pater Gomes konnte sich nicht vorstellen, wie beliebt Massu, ja, wie bedeutend er gewissermaßen in den Augen all der Leute war. Ohne Politiker oder Bankier zu sein, hatte er schon der halben Welt Gefallen erwiesen. Was für eine Art von Gefallen? Zum Beispiel hatte einer jener Lackaffen, einer jener Schnösel vom Sieges-Flur, der sich wegen Väterchens Geld für den Herrn der Welt hielt, sich an einer kleinen Siebzehnjährigen, der Tochter von Nelke-im-Knopfloch, vergriffen...

»Von wem?«

»Das ist sein Spitzname... Sie kennen ihn, man sieht ihn häufig am Pranger, er hat immer eine Blume im Knopfloch...«

Also: Eines Abends stieß der Kerl auf die Kleine, die, von der Mutter geschickt, nach ihrem Vater Ausschau halten und ihm bestellen sollte, er möge schleunigst heimkommen, es sei jemand krank im Hause. Das Mädchen lief hastig dorthin, der Vater war bei der Arbeit, er war, nun ja, eine Art Nachtwächter in einem Handelsgeschäft. Der Stutzer sah die Kleine allein, hielt sie an, griff sie sich, na ja, packte sie... und machte sie nur deshalb nicht unglücklich, weil sie losschrie und Leute zusammenliefen; sofort verkrümelte er sich, wurde aber erkannt, weil es nicht das erste Mal war, daß er sich an einer Halbwüchsigen vergreifen wollte. Ein Drecksack, der nicht genug an den Ludern seiner eigenen Klasse hatte, sondern auch noch hinter den Töchtern armer Leute her war... Abgerissen und zerzaust, heulend, erschien die Kleine bei der Runde der..., das heißt da, wo der Vater arbeitete, und auch Neger Massu war dort und hörte die ganze Geschichte.

Während Nelke-im-Knopfloch mit seinem Kind zur Mutter zurücklief, machte Massu sich rings um Jesus' Kultplatz und

Umgebung auf die Suche nach der jungen Stütze der Gesellschaft und dem künftigen Wohltäter des Vaterlandes. Endlich stieß er auf seine Fährte im »Tabaris«, einem Kabarett am Theater-Platz, wo man den Neger nicht hereinlassen wollte, weil er in Holzpantinen und ohne Krawatte war. Massu schob den einen und anderen unsanft beiseite, der Schutzpolizist, sein Bekannter, schlug einen Haken und verschwand wie der Wind, der Neger drang ein und schnappte sich den Schnösel mit solcher Wut, daß einer der Musiker aus der Tonart rutschte. Was für eine Tracht Prügel, Herr Pfarrer, was für eine prachtvolle Tracht Prügel der bekam! Nie hatte ein Gesellschaftsfatzke in Bahia soviel Senge bezogen, und als der Neger sein Werk vollbracht hatte – der Herr Pfarrer dürfe ihm glauben –, klatschten die Frauen Beifall, der Salonlöwe war nicht beliebt und als Schmarotzer bekannt, der genoß ohne zu zahlen, es klatschten die Musikanten und die Gäste. Als die Polizei, verspätet herbeigerufen, auf den Plan trat, hatte Massu bereits ein Bierchen gekippt und das Weite gesucht, die Polente konnte nur noch das Bleichgesicht aufsammeln und nach Hause bringen, wo die Eltern ihre Hausärzte zitierten und gegen eine Stadt ohne polizeilichen Schutz und voller Straßengesindel wetterten, wo ein junger Mann aus gutem Haus und von guten Manieren – wie ihr kleiner Hurensohn – (der Herr Pfarrer möge den harten Ausdruck verzeihen!) nicht einmal nachts einen harmlosen Bummel machen könne. Aus diesen und anderen Gründen war Massu beliebt, so daß es ihm an Freunden nicht mangelte. Aber gleichfalls beliebt war die Patin, eine der gütigsten und hilfsbereitesten Seelen, die einen weiten Kreis von Bekannten, Beziehungen hatte, darunter bedeutende Persönlichkeiten, Doktoren, Staatsanwälte, Abgeordnete. Sie hieß Dona Tibéria, Immobilienbesitzerin ... das heißt, sie war verheiratet mit einem Soutanenschneider namens Jesus, Inhaber der Schneiderei »Schere Gottes«. Pater Gomes kannte ihn sicherlich? Ja, Pater Gomes wußte, wer der Schneider Jesus war, als junger Mann hatte er seine Ersparnisse in einer von ihm geschneiderten Soutane angelegt, der ersten und letzten, denn das Schneidergeschäft war teuer und mochte für Monsignores und Domherren passen, jedoch nicht für den bescheidenen Pfarrer einer armen Gemeinde. Er wußte auch, wer Dona Tibéria war, spendete sie nicht reichlich für die Kirchenfeste? Vielleicht erlangte sie auf diese Weise Vergebung für ihre Sünden, für ihren unmoralischen Handel. Innozenz wiegte bejahend den Kopf, er war nie anderer Meinung als der Pater.

Und um das Thema zu wechseln, erwähnte er die alte Negerin Vevéva, Massus Großmutter, geachtet wegen ihres Alters und ihres Wissens.

»Was kann denn eine alte unwissende Negerin wissen? Und der Pate, wer ist er? Ist er auch so beliebt?...«

Na und wie ... Innozenz begann zu stammeln, die Sache mit dem Paten war ja nicht ganz geheuer. Dennoch wollte sie bedacht sein. Pater Gomes kannte den Taufpaten nicht, er hatte einen Stand an der Großen Planke, wirkte Wunder mit den Händen, schnitt in Stein, in Marmor, in Holz.

»Wenn er an der Großen-Planke ist, kenne ich ihn sicher... Wie heißt er denn?«

»Sein Name ist... Antônio de Ogun.«

»Wie? De Ogun? Was heißt denn das, de Ogun? Ein absonderlicher Name.«

»Er ist sehr gewandt, der geschickteste Bursche, den man sich denken kann. Die meisten Würfel, die in der Stadt im Gebrauch sind... das heißt..., er ist ein vortrefflicher Handwerker...«

Doch der Pfarrer suchte in seinem Gedächtnis jenen fernen Klang:

»Ogun... Das hab ich doch schon gehört...«

So sind die Neger, erklärte Innozenz, gelegentlich gebrauchen sie weit hergeholte Namen, afrikanische Laute. Ob Pa-

ter Gomes zufällig Isidro de Batualê, einen Butikenbesitzer an den Sieben-Toren, kenne?
Nein, den kannte er nicht. Natürlich – wie hätte er ihn auch kennen sollen? Man begegnet ja auf Schritt und Tritt den absonderlichsten Namen. Übrigens war der Pate kein Neger, man konnte ihn höchstens einen Mulatten nennen, obwohl er eigentlich schon als einwandfreier Weißer gelten konnte. Und doch trug er noch den Namen eines Negersklaven, Antônio de Ogun. Innozenz kannte eine Maria de Oxun, die Maisbrei an der Steilgasse-vom-Stadtplatz verkaufte.
Pater Gomes trat an die Tür, welche die Sakristei vom Kirchenschiff trennte, und spähte hinaus. Mittlerweile waren noch mehr Leute gekommen, nun gesellten sich zu den Bahianerinnen in ihren weiten Röcken Freudenmädchen mit zerknirschten Mienen. Der Pater verspürte einen Druck auf der Brust, die verdächtige Beklommenheit über etwas Unbestimmbares, Unbestimmtes. Der Name des Taufpaten erinnerte ihn an etwas, was in seinem Gedächtnis weit zurücklag und was er nicht zu orten vermochte. Doch beruhigte er sich wieder, als er Innozenz so gelassen und unbekümmert sah. Er wußte freilich nicht, daß die Ruhe des Sakristans nur oberflächlich war. In Wahrheit verging er vor Angst: Ob Pater Gomes auch Artur da Guima kenne? Er würde vermutlich wissen wollen, warum aus Artur da Guima Antônio de Ogun geworden war. Ipicilone war es gewesen, der als erster die Namensänderung gefordert hatte. Er war sehr empfindlich und wollte nicht hinters Licht geführt werden, er verlangte die größte Korrektheit in allen Einzelheiten dieser Angelegenheit. Und als er seine Zweifel anmeldete, stieß er auf allgemeine Zustimmung. Wenn – so meinte er – der Name des Taufpaten als Artur da Guima angegeben werde, würde dieser für alle Zeiten der Pate des Kindes sein, selbst wenn er es in Wirklichkeit nicht war und der Zeremonie lediglich als Pferd Oguns beigewohnt hatte. Doch das wußten nur wenige Personen, mit der Zeit fiel die Angelegenheit der Vergessen-

heit anheim, das Kind würde heranwachsen, und für ihn würde sein Pate Artur da Guima heißen. War es nicht so? Selbst Artur da Guima war damit einverstanden. Man müßte dem Paten den Namen Ogun geben, auf jeden Fall. Aber wie sollte man das bewerkstelligen? Jesuíno Tollhahn wußte Rat. War Ogun nicht der Heilige Antonius? Man brauchte ihm daher nur den vollständigen Namen zu geben: Antônio de Ogun. Nun war nur noch Artur da Guima mit Innozenz bekanntzumachen. Curió, dem der Mesner Gesundheit und unbefleckten Ruf verdankte, wurde beauftragt, ihn aufzusuchen und ihm den Wunsch auseinanderzusetzen.

Innozenz zauderte, willigte aber zuletzt ein, gemeinsame Sache mit ihnen zu machen. Wie konnte man den guten Leuten sein Einverständnis versagen, wenn man Curiós Schuldner war? Er fürchtete nur, der Pater möchte Artur da Guima kennen. Darüber befragt, erklärte Artur, er sei dessen nicht sicher. Er wußte nicht, ob er dem Pater aufgefallen war; er hingegen kannte den Herrn Pfarrer gut. Es kam somit darauf an, das Wagnis einzugehen. Für alle Fälle stellte Innozenz die Taufurkunde aus. Und darin stand: Pate – Antônio de Ogun.

Von der Sakristeitüre aus beobachtete Pater Gomes den Zulauf der Menschen in die Kirche. Jeden Augenblick strömten neue herein. Unter den Anwesenden glaubte er sogar den Herrn Dr. Antônio Barreiros Lima vom Historischen Institut, einen berühmten Namen der Medizinischen Fakultät, zu erkennen. Sollte der auch zur Taufe von Neger Massus Sohn erschienen sein?

Es war an der Zeit, sich für die Messe umzuziehen, zu der die Taufgesellschaft sich einfand. Durch das offene Portal erspäht, ähnelte sie einer kleinen Prozession. Bahianerinnen, Männer und Frauen, ein Stimmengewirr. Das mußten die Angehörigen des Täuflings sein. Langsam schritten sie näher. Der Pater mußte sich eilen, er war bereits im Verzug. Beim Helfen sagte Innozenz:

»Es wird ein vielbesprochenes Fest werden...«
»Was denn? Was für ein Fest?«
»Das Tauffest. Dona Tibéria kommt für die Kosten auf. Sie, der Krämer Alonso, Isidro und andere Freunde Massus. Das wird einen Mordswirbel geben. Ich wollte schon mit Ihnen sprechen: Heute nachmittag werde ich nicht hier sein können, ich bin nämlich dort zum Mittagessen eingeladen.«
»Ist irgendetwas vorgemerkt?«
»Nein, nichts, Senhor.«
»Dann können Sie gehen. Ich möchte nur gern wissen, woran mich der Name des Taufpaten erinnert...«
Eine Sekunde dachte er nach, bevor er den Kelch annahm und zum Altar schritt. Er murmelte leise:
»Ogun... Ogun...«
Ogun schritt draußen über den Platz, im Tanzschritt, er war ausgelassener denn je, aufgekratzt wie nie, er entließ einen Schrei, der die Fenster der alten Häuser erzittern ließ und allen vor der Kirche versammelten Bahianerinnen einen Schauder durch die Glieder jagte. Das Kind in Tibérias Armen lächelte, die Negerin Vevéva schritt gemächlich neben Ogun, Massu, im Brutkasten eines dunkelblauen Wollanzugs steckend, glänzte vor Stolz und Schweiß, Ogun riß sich aus Doninhas Händen los und eilte voraus, den Stufen der Kirche entgegen.

7

Am Vorabend der Taufe hatten Tibéria, Massu und Artur da Guima im Axê übernachtet. Mutter Doninha hatte rechtzeitig bekanntgegeben, alle drei – die Patin, der Vater und Oguns Pferd – müßten Bori machen, den Körper reinigen und dem Kopf, dem Heiligen, zu essen geben.
Sie waren zu Beginn der Nacht dort angekommen, die Schatten flatterten auf dem Weg nach São Gonçalo dahin und sanken auf die Hänge des Geheimnisses, auf Exus Verstecke.

Exu ließ sich im dichten Buschwald sehen, bald als junger faszinierender Neger, bald als alter Pilgerbettler. Sein durchtriebenes, genießerisches Gelächter hallte wider im Lianengestrüpp, im Astgewirr der Büsche, im lauen Abendwind.
Sie kamen nicht allein, die drei Berufenen, Freunde kamen mit ihnen, die ganze Schar wünschte der Zeremonie beizuwohnen. Mutter Doninha hatte einige sorgfältig ausgewählte Jüngerinnen des Hauses als Helferinnen geladen, nun teilten sie sich in die Arbeit, wärmten die Kräuter, zündeten das große Reisigfeuer an, schliffen die Messer, verstreuten Pitangueira-Blätter auf die Fußböden der frischgefegten Schlafkammern und Stuben. Sie stellten alles für die feierliche Pflichtübung, für den Bori, zurecht.
Außer den ausgesuchten Mädchen waren auch andere erschienen, vorwiegend aus Neugierde, so daß ein Lärm aus Geplauder und Lachen die Kultstätte füllte, als wäre man am Vorabend des großen Jahresfestes, einem Pflichttag im Kalenderjahr des Axê.
Mißgestimmt wegen der Notwendigkeit, am nächsten Tag in aller Herrgottsfrühe aufstehen zu müssen, ließ Mutter Doninha den Adjá ertönen, worauf man sich kurz nach sieben Uhr abends im Hause Oguns versammelte. Etliche, die in der Überzahl waren, mußten draußen bleiben.
Die Heiligenmutter bahnte sich zwischen den Besuchern einen Weg:
»Niemand hat euch gerufen. Wenn ihr gekommen seid, so ist das eure Sache. Nun müßt ihr sehen, wo ihr bleibt...«
Artur da Guima und Massu warteten bereits in der sogenannten »Kammer«, in dem Raum, wo die Fetische des Heiligen aufbewahrt werden. Der Neger und der Handwerker hatten ihr Kräuterbad genommen, als erste Reinigung gegen den bösen Blick, gegen Neid und jedwede andere unbequeme Last. Sie hatten frische weiße Wäsche angelegt: Artur einen Pyjama, Massu Hose und Hemd. Sie saßen auf den im Peji ausgebreiteten Matten.

Tibéria, gleichfalls dem Blätterbad entstiegen, schritt hinter der Iyalorixá einher. Eingehüllt in eine weite Robe gleich einer Zirkusplane, weiß schimmernd, roch sie nach Waldkräutern und Kokosseife. Sie verharrte in einem kleinen Raum neben der »Kammer«, in der eine uralte, schöne Truhe die Gewänder des Heiligen beherbergte. Sie setzte sich auf die Matte, ihr Altersspeck, von keinem Gürtel oder Korsett zusammengehalten, floß in die Breite, sie war wie ein Denkmal, gelassen und gefällig. Jesus, ihr Gatte, der sich zurückhaltend unter die Zuschauer gemischt hatte, lächelte befriedigt, sie so entspannt zu sehen.

Der Adjá erklang. Mutter Doninha nahm die Laken in die Hand, eins nach dem anderen. Zuerst bedeckte sie die beiden Männer von den Schultern bis zu den Füßen. Dann die Frau. Alle drei saßen in ritueller Haltung, die Fußsohlen der Priesterin zugekehrt, desgleichen die Hände. Doninha nahm auf einem Schemel Platz und seufzte, sie hatte viel Arbeit vor sich. Sie stimmte ein Lied an, die Heiligentöchter respondierten gedämpft, der Nagô-Gesang grüßte Ogun.

Dann machte sie sich an das Wasser. An das reine Wasser in den kleinen Tonkrügen. Zuerst schüttete sie etwas auf dem Boden aus und benetzte ihre Finger, dann berührte sie Füße, Hände und Köpfe erst der Männer, dann der Frau. Sodann schnitt sie die Obis und Orobôs entzwei, einen Obi und zwei Orobôs für jeden, und sonderte bestimmte Stücke für das Spiel ab, während sie den dreien andere Stücke zum Kauen gab. Ogun antwortete auf das Spiel und erklärte, er sei am kommenden Tag bereit. Doninha könne ganz beruhigt sein, alles werde wunschgemäß verlaufen, er fühle ihre Unruhe und wolle sie beschwichtigen. Er empfahl nur – und tat es nachdrücklich, beharrlich –, man solle nicht versäumen, morgen in aller Frühe beim ersten Sonnenstrahl die Abfertigung Exus und seines Padê vorzunehmen. Damit er nicht plötzlich auftauche und das Fest störe. Exu treibe nämlich gerade jetzt, in dieser Nacht, ringsum sein Unwesen, erschrecke die

Leute auf den Straßen, vor ihm galt es auf der Hut zu sein. Doch Mutter Doninha, weitsichtig und erfahren, hatte bereits ein Angolahuhn beiseitegelegt, um es Exu noch vor dem Padê zu opfern, sobald das Morgenrot des Tauftages anbreche. Exu selbst habe das Tier vor Tagen ausgewählt. Ogun wünschte allen Beteiligten Glück, vor allem seinem Gevatter Massu, und zog sich zurück, um von neuem zu erscheinen, sobald das Essen bereit sei.

Dann wurden die Hühner geopfert, das Blut der Tiere reinigte die Köpfe der beiden Männer und der einzigen Frau. Nun waren sie für den kommenden Tag gerüstet und von jedem Fluch befreit.

Inzwischen, während die Jüngerinnen das Mahl des Orixá kochten, sprachen sie über manches, vermieden jedoch jede Äußerung über die Zeremonie. Schließlich wurde das Mahl aufgetragen: Hühner-Xinxim, Abará, Acarajé – zuerst bekam der Heilige seine Lieblingsstücke, dann wurden Massu, Artur und Tibéria bedient; zuletzt wurden alle übrigen im Eßzimmer bewirtet. Es gab Essen im Überfluß, und Jesus hatte zwei Kisten Bier, Limonaden und einige Flaschen Süßwein mitgebracht. Dann blieb man noch eine Weile plaudernd beisammen, doch Mutter Doninha erinnerte an die viele Arbeit, die sie am nächsten Tag in aller Frühe erwartete. In der »Kammer« und im Vorzimmerchen lagen Massu, Artur und Tibéria zu Füßen Oguns, umhüllt von Laken, gezeichnet vom Blut der Opfertiere, an ihren Zehen, Händen, an der Stirn waren Hühnerfedern mit Blut festgeklebt, Heiligenkost war auf dem Haupthaar eines jeden mit einem weißen Tuch festgebunden. Artur schnarchte, Massu röchelte, nur Tibéria lag noch wach, vom Laken bedeckt, den seltsamen Burnus auf dem Kopf, die Halsbänder auf ihrem weitausladenden Busen, ein Lächeln auf den Lippen.

Die Freunde hatten darum gebeten, auch im Axê übernachten zu dürfen. Doch Doninha hatte abgelehnt. Auf dem Weg zur Kirche sollte kein Menschenauflauf zu sehen sein. Je weniger Menschen Ogun begleiteten, desto besser, desto weniger Aufmerksamkeit würde der Zug erregen. Nur eine Ausnahme machte sie, und zwar für Jesuíno, für den sie im Eßzimmer eine Matte hatte ausbreiten lassen. Er war ein Mann der Umsicht und der Weisheit, er konnte im Notfall einspringen, wenn Hilfe gebraucht wurde. Man verabredete sich für den kommenden Tag um sieben Uhr morgens, auf dem Pranger-Platz.

Die Anweisungen der Priesterin hatten jedoch wenig Sinn, denn schon bevor der Morgen graute, wimmelten die Wege zum Axê von Heiligentöchtern, von Ekedes und Ogãs, von Negern, Mulatten und von Weißen, die alle an der Festlichkeit von Anbeginn teilnehmen wollten. Aus allen Heiligenhäusern waren sie gekommen, aus den Ketu und den Congo, den Angola-Terreiros und den Caboclo-Candomblés. Gleichviel welcher Sekte, kein Mensch wollte sich das unerhörte Schauspiel eines Orixás als Taufpaten in einer christlichen Kirche entgehen lassen. Dergleichen war nie laut geworden. Eilends erstiegen sie die tau- und schattenbedeckten Hänge, auf denen sich Exu, der ungeschickte Strolch, in Erwartung seines Padê herumtrieb.

Heiligentöchter stellten ihre Tabletts mit Acarajé und Abará ab, ihre Büchsen mit Puba- und Maniok-Brei, ihre Bratpfannen mit Aratu, verschwanden um die Ecken der Stadt und vergaßen ihre Kundschaft. Andere flüchteten aus den Küchen reicher Häuser, wo sie den Dienst der hohen Kochkunst versahen, und ließen den Herd erkalten. Oder sie versäumten häusliche Pflichten und Obliegenheiten. Alle eilten hügelan, angetan mit ihrer buntesten Bahianertracht, wobei sich besonders die Jüngerinnen Oguns hervortaten, von denen die eine oder andere einen Säugling im Gürtel mitschleppte.

Doninha war früh, noch mitten in der Nacht, aufgestanden und rief nach Stela, ihrer Kleinen-Mutter. Dann weckten sie einige Töchter. Sie sollten Exus Abfertigung übernehmen. Massus Schnarchen im Peji erinnerte an das Pfeifen eines

Kessels. Doninha, begleitet von Stela und den Töchtern, ging zu Exus Haus hinüber. Eine Iawô wurde entsandt, um den *tou-fraco* zu holen.
In höchster Erregung kehrte sie zurück: Das Angolahuhn war weg. Es hatte sich – Gott weiß wie – von der Schnur, mit der es an einen Goiababaum gebunden gewesen war, losgerissen und war über die Felder entwischt, verschwunden.
Zur gleichen Zeit, als sie Doninha das Geschehnis berichtete, erscholl ein langgezogenes, spöttisches Hohngelächter aus dem Buschwald. Die Heiligenmutter und Stela wechselten einen Blick, die Töchter erbebten. Wer konnte so schamlos lachen, wenn nicht Exu, der umstrittenste Orixá, ein unvernünftiger Hanswurst, ein Tunichtgut, der nichts anderes im Kopf hatte als dumme Streiche? Er hatte sich schon so vieles geleistet, daß man drauf und dran war, ihn mit dem Teufel zu verwechseln. Während jeder der Orixás ein Heiliger Gottes war – Xangô der Heilige Hieronymus, Oxossi der Heilige Georg; Yansa die Heilige Barbara, Omolu der Heilige Lazarus, Oxalá der Herr Jesus von Bonfim, und so weiter –, war der Exu überhaupt kein Heiliger, so daß die Unwissenden der Sekte ihn bezichtigten, der Teufel in Person zu sein. Alle fürchteten ihn, ihm galten stets die erste Zeremonie aller Feste und die ersten Gesänge. Er hatte ein *tou-fraco* verlangt; würde er sich mit einem anderen Tier zufrieden geben oder etwa aufbegehren?
Mutter Doninha ließ drei in einem Käfig aufbewahrte weiße Tauben kommen. Mit diesen hoffte sie Exu zu versöhnen. Sie opferte sie und bat ihn, er möge sie an Stelle des Angolahuhns entgegennehmen. Exu schien einverstanden zu sein, da sein Gelächter nicht mehr gehört wurde, und die Umgebung ruhig blieb. Als der Padê gemacht war, kehrte Doninha zum Altar Oguns zurück, um die Kopftücher der Gäste abzunehmen, die Federn von Füßen und Händen zu ziehen und die Speise des Heiligen aus dem Haar der Beteiligten zu klauben.

Als Doninha, begleitet von Massu, Tibéria und Artur da Guima, noch im Morgennebel die große Baracke betrat, stand sie plötzlich einer zahlreichen Versammlung gegenüber. Sie kam sich vor wie an einem jener Festtage, die im Axê-Kalender rot angestrichen sind. Die Priesterin verzog das Gesicht; was sie sah, behagte ihr nicht. Sie hatte vorgesehen, Ogun nur in Begleitung von vier oder fünf Jüngerinnen, sie selber abgerechnet, in die Kirche zu führen. Nun sah sie sich einer lärmenden, erregten Menschenmenge gegenüber. Ganz zu schweigen von dem nächtens entfleuchten Federvieh, von Exus Hohngelächter. Sorgenvoll wiegte sie den Kopf. Sie wußte, was in den Kreisen der Macumba gemunkelt wurde: Viele nahmen Anstoß daran, daß sie die Verantwortung für ein so fragwürdiges Unternehmen übernommen hatte. Vielleicht hatten sie recht, wer weiß, doch jetzt war es zu spät: Sie hatte den Anfang gemacht, sie würde bis zum bitteren Ende gehen. Im übrigen gehorchte sie nur Orixás Befehlen. Ogun mußte ihr helfen.

So durchschritt sie erhobenen Hauptes die große Baracke und ging ohne Zaudern auf den Lehnstuhl zu, an dessen Rücken das rote Band, die Farbe Xangôs, befestigt war, ein Sessel, der nur ihr zustand, als Sinnbild ihrer Stellung und ihrer Eigenschaft. Dort empfing sie die Grußworte Nézinhos und Arianos und lud sie ein, an ihrer Seite Platz zu nehmen. Nachdem sie ihr die Hand geküßte hatten, gruppierten sich die Töchter ringsum auf dem Boden.

Die Atabaques dröhnten, die Tanzenden schlossen sich zum Kreis. Und wie auf Verabredung, wie auf ein Zeichen traten die Heiligentöchter anderer Kultorte in den Zirkel, an der Seite der Jüngerinnen und Iawôs des Hauses. Alles war an jenem Tag anders, bemerkte Nézinho tief beeindruckt, doch die Veränderungen, die sich im Ritual abzeichneten, behielten ihren eigenen, vollkommenen Rhythmus, als gehorchten sie einer von der Priesterin wohl bedachten Ordnung. Nur Doninha fühlte Unruhe, denn diese nunmehr eingetretenen Veränderungen waren nicht die Folge ihrer Entscheidungen.

Doninha stimmte den ersten Gesang an, die Töchter respondierten. Mitten im Kreis begann Artur da Guima seinen Tanz. Es herrschte allgemeine Erregung, die Jüngerinnen steckten die Köpfe zusammen und lachten wegen der geringsten Nichtigkeit, und kaum setzte der Kreis sich in Bewegung, kaum erschollen die ersten Lieder, als eine Yansã zum Sprung ansetzte und die Iawô heftig gegen die Wand schleuderte. Ihr Kriegsgeschrei weckte die noch schlummernden Vögel und verscheuchte die letzten Nachtschatten. Die Heiligentöchter klatschten Beifall, der Tanz nahm an Schnelligkeit zu. Es lag eine ungewöhnliche Erregung in der Luft, das fühlte die Priesterin nur zu deutlich, heute war alles möglich.

Mutter Doninha stellte Yansã zur Rede: Niemand hatte sie hergerufen, hier handelte es sich weder um ihr Fest noch um eine Kultübung ihrerseits, sie möge ein Einsehen haben und sich aus dem Kreis entfernen. Doch sie wollte nicht gehorchen, lief von einem Ende zum anderen und schrie aufgebracht. Sie bestand darauf, dazubleiben und zu tanzen, bereit, Ogun zu begleiten, ja, notfalls Tibéria als Patin zu ersetzen. Mutter Doninha mußte alle ihr zu Gebote stehende Geschicklichkeit und Machtbefugnis zu Hilfe nehmen.

Schließlich verabschiedete sich Yansã, doch kaum war sie, aufbegehrend, abgezogen, als zwei andere Töchter in Trance fielen. Um Verwicklungen zu vermeiden, gewährte Doninha ihnen einen Tanz, einen einzigen Tanz, und schickte sie dann in die »Kammer« zurück. Es mußte rasch gehen, denn Yansã drohte zurückzukehren.

Die Stimmung stieg, die Heiligentöchter tanzten voller Begeisterung, die Orchestertöne schwollen, Agripina kreiste behende, bezaubernd. Mutter Doninha fühlte innere Unruhe. Alles hätte ruhig und fast in aller Stille verlaufen sollen, und nicht in jener Tanzwut, die ihr von Fremden überfülltes Haus heimgesucht hatte, ganz im Gegensatz zu den mit Ogun getroffenen Abmachungen. Der Heilige wünschte weder Umtrieb noch Menschenansammlungen, vor allem keinen Lärm. Warum ließ er dann so lange auf sich warten? Wenn er noch lange zögerte, würden die Heiligen nach und nach eintreffen, und wie sollte sie, Doninha, sobald ihrer sechs oder acht in der großen Baracke beieinander wären, so viele Orixás in Schach halten, sie zur Ordnung rufen oder heimschicken? Das war unmöglich.

Mitten im Kreis tanzte Artur da Guima, zwar gestattete ihm sein Alter keine großen Sprünge mehr, dafür war sein Tanz voller Würde. Rasch traf Doninha eine Entscheidung: Sie verließ ihren Lehnstuhl und trat tanzend in den Kreis, neben Artur.

Nun erhoben sich alle Anwesenden und begrüßten die Mutter der Kultstätte mit Händeklatschen. Alle Töchter reihten sich tanzend in den Kreis ein. Einschließlich Saturnina de Yá mit ihren drei Töchtern.

Doninha hielt Oguns Werkzeuge und berührte mit ihnen leicht Arturs Genick. Der Handwerker erzitterte vom Kopf bis zu den Füßen. Dann berührte sie die Mitte seines Hauptes, und Artur da Guima schwankte, wie geschüttelt vom Sturmwind.

Unaufhörlich den Heiligensohn umtanzend, löste Doninha ihr Büstentuch, umwickelte Artur damit und zwang ihn, an sie gefesselt ihrem Tanzrhythmus zu folgen. Artur zitterte, zuckte, als empfinge er Stromschläge. Weitertanzend, berührte die Mutter des Axê ihn am Kopf, Hals und Brust mit den Werkzeugen Oguns. Das Orchester geriet bei den Trommelschlägen des Heiligen vollends aus dem Häuschen.

Plötzlich riß Artur da Guima sich von Mutter Doninha los und stürmte, sich hochreißend, sich aufbäumend, durch den Barackenraum. Endlich kam der Heilige, er war wütend, wild und schlug mit seinem Pferd nach allen Seiten. Artur ächzte und lachte halsig, er stieß gegen die Wände, wälzte sich am Boden. Nie hatte man Ogun so schreckenerregend,

so zerstörerisch gesehen. Mutter Doninha lief hinzu und half ihm beim Aufstehen.
In einem wahren Lachgewitter warf der Heilige die Schuhe Arturs fort, lief ins Freie, um den Buschwald zu grüßen, dann durchquerte er den Raum, um am anderen Ende das Orchester willkommen zu heißen. Er war wie ein Orkan.
Und tanzte. Tanzte schöner als jeder andere. Einen festlichen, zierratreichen Tanz, den Kriegstanz Oguns, jedoch abgewandelt, voll von schelmischer Kunstfertigkeit. Artur da Guima war ledig der Last des Alters und der schlaflosen Nächte an den Spieltischen, er war ein Jüngling im vollen Besitz seiner Kräfte, er stampfte mit den Füßen auf den Boden, wirbelte rasch und immer rascher, in einem Tanz des Kämpfens und des Grüßens. Er tanzte auf Mutter Doninha zu und umarmte sie, drückte sie an seine Brust. Sie löste sich aus seinen Armen, verwundert über so viel Begeisterung von Seiten Oguns. Der Wunsch, er solle Taufpate des Kindes sein, hatte ihn sichtlich ergriffen. Er umarmte Massu, tanzte vor ihm, zum Zeichen seiner freundschaftlichen Wertschätzung. Er umarmte Nézinho, Ariano vom Morgenstern, Saturnina de Yá, Jesuíno Tollhahn, Tibéria. Wieder kehrte er in den Kreis und tanzte vor Agripina, zog sie hinein und kniff sie ins Genick. Das Mädchen lachte nervös, Doninha war verdutzt: Nie hatte man bisher gesehen, daß ein Orixá eine Jüngerin in den Nacken gezwickt hätte.
Als das Orchester verstummte, schritt der Verzauberte von einem Ende zum anderen und blieb endlich vor der Heiligenmutter stehen, um sein Festkleid zu erbitten. Er wollte die reichsten, schönsten Gewänder, er wünschte auch seine Werkzeuge.
Festkleider? Werkzeuge? War er verrückt? Mutter Doninha stemmte fragend die Hände in die Hüften. Wußte er denn nicht, daß es nicht erlaubt war, in Festkleidern, Eisen schwenkend, eine Kirche zu betreten?
Der Heilige stampfte hartnäckig auf den Erdboden, mit ver-

zerrtem Mund forderte er seine Gewänder. Geduldig, gebieterisch sprach die Iyalorixá auf ihn ein; er wisse doch selbst den Grund, warum er am heutigen Morgen, die Kalenderordnung über Bord werfend, niedergefahren sei. Er selber, Ogun, habe über die Taufe von Massus Sohn bestimmt und sich zum Paten ernannt. Warum fing er nun mit den Torheiten der Festkleider, der Werkzeuge an? Sie mußten jetzt in die Kirche gehen, es war höchste Zeit, er solle sich bemühen, so anständig gegen den Pater, den Mesner, die Kirchgänger zu sein, damit niemand hinter den Schachzug komme und Artur da Guima entlarve. Er solle gesittet eintreten, so zurückhaltend wie möglich, ohne Lärm zu schlagen, ohne sonderlich aufzufallen. Nur so würde die Kindstaufe reibungslos vorübergehen. Hatte er sich schon das Gesicht vorgestellt, das der Pater machen würde, wenn er entdeckte, wer der Pate in Wirklichkeit war? Dann würde die Taufe auffliegen, denn ohne Paten würde das Kind Heide bleiben.

Der Orixá schien ein Einsehen zu haben. In der Kirche, sobald sie dort wären – erklärte er –, würde er sich musterhaft verhalten, niemand sollte im leisesten daran zweifeln, daß er es und nicht Artur da Guima wäre, der die Kerze halten und den Kopf des Kindes in die Hand nehmen würde. Hier jedoch, in der großen Baracke, wünschte er ausgelassen zu sein und sich mit seinen Söhnen und Töchtern zu belustigen, mit den anwesenden Freunden, mit seinem Gevatter Massu. Er wollte tanzen, Doninha sollte die Gesänge bestimmen, die Trommeltakte des Orchesters. Los, rasch!

Doch Doninha verweigerte ihre Zustimmung. Sie waren bereits im Verzug und mußten aufbrechen. Keinen Tanz erlaubte sie mehr, nicht ein Lied. Die Zeit floh, und sie hatten ein gutes Stück Wegs vor sich, die Hälfte zu Fuß, die andere Hälfte mit der Straßenbahn. Der Verzauberte jedoch stampfte mit den Füßen, trat von einer Stelle auf die andere, drohte. Doninha verlor die Fassung: Er solle tun, was er für richtig halte, doch hinterher solle er niemanden für die Folgen verantwortlich machen. Er solle so lange tanzen, wie es ihm beliebe, seine Festgewänder anlegen, die Zeit verstreichen lassen. Nur mit ihr solle er nicht mehr rechnen. Ihretwegen solle er allein zur Kirche pilgern und sehen, wie er zurechtkomme.

Angesichts dieser Drohungen schlug er widerwillig ein. Trotzdem bedurfte es eines Aufgebots an Überredungskunst, um ihn zum Anziehen seiner Schuhe zu bewegen, was ihm wider den Strich zu gehen schien. Orixá in Straßenschuhen, wo hatte man dergleichen schon gesehen? Endlich kamen sie zu einem Vergleich: Er würde sie anziehen, bevor sie in die Straßenbahn stiegen.

Auf dem Wege zur Straßenbahnhaltestelle mußte man ihn dreimal aus dem Buschwald zurückholen, immer wieder stahl er sich aus der Gruppe fort und entfloh in den Wald. Immer unruhiger werdend, legte Mutter Doninha ein Gelübde an den Herrn Jesus von Bonfim ab, damit alles gut ablaufen möge. So hatte sie Ogun noch nie erlebt, so völlig durchgedreht, so übermütig. Selbst wenn sie in Betracht zog, daß ein Orixá zum erstenmal in eine katholische Kirche einzog, um ein Kind zu taufen, selbst dann nicht.

8

Eine so farbige, fröhliche Straßenbahn wie jene, die gegen sechs Uhr morgens aus Richtung Cabulá kam, war nie auf den Schienen der Stadt Salvador von Bahia-Aller-Heiligen gefahren. Sie fuhr in Richtung Schustersenke, angefüllt mit Heiligentöchtern in ihren bunten Röcken, ihren gestärkten Unterröcken, ihren Leibchen, ihren Hals- und Armbändern. Als zögen sie zu einem Candomblé-Fest.

Mit ihnen reiste ein rastloser Geselle, der wie ein Betrunkener aussah und auf den Sitzbänken tanzen wollte. Eine dicke Alte versuchte den umtriebigen, ausgelassenen Bohemien in

Schach zu halten. Der eine oder andere Fahrgast erkannte in ihr die Heiligenmutter Doninha.

Der Fahrer, ein kräftiger junger Neger, hatte die Kontrolle über den Wagen verloren und kümmerte sich auch nicht mehr darum. Als gäbe es keinen Fahrplan mehr, nach dem die Straßenbahn sich richten müsse, als gehörte ihr die Zeit, fuhr sie einmal im Schneckentempo; dann aber wie besessen von der Angst, schleunigst anzukommen, schlug sie sämtliche Verkehrsvorschriften in den Wind und schien die Schienen zu fressen. Der Schaffner, ein scheeler Mulatte mit zu Berge stehendem Haar, läutete die Klingel ohne Sinn und Verstand, im Rhythmus der Heiligenmusik. Auf dem Trittbrett hängend, weigerte er sich, die Fahrgäste zum Lösen der Fahrscheine aufzufordern. Nézinho wollte für die ganze Bande bezahlen, doch der Schaffner gab ihm sein Geld zurück. »Heute zahlt die Kompanie«, sagte er lachend, als hätten Fahrer und Schaffner, als hätten die Arbeiter der Werkstätten die Macht an sich gerissen und die Leitung der Städtischen Kreisbahn übernommen. Als wäre an jenem Morgen der Ausnahmezustand der allgemeinen Freude und der freimütigen Herzlichkeit ausgerufen worden.

Die Ereignisse, die im Axê ihren Anfang genommen hatten, überstürzten sich. Blauer Dunst bedeckte die Stadt, die Dämmerung wollte nicht aus der Luft weichen, die Leute lachten auf den Gehsteigen.

Sie stiegen in der Schustersenke aus und setzten sich in Richtung Prangersteige in Bewegung. Es war ein kleiner, buntfröhlicher Zug, der sich bald durch Neugierige und Fußgänger vermehrte.

Ausgesetzt auf ihren Schienen, blieb die Straßenbahn leer stehen, denn auch der Schaffner und der Fahrer hatten gleichsam in stillschweigender Übereinstimmung den Wagen verlassen und sich der Prozession angeschlossen. Damit begann die Verkehrsstockung, die große Verwirrung in der Stadt anrichtete, sowie Handel und Industrie lahmlegte. Einige

Lastwagenchauffeure ließen zur selben Stunde und ohne vorherige Vereinbarung ihre schweren Fahrzeuge an den Sieben-Toren stehen, vor dem Lacerda-Aufzug, an den Hafenkais, am Bahnhof Calçada, an der Straßenbahnhaltestelle Amaralina, in Pintangueiras und in Brotas, und lenkten ihre Schritte zur Kirche vom Rosenkranz-der-Neger. Die Arbeiter aus drei voll besetzten Omnibussen beschlossen in einer Eilsitzung, daß Feiertag sei, und eilten zum Fest.

Der Orixá stieg inmitten einer erregten Volksmenge die Prangersteige hinan, ungefügig und bemüht, sich von Mutter Doninhas wehrender Hand loszureißen, Tanzschritte auf der Straße erprobend. Dann und wann ließ er sein Gurgellachen erschallen, er war ein Mordskerl, kein Mensch konnte an sich halten, alle stimmten in sein Gelächter ein. »Wo sind deine feierlichen Versprechungen geblieben?« fragte Doninha, doch er hörte nicht zu, er war der Herr der Stadt.

Auf dem Platz trafen sich die beiden Züge, der Zug Oguns, der aus Richtung Schustersenke aufstieg, und der Zug Vevévas, der von Jesus' Kultstätte herkam.

Die Begegnung fand genau vor der Capoeira-Schule von Angola statt, und Meister Pomade und Carybé halfen der alten Negerin Vevéva, vom Karren zu steigen. Tibéria, ganz in Seide und Spitzen, in Kilometern Sergipaner Spitze, nahm das Kind auf den Arm, sie war die Patin. Martim reichte Otália die Hand, und das junge Mädchen sprang in einem anmutigen Satz herunter, beklatscht von etlichen Gassenjungen. Der Orixá lachte lausbubenhaft, launig.

Er trat vor, rückte tanzend vor – ah! einen Tanz wie er sein soll! – der Begrüßung und Freundschaft. Tanzend kam er einher und postierte sich dicht vor die alte Negerin Vevéva, als wollte er sie umarmen. Doch sie warf sich an Ort und Stelle auf die Erde und schlug mit dem Kopf auf die Pflastersteine, zur Ehrung des Heiligen. Er streckte die Hand aus, hob die Alte auf und drückte sie dreimal an seine Brust. Doninha seufzte erleichtert: Ja, er war Ogun, er hatte die

alte Negerin ehrerbietig und liebevoll behandelt. Schön und gut. Doch wie würde er sich in der Kirche aufführen? Das hatte sie von Ogun nie erwartet. Sie hatte sich also getäuscht. Tanzend kam der Orixá und umkreiste Tibéria, stieß einen heiseren Schrei aus, zog ein verborgenes Werkzeug unter dem Hemd hervor – es war kein Werkzeug Oguns – und berührte damit den Kopf des Kindes. Der Zug rückte gegen die Stufen der Kirche vor. Neue Bedenken bedrängten Doninha, warum kitzelte Ogun Tibéria am Hintern, warum dieser Mangel an Achtung? Mühsam schob die Heiligenmutter sich nach vorne, willens, alles zu tun, um ein Ärgernis zu verhindern. Jesuíno, ihr zur Seite, teilte ihre Befürchtungen.
Auf der obersten Stufe, zwischen Menschen hindurchgehend, die ihn mit vorgestreckten Handflächen begrüßten, ließ der Orixá sein Gelächter erschallen, Kaskaden grotesken, höhnischen Lachens, so geringschätzige, lausbubenhafte Lachsalven, daß nicht nur Doninha, sondern auch Nézinho, Ariano – dessen Caboclo das Unternehmen verworfen hatte und für dessen Erfolg fürchtete –, daß Vivaldo, Valdeloir Rêgo und andere Honoratioren der Sekte endlich begriffen. Ein jeder fühlte Beklommenheit. Nur das Kind in Tibérias kräftigen Armen lächelte selig dem rastlosen Orixá zu.

9

Als der Orixá mit seinem Gefolge die Tür der Kirche vom Rosenkranz-der-Neger durchschritt, legte Pater Gomes nach beendeter Messe in der Sakristei seine Paramente ab und fragte Innozenz, ob die Angehörigen des Täuflings bereit seien. Er wollte den Fall so rasch wie möglich zu Ende bringen, er hatte ein Magengeschwür und durfte nicht lange ohne einen Imbiß sein.
Innozenz, besorgt wegen des ungewöhnlichen Gedränges in der Kirche, der ungebührlich lärmenden Menge auf dem

Platz, trat hinaus, um nach dem Rechten zu sehen. In diesem Augenblick entließ die Orgel einen heiseren Laut, obwohl sie verschlossen und niemand im Chor zu sehen war.
Neugierig spähte Pater Gomes durch die Türe, blickte im Kirchenschiff hinauf, sah den leeren Chor und die abgeschlossene Orgel. Anscheinend war alles ruhig, nur die Kirche war selbst nach beendeter Messe noch besetzt, ja übervoll. Mit dem Alter, dachte Pater Gomes, höre ich Laute, die nicht tönen. Diese melancholische Feststellung ließ ihn den Kopf hin und herwiegen, doch sogleich wurde sein Blick von seinen Gläubigen angezogen. Bahianer in ihren Festtrachten, eine Farbenfeier, welche das Halblicht des Heiligtums durchbrach; Männer in blauen Anzügen mit blauen Bändern in den Knopflöchern, viele Menschen. Pater Gomes überlegte, Freundschaft sei doch mehr wert als Reichtum und gesellschaftliche Stellung. Da sollte der Sohn eines armen Negers, eines Landstreichers, getauft werden, und der Zulauf war so groß wie bei der Taufe eines Bankiers- oder Gouverneurssohns, ja noch größer, vor allem fraglos aufrichtiger.
Rund um das Taufbecken hatte sich eine kleine Gruppe versammelt, bestehend aus dem Verzauberten und Tibéria, aus Massu, Vevéva, Doninha, Otália, Jesuíno Tollhahn, Korporal Martim, Windsbraut, Curió und einigen anderen.
In nächster Umgebung reckte das Volk die Köpfe, um etwas von dem Schauspiel mitzubekommen. Auf dem Kirchplatz drängten sich alle diejenigen, die in der Kirche keinen Platz gefunden hatten; noch immer strömten Menschen herbei, sie kamen aus der ganzen Stadt, brachten Musikinstrumente mit und gute Laune zum Scherz und Spiel. Der Orixá entwarf auf den Fliesen ein paar Schritte, kicherte spöttisch vor sich hin, drohte tanzend durchs Kirchenschiff zu schweben, Doninha zitterte vor Angst. Auf diese Weise waren die Heiligenväter und -mütter vollauf im Bilde über alles, was vor sich ging. Vom ersten Augenblick an, als sie die Kirche betraten, wußten sie die schreckliche Wahrheit.

Pater Gomes schritt zum Taufbecken. Innozenz überreichte dem Taufpaten die blauverzierte Kerze. Der Priester strich dem Kind liebkosend übers Gesicht, während er gleichzeitig den Verzauberten musterte, lächelte und die Gruppe vor ihm betrachtete.
»Wer ist der Vater?«
Neger Massu meldete sich bescheiden:
»Hier ist der Patentkerl, Herr Pfarrer...«
»Und die Mutter?«
»Die hat Gott zu sich genommen.«
»Ach ja... Entschuldigen Sie... Sind Sie die Taufpatin?«
Er heftete den Blick auf Tibéria, von irgendwoher war sie ihm bekannt. Von woher? Mit ihrem gütigen Gesichtsausdruck, mit ihrem Gesicht, das eine reine großmütige Seele spiegelte, konnte er sie nur aus der Kirche kennen. Zustimmend lächelte er ihr zu und wußte plötzlich wieder, wer sie war. Doch er entzog ihr nicht sein Lächeln, so aufrichtig, so fromm war Tibérias Gesicht.
»Und der Taufpate?«
Offensichtlich war der Taufpate betrunken, dachte der Pater. Seine Augen leuchteten, sein Körper schwankte von einer Seite zur anderen, er lachte zwischen den Zähnen, es war ein stockendes, aufreizendes Gekicher. Es war der Mann mit dem absonderlichen Namen, der Handwerker von der Steilgasse Große Planke. Der Priester hatte ihn mehrmals vor der Türe seiner Werkstatt gesehen, er hätte ihm nie diesen ausgefallenen Namen zugetraut. Wie lautete er noch? Es war doch der Name eines Negersklaven. Ihn mit strengem Schulmeisterblick musternd, fragte er:
»Wie war noch Ihr Name?«
Der Bursche schien nichts anderes erwartet zu haben. Das hemmungsloseste, spöttischste, schamloseste Gelächter schepperte durch die Kirche, hallte auf dem Kirchplatz wider, weckte den Wind, stöberte den Sand auf, erschreckte die Tiere.
Dreimal hüpfte der Orixá hoch in die Luft und schrie:

»Ich bin Exu, ich werde Taufpate sein. Ich bin Exu!«
Ein Schweigen, wie es jetzt eintrat, wird es nie vorher noch nachher gegeben haben. Nicht in der Kirche, nicht auf der Straße, in Jesus' Kultstätte, nicht an der Steilgasse-des-Berges, am Roten Fluß, in Itapagipe, auf der Freiheit-Straße, am Leuchtturm der Mole, in Lapinha, in Fünfzehn-Geheimnisse, nicht in der ganzen Stadt.
Alle blieben wie angewurzelt stehen, dort und überall. Nur Ogun irrte durch die Kirche, in heller Verzweiflung. Und dazu das Schweigen und die Reglosigkeit.
Dann geschah etwas, das Unerwartetste und Ungewöhnlichste. Pater Gomes erbebte in seiner Soutane, sprang aus seinen Schuhen, erzitterte in seinen Grundfesten, wirbelte ein wenig auf den Absätzen, schloß halb die Augen.
Jesuíno Tollhahn war Auge und Ohr. War es wirklich so, daß seine Augen sahen? Doninha, Saturnina, Nézinho, Ariano, Jesuíno, dazu einige andere gewahrten es, doch sie ließen sich nicht einschüchtern, sie lebten im Einverständnis mit den Orixás.
Der Pater murmelte etwas, Mutter Doninha stellte sich ehrerbietig neben ihn und sprach eine Grußformel auf Nagô.
Ogun hatte sich an jenem Taufmorgen verspätet, er hatte langwierige Verpflichtungen in Nigéria zu erfüllen und einem Einweihungsfest in Santiago de Cuba beizuwohnen gehabt. Als er überstürzt vor der großen Baracke des Axê Halbe-Tür ankam, stellte er fest, daß Exu, sein verantwortungsloser Bruder, sein Pferd Artur da Guima bestiegen hatte. Exu verlachte ihn, äffte ihn nach und beschwerte sich, daß man ihm nicht das Versprochene, ein Angolahuhn, gegeben habe. Daher habe er sich in den Kopf gesetzt, einen Skandal heraufzubeschwören und der Taufe ein Ende zu bereiten.
Wie ein Wahnsinniger sauste er durch die Stadt Bahia, auf der Suche nach einem seiner Söhne, in den er fahren könne, um die Dinge wieder einzurenken, Exu auszustoßen und das Kind zu taufen. Zuerst suchte er im Axê, fand dort jedoch

keinen. Töchter, ja, deren gab es genug, doch er brauchte einen Mann. So wandte er sich an Opô Afonjá, auf der Suche nach Moacir de Ogun, doch der Junge hielt sich gerade in der Gegend von Ilhéus auf. So suchte er andere Terreiros heim, jedoch ebenso erfolglos. Verzweifelt irrte er durch die Stadt, während Exu seine Strolchereien in der Straßenbahn aufführte. Der Wagenführer gehörte Omolu an, der Schaffner Oxossi. Der Soldat Oxalá, Mario Nelke gleichfalls Omolu, keiner von ihnen gehörte zu Ogun. Und nun mußte er auf dem Kirchplatz Exus Rüpeleien mit ansehen. Er sah, wie der Schamlose die ganze Versammlung an der Nase herumführte, wie er Doninhas Argwohn beschwichtigte, als er Vevéva mit rücksichtsvoller Zartheit vom Erdboden aufhob.
Tief verstört betrat er hinter ihm die Kirche. Er wollte sprechen, Exu entlarven, an seine Stelle treten, doch wie sollte er es anstellen, wenn ihm nicht ein einziges männliches Pferd zur Verfügung stand, das er reiten konnte?
Er umkreiste alle vier Ecken der Kirche, während der Pater nähertrat und sein Verhör begann. Plötzlich, als er den Priester beobachtete, erkannte er ihn: Er war sein Sohn Antônio, geboren aus der Josefa von Omolu, ein Enkel Ojuaruás, ein Obá Xangôs. In diesen konnte er fahren, der war ihm zum Pferd bestimmt, und wenn der Pater auch seine Opferpflichten nicht zur angemessenen Stunde erfüllt hatte, so war er in einer Notlage wie dieser doch als Ersatzmann zu gebrauchen. Obzwar ein geweihter Priester, angetan mit der Soutane, war er dennoch sein Sohn. Im übrigen hatte Ogun weder Ausweg noch Wahl: Er fuhr in den Kopf des Pater Gomes.
Und mit starker, entschlossener Hand verabreichte er Exu zwei Ohrfeigen, damit dieser sich künftig zu benehmen wisse. Artur da Guimas Gesicht lief von den Schlägen rot an. Exu begriff, daß sein Bruder eingetroffen war, daß es aus war mit Spektakel und Spielerei. Es war ein Heidenspaß gewesen, er war für das versprochene und vorenthaltene Angolahuhn

gerächt. Rasch verließ er Artur mit einem letzten Lachgekoller und versteckte sich hinter dem Altar des Heiligen Benedikt, dem Heiligen seiner Hautfarbe.

Was Ogun betraf, so verschwand er ebenso rasch wie er aufgetaucht war, ließ ab von dem Pater und bestieg sein altes bekanntes Pferd, auf dem er hätte zur Kirche reiten sollen, hätte Exu sich nicht vorher eingemischt: Artur da Guima. Alles ging so rasch, daß es nur den Eingeweihten auffiel. Der Ethnograph Barreiros zum Beispiel merkte nichts von all dem und sah nur, daß der Pater Artur da Guima ohrfeigte, weil er ihn für betrunken hielt.

»Es wird keine Taufe stattfinden. Der Pater wird den Taufpaten vor die Türe setzen...«, schloß er.

Doch schon war der Pater wieder ganz der Alte. Er wußte nichts von Ohrfeigen, er erinnerte sich an nichts und öffnete die Augen:

»Mir war einen Augenblick schwindelig...«

Innozenz lief besorgt herbei:

»Ein Glas Wasser?«

»Nicht nötig. Es ist schon vorüber.«

Und von neuem an den Paten gewandt:

»Wie war noch Ihr Name?«

War dieser Mann vor kurzem nicht betrunken gewesen? Plötzlich schien sein Schnapsrausch verraucht, fest stand er auf zwei Beinen, aufrecht, und sah aus wie ein lächelnder Krieger.

»Mein Name ist Antônio de Ogun.«

Der Pater nahm Salz und die heiligen Öle.

Später, in der Sakristei, zum Schluß der Geschichte, beim Unterschreiben des Taufscheins, beglückwünschte der Pater den Vater, die Patin, die alte Urgroßmutter, die fast hundertjährige Negerin Vevéva und auch den Paten.

Als der Taufpate an die Reihe kam, machte Ogun drei gelenkige Tanzschritte zurück und drei vor, dreimal umarmte er Pater Gomes, der auch Antônio de Ogun war. Es spielte keine Rolle, daß der Priester nichts davon wußte, aber er war Sohn Oguns, Oguns der Minen, des Eisens und des Stahls, der umhüllten Waffen, des kriegerischen Ogun. Der Orixá drückte ihn an seine Brust und legte sein Gesicht an das Gesicht des Paters, seines innig geliebten, verdienten Sohnes.

So verlief die Taufe von Massus Sohn. Verzwickt und schwierig, gespickt mit Problemen, die jedoch alle gelöst wurden, zuerst von Jesuíno Tollhahn, einem Manne voller Weisheit, dann von Mutter Doninha und schließlich von Ogun in Person.

Selten war im Umkreis von Bahia ein so prächtiges Tauffest gefeiert worden. Wo immer eine Tochter Oguns wohnte, wurde bis in den frühen Morgen hinein getanzt. Allein auf dem Prangerplatz, beim Verlassen der Kirche, erkannte Tollhahn über fünfzig Oguns, die siegreich tanzten. Ganz zu schweigen von den anderen Orixás. Alle ohne Ausnahme waren niedergefahren, um die Taufe des Sohnes von Massu und Benedita mitzufeiern.

Hinter dem Altar des Heiligen Benedikt versteckt, kicherte Exu noch eine Weile vor sich hin, in Erinnerung an seine Bubenstreiche. Dann schlief er ein und glich schlafend einem der vielen Straßenjungen; hätte jemand ihn so gesehen, er hätte nie vermutet, daß dieser der Exu der Straßen, der Orixá des Straßenverkehrs sei, ein so widerborstiger Lauselümmel, daß man ihn allzu leicht mit dem Teufel verwechselte.

So also kam es, daß Massu ein Gevatter Oguns wurde, was ihm viel Ansehen und Achtung eintrug. Doch er, der jetzt außer seiner hundertjährigen Großmutter auch noch einen Sohn hatte, blieb wie bisher derselbe gutherzige Neger.

Seither haben viele Leute verschiedene Orixás aufgefordert, Taufpate oder -patin ihrer Kinder zu werden. Oxalá, Xangô, Oxossi, Omolu sind als Paten vielbegehrt; Yemanjá, Oxum, Yansã, Euá als Patin; und Oxumaré, der männlich und weiblich ist, als das eine wie das andere. Doch bisher hat kein

Orixá das Angebot angenommen, vielleicht aus Angst vor den Spitzbübereien Evus. Bisher gibt es nur einen Gevatter des Bezauberten, und das ist Neger Massu, der Gevatter Oguns.

Die Besetzung des Hügels Katzentöter
ODER
Die Freunde des Volkes

I

Wir wollen sie nicht in Schurken und Helden aufteilen, wer sind wir, verdächtige Strolche der Marktrampe, um derartige transzendentale Fragen zu entscheiden? Die Diskussion wird in der Presse ausgetragen, Regierungstreue und Anhänger der Opposition werfen sich gegenseitig die schlimmsten Vorwürfe an den Kopf, sie beschimpfen oder heben einander in den Himmel, ein jeder versucht für sich den größten Nutzen zu ziehen aus der Invasion des Katzentöter genannten Geländes hinter Amarelina, jenseits von Pituba. Allem Anschein nach hatte von Anfang an, ja, bis zum unmittelbaren Augenblick vor der Landnahme, völlige ungeteilte Solidarität zugunsten der Invasoren geherrscht, kein Mensch hatte sich gegen sie gestellt, so daß einige, wie der Abgeordnete Ramos da Cunha aus den Reihen der Regierungsgegner und der Journalist Galub, nachher ernstlich Gefahr liefen, weil sie für die Betroffenen eintraten.

Wir wollen niemandem die Schuld in die Schuhe schieben, wir sind kein Tribunal, überdies hat niemand zu ergründen versucht, ob es einen oder mehrere Verantwortliche für den Tod Jesuíno Tollhahns gegeben hat, da alle viel zu beschäftigt mit den Feierlichkeiten waren. Andrerseits wollen wir auch nicht in die Lobeshymnen auf den Gouverneur und die Deputierten einstimmen, auf die Männer der Regierung und der Opposition, auch nicht auf den spanischen Eigentümer der Grundstücke, den alten Pepe Achthundert, als welcher der Millionär José Perez bekannt war, Besitzer einer Kette von Bäckereien, von Hühnerfarmen, von Léguas um Léguas

Land, von seinen Mietshäusern gar nicht zu reden. Ja, denn auch er wurde in Cuícas Versen gefeiert und als großzügiger Mann geehrt, als Turteltaubenherz, als ein Mensch, der bereit war, seinen Eigennutz dem Nutzen des Volkes zu opfern. Man stelle sich so etwas vor ... ! Einen schönen Batzen Geld muß der Dichter eingesteckt haben, der gute Junge, alle Welt liebte ihn, wenn er auch allzeit bereit war, beliebig zu preisen und zu schmähen, sobald das Kleingeld klimperte. Aber freilich, der Ärmste hatte eine kinderreiche Familie durchzubringen und mußte seinen Tag verdienen, das Leben ist teuer, sogar noch in der Todesstunde, und Cuíca lebte ausschließlich von den Erträgnissen seiner geistigen Arbeit. Er schrieb seine Geschichten in Versen, einige waren sogar hübsch, er setzte und druckte sie eigenhändig, entwarf den Einband und vertrieb sie auf dem Markt, am Hafen, vor dem Aufzug und in Buben-Wasser, ihre Titel und Verdienste vernehmlich anpreisend.

Er rühmte den Spanier Pepe Achthundert und ließ seinen Spitznamen versehentlich weg – mit dem in seinen Läden und Bäckereien verwogenen Kilo zu achthundert Gramm hatte er den Grundstock zu seinem Vermögen gelegt –, er pries den Gouverneur, den Vizegouverneur, die Landtagsabgeordneten und Stadtverordneten im allgemeinen, die gesamte Presse und, im besonderen, Jacó Galub, den furchtlosen Reporter:

Der Katzentöter-Held
Kämpft für die Hügelwelt:
Für jeden ein Dach überm Kopf,
Und Bohnen im Suppentopf!
Auch von der Polente bedroht,
Beworfen mit Flüchen und Kot,
Bleibt Galub, der Journalist,
Der Volksfreund, der er ist.

Er rühmte alle oder fast alle, enteiste dem einen hundert, einem zweiten zweihundert, vermutlich zog er dem Spanier der Achthundert weit mehr aus der Tasche, er war jedoch der einzige in den ausführlichen Zeitungsberichten, der Jesuíno Tollhahn erwähnte und seine Gestalt gebührend würdigte. Denn die Zeitungen und Rundfunkanstalten übergingen ihn stillschweigend. Ausgiebig wurden der Gouverneur und der Abgeordnete Ramos da Cunha gelobt, die mutigen Polizeibeamten, der Polizeichef, dessen Vorsicht, gepaart mit seiner Unbeugsamkeit, nicht nachzugeben und so weiter und so fort... Von Jesuíno kein Sterbenswörtchen. Nur Cuíca fand in seinem Flugblättchen mit der Überschrift »Der Überfall auf das Gelände namens Katzentöter, auf dem das Volk in achtundvierzig Stunden einen Stadtteil errichtete« auf ihn einen denkwürdigen Reim, der ihm gerecht wurde. Denn selbst wenn Cuíca die Wahrheit verdrehte, wußte er doch, wie die Dinge sich in Wirklichkeit abgespielt hatten, ohne Lobhudeleien und nachträgliche Ausschmückungen. Der Ärmste, er brauchte eben Geld und verkaufte daher die Wahrheit der Dinge.

Wir jedenfalls wollen keine Kritik an ihm üben, warum sollten wir es auch tun? Er war ein beliebter Marktdichter trotz seiner holprigen Verse und armseligen, meistens arg armseligen Reime, die er jedoch hin und wieder durch Funde reiner Poesie wettzumachen verstand.

Je nach der Himmelsrichtung, aus der ihm der Zaster zufloß, wechselten in seinen Versen Urteil und Vorurteil. Aber handeln so nicht alle großen Poeten, deren Namen in den Zeitungen und deren Denkmäler in den Parkanlagen stehen, hier und anderswo? Passen sie sich nicht über die ganze Welt hin den Interessen der Machthaber an und sind rauh oder glatt, je nachdem man sie bittet, bedrängt oder beauftragt? Je nachdem man sie gut oder besser bezahlt: Das ist die Wahrheit, und die soll mit allen Buchstaben ausgesprochen werden. Wechseln sie nicht die Schule, die Tendenz, das Aushängeschild, die Meinung genau nach jenem Klimperbeutel, der Cuícas Einstellung bestimmt? Geld oder Macht, Luxus oder Bedeutung, Preise, Presse und Lobeshymnen, was für ein Unterschied besteht in all dem?

Wir wollen niemanden beschuldigen, nicht hierfür sind wir da, sondern dafür, die Geschichte vom Überfall auf dem Hügel Katzentöter zu erzählen, denn sie hat eine heitere und eine traurige Seite wie jede Geschichte, die des Erzählens wert ist. Wir wollen die Sardine in niemandes Kohlenglut schieben, wir waren nur dabei und wissen Bescheid.

Zu jener Zeit spielte sich die Liebschaft – war es eine richtige Liebschaft? – zwischen Korporal Martim und Otália ab, sowie die weinerliche Leidenschaft Curiós für Madame Beatriz, den berühmten weiblichen Hindufakir (geboren in Niterói), und wir hatten vor, von diesen Liebeleien zu erzählen. Auf diese Weise werden wir die Tatsachen ein wenig durcheinanderbringen, die romantischen und die heroischen, die Tatbestände, die einerseits mit den Leidenschaften des Korporals und des Marktschreiers, andrerseits mit der Invasion des Grundstücks zu tun haben, einst im Besitz des Komtur José Perez, einer der angesehensten Stützen der spanischen Kolonie, des verdienstvollen Sohnes der Kirche, des in den verschiedenen Bezirken des Bahianer Lebens einflußreichen, hervorragenden Bürgers. Man verzeihe mir, wenn hier der Herr Staatsgouverneur und die Dame Tibéria, Besitzerin einer billigen Frauenpension, die Herren Abgeordneten und die Herren Strolche, die förmlichen Herren Politiker und die fröhlichen Herren des Strandes, die Gassenjungen, der Deputierte Ramos da Cunha und Windsbraut, der Journalist Galub und der übrigens in jener Stunde zum Sergeanten Porciúncula beförderte Korporal Martim – wenn sie hier alle durcheinander gemischt auftreten. Ich kann sie nicht anders gruppieren, sie waren nämlich vermengt, die Armen und die Reichen, die freien und die förmlichen, das Volk und jene in den Zeitungen als Freunde des Volkes er-

wähnten Persönlichkeiten. Ich wiederhole jedoch, daß wir niemanden beschuldigen wollen.
Wir werden niemanden beschuldigen, gerade weil niemand zu erfahren suchte, ob ein für Jesuíno Tollhahns Tod Verantwortlicher zu bestrafen war, denn alle waren mit den Feierlichkeiten voll beschäftigt. Es heißt, der Herr Gouverneur, eine für Gemütskundgebungen empfängliche Seele, habe ergriffen geweint, als er den Deputierten Ramos da Cunha, seinen politischen Gegner, den Urheber des Enteignungsplans, umarmte. Als er aber auf den Balkon hinaustrat, um für den Beifall der auf dem Hauptplatz versammelten Menge zu danken, lächelte er.

2

Cuíca hat übertrieben, wenn er in der langen Überschrift seines Flugblattes davon spricht, daß das Volk einen Stadtteil in achtundvierzig Stunden gebaut hat. Es hat genau eine Woche dazu gebraucht, damit die Landnahme, die erste, welche in Bahia stattfand, den Anstrich eines Stadtviertels bekam. Heute ist Katzentöter ein richtiger Stadtteil, in dem bereits eines der verzierten Firmenschilder der »Bäckereien Madrid« erstrahlt, ein Schild jener Kette des Pepe Achthundert, genau gegenüber vom Hause Neger Massus. Andere Invasionen wurden später erfolgreich abgeschlossen, ganze Stadtviertel wuchsen in Richtung Liberdade, nordöstlich von Amaralina, Chimbo in Roter-Fluß wurde besetzt, wie auch Alagados, die Stadt auf den Wassern. Die Armen müssen leben, sie müssen irgendwo wohnen, niemand kann auf die Dauer in Nässe und Feuchtigkeit hausen, der Mensch braucht ein Dach über dem Kopf, und wer hat schon das Geld, um Miete zu zahlen?
Selbst wir, linkische Nachtschwärmer, müssen dann und wann das Haupt zur Ruhe betten und nach Hause gehen.

Ohne ein Obdach ist das Leben unmöglich, und selbst Windsbraut, ein Mensch ohne Stundenplan und Arbeit, der seine Frösche und Mäuse fängt, seine Schlangen, grünen Eidechsen und andere Tierchen für die Laboratorien der Forschungen und Analysen, gewöhnt an Wind und Regen, der es liebt, auf dem Sand des Strandes zu schlafen und dort, da er verrückt auf sie ist, Mulattinnen aufs Kreuz zu legen, selbst Windsbraut, dessen Natur sich wie seine Tiere an alles gewöhnt, empfand Bedürfnis nach einem Unterschlupf, in den er kriechen konnte. Er war gewissermaßen der Vorläufer der Landnahme.

Auf jenem Baugrund namens Katzentöter baute er mit dem Stroh dortiger Palmen, mit abgebrochenen Latten, Kistenbrettern und sonstigem kostenlosen Material eine Art Hütte, in der er anschließend wohnte. Dort lagen seine Jagdgründe. In dem nahe gelegenen Bach fehlte es nicht an Fröschen und Kröten, er brauchte nur eine kleine Strecke in Richtung Flußmündung zu gehen; Mäuse und Ratten aller Arten und Größen gab es ringsum im Überfluß, insbesondere in den längs der Landstraßen nach Brotas gelegenen kleinen Sommergütern. Alles übrige fand er reichlich im Buschwald der Hügelgegend: Eidechsen, Salamander, giftige und ungiftige Schlangen, Raupen, Echsen, Teiús, bisweilen einen Hasen und einen Fuchs. Dazu Fluß- und Seefische für seine Ernährung. Außer Krebsen und Sirís.

Er baute also seine Hütte und wohnte lange Zeit darin, ohne belästigt zu werden. Da sein Häuschen aber weit vom Zentrum der Stadt entfernt lag, empfing er dort sehr selten Besuch, außer wenn er einen Freund zu einem Fischgericht mit hinausschleppte, oder eine Cabrocha, mit der er in den Mond gucken wollte. Windsbraut hatte sich nie darum gekümmert, ob jener ausgedehnte, gottverlassene Grund und Boden einen Besitzer hatte, ob er, als er dort sein armseliges Obdach errichtete, eine gesetzwidrige Handlung beging oder nicht.

Genau das sagte Massu, als der Neger eines Tages auf seine

Einladung hin erschien, um Fischsuppe mit ihm zu essen. Windsbraut kochte gut, er war Meister in der Bereitung von Bratfischen, von Seebarsch, Vermelhos, von Carapebas und Rotbarsch, alles selbst gefischt. Wie oft hatte er nicht Tibéria und Meister Manuel große Fische von vier und fünf Kilo mitgebracht, oder haufenweise Sardinen, Kraken, Arraias? Und dann buk er höchstpersönlich seinen Fischkuchen und lief auf Manuels Boot geschäftig hin und her, Maria Clara zulächelnd, oder er amtierte, umringt von den Dirnen, in der großen Küche von Tibérias Freudenhaus. Nach Windsbrauts Fischgerichten leckten sich alle die Finger. Einmal im Leben und einmal im Tod kochte er in seiner Hütte in Katzentöter und lud dazu einen Freund ein. Sein tägliches Essen bestand aus einem Stück Trockenfleisch, aus Maniokmehl und einem Brocken braunen Zuckers; Windsbraut begnügte sich mit wenig, es hatte sogar eine Zeit gegeben, als er sich nicht einmal Trockenfleisch leisten konnte und sich mit Rapadoura und Maniokmehl zufriedengeben mußte. Zu jener Zeit reiste er durchs Hinterland und übte den frommen Beruf aus, Sterbenden beim Sterben zu helfen. Ihr wißt Bescheid, nicht wahr? Gemeint sind jene hartnäckigen Todeskandidaten, die längst den Löffel wegwerfen sollten, aber um keinen Preis abkratzen wollen, die sich wie besessen an das bißchen Leben klammern, Tage um Tage brauchen, bis sie endlich abnibbeln und nur ihren Angehörigen und Freunden das Leben versauern. Vielleicht, weil sie auf Erden noch ein Sündenregister zu begleichen haben, weil sie noch Fürsprache und stellvertretendes Gebet brauchen. Nun gut, Windsbraut hatte sich darauf verlegt, solch schwierigen Fällen die Durchschreitung der Pforte in die andere Welt zu erleichtern, und damit der Familie Ruhe und Zeit für die protokollpflichtigen Tränen und die Vorbereitungen für das Begräbnis nebst Versorgung des Torwächters mit Essen und Trinken zu geben. Eines pfundigen Torwächters, dem der Schnaps und der Festfraß nicht ausgehen durfte.

Wer einen illusionslosen Querkopf im Hause hatte, der um keinen Preis in die Gruft steigen und immer noch nicht das letzte Brötchen essen wollte, der wußte Bescheid: Er brauchte nur Windsbraut rufen zu lassen, um die Bedingungen mit ihm auszuhandeln; er feilschte nicht lange und nahm sich unverzüglich des Kranken an. Nahm am Bettrand Platz, begann die Gebete und ermunterte den Anverwandten:
»Los, denn Gott wartet. Gott und seine himmlischen Heerscharen.«
Und stimmte mit seiner tiefen Stimme an:
»Ora pro nobis ...«
Zwar gab es andere Beter und Beterinnen in der Nachbarschaft. Doch keiner arbeitete so zuverlässig und prompt wie Windsbraut. Nach einer halben, höchstens nach einer ganzen Stunde löschte der Todkranke sein Kerzchen und genoß die Seligkeiten des Paradieses, die Windsbraut ihm verheißen hatte. Nur eine Bedingung stellte er der Familie, die kurz vor der Trauer stand: allein gelassen zu werden mit dem Freund und nicht durch die Anwesenheit der Angehörigen gestört zu werden. Alle mußten hinausgehen, und draußen angekommen, konnten sie Windsbraut hören, der betete und Ratschläge gab:
»Stirb in Frieden, Bruder, mit Jesus und Maria ...«
Einmal öffnete ein besonders neugieriger Anverwandter plötzlich die Türe und konnte sich von Windsbrauts ernsthaftem Beistand, der beträchtlich über das Beten hinausging, zur Genüge überzeugen. Er half dem Hinscheidenden nämlich mit den Ellbogen nach, stieß dem Betreffenden in den Bauch und schnitt ihm noch das bißchen übriggebliebenen Atem ab.
Sofort hängte der Angehörige den Vorfall an die große Glocke und setzte damit Windsbrauts Laufbahn als Sterbebeter ein rasches Ende. Rachedrohungen veranlaßten ihn, in die Hauptstadt zurückzukehren. So baute er sich seine Baracke in Katzentöter und lernte Jesuíno Tollhahn kennen,

als er seinen Beterdienst im Hause einer Gevatterin des alten Landstreichers anbot, dessen Ehemann ungern seinen irdischen Rock ausziehen wollte. Zu jener Zeit widmete Windsbraut sich noch nicht der Wissenschaft als bedeutender Mitarbeiter von Forschungslaboratorien.

Doch diese merkwürdige, reiche Vergangenheit Windsbrauts hat wenig mit der Geschichte von dem Einfall in das Katzentötergelände zu tun. Wir erwähnen sie auch nur der Feststellung halber, daß geraume Zeit vor Massus Einzug dort zumindest ein Bewohner hauste.

Neger Massu, im Sand ausgestreckt, ein Zuckerrohrschnäpschen schlürfend, den Duft des appetitanregenden Fischgerichts einatmend, blickte in die Landschaft hinein, über das blaue Meer, den weißen Strand, die Kokospalmen, die Brise, und fragte sich, warum er nicht selbst schon lange dort wohne. Es war ein idealer Siedlungsort, einen besseren konnte man sich kaum wünschen.

Zu jener Zeit hatte Neger Massu eine schwere Krise hinter sich. Der Eigentümer der Baracke, die er mit seiner hundertjährigen Großmutter und seinem Bübchen seit Jahren bewohnte, war es schließlich leid geworden, die Miete einzufordern, Massu war mittlerweile vier Jahre und sieben Monate im Rückstand, mithin die genaue Zeitspanne seines dortigen Wohnens. Er hatte nie einen Tostão bezahlt. Nicht weil er von Natur ein Preller gewesen wäre, sondern im Gegenteil, es gab wenige so zuverlässige gewissenhafte Menschen wie ihn. Er zahlte nicht, weil ihm stets am Ende des Monats das Mietgeld fehlte. Hin und wieder jedoch machte Massu einen Anlauf und legte im Gedanken an die Miete und die eingegangene Verpflichtung einige da und dort, bei einem Frachttransport oder beim Lotto gewonnene Münzen auf die hohe Kante. Doch immer kam etwas dazwischen, eine wichtige Feier, ein unvorhergesehenes Fest, und schon schwammen seine Rücklagen, seine gefährdeten Ersparnisse den Bach hinunter.

Einmal kam der Barackenbesitzer, Inhaber eines Schlachthofs der Umgebung, um persönlich die Miete einzutreiben. Er traf jedoch nur die alte Negerin Vevéva an, brachte nicht den Mut auf, sie vor die Tür zu setzen, und hinterließ eine Botschaft für Massu. Ein andermal fand er Massu beim Reparieren des völlig durchlöcherten Dachs. Der Neger war wütend, so ein Lumpendach, so eine Scheißbaracke, die keinen feuchten Kehricht wert war, und dabei kostete sie eine unverschämt hohe Miete. Der Schlachtermeister wurde zum Überfluß ausfallend, zeterte nach seinem Geld und wollte seine Miete plötzlich von einem Tag auf den anderen sehen. Der Neger schnaubte, stieg vom Dach, seine Muskeln glänzten in der Sonne, und er schrie noch lauter. Da zog der Budenbesitzer ohne ein weiteres Wort ab und versprach obendrein, die Löcher des schadhaften Daches ausbessern zu lassen.
Bald darauf kaufte eine Gesellschaft Grundstück und Baracke, da der Metzger verhältnismäßig billig verkauft hatte, weil er weder eine Möglichkeit für eine angemessene Verzinsung noch für Massus Auszug sah.
Da die Aktiengesellschaft beabsichtigte, eine Fabrik zu bauen, hatte sie ein riesiges Gelände erworben, und um Häuser und Baracken abreißen zu können, gab sie den Insassen eine kurze Frist, einen Monat, um abzuziehen, bot den Leuten jedoch als Entgelt eine Anstellung, zuerst bei den Bauarbeiten, anschließend in der Fabrik. Neger Massu begriff, daß ihm keine andere Wahl blieb, als ein neues Obdach zu suchen.
Und hier, behaglich im Sande ausgestreckt, einen augezeichneten Fisch verspeisend, fragte er Windsbraut:
»Wem gehört denn das Gelände hier?«
Gemächlich überlegte Windsbraut die Frage:
»Ich weiß nicht... Ich glaub niemand...«
»Hast du schon Land gesehen, das niemand gehört? Alles hat einen Besitzer auf der Welt...«
»Ich glaub, es gehört der Regierung...«

»Schön, wenn es der Regierung gehört, gehört's uns...«
»Stimmt das auch?«
»Weißt du denn nicht, daß die Regierung das Volk ist?«
»Meinst du wirklich? Aber die Regierung gehört doch der Polizei, das steht doch fest.«
»Du verstehst nicht, Mann. Ich weiß es doch, hab's sogar bei einer Kundgebung gehört. Du gehst nicht zu Kundgebungen, drum kannst du's nicht wissen...«
»Wozu brauch ich das zu wissen? Nutzt mir das vielleicht etwas?«
Neger Massu ließ das Öl aus den Mundwinkeln rinnen. Donnerwetter, war das ein Fisch...! Eine bessere Wohnlage gab es nicht.
»Hör zu, Windsbraut, ich werde dein Nachbar... Ich will mir hier eine Baracke aufbauen. Um die Alte und den Kleinen unterzubringen...«
Windsbraut beschrieb eine großartige Gebärde mit der Hand: »An Platz fehlt's hier nicht, Freund und Bruder. Auch nicht an Palmblättern...«
Und so geschah es, daß Neger Massu einige Tage später in der Gesellschaft Martims, Ipicilones, Nelke-im-Knopflochs, sowie Jesuíno Tollhahns zurückkehrte. Sie brachten in einem Karren bestimmtes Baumaterial mit, dazu Säge, Hammer und Nägel. Windsbraut arbeitete mit, indem er Fischgerichte reichte. Nur Curió war nicht erschienen, da er mit Madame Beatriz beschäftigt war.
Massu baute sein Häuschen, das sogar recht hübsch wurde. Nelke-im-Knopfloch, der in seiner Jugend das Handwerk des Anstreichers erlernt hatte, wählte die Farben für Türen und Fenster, blau und rosafarben, und ergriff den Pinsel. Er tat das freilich nur als Amateur, um den Freunden einen Dienst zu erweisen; im Grunde seines Herzens verabscheute er diese Arbeit.
Auf dem Boden kauernd, sah Ipicilone, den Wanst vollgeschlagen mit Fisch, Nelke-im-Knopfloch zu, wie er Fenster

und Türen grundierte, während Massu, Martim und Jesuíno die Wände aus gemischtem Lehm hochzogen. Er seufzte: »Euch zuzusehen, macht müde...«

So war Ipicilone: Er war kreuzsolidarisch mit den Freunden; wohin sie gingen, war er mit von der Partie. Immer bereit, sein Quentchen an Ratschlägen und Tips beizusteuern, denn er verstand sich auf manches, er war ein Intellektueller und las sogar Zeitschriften. Da aber von zartem Körperbau, ermüdete er rasch.

Während die Freunde das Haus bauten, genossen sie den Zauber der Örtlichkeit. Abends, wenn Jesuíno bei Tibéria zu Nacht aß, sang er ein Loblied auf den Katzentöter.

Dann erfolgte Massus Umzug, Tibéria besuchte ihn, um ihr Patenkind zu sehen, und sie und Jesus verliebten sich in die Landschaft.

Trotz der vielen Jahre harter Arbeit, sie als Leiterin der Frauenpension, er beim Zuschneiden und Nähen zahlloser Soutanen, war es ihnen nicht gelungen, die für den Bau eines Alterssitzes notwendige Summe zusammenzuscharren. Warum sollten sie nicht dort bauen, nach und nach, indem sie zuerst die Backsteine und den Kalk kauften, dann ein paar Quadratmeter Bruchstein, endlich die Dachplatten zum Abdecken des Hauses?

Und so geschah es. Mit diesen beiden Häusern, mit Massus aus Lehm und Brettern und mit Tibérias und Jesus' aus Backstein, begann die Landnahme, die Besetzung.

Wie die Nachricht an so viele Ohren drang, weiß niemand. Doch eine Woche, nachdem Jesus mit dem Bau seines Hauses begonnen hatte, standen bereits dreißig Baracken in Katzentöter, gebaut in einer ungewöhnlichen Vielfalt der Baustoffe, wimmelnd von Kindern aller Farben und Altersstufen. Jeden Tag kamen neue Karren an mit Menschen und Brettern, mit Kisten, Kanistern und alten Blechplatten, mit allem, was zum Bau von Behausungen diente.

Es wäre noch zu erwähnen, daß auch Windsbraut umzog,

jedoch viel weiter weg, und seine Strohhütte aufgab, die sofort von Dona Filó, einer von der Polizei, insbesondere vom Jugendrichter scheel beäugten Händlerin, übernommen wurde. Sie handelte nämlich mit Kindern, übrigens mit ihren eigenen. Sie hatte sieben; das älteste war neun Jahre, das jüngste fünf Monate, und vermietete sie tageweise an bekannte Bettlerinnen als Helfer beim Almosensammeln. Mit einem kleinen Kind war den Passanten leichter beizukommen. Filó bekam ein Kind im Jahr, sie brauchte sich nur einmal mit einem Mann einzulassen, und schon war sie schwanger, dagegen war kein Kraut gewachsen. Jedes Kind hatte einen Vater, seinen, sie belästigte keinen von ihnen. Sie verdiente ihren Lebensunterhalt mit den eigenen Kindern, das älteste stand schon als strammer »Kapitän des Strandes« seinen Mann und war bereits bei einem Diebstahl in einer Konditorei erwischt worden.
So begann also die Invasion des Katzentöters.

3

Es war eine Lust mitanzusehen, wie alle Welt Baracken baute auf dem Gelände, genannt Katzentöter, einem hübschen Hügelhang, der eine prachtvolle Aussicht auf das Meer bot und wo ein stetiges Lüftchen die Hitze vertrieb. Nur Korporal Martim ließ sich nicht aus der Ruhe bringen. Seine Freunde indes waren emsig dabei, sich ein Plätzchen zu suchen, auf dem ein jeder seine vier Wände hochziehen und sein Dach decken konnte, und er half ihnen dabei auch nach Kräften; doch für sich selber rührte er keinen Finger. Seit seiner gescheiterten Heirat mit der schönen Marialva dachte er nicht mehr daran, sich häuslich niederzulassen, und noch weniger, sich ein Haus zu bauen. Er hatte das Familienleben auf alle Zeiten satt und begnügte sich mit einem armseligen Stübchen in einem zweistöckigen Haus der Prangersteige.

Wenn er auch verliebt war wie nie zuvor. Eine Leidenschaft höhlte ihn aus, sie brachte ihn um Sinn und Verstand, er war gänzlich verblödet, etwa wie Curió, wenn er verknallt war, jener verrückte Curió, damals mit Marialva, wißt ihr noch? So also stand es um Martim mit all seiner Durchtriebenheit, mit seiner vielbesprochenen Salbaderei. Den Gegenstand seiner Leidenschaft dürftet ihr alle längst spitz gekriegt haben: Otália, der blutjunge Neuling aus dem Städtchen Bonfim, die in Bahia auf den Strich gehen wollte.

Seit Tibérias Geburtstagsfeier, an der sie, mit ihm tanzend, Marialva herausgefordert hatte, ging sie Martim nicht mehr aus dem Kopf. Inzwischen war einige Zeit vergangen, in der er sie zwar nicht gesehen, jedoch nicht vergessen hatte, gewiß, sie eines Tages wiederzusehen und mit ihr einig zu werden. Als Marialva endlich beschloß, das Feld und damit das Häuschen in Vila América zu räumen, warf Martim sich nach einigen Tagen in Schale, zog seinen besten Anzug an, wichste seine Lackschuhe, schmierte sich Brillantine aufs Haar und machte sich auf die Suche nach Otália.

Diese Otália erregte viel Aufsehen, sie war so ziemlich das verdrehteste Ding, das man sich vorstellen konnte, und eine verzärtelte, verwöhnte Göre dazu. Sie verdingte sich in Tibérias Pension, hatte ihre feste Kundschaft und gefiel besonders älteren Semestern, weil sie, zartbesaitet und gefällig, wie ein verhätscheltes Kind aussah; Tibéria liebte sie wie eine Tochter. Sie war sehr gewissenhaft, kannte nur ihre Pflicht, bandelte mit niemandem an, hängte sich an keinen der Freunde des Hauses, an Leute wie Martim, der mit Vorliebe vorübergehende Techtelmechtel mit Hausdirnen zu beginnen und sich in sie zu verknallen pflegte, was gelegentlich zu schrecklichen, dramatischen Verwicklungen führte. Hatte nicht schon Terêncio ein Messer in dem Bordell gezückt und damit Mimi mit dem Katzengesicht den Garaus gemacht? Und das nur aus lächerlicher Eifersucht.

Otália hatte nie in ein festes Verhältnis eingewilligt. Wenn sie nicht müde war, schlief sie mit dem, der ihre Gunst suchte, und wenn sie auf ein Tanzvergnügen ging, tat sie es am Arm dessen, der ihr den Vorzug gab. Sie war eine zärtliche Natur, sie ließ sich bedrängen und besitzen, sie brauchte Liebe. Nicht wie Marialva, bei der alles unecht war. Sie war noch ein richtiges Kind, vielleicht hatte sie nicht einmal ihr sechzehntes Jahr erreicht.

Korporal Martim hatte keine Schwierigkeiten, sich ihr zu nähern. Otália schien ihn erwartet zu haben, und als er mit seiner melancholischen Miene kam, um sie zu beeindrucken und den verlassenen Mann, das trostbedürftige zerrissene Herz spielte, empfing sie ihn ohne Überraschung, als ob sein Kommen nur eine Frage von Tagen gewesen sei. Martim fand das Ganze sogar zu leicht, was ihn etwas befremdete.

Freilich hatte er nicht im Sinn, wochenlang mit ihr herumzutändeln, ihr ausgiebig den Hof zu machen, Süßholz mit ihr zu raspeln, das war nicht seine Sache, er war ja nicht Curió. Doch genau so wenig machte es ihm Spaß, sich mit ihr ins Bett zu legen, kaum daß er die Hand nach ihr ausgestreckt und ihr gesagt hatte, Marialvas Fortgang sei ihm gleichgültig, denn seit jenem Tänzchen habe er nur noch an sie gedacht und keine andere Frau mehr angesehen. Er habe nämlich selber Marialva den Laufpaß gegeben – ob sie von der Geschichte gehört habe? –, um sie los zu sein und Otália nachsteigen zu können.

Otália lächelte, sagte, ja, sie wisse Bescheid. Sie war über Curiós Leidenschaft im Bilde – wer war es im Städtchen nicht? –, über seine Verzweiflung, über Marialvas Rachepläne, über die Aussprache der beiden Freunde, sie wußte alles und erriet den Rest. Marialva war ins Bordell gekommen, hatte ein langes Gesicht gemacht wie ein Gaul im Regen, und mit niemandem ein Wort gewechselt. Sie hatte mit Tibéria im Wohnzimmer hinter verschlossenen Türen verhandelt. Dann hatte die Hausherrin ihr hinten im Haus eine Kammer zugeteilt, die durch Mercedes' Übersiedlung nach

Recife freigeworden war. Von da an hatte Otália auf Martim gewartet, sie war seines Kommens sicher gewesen, auch sie hatte seit langem mit seinem Besuch gerechnet. Sogar bevor sie ihn kennenlernte, als sie ihn nur vom Hörensagen, von den Bemerkungen über seine Heirat in Recôncavo kannte. Noch am Tage ihrer Ankunft in Bahia, als sie Bahia zum ersten Mal sah, auf der Flucht vor dem Richter in Bonfim, der sie wegen seines Sohnes verfolgte. Der Junge hat sich mit ihr eingelassen, worauf zuerst seine Mutter Krawall schlug, und kurz darauf sein Vater. Kaum war sie in Bahia ausgestiegen, da stahl man ihr das Gepäck... Schön... Hinterher stellte es sich heraus, daß es nur ein Scherz von Nelke-im-Knopfloch gewesen war, jedenfalls nach Jesuínos Darstellung. An jenem Tage war von nichts anderem die Rede gewesen als von Martim und seiner Hochzeit mit Marialva. Die übrigens sie, Otália, nicht riechen konnte und sie beim Eintreten scheel angeblickt hatte. Doch sie, Otália, hatte keinen Zorn auf sie und trug ihr nichts nach. Was dem Menschen gehört, frißt das Tier nicht, sie wußte mit Gewißheit, aus einem sicheren Wissen heraus, daß Martim jenes Nähmodell abservieren und sie holen werde. Sie wußte es einfach, solange man nicht den Grund wissen wollte, es war eines jener Dinge, die man nicht erklären kann. Und davon ist das Leben voll, oder nicht?

Sie streckte ihm die Hände und die Lippen hin und lächelte ihr Kinderlächeln. Zu leicht, dachte Martim, so ist die Sache langweilig.

Doch hier irrte der in Sachen Frau sonst so erfahrene Korporal. Otália hakte sich bei ihm ein und schlug einen Bummel vor. Sie liebte nichts mehr, als durch die Stadt zu schlendern. Das war dem Korporal recht, das Bett konnte warten, bis sie ihren Dienst hinter sich hatte. Er sollte gegen Mitternacht ins Bordell kommen, einen Happen mit Jesus essen, ein Bierchen zischen, ein Fläschchen Brahma-Hell, und einen Schwatz halten. Sobald Otália den letzten Kunden vor die

Tür gesetzt, ein Bad genommen, dann ein Hauskleid und damit wieder ihr Kindergesicht übergestreift hätte, wollten sie ihre erste Liebesnacht feiern. Auch das war noch reichlich übereilt, denn im allgemeinen dauerte das harmlose Geplänkel drei bis vier Tage. Noch schlimmer wäre es freilich gewesen, wenn sie ihn noch am selben Nachmittag ins Bett gelotst hätte, als Martim die ersten Worte mit ihr wechselte. Mein Gott, das hatte er eigentlich erwartet nach der Art, wie bereitwillig sie sich ihm gegenüber benommen hatte, denn sie hatte sich nicht lange geziert, nicht lange bitten lassen, sagte sofort, sie habe den Korporal seit langem gut leiden können und habe ihn erwartet.

Sie schlenderten an der Mole entlang, am Strand, sie sammelten Muscheln, der Wind spielte in Otálias feinsträhnigem Haar, sie lief durch den Sand, er lief hinter ihr her, nahm sie in seine Arme, zerdrückte ihr die Lippen.

Gegen Abend kehrte sie heim, Tibéria hielt streng auf Einhaltung des Stundenplans. Otália hatte am Nachmittag gefehlt und mußte daher abends pünktlich zur Stelle sein. Martim vereinbarte mit ihr, sie nach Mitternacht im Frauenhaus zu treffen.

Dann machte er sich auf die Suche nach Partnern für ein Spielchen; auf diese Weise würde die Zeit leichter verstreichen, dabei könnte er auch eine Kleinigkeit für die ersten Spesen mit Otália, für ein Geschenk, verdienen.

Zu jener Zeit hatte ein neuer Polizeichef, ein ekliger Kerl und penetranter Topfgucker, beschlossen, der Glücksspielerei ein für alle Mal ein Ende zu setzen. Er ging dem Zahlenlotto auf die Fährte, steckte eine Unzahl von Lottoverkäufern ins Loch, brach mit seinen Geheimen in Lokale ein, wo Karten gespielt oder gewürfelt wurde, und stellte alles auf den Kopf. Nur den Reichen und ihrem Spielvergnügen kam er nicht ins Gehege, obwohl sogar Roulett und Bakkarat in Hotelzimmern und eleganten Häusern von Graça und Barra gespielt wurden. Bei diesen Spielhöllen drückte er zwei Augen zu und sah nur die Glücksspiele der Armen als Spielsünden an. Auf diese Weise fiel es Martim nicht leicht, einen Partner für den Abend zu finden. Schließlich brachte er doch eine Runde von Würflern zusammen und gewann ein paar Moneten. Der größte Verlierer dabei war Artur da Guima, der war wirklich ein so ausgemachter Pechvogel, daß sein Heiliger ihm schon mehrmals befohlen hatte, die Finger vom Spiel zu lassen, doch die eingefleischte Spielratte konnte sich nicht überwinden.

Mitternacht war schon vorbei, als Martim ins Bordell zurückkehrte. Otália erwartete ihn im Wohnzimmer, wo Tibéria und Jesus am Tisch saßen. Martim hatte eine Tüte Bonbons gekauft und bot sie den Anwesenden an. Jesus schenkte ihm ein Glas Bier ein, und sie stießen an. Bald darauf ging Jesus schlafen, und Tibéria verschwand, um nach dem abflauenden Nachtbetrieb zu sehen.

»Wollen wir auch, Schönchen?« schlug Martim vor.

»Ja, gehen wir, die Mondnacht ist hell.«

Martim hatte keinen Spaziergang gemeint. Er hatte gedacht, man würde zu Bett und nicht ins Freie gehen. Doch er sagte keinen Ton, und da jede Frau ein Anrecht auf Launen hat, war er bereit, sie zu befriedigen. So traten sie hinaus und bummelten durch die Straßen, bewunderten den Mond, tauschten Liebesschwüre und gelobten sich ewige Treue. Wie Verliebte in zärtlichem Geplauder. Eine Frau wie diese, so sanft und schlicht, war dem Korporal noch nicht begegnet. Martim ließ sich von der Milde des ziellosen Dahinschlenderns unterm Mond einlullen, dann und wann blieben sie in Hauseingängen stehen und stahlen sich einen Kuß.

Endlich kehrten sie in die Frauenpension zurück, vor der Tür streckte Otália die Hand zum Abschied aus:

»Bis morgen, mein Brauner.«

»Wie bitte?« Martim begriff nicht.

Er nahm den Abschied nicht zur Kenntnis und trat mit ihr durch die Türe. Doch sie blieb unbeugsam. Mit ihm schlafen?

Dafür war es noch zu früh. Eines Tages vielleicht, wer weiß... Heute abend war sie müde, sie mußte sich ausschlafen, wollte allein sein, um die mit ihm verbrachten Stunden im Geiste nachzuerleben, es war ein voller, glücklicher Tag gewesen. Sie reichte ihm die Lippen zum Kuß, drängte sich an ihn, Leib an Leib. Dann lief sie weg, in ihre Kammer, schloß die Türe hinter sich ab, Martim stand wie ein dummer Junge da, den Geschmack ihrer Lippen im Mund, die Wärme ihres Körpers an dem seinen, ihr plötzliches Fortsein im Herzen.

Von drinnen tönte Tibérias machtvolle Stimme:

»Wer ist da?«

Er ging weg, mit einem Mal war er wütend. Entschlossen, diese verrückte Göre mit ihrem Kindergesicht und ihrem offensichtlichen Wunsch, ihn zu verlachen, nie wieder zu sehen. Voller Unmut lief er nach Hause.

Im Gegensatz zu seinen vorigen Gefühlen, wie man gleich sehen wird; zuerst war ihm der Gedanke, mit ihr ins Bett zu gehen, könne zu leicht, ja so leicht sein, daß die Sache jede Poesie einbüßen würde, lästig gewesen. Jetzt aber, da er sah, daß all das nicht so leicht ging und dem Besitz eines Mädchens eine Zeit der Werbung vorausgehen mußte, ärgerte er sich und fuhr dermaßen aus der Haut, daß er aus lauter Wut am liebsten die Pflastersteine zertrampelt hätte.

Mißgestimmt machte er sich auf die Suche nach den Freunden, fand aber nur Jesuíno Tollhahn in einer Butike in Sankt-Michael in eingehender Unterhaltung mit einem Heiligenvater. Er setzte sich an den Tisch und bestellte etwas zu trinken. Doch der Schnaps wollte nicht schmecken. Er hatte noch Otálias Geschmack auf der Zunge, an den Fingerspitzen, ihren Geruch in seinen Nasenflügeln. Nichts hatte mehr Geschmack oder Sinn.

Jesuíno, nicht mehr auf dem laufenden über die Ereignisse seit Marialvas Abzug aus der Baracke in Vila América, wo sie Martim und Curió beim Verzehren einer überreifen Jaca verlassen hatte, war baß erstaunt: Hatte die Geschichte mit Marialva den Korporal so beeindruckt, daß er die gute Laune und die Lust am Trinken verloren hatte? Martim beteuerte ihm jedoch, Marialva, das langweiligste Stück Weib auf der Erde, möge seinetwegen in der Hölle schmoren. Was Curió betreffe, so sei er sein Bruder; wären sie demselben Mutterschoß entsprungen, sie hätten nicht verbundener, nicht befreundeter sein können. Er hatte andere Sorgen. Jesuíno drang nicht in ihn und verzichtete auf weitere Fragen; vertraute man ihm jedoch Bitternisse und Zukunftspläne, Schwierigkeiten und Träume an, hörte er aufmerksam zu und suchte nach Kräften zu helfen. Doch nie quetschte er einen anderen aus, auch wenn er vor Neugierde platzte. Überdies war die Unterhaltung mit dem Macumba-Priester aufschlußreich und belehrend: Über die Geheimnisse der Eguns wußte der Alte vom Tereiro Amoreira Bescheid wie kein zweiter.

Martim hatte beschlossen, Otália nicht wieder aufzusuchen, doch sein Entschluß zerfloß im Schlaf, und gegen Abend stand er wieder im Bordell. Tibéria lachte, als sie ihn sah:

»Hast dich verguckt, was? In die Kleine, wie?«

Beifall klang in ihrer Stimme mit. Sie liebte es, Martims Liebesabenteuer zu bemuttern, seine Liebschaften unter ihre Fittiche zu nehmen. Sie mochte auch Otália leiden und behandelte sie wie ihr eigenes Kind. Dieses Techtelmechtel war etwas anderes als seine Hochzeit mit Marialva, die hinter ihrem Rücken vor sich gegangen war, als der Korporal sich häuslich niedergelassen und den Freunden den Rücken gekehrt hatte.

Otália empfing ihn mit dem gleichen zärtlichen Lächeln, mit der gleichen gleichsam betörten Zutraulichkeit, sie war glücklich, geliebt zu werden und zu lieben.

»Warum bist du nicht früher gekommen? Wohin gehen wir heute?«

Er war gekommen, um die Sache rasch mit ihr ins reine zu bringen, er wollte mit ihr ins Bett gehen, koste es, was es wolle. Doch ihre Gegenwart und ihr Freimut nahmen ihm allen Mut, er fühlte sich entwaffnet, sagte keinen Ton und ging mit ihr spazieren. An jenem zweiten Tag gingen sie zu einem Fest nach Largo, mit Kirmes und Freiluftchor. Als sie zum Frauenhaus zurückkehrten, verabschiedete Otália sich von neuem mit einem heißen Kuß.

Martim fiel aus allen Wolken: Wie lange sollte das noch dauern? Fraglos länger, als er sich eingebildet hatte. Die Tage vergingen, die Ausflüge zogen sich in die Länge, sie klapperten alle Sehenswürdigkeiten der Stadt ab, gingen auf Feste, Candomblés, nahmen an Fischessen teil, an Bällen, sie schlenderten Hand in Hand, Auge in Auge, zwei Verliebte. Vor dem Frauenhaus verabschiedeten sie sich voneinander. Sie schlief nicht mit dem Korporal, sie hatte nie mit einem Freund schlafen wollen, sie tat ihre Arbeit, und damit war die Sache erledigt, es gab keinen Mann außer Martim in ihrem Leben.

Auch mit einem Mädchen aus gutem Hause hätte Martim keinen sittsameren Flirt haben können. War das nicht zum Lachen? Eine Poussage mit einer Dirne, mit einer Prostituierten, die für jedermann zu haben war, sofern man zahlte.

Es war eine Liebschaft, die von Tag zu Tag anständiger wurde. Mit den anderen Dirnen, selbst mit den dickköpfigsten von ihnen, ging die Knutscherei so lange, bis das Bett fällig war. Bei Otália war es umgekehrt. Am ersten Tag hatte er sich noch am meisten herausgenommen, ihr die Brüste befühlt, die Rundungen des Hintern, die Wärme der Schenkel betastet. Wenn sie einander gute Nacht sagten, reichte er ihr begehrlich den Mund und drückte sie an sich, aber das war auch alles.

Indessen, je mehr Zeit verstrich, desto zurückhaltender wurde sie, was die Dinge des Betts betraf. Es wuchsen das gegenseitige Zutrauen, die zarte Liebe, die Intimität der Empfindungen, doch der Marsch auf Otálias Bett, auf ihren begehrten Körper, war zum Halten gekommen. Wenn es hoch kam, stahl Martim ihr auf den langen Spaziergängen oder im Trubel eines Festes, auf den Bällen des Baronschwofs, einen Kuß, steckte die Nase in ihren Nacken, berührte leicht ihre Brust oder spielte mit ihrem seidenweichen Haar.

Das zog sich über einen Monat hin, die Freunde wurden schon ärgerlich. Was Otália betraf, so vertraute sie Tibéria ihr Glück an, ihre Liebe zu Martim, ihre grenzenlose Zärtlichkeit. Sie nannte sich seine Verlobte.

Ob Verlobter oder nicht, dem Korporal lag nichts daran, ein Haus auf dem Katzentöter zu bauen. Eigene Häuser war er ein für alle Mal leid. Dennoch erschien er dort hin und wieder, allein oder in Begleitung Otálias, um den Freunden zu helfen. Tibéria baute gleichfalls, ihr Haus aus Backsteinen mit Verputz und einem echten Ziegeldach war bei weitem das beste. Auch Curió errichtete seine Baracke und dachte an die Zukunft, von Massu, der längst mit Sack und Pack, mit seiner Großmutter und dem Kleinen übergesiedelt war, nicht zu reden. Dann und wann brachte Martim seine Gitarre mit und spielte für die Runde auf.

Die Hütten, Kinder der dringendsten Not, schossen wie die Pilze aus dem Boden. Sie gehörten Menschen, die kein Geld hatten, Miete für ein Haus oder auch nur eine Kammer zu bezahlen, nicht einmal in dem schmutzigsten Gemäuer, nicht in den stinkenden Kasernen der Altstadt, wo ganze Familien in den kleinsten finstersten Löchern hausten. Hier hatten sie wenigstens das Meer und den Sand und die Landschaft der Kokospalmen. Es waren bitterarme Leutchen, es waren die ärmsten aller Armen, ein Völkchen ohne Hab und Gut, das von Gelegenheitsarbeit und harter Fron lebte; trotzdem ließen sie sich nicht von der Armut unterkriegen, sondern schwangen sich auf über ihr Elend, lieferten sich nicht der Verzweiflung aus und waren weder traurig noch hoffnungslos. Im Gegenteil, sie überwanden ihre jämmerlichen Verhältnisse und verstanden zu lachen und fröhlich zu sein. Und es wuchsen die Häuser mit Wänden aus Lehm, aus Strohgeflecht, aus Brettern, aus Wellblechteilen, winzige Buden, die allerbescheidensten Behausungen, leidenschaftlich, kraftvoll hämmerte hier der Puls des Lebens. Der Batuque des Samba seufzte in den Trommelnächten. Die Atabaques riefen zum Fest der Orixás, die Berimbaus zu den Späßen von Angola, zur Capoeira.

Erst gegen Ende der ersten Woche, als schon einige zwanzig Behelfshäuschen standen, erfuhr am Samstag Pepe Achthundert, der Eigentümer jenes gesamten, an das Marinegebiet grenzenden Meeresstreifens und des Hügels namens Katzentöter, durch einen Prokuristen von der eigenmächtigen Beschlagnahme der kleinen Parzellen seines Landes, von den Bauten aus Blech und Brettern.

Pepe hatte jenes Gelände vor Jahren für einen Apfel und ein Ei erworben. Nicht nur den Hügel Katzentöter, sondern ein weites Gebiet – manchmal dachte er monatelang nicht mehr daran, wenngleich er einen Bebauungsplan für ein ganzes Wohnviertel besaß, das er auf seinem Grund und Boden anlegen wollte, sobald die Stadt sich nach dem Ozean ausdehnen sollte. Vorläufig war es ein unbestimmter Plan auf lange Sicht, der nicht in nächster Zukunft zu verwirklichen war; denn da den reichen Leuten noch viel unbebautes Gelände in Barra, am Hügel von Ipiranga, in Graça, und an der Barra Avenida zur Verfügung stand, bevor sie sich nach dem Flugplatz hin ausdehnen mußten, war vorderhand noch nicht mit einem nennenswerten Wertzuwachs jener Zone zu rechnen.

Doch ohne Rücksicht darauf durfte er nicht dulden, daß auf seinem Grundbesitz gebaut wurde, und noch weniger, daß Fremde, zumal eine Horde von Strolchen, sich dort breit machten. Er würde die Bruchbuden, jene Drecklöcher, welche die Schönheit seines Strandstreifens verunzierten, abreißen lassen.

Eines Tages sollten dort Bauten erstehen, gewiß. Doch nicht diese erbärmlichen Hundehütten. Es würden weiträumige

Häuser sein mit breiten Veranden, Appartementhäuser nach Entwürfen berühmter Architekten mit allen Errungenschaften des guten Geschmacks, errichtet mit dem teuersten Material. Häuser und Appartements von Reichen, die das nötige Kleingeld besaßen, um Achthunderts Grundstückspreise zu bezahlen und dort zu bauen, wie es sich gehört, mit Schönheit und Komfort. Was den Hügel Katzentöter betraf, so gedachte er ihn für seine Enkel aufzubewahren, für den Jungen und das Mädchen, Afonso und Kátia, er ein Student der Rechte im ersten Semester, sie im Begriff, die Aufnahmeprüfung für das Studium der Philosophie zu machen. Übrigens ein bezauberndes Pärchen, das mit der Linken liebäugelte, wie es ihr Alter und die Zeit erforderten, doch zugleich ihre Unabhängigkeit genießend, mit ihren Autos und ihren Segelbooten im Yachtklub.

Dort würden Parkanlagen entstehen, bildschöne Frauen würden sich zwischen Blumenrabatten ergehen, in ihren Bikinis würden sie sich am Strand braunbrennen lassen, im Meer baden, um noch begehrenswerter, noch geschmeidiger für die Liebesnächte zu sein.

4

Schön und geschmeidig war Dagmar, eine Mulattin, deren Erscheinen beim samstäglichen Baronschwof von Woche zu Woche größeres Furore machte. Sie lebte in letzter Zeit mit Schönschopf zusammen, einem Meister der Capoeira und Steinmetz in seinen Mußestunden. Bevor sie sich in Schönschopf verliebte und ein festes Verhältnis mit ihm eingegangen war, hatte sie höchst annehmbare Stellungen ausgefüllt: Erst war sie Serviermädchen in einem Haus des Stadtviertels Graça, dann Kindermädchen in der Villa feiner Herrschaften gewesen. Doch als Schönschopf die Verantwortung für diese Apotheose von Frau übernahm, ließ er es nicht mehr zu, daß sie sich ihre elegante Linie beim Abstauben in Häusern reicher Spießer verschleißen oder Übergriffe verzogener, wehleidiger, windiger Muttersöhnchen gefallen lassen müsse. Er hatte keine Lust, die Nerven seiner Cabrocha in Fetzen gehen zu sehen.

So griff er aus Liebe zu Dagmar zur Maurerkelle und baute sich auf dem Katzentöter eine Lehmhütte. Als er mit dem Bau fertig war, half er den anderen, ließ sich von dem, der es sich leisten konnte, ein paar Groschen zahlen, half aber den meisten umsonst, da er ein geschickter Handwerker war und einem bedürftigen Freund zuliebe gern Hand anlegte. Gerade jetzt, an jenem Sonntagmorgen, als Dagmar, müde vom langen Warten, zum Strand schlenderte, half Schönschopf bei dem eiligen Bau eines Häuschens für Edgard Chevrolet, einen Taxichauffeur im Ruhestand, der bei einem Unfall den rechten Arm und das linke Auge verloren hatte.

Zum Strand strebte auch Dona Filó mit fünf ihrer sieben Kinder. Am Sonntag vermietete sie keines von ihnen, und hätte man ihr noch so viel Geld geboten. Sonntag war ihr Muttertag, den verbrachte sie ausschließlich mit den Kleinen; sie badete sie, kämmte sie, lauste sie, kleidete sie säuberlich, appetitlich, daß es eine Augenweide war, sie kochte für sie ein besonders schmackhaftes Mittagessen und erzählte ihnen Geschichten. Mit einem Wort: Sie hielt sich für die ganze Woche schadlos, in der sie auf ihre Kinderschar verzichten mußte: denn an Wochentagen hatten die Kleinen den Unterhalt ihrer Mutter an Kirchenportalen oder in den Straßen zu erbetteln, und, schmutzig und abgerissen wie sie waren, mit verhungerten Mienen Almosen in Restaurants und Bars zu ergaunern. Die beiden ältesten trieben sich auf dem Hügel herum und spielten auf einem Behelfsfeld hinter den Baracken Fußball; der zweitälteste legte viel Geschick zum Torwart an den Tag und ließ nie einen Ball durch: Mit Gottes Hilfe würde er vielleicht eines Tages Berufsspieler werden und ein Vermögen verdienen.

Es war ein friedlicher sonniger Morgen, nicht allzu heiß, ein Lüftchen spielte in den Kokospalmen, das Meer war ruhig. Wolkenfetzen hingen am Himmel. Autos glitten auf der Asphaltstraße zum Flughafen hin, Dona Filó, gefolgt von ihren fünf Kindern, überschritt den Fahrdamm. Ein paar junge Leute, die in einem Sportwagen vorbeisausten, drehten sich bewundernd nach Dagmars kaffeebraunem Körper um. In der Gegend von Amarelina hörte man die Sirene der Funkstreife. Auf dem Hügel und am Strand achtete niemand darauf. Der Wagen war sicherlich nach Itapoã unterwegs.

Nicht nur Jesuíno, auch Martim und Ipicilone waren frühmorgens gekommen, um den Tag mit Massu zu verbringen. Es fehlte nur noch Curió, sein Haus war noch nicht ganz fertig. Er hatte alle Hände voll zu tun mit Madame Beatritz und ihren Angelegenheiten, da die Kartenschlägerin sich auf eine Schaustellung vor dem Bahianer Publikum Bahias vorbereitete: Lebendig begraben, wollte sie einen Monat lang in einem Sarg liegen, ohne einen Bissen Nahrung, ohne einen Tropfen Wasser zu sich zu nehmen, mit einem Wort: sensationell. Martim, auf einem Ölkanister hockend, klimperte auf seiner Violine. Otália, auf dem Erdboden kauernd, hatte ihr Köpfchen an seine Knie gelehnt. Hinter Edgard Chevrolets Haus waren drei oder vier andere im Bau, doch nur Edgard vertrieb sich an diesem Sonntag die Zeit mit Arbeit. Die übrigen Einwohner ruhten aus, auf dem Erdboden oder in ihren Hütten.

Die drei großen Kraftwagen der Polizei, beladen mit über dreißig Mann Schutz- und Geheimpolizisten, fuhren nicht in Richtung Itapoã. Auf der Höhe von Katzentöter bogen sie von der Fahrbahn in einen Feldweg ein und hielten am Fuße des Hangs. Die neuen Siedler hatten einige Schneisen in den Busch geschlagen.

Alles ging ebenso unerwartet wie rasch vor sich. Die Polizisten, bewaffnet mit Äxten und Spitzhacken, einige auch mit Benzinkanistern, erklommen den Hügel. Einer von ihnen, der Führer der Abteilung, ließ einen Pfiff ertönen. Dieser sollte dank der Geschichte von der Besetzung des Hügels Katzentöter Berühmtheit erlangen. Sein Name war Chico Großmaul, und, wie sich später zeigen wird, machte er seinem Namen auch Ehre.

Ohne auch nur »Mit Verlaub« zu sagen, rückten sie gegen die Baracken vor. »Mit Verlaub« ist übrigens übertrieben, denn eine mit Maschinenpistolen bewaffnete Rotte von Männern stellte sich vor die Baracken, und Chico Großmaul warnte:

»Wer sich untersteht, uns bei der Arbeit aufzuhalten, kriegt eine vor den Latz geknallt... Wer am Leben bleiben will, soll sich nicht mausig machen...«

Andere marschierten auf die Hütten zu und, Axt und Spitzhacke anlegend, rissen sie alles nieder, vernichteten aber nicht nur die Bretterbuden, sondern auch die Möbel, sofern man die Kisten, wackeligen Tische und Stühle, alten Strohsäcke und uralten Matten füglich Möbel nennen konnte. Mehr besaßen die Leutchen nicht.

Eine dritte Schar, die der Benzinkanister, goß Sprit über den Wirrwarr aus Brettern, Stroh und Stoffetzen und steckte das Ganze in Brand. Die Flammen loderten, als wäre ein Johannisfeuer nach dem anderen entzündet worden. Die Insassen liefen auf und davon, ohne zu begreifen, was vorging, doch gewillt, ihren Besitz zu verteidigen; da sie jedoch angesichts der Maschinenpistolen wehrlos waren, blieb ihnen nichts anderes übrig, als sich zu einem Block aus Haß und Auflehnung zusammenzurotten.

Nur Neger Massu war so blind vor Zorn, daß er nicht die Maschinenpistolen, sondern nur Chico Großmaul mit seiner Pfeife sah. Er stürzte sich auf ihn, wurde von fünf Greifern gepackt, doch auch so teilte er Prügel aus und steckte welche ein. Steckte eine schöne Tracht ein. »Gebt dem ausfallenden Negerlümmel einen Denkzettel«, befahl Chico Großmaul. Vom Strand kamen Dagmar gelaufen, Dona Filó und ihre fünf Kinder. Sie konnten nichts mehr tun, die Blauen hatten ihre ruhmreiche Aufgabe erfüllt, von zwanzig und einigen Baracken mit ihrem vermischten Mobiliar war nur eine Handvoll Asche übrig, die der treue Hügelwind verwehte. Filó konnte noch kreischen:

»Jammerlappen! Höllenhunde!«

Chico Großmaul befahl:

»Mitnehmen...«

Zwei Geheime schleppten sie in den gleichen Überfallwagen, in dem andere Schutzleute Massu geknebelt hatten. Nur als sie abfahren wollten, erlebten sie eine Überraschung: Alle Reifen waren zerschnitten, alle, ohne Ausnahme. Es war die kostenlose Mitarbeit der Herren vom Strande. Von der Höhe des brennenden Hügels sahen die enterbten Bewohner die wütenden Bullen auf ihren nutzlos gewordenen Fahrzeugen. Chico Großmaul hatte sich mit erhobener Hand an die Landstraße gestellt, um von einem vorüberfahrenden Wagen mitgenommen zu werden. Darauf angewiesen, zu Fuß zur Stadt zurückzukehren, beschloß die Mannschaft, einen leeren Lastkraftwagen zu beschlagnahmen, der zufällig zum Flugplatz zurückfuhr. In Anbetracht des Durcheinanders ließen sie Massu und Dona Filó laufen, da es ihnen nicht an Gelegenheit fehlen würde, die beiden von neuem festzunehmen. Polizisten und Kriminale drängten sich auf dem Laster zusammen, nur wenige blieben an Ort und Stelle zurück, um ihre Fahrzeuge zu bewachen und auf die neuen Reifen zu warten.

Droben auf dem Hügel blickten die Bewohner einander ratlos an. Nachdem das Feuer die Baracken vertilgt hatte, war es ins Unterholz gekrochen, hatte etwas Buschwerk versengt und war schließlich erloschen. Es herrschte das lastende Schweigen ohnmächtigen Zorns, unterbrochen vom Schluchzen einer Frau. Zum ersten Mal in ihrem Leben hatte die Unglückliche ein Haus besessen, freilich nur für zwei Tage. In diesem Augenblick kam Jesuíno Tollhahn aus seinem

Winkel geschlurft, machte ein paar Schritte in die Mitte des verrußten Geländes und sagte:

»Leute, macht euch nichts draus. Sie haben unsere Häuser niedergerissen, wir bauen sie wieder auf...«

Das Schweigen wurde lebendig. Die Frau hörte auf zu weinen.

»Und wenn man sie uns nochmal abreißt, bauen wir wieder neue. Wir wollen doch mal sehen, wer es am längsten aushält...«

Neger Massu, noch immer blutend, meinte:

»Hast recht, Väterchen, du hast immer recht. Ich bau mein Haus von neuem, aber einschüchtern laß ich mich nicht mehr. Wenn einer von den Himmelhunden glaubt, er kann mir mein Haus abreißen, passiert ein Unglück...«

Dann ging er dorthin, wo die Negerin Vevéva mit dem Kleinen war. Auf seinem Gesicht stand ein Entschluß geschrieben, er war zwar nur ein einzelner Mann, sah aber mit einem Mal aus wie ein ganzes Heer. Bald darauf waren alle wieder fröhlich dabei, ihre Baracken aufzubauen. Sie taten es aus Not, sie hatten sonst keine Bleibe. Alle packten zu, auch die schöne Dagmar, Otália, Dona Filó und ihre Kinder, alle Jungen, die sich in der Nähe herumtrieben. Sogar Ipicilone, müde von Geburt, arbeitete an jenem Sonntag. Martim zupfte seine Gitarre, und die Leute arbeiteten und sangen. Es war ein Fest, das abends zu einem Ball ausartete.

Am Fuß des Hügels beobachteten die neben ihren unbrauchbar gewordenen Überfallwagen wartenden Polizisten das Tun und Treiben auf der Anhöhe. Von unten gesehen, war es ein seltsames Schauspiel. Es weckte die Neugierde des Journalisten Jacó Galub, Chefreporter der Oppositionspresse. Er fuhr gerade vom Flughafen zurück, wo er einen Freund zum Flugzeug gebracht hatte, sah den Rauch und das hin- und herhastende Völkchen, hielt seinen Wagen an und stieg hinauf, um sich zu erkundigen, was dort vorgefallen sei. Jesuíno erteilte ihm im Namen der Bewohner Auskunft und erzählte ihm die Schandtaten der Polizei.

5

Am Dienstag platzte die Reportage des Jahres als Sensationsnachricht aus acht Spalten der »Gazeta de Salvador«, dem Oppositionsblatt, in einem Augenblick, als es Geld und Leser brauchte. Die Wahlniederlage hatte die Zeitung ausgeblutet. Der Direktor des Organs, Airton Melo, hatte als Kandidat zum Bundesabgeordneten viel Geld in die Wahlkampagne investiert; wenn auch das meiste aus den Taschen anderer stammte, so hatten auch die Reserven der Zeitung herhalten müssen. Er war durchgefallen, mit knapper Not als vierter Ersatzmann gelandet und konnte sich daher anstandshalber vorläufig nicht der Regierungspartei nähern. Als Airton Melo die auf dem Hügel Katzentöter gemachten Aufnahmen sah (wohin Jacó am Montag mit einem Pressefotografen zurückgekehrt war) und angesichts der zahnlosen Dona Filó, die, Arme und Hüften behangen von Kindern, selig leer in die Linse lächelte, angewidert das Gesicht verzog, meinte er, der lautere Journalist, der »Nachtwächter der öffentlichen Gelder« (wie seine eigene Zeitung ihn betitelt hatte), zu Jacó:

»Ein paar Hiebe auf den Wanst der spanischen Kolonie können nicht schaden. Diese Galizier werden immer geiziger und lassen keinen Vintém für die armen Leute springen. Rück dem Halsabschneider Perez auf die Pelle, bausche die Geschichte von seinem Kilo zu achthundert Gramm ein wenig auf, damit verschont die Zeitung eine Menge anderer von seiner Sorte. Sprich natürlich von den lobenswerten Ausnahmen: Du wirst sehen, sie werden bald die Hose herunterlassen, und gerade das brauchen wir. Es geht nämlich hart auf hart, Seu Jacó ...«

»Und die Regierung?«

Airton Melo lächelte, er hielt sich für einen Politiker von Kaliber, mit allen Wassern gewaschen. Erbe aller Schliche der alten Bahianer Bonzen:

»Knüppelschläge für die Regierung, mein Lieber. Und zwar nicht zu knapp, damit sie Schwielen kriegt. Nur eines« – er senkte die Stimme –, »laß den Gouverneur aus dem Spiel. Appelliere dafür an sein Gewissen als Mann der Öffentlichkeit, appelliere an sein Herz. Sicherlich hat er keine Ahnung von den Vorgängen, und so weiter und so fort – du kennst dich aus in der Leier. Dann aber knöpf dir den Polizeichef vor, und auf ihn mit Gebrüll! Er ist der Mann der Kampagne gegen das Glücksspiel, er hat gesagt, er will Schluß machen mit dem Zahlenlotto. Leider kann die Zeitung sich nicht für das Lotto und auch nicht für die Lottomakler einsetzen... Jetzt aber, mit der Geschichte von der Besetzung des Hügels, können wir dem Albuquerque (dem Polizeichef) einen Dämpfer verpassen, ihn womöglich zur Strecke bringen. Auf diese Weise läßt sich die Kampagne finanzieren ... Du verstehst, die Leute vom Zahlenlotto ...«
Er zündete sich eine Zigarre an und stieß eine dicke Rauchwolke aus. Dann gönnte er Jacó einen zärtlichen Blick:
»Wenn die Sache klappt, mein Lieber, sollst du nicht zu kurz kommen. Du weißt, daß ich nicht undankbar bin...«
Er fühlte sich freigebig, wie er im Geiste das Geld rollen sah. Sein Lebensstil verschlang ein Vermögen, er hatte zwei Haushalte zu bestreiten, einen zu Hause, den zweiten außer Hause, und seine Frau Rita schien mit seiner Geliebten Rosa im Geldausgeben zu wetteifern. Das Doppel-M, die Mausenden Mäuse, wie er selber in einem Gemisch von Spott und Humor sagte, ruinierte seine Finanzen.
Jacó Galub betrachtete seinen Direktor, der vor ihm im Sessel lehnte. Auf seine Weise war er ein großer Mann. Doch wenn er, Galub, sich auf dessen Versprechungen verlassen und auf die Früchte seiner Freigebigkeit warten wollte, würde er Hungers sterben. Jacó Galub dachte aber nicht daran, Hungers zu sterben. Er war ehrgeizig, hatte eigene Pläne, wollte seine Trümpfe ausspielen, wie es ihm behagte, und wenn er auch nicht gegen das ihm von Airton Melo bewilligte Hun-

gergehalt aufbegehrte, so nutzte er doch die Spalten der Zeitung für seine eigenen Vorhaben aus. Er war aktiv und klug, ein guter Journalist, er kannte den ganzen Redaktionsbetrieb in- und auswendig, war einer der besten Berichterstatter der Stadt und frei von Vorurteilen, aber auch von Gefühlsduselei. Kalt trotz scheinbarer Leidenschaftlichkeit, hatte er nur das eine Ziel, sich einen Namen zu machen, nach Rio zu gehen, sich in der Weltstadtpresse durchzusetzen, eine jener glänzend bezahlten Stellungen zu erringen und Geld zu verdienen. Das mußte gelingen, dessen war er sicher. Auch er lächelte dem »lauteren Journalisten« zu:

»Sie können ganz beruhigt sein, wir werden eine totale Kampagne aufziehen. Der Ruf der Zeitung wird in den Himmel wachsen. Auch die Zirkulation. Ich werde aus dieser Hügelbesetzung Kapital schlagen.«

»Leg Tempo in deine Reportagen, Gefühl, Herz, alle Welt soll heulen wie Schloßhunde aus Mitleid mit den armen Leutchen, die kaum einen Fetzen auf dem Leib haben und keine Bleibe... Herz will ich sehen!«

»Sie können sich auf mich verlassen.«

Kaum war er gegangen, nahm Airton Melo den Hörer auf und wartete ungeduldig auf ein Amtszeichen. Als es endlich kam, wählte er eine Nummer, der Teilnehmer meldete sich, und er fragte:

»Ist Otávio da? Dr. Airton Melo am Apparat.«

Als Otávio Lima, König des Lottospiels in der Hauptstadt und den umliegenden Städtchen des Staates, am anderen Ende des Drahtes den Hörer aufnahm, sagte er:

»Bist du's, Otávio? Ich muß mit dir sprechen, mein Lieber. Endlich habe ich ein paar Trümpfe in der Hand, um Albuquerque abzuservieren...«

Er machte eine Pause, um die Antwort abzuwarten, dann sagte er:

»Diesmal habe ich das... Eine sensationelle Kampagne. Aber das kann ich dir nur unter vier Augen erzählen...«

Der Vorschlag des anderen entlockte ihm ein Lächeln:
»In deinem Büro? Bist du wahnsinnig? Wenn einer mich sieht, heißt es sofort, daß du meine Zeitung gekauft hast ... Bei mir, zu Hause ...«
Wieder eine Pause, in welcher der König des Zahlenlottos etwas zu fragen schien.
»In welchem von beiden?« wiederholte der Journalist und dachte nach:
»Bei Rosa, dort sind wir ungestörter ...«
So begann an jenem Dienstag mit einer von Jacó Galub unterzeichneten Reportage, welche die ganze achte Seite füllte, und einer riesigen Schlagzeile auf der ersten – auf der, behangen von der Traube ihrer zahlreichen Kinder, die erregte Dona Filó während ihrer herzzerreißenden Aussagen zahnlos grinste – so begann die »Gazeta de Salvador« ihre Kampagne »zur Verteidigung der armen obdachlosen Leute, die gezwungen sind, herrenlosen Baugrund zu besetzen«, eine in der Bahianer Presse epochemachende Kampagne.
Im Verlauf der ersten Woche entwickelte Jacó Galub eine ungeahnte Tätigkeit. Er verbrachte einen Gutteil seiner Zeit auf dem Katzentöter, ließ sich erzählen, ermunterte die Leute, versicherte ihnen, dank der Unterstützung durch die »Gazeta de Salvador« dürften sie ihrer Sache sicher sein und so viele Baracken bauen, wie sie nur wollten. Tatsächlich wurden die Reportagen ein wahrer Lockruf. Die erste Invasion des Hügels war fast nur ein Unternehmen von Freunden gewesen, durchgeführt von Massu, Jesus, Curió, Schönschopf, es waren alles Bekannte gewesen, Gevattern, Verwandte, Sauf- und Plauschbrüder. Doch nach dem Johannisfeuer der Polizei und den ersten Reportagen der »Gazeta« begannen Leute von allen Seiten herbeizuströmen, bepackt mit Brettern, Kisten, mit allem, was sich als Baumaterial verwerten ließ. Zehn Tage später standen mehr als fünfzig Behausungen da, und es sah so aus, als sollten sie sich in Kürze beträchtlich vermehren.

Jacós Reportagen richteten sich genau nach Airton Melos Richtlinien: Zunder für die Regierung! Ein gewalttätiger, unfähiger Polizeichef, im Sold von Magnaten der spanischen Kolonie. In seinem ersten Tatsachenbericht schilderte Jacó, fußend auf den Erklärungen von Jesuíno und anderen, wie alles begonnen hatte: Das obdachlose Volk hatte jenes herrenlose Gelände ausgesucht, um sich dort eine Behelfsbleibe zu bauen. Dann kamen Pepe Achthunderts Anzeige bei der Polizei – »der Millionär José Perez, seit einigen Jahren bekannt unter dem malerischen Spitznamen Pepe Achthundert Gramm« – und der von Chico Großmaul, dem berüchtigten Gefangenenschinder, angeführte brutale Überfall, unter dem Kommando von Albuquerque, dem »düsteren Polizeichef, dem unduldsamen Bakkalaureus mangelhafter Bildung und überreichlichen Dünkels«. Die Massu verabreichte Tracht Prügel fand eingehende Erwähnung: der Neger, der seine Behausung verteidigte, das Leben seiner Großmutter und seines kleinen Sohnes; die Polizisten, die ihn bändigten, um sein Haus anzuzünden. Es war wirklich so gewesen, nur hatte Jacó Massus Züchtigung vorverlegt und die Handgreiflichkeiten des Negers unterschlagen. Das wollte Massu nicht behagen. In der Reportage erschien er als ein armer Prügelhund der Polizei, der sich nicht gewehrt hatte. Es kostete Jacó viel Mühe, Massu die Gründe für seine Darstellung zu erklären und ihn zu beschwichtigen.

Bei seinem Angriff auf die Regierung und insbesondere auf den Polizeichef ließ der Journalist den Gouverneur ungeschoren. Vielmehr gönnte er ihm etliche Worte des Lobes und appellierte an sein gutes Herz. Auch an seinen Patriotismus. Die Regierung – schrieb Jacó – müsse sich endlich klar darüber werden, daß wir ein unabhängiges Land sind und nicht eine »spanische Kolonie«. Bahia besitze eine mächtige spanische Kolonie, in ihrer Mehrzahl bestehend aus ehrlichen fleißigen Männern, denen der Fortschritt des Staates viel verdanke, die aber auch Halunken ersten Ranges mit

unehrlich erworbenen Vermögen zu ihren Mitgliedern zähle, wie die »Gazeta de Salvador« in einer späteren Artikelserie zu beweisen gedenke. Es sei jedoch eines, ob Bahia eine spanische Kolonie besitze, ein anderes, ob Bahia »die Kolonie der spanischen Kolonie« sei. Indessen sei der Herr Polizeichef, Herr Dr. Albuquerque, der König der Tiere, so genannt, weil er (mit welchen Hintergedanken?) die Verkäufer des Tierlottos verfolgte, auf Pepe Achthundert Gramms Pfiff gehorsam angelaufen, um brasilianische Bürger, ehrliche, arbeitsame Zeitgenossen, deren einziges Verbrechen die Armut sei, von unbebautem, nutzlosem, verlassenem Baugelände zu vertreiben. Für den Polizeichef konnte es offensichtlich kaum ein schlimmeres Verbrechen geben, bekräftigte Jacó, er war ein Beschützer der Glückspinsel, besonders gewisser Galizier, die ihre Kunden am Gewicht betrogen.
Lange hatte man in der Bahianer Presse keine so sensationelle, heftige Reportage mehr gelesen, die es auf bedeutende Einwohner abgesehen hatte. Die Auflage der Zeitung war im Handumdrehen vergriffen, so daß die Ziffern an den folgenden Tagen stiegen.
Einige der Waldbewohner, deren Fotos in der Zeitung erschienen, gaben von Jacó zurechtgestutzte Erklärungen ab: So war Dagmar, die Schöne, im Badeanzug mit den Gebärden eines Filmstars zu sehen, was ihr ein paar Ohrfeigen von Schönschopf eintrug. Seine Frau sei nicht dazu da, ihre Schenkel und Brüste in der Zeitung zur Schau zu stellen. Dagmar bezichtigte den Fotografen der Überrumpelung, er habe sie ohne ihr Wissen geknipst, was eine anfechtbare Behauptung, wenn nicht gar eine schamlose Lüge war. Doch das sind häusliche Angelegenheiten, in die wir uns nicht mischen wollen. Wir wollen nur zur Bereicherung unserer Erfahrungen mit Frauen und dem Leben im allgemeinen feststellen, daß Dagmar nach den eingesteckten Ohrfeigen nicht nur zurückhaltender, sondern auch zärtlicher wurde.

Dona Filó glänzte. Ausgezehrt und ungekämmt, angetan mit ihrem schwarzen zerschlissenen Kleid, ein Kind an jeder Hüfte, eines an der Brust, die anderen rings um sie gedrängt, war sie das Abbild der Armut. Sogar Zeitschriften aus Rio kauften Fotos von ihr zur Veröffentlichung. Sie kauften sie natürlich vom Fotografen; Filó bekam keinen Heller von den Rechten ab. Dafür war sie jedoch sehr stolz, als sie ihr Konterfei in den Zeitungen sah. Von nun an ließ sie sich für ihre Kleinen eine höhere Miete zahlen, nun hatten sie einen Namen, nun waren sie berühmt. Jacó legte ihr Jesuínos Ausspruch in den Mund: »Sie reißen nieder, wir bauen auf.« Doch im Lauf der Zeit ging der Ausspruch in Galubs geistigen Besitz über, denn ein über das andere Mal wiederholte der Journalist ihn in seinen Reportagen als Behauptung und als Drohung, ohne an den Urheber des Zitats zu denken, endlich und ehrlich überzeugt, der Vater der berühmten Worte zu sein. Eine Vaterschaft, die ihm allerdings der Abgeordnete Ramos da Cunha, der Führer der Opposition in der verfassungsgebenden Versammlung und ein feuriger Tribun, halbwegs streitig machte. Denn in einer seiner Reden schwang der Politiker sich zu folgender dramatischen Wendung auf:

»Mag die Machtvollkommenheit des Herrn Polizeichefs, mag die Anmaßung des Millionärs Perez, mag die Nachlässigkeit der Regierung, mögen die Behörden und ihre Helfershelfer die Häuser der Bevölkerung in Brand stecken. Wir, das Volk, bauen sie wieder auf. Auf der Asche der durch Verbrecherhand entstandenen Brandstätten errichten wir, das Volk, unsere Häuser. Zehn, zwanzig, tausend Mal, wenn es nötig sein sollte.«

Der Oppositionsführer war eine eindrucksvolle Gestalt, Anwalt, der Sohn eines Obersten aus dem Landesinnern. Zwar Erbe riesiger Latifundien, verfügte er jedoch nicht über Grundbesitz in der Stadt und wollte nur der Regierung eins auswischen. Er hatte erst kürzlich promoviert und war vom

Vater zum Abgeordneten gewählt worden. Solange es nicht um eine Agrarreform ging, gab der junge Ramos da Cunha, dem das Wort leicht und tönend zu Gebote stand, sich als stark fortschrittlich, so daß dieses Eigenschaftswort oft von der Presse verwendet wurde, um ihn zu charakterisieren. In Anbetracht der zugunsten der Landnahme des Hügels Katzentöter lancierten Kampagne wurde er sogar kommunistischer Ideen bezichtigt. Obgleich es sich hierbei offensichtlich um falsche Verdächtigungen, um Verleumdungen feindlicher Politiker handelte, verliehen sie ihm dennoch eine gewisse volkstümliche Aura.

Um nochmals auf Dona Filó zurückzukommen: Vielleicht war sie es, die den größten Nutzen aus Jacó Galubs Reportagen zog. Moralisch gesprochen. Sie sah sich dargestellt als alliebende Mutter, die sich abrackerte, um ihre sieben Rangen durchzufüttern. Unbestimmte Anspielungen auf einen sang- und klanglos verschwundenen Vater dienten dazu, ihr ein moralisches Alibi zu verschaffen und sie zur schmählich verlassenen Ehefrau, zu einem Opfer des Sozialgefüges und ihres Mannes zu stempeln. Wir wollen Dona Filós Tugenden nicht leugnen, sie hat ihre Verdienste. Sie ist eine fleißige Frau, wie man wenige trifft. Doch aus ihr deshalb gleich das Opfer eines nichtswürdigen Mannes zu machen, ist nicht gerade anständig. Sie hat nie einen Ehemann gehabt und auch nie einen Mann an sich fesseln wollen. Ein Mann diente in ihren Augen nur dazu, Kinder zu zeugen, nachher stiftete er nur Unruhe und verursachte nur Scherereien.

Von all den Hügelbewohnern vermochte Jacó nur von Jesuíno Tollhahn keinen Schnappschuß zu machen. Er sah zwar Jesuíno umherstreifen, er fühlte, daß dieser die anderen beriet, daß er der Ratgeber war, an den die übrigen sich in schwierigen Stunden wandten, doch sobald er mit seinem Fotografen auftauchte, war der mißtrauische Galgenstrick verschwunden.

Tollhahn war nicht weniger eitel oder bescheidener als die

anderen, er war kein Tugendpinsel. Er war nur alt und weise, besaß mehr Erfahrung und legte keinen Wert darauf, sich in der Zeitung abgedruckt zu sehen. Einmal, vor langer Zeit, war eine Aufnahme von ihm in der Presse erschienen, wie er an der Marktrampe in der Sonne lag, einen Zigarrenstummel im Mundwinkel, ein glückliches Lächeln auf den Lippen – als Illustration zu einer Reportage, verfaßt mit Zartheit und Poesie, der Bericht des vielgerühmten Odorico Tavares. Nun gut: Monatelang verfolgte die Polizei Jesuíno, schnappte ihn wegen nichts und wieder nichts und steckte ihn ins Kittchen. Die Polizisten trugen Zeitungsausschnitte mit Jesuínos Aufnahme bei sich. Es nutzte nichts, daß der Dichter Odorico ihn als »den letzten freien Mann der Stadt« pries, seine Freiheit war der Knast. Er hatte genug von Presseaufnahmen.

6

Wie schon gesagt und sattsam wiederholt, teilte Curió in jenen Wochen, als die Ereignisse am Katzentöter ihren Anfang nahmen, seine Zeit in den Bau seiner Baracke, die er mit allen Schikanen auszustatten gedachte, und seine verzweifelte Liebe – alle Lieben Curiós waren mehr oder minder verzweifelt – zu Madame Beatriz, Kartenlegerin und Fakir. Der Bau seines Holzhäuschens war infolge seines Liebesabenteuers ins Hintertreffen geraten. Es fehlte Curió an der Zeit, denn als Werbefachmann war er vollauf beschäftigt mit der Propaganda für die grandiose Schau des weiblichen Fakirs: Madame Beatriz sollte zu Ehren des Volkes von Bahia lebend begraben und einen Monat lang ohne zu essen und zu trinken in einen richtigen Totensarg gesperrt werden. Etwas nie Dagewesenes, ein unheimliches Schauspiel, und all das zum geringen Eintrittspreis von fünf Mil-Réis.
Madame Beatriz war mit ihren medialen Kräften und ihrem silbernen Haar kürzlich in Bahia gelandet, »nachdem sie ver-

schiedene Hauptstädte des Auslandes bereist hatte«, wie ein in Salvadors Straßen massenweise verteiltes Flugblatt versicherte. Hauptstädte wie Aracaju, Maceió, Recife gehörten zwar nicht eigentlich zum Ausland, doch man kann nicht von allem haben. Penedo, Estância, Propriá, Garanhuns, Caruarú waren weitere bedeutende Städte, die der Fakir, um dessen Geburt sich das ferne Indien (»der einzige weibliche Fakir der Welt, die einzige Frau, die sich lebendig begraben läßt, geboren im geheimnisvollen Indien, reist augenblicklich in einer buddhistischen Mission durch die ganze Welt«) und die sympathische Hafenstadt Niterói stritten, mit ihrem Besuch beehrt hatte. Kurz vorher hatte sie rasche, unbefriedigende Abstecher nach Amargosa, Kreuz-der-Seelen, Alagoinhas gemacht, Städtchen, deren Vertrauen in die Künste der Kartenlegerin zwar groß, deren Möglichkeiten, sie entsprechend zu belohnen, jedoch klein waren, mithin in Orten, wo der Glaube der Kundschaft im umgekehrten Verhältnis zu ihren Geldmitteln stand. So war sie mit leeren Händen angekommen und eine knappe Woche später angesichts ihres wirtschaftlichen Zusammenbruchs von ihrem schmachtenden Sekretär Dudu Peixoto, auch bekannt als Dudu Faseltasche, einem Pernambukaner Gauner, der gewöhnt war, von reichen Frauen ausgehalten zu werden, verlassen worden. Als er Madame Beatriz' ansichtig wurde, stand sie im Zenit, sie hatte in Caruarú einen Riesenerfolg gehabt, so daß er von ihr den Titel eines Sekretärs und ihre bemalten Lippen angenommen hatte. Doch auf der Reise wurde er anspruchsvoll: Er war beste Behandlung gewöhnt, sein Magen war empfindlich, übrigens das ganze Etwas, Dudu, war sehr zart. Beim Anblick von Läusen im Bett wurde ihm übel, der bei Tisch servierte Reis war ihm nie gut genug. Madame Beatriz, die sich in seine honigsüßen Augen und den üppig schwarzen Haarschopf Faseltasches verliebt hatte, sah an ihm keine Fehler, bat ihn um Verzeihung, daß sie ihn derartigen Demütigungen aussetzen mußte und versprach ihm das Blaue vom Himmel, sobald man bedeutendere, fortschrittlichere Zentren erreichen würde, eher geeignet, ihre Kunst und ihre Wissenschaft zu würdigen und zu verstehen. Unglücklicherweise legten die Bürger von Salvador da Bahia nicht das erwartete Verständnis für die Fähigkeiten der berühmten Kartenlegerin (»ihr Weltrang, ihre Wissenschaftlichkeit, ihre Wertarbeit, ihre unbedingte Diskretion«, verkündete das Flugblatt) an den Tag.

Sie hatte Curió durch Vermittlung einer alten Bekannten des Marktrufers, der Besitzerin einer billigen Fremdenpension in Brotas, wo sie gewohnt hatte, kennengelernt. Sie beabsichtigte, ihn für die Verteilung der Flugblätter, in die sie ihre letzten Rücklagen gesteckt hatte, anzustellen. Dudu garantierte ihm eine Flut von Kunden, sobald der Inhalt des Blättchens unter der großen Masse des Volkes und der Familien bekannt sein würde.

Kaum hatte Curió ein Auge auf das Silberhaar von Madame Beatriz geworfen, als er vor Liebe zerfloß. Etwas so Schönes, ein so silbriges Haar, hatte er bisher nur im Film gesehen. Er warf einen verächtlichen, neidischen Blick auf Dudu Peixoto. Wie hatte eine so verweichlichte Memme, eine offensichtliche Tante mit ihren rollenden Augen und ihrem Spitzpodex eine Frau vom Kaliber Madame Beatriz' nasführen können? Sie mußte blind sein für die Kaltschnäuzigkeiten des Jüngferlings, für seine körperlichen Unzulänglichkeiten. Höchst bedauerlich.

Trotzdem übernahm Curió die Verteilung des Flugblattes gegen das Versprechen einer Entlohnung, die fällig werden sollte, sobald die Kunden herbeiströmen würden, was nicht ausbleiben konnte. Beatriz setzte unbedingtes Vertrauen in die Wirkung des Flugblatts, sobald ein Bürger es in die Hand nahm. Wenn auch Dudu weniger zuversichtlich dreinblickte. Um sich daher ein unvoreingenommenes Urteil bilden zu können, empfiehlt es sich, das Blättchen ganz zu lesen. Es lautet:

»Madame Beatriz
geht alle an.
Aufruf an das Bahianer Volk.

Nach einer Reise durch mehrere Hauptstädte des Auslands hält Madame Beatriz sich augenblicklich in dieser herrlichen Stadt auf und verspricht dank ihrer Wissenschaft das Publikum und alle diejenigen zufriedenzustellen, die sie aufsuchen wollen, sei es zu wissenschaftlichen, materiellen oder prophetischen Zwecken über Leben, Schicksal, sei es zu Sonderproblemen eines jeden. Eine einzige Beratung genügt, um genau zu erfahren, was man erreichen will. Ihre Arbeitsweise ist erstaunlich, ja verblüffend, nicht nur auf dem Gebiet wissenschaftlicher oder privater Interessen, sondern auch, was die Liebe angeht, Reisewünsche, Schwierigkeiten, mit dem Leben fertig zu werden, Störungen in der Freundschaft, körperliche und seelische Gebrechen, kurzum alles und jedes, was Ihr Leben oder Ihre Zukunft zerstören kann.

Ihre Arbeitsweise ist ehrlich, rasch und wirksam.

Madame Beatriz besitzt den wundersamen Indischen Puder, glückbringend in der Liebe und in Geschäften. Suchen Sie schleunigst die berühmte Wissenschaftlerin in ihrem diskreten Kabinett auf, sie darf nicht mit diesen Schwindlern und Nichtskönnern verglichen werden, die aus der edlen Wissenschaft, dem Okkultismus, einen schnöden Broterwerb machen.
Weltrang, Wissenschaftlichkeit, Wertarbeit. Diskretion Ehrensache.
Suchen Sie sie unverzüglich auf, scheuen Sie sich nicht, sie zu befragen, die Befragung ist für jeden Geldbeutel erschwinglich. Streng privat und vertraulich.
Sie steht jedermann täglich zur Verfügung, auch sonn- und feiertags!
Von acht Uhr morgens bis einundzwanzig Uhr ist die be-

rühmte Kartenlegerin in der Rua Dr. Giovanni Guimarães 96 – Boa Vista de Brotas – zu sprechen.

Madame Beatriz bittet Sie um ihren Besuch.«

Nur ein sehr anspruchsvoller Zeitgenosse hätte sich eine klarere, noch ausführlichere Literatur wünschen können. Wenn somit die Kunden ausblieben, war daran nicht das Flugblatt, sondern die traurige Verfassung unserer augenblicklichen Welt schuld.

Eine Welle der Zweifelsucht, des allgemeinen Unglaubens, des mangelnden Vertrauens fegt in unseren Tagen über die großen Städte hin. Ein roher Materialismus hält die Männer und sogar die Frauen von den Ratschlägen der Kartenlegerinnen und »ihrer ehrlichen, schnellen und wirksamen Arbeit«, von den für die Übelstände des Lebens angebotenen Arzneien fern. Wir leben in einer Zeit geringen Glaubens in die okkulten Wissenschaften, dennoch war Madame Beatriz nicht verantwortlich für diese mangelnde Geistigkeit, sondern vielmehr ihr Opfer. Wenn daher Dudu ihr Vorwürfe dafür machte, daß ihm das Geld für Zigaretten ausging, beging er offensichtlich eine Ungerechtigkeit.

Nachdem Curió die Flugblätter in dem Wunsch, einer so schönen Frau gefällig zu sein, gut, ja sehr gut, buchstäblich von Haus zu Haus, verteilt hatte, erschien er vereinbarungsgemäß zwei Tage später, um seinen Lohn für die geleistete Arbeit abzuholen. Er sprang gerade rechtzeitig aus der Straßenbahn, um den Höhepunkt einer Tragödie mitzuerleben: Der Schmachtfetzen Dudu, in der linken Hand sein Köfferchen mit dem überzähligen Anzug und seinen seidenen Hemden, mit der rechten ein spöttisches Ade winkend, stürzte aus der Haustüre, die unbequeme Pension und die bequemen verliebten Arme Madame Beatriz' hinter sich lassend. Die Kartenlegerin, aufgelöst in Tränen, glich nicht mehr der entschlossenen, furchtlosen Okkultistin, die »bewunderungswürdige, ja verblüffende Leistungen auf kom-

merziellem wie auf privatem und erotischem Gebiet vollbrachte«. Zwischen Zorn und Verachtung schwankend, sprudelte sie, von Eifersucht getrieben, einen Wortschwall hervor, der nicht recht zu der diskreten und geistgeprägten Frau passen wollte. Jetzt war ihr Mund ein Automat, der von der Haustür aus dem Berufsbeischläfer, dem zarten, unerreichbaren Dudu Faseltasche Schimpfworte nachschrie:
»Betrüger! Zuhälter! Scheißgigolo! Schwule Sau! Hodensack!«
Während Curió aus der Straßenbahn stieg, sprang Dudu übereilt auf, ohne nach der Fahrtrichtung zu fragen, und rief Curió lächelnd eine Empfehlung nach:
»Wenn sie dir gefällt, nimm sie. Ich habe die Nase voll...«
Curió hätte ihm am liebsten einen Fußtritt oder einen Faustschlag versetzt, doch schon saß der Gauner in der Bahn, mit Fistelstimme flötend und den Schaffner mit honigsüßen Augen begaffend. Er war eine Tante, daran war kein Zweifel. Nun mußte Curió die Tränen und Klagelieder der Madame Beatriz über sich ergehen lassen. Die Pensionsmutter, eine feiste gemütliche Mulattin, ließ die beiden allein im Wohnzimmer. Curió kam wie gerufen, da die Wirtin nach ihrem Mittagessen sehen mußte und sich nicht um die Heulereien verlassener Geliebten kümmern konnte.
Natürlich erhielt Curió keine Bezahlung. Selbst wenn Madame Beatriz über Geld verfügt hätte – was nicht der Fall war –, wie durfte man einer so tief Getroffenen, einem so bitterlich blutenden Herzen, mit einem so prosaischen Thema kommen? Er empfing also nicht nur keinen Heller, sondern ließ auch noch etwas Geld da, zwar wenig, aber er hatte nicht mehr bei sich. Hätte er mehr besessen, er hätte es ihr gegeben, eine Frau mit ihrem Haar war jedes Opfer wert. In ihrer wahnwitzigen Verzweiflung, verlassen von ihrem Geliebten und von der Kundschaft, beschloß Madame Beatriz, auf ihre Sensationsnummer »Die lebendig Begrabene« zurückzugreifen. Und stellte Curió als ihren Sekretär an.
Curió besorgte ihr gegen eine später zu zahlende billige

Miete einen Laden in der Schustersenke, der seit einem Brand leer stand. Vorher hatten auf den Borden und Ladentischen Kleiderstoffe, die bunten Kattune und Drelle, die Satins und Seiden gelegen, lauter gute, billige Waren für die Kundschaft der Galerie »Neu-Beirut« von Abdala Cury. Jener Abdala, der von den Sachverständigen, Geschworenen und dem Herrn Richter als einziger Verantwortlicher für das Großfeuer, das den Laden »Neu-Beirut« vernichtet hatte, angeprangert worden war, da er eigenhändig das Benzin über seine Bestände gegossen und dann einen prachtvollen Kurzschluß inszeniert hatte. Man steckte Abdala ins Kittchen, und der Hausbesitzer konnte sehen, wo er sein Geld eintrieb, da die Versicherungsgesellschaft die Zahlung verweigerte und den inhaftierten Abdala zur Rechenschaft zog. Er war zu einigen Monaten Gefängnis verurteilt worden; sobald sie herum waren – und sie würden rasch vergehen –, wollte er ein neues Geschäft eröffnen. So erhielt Curió die ausgebrannte Galerie für einen Monat; er selber malte die Ankündigung der großen Schau auf die Fassade, neue Flugblätter wurden gedruckt (die von den Kräften der Madame, von ihrer indischen Herkunft, von ihrem buddhistischen Glauben berichteten). Curió entfaltete seine Fähigkeiten. Entzückt wie sie war, fand Madame Beatriz unermüdlich neue Worte des Dankes. Sie warf Curió schmachtende Blicke zu, überließ ihm dann und wann die Hand als Zeichen ihres Zutrauens, einmal lehnte sie sogar den Kopf – ihr silberhelles Haar – an seine Schulter. Mehr geschah nicht. Doch Curió, nicht zufrieden mit den Beweisen ihrer Zuneigung, riß sie eines Tages in dem dunklen, vom Brand noch verwüsteten Laden in seine Arme und klebte ihr einen Schmatzer auf den groß geschminkten Mund. Sie wehrte sich nicht, ließ sich küssen, doch dann schloß sie einen Augenblick die Augen wie jemand, der sich sammelt; als sie sie wieder öffnete, senkte sie den Kopf und sagte Curió mit einer Stimme, die aus einer anderen Welt zu kommen schien:

»Tu das nie mehr... Nie mehr...«

Nie mehr? Für den, der drauf und dran war, den Kuß noch glühender zu wiederholen, wirkte Madames Bitte wie ein Dolchstoß.

»Und warum nicht?« fragte er, ohne seine Gereiztheit zu verbergen. Sie fühlte den Groll in Curiós Stimme.

»Das heißt... Jetzt nicht... Weil ich mich konzentrieren muß..«

Und sie erklärte ihm, sie bereite sich auf ihre Wahnsinnsleistung vor, auf jene sensationelle Nummer, einen Monat in einem Sarg mit gläsernem Deckel zu liegen, ohne zu essen, ohne zu trinken. Nur durch uneingeschränkte Sammlung, nur in völliger geistiger Reinheit konnte sie dieses Experiment lebend bestehen. Einmal, als sie in Buenos Aires diese Nummer versuchte, hielt sie es nicht länger als vierzehn Tage in ihrem Sarg aus, und zwar nur, weil sie einen Tag vor dem Experiment ein häßliches Wort in einer Unterhaltung hatte fallen lassen, so daß sie nicht so rein war, wie sie es hätte sein müssen. Sie durfte nicht einmal an »körperliche« Dinge denken – sie sprach das Wort »körperlich« mit einem Anflug von Abscheu aus –, bevor sie den Sarg verließ, bevor sie nicht den langen Monat der unbedingten Enthaltsamkeit bestanden hatte. Dann, nachdem sie sich wieder langsam erholt hatte, dann, wer weiß...

All das erklärte sie, während sie seufzte, die Augen verdrehte und Worte wie Okkultismus, Magnetismus, Spiritualität und andere einstreute. Curió hörte ehrerbietig zu und glaubte ihr. Allerdings wollte er eine Bestätigung von ihr:

»Hast du mich gern? Wirklich gern?«

Madame Beatriz antwortete nicht mit Worten, sie drückte nur glutvoll Curiós Hand, blickte ihm verzehrend in die Augen, seufzte tief auf, schenkte ihm aber kein Wort der Ermutigung. Curió wirbelte herum vor Freude, doch als törichter Materialist, als den wir ihn kennen, wollte er eine genauere Zusage:

»Das heißt also, nach der Beerdigung... Wir beide...«, fügte er mit unmißverständlicher Geste hinzu.

Als Frau tiefer Geistigkeit, gewöhnt an die buddhistische Moral, fühlte Madame Beatriz sich durch die unanständige Gebärde verletzt und sagte, den Blick senkend:

»Wie häßlich...«

»Aber hinterher... nicht wahr?«

Zum zweiten Mal drückte sie ihm die Hand, zum zweiten Mal seufzte sie, und durch den Seufzer hindurch glaubte Curió ein scheues, verschwiegenes »ja« zu hören. Doch hörbar genug, um ein glücklicher Mensch und ergebener Diener Madame Beatriz' zu werden, der nur noch an die Vorbereitungen der atemberaubenden Schau dachte. Es gab vieles zu tun. Es galt den Verkaufsraum zu säubern, ihn für die Bedürfnisse seiner neuen Funktion als Theater herzurichten, die Zeitungen um Interviews zu bitten – er würde sprechen, Madame würde nur lächeln –, einen Ausschuß von Kaufleuten und Honoratioren einzuladen, die den Sarg am ersten Tag der Schaustellung versiegeln sollten, und überdies einen Sarg mit Glasdeckel zu beschaffen.

Es war nicht leicht, einen Totensarg, und noch weniger leicht, eine Glasplatte als Deckel zu besorgen. Doch auch dafür fand Curió einen Ausweg: Er setzte als Schutzherr des Schauspiels mit dem Anrecht, seinen Firmennamen in der Ankündigung zu nennen, ein kleines Leichenbestattungsgeschäft der Großen Planke und einen Händler in Glas und Porzellan am Pranger ein. Der Leichenbestatter lieh ihm einen alten, halb geplatzten Sarg ohne Deckel. Der Glashändler lieferte ihm, gleichfalls als Leihgabe, eine Glasplatte als Oberteil für den Sarg. Zwar war es kein richtiger Deckel, doch Artur da Guima wußte Rat: Geschickt wie er war, befestigte er die Glasplatte mit Leisten, die er auf den Sargrändern festnagelte. Auf diese Weise war der Sarg hermetisch verschlossen, wie das in den Straßen verkaufte Flugblatt verkündete. Am Kopf- und am Fußende wurden ein paar Luftlöcher gebohrt.

In Anbetracht all dieser Obliegenheiten vernachlässigte Curió fast vollständig den Bau seiner Baracke und verfolgte nur nebenbei die Entwicklung der Ereignisse auf dem Katzentöter-Hügel. Er erschien dort, wenn ihm Zeit übrigblieb, hielt einen Schwatz, schimpfte auf die Polizei, bastelte ein wenig an seiner Baracke herum und zog wieder ab. Madame Beatriz, konzentriert, erwartete ihn zum Abendessen. Sie aß so reichlich wie möglich, sie brauchte zusätzliche Nährkräfte, um, wie sie Curió erklärte, die lange Fastenzeit aushalten zu können. Alles in allem war er glücklich mit seiner jüngsten Leidenschaft, er brauchte nur einen Monat zu warten, dann würde das Silberhaar ihm gehören und alles übrige dazu.

Korporal Martim war weniger glücklich dran. Nämlich in der Liebe und in den Geschäften, wenn man Geschäfte seinen Spielzirkel, seine Spielkarten, seine Würfel nennen wollte. Obwohl der Polizeichef seine Aufmerksamkeit ganz der Besetzung von Pepe Achthunderts Grundstücken widmete, verlor er dabei nicht seine hartnäckige tägliche Kampagne gegen das gesetzwidrige Glücksspiel aus den Augen. Die Polizei hatte eine Liste der Falschspieler zusammengestellt, und auf dieser stand der Name des Korporals Martim – Martim José da Fonseca – mit an erster Stelle. Täglich wurden neue Lokale – Spielhöllen oder Spelunken, wie die Regierungsblätter schrieben – ausgehoben, und dabei wurden immer wieder der eine oder andere hervorragende Berufsspieler eingelocht. Martim ließ sich nicht erwischen, er wußte sich unsichtbar zu machen, wenn es darauf ankam, und vermied es, sich auf dem Markt, in Sieben-Toren, in Buben-Wasser blicken zu lassen. Doch wie sollte man anständig sein Leben verdienen, wenn die Polizei, wenn die Regierung es nicht zuließen?

Der arme Nelke-im-Knopfloch hatte hinter Schloß und Riegel gesessen, man hatte ihm einen Prozeß an den Hals gehängt. Ihm und noch anderen, die sämtlich um einen fragwürdigen Roulettetisch im Hause Germanos geschnappt worden waren. Mager und schmutzig kam er aus dem Kittchen, nachdem er acht Tage in einem feuchten Kellerloch zugebracht hatte, ohne ein einziges Mal baden zu dürfen. Dank seiner umfassenden Kenntnisse der Umwelt und Unterwelt wußte Martim sich aus der Affäre zu ziehen. Er kannte alle Lokale, wo ein Spielchen gemacht wurde, wo die Würfel rollten. Auf diese Weise fand er hier und da einen kleinen Verdienst und war klug genug, mit wenigem zufrieden zu sein.

Otália bereitete ihm keine großen Unkosten. Wenn es viel war, ein Eis, ein Glas Limonade, sie weigerte sich, Geschenke anzunehmen, und drohte mit ihm zu brechen, sofern er mit Stoffen, Schuhen, Balangandâs ankäme. Andrerseits kam Martim in seinen Bettplänen aber so rasch oder vielleicht noch langsamer voran wie Curió: Dieser hatte wenigstens feste Versprechungen, sobald die Fakirdame, befreit von den Fesseln des Lebendig-Begrabenseins und ihrer einen Monat währenden Konzentration, ihre restlose Enthaltsamkeit aufgeben konnte. Otália hingegen wollte sich zu keinen Zusagen herbeilassen. Martim durchstreifte mit ihr ganz Bahia von oben bis unten, von unten bis oben, in stundenlangen Spaziergängen, langen Unterhaltungen, zärtlichen Worten. Doch darüber hinaus geschah nichts. Manchmal dachte er sogar, sie habe vielleicht insgeheim einen Kerl. Mehr als einmal blieb er nach dem Gute-Nacht-Kuß eine Weile in der Nähe des Bordells stehen, um zu sehen, ob vielleicht einer auftauche oder sich in der Nähe herumtreibe. Bei dieser Wachtätigkeit, sowie bei Nachforschungen und Fragereien verlor er viel Zeit, doch niemand wußte von einem anderen Mann außer Martim in Otálias Leben zu berichten. Natürlich gab es ihre Kunden, doch diese zählten nicht. Sie legten sich zu ihr ins Bett, zahlten, gingen fort und damit basta.

Martim zerbrach sich den Kopf, er verstand das Mädchen und ihr Gebaren nicht. Wenn sie ihn gerne mochte, warum gab sie sich ihm dann nicht hin? Sie war doch keine zimperliche Familienliese mehr, die einen Freier suchte. Dann und wann befiel ihn die Lust, sie auf der Straße stehen zu lassen, ihr eine lange Nase zu machen und nie mehr zu erscheinen. Doch am nächsten Tag verlangte es ihn von neuem, sie zu sehen, ihre Stimme zu hören, in ihr Kindergesicht zu blicken, ihr seidiges Haar zu berühren, im Abschiedskuß die Wärme ihres Körpers zu spüren. Nie hatte er dergleichen erlebt, es war zum Verzweifeln.

Nein, er war nicht glücklich, einerseits bedroht von den Fängern der Polizei und gleichzeitig ein Hanswurst in den Händen der gerissenen und dabei tolpatschigen Otália. Martim streckte sich auf dem Katzentöter-Hügel in der Sonne aus, er hätte jenes merkwürdige Geschöpf gern begriffen. Und da traf er Curió, seinen Heiligenbruder, der unentwegt einer unmöglichen Liebe nachtrauerte. Doch er war nicht gewillt, diesen Zustand noch lange mitanzusehen, wiederholte sich Martim, er war entschlossen, Schluß zu machen und von Otália eine endgültige Entscheidung zu fordern. Trotzdem verschob er es von einem zum anderen Tag.

Während er darauf wartete, daß die Verfolgung der Schwarzspieler aufhöre und Otália endlich Verstand annehme, half er den Freunden auf dem Katzentöter-Hügel. Er arbeitete nicht nur als Maurer- oder Zimmergehilfe mit, sondern erfreute die Bauleute auch durch sein Gitarrenspiel, oder er beteiligte sich an den dann und wann stattfindenden Beratungen der tätigsten Hügelbewohner, die überlegten, wie den in den letzten Tagen sich zusammenbrauenden Drohungen zu begegnen sei. Ja, die Drohung war bestürzend: Der Polizeichef hatte der Presse erklärt, jener Welle anarchistischer, umstürzlerischer Bestrebungen gegen die öffentliche Ordnung, die mit der Besetzung des Katzentöters begonnen hatten, werde er auf Biegen oder Brechen Einhalt gebieten. Gesetzlosigkeit werde in Bahia nicht ihr Banner hissen, dafür habe er Sorge zu tragen. Das Eigentumsrecht war durch die Verfassung gewährleistet, und er werde der Verfassung notfalls mit Blut Achtung verschaffen. Als Wächter des Gesetzes werde er nicht zulassen, daß eine Horde von Strolchen die Gesetzmäßigkeit untergrabe und dem Kommunismus zur Herrschaft verhelfe. Ja, er gebrauchte den Ausdruck »Herrschaft des Kommunismus«. Er gefiel sich nämlich als Literat, der Herr Dr. Albuquerque, schrieb lyrische Sonette und liebte Gespräche über Themen der Dichtung an literarischen Stammtischen. Im Augenblick jedoch befand er sich auf dem Kriegspfad. Er stand auf dem Kriegsfuß mit dem Hügel Katzentöter und seinen Einwohnern. Mit den dreiundachtzig dort entstandenen Hütten, mit ihren etwa vierhundert Bewohnern, einer kleinen Welt für sich, in der bereits ein Kind geboren worden war. Aus dem Leib der Isabel Dickfinger, der Freundin Jerônimo Venturas, seines Zeichens Schmied. Dona Filó hatte als Hebamme amtiert, sie hatte selbst so viele Kinder geboren, daß sie sozusagen am eigenen Leibe gelernt hatte. Jesuíno Tollhahn half mit. Als die Wehen einsetzten, hatte Jerônimo sich verzweifelt auf die Suche nach Jesuíno gemacht, als wäre der alte Sünder ein diplomierter Geburtshelfer. Übrigens war Jesuíno auf dem Katzentöter so etwas wie ein Mädchen für alles: Er entwirrte verzwickte Fälle, setzte schadhafte Wände instand, erteilte Ratschläge, schrieb Briefe auf Bestellung, löste Rechenaufgaben und entschied, wie ein jeder im Notfall zu handeln habe.

Jetzt, bei Nacht, erstrahlte der Katzentöter im Licht. Unter Jesuínos Leitung hatte Florêncio, ein arbeitsloser Elektriker und Hügelbewohner, eine Leitung von einem Strandklub hinaufgelegt. Rasch wurden Behelfsmasten errichtet und die Baracken mit Strom versorgt. Am nächsten Morgen kam der Wagen der Kreis-Gesellschaft, und man schnitt das Kabel durch. Gegen Abend machte Florêncio mit Hilfe anderer Hügelbewohner die Leitung wieder heil, und die elektrische Beleuchtung bestrahlte von neuem Sand und Hügelsiedlung.

7

Die Verlegung des Stromnetzes auf dem Hügel Katzentöter wurde von Jacó Galub begeistert begrüßt: »Die Arbeiter, die ihre Häuschen auf dem unbebauten Grund des Millionärs José Perez, des Pepe von den Achthundert Gramm, errichtet haben, von der Polizei verfolgt werden und von der Präfektur im Stich gelassen worden sind, fahren fort, das Ihrige zum Wohl des neuen Stadtteils beizutragen. So haben sie ihn mit Strom ausgestattet, selbst gegen den Willen der Kreis-Gesellschaft. Als Träger des Fortschrittsgedankens sind die wackeren Leute von Katzentöter Bürger, die unsere uneingeschränkte Anerkennung verdienen.«

Wären der Besetzung nicht andere Verdienste zuzuschreiben gewesen, hätte man nur die erkleckliche Anzahl literarischer Schriften aufzuzählen brauchen, die aus ihr entstanden waren: so die Reportagen Jacós, mit denen er in jenem Jahr den Journalistenpreis errang, die Reden Ramos da Cunhas, die auf Kosten der Landtagskammer als Broschüre herausgegeben wurden; die gefühlvolle Chronik von Marocas, der beliebten Chronistin der »Staatszeitung«; und endlich das heroisch-sozial-konkrete Gedicht Pedro Jobs, angesiedelt auf halbem Wege zwischen Pablo Neruda und den avantgardistischsten Konkretisten, das den Titel trug: »Von den Ur-Höhen des Katzentöters aus betrachtet der Dichter die Zukunft der Welt.«

Um der Wahrheit die Ehre zu geben: Pedro Job konnte die Zukunft der Welt von den Höhen des Katzentöters aus nicht betrachten, weil er nie oben gestanden hatte. Um seinen Gesang zu verfassen, brauchte er die Butike, in der er und andere junge Künstlergenies des Ländchens über eine verdammungswürdige Literatur und Filmkunst diskutierten, nicht zu verlassen. Dennoch stieg er dort hinauf, geführt von der Hand der »Schwester Filó, der Urmutter, dem trächtigen, von Helden befruchteten Leib der Erde«, und so weiter – nie war Filó so glanzvoll herausgestellt worden. Hügelan schritt der Dichter Job, »Dichter des Volkes, aufgewachsen im Kampf und im Whisky«, um zu erleben, wie die künftige Welt unter den Händen der auf dem Katzentöter vereinigten Menschen entstand, wuchs und gedieh. Das Gedicht war stark, darüber bestand kein Zweifel, stellenweise war seine Sprache freilich vertrackt und klang nach einer Schmähschrift; Léo Filho hatte eine Zeichnung beigesteuert, auf der ein dem Neger Massu nicht unähnlicher Herkules die Faust reckte.

Auf dem Hügel errang das Gedicht nicht den Erfolg, den es verdient hätte. Wer es las, verstand es nicht, nicht einmal Filó, die darin so überzeugend gerühmt und geadelt wurde: »Oh! Madonna aus Stahl und Elektronik, dein Hügel ist das Sternenschiff, und deine prächtigen Söhne die Baumeister des Kollektivs!« Nicht einmal sie empfand die Schönheit der Worte.

Es muß jedoch darauf hingewiesen werden, daß Pedro Jobs Gedicht und Léo Filhos Illustration unter allen dem Hügelvolk entgegengebrachten Solidaritätskundgebungen die einzigen Beweise eines wirklich spontanen Gemeinschaftsgefühls waren. Alles übrige, Reportagen, Reden, Manifeste, Schritte, die vor Gericht unternommen wurden, Gutachten, war durchweg das Werk von Männern, die aus Berechnung ein bestimmtes Ziel und damit einen persönlichen Nutzen im Auge hatten. Pedro Job hingegen strebte nichts an, keine Beamtenstellung, keine Preise, keine Wahlstimmen, nicht einmal die Dankbarkeit der in seinem Gedicht besungenen Menschen. Er wollte es nur schreiben und veröffentlichen, er wollte es gedruckt sehen. Weder er noch sein Illustrator erhielten einen Heller von der Zeitung. Airton Melo zahlte nicht für literarische Mitarbeit. Er bildete sich vielmehr ein, dem Dichter und dem Graphiker einen großen Gefallen zu erweisen, wenn er ihre Verse und Illustrationen abdruckte und ihnen damit die Tore zum Ruhm öffnete – genügte ihnen das nicht? Reportagen mußte er honorieren, das war nicht zu vermeiden; er zahlte zwar schlecht und spät, doch er zahlte. Aber keine Literatur, das wäre ein unerträglicher Mißbrauch gewesen.

Trotz der hochherzigen Ungezwungenheit, mit der das Gedicht (nebst der Illustration) verfaßt und veröffentlicht wurde, trug es Job mit der Zeit doch einen Nutzen ein, da sein Gesang schließlich als klassisches Beispiel der neuen Sozialdichtung mehrmals zitiert, in Anthologien abgedruckt, von vielen gerühmt und von vielen anderen diskutiert und abgelehnt wurde, von jenen nämlich, die nur siebensilbige Vierzeiler mit Reimen auf *ão* als Sozialdichtung gelten ließen. Als Job zur Feder griff, hatte er nichts dergleichen im Sinn. Ergriffen von einer Reportage Galubs, das radikalgesinnte Herz voller Erbarmen mit den armen verfolgten Menschen, voller Haß gegen die Polizei, verfaßte Job seinen Gesang. Ohne Hintergedanken. Im gleichen Geiste illustrierte es Léo Filho.

Die anderen hatten samt und sonders Hintergedanken, und zwar der verschiedensten Sorte. Sogar der Polizeichef, dessen Kampagne gegen das Spiel, zumal gegen das Zahlenlotto, manch mächtigen Mann belästigt und verstimmt hatte. So hoffte er durch seine glühende, unermüdliche Verteidigung des Privatbesitzes seinen Ruf wiederherzustellen und seine Stellung zu befestigen.

Die Geschichte von der Verfolgung der gesetzwidrigen Glücksspiele verdient erzählt zu werden. Tatsächlich hatte die Ahndung von Vergehen der Schwarzspieler nie im Verwaltungsprogramm des Herrn Dr. Albuquerque gestanden.

Im Gegenteil, als sein Name zum ersten Mal im Zusammenhang mit der Besetzung der Stelle des Polizeichefs der neuen Regierung genannt wurde, war das Verlockendste an der Stellung die Herrschaft über das Bicho-Spiel, die Verbindungen zu den großen Bankiers des Zahlenlottos, vor allem zu Otávio Lima, dem König aller illegalen Spiele im Staat. Endlich war seine Chance gekommen, dachte Dr. Albuquerque, wenn er seine um den Abendessenstisch zahlreich versammelte Familie betrachtete, seine Frau, seine Schwiegermutter, seine acht Kinder und außerdem zwei jüngere, studierende Brüder, die ihm samt und sonders auf der Tasche lagen. Bisher war die Politik für ihn vor allem eine Quelle der Widrigkeiten und Verstimmungen gewesen, er hatte sich all die Jahre in der Opposition durchquälen müssen, er war ein hartnäckiger, auf seine Weise unbeugsamer und mit seinen Grundsätzen übereinstimmender Mann.

Nun bestimmten ihn seine Grundsätze, mit den Besitzern des Bicho-Spiels nutzbringende Verbindungen aufzunehmen und eine sofortige Erhöhung der von den mächtigen Industriellen bisher an die Polizei abgeführten Gebühr zu erwirken. In der vorigen Amtsperiode war das Spiel halboffiziell anerkannt worden: Ein täglicher Prozentsatz war für Wohltätigkeitszwecke bestimmt, die Machthaber der öffentlichen Ordnung erhoben keinen Anteil an den Einnahmen – so wenigstens hieß es und schien es. Nur ein mit der Überwachung des Spiels betrauter Delegado empfing angeblich eine dicke Entschädigung.

Kaum war Albuquerque ernannt, als er Verbindung mit Lima aufnahm und ihm seine Ideen auseinandersetzte. Ob sie darauf Wert legten, unter dem Schutz der Polizei die süße Straffreiheit weiter zu genießen und weiterhin im ganzen Land ihre Spielhöllen aufrechtzuerhalten? Dann müßte außer der an die uneigennützigen Einrichtungen gezahlte Sportel eine zweite nicht geringere für die Polizei abfallen. Lima geriet aus der Fassung: Das war zu viel, es gab in ganz Brasilien keinen Lottobankier, der sich unter diesen Umständen halten konnte. Dann glaubte also Dr. Albuquerque an die Geschichte von der ausschließlich an Wohlfahrtseinrichtungen gezahlten Gebühr? Das war nichts als ein Lettengeschwätz, Sand für die Augen des Gouverneurs, eines ehrlichen Mannes, der den Regierungspalast in dem Glauben

verlassen hatte, mit der Korruption des Bicho-Spiels aufgeräumt zu haben. Aber insgeheim brachten Delegados und Kommissare, Staatssekretäre, Polizisten, Detektive, die halbe Bevölkerung ihr Schäflein ins trockene. Die Abgabe erhöhen? Es gab keine Gebühr für die Polizei, jedenfalls nicht in dieser ausdrücklichen Form, Herr Doktor. Er kannte nur eine Gebühr, die an Institutionen gezahlt wurde, nämlich an Nonnen- und Mönchsorden, an Blinden- und Taubstummenheime und so weiter; wie Herr Dr. Albuquerque da von einer Gebühr, einem Prozentsatz für die Polizei sprechen könne, verstehe er nicht. Wenn er jedoch das Trinkgeld meine – Otávio Lima sprach das Wort Trinkgeld aus, als wollte er es diesem als ehrlich gepriesenen Bakkalaureus tüchtig unter die Nase reiben – welches monatlich an den Herrn Polizeichef abgeführt werde, so werde dieses – nebenbei ein beachtliches Sümmchen – selbstredend weitergezahlt werden.
Albuquerque fühlte, wie ihm die Schamröte ins Gesicht schoß. »Trinkgeld«. Dieser knotenhafte Kerl mit seiner Zigarre in der Fresse, gewohnt, seine Speichellecker, von denen etliche in der Politik eine ziemlich große Rolle spielten, herumzukommandieren, dieser Schmutzfink Otávio Lima gebrauchte das Wort absichtlich und hob dabei sogar noch die Stimme. Das sollte ihm einen Denkzettel einbringen. Er, Albuquerque, war einer der Hauptverantwortlichen für den Sieg des neuen Gouverneurs, er würde als Polizeichef mit eisernem Besen kehren. Einen Augenblick lang musterte er den »Industriellen« Lima, wie er breit und seelenruhig in seinem Sessel saß. Trinkgeld ... Er würde ihm eine Lektion erteilen. Sehr gut, *Seu* Lima, sollte die Polizeigebühr nicht der an die Wohltätigkeitseinrichtungen ausgeschütteten Summe angeglichen werden, müßte die Lage des Bicho-Spiels neu überprüft werden. Er, Albuquerque, wolle nicht wissen, ob Delegados, Polizisten, Kommissare, Detektive Zuschüsse bekamen. Er fordere eine Taxe für die Tätigkeiten der Poli-

zei, für ihre geheimsten Dienstleistungen, für die Bekämpfung umstürzlerischer Elemente, eine natürlich nicht öffentlich erscheinende Zahlung, die pünktlich und diskret an den Chef zu zahlen wäre. Wenn das von Lima erwähnte Trinkgeld dazu diente, das Gewissen der früheren Machthaber der Polizei zu kaufen, so verschmähe er, Albuquerque, diese Zuwendung und weise sie zurück.
Otávio Lima war ein Mann des guten Humors, er war durch das Zahlenlotto reich geworden, hatte aber ganz unten angefangen, zuerst als Falschspieler am Kai, gemeinsam mit Korporal Martim, mit dem zusammen er übrigens gedient hatte, doch ohne über den Gemeinen hinausgekommen zu sein. Er war weniger ein Fachmann im Beruf – Martim mit seiner Geschicklichkeit, seinem blitzschnellen Auffassen und seiner einmaligen Durchtriebenheit konnte er nicht das Wasser reichen – als ein geborener Organisator. So richtete er ein »Rattennest« ein, zuerst mit einem frisierten Roulett, dann organisierte er beim Tode des alten Bacurau, der, zwanzig Jahre lang traditioneller Bankhalter des Stadtviertels, seit langem alt und krank dahinsiechte und mit Bagatellen vorlieb nahm, das Bicho-Spiel in Itapagipe.
Von Itapagipe zog Otávio Lima aus zur Eroberung der Hauptstadt und eroberte sie. Bald brachte er die übrigen Bankiers unter seine Ägide, setzte sich an ihre Spitze und führte eine kühne Neubildung durch, indem er die verschiedenen Gruppen in ein großes, wirtschaftlich mächtiges Unternehmen zusammenschloß. Bald besaß er Fabriken, Villen, Mietshäuser, er wurde Teilhaber einer Bank und einiger Hotels. Für ihn war jedoch das wichtigste, die Grundlage für alles, das Bicho, das Glücksspiel des Volkes, das von dem Tostão der Armen lebte. Als die Spielkasinos durch Regierungserlasse geschlossen wurden, blieb seine Stellung unerschüttert, während andere Spielkönige im ganzen Land von heute auf morgen Bankrott erklären mußten. Das Bicho-Spiel war unschlagbar, kein Mensch konnte es verbieten, geschweige denn ausrot-

ten. Siegreich wie er war, liebte Lima das leichte Leben, Frauen – er hielt ein halbes Dutzend Geliebte, zeugte Kinder mit ihnen und unterhielt sie auch noch, wenn er ihre Dienste nicht mehr in Anspruch nahm – er liebte Essen und Trinken, er liebte es überdies, sich hin und wieder an einen echten Spieltisch mit Leuten seines Schlages zu setzen und einen kleinen Poker zu spielen: nämlich mit Schlägern vom Kaliber Martims. Doch das tat er immer seltener; immer mehr entfernte er sich von seiner Vergangenheit und seinen früheren Freunden. Übrigens standen die meisten in seinem Sold, Unterbankiers, die auch auf ihre Rechnung kamen. Nur wenige hielten sich außerhalb seiner Organisation und hingen nicht von ihm ab, Landstreicher ohne Bleibe und Besitz, so Nelke-im-Knopfloch aus Faulheit, so der Korporal aus Unabhängigkeitsdrang und Stolz.

Als Mann, der das Geld mit vollen Händen ausgab, der Geld verdiente, um es auszugeben, der wußte, daß er von Journalisten und Politikern ausgebeutet wurde, der die ganze Larvenbrut, Männer der Öffentlichkeit, Intellektuelle, Damen der Gesellschaft, die nur allzu willig waren, sich gegen ein üppiges Geschenk mit ihm einzulassen, grimmig verachtete, fühlte Otávio Lima sich Dr. Albuquerque überlegen. Er hatte den augenblicklichen Gouverneur nicht in seiner Kampagne unterstützt, hatte Geld für dessen Gegner springen lassen, doch daraus machte er sich nichts. Es gab selbst im Regierungspalast viele Leute, die ihn verteidigten, die für den »Status quo« des Bicho-Spiels waren. Die Trinkgelder flossen reichlich.

Daher verabschiedete er sich mit einem gewissen Mißvergnügen und betonter Überlegenheit von dem neuen, stürmischen Polizeichef, dem er versprach, im Lauf der nächsten vierundzwanzig Stunden die übrigen Bankiers zusammenzurufen und ihnen den Vorschlag zu unterbreiten. Er für seinen Teil war dagegen und würde seinen Standpunkt verteidigen. Vielleicht würden die anderen Albuquerques Forderung zustimmen, und wenn sie es taten, würde ihm nichts anderes übrigbleiben, als sich der Mehrheit zu fügen. Er war Demokrat.

Dr. Albuquerque war zwar im Grunde ein Naivling, doch nicht in dem Maße, daß er an die Versammlung und an die Möglichkeit glaubte, Otávio Lima könne sich der Denkweise seiner Untergebenen oder kleineren Teilhaber im Bicho-Geschäft beugen. Wütend verließ er die Unterredung.

Sofort telefonierte Lima mit einem der Regierung nahestehenden Freund, um sich über die wahre Situation des Polizeichefs zu erkundigen. Hatte er wirklich so viel zu sagen? Wenn er tatsächlich so stark war, wie sein Freund behauptete, war es verkehrt gewesen, ihn von oben herab zu behandeln, ihm das Wort »Trinkgeld« an den Kopf zu werfen, ihm eine lange Nase zu machen. Er würde ihm natürlich nicht die geforderte Beteiligung auszahlen, war jedoch unter Umständen zu einem Vergleich, das heißt, zu einer Erhöhung der Ausschüttung, bereit.

Gleichzeitig gab er Airton Melo Anweisung, den neuen Polizeichef in seiner Zeitung in Sicherheit zu wiegen. Unter welchem Vorwand? Unter irgendeinem, Lima hatte keine besondere Absicht im Sinn...

Und zwar deshalb, weil am nächsten Tag ein Stellvertreter Otávio Limas den Delegado Ângelo Cuiabá, einen Intimus des Bicho-Königs und angeblichen Freund Albuquerques, aufsuchte. Er brachte einen Gegenvorschlag mit, den er Ângelo seinem Chef zu übermitteln bat. Ein verhängnisvoller Irrtum. Erstens bestand keine Freundschaft zwischen dem Delegado und dem neuen Polizeichef, die beiden kannten sich nur und unterhielten zwar höfliche, aber keineswegs intime Beziehungen. Zweitens war Albuquerque äußerst bedacht auf seinen Ruf als ehrlicher Mann. Er fühlte, daß das sein Kapital war, und wollte es nicht einmal in den Augen eines Polizeidelegierten angetastet sehen. Zum dritten, weil inzwischen Gerüchte über das erzgeheime, ultradiskrete Treffen zwischen dem Polizeichef und dem König des Bicho-Spiels umgingen. Die Sache wurde ruchbar, und sogar im Palast munkelte man davon. Der Gouverneur – auch er interessiert an der Geschichte mit dem Prozentsatz –, dem die Sache hinterbracht wurde, fühlte Albuquerque schnippisch auf den Zahn:

»Es heißt, Sie seien bei Lima, dem vom Bicho, gewesen...«

Albuquerque fühlte den Boden unter seinen Füßen wanken. Er lief purpurrot an, als hätte er Ohrfeigen bezogen, und erwiderte:

»Ich habe ihm gesagt, daß, solange ich Polizeichef bin, Bahia keinen Platz für das Bicho-Spiel hat...«

Damit schlug er alle Gewinnaussichten in den Wind, behielt aber wenigstens seine angesehene Stellung. Er wußte nicht, daß er damit seine Entlassung besiegelte. Der Gouverneur schluckte einmal trocken herunter und ließ sich seine grausame Enttäuschung nicht anmerken: Damit schwammen seine so brauchbaren und leichtverdienten kleinen Contos de Reis den Bach hinunter. Das war nun das Ergebnis seiner Sucht, sich mit Leuten zu umgeben, die es mit der Ehrlichkeit hielten. Er mußte sich diesen stockdummen Albuquerque, der seine Unbestechlichkeit so großspurig ausposaunte, so rasch wie möglich vom Halse schaffen. Vorläufig konnte er ihm nicht den Laufpaß geben, würde es aber bei erster Gelegenheit tun.

»Da haben Sie recht getan, mein Lieber. Das ist auch meine Meinung. Sie haben völlig freie Hand.«

Übrigens bestätigten vertrauenswürdige Sachverständige Seiner Exzellenz, die Technik, einen Regierungsantritt mit einer Lektion für die Bicheiros einzuleiten, sei keineswegs verkehrt. Eine derartige Haltung verleihe der neuen Macht einen Anstrich von Ehrlichkeit und werde die Bicho-Bankiers geneigter machen, im gegebenen Augenblick ihren Säckel zu öffnen und sich zu einem Vergleich bereitzufinden. Albuquerque war ein Hammel, das stand außer Zweifel, doch konnte er von Nutzen sein. Vielleicht war er doch der richtige Mann für die Kampagne gegen den Spielbetrieb, ein Mann aus einem Guß, ein Dickschädel, kein Maulesel konnte es an Hartnäckigkeit mit ihm aufnehmen. Was würden die Bicheiros nicht alles ausspucken, um ihn abgesetzt zu sehen? Im übrigen verdiente Otávio Lima eine Lektion, da er den bezwungenen Kandidaten finanziert hatte.

So sprach denn der Gouverneur Albuquerque zwei Tage später auf seine Kampagne an:

»Und die Kampagne gegen den Bicho, mein Lieber? Der Bicho treibt nach wie vor sein Unwesen.«

»Deshalb bin ich gekommen, Herr Gouverneur. Um Ihnen zu sagen, daß ich die Schließung sämtlicher Spielhöllen befohlen habe. Die Bicho-Stände und sämtliche andere Lokale, in denen gespielt wird, gleichgültig, ob Würfel, Roulett oder Karten.«

Natürlich erzählte er nicht, daß er von dem Delegado Ângelo Cuiabá mit einem Gegenvorschlag der Bicheiros aufgesucht worden war. Er fühlte sich in seiner Position gefährdet, fühlte seinen geschickt aufgebauten Ruf der Anständigkeit und, was noch schlimmer war, seinen ersten höheren öffentlichen Posten zu Beginn seiner Laufbahn und seines Glücks bedroht... Er hatte sich das unwürdige Angebot angehört. Zwanzig Prozent der Otávio Lima beim ersten Treffen vorgeschlagenen Summe. Er warf sich in die Brust, setzte seine Maske der Unbestechlichkeit auf, zusammengesetzt aus harten vorwurfsvollen Augen, mürrischem Gesicht, verächtlich herabgezogener Unterlippe, zischender Stimme:

»Ich muß mich doch sehr wundern, Herr Delegado... Da hat sich aber dieser Verbrecher, der auf den Namen Otávio Lima hört, bei mir gewaltig in die Finger geschnitten. Wenn ich ihn aufgesucht habe, so um ihm mitzuteilen, daß im Moment meines Amtsantritts die Gesetzmäßigkeit des Glücksspiels in unserem Staate, des Bicho- und jedes sonstigen Spiels, aufgehört hat. Ich habe Ihnen nichts vorgeschlagen und weigere mich, jeden Vorschlag von Ihnen anzuhören. Bei mir wird das Bicho-Spiel nichts zu melden haben.«

Ângelo Cuiabá änderte sofort seine Taktik: Otávio habe ihn hereingelegt, ihn in eine üble Sache hineingezogen. Albuquerque kam zum Schluß:

»Wenn ich mit ihm gesprochen habe, so geschah es in Anbetracht der früheren Situation. Ich wollte mir nicht vorwerfen lassen, einen Überraschungsschlag geführt und die Straffreiheit mißbraucht zu haben, die Bicho und Bicheiros bislang genossen.«

Nun blieb Ângelo nichts anderes übrig, als das Loblied seines neuen Vorgesetzten zu singen. Was ihn betraf, so sei er nur im Namen der Bicheiros zu ihm gekommen, weil er eine Information weiterzugeben hatte, und nie, um...

»Wir wollen den Vorfall vergessen, Delegado. Ich weiß, daß Sie ein ehrenhafter Mann sind.«

So begann die Kampagne, die »ein für alle Mal mit dem Bicho-Spiel aufzuräumen gedachte«. Sie verursachte ernste Unannehmlichkeiten, nicht nur unter den Hoch- und Höchstgestellten wie dem Gouverneur, den Freunde und Gesinnungsgenossen bedrängten, er möge derartig drastische Maßnahmen lockern, sondern auch kleine armselige Polizeibeamte, die ihren ohnehin kümmerlichen Haushaltsplan plötzlich um die willkommenen Trinkgelder der Bicheiros gekürzt sahen. Außerdem war der Delegado Cuiabá, mit der Aushebung der Rattennester, in denen Roulett, Bakkarat, Poker und sonstige Würfelspiele gespielt wurden, beauftragt, auch in die Luxusvillen einiger hervorragender Mitglieder der Gesellschaft einzudringen, wo »gejeut« wurde. Auf diese Weise tat der Delegado, dem der Skandal einen Heidenspaß machte, das seinige, um den Sturz des Dummbartes Albuquerque zu beschleunigen. Auch der Gouverneur war des Affentheaters mit dem Bichospiel inzwischen müde und wartete nur auf einen Vorwand, den Polizeichef auszubooten. Dann würde er sich mit den Bankiers einigen. Allerdings

konnte er anstandshalber nicht Albuquerque nur deshalb absetzen, weil er dem Glücksspiel den Kampf angesagt hatte. Der Polizeichef genoß die Unterstützung des Klerus und bestimmter sozialer Körperschaften. Er durfte sich auf seinen Ruf der Unbestechlichkeit verlassen und war, nach Aussage aller, der Mann, welcher der Regierung den Anstrich der Ehrenhaftigkeit und Zuverlässigkeit verlieh.
Albuquerque indes fühlte, daß sein Ansehen ins Wanken geraten war. Tagtäglich übermittelte der Gouverneur ihm Beschwerden, sprach von der für die Polizei unerläßlichen Schmiegsamkeit und sah rot, wenn der Delegado Cuiabá in die Salons der Senhora Batistini eindrang, wo illustre Gäste sich von den Mühsalen des Lebens, von ihrer dem Fortschritt des Landes und des Volkes geopferten Arbeit ausruhten, während sie beim Roulett Unsummen verloren und schönen Frauen Augen machten. Der Gouverneur hielt sich nicht darüber auf, daß Albuquerque – laut Cuiabá – das Palais der Senhora Batistini in Graça ein »Luxusschloß« und ihre Besitzerin eine »sordide Kupplerin« nannte. Der Gouverneur wußte wohl, wer die stetigen Besucher des fröhlichen Stadtschlößchens waren und wer die aus Italien stammende lebenslustige Dame mit ihren kultivierten Lebensgewohnheiten protegierte. Ihr Haus war ein Juwel, mit dem sich kaum ein anderes messen konnte und das der Stadt Ehre machte ... Überdies war sie eine sehr nützliche Dame. Denn wer hatte unserem illustren Herrn Bundesminister, der Bahia besuchte und um eine Person von entsprechender Altersblässe und ethischer Reife bat, mit deren Hilfe er nachts in seinem Appartement die schwerwiegenden Probleme des Landes studieren konnte, ein junges, völlig verdorbenes Ding von höchstens fünfzehn bis siebzehn Jahren besorgt? Wäre nicht die geneigte Senhora Batistini hilfreich zur Stelle gewesen, wer hätte dem Herrn Minister, zumal dem der Finanzen, den gewünschten Dienst erwiesen, um so mehr als der Staat Bahia mehr als zuschußbedürftig war ...?

So standen die Dinge, und Albuquerque fühlte nicht nur sein Gleichgewicht empfindlich gestört, sondern sich selbst von allen Seiten bedroht, als der Hügel Katzentöter in Besitz genommen wurde. Jetzt war der Augenblick für ihn gekommen, sein Ansehen wiederherzustellen, das verlorene Gelände zurückzuerobern, eine neue Kampagne auf politischer Grundlage zu lancieren, sich dadurch zu einem echten Führer der Konversation aufzuschwingen und damit vielleicht zu einem Kandidaten für den Posten des Regierungschefs bei den zwar noch fernen, aber bereits besprochenen Wahlen. Der Appell des reichen Großgrundbesitzers und der Stütze der spanischen Kolonie, des Komturs José Perez, kam im richtigen Augenblick. All seine Energie wollte er einsetzen im Kampf gegen die Umstürzler der öffentlichen Ordnung, gegen die Feinde der Verfassung der Republik. Die Regierungspresse geizte nicht mit Lob, als er, unbeugsam, wiewohl gemäßigt vorgehend – wie er sich ausdrückte –, die Hügelbaracken in Brand stecken ließ.

Doch neue Baracken entstanden in ständig zunehmendem Maße, und auch die Zahl der Bewohner wuchs zusehends. Die »Gazeta de Salvador« begann ihre Reportagen-Reihe des Lausbuben Galub, eines fraglos von den Bicheiros gedungenen Tintenleckers von erbärmlichem Leumund, der offen zum Umsturz aufrief und zugleich Albuquerques Abdankung forderte, den er, der berüchtigte Federfuchser, als Henker von Frauen und Kindern, als Brandstifter, als Nero der Vorstädte hinstellte...

Die gesamte Presse hatte sich des Falles angenommen: Die Oppositionspresse schrieb auf der gleichen demagogischen Linie wie die »Gazeta de Salvador«, die Regierungstreuen unterstützten Albuquerques Aktion, wenn seiner Ansicht nach auch etwas furchtsam, wobei auffiel, daß das dem Gouverneur nahestehende Blatt an eine Möglichkeit der Lösung dachte, die alle Seiten befriedigte. Indessen, Albuquerque fühlte sich nunmehr als der Stärkere. Die Handelskammer

hatte ihm unter Perez' Druck ihre Solidarität erklärt und ihn »den selbstlosen Verteidiger der Ordnung« genannt.
Zwar stützte man ihn, forderte aber, daß er unmißverständlich vorgehe und unter das fragwürdige Beispiel des Katzentöters ein für allemal den Schlußstrich ziehe. Denn wenn dieser Stein des Anstoßes nicht stehenden Fußes aus der Welt geschafft werde, würden auch andere Grundstücke besetzt werden, und was dann? Wer würde dann noch die Kraft haben, der Unordnung, der Anarchie, Herr zu werden?
Im Verein mit seinen Untergebenen prüfte Dr. Albuquerque die Lage. Es mußten neue Maßnahmen gegen die Hügelbaracken ergriffen werden. Es galt, sie wie das erste Mal zu vernichten, keinen Stein auf dem anderen zu lassen und jeden neuen Bauversuch zu unterbinden. Mit anderen Worten: den Feind niederzuzwingen, ihn in die Flucht zu schlagen, Haus und Habe zu zerstören, das Gelände zu bewachen und zu verhindern, daß es von neuem besetzt werde. Ingenieure und Architekten waren dabei, auf seine Anweisung einen Aufsiedlungsplan der Gelände auszuarbeiten. Es war das beste, den gesamten Landstrich aufzuteilen und damit die Sorgen um ihn loszuwerden. Kein Mensch war in den heutigen Zeiten seiner Haut sicher, man brauchte nur an die vielen Streiks zu denken, an die Aufmärsche, Kundgebungen, an die linksgerichteten Studenten – sogar seine Enkel hatten solche merkwürdigen Tendenzen. Wo sollte das hinführen ...
Albuquerque versammelte seinen Generalstab und erteilte die nötigen Befehle. Zu gleicher Zeit setzte er Druck hinter die Kampagne gegen die Spielhöllen, die in Anbetracht der Ereignisse ins Hintertreffen geraten waren. Er würde auf zwei Fronten angreifen, er kam sich vor wie ein General, ein Heerführer, ein ruhmreicher Feldhauptmann. Allerdings hatte ihm nichts von alledem die begehrten Reichtümer eingebracht, das Geld, das er zum Stopfen so vieler Münder benötigte ... Doch auch dafür würde er noch sorgen, sein Name begann zu glänzen, er war auf dem richtigen Weg ...

8

Sie besetzten nicht die feindlichen Stellungen, sie vertrieben keine Menschenseele, sie steckten keinen Strohhalm in Brand, sie gelangten nicht einmal bis hinauf zum Hügelkamm. Sie wurden mit Glanz und Gloria abgeschlagen, Taktik und Strategie des Herrn Polizeichefs waren keinen Schuß Pulver wert. Die Schutz- und Geheimpolizisten zogen sich in Unordnung zurück und ließen ihre Überfallwagen im Stich. Jacó Galub rühmte am nächsten Morgen in seiner Zeitung die Tapferkeit der Bewohner vom Katzentöter, die furchtlosen Sieger der am Vorabend geschlagenen Schlacht.

In der Tat kam der Angriff nicht überraschend für die Hügelbewohner. Die Nachricht, daß das Überfallkommando eine neue Strafexpedition vorbereite, dazu bestimmt, die Hütten niederzureißen und den Hügel zu besetzen, sickerte langsam durch und erreichte sogar die Zeitungsredaktionen. So gelangte sie zum Katzentöter auf verschiedenen Wegen, unter anderem über Neger Massu. Eines Abends erschien er dort oben in heller Wut. Ein Bekannter von ihm, der Verwandte eines Detektivs, hatte ihm geflüstert: binnen weniger Tage würde die Polizei den Katzentöter besetzen, diesmal endgültig. Und er lieferte ihm Einzelheiten. Der Neger ging zu Jesuíno und sagte, seinen schweren Schädel wiegend und die Erde mit einem Holzspan ritzend:

»Väterchen, ich werd dir was sagen... An mein Haus legen sie kein Feuer... Nur über meine Leiche, aber vorher mach ich noch einen kalt. Wenn sie kommen, gibt's ein Unglück, das versichere ich dir, Väterchen...«

Tollhahn wußte, daß der Neger imstande war, sich totschlagen zu lassen und selber jemanden totzuschlagen. Er horchte andere Hügelbewohner aus und fand sie entschlossen, ihr Hab und Gut zu verteidigen, ohne daß sie freilich wußten, wie sie das anstellen sollten. Die Mehrheit sah nur einen

Weg: Man müsse die »Gazeta de Salvador« aufsuchen, mit Galub sprechen, ihn um Rat und Hilfe bitten. Schönschopf ging noch weiter: Warum nicht gleich zur Kammer rennen und jenen Abgeordneten angehen, der gegen den ersten Angriff der Polizei protestiert hatte? Man könne ja eine Abordnung bilden. Wenn sie die Unterstützung der Journalisten bekämen, der Landtagsabgeordneten und Stadträte, würde die Polizei den Schwanz einziehen. Sonst wußten sie keinen Rat. Doch Jesuíno dachte anders darüber. Man solle eine Abordnung bitten, einverstanden, man solle den Journalisten und den Deputierten aufsuchen, vielleicht erreiche man damit, daß die Polizeiaktion abgeblasen werde. Er freilich hatte seine Zweifel. Man durfte sich nicht auf die anderen, auf die Protektion der Politiker und Reporter verlassen. Entweder sie verteidigen sich selber, oder sie würden am Ende ihre Bleibe verlieren. Was tun? Er würde es ihnen unverzüglich zeigen. Jesuíno lächelte, sein weißer aufsässiger Haarschopf fiel ihm in die Stirn, nie hatte ihm etwas so großen Spaß gemacht. Jetzt kehrte er zu den unvergeßlichen Spielen seiner Kindheit zurück, als er Truppen befehligte, gefahrvolle Stellungen verteidigte, Feinde zurückschlug. Noch immer zierte seine behaarte Haut die Narbe eines feindlichen Steinwurfs. Und er ging, um Miro zu holen, den ältesten Sohn Filós, den Chef der Herren des Strandes.

Die Kommission, in der Dona Filó mit ihrer Kinderschar das Zugstück, der Stern war, klapperte die Zeitungsredaktionen ab, besuchte die Nationalversammlung, wo der Abgeordnete Ramos da Cunha sie empfing und anhörte, sowie die Stadtverordnetenkammer, wo sie von Lício Santos, der seinen Sitz in der kleinen Partei den Stimmen der Bicheiros verdankte, gehört wurde. Begleitet von dem Deputierten und dem Stadtverordneten trat der Ausschuß vor den Polizeichef. Freilich zahlenmäßig geschrumpft, denn als laut wurde, daß der Weg zum Polizeigebäude führte, setzten sich mehrere Hügelbewohner, darunter Korporal Martim, von der Delegation ab, da so viel Ehre nicht ganz ungefährlich werden konnte. So blieben in der Hauptsache Frauen übrig, unter ihnen Filó mit ihren Kleinen, aber auch Schönschopf. Dr. Albuquerque empfing sie stehend in seinem Kabinett. Er drückte dem Deputierten und dem Stadtverordneten die Hand und begrüßte die übrigen mit einem beiläufigen Kopfnicken. An der Spitze der Abordnung, auf jeder Hüfte einen reitenden Sprößling balancierend, lachte Dona Filó mit zahnlosem Mund.

Der Abgeordnete Ramos da Cunha, zwischen Gesprächston und Ansprache schwankend, sprach mit Nachdruck von der Sorge der Hügelbewohner angesichts der Nachricht von einer Polizeiaktion gegen ihre Behausungen. Er, Deputierter Ramos da Cunha, wünsche in diesem Augenblick nicht die juristische Lage der Hügelbewohner zu diskutieren, er wolle nicht wissen, ob sie oder ob der Herr Komtur Perez recht hätten. Nicht das war es, was ihn und den Stadtverordneten Lício Santos zu dem noblen Herrn Polizeichef führte. Ihn trieb das Pflichtgefühl gegen die Menschlichkeit, nämlich Christi Gebot: »Helft einander!« Er komme an der Spitze dieser aus Hügelbewohnern gebildeten Kommission, um an den Herrn Polizeichef zu appellieren, er möge die Armen doch in Ruhe lassen und sich gleichfalls an die Lehre des Meisters aus Nazareth halten. Zum Schluß perorierte er mit erhobenem Finger und bebender Stimme, als stünde er auf der Rednerbühne der Kammer. Dona Filó klatschte in die Hände, die anderen Frauen taten es ihr nach. Ein Polizeibeamter drohte:

»Still ... Wenn ihr euch nicht benehmt, fliegt ihr ...«

Dr. Albuquerque füllte den Brustkorb, kurbelte seine Stimme an und antwortete nicht weniger schwungvoll. Allerdings besaß er nicht die sonore Stimme des Abgeordneten und geriet leicht ins Kreischen, wenn er sich erregte.

»Wenn ich mich herbeigelassen habe, eine Abordnung als Stellvertreter der Unruhestifter vom Katzentöter zu empfan-

gen, die fremdes Eigentum gesetzwidrig in Besitz genommen haben, so geschieht dies, edler Herr Abgeordneter, in Anerkennung Ihrer Person und Ihrer Stellung als Führer der Opposition. Andernfalls wären diese Elemente hier nur als Inhaftierte vorgelassen worden.« So begann er, um sich anschließend in einer langen juristischen Dissertation über das von den Invasoren des Katzentöters begangene Vergehen zu verbreiten. Der Herr Abgeordnete wünschte nicht, diese Seite der Frage, den einzig grundlegenden Aspekt, zu diskuteren? Er, Albuquerque, verstehe, warum. Als verdienstvoller Jurist wisse sein verehrter Kollege wohl, daß es keine Möglichkeit der Diskussion gebe. Es handelte sich um Kriminelle, um Subjekte, die in fremdes Eigentum eingedrungen seien; fast alle waren frühere Häftlinge der Polizei, Randgestalten der Gesellschaft, gefährliche Elemente. Sie ins Kittchen zu stecken, wäre eine Wohltat für die Allgemeinheit, sie aus dem Katzentöter zu scheuchen, eine Pflicht für jemanden, der die Polizei unter sich hatte.
Da indes der Herr Deputierte an seine Empfindungen als religiöser Mensch, als Christ appellierte, sei er bereit, den Eindringlingen einen Aufschub von achtundvierzig Stunden zu geben. Innerhalb dieser Frist müßten sie aus eigenem Antrieb den Hügel räumen. In diesem Fall könnten sie ihre Habseligkeiten mitnehmen und würden weder festgesetzt noch angeklagt werden. Verhaftet und verklagt sollten nur die werden, welche von seinen Beamten angetroffen würden. wenn diese nach Ablauf von achtundvierzig Stunden unfehlbar den Hügel erstürmten und die Buden in Brand steckten. Theatralisch deutete er mit ausgestrecktem Finger auf die große Wanduhr: genau fünfzehn Uhr dreiundvierzig Minuten. Von diesem Augenblick an standen den Leuten achtundvierzig Stunden zur Verfügung. Man schrieb Mittwoch. Am Freitag, genau um fünfzehn Uhr und dreiundvierzig Minuten, weder eine Minute früher noch später, würde die Polizei den Hügel ersteigen. Wer dort noch angetroffen wer-

den würde, hatte mit allen Folgen, mit Festnahme und Verurteilung zu rechnen. Damit überschritt er die Grenzen des Großmuts, den sein Pflichtbewußtsein ihm erlaubte, doch er tat es in Anerkennung des edlen Führers der Opposition, des Herrn Abgeordneten. Außerdem, um seine christlichen Gefühle der Duldsamkeit und Nächstenliebe zu beweisen.
Das Gespräch war für ihn beendet. Die Journalisten hofften nunmehr eine Erklärung über die Angelegenheit zu erhalten. Doch der Stadtverordnete Lício Santos, von dem Polizeichef in seiner Rede vielleicht absichtlich übergangen, war mit dessen obskurer Stellungnahme nicht einverstanden und ergriff das Wort auf eigene Rechnung und Gefahr, so daß nichts anderes übrigblieb, als ihm zuzuhören. Dieser Lício Santos besaß den beunruhigenden Ruf völliger Bedenkenlosigkeit, er war in mehrere kleine Schweinereien verwickelt gewesen und von Otávio Lima mit dem Geld des Bicho-Spiels gewählt worden. Er war nach Jacó Galubs Aussage »ein höchst einnehmender, umgänglicher Mensch, ein guter Gesellschafter, solange man nicht nur nicht seine Brieftasche, sondern nicht einmal fünf Mil-Réis in seiner Nähe liegen ließ«. Seine barocke Rhetorik gehorchte keiner Logik und ging großzügig über eine eindeutige Sinngebung seiner Sätze hinweg. Ein Wort gab das andere, und daraus entstand ein Fluß:
»Herr Polizeichef, ich stehe hier, weil meine Anwesenheit notwendig ist, das Volk hat mich geholt, gefunden, und ich bin mit ihm hierher gekommen. Ich muß daher gehört werden. Freiwillig oder unfreiwillig.«
Er wurde scheinbar freiwillig, aber im Grund unfreiwillig angehört. Der unbestechliche Albuquerque verbarg nicht seinen Widerwillen gegen den Sproß der untersten Stufenleiter des politischen Lebens. Er war sein Gegner, beide vertraten verschiedene unvereinbare Schulen, sie kamen von entgegengesetzten Ausgangspunkten. Hinter dem Herrn Doktor Albuquerque standen Generationen von Männern der

Öffentlichkeit, sogar von Aristokraten des Kaiserreiches, er konnte auf Achtbarkeit und einen Ruf der Rechtschaffenheit zurückblicken: Hinter Lício Santos stand nichts dergleichen, kein Mensch wußte, wer seine Familie war, plötzlich war er den Kloaken der Stadt enttaucht und hatte sich mit dem Erlös des Bicho-Geschäfts wählen lassen. In einer einzigen Sache jedoch glichen sie einander und stimmten miteinander überein: in dem Wunsch, durch die Politik reich zu werden und mit der Hand tief in den Staatssäckel zu greifen. Indessen: Während der Polizeichef sein Ziel zu erreichen und dabei dennoch seinen Ruf der moralischen Strenge, des makellosen, rechtschaffenen Bürgers zu bewahren und zu vermehren suchte, hatte Lício Santos es eilig und gab sich nicht einmal die Mühe, seine Gier zu verbergen; er stürzte sich in jedwedes Geschäft, klein oder groß, stibitzte hier einen Happen, ließ dort fünf gerade sein, und alles so rasch wie möglich. Hier stellten sich zwei verschiedene politische Schulen, zwei wahrhaft entgegengesetzte Typen öffentlicher, um das Vaterland verdienter Männer zur Schau! Die Art, auf die sie sich der Macht zu bedienen gedachten, trennte einen von dem anderen und bewirkte, daß Dr. Albuquerque über »den Rattenschwanz Lício« – wie dieser bei seinen Busenfreunden bekannt war – die Nase rümpfte. Doch wir als schlichte Bürger ohne öffentliches Amt wollen im Hinblick auf diese beiden Kategorien von Dieben keine Partei ergreifen. Es ist nachgewiesen, daß die einen wie die anderen gewissenhaft stehlen, die edlen Albuquerques, die Fußabstreifer Lícios, wir wollen davon absehen, die Manieren des einen zu kritisieren, die des anderen zu loben, wir werden in diesem Disput zwischen den Großen des Vaterlandes neutral bleiben.

Der Rattenschwanz Lício kreischte Sätze ohne Sinn, forderte eine längere Frist, zitierte Ruy Barbosa; in Wahrheit war er nicht sonderlich auf dem laufenden, er war von der Abordnung überraschend aufgesucht worden und nur mitgegangen in der Hoffnung, daß im allgemeinen Gewühle etwas zu verdienen sei, und weil er als Mann Otávio Limas gegen den Polizeichef war.

Die übrigen Stadtverordneten gingen jeder Berührung mit den Bewohnern von Katzentöter aus dem Weg: Der Bürgermeister, der spanischen Kolonie verbunden, mit dem Komtur Perez befreundet, unterstützte das Vorgehen des Polizeichefs, desgleichen die Mehrheit der Kammer. Die Stadtverordneten der Opposition fürchteten auch, die mächtigen Herren des Handels, die großen Stadtgrundbesitzer der Staatshauptstadt zu verstimmen, und waren daher wenig geneigt, sich in den Streit zu stürzen. Lício Santos indes hatte nichts zu verlieren. Im Gegenteil, dank seiner engen Verbindung zu Otávio Lima stand er naturgemäß auf Seiten der Eindringlinge. So begleitete er denn den Ausschuß, ohne sich in den Einzelheiten der Angelegenheiten auszukennen. Erst als er im Kabinett des Polizeichefs den Abgeordneten und Albuquerque hörte, wurde er sich deren Bedeutung bewußt und roch dank der ihm eigenen Gerissenheit und Witterung für Dinge, die in der Luft liegen, die ihm hier gebotenen ungeahnten Möglichkeiten.

Ja, er fühlte die offensichtliche Mißachtung Albuquerques, die mangelnde Begeisterung des Deputierten Ramos da Cunha, ihn als Gefährten an der Spitze der Kommission zu sehen – jener war ein Deputierter aus der gleichen Familie öffentlicher Männer wie der Polizeichef, doch er lachte insgeheim über sie, er steckte sie einhändig in die Tasche, wenn er wollte, würden sie ihm im Handumdrehen aus der Hand fressen.

Seine Ansprache nahm an Bewegung und Heftigkeit zu. Er forderte eine längere Frist, zumindest eine Woche, wenn nicht vierzehn Tage: damit die verantwortlichen Männer in der Zwischenzeit eine Lösung finden könnten, welche den gerechten Ansprüchen der Landeigentümer und den nicht minder gerechten jener bedürftigen Bevölkerung entspräche.

Ob der Herr Polizeichef zufällig wisse, was Hunger sei? »Hunger, Herr Polizeichef, kann einen an den Rand der Verzweiflung bringen«, verkündete er.
Herr Dr. Albuquerque nutzte die dramatische Pause, um den Stadtverordneten zu unterbrechen. Von neuem statuierte er seine Frist: achtundvierzig Stunden, und keine Minute länger. Was die Interessen der Ordnungsstörer und die Interessen des Gesetzes beträfe, so möge der Herr Stadtverordnete wissen, daß sie unvereinbar seien.
»Es gibt keine Übereinstimmung zwischen Gesetz und Verbrechen, zwischen Eigentum und Diebstahl, zwischen Ordnung und Anarchie... Herr Stadtverordneter, entweder schieben wir den Umstürzlern einen Riegel vor, oder wir werden selber erbarmungslos in den Strudel gerissen...«
Mit dieser düsteren Prophezeiung war das Interview beendet. Beim Hinausgehen nahm Dona Filó, die sich nicht zu benehmen wußte, wie ein Soldat Haltung an, knallte die alten Holzpantinen zusammen und machte vor dem Herrn Polizeichef eine Ehrenbezeigung. Sogar die Polizisten lachten. Dr. Albuquerque war wie vor den Kopf geschlagen: Das war Mißachtung der Autorität!
Filó entging der Haft nur wegen ihrer beiden kleinen, auf ihren Hüften reitenden Rangen. Der Polizeichef schnappte nach Luft. Wären nicht die Kinder gewesen, keine Fürsprache, keine Vermittlung hätte sie vor dem Knast gerettet.
Die Nachricht von der achtundvierzigstündigen Frist, innerhalb welcher die Eroberer des Katzentöters den Hügel zu räumen hätten, löste mehrere Aktionen aus.
Ramos da Cunha ging von der Polizei aus schnurstracks zu Jacó Galub. Der Fall konnte dem Deputierten womöglich ein gewisses Ansehen in der Hauptstadt verschaffen, in der er bisher keinen einzigen Wähler hatte. Es galt, mit dem Journalisten eine Verstärkung der Kampagne gegen die Polizei zugunsten der Hügelbewohner zu besprechen. Zwar würde sie kaum ein praktisches Ergebnis zeitigen, zwar würden die

armen Schlucker doch letzten Endes vertrieben werden, aber er und Jacó würden mittlerweile Ansehen beim Volk gewonnen haben. Und das würde seinen Interessen entgegenkommen, er würde einige Ausschüsse in der Hauptstadt ins Leben rufen und damit einige, für seine politische Zukunft wichtige Operationsbasen einrichten können. Was den Zeitungsmann betraf, so erzielten seine Reportagen bereits große Erfolge, sie wurden weit über Bahia hinaus gelesen, und eine Zeitschrift Rios hatte ihn bereits um Bildmaterial über den Fall gebeten. Er würde sich sogar in den nächsten Wahlen als Stadtverordneter aufstellen lassen.

Lício Santos verließ die Polizei in nachdenklicher Stimmung und suchte schnurstracks Otávio Lima auf. Ein kühner Plan begann in seinem Kopf zu reifen. Er lächelte sanft, als er an Dr. Albuquerques angeekeltes Gesicht dachte. Dieser Hundesohn, der sich als Menschenfreund, als ehrbarer, echter Zeitgenosse aufspielen wollte. Lício kannte den Wert seiner proklamierten Ehrlichkeit, er war auf dem laufenden über die Unterredung zwischen dem Polizeichef und dem König des Bicho-Spiels; Otávio hatte ihm alles brühwarm erzählt. Und dieser Haderlump hatte ihm noch das Wort abgeschnitten und ihn über die Schulter angesehen. Lício lächelte hämisch: Bei dieser Sache war manches zu gewinnen, es galt nur, sie geschickt einzufädeln und zu lenken. Nebenbei würde er diese Pustel von Polizeichef mit seiner verlogenen Rechtschaffenheit, mit seiner beschissenen Anmaßung über die Klinge springen lassen.

Auch Jesuíno Tollhahn, ganz seiner Hügelarbeit gewidmet, erfuhr von der Frist und überlegte reiflich. Die Verteidigungslinien wuchsen, Miro hatte die Unterstützung aller Herren des Strandes erlangt. Mit ihnen hatte Tollhahn seine Schanzarbeit begonnen; dann hatte er die Frauen gewonnen, zuletzt die Männer. Seine Begeisterung war ansteckend, er und die Kinder fanden einen Mordsspaß an der Sache, und auch die meisten Erwachsenen ließen sich von der allgemeinen

Lust und Laune mitreißen. Sobald eine Arbeit froh angepackt wird, muß sie gelingen und gedeihen.
Genau am Freitag um fünfzehn Uhr dreiundvierzig Minuten entstiegen die Polizeibeamten bei strömendem Regen ihren Überfallwagen. Um diesmal Überraschungen zu vermeiden, ließen sie sie auf dem Fahrdamm in gebührender Entfernung an der Strandseite stehen und kamen zu Fuß.
Trotz des Regens, der während der ganzen vorhergegangenen Nacht und dem Vormittag schwer und anhaltend geprasselt und das Gelände in ein Schlammbett verwandelt hatte, waren einige Journalisten eingetroffen; Jacó Galub hatte sogar tollkühn den Hügel erklommen, um sich an der Seite der Hügelbewohner festnehmen zu lassen. Eine Radiostation hatte einen Funkwagen geschickt, um die Ereignisse unmittelbar übermitteln zu können, und die Sprecher gaben mit erregter Stimme jede Bewegung der Polizisten wieder. Vorher hatten sie Dona Filó ans Mikrophon geholt, sie war das Abbild der Festigkeit und Tapferkeit, gewillt – wie sie sagte –, an Ort und Stelle mit ihren sieben Kindern in Verteidigung ihrer Baracke zu sterben. Auch Korporal Martim ließ sich aus Eitelkeit ans Mikrophon locken und stieß im Kraftgefühl seiner Korporalsachselklappen wüste Drohungen aus. Wie Jesuíno ihm bedeutete, beging er damit einen Fehler, von dessen Folgen wir zu gegebener Stunde sprechen werden. Jetzt dürfen wir nichts übereilen, wir müssen bedächtig vorgehen, wir haben Zeit, die Destillierapparate sind in Betrieb und stellen ständig mehr Schnaps her ...
Auch Chico Großmaul in seiner Regenhaut ließ sich am Mikrophon vernehmen. Er war dabei, an der Spitze seiner Männer den Befehl des Polizeichefs auszuführen, die Baracken des Hügels, diese ekelerregende Negersiedlung, niederzureißen und das Gelände zu besetzen, um einen neuen Einfall zu verhindern. Die Polizei war allzu nachsichtig gewesen und hatte dem Gesindel Zeit gelassen, sich aus dem Staube zu machen. Nun standen am Strand drei Lastwagen

für die Verfrachtung von Gefangenen bereit. In der mit diesem Fall beauftragten Polizeiwache waren bereits alle Vorkehrungen für die gerichtliche Aburteilung der Beteiligten getroffen. Ob er auch den Journalisten Galub festnehmen würde? Er würde auch den Teufel festnehmen, wenn der sich auf dem Hügel zeigen sollte.

Zwei Schneisen, tief eingeschnittene, fast senkrechte Pfade führten zum Hügelkamm. An jenem Tag waren sie infolge des Regens besonders glitschig. Beide Hohlwege lagen an der dem Strand zugekehrten Seite, während das entgegengesetzte Ende des Hügels an ein undurchdringliches, buschbestandenes Watt, an übelriechenden, fauligen Schlamm grenzte. Nur die wagemutigsten Kinder brachten es fertig, ihn zu durchqueren. So sahen die mit Benzinkanistern beladenen Polizeisoldaten sich auf die regendurchweichten steilen Steigen angewiesen. Langsam begannen sie den Aufstieg.

Doch sie kamen nicht weit. Denn aus in den Hügelhang gegrabenen Löchern, aus primitiven, von Tollhahn mit Hilfe der Herren des Strandes ausgehobenen Schützengräben flogen Steine. Die Straßenjungen hatten ein vorzügliches Auge. Einen der Polizisten, den ersten, der den Aufstieg wagte, traf ein Stein auf die Stirn, er verlor das Gleichgewicht, rollte im Hügelschlamm bergab und kam erst unten wieder auf die Füße, schlammüberzogen. Die übrigen blieben stehen. Einer blutete am Kinn. Chico Großmaul zog seine Pistole, befahl den Sturmangriff, begann den Aufstieg und schrie:

»Aha, so habt ihr gewettet, Banditen? Ihr sollt was erleben, ihr Lumpenpack ...«

Die Schußwaffe gezückt, gefolgt von drei oder vier Polizisten, stieg er, unablässig rutschend, hügelan. Die Reporter verkündeten an ihren Mikrophonen: »Kommissar Francisco Lopes versucht persönlich den Hügel zu erklimmen. Verwegen, den Revolver in der Faust, auf alles gefaßt, marschiert der Kommissar Großmaul – Verzeihung, der Kommissar Lopes – allen voran.«

Und gleich darauf: »Achtung, Achtung meine verehrten Hörer! Der Kommissar marschiert nicht mehr allen voran. Der Kommissar nimmt Reißaus, bedroht von einem riesigen Stein, von einem Felsbrocken, der schwankt, kippt, rollt...«
Und in der Tat: Ein kolossaler Felsen, der auf der Kante des Hanges unsicher balancierte, rollte, von Massu und Schönschopf in Bewegung gesetzt, auf Chico Großmaul zu. Das war ein Gerenne! Es lief nicht nur der Kommissar, der seine Waffe wegwarf, es rannten Polizisten und Zuschauer, Journalisten und Reporter mit ihren Mikrophonen. Der Stein, Schlamm und Staub verspritzend, blieb am Fuß des Hügels liegen.
Der Sprecher der Rundfunkstation »Zweiter Juli« galt als der beste Sportansager der Stadt, er war ein As in der Übertragung von Fußballspielen. »Goooooo!!« verkündete er, als meldete er ein wichtiges Fußballereignis. »Zwei zu Null für die Banditen des Hügels!«
Dreimal versuchte die Polizeimannschaft Aufstieg und Sturmangriff, dreimal wurden sie abgeschlagen. Die Stimmen der Reporter bebten vor Begeisterung: »Nutzlos verpulvern die Grünen ihre Patronen. Dafür erreichen die Steine fast immer ihr Ziel. So hat unser Gruppenkollege Romualdo Matos, der sich zwecks genauerer Berichterstattung zu nahe an den Ort der Kampfhandlung herangewagt, einen Steinwurf an der Schulter abbekommen und ist mit Schürfungen und einem zerrissenen Anzug auf dem Schlachtfeld geblieben. Doch so arbeitet Ihre PR 28, ›Zweiter Juli‹, die unmittelbar vom Schlachtfeld berichtet. »Bau dein Haus auf dem Hügel oder am Strand, auf gekauftem oder besetztem Grund, doch kaufe deine Möbel in der Möbelgalerie SUPREMA, Avenida Sieben, Nummer...«
Um achtzehn Uhr und fünfzehn Minuten, mehr als zwei Stunden nach dem begonnenen Angriff auf den Hügel, als noch kein einziger Polizist die Bretterbuden erreicht hatte, traf ein Regierungswagen an Ort und Stelle ein. Ihm entstiegen ein

Polizei-Delegado, ein Beamter aus dem Vorzimmer des Gouverneurs und ein im Regierungspalast akkreditierter Journalist. Der Delegado, gefolgt von dem Kabinettsbeamten, wandte sich an Chico Großmaul, während der Journalist Gerüchte unter dem Funkpersonal verbreitete.
Chico Großmaul, außen voller Schlamm, an den Kleidern, an den Händen, im Gesicht, innen voller Haß, einem Haß, der nach Blut schrie, nach Prügeln, nach zerbeulten Visagen, wünschte Verstärkung, Militärpolizei, außerdem den Befehl, zu schießen: »Mit diesem Gesindel werden wir nur fertig, wenn wir scharf schießen ...«
Doch die Befehle, und zwar die unmittelbaren Befehle des Gouverneurs, lauteten: Die Aktion ist abzubrechen. Die Polizei hat sich zurückzuziehen.
Dem Palast-Journalisten zufolge waren bei der Geheimkonferenz mit dem Gouverneur der Führer der Regierungspartei, zwei oder drei weitere Deputierte, der Syndikus der Handelskammer und der Stadtverordnete Lício Santos zugegen gewesen. Zwei Stunden wurde hinter verschlossenen Türen verhandelt. Der Polizeichef war mitten in der Besprechung hinzugezogen worden und verließ die Sitzung nicht sonderlich zufrieden. Der Gouverneur hatte persönlich den Befehl gegeben. Die Luft schwirrte von Neuigkeiten...
Die Polizisten fuhren ab, geschlagen, verdreckt. Als die Motoren der Überfallwagen beim Anfahren aufheulten, ertönte ein gewaltiges Pfeifkonzert vom Hügelkamm, in das sogleich die Rundfunksprecher und Journalisten, sowie die Zuschauer einfielen. Jesuíno, auf dem Kopf eine vom Regen halb aufgeweichte Schildmütze aus Blech und Wellpappe, lachte befriedigt, wie ein General des jungen Lumpenproletariats, ein Hauptmann der Herren des Strandes, als wäre er einer von ihnen, ein in den Straßen Bahias ausgesetztes Kind, und spielte Räuber-und-Gendarm. Nie hatte er so viel Spaß gehabt, weder er noch Miro, sein knochendürrer Leutnant, eine Kippe im Mund, ein Messer im Gürtelriemen.

Wer aber an der Spitze der frohlockenden siegreichen Hügelbewohner herabstieg, war Jacó Galub, von jenem Tag an »Held des Hügels Katzentöter« genannt, wie der Deputierte Ramos da Cunha ihn in seiner denkwürdigen Ansprache über die jüngsten Ereignisse vor dem Abgeordnetenhaus nannte. »Das Volk war nicht allein, Herr Präsident, wir waren bei ihm in der Person des unerschrockenen Journalisten Jacó Galub, des Helden vom Hügel Katzentöter.« Übrigens deutete Jacó selbst in einer sensationellen Reportage die entscheidende Bedeutung seines Vorgehens für den Sieg an, und zwar bereits in der Überschrift: »Ich habe die Schlacht am Katzentöter gesehen und mitgemacht.« In der Reportage wurde der Polizeibeamte Chico Großmaul böse aufs Korn genommen und als der lächerlichste, blödeste aller Trottel hingestellt. Wobei die Drohungen im Anschluß an Galubs Angriff dessen Position nur noch bedeutsamer und wirksamer machten.

An jenem Abend gab es noch eine andere ergreifende Szene auf dem Hügel. Die Bewohner waren gerade beim Feiern, als der Stadtverordnete Lício Santos die beschwerliche Steige heraufhüpfte. Begleitet von Wahlführern und einem Fotografen des »Jornal do Estado«, überbrachte er ein Rundfunkgerät, das Geschenk des großen Industriellen Otávio Lima »für die guten Leute vom Katzentöter«, sowie die unverbrüchliche Solidarität von Lício Santos, dem Stadtverordneten des Volkes. Entschlossen stand er ihnen zur Seite, komme was da wolle, bereit, bei ihnen zu bleiben und zu sterben, um ihre sakrosankten bedrohten Heimstätten zu verteidigen ...

Was Jesuíno Tollhahn betraf, so wohnte er der Überreichung des Radiogeräts, das Dona Filó im Namen der Hügelbewohner empfing, nicht bei. Jesuíno war nach dem Sieg nicht auf dem Hügel geblieben. Er hatte vorgezogen, einige Tage zu verschwinden und mit Jesus ein Bierchen in Tibérias Frauenhaus zu zischen. Es hätte nämlich ein naseweiser Oberzinken, der Wind von seinem Treiben bekommen hatte, auftauchen

und ihn mitnehmen können. Mitgenommen hatte er Korporal Martim, dessen Erregung am Mikrophon ihm ziemlich unvorsichtig vorgekommen war, und den kleinen Miro, den ältesten Dona Filós.
Lachend erzählte er Otália, Tibéria, den anderen Dirnen und Jesus von dem panischen Schrecken, der dem Journalisten Jacó in die Glieder gefahren war, als die Schutzpolizisten in die Luft zu knallen begonnen hatten. Dann schlüpfte Jesuíno im Haus von Schönschopf unter, da ihm an einem sicheren unverdächtigen Plätzchen gelegen war.
Auf diese Weise hörte Jesuíno nicht die Solidaritätserklärung des Lício Santos, die Sympathiekundgebung des Otávio Lima, den Zuspruch so vieler Bürger gehobenen Standes, die der Stadtverordnete in seiner Rede erwähnte. Auf Miro deutend, auf seinen verfilzten Krauskopf, auf seine rastlosen Augen, auf sein Mausgesicht, sagte Tollhahn:
»Der hier hat die Polente nicht raufkommen lassen... Dieser kleine Tunichtgut. Er und die anderen Buben. Als die Männer die Flinte ins Korn werfen wollten, schmissen diese hier Steine, und zwar ohne mit der Wimper zu zucken... Wenn die Häuser noch stehen, verdanken wir's diesen hier.«
Jesus indes wollte allen Gerechtigkeit widerfahren lassen:
»Ob der Journalist nun einen Bammel gehabt hat oder nicht – er hat geholfen. Der Deputierte auch.«
Jesuíno zog die Schultern hoch und setzte sein Glas an die Lippen. Er war ein Skeptiker, der alte Landstreicher, und glaubte nicht an so etwas wie Solidarität.
»Wir sind allein auf der Welt, Gevatter Jesus, Gevatterin Tibéria. Aber dafür sind die Armen wie Unkraut, je dreckiger es ihnen geht, desto mehr Wurzeln schlagen sie, je mehr man sie ausreißt, desto mehr wächst nach.«
Miro hörte zu und lachte mit. Jesuíno legte die Hand – sie zitterte ein wenig vom vielen Schnaps, den er an jenem Tag getrunken hatte und jetzt mit einer Flasche Bier krönte – auf die Schulter des jungen Herrn vom Strand:

»Der hier ist ein guter Junge... Ein Mordskerl!«
Der gute Junge wußte jedoch, daß alles das Werk des alten Jesuíno Tollhahn gewesen war. Er wußte es, und das Hügelvolk wußte es auch, wenn davon auch nicht viel Aufhebens gemacht wurde. Alle kannten Jesuíno seit langer Zeit, sie wußten, was er konnte, was er wußte, daß er für alles einen Ausweg fand, daß er sich nicht so leicht ins Boxhorn jagen ließ. Als unerreichter Schnapssüffler konnte ihm keiner das Wasser reichen, wenn es darauf ankam, einen neuen Zuckerrohrschnaps auf Herz und Nieren zu prüfen. Noch heute, trotz seiner weißen Haare, seiner Falten und seines Alters, war er ein Weiberheld, die Frauen zogen ihn den jüngeren vor, als hätte er einen ganz besonderen Geschmack. Das war reine Altersweisheit, das Volk wußte all das, weshalb es nicht viel Worte darüber verlor. Auch Jesuíno nicht, er wollte sich nur einen fröhlichen Tag machen, weiter nichts.
Nun war das Hügelvolk um das Empfangsgerät versammelt. Man schaltete es ein, und schon glitten die Klänge eines Samba über den Hügel dahin, und das Völkchen wurde lebendig. Dona Filó setzte ihre Kleinen ab und tanzte los, und die anderen taten es ihr nach.

9

Nach der gescheiterten Polizeiaktion zeichneten sich in dem Problem des Hügels Katzentöter zwei unmittelbar aufeinander folgende Phasen ab. Zunächst erregte sie beträchtliches Aufsehen.
Es erschienen, je nach der politischen Einstellung der Zeitungen, Aufsätze und Reportagen, Leitartikel, Streiflichter und Chroniken für und wider Bewohner und Polizei. Immerhin lobten alle die Klugheit des Gouverneurs und seine humane Geste, den Überfall abgeblasen, sowie Blutvergießen vermieden und Menschenleben geschont zu haben. Im Landtag

machte der Führer der Minderheit, der Abgeordnete Ramos da Cunha, in einer leidenschaftlichen Ansprache die Regierung für die Angelegenheit verantwortlich. Als Antwort darauf schob der Führer der Mehrheit, der Abgeordnete Reis Sobrinho, die Schuld für alle Aufhetzung und Unbotmäßigkeit der Opposition in die Schuhe. Die Opposition habe die Unruhestifter, die schlimmsten Elemente, die Hefe des Volkes, aufgewiegelt, um den Verwaltungsapparat in Schwierigkeiten und die Regierung in Verlegenheit zu bringen. Weil er wisse, daß sie die Opfer des oppositionellen Sirenengesangs geworden seien, weil er ihnen neue Leiden ersparen wolle, habe der Gouverneur Anweisung erteilt, die Aktion einzustellen und die Vertreibung der Eindringlinge aufzuschieben... Doch nur zu verschieben; die Regierung würde in Verteidigung des Gesetzes handeln, man solle nicht Großzügigkeit mit Schwäche verwechseln.
In der Stadtverordnetenversammlung führte Lício Santos, der sich als begeisterter Verteidiger der Hügelbewohner durchaus mit Jacó Galub messen konnte, einen wahren Veitstanz auf. Er errang die sofortige Unterstützung zweier oder dreier Stadträte, die nach Publizität und Wahlstimmen gierten. Eine Schande, bellte der Stadtverordnete von der Rednertribüne, ein Verbrechen gegen das Volk – das war das Vorgehen des Polizeichefs, dieses Folterknechts der Bicheiros, dieses Robespierre in Kleinformat. Warum hatte er es auf das Bicho-Spiel abgesehen? Weil ihm nicht das gewünschte Trinkgeld, ein beachtlicher Batzen Geld, bewilligt worden war... Er rede nicht aus dem hohlen Bauch, er habe Beweise. Herr Dr. Albuquerque, diese entjungferte Vesta, nicht zufrieden damit, die Mißachter des Gesetzes zu quälen, lechze auch noch danach, die Arbeiter zu morden, die ihre bescheidenen Hütten auf dem Hügel aufgebaut hatten. Und das Heim eines Brasilianers – der Herr Polizeichef höre und lerne! –, die Heimstätte eines Brasilianers ist heilig, unantastbar und geschützt durch die Konstitution... Lício Santos kochte. Er

wollte die verlorene Zeit hereinholen und sich als der förderndste Verfechter des Katzentöters bewähren, in der Invasion sah er eine Goldmine, die man nur richtig auszubeuten brauchte...

Zunächst ging alles drunter und drüber, die Welt schien einstürzen zu wollen. Dann kam die Ruhe nach dem Sturm. Wenn, wie die Gerüchte behaupteten, Sitzungen einberufen, Vorlagen eingebracht, Sonderbesprechungen abgehalten wurden, so ging alles unter der Oberfläche vor sich, kein Laut drang nach außen. Die Zeitungen berichteten, Dr. Albuquerque, verärgert über die versöhnliche Haltung der Regierung, habe seine Entlassung eingereicht, doch diese Nachricht wurde vom Herrn Polizeichef persönlich energisch dementiert. Der Regierungschef, erklärte er den Journalisten, habe nach gemeinsamer Beratung und in Übereinstimmung mit ihm gehandelt. Zwischen ihnen bestünden keine Gegensätze. Was die neuen Maßnahmen betreffe, die zur Ausquartierung der Eindringlinge notwendig seien, so würden sie augenblicklich ausgearbeitet und in Kürze ausgeführt werden.

Die Polizisten waren wütend und umkreisten in gebührendem Abstand den Hügel Katzentöter, ließen sich jedoch nicht dazu verleiten, hinaufzusteigen. Verdächtige, beschattete Bewohner wie Neger Massu vermieden es, hinabzusteigen, und fühlten sich dort oben wesentlich sicherer. Die Greifer hatten die eingesteckte Schlappe nicht verziehen, nicht das Geschlittere auf den schlammigen steilen Pfaden, die Steinwürfe, das Pfeifkonzert zum Schluß.

Wieder einmal hatte Jesuíno seine Klugheit und Umsicht bewiesen, als er es für ratsam hielt, einige Tage von der Bildfläche zu verschwinden und sich als Tibérias Gast in den Armen Laura Prachtarschs, deren Hinterbacken berühmt waren wegen ihrer Ausmaße und Härte, genüßlich auszuruhen und Korporal Martim von den verkehrsreichsten Straßen fernzuhalten.

Der Fehler des Korporals war, daß er sich zu gern im Vorder-

grund sah. Am Tag des Ansturms hatte er am Mikrophon gesprochen, nur um sich zu zeigen. Es fällt nicht leicht, einem Mikrophon zu widerstehen; das Gerät strahlt eine besondere Faszination aus, man kann einfach nicht anders, als hineinzusprechen. Es ist wie mit dem Fotoapparat. Es braucht bloß der Reporter mit seinem Blitzlicht auf den Plan zu treten, und schon setzt der Bursche sich in Pose und zeigt die Zähne. Jesuíno indessen ließ sich weder knipsen noch fand er sich bereit, in irgendein Sprechgerät hineinzurülpsen, er war ja nicht belämmert. Da war Martim anders geartet: Ohne an die Folgen zu denken, trotz vieler Gründe, deretwegen er besser untergetaucht wäre, sperrte er den Schnabel weit auf, schimpfte auf die Polizei und – das war das Schlimmste! – prahlte von der Tracht Prügel, die etliche Stammgäste des Baronschwofs Chico Großmaul anläßlich eines Festballs verabreicht hatten.
Er gab auch nicht viel auf Jesuínos Rat, stillschweigend zu verduften. So wurde er um ein Haar in der Nähe der Kirche vom Rosenkranz-der-Neger, am Prangerplatz, festgenommen, genau da, wo Massus Sohn getauft worden war, als er Alonsos Kramladen verließ. Er hatte sich mit Otália getroffen, und es war ein dramatisches, entscheidendes Stelldichein gewesen. Verfolgt und ohne einen Heller auf der Naht – es gab keinen Winkel mehr, wo man ein Spielchen inszenieren konnte, da die Spielpartner angesichts der unablässigen Kampagne gegen das Spiel wie weggeweht waren –, hatte er nie so dringend eines wirklich greifbaren Beweises von Otálias Liebe bedurft. So gestand er es ihr mit trüber Miene, vor seinem leeren Glas an die Theke des Ausschanks gelehnt. Er hatte mit unendlicher Geduld jenen Tag erwartet. Nun war es endlich an der Zeit, sie konnten nicht ewig in diesem Zustand verweilen, der weder Fisch noch Fleisch war. Schließlich war sie, Otália, keine schamhafte Jungfrau mehr und er, Korporal Martim, nicht dazu geboren, den Tölpel zu spielen...
Otália kniff Lippen und Augen zusammen, sie schien jeden

Augenblick losweinen zu wollen, fast hätte Martim seine lieblosen Worte bereut. Doch die Tränen kamen nicht, und sie wiederholte nur ihren Entschluß, nicht mit ihm ins Bett zu gehen. Jedenfalls noch nicht. Der Korporal verlor den Kopf und riß sie gewaltsam in seine Arme. In jener Stunde war kein Kunde im Laden, und Alonso war in den Hinterräumen beschäftigt. Otália wehrte sich, riß sich los und fragte in vorwurfsvollem Tonfall:

»Hast du nicht verstanden?«

Er verstand gar nichts, er begehrte sie, weiter nichts, und sie machte sich über ihn lustig.

»Wenn du heute nicht willst, dann ist alles aus...«

Sie drehte sich um und ging weg. Martim kam noch gerade rechtzeitig an die Tür, um sie um die Ecke biegen zu sehen, in Richtung Tibérias Freudenhaus. Er trank vor dem Fortgehen noch einen Schnaps, unzufrieden mit allem, mit seinem leeren Geldbeutel, mit der Polizei, die einem keine Ruhe ließ, mit Otália und mit sich selber.

Er trat hinaus, und kaum hatte er ein paar Schritte gemacht, sah ihn ein Schutzpolizist, der näher kam und rief, er sei verhaftet. Der Korporal äugte nach links und nach rechts, und da er in nächster Nähe weder Schupos noch Geheime erblickte, brachte er den unverschämten Kerl mit einem »Rochenschwanz« zu Fall und nahm die Beine unter den Arm. Als der Polizist sich hochraffte und um Hilfe zu schreien begann, war Martim längst die Steige hinuntergerannt.

Abends, als er scheußliche Hörnerschmerzen litt und sich endlich durchrang, nicht zu Otália zu gehen, erschien Martim, alle Vorsicht über Bord werfend, im Haus von Carlos Eselsgestank, dessen Spielbank zu den wenigen gehörte, die der Polizeirazzia noch nicht zum Opfer gefallen waren. Wenn es jedoch eine Spielspelunke gab, die eine Lektion verdient hätte, so war es die Rattenfalle von Eselsgestank, der diesen Namen seinem eigenartigen, aufdringlichen Achselschweiß verdankte. Eselsgestank arbeitete ohne Finessen, er war ein grober Kumpan. Seine Kartenspiele führten nicht einmal einen Blinden irre, seine Würfel waren der reine Hohn. Martim kannte diese Eigenarten bis ins kleinste, selbst Artur da Guima als erzgeschickter Handwerker hatte ihm erzählt, er habe einen Satz Sonderwürfel für Eselsgestank angefertigt, natürlich gezinkte Würfel. Artur hatte ihm gezeigt, wie er sie schnitzte, es waren Meisterwerke.

Als Kenner von Eselsgestanks Chronik hatte Korporal Martim nicht vor, in dessen Rattenkäfig seine von Alonso entlehnten letzten erbärmlichen Nickelmünzen aufs Spiel zu setzen. Er wollte nur die Zeit totschlagen, einen Schwatz halten, den Darbietungen des Hausherrn zusehen, vielleicht würde er dabei Otália vergessen und sich die blöde Besessenheit aus dem Kopf schlagen, schließlich mußte er sich sagen: ein Mann, ein Wort. Er wollte sie nie wieder sehen, er war kein Waschlappen, für ihn war die Sache vorbei und abgetan. Vielleicht, wer weiß, würden auch ein paar Leute auftauchen, die Lust zu einer kleinen »Ronda« hatten, natürlich mit seinem eigenen Pack Spielkarten.

Eselgestanks Spielbank lag hinter einer Schlosserwerkstatt versteckt. Ihr Eingang war nachts von einem Späher bewacht. Nelke-im-Knopfloch hatte schon vor Zeiten diesen Dienst versehen. Martim, beim Hausherrn gerne gesehen, wurde wie immer freundlich aufgenommen.

Einige Spielratten saßen würfelnd um einen Tisch. Eselsgestank hielt die Bank, wer hätte gegen derartige Würfel gewinnen können? Aber wer beschreibt Martims Erstaunen, als er unter den Spielern, die gegen den Bankhalter spielten, Artur da Guima erblickte, den Kunsthandwerker, der die frisierten Würfel ersonnen und verfertigt hatte? War er wahnsinnig, oder diente er vielleicht als Lockvogel? Eselsgestanks freundlichen Guten-Abend-Gruß wiederholend und seine Einladung, ein Spielchen zu wagen, dankend ablehnend, deutete Martim mit dem Kinn fragend auf Artur da Guima, was denn das zu bedeuten habe. Eselsgestank zog die Schultern hoch, erklärte kurz darauf das Spiel für beendet und schickte die Kartenspieler mit der Erklärung fort, er habe mit dem Korporal einen Gang zu erledigen. Unverständliches Zeug murmelnd, zog Artur da Guima mürrisch ab.

»Er beschimpft sich selber... Sagt, er sei ein Armleuchter und sonst noch allerhand.«

Eselsgestank lachte und erklärte Martim, er trage keine Schuld an dem Wahnsinn. Hatte man dergleichen schon gesehen? Der Mann, der die Würfel geschnitzt hat und es auch weiß, wirft ihnen noch Geld hinterher. Wie hätte er es verhindern können? Er hatte es versucht, doch Artur brauste sofort auf und wollte Krawall schlagen. So spielsüchtig war der Kerl. Da er keinen anderen Winkel mehr fand, kam er her, hockte sich hin und begann wahllos zu setzen. Wäre er der einzige gewesen, Eselsgestank hätte vermutlich den kürzeren gezogen. Doch es waren die anderen da, und schließlich kam Artur zu ihm, um zu spielen. Er war ja kein Kind mehr, sondern längst mündig... Hinterher lief er auf die Straße, rannte mit dem Schädel gegen die Laternenpfähle und nannte sich einen Vollidioten...

Martim nahm ein Gläschen Schnaps an, und die beiden klagten über die schlechten Zeiten. Eselsgestank bat, er möge ein wenig warten. Vielleicht könne er ihn in eine Runde Poker einschmuggeln, die in Kürze steigen solle. Ein paar Tölpel aus einer Tabakexportfirma hätten sich angemeldet, es seien drei, und nur einer von ihnen habe eine leise Ahnung von dem Spiel. Die anderen beiden kannten kaum den Wert der Karten. Reich könne man dabei freilich nicht werden, man könne die erlauchten Herren weder auf die Schippe nehmen noch erschrecken, aber es war besser als nichts. Martim rieb sich die Hände. Alles kam ihm gelegen, er war völlig abgebrannt.

Tatsächlich trafen eine halbe Stunde später die drei Dussel ein. Martim wurde als Soldat auf Urlaub vorgestellt, man setzte sich um den Tisch. Doch kaum hatten sie zu spielen begonnen, als die Polizei in die Spelunke eindrang. Der Wachtposten an der Türe fand keine Zeit mehr zu schreien und wurde von zwei Greifern in die Grüne Minna geschleppt. Eselsgestank jedoch, wie immer auf dem Quivive, hatte ein verdächtiges Geräusch gehört, und als die beiden Blechreiter auftauchten, hatte er gerade noch Zeit, Martim zuzubrüllen:

»Hier durch, Bruder.«

Es war ein hinter dem Schrank halb verborgenes Türchen, das durch den Hinterhof auf unübersichtliches Gelände ging. Dorthin entwischten die beiden, während die Bullen die drei Exportmänner mit Püffen und Ohrfeigen in den Überfallwagen bugsierten.

Martim schlug sich zu Zébedeu, seinem Gevatter, durch, einem gutsituierten Stauer, der in Barbalho wohnte. Der Gevatter lieh ihm etwas Geld und bat ihn, schleunigst zu verduften. Die Polente war hinter Martim her, noch am selben Nachmittag hatte der Devotionalienhändler Alfredo aus Cabeça den unerfreulichen Besuch der Blauen gehabt. Sie suchten den Korporal. Sie suchten ihn überall, und ein Oberzinker mit dem Namen Miguel Zigarre, sein eingeschworener Erzfeind, arbeitete jetzt mit Chico Großmaul zusammen, der eigens beauftragt war, Martim zu schnappen und einzulochen.

Erst jetzt wurde ihm der Ernst der Lage klar. Mit Zébedeus und Meister Manuels Hilfe verlegte er sein Tätigkeitsfeld auf die Insel Itaparica. Nur Jesuíno ließ er von seinem Verbleib in Kenntnis setzen. In Itaparica hörte er auf den Namen Feldwebel Porciúncula, doch ohne sich darüber auszulassen, ob seine Achselklappen dem Heer oder der Militärpolizei angehörten. Auf der Insel ging es ihm gut. Dort wurde das Spiel nicht verfolgt, und obgleich nicht die Sommersaison und wenig Betrieb war, kam er leidlich auf seine Kosten. Außerdem lief ihm gleich zu Anfang Stolze-Empfängnis-vom-Heiligen-Geist über den Weg, eine Mords-

mulattin, die ihm half, Otália und ihre Verbohrtheit zu vergessen. Hin und wieder dachte er noch an sie, begehrte sie, und dann knirschte er mit den Zähnen. Besprang jedoch die Stolze am Strand und ritt sie auf den Wellen des Meeres, nie hatte er ein Weibsstück gesehen, das einer Sirene so ähnlich war, und wenn der Seewind in den Palmwipfeln spielte und er über den kupferfarbenen Leib fuhr, sagte er:
»Du bist wie Yemanjá...«
»Hast du denn schon mit Yemanjá geschlafen, lausiger Neger?«
In Bahia stellte die Polizei weiterhin alles auf den Kopf. Windsbraut kam ins Kittchen, obgleich er noch vor dem ersten Überfall der Polizei dem Hügel den Rücken gekehrt hatte. Dort wurde er reichlich geknebelt und gezwiebelt und nur freigelassen auf Betreiben eines seiner Kunden, Dr. Menandros, der dringend ein paar Frösche brauchte und auf der Suche nach Windsbraut den Ärmsten im Knast fand, wo er den Schlaf der Gerechten schlief.
Wer gleichfalls seine Knochen zu spüren bekam, war Ipicilone. Doch auch er wurde auf freien Fuß gesetzt, da ein gewisser Dr. Abiláfia, Anwalt und Armenrechtler, der sich seine Klienten unter den inhaftierten Galgenvögeln suchen mußte, im Auftrag des Stadtverordneten Lício Santos ein Habeas-Corpus für die verschiedenen, ohne Haftbefehl eingelochten Hügelleute beantragt hatte.
Abgesehen von der fieberhaften Tätigkeit der Polizei bestand die einzige im Hinblick auf die Besetzung des Katzentöters nennenswerte Nachricht in der Tatsache, daß in jenen Tagen durch einen der bedeutendsten Rechtskundigen der Stadt eine Klage des Komtur José Perez beim Gericht auf Wiedererstattung seiner durch Dritte in Besitz genommenen Grundstücke eingereicht wurde. Der Rechtsgelehrte ersuchte das Gericht um die Beauftragung der Polizei, ein für allemal gegen die Übertreter der Gesetze und Gegner der Konstitution einzugreifen.

10

Wer sich diesem Notstand gegenüber gleichgültig und ablehnend verhielt, war Curió. Die mit der Kampagne gegen das Spiel zusammenhängenden Ereignisse hätten ihn kalt gelassen, wären nicht Freunde wie Martim betroffen gewesen. Wir wissen, welche hohe Auffassung der Werbefachmann von der Freundschaft hatte, wir wissen, daß Martim sein Heiligenbruder war. Daher machte Curió, der für das Spiel nie viel übrig gehabt hatte, sich ernstliche Sorgen.
»Mein Laster ist nur die Frau...«, sagte er, wenn man ihm eine Zigarette anbot oder ihn aufforderte, den Lückenbüßer bei einer Pokerrunde zu spielen. Er vergaß dabei jedoch den Schnaps zu erwähnen, vielleicht, weil er ihn nicht als Laster, sondern als Notwendigkeit, als eine Art Wundermittel gegen verschiedene Leiden ansah, die Liebesleiden eingeschlossen. Ohne Martim war die Nacht von Bahia nicht die gleiche. Wenn auch der Wahrheit zuliebe gesagt werden muß, daß schon vor der übereilten Abreise Martims, der sich vorsichtshalber in den Feldwebel Porciúncula verwandelt hatte und mit Stolze-Empfängnis-vom-Heiligen-Geist Flitterwochen am Strand von Itaparica verlebte, manch einschneidende Veränderung eingetreten war. Seit der Besetzung des Katzentöters kamen die unfehlbaren Freunde nicht mehr jeden Tag gegen Sonnenuntergang zusammen, um gemeinsam über den Verlauf des Abends zu beraten; der Festkalender war aufgegeben worden, es herrschte völlige Anarchie.
Doch nicht einmal so vermochten die durch die Hügelbesetzung ausgelösten Geschehnisse Curió aus der Fassung zu bringen. Als wäre er gar kein Bewohner des Hügels, auf dem er den Bau seiner Baracke, der schönsten unter allen anderen, begonnen hatte. Dort stand sein zur Hälfte fertiges Häuschen, das ohne Jesuíno und Massu seit langem von Opportunisten auf der Suche nach »toten Hühnern« mit Beschlag

belegt worden wäre. Curió hatte nur noch Augen für Madame Beatriz, die wundersame Fakirdame, die genau in jenem Augenblick in einem Totensarg unter einem Glasdeckel in der Schustersenke lag und zum Eintrittspreis von fünf Mil-Réis wacker fastete.

Jesuíno, gewohnt, die bewegte Chronik von Curiós größtenteils gescheiterten Lieben zu verfolgen, ließ sich von dessen honigsüßem Romantismus, dessen Täuschungen und Enttäuschungen nicht mehr beeindrucken. Doch nicht einmal der so verständnisvolle Jesuíno wollte eine derartige Einfalt gelten lassen: Curió glaubte wirklich und wahrhaftig an jene Geschichte von der Fastendauer, er schwor es bei der Seele seiner Mutter, er legte die Hand ins Feuer für Madame Beatriz. Jawohl, sie fastete im wahren Sinne des Worts einen ganzen Monat lang, ohne auch nur einen Krümel, einen Tropfen zu sich zu nehmen. Jesuíno schüttelte den Kopf. Curió möge ein Einsehen haben und ihm verzeihen, aber daran glaube er nicht. Daß ein Mensch es einen Monat lang ohne Nahrung aushalte, sei völlig unmöglich. Ohne Flüssigkeit sei ein Mensch bereits nach Ablauf einer Woche am Ende seiner Kräfte... Er solle den Unsinn sein lassen und endlich den Trick der Dame ausspucken, da Curió doch kein Interesse daran haben könne, seine Freunde naszuführen. Sie würden es nicht weitererzählen und unbedingt dicht halten. War's nicht so, Windsbraut?

Windsbraut, in Sachen Fasten kein Neuling, pflichtete bei: Niemand hielt eine derartige Roßkur einen Monat lang durch. Eine Jibóia, eine Anakonda könne einen Monat lang auf Nahrung verzichten, doch nur, nachdem sie einen Jungstier verschlungen und anschließend das Rind oder Kalb in aller Ruhe verdaut hatte. Menschen brächten dergleichen nicht fertig, von fasten ohne zu trinken ganz zu schweigen. Ohne Speise, ohne Trank und ohne Frau war das Leben unmöglich. Sicherlich gab es Männer, die es einen Monat lang ohne Frau aushielten, dergleichen hatte er schon gehört. Er,

Windsbraut hingegen war bereits nach vier oder fünf Tagen so grantig und zappelig, daß er Lust verspürte, jedwedes Weibsstück, gleichgültig ob sechzig oder sechzehn, anzufallen. Wo sie gerade davon sprachen: Würde die betreffende Dame es auch einen Monat ohne Kerl aushalten wollen, oder sei er, Curió, beauftragt, gegen Mitternacht in den Sarg zu steigen und den Leichnam mannsgerecht zu verlöten?

Ohne Essen, ohne Trinken, ohne Mann ... Die Fakirdame durfte nicht nur während eines ganzen Fastenmonats keine Bettbeziehungen unterhalten – man brauchte sich nur den hermetisch verschlossenen Sarg anzusehen –, sondern schon drei Wochen vorher, während derer sie sich geistig vorbereitete, um die Bußübung zu bestehen, die nur ihr, der Lieblingsschülerin der buddhistischen Bonzen, möglich war...

»Was zum Teufel ist das denn?...«

»Eine Religion der Hindus. Mithin von Leuten, die ihr Leben verbringen, ohne zu essen, und nur alle sechs Monate einen Tropfen Wasser zu sich nehmen, am Körper haben sie nichts außer einem Lendenschurz...«

»Das ist doch erstunken und erlogen...« Windsbraut war seiner Sache sicher.

»Ich weiß nicht ... Ich hab sowas Ähnliches gelesen. Es solle in einem gewissen Tibet vorkommen, ein Ort am Ende der Welt«, warf Ipicilone ein.

»Dick gelogen...«, behauptete Windsbraut wieder. »Wer einen Lendenschurz trägt und wie ein Scheunendrescher frißt, sind die Inder...«

Doch Curió ließ sich nicht erweichen. Wie konnte sie essen oder trinken, wenn er ihr weder Essen noch Wasser gab und dabei der einzige war, der als ihr ausschließlicher Sekretär in ihre Nähe kam? Hielt er sich denn nicht den ganzen Tag in dem früheren Laden von Abdala auf, wo er den Eintritt kassierte, den Vorhang lüftete für das Publikum, das übrigens äußerst spärlich eintrudelte und wenig Begeisterung zeigte, obgleich sie so schön in ihrem Sarg lag?

Das Problem war tatsächlich merkwürdig und begann Jesuíno zu fesseln:
»Und wenn du fortgehst, wenn du hier eine Pinga kippen kommst, wer vertritt dich dann?«
Schön, jeden Tag ging er etwa zwei Stunden nach dem Abendessen weg, um eine Kleinigkeit zu sich zu nehmen – mittags begnügte er sich mit einem belegten Brot und ein paar Bananen – und um die Freunde zu sehen. Dann wurde er an der Türe durch die Pensionswirtin, die Mulattin Emília, ersetzt. Man kannte sich, und sie tat es ihm zu Gefallen. Die beiden Frauen, sie und die Seherin, waren dicke Freundinnen geworden.
»Emília Grünschale? Eine, die in der Rua Giovanni Guimarães wohnt und eine Speisebaracke auf dem Markt hatte, bevor sie sich mit einem Türken einließ und eine Pension eröffnete?«
»Genau die...«
»Dann brauchen wir uns nicht den Kopf zu zerbrechen. Dann ist's die, welche der Dingsda Essen und Trinken bringt...«
Curió wollte noch protestieren und das Gesagte bestreiten, doch schon saß der Stachel des Zweifels in seiner Brust. Ob das stimmte? Ob Madame Beatriz, für die er hätte schwören mögen, einer derartigen Falschheit fähig war und lieber Emília vertraute, während sie an ihm zweifelte? Wenn es so war, wie sollte er dann ihren Glücksversprechungen für die Zeit nach dem beendeten Fastenmonat Glauben schenken? Mit derartigen Sorgen belastet und obendrein rasend verliebt, sah Curió keine Veranlassung, sich in das Getümmel der letzten stürmischen Ereignisse zu stürzen. Nur einmal stieg er an jenem Tag zum Katzentöter hinauf. Um Massu und der Negerin Vevéva einen Besuch abzustatten und das Kind zu sehen.
Mittlerweile fehlte es nicht an aufregenden Neuigkeiten. Während die von Pepe Achthundert in Gang gesetzte Aktion siegreich in erster Instanz auf ein neues Urteil des Appel-

lationshofes wartete, hatte der Abgeordnete Ramos da Cunha mit der Unterstützung seiner Fraktionsmitglieder einen Gesetzentwurf zur Enteignung der Gelände am Katzentöter eingebracht, damit der somit in den Besitz des Staates übergegangene Grund und Boden dem Volk zur Besiedelung überlassen werden könne. Mit dem Projekt, das weithin ein günstiges Echo auslöste, buchte die Opposition einen wichtigen Sieg. Eine Großkundgebung, bei der mehrere Redner sprechen sollten, unter ihnen der Urheber des Plans, der Journalist Jacó Galub, der Stadtverordnete Lício Santos und Hügelbewohner, wurde für die Praça da Sé vorgesehen.
Man kann weder mit dem Regierungsorgan behaupten, »die demagogische Ausbeutung der Besetzung des Katzentöterhügels durch die Opposition sei gescheitert, weil die geräuschvoll angekündigte Kundgebung nicht mehr als ein halbes Dutzend besoffene Taschendiebe auf die Beine gebracht habe«, noch darf man dem übertriebenen Bericht der »Gazeta de Salvador« zustimmen, der von zehntausend Menschen sprach, »welche die glühenden Worte von Airton Melo, Ramos da Cunha, Lício Santos, Jacó Galub und das Leidenswort der Hügelbewohner hören wollten«. Weder so viel noch so wenig. Eine beträchtliche Menschenmasse, etwa fünfzehnhundert Menschen, darunter Passanten, die an der Straßenbahn und am Omnibus warteten, hörte und beklatschte die Redner. Vor allem entlockte Lício Santos mit seinen nicht immer sinnvollen, doch immer treffsicheren Tiraden der Menge Beifallsalven. Seine Sätze klangen gut in der barocken Umgebung des Platzes, einem für seine klangvoll-verschlagene Redeweise geeigneten Rahmen. Hügelleute waren so gut wie keine zugegen. Aus Angst, es handle sich um eine Finte der Polizei, waren sie der Veranstaltung ferngeblieben. Nur Filó, die Galub persönlich abgeholt hatte, erschien auf der Tribüne und wurde der Masse zur Schau gestellt, umgeben von ihrer Kinderschar, von den beiden, die rittlings auf ihren Hüften saßen, gar nicht zu

reden. Sie löste einen Taumel der Begeisterung aus. Im Namen der Hügelbewohner sprach sogar Dante Veronezi, ein in Itapagipe wohnhafter Schneider, ein Mann mit politischem Ehrgeiz, der immer mit Lício Santos, seinem Wahlführer, gesehen wurde. Seine Rede war ein Meisterwerk der Redekunst, würdig des Ortes, an dem Pater Vieira gegen die Holländer gewettert hatte. Er schilderte das Elend der Bewohner, er war einer der ihren. Sie waren ohne Heim, ohne ein trockenes Fleckchen, auf dem sie ihr Haupt niederlegen konnten, mitsamt ihren Frauen und Kindern verurteilt zu Regen und Obdachlosigkeit. Ein Bild, würdig dem Inferno Dantes, des anderen, des Italieners Dante. Doch er, brasilianischer Bürger, fühlte lebhaft im Fleisch seiner kleineren Kinder die Last so großen Elends. Endlich hatten sie es geschafft und ihre Baracken auf Gelände errichtet, um das der spanische Millionär sich nicht gekümmert hatte, dieser Schurke, der sich am Brot der Armen bereicherte. Und schon kam die Polizei... Er beschrieb die Szenen der Gewalt und das Leiden des Volkes. Glücklicherweise gab es noch Männer wie die Journalisten Airton Melo, der hoch zu achtende Direktor der »Gazeta de Salvador«, wie »Jacó Galub, der Held des Hügels«, wie der Abgeordnete Ramos da Cunha mit seinem Plan zur Befreiung der neuen Sklaven, wie der Stadtverordnete Lício Santos, der Vater der Armen, der Wohltäter der Hungrigen, dieser tapfere Bürger, nur vergleichbar den Großen der Vergangenheit: Alexander, Hannibal, Napoleon, José Bonifácio...

Wäre einer der Invasoren dort oben gestanden, er hätte nicht besser, nicht überzeugender sprechen können. Sogar Dona Filó, eine abgehärtete und keineswegs weinerliche Frau, fühlte einen Stich in der Brust, ein Glühen in den Augen, als Dante Veronezi auf sie deutete, auf sie, seine Hügelnachbarin, Mutter von einem Dutzend Kindern, die sich Tag und Nacht an ihrem Waschbrett und an ihrem Bügelbrett abrackerte, um die Münder ihrer Rangen zu stopfen. Jahraus, jahrein war sie mit ihren mißhandelten Halbwaisen vom Schicksal hin- und hergestoßen worden, sie war eine ehrbare Witwe, sie trieb sich nicht herum wie die anderen. Bis sie endlich mit den eigenen Händen und den Händchen ihrer Kinder, der ärmsten, ihre bescheidene Hütte auf dem Hügel Katzentöter errichtet hatte. War es nicht ein Verbrechen, diese wahrhaft liebende Mutter, diese echte Heilige vor die Tür zu setzen?

Filó fühlte vor lauter Beifall Zerknirschung. Sie war ein Bombenerfolg.

Ramos da Cunhas bei der Kundgebung bejubeltes Projekt fand in den verschiedensten Kreisen lebhaften Beifall. Der Gouverneur, der seinen Augenblick allgemeiner Beliebtheit hinter sich hatte, wollte seine Stellung um keinen Preis einem gegnerischen Demagogen abtreten. Andererseits hatte der Gerichtshof, bedrängt von Pepes Anwalt, dem weithin anerkannten Professor Pinheiro Sales von der Rechtsfakultät, von Kaufleuten und Grundbesitzern, bereits einen Termin für den Antrag des Spaniers anberaumt. Ein Richter hatte ihm in einem Urteil von vier Zeilen Recht zugesprochen und die Polizei angewiesen, die Bewohner zur Räumung des Geländes zu zwingen. Es wurde gemunkelt, das Urteil habe fünfzig Contos de Réis gekostet, was zu jener Zeit ein Batzen Geld war, anders als heute, da fünfzig Contos nicht zum Kauf eines halben Zeugen ausreichen, wie viel weniger dann von einem ganzen und unbescholtenen Richter. Doch der Anwalt Abiláfia als Vertreter einer Handvoll Hügelbewohner hatte gegen das Urteil Berufung eingelegt und damit dessen Vollstreckung zu unterbinden vermocht. Den Berufungsrichtern, denen die heiße Kartoffel in den Schoß gefallen war, blieb nichts anderes übrig, als herumzumanövrieren und ihre Entscheidung hinauszuschieben. Sie wußten, daß der Streitfall ein Gegenstand umfangreicher politischer Spekulation war, und wollten erst einmal sehen, woher der Wind blies. Doch angesichts des von Ramos da Cunha und der Kundgebungsversammlung beschlossenen Planes übte der Anwalt des Komturs Perez mit Hilfe des Großhandels und der konservativen Klassen einen starken Druck auf das Gericht aus und setzte einen neuen Termin für die Verhandlung durch. Hochbeglückt kehrte er von seiner Unterredung mit dem Gerichtspräsidenten zurück und glaubte das für ihn günstige Urteil bereits in der Tasche zu haben. Es kam nur darauf an, den Gerichtshof, der auf die Interessen der Parteien und Männer der Öffentlichkeit sehr empfindlich reagierte, davon abzuhalten, sich in politische Machenschaften einzulassen, und das hatte er durch die Festsetzung des neuen Termins erreicht.

Daher war seine Überraschung groß, als er seinen wohlhabenden Klienten, den Herrn Komtur Perez, mit der Überbringung seiner Nachricht keineswegs zu beglücken schien. Im Gegenteil, Pepe Achthundert hielt die Tendenz der Herren Berufungsrichter, die Entscheidung in Erwartung der weiteren Entwicklung der Dinge hinauszuzögern, für interessant und sogar nützlich; plötzlich war es ihm nicht mehr eilig, womit er eine Schwenkung von einhundertachtzig Grad machte. Ramos da Cunhas Plan hatte den Herrn Professor Sales tief beunruhigt und ihn veranlaßt, dem Präsidenten des Gerichtshofs die Daumenschraube anzulegen und die Festsetzung des Termins zu erzwingen. Mittlerweile schien der Komtur seine Meinung über den ganzen Fragenkomplex geändert zu haben, da er in seinem fremdländisch betonten Portugiesisch kein böses Wort gegen die Eindringlinge fand. Der Anwalt schluckte ein paar Schimpfworte herunter – er wußte nicht mehr, wo ihm der Kopf stand.

Es war ihm nämlich nicht bekannt, daß der Spanier am selben Tag, wenige Stunden vor seinem Besuch, aus den Händen des Chefarchitekten einer großen Bau- und Landverwertungsgesellschaft die endgültigen Siedlungspläne für das Gelände am Katzentöter und den ganzen Streifen zwischen Meer und Brotas erhalten hatte. Es war die fachmännisch ausgeführte

Arbeit einer durchaus vertrauenswürdigen Firma. Nun gut: Auf Grund eingehender Prüfung, sowie ausgearbeiteter Skizzen und Pläne erklärten die Sachverständigen, sie sähen nicht die geringste Chance für den Erfolg des Unternehmens. Ihnen zufolge mußte man noch sehr lange, vielleicht Jahrzehnte warten, bevor man an die Aufwertung jener Landstriche und an dementsprechend lohnende Verkaufspreise denken könne. Wenn der Herr Komtur darauf bestehe, die Parzellierung und den Verkauf des aufgeteilten Grund und Bodens gleich vorzunehmen, müßte er sich wohl mit sehr niederen Preisen begnügen. Vielleicht würde er nicht einmal Käufer finden...

Skizzen und Pläne blieben auf Pepe Achthunderts Schreibtisch liegen. Neben dem Landesgesetzblatt, welches Ramos da Cunhas Projekt enthielt. Konnte der Herr Anwalt nicht versuchen, den Gerichtshof zum Widerruf seiner Entscheidung zu bewegen? Er hielt es nämlich unter den augenblicklichen Umständen nicht für verkehrt, einige Tage zu warten, um zu sehen, wohin das alles noch führen konnte. Schließlich war er, José Perez, nicht gewillt, als Unmensch dazustehen, als Feind des Volkes, während alle anderen sich anschickten, auf seinem Rücken ihr Schäfchen ins trockene zu bringen. Zumal schon seine Enkel, eine unmögliche und bezaubernde Rasselbande, ihn als Reaktionär und Ausbeuter der Arbeiterklasse hinstellten. Er, Pepe Perez, der sein Leben lang nichts anderes getan hatte als hart zu arbeiten wie ein Karrengaul oder ein Ochse vor dem Pflug, um seinen Kindern und Enkeln ein menschenwürdiges Leben verschaffen zu können. Er, ein Arbeitsmann, sollte ein Feind der Arbeiter sein ...! Noch heute, alt und müde, erwachte er um vier in der Frühe und begann seine Arbeit um fünf Uhr, wenn die sogenannten Arbeiter noch fest schliefen. Er war ein Arbeiter, und er wurde ausgebeutet von einer Horde Drohnen, von Phrasendreschern wie diesem Anwalt, ebenso teuer wie unfähig, und nur darauf erpicht, ihm sein Geld abzujagen...

11

Vielleicht von diesem kritischen Augenblick in der triumphalen Karriere des Herrn Professors Pinheiro Sales an, als er seine Eitelkeit in den Schwanz und diesen zwischen die Beine gesteckt hatte und von neuem vor den hochverdienten Herrn Präsidenten des Gerichtshofs trat, um ihm – mit was für einem Gesicht? – zu sagen, sein Klient habe es nicht mehr, überhaupt nicht mehr eilig, vielleicht von diesem demütigenden und undankbaren Augenblick an gewann alles, was die Besetzung des Hügels Katzentöter betraf, einen possenhaften Anstrich.

Übrigens hatte der Landgerichtspräsident, ein alter, in politischen Manövern, in den Schmutzereien der Regierungskabinette bewanderter Drahtzieher, schon lange »einen Pesthauch von Fäulnis und Aas« in der Luft gewittert, wie er seinem Schwiegersohn, dem künftigen Vorstand eines Instituts, bedeutete. Tatsächlich erinnerte der Herr Professor Pinheiro Sales im schwarzen Gehrock, mit Vatermörder und gestärkter Hemdbrust, an einen Aasgeier; und an jenem zweiten Besuch binnen weniger als vierundzwanzig Stunden an einen traurigen Geier mit welkem Kamm. Doch wo stank der Braten? Es wollte dem hochverdienten Herrn Präsidenten nicht gelingen, den Finger auf die Wunde zu legen, doch spürte er, daß bei dem Durcheinander der Hügelbesetzung irgendeine Gaunerei, eine Schiebung, eine Windbeutelei im Spiel war. Warum zum Teufel stand der Herr Professor Sales, der sonst so aufgeblasen, vorlaut und selbstgefällig war wie kein anderer, plötzlich mit gesenktem Kopf in seinem Kabinett, um ihn um die Niederschlagung des Verfahrens zu ersuchen, während er noch am Vortag auf einen festen, baldigen Termin gedrängt hatte? Plötzlich war alle Eile verschwunden; was steckte bloß dahinter?

Sich auf seine Würde versteifend, hinter seiner Stellung verschanzt und gewillt, seinerseits eine kleine Rache an dem Anwalt auszukosten, weigerte sich der Präsident, ihn zu empfangen: Das Datum war in Übereinstimmung mit dem Anwalt, ja auf sein Gesuch hin festgesetzt worden; nun war es zu spät. Er hatte nicht vor, den Gerichtshof dem Gezerre der Herren Rechtsanwälte und prozeßführenden Parteien auszusetzen. Aber noch weniger war er bereit, die Justiz zum Helfershelfer einer Schurkerei zu machen. So beharrte er auf dem einmal festgesetzten Verhandlungstermin.

Eine Verhandlung, die angesichts des Raums, den die Zeitungen ihr einräumten, sensationell zu werden versprach. Der Verhandlung und der »Massenversammlung«, jenem nie gesehenen Volksauflauf, zusammengerufen von dem Stadtverordneten Lício Santos und anderen »Volksführern« (wie das weitverbreitete Manifest sich ausdrückte), darunter unser bereits bekannter, sympathischer Dante Veronezi, der endgültig zum Vertreter der Hügelbewohner und ihr offizieller Sprecher geworden war. Eine Menschenmasse, die sich vor dem Justizpalast versammelte, die Hügelbewohner und die ganze, mit ihnen solidarische Stadtbevölkerung, um »von dem erlauchten Gerichtshof eine Entscheidung zu fordern, die das Volk in die Fülle seiner Rechte einsetze«. So die Sprache des Stadtrats Lício Santos.

Wer die Verhandlung und die Massenversammlung nie vergessen sollte, nicht nur wegen der bezogenen Lendenschläge, sondern wegen der unvorhergesehenen nachträglichen Ereignisse intimer Art, war Curió.

Er und Madame Beatriz nahten dem Ende ihrer Fastenzeit, der nicht verlängerungsfähigen dreißig Tage des nie gesehenen Schauspiels der »Lebend Begrabenen«. In Wirklichkeit waren erst elf Tage vergangen, als das an der Straßentür angebrachte Schild, welches das Phänomen ankündigte, mitteilte, der Fakir faste bereits seit sechsundzwanzig Tagen. Auf diesem Schild wurde nämlich jeden Morgen die Zahl verändert, welche die seit der feierlichen Grablegung der

Madame Beatriz verflossene Zahl der Tage anzeigte. Als sie aber beim fünften Tag angekommen war, malte Curió in Anbetracht der schwachen Kasse, die am Vortag nur die Summe von dreißig Mil-Réis als Ertrag von sechs entmutigten Besuchern eingenommen hatte, mit seiner Kreide statt der Zahl fünf die Zahl fünfzehn auf das Schild, womit sie zehn Tage gewonnen hatten: Madame Beatriz zehn Fastentage, Curió das gleiche, wenn auch sein Fasten ein anderes war, denn er hatte Hunger und Durst, wiewohl nicht nach Essen. Er hatte Hunger nach der Lebendig-Begrabenen, er hatte Durst nach ihren Lippen. Um den achten Tag herum gewann er weitere drei Tage, da die Neugierde der Bevölkerung auf zwei jämmerliche Straßenjungen und einen Soldaten geschrumpft war, der im übrigen nicht zählte, da Militär freien Eintritt hatte.

Curió hatte der von Jesuíno aufgeworfenen heiklen Frage nicht auf den Grund gehen wollen. Die Zweifel, die ihn im Hinblick auf Madame Beatriz' Berufsehre bedrängten, begrub er im Schoß seines unerschütterlichen Vertrauens in die ungerecht verdächtigte Hindudame. Durch die Glasscheibe spähend, um ihre Magerkeit und ihre Gesichtsblässe abschätzen zu können, sah er sie fett und behaglich und rosig in ihrem Sarg liegen, was mit einer Woche Fasten kaum zu vereinen war, doch sie lächelte ihm zu und verdrehte die Augen so vielversprechend, daß er an nichts mehr zweifelte und die ihm von den Freunden vorgeschlagene würdelose Spitzelei unverzüglich aufgab.

Als er sie jedoch mit Emília Grünschale allein ließ, fühlte er einen letzten Stachel des Zweifels. Sollte er überraschend zurückkehren? Jesuíno fragte ihn beim nächsten Wiedersehen:

»Hast du die Schwindlerin entlarvt?«

Jesuíno war ein Skeptiker, er glaubte an niemanden, er zweifelte an allem. Selbst an so wichtigen Leuten wie dem Stadtverordneten Lício Santos, an dem Deputierten Ramos da Cunha oder dem hervorragenden Dante Veronezi, der so menschenfreundlich war, daß er Curió ein paar Gläschen Schnaps zahlte und ihm sogar zuprostete, als er ihn zu der Massenkundgebung einlud:

»Mein lieber Freund, Sie als Hügelbewohner dürfen auf keinen Fall fehlen.«

Unterstützt von Dona Filó (der ein Syrier der Schustersenke ein Ausverkaufskleid geschenkt hatte) traf Dante die für den Erfolg der Massenversammlung erforderlichen Maßnahmen. Jesuíno Tollhahn jedoch, der zu Anfang zu begeistert gewesen war, rückte von der Sache ab und zeigte nicht das geringste Interesse.

»Gehst du hin?« fragte er Curió. »Ich geh nicht. Kleine Leute sollen die Nase nicht in die Geschäfte der Großen stecken. Oben auf dem Hügel sind wir zu Hause, hier unten haben wir nichts zu schaffen...«

Doch Curió, der sich durch die ihm vom Führer Veronezi persönlich übermittelte Einladung geschmeichelt fühlte, trat an. Wer nicht antrat, war das Volk im allgemeinen. Nur einige Studenten der Rechte, die zufällig in der Nähe waren, beschlossen teilzunehmen, einer von ihnen ließ sogar eine schwungvolle Rede vom Stapel. Vom Hügel waren nur wenige zu sehen. Die Mehrzahl blieb oben, in Erwartung des Urteilsspruchs.

Sicherlich hätte die Massenversammlung den erwarteten Erfolg erzielt, wie Lício Santos der »Gazeta de Salvador« erklärte, wäre der Präsident des Gerichtshofs, als er, über die vor dem hehren Tempel der Gerechtigkeit zusammenlaufende Menge in Kenntnis gesetzt, mit eigenen Augen sah, wie ein Student vom Gitterportal herab die besoffenen Taschendiebe aufwiegelte, nicht unverzüglich eingeschritten, um die Ordnung aufrechtzuerhalten, sowie die Würde des Gerichtshofs und die Unabhängigkeit seines Urteils zu gewährleisten.

Schon traten Scharen von Schutzpolizisten und eine berittene Streife der Militärpolizei rücksichtslos in Aktion. Die Berittenen ließen den Knüppel tanzen, trieben die Demonstranten binnen fünf Minuten auseinander und vereitelten jeden weiteren Versuch der Leute, sich zusammenzurotten. Curió bekam ein paar üble Hiebe und wäre um ein Haar im Kittchen gelandet, entkam jedoch wie durch ein Wunder.

Der Stadtverordnete stürzte in das Gerichtsgebäude, gelangte in den Gerichtssaal, wollte gegen das Eingreifen der Polizei Einspruch erheben, doch der Präsident verweigerte ihm das Wort und drohte ihm mit Hinauswurf, ohne auf seinen Status als Stadtverordneter und seine Immunität Rücksicht zu nehmen. Was den rechtmäßigen Sprecher des Hügels, unseren lieben Dante Veronezi, betrifft, so wurde er eingebuchtet. Es nutzte ihm nichts, zu schreien:

»Ich bin der Sekretär des Stadtverordneten Dr. Lício Santos...«

Ein Geheimer hatte einem anderen zugeflüstert:

»Das ist der Rädelsführer der Eindringlinge. Ins Loch mit ihm...«

Er wurde eingelocht. Sie nahmen auch zwei Studenten mit, während die anderen noch eine Weile an den Ecken stehen blieben und die Militärpolizisten auspfiffen. Die Hügelleute traten den Rückzug an; wer wieder einmal recht behalten hatte, war Jesuíno.

Curió trottete mit brennendem Rücken in die Schustersenke, reumütig kehrte er an die Seite der Madame Beatriz zurück. Er hatte Emília Grünschale gebeten, ihn an jenem Nachmittag zu vertreten, solange er seine Bürgerpflichten zu erfüllen hatte. Mühsam einen Fuß vor den anderen setzend, ging er zu dem in ein Theater umgebauten Laden.

Curiós unerwarteter Eintritt löste eine Panik aus. Er hatte die Türe verschlossen vorgefunden, das Schild hing mit der Rückseite nach vorn. Mit einem Faustschlag stieß er die Türe ein. Er glühte bereits vor Zorn und ahnte die Wahrheit. Wieder einmal hatte der alte Jesuíno recht behalten, Tollhahn täuschte sich nie.

Bequem im Sarg sitzend, bei losgeschraubtem, auf die Seite gestelltem Glasdeckel, ließ Madame Beatriz, bedient von Emília, sich einen Blechteller mit Bohnen, Maniokmehl und Fleisch schmecken. Ein Bund Silberbananen wartete auf einem Teller. Emília hatte Eßgeschirr und Napf, Bananen und Besteck in einem Lederbeutel mitgebracht, getarnt mit Strickzeug und ein paar alten Zeitschriften. Sie hatte auch nicht einen kleinen Handbesen vergessen, um die Krumen und Essensreste sorgsam wegzufegen, ein Zeichen von vollkommenem Organisationstalent. Von einer Flasche Bier und zwei Gläsern nicht zu reden. Curió schnaubte vor Wut.
Emília nahm so rasch Reißaus, wie man es einem Menschen von ihrem Körpergewicht kaum zugetraut hätte. Madame Beatriz ließ den Teller fallen, bedeckte das Gesicht mit beiden Händen und brach in Tränen und Verwünschungen aus:
»Ich schwöre, daß es das erste Mal gewesen ist...«
Und sie erklärte: Nie hatte sie das Publikum hintergehen wollen, noch viel weniger Curió, sie hatte ehrlich beabsichtigt, den ganzen Monat zu fasten. Aber Curió sei schuld...
Curió kochte, sein Rücken brannte, er hatte ein paar wüste Hiebe abgekriegt, nun sah er Madame Beatriz' rosiges Gesicht und ihre prallen Wangen: Sie mußte in den wenigen Tagen gute vier Pfund zugenommen haben. Curió war nicht bereit, Entschuldigungen anzuhören, doch jetzt, als sie schwer atmend ihn den Schuldigen nannte, hielt er inne. Er wollte doch hören, bis zu welchem Grad der Verlogenheit sie zu gehen wagte...
Ja, Curió sei schuld daran... Schwach, kraftlos wie ein Leichnam in ihren Sarg gesperrt, sah sie durch die Scheibe, wie Curió im Raum auf- und abging, ihr zulächelte, und so kam es, daß sie gegen ihren Willen von schlimmen Gedanken bedrängt wurde und sich vorstellte, wie sie neben ihm lag, und diese elenden sündigen Begierden raubten ihr die tiefe geistige Sammlung und damit ihre Fähigkeit, das Fasten zu ertragen...

Zu anderer Stunde hätte dieses Gefasel Curió beeindruckt, seine Augen vor Mitleid und Zärtlichkeit feucht werden lassen und sein Herz in Schwingungen versetzt. Doch jetzt war er wütend. Die Polizei hatte ihn geschnappt, trotz Jesuínos Abraten hatte er sich in die Krakelereien eingelassen, das Geschwätz der Dingsda mit ihrer Behauptung, er sei schuld an den lüsternen Gedanken, die in ihr Begierde nach ihm entfacht hatten, war eine glatte Unverschämtheit... Hunger hatte *er* gelitten oder fast Hunger, er hatte seinen Gürtel enger geschnallt, um fast die gesamte Tageskasse Emília, die von Madame Beatriz zur Verwaltung ihrer Finanzen und zum Stopfen ihres Mauls bestellt worden war, aushändigen zu können. Sogar Bier trank sie und legte sich somit nicht die geringsten Beschränkungen auf. Und nun kam sie ihm mit diesem Geschwätz, das nicht einmal einen Ochsen kirre machte. In seinem von ungezählten herzzerreißenden Leidenschaften erfüllten Leben hatte er schon mit allerhand schamlosem Weibsgesindel zu tun gehabt, aber eine wie diese war ihm noch nicht vorgekommen.

Mit einem Fußtritt stieß er die Tür zu. Seine Lenden schmerzten, er hatte Schürfungen am Arm, seine Schulter war halb ausgerenkt. Er hob die Hand und ließ sie Madame ins Gesicht sausen. Fröhlich klatschte die Ohrfeige in seinen Ohren wider, und er verpaßte ihr eine zweite. Die geistgefüllte Hinduistin stieß einen Schrei aus, faßte ihn am Arm und bat ihn um Verzeihung. Doch jetzt packte er sie an den Haaren, riß ihr den Kopf hoch, sie klammerte sich an seinen Hals, und als sie die Klatschsalve empfing, warf sie sich auf seinen Mund und küßte ihn wie von Sinnen. Als Curió seine Züchtigung beendet hatte, fühlte er sich von ihr in einen nicht enden wollenden Kuß entführt. Endlich eine Frau, und was für ein Frau! Sie hatte sich in ihn verliebt, sie ergab sich, zerfließend vor Liebe sank sie vor ihn hin. Nun ließ er ihr Haar los, und hastig, brutal, riß er ihr das rote Tüllkleid vom Leib, das einem fremdländischen

Gewand, einem indischen Sari gleichen sollte, und dort, in dem Totensarg, entschädigte er sich für das lange Fasten und liebte sich endlich an ihr satt. Mit Lust und Verzweiflung, mit uraltem Hunger und schmerzenden Lenden. Er rächte sich für alles, an allem, und der für einen Toten bestimmte Sarg widerstand nicht dem Gewicht so viel pulsenden Lebens und löste sich in seine altersschwachen Latten auf. So wälzten die beiden Liebenden sich auf dem Boden des von Abdala in Brand gesteckten Ladens, die Glasscheibe zerbarst in tausend Splitter, sie hörten und sahen nichts mehr. Auf der Asche, auf dem Bruchholz, auf dem Glas töteten, stillten sie ihren Hunger, tranken sie lechzend und lachten über so viel törichte Täuschung, und wieder entzündeten sie sich aneinander und waren zwei brennende Reisigfeuer.

Nachdem sie unter den Mißerfolg des erregenden Schauspiels von der »Lebendig Begrabenen« einen Schlußstrich gezogen hatten, beschlossen sie, das Theater noch am selben Nachmittag zu schließen und den Schlüssel beim Verkäufer des Nachbarladens abzugeben. Nun war nicht einmal mehr der Fastensarg übrig. Curió wollte den Bau seiner Baracke auf dem Hügel beenden, damit Madame Beatriz dort ausruhen und sich von der Schinderei ihrer Nummer erholen könne. Curió fehlte es nie an Arbeit. Währenddessen konnte sie aus der Hand lesen und Karten schlagen, sicherlich gab es schon Kunden auf dem Hügel, da bereits eine Butike und ein Laden eröffnet worden waren.

Während Curió auf so dornigen, verschlungenen Wegen zur Liebe gelangte, trat das Gericht, keinem Druck ausgesetzt, zur Verhandlung der von dem Komtur eingereichten Klage gegen die Eindringlinge des Katzentöters zusammen. Das Gutachten des Berichterstatters gab ihm trotz der bedauerlichen Kürze des richterlichen Urteils und der ausnehmenden Spärlichkeit seiner Gründe recht. Zwei Berufungsrichter gaben ihre Stimme ab, beide unterstützten das Urteil. Der dritte jedoch forderte Einsicht in die Prozeßakten, so daß das Urteil der zweiten Instanz um eine Woche verschoben werden mußte. Professor Pinheiro Sales seufzte auf: Er hatte jenen Antrag auf Einsicht in die Akten noch im letzten Augenblick durchzudrücken vermocht, als er bereits alles aufgegeben hatte, das heißt, so unsinnig das klingen mag, als seine Sache schon fast gewonnen war. So begannen sich die Fäden des Knäuels von der Geschichte des Einbruchs in den Hügel Katzentöter zu verwirren. Und sie verwickelten sich so gut, daß hinterher kein Mensch einen Beweis gegen einen anderen aufrechtzuerhalten, das Richtige vom Falschen zu unterscheiden, Sinn von Unsinn, das Für vom Wider zu unterscheiden vermochte.

Hochgestimmt verließen Jacó Galub und Lício Santos das Gerichtsgebäude und sprachen nur noch von der Notwendigkeit, unverzüglich Maßnahmen zu ergreifen, da die Tendenz des Tribunals ziemlich klar zutage trat. Es lag auf der Hand, daß die Hügelbewohner nach Ablauf einer Woche unfehlbar aus ihren Baracken vertrieben werden würden. Besonders Lício hatte es eilig, denn nun war es an der Zeit, die in den letzten Tagen gesäten Früchte zu ernten. Gerade in jenem Augenblick bekämpfte ein Abgeordneter der Regierungspartei im Landtag den Antrag Ramos da Cunhas und bezeichnete ihn als demagogisch und verfassungswidrig. Er erstattete dem Haus Bericht über die Entscheidung der Regierungsmehrheit, den Plan rigoros abzulehnen, sofern es überhaupt zu einer Abstimmung im Plenum kommen sollte.

Was den Herrn Professor Pinheiro Sales betraf, so wußte er nicht, ob er sich als Sieger oder Besiegter betrachten sollte. Wer weiß, vielleicht sogar als einen zweifachen Sieger. Sein Klient indessen, ein nicht sonderlich gebildeter und ziemlich derber Galizier, sagte, als er seinen Bericht angehört hatte: »Es ist mir nicht mal unlieb, daß die Entscheidung vertagt wurde. Vielleicht genügt eine Woche. Sie brauchen sich um die Sache nicht mehr zu kümmern, Herr Doktor. Ich nehme sie selbst in die Hand. Sie können alles mir überlassen.«

Auf dem Tisch des Komtur José Perez lag die Visitenkarte des Lício Santos mit der Bitte um eine Unterredung. Der Stadtverordnete war sein Untermieter, wohnte in einem seiner Mietshäuser und war hin und wieder mit seiner Miete fünf oder sechs Monate im Rückstand. Er war ein Schlitzohr und heckte gern irgendwelche Schikanen aus, doch kam man im allgemeinen recht gut mit ihm aus. Der hatte auch die Nase in die Sache mit dem Baugrund gesteckt, vielleicht war er daher ebenso nützlich wie jeder andere, wie Ramos da Cunha oder Airton Melo. Jedenfalls billiger... Er rief einen Angestellten und ließ Lício Santos Bescheid sagen.

12

Jene Woche zwischen den beiden Sitzungen des Gerichtshofes, in denen die Klage des Komtur Perez von den Achthundert gegen die Leute vom Katzentöter-Hügel verhandelt wurde, war geprägt von den grundlegenden Einstellungen für und wider die Besetzung und äußerte sich in einer Flut von gesprochenen und geschriebenen Worten in der Presse und auf den Rednertribünen. Man hatte den Eindruck von einem bevorstehenden Krieg, die beiden Parteien nahmen bedrohliche Haltungen ein, plötzlich trat Herr Dr. Albuquerque wie eine Filmdiva ins Rampenlicht, und auch der Herr Vizegouverneur bezog eindeutig Stellung.

All das beeindruckte das Publikum tief, es gab sogar Menschen, die schwerwiegende, ja tragische Ereignisse voraussahen, die für das Wohl des Staates und für die Sicherheit der Staatsform bangten. Indessen brauchte ein guter Beobachter nur zwischen den Zeilen der Zeitungen zu lesen und dem Geflüster in den Plenarsitzungen der Kammern zu lauschen, statt die auf der Tribüne gehaltenen Reden zu hören, um sich nicht vom Pessimismus einfangen zu lassen. Nie zuvor war so viel Lärm geschlagen worden um die Besetzung des Katzentöters, waren die Beschuldigungen und Bedrohungen der Eindringlinge so laut gewesen, und auch die glanzvolle Solidaritätskampagne zugunsten der Hügelbewohner, die von Journalisten, Deputierten und Volksführern ins Leben gerufen worden war, umfaßte nunmehr ganze Parteien und griff auf Studentenkreise und Syndikate über. Aber hatten all der Lärm, die vielstimmige Kontroverse, die Drohungen, ein ernster Konflikt könne entstehen, Blut könne fließen, nicht in Wirklichkeit nur den einen Zweck, die Machenschaften der Unterhändler zu vertuschen und ihre Stimmen zu dämpfen? Nicht an uns, die wir mangels einer politischen Stellung oder eines gesellschaftlichen Einflusses abseits der Unterhandlungen und Aussprachen leben, ist es, dieses Friedens- und Beschwichtigungskomplott, das allen, allen ohne Ausnahme, am Herzen liegt, aufs Korn zu nehmen. Die einzige Ausnahme bildet vielleicht der Dichter Pedro Job, der gegen das auf Kosten der Leute vom Katzentöter »in Betrieb gebrachte allgemeine Gaunergeschäft« trunken Einspruch erhebt. Andrerseits kennen wir den Wert der herben Anklagen der Dichter, zumal der betrunkenen Dichter. Sollte bei der gereizten Anschuldigung des Dichters nicht die Tatsache mitsprechen, daß er auf den Journalisten Galub wegen einer Dirne aus Dorinhas Bordell an der Bergsteige schlecht zu sprechen war? Denn auf diese, eine gewisse Maricena, hatte Job seinen Busen- und Barfreunden zufolge eine geniale lyrische Komposition geschrieben: »Maricena, Bordelljungfrau, geschwängert vom Dichter und vom Gebet.« Während Job an seinem Gedicht »von wahrhaft revolutionären lyrischen Klängen« arbeitete – wie der Kritiker Nero Milton schrieb –, rief der Journalist die Dirne zu sich und überließ dem Dichter nur den Ruhm und die Hörnerschmerzen.

Um zu erkennen, wie heftig in jener den allerletzten Ereignissen voraufgegangenen Woche die Debatte um die Invasion vom Katzentöter tobte, brauchen wir nur auf drei oder vier Geschehnisse hinzuweisen, die einen weiten Widerhall in der öffentlichen Meinung auslösten. Das erste betrifft die Stellungnahme des Vizegouverneurs des Staates, eines alten mächtigen Industriellen, eines echten Vertreters der konservativen Klassen. Zu Ehren seiner Stellung wollen wir bei ihm beginnen. Es gibt Leute, die der Stellung des Vizegouverneurs keine sonderliche Bedeutung beilegen und sie als Ehrenposten abtun und weiter nichts. Doch wer, wenn plötzlich der Gouverneur ausfällt, sich in reinen Geist verwandelt und eingeht in den Ruhm Gottes, übernimmt dann seinen Posten? Wer weist an und ab, wer verteilt die Pöstchen und die Beträge des Staatsschatzes nach Lust und Laune? Gewählt von der Opposition, befleißigte der Vizepräsident sich im Hinblick auf die Staatsgeschäfte und die schwerwiegenden Probleme der Regierung äußerster Zurückhaltung, um jede Reiberei mit dem Gouverneur zu vermeiden. Andrerseits konnte seine enge Verbindung zu den Geldleuten, von denen er einer der hervorragendsten Führer war, zu dem Eindruck verleiten, er teile die offizielle Einstellung der Regierung, man müsse die Hügelbesetzer bekämpfen und ihnen »Wasser und Brot verweigern«, wie Herr Dr. Albuquerque, der Polizeichef, in seinem Interview, von dem noch die Rede sein wird, unmißverständlich betonte. Wie groß war daher die allgemeine Überraschung, als das Kabinett seiner Exzellenz, des Vizegouverneurs, der Öffentlichkeit eine Solidaritätserklärung für die Leute vom Katzentöter übergab. Offensichtlich rügte die Note die Invasion nicht und förderte sie auch nicht. Sie warf den Invasoren lediglich vor, falsch vorgegangen zu sein und versucht zu haben, das schmerzliche, quälende Problem der Wohnungsnot auf recht eigenmächtige Weise zu lösen. Freilich existierte das Problem, das war nicht zu leugnen, die Invasion des dem Komtur Perez gehörenden Baugrunds war eine Folge davon und mußte als solche gesehen und angepackt werden. Nach einer gebührenden Analyse der Frage schlug der Vizegouverneur eine Reihe greifbarer Maßnahmen vor. Dem Volk vom Katzentöter sprach er seine Solidarität und sein Verständnis aus. Die Eindringlinge sollten nicht als Verbrecher behandelt werden, die sie gar nicht waren. Sie verdienten die Rücksicht, die man Menschen in der Revolte entgegenbringt, deren Handlungen nicht der Logik und nicht dem guten Menschenverstand gehorchen. Indessen war die Invasion nicht das große Problem (vielleicht machte der Vizepräsident deshalb für die eigentliche Besetzung des Hügels keinen verwertbaren Vorschlag), sondern die Wohnungsnot. Für dieses tiefernste soziale Problem, welches das Leben der Stadt bedrohte, wies er auf die einzig richtige Lösung hin. Die Regierung hatte die Aufgabe, unverzüglich die Möglichkeiten der Errichtung von Arbeitersiedlungen am Stadtrand zu prüfen, von billigen, bequemen Bauten; an unbebautem Gelände und an fähigen Technikern fehlte es nicht. Die künftigen Bewohner konnten ihre eigene Arbeitskraft zur Verfügung stellen. Das Dokument führte Einzelheiten an und verdiente allgemeines Lob, man fühlte den Pulsschlag des Staatsmannes, des fähigen Verwaltungsbeamten. Es fehlte nicht an Stimmen, die sagten: »Wäre er der Gouverneur, die Sache wäre längst bereinigt.« Es traten aber auch die ewig Unzufriedenen, die beruflichen Meckerer auf den Plan und meinten, die Lösung des Vize sei nichts als ein großangelegtes Schiebergeschäft: denn wem gehörte die große Baugesellschaft, die im Bau von Fabriken und Arbeitersiedlungen spezialisiert war? Sehr wahrscheinlich besitze der Vizegouverneur die Aktienmehrheit des betreffenden Unternehmens. Es grenzte jedoch an politische Kleinlichkeit, diesem Manne anfechtbare Absichten unterschieben zu wollen, wo er das öffentliche Wohl im Auge hatte. Er beendete sein Schriftstück damit, daß er seine Solidaritätserklärung für die Hügelbewohner wiederholte und sagte, sein Herz schlage im Takt mit den Leiden der braven Leute.

Währenddessen ließen die Abgeordneten der Regierungspartei im Landtag kein gutes Haar an Ramos da Cunha und seinem Enteignungsplan. Sie beschimpften ihn und schmähten, nie habe man ein so demagogisches Projekt gesehen, wie konnte der Staat Grund und Boden enteignen, die vom Volk unbefugt besetzt worden waren? War dergleichen vorstellbar? Wenn die Abgeordneten auch nur einen derartigen Präzedenzfall schaffen würden, täten sie in der ganzen Legislaturperiode nichts anderes als Enteignungsvorschläge gutheißen, da die Arbeitslosen und Schwindler sich kein angenehmeres Leben wünschen konnten, als ihre Drecksbuden auf unerschlossenem Gelände zu bauen. Dann würde es nicht lange dauern, bis neben dem Leuchtturm von Barra und neben dem Christus an der Barra Avenida Baracken stünden. Der reine Unsinn. In dem Wunsch, als Freund und Förderer des Volkes dazustehen, hatte der Führer der Opposition den Überblick verloren und ein Projekt eingebracht, dessen einziges Ziel es war, den eigenen Namen, der vielleicht in Buriti da Serra, unter den Wählern des fernen Buschs bekannt sein mochte, aber in der Hauptstadt noch ohne Echo war, beliebt zu machen. Dieses Echo und nichts anderes war das Endziel des Planes.

Wieder bestieg Ramos da Cunha die Tribüne und verteidigte seinen Vorschlag. War er demagogisch? Warum stellte dann nicht die Regierung ein nicht demagogisches Projekt zur Diskussion, welches das Problem löste? Er würde ihm sofort seine Stimme geben. Sie könnten ihn seinetwegen mit Beleidigungen überhäufen, die Regierungsgruppe sollte ruhig versuchen, ihn lächerlich zu machen und das Volk gegen ihn aufzuhetzen, es würde ihr nicht gelingen. Die Arbeiter, die ehrbaren Bürger, vom Elend dazu gebracht, ihre Häuschen auf dem Katzentöter zu bauen, sie wußten, mit wem sie rechnen konnten, sie wußten, wer ihre Freunde waren und wer ihre Feinde. Er, Ramos da Cunha, war ein Freund des Volkes. Wie viele unter seinen politischen Gegnern konnten dasselbe von sich sagen? Sicherlich nicht die radikalen Kritiker seines Projektes. Waren sie nicht viel eher darauf erpicht, die Wahlunterstützung der Großgrundbesitzer zu erlangen und bestimmten ausländischen Kolonien zu gefallen? Wenn er, Ramos da Cunha – wie seine Gegner behaupteten – darauf aus sei, die Zuneigung des Volkes zu gewinnen, so suchten sie, die Herren der Mehrheit, den hiesigen und ausländischen Magnaten zum Munde zu reden...

»Arbeiter – diese Strolchenbande, die sich da auf dem Hügel breitgemacht hat?« Ein neuer Deputierter bestieg die Tribüne und ließ seinen Unmut an Ramos da Cunha aus, aber auch an den Leuten vom Katzentöter, die er eine verrottete Horde von Dieben, beruflichen Falschspielern, Bettlern, Huren und Pennbrüdern aller Art, den Abfall der Großstadt nannte.

Fraglos befanden sich unter den Eindringlingen auch arbeitsscheue Subjekte, doch rundweg abzustreiten, daß auf dem Katzentöter arbeitsame Menschen wohnten, war die reine Übertreibung. Maurer, Schlosser, Zimmerleute, Straßenbahnschaffner, Kärrner, Elektriker und Meister verschiedener Handwerksberufe hatten dort ihre Hütten errichtet. Mit welchem Recht nannte ein Herr Deputierter diese Hügelleute Abfall der Großstadt? Kurzum, mag das Handwerk, welches ein Mann ausübt, sein wie es will, immer verdient er Achtung und eine Frau nicht weniger Rücksicht. War das etwa keine harte Arbeit, Prostituierte zu sein? Ihre Arbeit mag nicht gerade schön sein; doch geht die Prostituierte ihr etwa nach, weil sie sie aus freien Stücken gewählt oder weil der Strom des Lebens sie dazu getrieben hat? Und was die Arbeit eines Virtuosen vom Schlage Martims betrifft, so ist sie nicht nur hart und schwierig, sondern auch schön und wert, bewundert und gewürdigt zu werden. Wieviele unter den Herren Deputierten, selbst unter denen mit der reinsten Witterung und der leichtesten Hand, wären in der Lage, ein Kartenspiel oder einen Würfelbecher mit der Meisterschaft, mit dem Zartgefühl, mit der Beherrschung Martims zu handhaben? Wir wollen keine Partei ergreifen, wir haben eingangs beteuert, wir sind nicht dazu da, um anzuklagen, sondern um die Geschichte von der Besetzung des Hügels zu erzählen, den Rahmen der Liebschaften (denn die sind unser eigentliches Thema) von Martim und Otália, von Curió und Beatriz, der berühmten Okkultistin. Doch fällt es uns begreiflicherweise schwer, zu schweigen, wenn ein beliebiger Deputierter, der fraglos einträgliche Schiebergeschäfte abschließt, sich von öffentlichen Geldern nährt und auf unsere Kosten lebt, ehrbare Bürger und liebenswürdige Mitbürgerinnen, die unsere Wertschätzung und Rücksicht verdienen, mit allen möglichen Namen belegen und sie rundweg als »Abfall der Großstadt« abtun. So ein Mann weiß nicht, wovon er redet.

So erhitzten sich die Gemüter im Landtag über den Fall vom Hügel Katzentöter. Ramos da Cunhas Projekt schien endgültig unter den Tisch gefallen zu sein. Die Spannung zwischen den Deputierten wuchs so stark, daß Handgreiflichkeiten zu befürchten waren.

Und da wir von Handgreiflichkeiten sprechen, der Journalist Jacó Galub erklärte in den Spalten der »Gazeta de Salvador«, er sehe sich von der Polizei bedroht und bange um sein Leben. Die Blauen und Kommissar Chico Großmaul stießen die übelsten Drohungen an den Straßenecken aus und verhehlten nicht ihre Absicht, »dem Journalisten eine Lektion zu erteilen«. Jacó machte mit Hilfe der Journalistengewerkschaft den Polizeichef, Herrn Dr. Albuquerque, für alle weiteren Folgen verantwortlich. »Ich habe Frau und drei Kinder«, schrieb er. »Wenn Chico Großmaul oder einer seiner Oberzinker mich angreift, werde ich mich männlich zur Wehr setzen. Und wenn ich auf der Walstatt bleibe, ein Opfer der Feinde des Volkes, wird Herr Dr. Albuquerque, der Chef der Staatspolizei, die Verantwortung für meine verwaisten Kinder und eine Frau ohne Ernährer tragen müssen.
Der Polizeichef rief die Journalisten zusammen. Jacó Galub könne sich unbesorgt in der Stadt bewegen, er brauche keine

Angst zu haben, die Polizei werde ihm kein Härchen krümmen. Es habe nicht einen Augenblick lang, von keiner Seite der Polizei, jemals die Absicht bestanden, den Journalisten zu bedrohen. Er müsse sich im Gegenteil von jener Bande asozialer Elemente, mit denen er sich eingelassen habe, von den Invasoren des Katzentöters, in acht nehmen, denn die brächten es sehr wohl fertig, ihn zu überfallen und dann der Polizei die Schuld dafür in die Schuhe zu schieben. Diesen verweigerten er, Dr. Albuquerque und die Beamten seiner Polizei, »Wasser und Brot«, und um sie endgültig vom Katzentöter zu vertreiben, warteten sie nur noch auf die Entscheidung des hochachtbaren Gerichtshofs. Somit könne niemand von Gewalttat oder Übergriffen sprechen. Jenen Aufrührern und Umstürzlern, die versuchten, das Gesetz und die ethischen Werte auf den Kopf zu stellen, würde binnen kurzem das Handwerk gelegt werden. Er, Dr. Albuquerque, der sich in seiner Amtstätigkeit als Chef der Staatspolizei bereits dadurch hervorgetan habe, daß er mit dem gesetzwidrigen Bicho-Spiel in der Stadt aufgeräumt hatte, würde der Stadt einen weiteren wichtigen Dienst leisten, indem er einen so gefährlichen Versuch wie die Störung der öffentlichen Ordnung im Keime erstickte, und zwar die Störung der Ordnung von unbekannten, verdächtigen Ursprüngen her, deren Ziel die Auflösung der Gesellschaft sei. Diesen Einfall dulden, hieß, den Weg bereiten für Chaos, Auflehnung, Revolution... Die Revolution (ausgesprochen mit dramatischer Geste, mit einem Zittern in der Stimme und unheimlich flammendem Blick), das war das Endziel derer, die hinter dem Vorhang steckten und Überfälle, Kundgebungen, Massenansammlungen ausheckten...

Für die Deputierten der Regierungspartei waren die Hügelleute der Auswurf der Menschheit. Für den Herrn Dr. Albuquerque, einen verängstigten Bakkalaureus, dem es bisher nicht gelungen war, die berühmten Vorteile seiner Stellung auszunutzen, da er bei der Behandlung der Bicheiros von Anfang an alles falsch gemacht hatte, der sich bei der Invasionsgeschichte entschädigen und als Vorkämpfer der Stadtgrundbesitzer erscheinen wollte, für Herrn Dr. Albuquerque, einen dümmlichen Naivling, waren die Hügelbewohner gefährliche Revolutionäre. Was sie natürlich nicht hinderte, nebenbei noch Lumpengesindel zu sein, Gelichter, Abhub des Volkes, Hefe der Gesellschaft, Revoluzzer, die hinter dieser romantischen und politischen Tarnkappe ihr wahres Gesicht verbargen. Herr Dr. Albuquerque sprach so viel und so lange, daß er schließlich selbst daran glaubte. Letzten Endes sah er die soziale Revolution hinter jeder Ecke, in jedem lichtscheuen Winkel, er sah einen Bolschewiken lauern, das Messer zwischen den Zähnen, bereit, ihm den Bauch aufzuschlitzen. Noch heute, nachdem so viel Zeit vergangen ist, nachdem so viele andere Invasionen einander abgelöst haben, nachdem die große Invasion der Sümpfe erfolgte, nachdem die Ereignisse auf dem Katzentöter längst vergessen sind und wir nur noch bei unserem Schnäpschen an sie denken – und die Wasser des Watts eine Stadt auf Pfählen bedeckt, noch heute zittert Herr Dr. Albuquerque insgeheim vor der Revolution und sieht sie in Bälde über uns hereinbrechen, wenn die regierenden Häupter nicht klug genug sind, ihn nochmals als Polizeichef herbeizurufen. Ah! wenn das einträfe, diesmal würde er nicht die Dummheit begehen und das Bicho-Spiel verbieten...

Wir werden nicht auf den Stadtverordneten Lício Santos, nicht auf den Direktor der »Gazeta von Salvador«, Herrn Dr. Airton Melo, auch nicht auf die weniger bekannten erwähnten Köpfe zu sprechen kommen, weil sie alle Hände voll zu tun haben und unablässig von einem Ende der Stadt zum anderen flitzen, vom Büro des José Perez in den Regierungspalast, vom Palast in den Landtag, vom Landtag zum Haus des Vizegouverneurs – ausgezeichneter Whisky! – vom Haus des Vize zu dem Otávio Limas – nicht nur ausgezeichneter Whisky, sondern auch französischer Cognac und italienischer

Fernet. (Der König des Bicho ließ sich nicht lumpen und wußte zu empfangen.) Wir wollen sie ihren verschwiegenen Verhandlungen überlassen; selbst wenn sie in diesem Augenblick nicht in den Spalten der Zeitungen oder auf der Tribüne der Kammer erscheinen, werden wir keinen Augenblick an ihrer entschiedenen Stellungnahme zugunsten der Hügelbewohner und daran zweifeln, daß sie wahre Freunde des Volkes sind.

Einschließlich des Komturs José Perez? Warum denn nicht? Wenn wir uns in die Biographie dieses illustren Verfechters des Privatbesitzes vertiefen, werden wir auf verschiedene, dem Gemeinwohl geleistete und von der Tagespresse geziemend gewürdigte Wohltaten stoßen, von denen einige in der Tat bedeutende Leistungen waren ... Hat er nicht eine beträchtliche Summe für den Bau der Kirche Sankt-Gabriel im volkstümlichen Viertel Liberdade gestiftet? Jener neue, erst kürzlich angelegte, von Arbeitern, Handwerkern, Angestellten, somit vorwiegend von armen Leuten dicht besiedelte Stadtteil besaß an seiner Freiheits-Straße noch nicht seine unentbehrliche Kirche. Im Hinblick auf religiöse Bedürfnisse gab es vor der großherzigen Gabe des Komturs in dem menschenreichen Stadtteil nur zwei Spiritistensitze und drei Candomblés. Es war Pepe Achthundert – der augenblicklich fünf blühende Bäckereien in Liberdade und Umgebung unterhält –, der tief in die Tasche griff, das notwendige Kleingeld hervorzog und den schutzlosen Heiden damit zum Glauben verhalf. Wären noch andere bedeutende Dienste zu erwähnen? Genügt nicht der Bau einer Kirche? Nein: denn hat er nicht mehr als einmal das Seine zur Förderung des spanischen Missionswerks in China, zur Katechese der Neger jener verlorenen Stämme im Innern Afrikas getan? Oder geht uns das Gefühl für die menschliche Solidarität ab, sehen wir als Volk nur das eigene Volk an, sind wir für die Leiden der Heiden anderer Kontinente unempfindlich?

13

Und die Leute vom Hügel Katzentöter, die gefeierten Invasoren, was taten sie, wie agierten und reagierten sie angesichts dieser geräuschvollen Umtriebe, sie, die Hauptpersonen des Schauspiels? Vergessen wir sie nicht, indem wir Komturen, Deputierten, Journalisten, Männern der Politik und Wirtschaft allzugroße Bedeutung beimessen – unwillkürlich verführt durch den Kitzel Eitelkeit, mit Persönlichkeiten in Berührung zu kommen, deren Namen in den Gesellschaftsspalten der Presse erscheinen? Wer sind letzten Endes die Personen, deren Abenteuer wir erzählen sollen? Sind es etwa nicht die Eroberer des Perez'schen Baugrunds, Neger Massu und Schönschopf, Dona Filó und Dagmar, Miro und der alte Jesuíno Tollhahn und all die übrigen, die wahren Helden der Geschichte? Sollen sie der Vergessenheit anheimfallen, nur weil wir so viele, zu viele Worte mit dem Deputierten Ramos da Cunha, mit dem Stadtrat Lício Santos, mit den anderen Jämmerlingen der Politik und des opportunistischen Journalismus verlieren und dafür kein Wort mehr übrig haben für die Leute vom Hügel? Wollt ihr die Wahrheit wissen?

Wir sprechen nicht von ihnen, weil wir nichts erzählen, weil wir weder Begebenheiten noch besonders spannende Vorfälle berichten können. Das Hügelvolk war in der ganzen Geschichte von der Invasion dasjenige, das am wenigsten redete und Meinungen äußerte. Es war einfach da, in seinen Baracken, und lebte sein Leben. Lebte sein Leben, das ist das richtige Wort. Ohne sonderlichen Ehrgeiz, ohne Aufregungen, ohne tollkühne Taten, sie lebten einfach und mehr nicht. Mitten in all dem Lärm darüber, ob sie vertrieben werden sollten oder bleiben konnten, ob man ihre Hütten niederreißen oder stehen lassen sollte, während ungezählte Leute ringsum aus dem Häuschen gerieten und schimpften oder lobten, während die Hügelleute, je nach Zeitung oder

Kommentator, bald Lumpenpack übelster Sorte oder Aufrührerbande, bald schätzenswerte Menschen oder braves, bescheidenes, ausgebeutetes Völkchen benannt wurden, gelang ihnen das Größte von allem: Es gelang ihnen zu leben, während alles sich dazu verbündete, ihnen dieses Leben unmöglich zu machen. Wie Tollhahn sagte: Für den Armen ist leben keine Kleinigkeit, leben im Widerstand gegen so viel Elend, gegen die endlosen Schwierigkeiten, in jener äußersten Armut, unter Krankheiten, bar jeder ärztlichen Hilfe, leben, wenn man nur noch sterben konnte. Und doch lebten sie, sie waren weiß Gott hartnäckige Leutchen, sie ließen sich nicht so leicht unterkriegen. Ihre Fähigkeit, dem Elend, dem Hunger, den Krankheiten zu widerstehen, kam von weit her, sie war auf den Sklavenschiffen entstanden und hatte sich während der Sklaverei durchgesetzt. Ihre Körper waren gefeit, waren hart im Nehmen, im Fallen.

Und nicht damit zufrieden, zu leben, lebten sie auch noch fröhlich. Je schwieriger die Dinge wurden, desto froher lachten sie, und die Klänge der Gitarren und Harmonikas, die Melodien und Liedertexte, sie entstanden und stiegen auf dem Hügel Katzentöter, auf der Straße-der-Freiheit, in Retiro, in allen Armenvierteln Bahias. Fröhlich boten sie dem Elend die Stirn, sie lachten der Armut ins Gesicht, sie schritten voran. Die Kinder, sofern sie nicht sogleich Engel im Himmel wurden, erwählt von Gott und den Würmern, dem Hunger, dem Mangel an Fürsorge, wuchsen in dieser harten fröhlichen Schule des Lebens heran, sie erbten von ihren Eltern die Widerstandskraft und die Fähigkeit zu lachen und zu leben. Sie ergaben sich nicht, und, gedemütigt und bezwungen, wie sie waren, beugten sie sich nicht dem Schicksal. Nichts dergleichen. Sie hielten allem stand, boten dem Leben die Spitze und lebten es weder nackt noch kalt. Sie bekleideten es mit Lachen und Musik, mit menschlicher Wärme, mit Höflichkeit, mit jenem dem Bahianer Volk eigenen Herzenstakt.

So ist dieses gewöhnliche Völkchen, das sich nicht unterkriegen läßt, so sind wir, das Volk, fröhlich und hartnäckig. Die Oberen, das sind Weichlinge, die nicht ohne Apotheken und Schlafmittel leben können, zerfressen von Ängsten und von Psychoanalysen, verengt von Komplexen, vom Ödipus- bis zum Elektrakomplex, die entweder mit ihrer Mutter schlafen oder mit ihrem Vater Unzucht treiben wollen, die es herrlich finden, tantenhaft oder sonstwie verquer zu sein. Den Hügelleuten indessen raubte all das Gezeter nicht den Schlaf und hielt es nicht vom Leben ab. Als die Polizei zum ersten Mal dort erschien und die bereits aufgebauten Baracken in Brand steckte, hatten etliche erwogen, fortzugehen und sich anderswo eine Bleibe zu suchen. Doch Jesuíno Tollhahn, ein wegen seines Wissens und seiner grauen Haare geachteter Mann, ein Obá, hatte gesagt: »Wir bauen die Hütten wieder auf«, und so geschah es auch. Das gehörte zu seiner Regel des Widerstehens und Lebens. Sie befolgten den Rat und überließen es Jesuíno, die schweren Entscheidungen zu treffen. Der Alte war ein Mordskerl, er verdiente ihrer aller Vertrauen.

Andere waren gekommen, und neue Baracken waren entstanden. Wieder kam die Polizei, Jesuíno und die Straßenjungen hatten Spielzeuggräben ausgehoben, die Erde um die Felsbrocken herum gelockert, Steine aufgehäuft. Die Polizei war geflohen, es war ein Heidenspaß gewesen, man hatte gelacht und gefeiert.

Schließlich hatte alle Welt die Nase in die Angelegenheit gesteckt, ein wahnwitziger Streit war entbrannt, die Schutzpolizisten verfolgten die Leute, steckten Unschuldige ins Loch, teilten freigebig Prügel aus, die Zeitungen zeterten, in der Kammer wurde ein Projekt eingebracht, eine Klage beim Gericht, der Teufel war los. Und sie lebten. Wenn die Polizei wiederkehren sollte, würden die Hügelbewohner Widerstand leisten. Wieder stand Jesuíno an der Spitze der Gassenjungen, diesmal schlugen sie eine Geheimschneise durchs

Watt und bereiteten sich nochmals darauf vor, der Polizei Paroli zu bieten. Der Polizei und den Berufungsrichtern.
Sie hatten ihre Baracken gebaut, sie waren hartnäckig und blieben es, trotz aller Drohungen. Sie lebten. Und niemand brachte sich um, es sei denn die Negerin Genovéva, die ihre Kleider mit Benzin übergoß und sie anzündete; doch das ist verständlich: Es geschah aus Leidenschaft; der Mulatte Ciriaco, ein Mandolinenspieler, hatte sie wegen einer anderen verlassen. Das Wichtigste war: zu leben, sich nicht unterkriegen zu lassen und nicht der Traurigkeit nachzugeben. Sie lachten und sangen, eine der Baracken war als Tanzlokal, der »Invasionsschwof«, eingerichtet worden, wo an Samstagen und Sonntagen stimmungsvolle Bälle stattfanden; wo nachmittags die Capoeira-Gruppen auftraten, wo die Hügelgemeinde an Festabenden ihre Orixás begrüßte und ihre Kultverpflichtungen erfüllte. Sie lebten und liebten; Schönschopf hatte gedroht, er würde Lídio, der sich als Filmheld aufzuspielen versuchte, die Kehle durchstechen, sofern er es wagen sollte, der schönen Dagmar nochmals Augen zu machen.
Auch jener Jacinto, ein ekliger Angeber, von dem schon die Rede war – erinnert ihr euch noch? –, schlug seine Bude auf dem Katzentöter auf und richtete sich dort ein mit Maria José, einer Albinonegerin mit Haaren auf den Zähnen. Doch bald gab es Ärger, denn während sie begann, der alten Vevéva mit dem Kleinen zu helfen, stellte sie sich Massu als Matratze zur Verfügung. Der Aktionsradius des Negers war nämlich auf den Hügel beschränkt, da die Bullen drunten ungeduldig auf der Lauer lagen. Ohne die Möglichkeit, sich beliebig zu bewegen, seine Freunde in Kneipen und Läden zu besuchen, am Kai einen Schwatz zu halten, war aus Massu ein wildes Tier im Käfig geworden. Daher war Maria José für ihn ein großer Trost. In diesem herzlichen Einvernehmen war der unsympathische Jacinto natürlich ein Mißton. Statt stolz auf den Erfolg seiner Freundin zu sein, der es

gelang, Massu, einem bedeutenden Menschen und Gevatter Oguns, den Balsam der Freude ins Herz zu gießen, spielte er den wilden Mann, füllte sich mit Schnaps, bewaffnete sich mit einem Messer und kam angelatscht, um sich Genugtuung zu verschaffen. Wiewohl von Maria José getröstet, war Neger Massu nicht zu Kindereien aufgelegt, sein Charakter duldete keine Schreiereien. Schließlich hatte dieser Jacinto sich als Grobian entpuppt. Er hatte die blonde Negerin mißhandelt und kam nun angelaufen, um vor der Baracke des Negers zu krakeelen, ein Ärgernis für die Nachbarschaft. Massu packte ihn und schleppte ihn bis zur breitesten Schneise, dem leichtesten Abstiegsweg, wo er ihm einen Fußtritt gab. Und den Rat, sich nie wieder blicken zu lassen und die Baracke der Exgemahlin zu überlassen, während Jacinto ruhig die Hörner, die nicht gerade klein waren, behalten sollte.

Zwei Tage später kam er jedoch zurück, diesmal auf Otálias Spuren. Jacinto war nämlich leidenschaftlich in Otália verliebt, seit das schöne Kind in Bahia angekommen war. Er hatte sie an jenem Abend kennengelernt, als Nelke-im-Knopfloch sich den Scherz erlaubt hatte, ihr Gepäck zu verstecken. Nie war es ihm gelungen, mit ihr ins Bett zu steigen, nie hatte sich eine Gelegenheit dazu geboten, so dachte er. Er hatte die vielbesprochene Liebschaft zwischen Martim und ihr in ihren Flügen und Stürzen, am Kai und bei den Samstagsschwofen, von ferne verfolgt. Für Jacinto, einen unpoetischen und phantasielosen Menschen, war die Geschichte von dem romantischen Idyll, von der platonischen Liebe einfach zum Lachen. An solchen Schwindel glaubte er nicht. Er kannte seinen Korporal Martim und hatte insgeheim nur den Wunsch, ihn nachzuäffen, ihm zu gleichen und mit den Weibern genau so umzuspringen, wie er es tat: sie hochnäsig, von oben herab zu behandeln, sich lieben und ihnen wenig Spielraum zu lassen. Von der da und dort wiederholten Mär, der Korporal vergehe vor Liebe und spaziere mit eingehakten Fingerchen mit ihr umher, ohne auch nur das Geringste zu erreichen, glaubte Jacinto kein Wort. Er betrachtete Otália für immer verloren, es sei denn, Martim werde ihrer müde und mache sich aus dem Staub.

Und so geschah es auch, auf völlig unerwartete Weise. Doch nicht, weil er ihrer müde wurde, sondern um der Verfolgung durch die Polizei zu entgehen, wechselte der Korporal sein Betätigungsfeld und verschwand, ohne eine Briefanschrift zu hinterlassen. Jedenfalls hatte Jacinto nicht das Reiseziel des Flüchtigen zu erkunden vermocht, obwohl er durch Bekannte nachforschen ließ. Solange Martim in der Nähe war, wollte er sich nicht Otália nähern, da der Korporal einen unerwarteten Teilhaber wohl schwerlich wortlos hingenommen hätte. Doch als Otália auf Veranlassung Tibérias zur Erholung in deren Baracke auf dem Hügel Katzentöter zog, begann Jacinto von neuem dort oben geschniegelt und gebügelt aufzutauchen.

Das von Tibéria und Jesus auf dem Katzentöter erbaute Häuschen sollte dem Ehepaar als Alterssitz dienen, sobald sie nicht mehr arbeiten konnten. Unterdessen benutzten sie es als Erholungsheim und schickten die eine oder andere Pensionistin des Frauenhauses hin, wenn sie einer Erholungspause bedurfte oder irgendeinen Aufdringling, einen langweiligen Liebhaber oder einen unerträglichen Anwärter abschütteln wollte. Dafür jedenfalls hatte Tibéria ihr Steinhäuschen gedacht, wenn auch Otálias Schicksal eine solche Enttäuschung für sie werden sollte, daß sie gute Lust verspürte, die Baracke zu jedem Preis abzustoßen.

Kaum hatte Martim das Weite gesucht – es fiel Jesuíno zu, Freunde und Bekannte, Tibéria und Otália von dem zwangsläufigen Verschwinden des Korporals in Kenntnis zu setzen mit der Nachbemerkung, daß über seinen Verbleib nichts bekannt sei –, als Otália zusehends abnahm. Es war etwas höchst Merkwürdiges und Unerklärliches: Sie fühlte sich schwach in den Beinen und im Körper, ihr Blick wurde matt, sie wollte nur noch im Bett liegen, sie hatte zu nichts mehr Lust und weigerte sich rundweg, ihre Kunden zu empfangen, selbst die großzügigsten und zuverlässigsten, wie Senhor Agnaldo von der Apotheke *Wunderbar* auf dem Kultplatz von Jesus, der unfehlbar jeden Mittwoch gegen Abend kam. Er zahlte nicht nur gut, sondern brachte ihr auch stets ein Geschenk mit: eine Büchse Hustenpastillen, eine Flasche Saft, ein Stück Seife. Sie aber schickte Seu Agnaldo heim, den alten Militão vom Notariat, einen stinkreichen Menschenfreund, den Herrn Dr. Misael Neves, einen Zahnarzt und Prothetiker, etabliert an der Praça da Sé, und was sich sonst noch bei ihr einfand – sie empfing niemanden. Sie wollte nicht einmal mehr ihr Stübchen verlassen, erschien nur auf Drängen der anderen beim Abendessenstisch und rührte die Gerichte kaum an. Und blieb im Bett liegen, ihre Puppe neben sich, den Blick an der Zimmerdecke verloren, ausgezehrt und mit blutleeren Wangen.

Tibéria war außer sich. Ihre Pensionsmädchen nannten sie Mütterchen, desgleichen die Freunde, und sie verdiente den Kosenamen, denn sie versorgte die Dirnen, als wären sie ihre Töchter. Doch keine hatte sie so liebgewonnen, hatte sie so ins Herz geschlossen wie diese kleine Otália, die an Jahren und Denkkraft noch so jung und so früh an das Handwerk des Freudenmädchens geraten war.

Denn der alte Batista, ihr Vater, der ein Stückchen Land in der Nähe von Bonfim besaß, verstand keinen Spaß, und als er erfuhr, daß der Sohn des Obersten Barbosa ihr die grüne Unschuld geraubt hatte, grün wie saure Araçás, wurde er blitzwütend, packte einen Stock und hieb auf die Ärmste ein, daß ihr Hören und Sehen verging. Dann warf er sie auf die Straße, er wollte keine Hure im Haus. Der Ort für die Hure war auf der Straße, an Straßenecken, der Ort der Verderbten war die Straße der Verderbnis. Sie sollte zu ihrer Schwester gehen, die bereits seit zwei Jahren Hure war: Diese hatte das Elternhaus zwar nicht unmittelbar mit dem Strich vertauscht, sondern zuerst geheiratet, war dann von ihrem Mann verlassen worden, südwärts gereist und hatte dort ihr neues Straßenleben begonnen. Otália hingegen geriet noch im Elternhaus auf die schiefe Ebene und wurde auf die Straße gesetzt von einem Vater, der kochte, eine fünfzehnjährige Tochter, schön wie ein Heiligenbildchen, zu haben, die bereits entjungfert und nur noch zur Hure zu gebrauchen sei.

Viele dieser Einzelheiten sollte Korporal Martim erst erfahren, als alles vorüber war, und zwar von Tibéria, welche die Verschwiegenheit und beste Hüterin eines Frauenhauses war, die es je in Bahia gegeben hatte. Wir sagen das nicht aus Freundschaft, wir loben sie nicht aus Gevattersucht. Wer kennt nicht Tibéria und bewundert nicht ihre Eigenschaften? Niemand ist bekannter und geschätzter, ihre Pension ist wie eine große Familie, dort heißt es nicht: jeder für sich und Gott für uns alle – so etwas würde Mütterchen nie zulassen. Es war eine geeinte Familie, und Otália war das Nesthäkchen des Hauses, verhätschelt und voller Launen.

Martim erfuhr also, wie die Sache gekommen war: Als der Sohn des Obersten Barbosa, ein junger, gutaussehender Student, Otália anstoch, war sie kaum fünfzehn Jahre alt, aber schon voll entwickelt. Eine Frau allerdings nur äußerlich, denn innerlich war sie ein Kind, selbst im Frauenhaus wollte sie noch mit Puppen spielen und sich verlieben, wie die unberührten Mädchen es tun, sie wollte sich in Martim verlieben, um sich hinterher mit ihm zu verloben, mit Verlobungsring und allen Schikanen. So war sie. Sie nähte Puppenkleider für ihre Puppe und machte für sie das Bett.

In einem Straßenwinkel in Bonfim, wo sie mit dem Vater, dem alten Batista wohnte, sah der Student sie zum ersten Mal und ließ sich dann immer wieder bei ihr blicken. Schenkte ihr Bonbons und sagte eines Tages: »Du bist schon reif zum Heiraten. Willst du mich heiraten?« Sie würde sich vorher lieber verloben, erwiderte sie, das fände sie hübscher.

Dennoch nahm sie sein Angebot hochbeglückt an und erbat sich nur Schleier und Kränzchen. Die Ärmste dachte nicht daran, daß der junge Mann die Sprache der Herren Doktoren sprach, und daß heiraten in seiner gehobenen Redeweise hieß, ihr ihre drei Groschen am Flußufer zu stehlen. Aber aus Schleier und Kränzchen wurde nichts. Stattdessen bekam sie vom alten Batista eine Tracht Prügel und den bösen Blick der Straße. Was blieb ihr da anderes übrig, als dorthin zu gehen, wo ihre Schwester war, Teresa mit Namen und verdorben wie keine andere?

Wenn sie im Frauenhaus auch ihre Kundschaft fachgemäß bediente, so war sie in ihren Mußestunden ein Kind, jeder Verderbtheit bar, und wollte nur mit dem Korporal tändeln, mit ihm spazierengehen, Hand in Hand, bis der Tag der Verlobung gekommen wäre.

Verfolgt wie er war, verschwand der Korporal, aber auch das sinnlose Geplänkel ohne Sinn und Bett war ihm längst auf die Nerven gefallen, er wußte nicht, was hinter Otálias Gebaren steckte, die Kleine war gewiß nicht recht im Kopf, wo hatte man schon gesehen, daß eine Hure eine echte Liebschaft wollte, auf einen Ehering wartete, auf die Einsegnung des Ehebundes, bevor sie bereit war, mit ihrem Kerl ins Bett zu gehen und ihn körperlich zu lieben? Verfolgt und überdrüssig brach denn Martim seine Zelte ab, wechselte vorsichtshalber seinen Namen und genehmigte sich dabei gleichzeitig eine Beförderung. Von diesem Tag an war Otália nicht mehr dieselbe, sie wurde bettlägerig und fiel täglich mehr vom Fleisch. Tibéria hielt es für richtig, sie aus dem Frauenhaus zu entfernen, und schlug ihr vor, einige Tage in ihrer Hügelbaracke zu verbringen, in der Nähe ihrer Freunde wie Neger Massu, Curió, der jetzt mit einer wasserstoffblonden Seherin liiert war, nicht zu reden von Jesuíno, der zwar weder dort noch anderswo einen Unterschlupf besaß, dafür aber Oberbefehlshaber des Hügels war, verantwortlich für Verteidigung und Angriff, und dabei immer lustiger wurde.

Kaum wußte Jacinto Otália auf dem Hügel, als er dort auftauchte in der Hoffnung, sie mit seinem – angeblich – guten Aussehen zu beeindrucken. Doch die Dirne sah ihn nicht, denn sie bemerkte nichts und hatte nur Augen für ihre Puppe und für die Erinnerung an den Korporal Martim, ihren Freund, mit dem sie sich verloben und eines Tages verheiraten wollte. Sie blieb in der Baracke, auf der Pritsche liegen, weit weg von allem, und nur wenn Massus Kleiner zu ihr zum Spielen kam, liebkoste sie ihn und lächelte. Es genügte ihr schon zu heiraten, doch sollte sie je einen Sohn bekommen, würde das fast schon zuviel des Glückes sein.

Was wäre sonst noch von den Hügelbewohnern zu berichten? Denn sie lebten ja, und das ist nicht wenig, wenn man arm ist und wenn die Polizei droht, einem die Hütten anzustecken. Sie lebten, so gut es ging, ohne sich viel zu kümmern um das Gezänk der Politiker und Journalisten, der Großmacher, die sollten sehen, wie sie miteinander fertig wurden.

An beachtenswerten Neuigkeiten gab es auf dem Hügel vielleicht nur eine, und zwar folgendes: Seit geraumer Zeit, vielleicht gerade wegen der undurchsichtigen Lage, war die Bevölkerung nicht mehr gewachsen, waren neue Bauten nicht mehr entstanden. Schon deshalb nicht, weil der von den Bewohnern gegrabene Brunnen nicht einmal den augenblicklich bestehenden Wasserbedarf der Haushalte deckte, ebensowenig wie der Strom, ein trüber Lichtschein, der vielleicht Liebespärchen genügt hätte. Indessen erschienen in den letzten Tagen der unruhigen Woche zwischen den beiden Gerichtsverhandlungen Maurer und Zimmerer mit ihren Kellen, ihrem Lot und ihren Sägen, und schon machten sie sich daran, Baracken zu bauen. Mehrere Lastwagen irgendeines öffentliches Amtes luden am Fuß des Hügels Säcke mit Zement, Backsteinen und Dachplatten ab. Rasch wurden zwei Straßenzüge mit zahlreichen schmucken Häuschen gleichen Typs errichtet. Außen und innen verputzt und gekalkt, versehen mit hübschen blauen Türen und Fenstern. Niemand wußte, wer die Besitzer waren, und wenn der Polier, ein wortkarger Bursche, Bescheid wußte, so ließ er jedenfalls nicht die Katze aus dem Sack. Irgend jemand mußte der Bauherr sein. Windsbraut, die Lastwagen musternd, meinte, sie gehörten vielleicht dem Staat, weshalb die Behausungen vermutlich für Staatsbeamte bestimmt seien. Oder um hier eine Zucht von Mulattinnen einzurichten. Windsbraut wartete noch immer auf seine vor Zeiten in Frankreich bestellten Mulattinnen. Er vermutete schon, das Schiff sei vielleicht gekentert oder man habe ihm seine Cabrochas unterwegs abspenstig gemacht. Nicht weniger als vierhundert.

Um Jesuíno von seiner lächerlichen Neugierde auf das Bauvorhaben abzubringen, beharrte Windsbraut auf seiner Vermutung, der Staat wolle hier bauen. Der alte Sünder war mit Miro und den anderen Lausbuben dabei, die notwendigen Vorkehrungen für einen Zusammenstoß mit der Polizei zu treffen, sobald der Appellationshof sein Urteil gefällt haben würde. Mißtrauisch sah er die Mauern der Baracken wachsen, die eher wie richtige Häuser aussahen, er wiegte den Kopf hin und her, fuhr aber für alle Fälle und zum Zeitvertreib mit seinen Vorbereitungen fort, um gegen jede Aggression gewappnet zu sein. »Der Hügel Katzentöter wird bis zum letzten Mann kämpfen«, hatte Jacó Galub geschrieben und damit von vorneherein die Verantwortung auf die Regierung geschoben. »Noch ist es Zeit, daß der Gouverneur den Polizeichef absetzt und den Forderungen des Volkes nachkommt.« Jesuíno wiegte den Kopf, den ein absonderliches Stück Hut bedeckte. Die Weißen da unten, weiß von Reichtum und nicht von Farbe, waren am Ende imstande und einigten sich, und dann war es aus und vorbei mit seinem Vergnügen. Sie waren ja die Großen, und die Großen wurden immer handelseinig, denn ein Streit bringt nichts ein.

Windsbraut war derselben Meinung. Er hatte auf der Polizei Prügel bezogen, daher hätte er nichts lieber getan, als Jesuíno dabei zu helfen, den Polypen Beine zu machen. Tollhahn hatte, Gott weiß wo, eine Art Blechhut aufgetrieben, der von ferne einem Tropenhelm glich, und den hatte er aufgesetzt, wenn auch sein verfilzter grauer Schopf allseitig darunter hervordrängte. Trotzdem verlieh er ihm nicht das erwünschte martialische Aussehen, man hätte ihn der Kopfbedeckung nach eher für einen Poeten halten können. Die Brise wehte über den Hügel, wiegte die Blätter der Kokospalmen, die Hügelleute lebten dahin, hartnäckig, lachend, singend, arbeitend, essend, Kinder zeugend. Dank der neuen Häuser sah der Katzentöter schon fast wie ein echtes Stadtviertel aus.

»Unsere Leute haben's doch in sich, was...«, meinte Windsbraut. »Noch vor kurzem ein Sumpf, ein Dornengestrüpp, und heut schon fast eine Stadt. Tolle Kerls, unsere Leute, verdammt und zugenäht...«

Jesuíno lachte sein vom Katharrh und Rauch heiseres Lachen. Die Sache mit der Invasion bereitete ihm ein teuflisches Vergnügen. Er kannte noch anderen Baugrund, weiter hinter Liberdade, und trug sich mit dem Gedanken, ein paar Freunde zusammenzutrommeln und dort vielleicht ein paar Hütten zu bauen. Ob Windsbraut nicht mitmachen wolle?

»Gibt's dort Mulattinnen? Von den echten?«

Gäbe es welche, er käme gerne zum Helfen mit. Nur nicht, um dort zu wohnen. Windsbraut sagte, er hause lieber allein und friedlich in seinem Winkel.

14

Das Konkubinat von Curió und Madame Beatriz, der Kartenlegerin, für welche die Zukunft ein offenes, gleichsam auswendig gelerntes Geheimnis war, fiel zusammen mit der ersten Sitzung des Gerichtshofes für die Verhandlung der Klage des Herrn Komtur José Perez – des Pepe von den Achthundert Gramm, des alten Spitzbuben, der sein Geld mit krummen Waagen verdient hatte und neuerdings mit elektronischen Waagen stahl, des augenblicklichen Bollwerks der Gesellschaft und der Moral gegen die Eindringlinge seiner Gelände auf dem Katzentöter; die zweite Sitzung, bei der das Urteil verkündet wurde, hätte mit der Hochzeit von Otália und Martim zusammenfallen sollen.

Otália starb gegen Abend, das Urteil war bereits gefällt und mußte nur noch abgeschrieben und dem Herrn Polizeichef ausgehändigt werden, der darauf spitzte, es mit seinen bis ins kleinste ausgetüftelten Befehlen und seinen ausgewählten Männern auszuführen. Tibéria war am frühen Vorabend auf dem Hügel erschienen, Jesus folgte später und blieb über Nacht. Die Dirnen kamen auch, jedoch erst, als der Arzt sagte, es sei keine Hoffnung mehr vorhanden. Spät am Abend benutzte Tibéria Jesus' Anwesenheit und Otálias unruhigen Schlaf und machte sich auf die Suche nach Jesuíno. Der alte Sünder war in die Stadt hinuntergeschlichen, um dort sein Schnäpschen zu kippen. Am nächsten Tag würde er in Anbetracht des verkündeten Richterspruchs nicht mehr den Hügel verlassen können. Tibéria, vertraut mit seinen Fährten, fand ihn ohne Schwierigkeit. Sie brauchte Martims Adresse, um ihm eine Nachricht schicken zu können.

Zuerst tat Jesuíno so, als wüßte er von nichts, und spielte den Dummen, doch als Tibéria ihm erklärte, worum es sich handelte, packte er aus: Korporal Martim befinde sich augenblicklich in Itaparica, übrigens nicht mehr als Korporal und auch nicht als Martim. Nun hieß er Feldwebel Porciúncula und sei, zuverlässigen Nachrichten zufolge, äußerst beschäftigt mit der großartigen Stolze-Empfängnis-vom-Heiligen-Geist, einer Mordsmaschine von Negerin. Er übernahm es, unverzüglich eine Botschaft abzuschicken, und sandte noch im Morgengrauen einen Bootsmeister los, um Martim zu holen. Nachdem alles geregelt war, machte Jesuíno sich zum Hügel auf und dachte nicht mehr an die für den Nachmittag

anberaumte Gerichtssitzung, so bekümmert, so schwer war ihm das Herz. Otália war sein Herzblatt: Am Abend ihrer Ankunft aus Bonfim hatte sie ihn um seinen Segen gebeten und war vor ihm auf die Knie gesunken. Warum mußte ausgerechnet sie daran glauben, wenn es so viele böse, schlechte Menschen gab; stürben die, kein Hahn würde danach krähen, kein Mensch würde ihnen eine Träne nachweinen. Warum nur sie, die so fröhlich und so zart war, mit ihrer Anmut, ihrer Puppe, ihrem Lächeln, ihrer Tanzlust, ihren Ziererereien, ihrer Liebe? Warum nur sie, wo sie kaum zu leben begonnen hatte? Wo es so viele Hundsfötte gab, die den Tod verdienten. Das war eine Ungerechtigkeit, und der alte Jesuíno Tollhahn empfand Abscheu vor Ungerechtigkeiten.
Die Botschaft erreichte den Feldwebel Porciúncula am hellichlichten Nachmittag. An jenem Tag war er frühmorgens nach Großes Meer gefahren, wo von Kalkbrennern und Fischern eine Art Klub gegründet worden war. Noch verfügte er weder über einen Sitz noch über Besitz, wenngleich etliche Kartenspiele vorhanden waren. Sobald der Feldwebel davon erfuhr, eilte er dorthin, um den eifrigen Sportlern seinen Beitritt zu erklären und ihnen seine Erfahrungen zur Verfügung zu stellen.
Im Fischerboot, dicht am Ruder stehend, regungslos, mit festverschlossenem Mund, mit verstörtem Gesicht, schien er aus Stein und hatte nur einen Wunsch: anzukommen, den Hügel hinaufzulaufen, ihre Hände in die seinen zu nehmen und sie um ihr Leben zu bitten. Einmal hatte sie gefragt: »Verstehst du denn nicht?«
Nein, damals hatte er nicht verstanden. Als sie ihm in die Augen geblickt und die Frage an ihn gerichtet hatte, war er voller Hast und Wut gewesen. Dann war er geflohen, um der Polizei zu entkommen, aber auch, um Otália zu entkommen, um ihr nicht noch einmal nachzulaufen, um sie zu vergessen. Im feurigen Körper der Stolzen-Empfängnis-vom-Heiligen-Geist, im Flammen ihrer Brüste und in der Glut

ihres Leibes hatte er die Erinnerung an Otália verbrannt, den einfältigen Geschmack ihrer Lippen, ihr Bild einer kindlichen Geliebten. Hastig hatte er ihre Ferne mit den Tagen entfesselter Spielwut, mit Liebesnächten am sternenerhellten Meeresstrand ersetzt. Nun versteht er, seine Augen haben sich aufgetan, er fühlt sein Herz klein in seiner Brust, der ganze Mensch ist Angst, nichts als Angst, Angst, sie zu verlieren. Wo sind die Winde des Meeres, die dieses Boot den Kais von Bahia entgegentreiben?

Als er endlich im Abenddämmer auf dem Hügel Katzentöter ankam, hatte Otália keine Kraft mehr zu sprechen und suchte ihn nur noch mit den Augen. Tibéria erklärte dem Korporal ihren vor dem Todeskampf, auf der Schwelle des Todes ausgesprochenen Wunsch. Otália wollte im Brautkleid mit Schleier und Kränzchen im Haar begraben sein. Wer der Bräutigam war, das wußte Tibéria: Korporal Martim, die beiden waren versprochen gewesen, ihre Hochzeit hätte bald, zur Zeit der Junifeste, gefeiert werden sollen.

Das war ein Wahnsinnswunsch, wo war je eine Prostituierte im Brautkleid bestattet worden? Doch es war ihr Wunsch in der Todesstunde, und so gab es nur eines: ihn zu erfüllen.

Als sie Martim sah, fand Otália die Sprache wieder, es war nur noch ein Stimmchen, ein fernes Flüstern, sie bat um ihr Kleid. Es war aber noch kein Kleid da, von einem Brautkleid gar nicht zu reden. Martim wußte nicht, wo er dergleichen so schnell besorgen sollte, es war eine kostspielige Anschaffung, zumal bei Nacht, wo alle Läden geschlossen waren. Aber wurde nicht trotzdem eines beschafft? Otália auf ihrem Sterbelager wartete. Das ganze Weibervolk, die Dirnen aus Tibérias Freudenhaus, die Nachbarinnen vom Hügel, Bekannte aus anderen Pensionen, eine ganze Schar Prostituierter, eine Bande lebensmüder Metzen – wurden die nicht plötzlich Näherinnen, die nun das Kleid und den Schleier und das Kränzchen verfertigten? Im Handumdrehen war das Geld beisammen, um einen Blütenzweig zu besorgen,

im Nu war genügend Stoff, Spitze und Rüschen beieinander, man brachte Schuhe, seidene Strümpfe, Handschuhe, sogar weiße Handschuhe, herbei. Die eine nähte und stückelte, die andere heftete Bänder darauf.
Nicht einmal Madame Beatriz hatte je ein so üppiges anmutiges Brautkleid wie dieses gesehen, keinen so zarten Schleier, keinen so zierlichen Kranz, denn die Kartenleserin war nicht nur weitgereist, sondern verstand auch etwas von Brautausstattungen. Denn bevor sie zur Eroberung der Welt ausgezogen war, um die Bekümmerten zu trösten, hatte sie ein Modeatelier in Niterói gehabt.
Dann kleideten sie die Braut, die Schleppe hing am Bett herunter und wellte weit über den Boden. Das Zimmer war voll von Dirnen und den Freunden, Tibéria kam mit dem Blumenbukett und legte es zwischen Otálias Hände. Man hatte der Kranken das Kopfkissen hochgestellt. Nie hatte man eine so schöne, eine so heitere und süße, eine in der Hochzeitsstunde so glückliche Braut gesehen.
Nun setzte sich Korporal Martim auf den Bettrand, er war der Bräutigam und ergriff die Hand seiner Braut. Clarice, eine, die verheiratet gewesen war, zog weinend den Ehering vom Finger und übergab ihn Martim. Und er steckte ihn behutsam Otália an den Ringfinger und blickte ihr in die Augen. Otália lächelte, sie schien nicht mehr auf dem Sterbebett zu liegen, so zufrieden und froh sah sie aus. Als Martim den Blick wendete, stand Tibéria dicht am Bett, ihm und Otália zugewandt, plötzlich war sie ein Priester und trug jenes Gewand, in dem er einen Ehebund einsegnet, sie hatte eine Tonsur und alles übrige, sie war ein gutgenährter Priester und ein halber Candomblé-Heiliger dazu. Tibéria hob die Hand und segnete die Brautleute. Martim senkte den Kopf und küßte Otálias Lippen, er spürte ihren letzten Atem, der von weither kam, von ferne.
Jetzt bat Otália alle, hinauszugehen, sie lächelte mit dem Mund und mit den Augen, mit dem ganzen Gesicht, bis zum

heutigen Tag hat es keine so glückliche Braut gegeben. Alle gingen auf Zehenspitzen hinaus, nur nicht Martim, denn sie hielt ihn an der Hand. Mühsam rückte sie, kaum merklich, auf dem Bett zur Seite und machte ihm Platz. Der Korporal legte sich zu ihr, unfähig, ein Wort zu sagen, wie sollte er ohne Otália leben, es würde ein Leben sein ohne Sinn und ein Tod ohne Sinn. Otália hob den Kopf, legte ihn sanft auf die breite Brust des Korporals und schloß lächelnd die Augen. In der Türe stand Tibéria und schluchzte, Otália lächelte.

15

Am Abend des Tages, an dem das Urteil verkündet worden war, als die Überfallwagen – mit einem Truppenaufgebot, als ginge es darum, einem Heer die Stirn zu bieten und praktisch unbezwingbare Stellungen zu nehmen – sich dem Katzentöterhügel näherten, stieg Otálias Leichenzug zu Tal. Die Schutzpolizisten und Polizeisoldaten unter dem Kommando von Chico Großmaul und Miguel Zigarre waren bewaffnet mit Maschinenpistolen, Karabinern, Tränengasbomben und Rachsucht. Diesmal würden sie nicht weglaufen, sie hatten vor, keinen Stein auf dem anderen zu lassen, die Grünen Minnas sollten vollbepackt zurückfahren.
Droben auf dem Hügel sah Jesuíno Tollhahn den Leichenzug in der Entfernung verschwinden und die Polizeitrupps heranrücken. Er hatte seinen merkwürdigen, zum Soldatenhelm umgewandelten Tropenhut in der Hand und setzte ihn auf. Neben ihm stand Miro, sein Feldhauptmann, und wartete auf Befehle. Berge von Steinen waren in schlaflosen Nächten aufgeschichtet worden, und die jungen Burschen gingen zwischen Munitionshaufen hin und her. Ein kleiner Teil von ihnen wohnte auf dem Hügel, in den nach der Besetzung erbauten Hütten. Die Mehrzahl jedoch war aus Solidaritätsgefühl gekommen, um mit der Polizei ein Hühn-

chen zu rupfen. Die weitverzweigte, unbezwingliche Schar der Herren des Strandes hatte sich eingefunden, sie war auch ohne festgelegte Feldordnung, ohne feststehenden Oberbefehl mächtig und gefürchtet – die blutjungen Lausbuben mit ihren Rattenschnäuzchen, in Lumpen gekleidet, herbeigetrabt aus den entferntesten Gassen und Winkeln. Sie waren die verlassenen Kinder Bahias, die Hochschüler des hartnäckigen Lebens, in dem sie über das Elend und die Verzweiflung zu lachen lernten. Hier standen sie, die Feinde der Stadt, wie sie immer wieder von Journalisten, Richtern und Soziologen bezeichnet worden waren.

Der Leichenzug, dem Tibéria und die Dirnen folgten, bewegte sich hastig vorwärts, die müden Frauen hatten die letzte Nacht durchwacht und konnten nicht zwei Nächte hindurch der Arbeit fernbleiben. Die Dämmerung sank aufs Meer, Otália, schneeweiß in ihrem Sarg, geschmückt mit Schleier und Kränzchen, machte ihren letzten Ausflug. Martim und Jesus, Windsbraut und Curió, Ipicilone und Nelke-im-Knopfloch trugen sie.

Es war der erste Leichenzug, der von dem besetzten Hügel auszog, während dort bereits vier Kinder geboren worden waren, drei Mädchen und ein Junge. Was die Ereignisse und den Urteilsspruch betraf, so hatte der Journalist Jacó Galub die Hügelleute in Gesellschaft des sympathischen Dante Veronezi besucht und ihnen gesagt, sie sollten sich von dem »Grunzen des Polizeichefs« nicht ins Boxhorn jagen lassen, die Angelegenheit würde zur Zufriedenheit aller erledigt werden, kein Mensch würde aus der Hügelsiedlung verjagt, keine Baracke niedergerissen werden. Warum dann am Abend von Otálias Begräbnis die plötzliche Verschiebung der Polizeikräfte? Tollhahn und die Jungen bezogen auf jeden Fall Stellung. Einer von ihnen wurde beauftragt, Jacó zu benachrichtigen.

Nach der Urteilsverkündung verlief alles blitzschnell. Wo waren plötzlich die radikalen, verbissenen, unvereinbaren

Positionen geblieben? Aus Liebe zum Volk, in unnachgiebiger Verteidigung seiner Interessen und Forderungen schwanden alle Schwierigkeiten, wurden alle Gegensätze überbrückt, legten die gegnerischen Kräfte die Waffen nieder und schritten zur Versöhnung. Von ihr werden wir sprechen, von diesem Fest echten Patriotismus, der die Männer der Opposition und Regierung, die Führer der konservativen Schichten und die Führer der Volksmassen, zusammenschloß, als ihre Herzen einstimmig im Takt der Liebe zum Volk schlugen. Man verzeihe uns, wenn wir »Liebe zum Volk« so oft wiederholen, doch wenn sie wirklich so groß war, wenn alle von dieser Liebe erfüllt waren und sich von ihr nährten, können wir nicht umhin, diese Worte zu wiederholen, selbst wenn es auf Kosten des Stils geschieht. Schließlich sind wir keine Klassiker und tragen daher keine sonderliche Verantwortung gegenüber der Anmut und Reinheit der Sprache. Wir wollen nichts anderes als unsere Geschichte erzählen und den preisen, der des Preisens würdig ist. Um dabei aber niemanden zu vergessen, ist es wohl das beste, den einen wie den anderen, alle ohne Ausnahme zu preisen.

Die Versöhnung so vieler illustrer, durch Gegensätze entzweiter Männer war das grandiose, grundlegende Thema der Gesamtheit zahlreicher Reden, Aufsätze, Leitartikel, Streiflichter, die während der Endphase des »Problems Katzentöter« gehalten und geschrieben wurden.

»Siegreich unsere Kampagne! Triumph des Volkes und der ›Gazeta de Salvador‹«, verkündete stolz die Schlagzeile der Zeitung, unterstützt vom Klang ihrer Sirene, welche, die Menge zusammenrufend, die Lüfte zerriß. Die Sirene der »Gazeta de Salvador« ertönte nur bei sehr schwerwiegenden und supersensationellen Nachrichten.

Die Streitfrage über den Hügel Katzentöter, die so viel Staub aufgewirbelt hat, sei zur allseitigen Befriedigung gelöst worden, schrieb die Zeitung. Und zwar in weniger als achtundvierzig Stunden nach der Urteilsverkündung, innerhalb einer Frist, die mehrere bürokratische und parlamentarische Rekorde bricht. Die Liebe zum Volk wirkt Wunder. Es ist ein beachtenswertes Beispiel der Vaterlandsliebe, das die Nachahmung der von extremistischen Ideen durchtränkten neuen jungen Generation verdient. Der Sieg des ehrlichen Journalismus im Dienste des Volkes.

Der Präsident des Appellationshofs, ein durchtriebener, scharfsinniger kleiner Greis, war im Bilde über die im Gang befindlichen Verhandlungen, in welche die verschiedenen Interessengruppen verwickelt waren: der hochverdiente Komtur José Perez, der hitzige Deputierte und Führer der Opposition Ramos da Cunha, der Gouverneur, der Vize, der Präfekt, die Stadträte, darunter der unermüdliche Lício Santos, Dr. Airton Melo, ein großer Mann der Presse, aber auch der Journalist Jacó Galub, der unerschrockene Reporter, der für seine wagemutige Aktion außer einem wohlverdienten Lob eine angemessene Belohnung bekommen hatte. Von dem beliebten Geschäftsmann Otávio Lima – vermutlich dem einzigen Menschen, der sich allgemeiner Beliebtheit erfreute –, dessen Teilnahme an den Unterhandlungen vielleicht eine Erklärung erfordert – ganz zu schweigen. Tatsache ist jedoch, daß kein Mensch eine derartige Erklärung verlangte. Warum sollen wir sie dann zu erlangen suchen, um sie hier wiederzugeben? Warum sollten wir anspruchsvoller sein als so viele illustre Männer, die sich mit diesem Problem abplagten? Otávio Limas Gegenwart wurde als das Natürlichste von der Welt angesehen; man darf sogar behaupten, daß er im Verlauf der Besprechungen eine entscheidende Rolle gespielt hat. Denn der Gouverneur wünschte zugunsten einer raschen Lösung jenes verzwickten Problems die mannigfachsten Meinungen zu hören und bewies damit seinen demokratischen Geist und seine Weitsicht als Regierungsoberhaupt.

Wenn die Hügelbewohner nicht gehört wurden, so war dies auch nicht erforderlich. Galten nicht alle diese Zusammen-

künfte und Aussprachen der Wahrung ihrer Interessen? Waren nicht zahlreiche und aufrichtige Patrioten, ergebene Freunde des Volkes, für sie zur Stelle und am Werk? Gar nicht zu reden von der bescheidenen und doch so sympathischen Figur Dante Veronezis, dessen Stellung als Mann des Hügels, als unangefochtenes, geachtetes Haupt der Invasion von niemandem mehr bezweifelt wurde: Zwei Reihen in aller Eile errichteter Häuser gehörten ihm und wurden bereits zu einem anständigen Preis vermietet. Dante, der zwischen Versammlungen und dem Hügel hin und her flog, hatte Jesuíno und die Bewohner von der Nutzlosigkeit ihrer Kampfvorbereitungen überzeugt. »Die Männer drunten sind dabei, alles ins reine zu bringen«, statt Barrikaden, Gräben, Steinen und Eimern mit kochendem Wasser sollte es heißen: Papierschlangen, Begrüßungsplakate, Knallfrösche und Raketen. Um den Sieg auf einem öffentlichen Platz feierlich zu begehen. Zwar habe die Polizei den Hügel umstellt, doch Dante Veronezi sei beherzt durch die Reihen der Überfallwagen und Maschinengewehre geschritten. Ein Plakat, das auf Kosten und unter der Anleitung des jungen Führers angefertigt worden war, verkündete:
»Es lebe Dante Veronezi unser Kandidat.«
Etwas unbestimmt, wie man sieht, da das Amt, für das die Hügelleute ihn bestimmten und unterstützten, nicht angegeben war. Angesichts der siegreichen Entwicklung der Ereignisse begann Dante ernsthaft an seine Möglichkeiten als Landtagsabgeordneter zu denken. Daß es ihm zum Stadtrat reichen würde, darüber bestand für ihn kein Zweifel. Doch vielleicht hatte er auch das Zeug zu einem Landtagsabgeordneten... Jedenfalls war er Kandidat. Dona Filó, deren jüngstes Kind Dante zu taufen gedachte, leitete seine Wahlpropaganda auf dem Hügel.
Der Präsident des Gerichtshofs war über all das auf dem laufenden. »All das« schließt natürlich nicht die Seelenverwandtschaft zwischen Dante und Filó ein. Wir sprechen hier

nur von den laufenden Unterhaltungen und Unterhandlungen. Der Präsident war kein Kind, er hieß nicht Albuquerque wie der furchtlose Esel, welcher auf dem Stuhl des Polizeichefs saß. Außerdem wußte er genau, was die Aufgabe des Gerichtshofs, was seine Verantwortung, seine Pflicht waren: dafür zu sorgen, daß die Gesetze beachtet wurden, besonders jener Artikel der Konstitution, der die Unantastbarkeit des Eigentums schützte. Mochten die Politiker den faulsten Vergleich aushandeln oder den klügsten Kuhhandel aushecken, dafür waren sie da, und dafür politisierten sie. Dem Gerichtshof hingegen oblag die Aufgabe, immer wieder auf das konstitutionelle Recht des Landeigentums hinzuweisen und das Vergehen zu verurteilen, das in der Mißachtung dieses heiligen Rechtes lag, eines von den Invasoren des Katzentöters begangenen Vergehens. Das Urteil des Tribunals war ein Meisterwerk der Rechtsprechung und Durchtriebenheit. »Die Gerechtigkeit ist blind«, hieß es darin, nicht ohne daß dem alten Gemeinplatz ein paar bedauernde Worte dafür hinzugefügt wurden, daß der Gerichtshof außerstande sei, das ergreifende Bild der Dona Filó, der leidenden liebenden Mutter zahlreicher nach einem Dach schreiender Kinder, zu sehen. Die Gerechtigkeit war blind, und die Richter waren verpflichtet, derartigen Klagen gegenüber die Ohren zu verschließen. Es oblag den Mitgliedern der gesetzgebenden und vollziehenden Gewalt, eine politische Lösung für das Problem zu suchen, die das durch das Strafgrundgesetz gewährleistete Eigentumsrecht und zugleich die Interessen jenes vom Glück vernachlässigten Völkchens achtete. Der Gerichtshof vertraute darauf, Gott, die höchste Quelle der Weisheit, möge die Regierenden und Abgeordneten erleuchten, und empfahl die Vollstreckung des Strafurteils gegen die Hügelbesetzer, die auszuquartieren seien, damit der Baugrund seinem rechtmäßigen Eigentümer zurückerstattet werden könne, der Kraft und Klugheit der Polizei.

Ein brillantes Urteil, durch das der Gerichtshof sich wieder einmal als Wächter des Privatbesitzes auswies und zugleich auf eine politische Lösung anzuspielen, hinzuweisen schien. Somit würde jeder friedliche Vergleich, der den Richterspruch hinfällig machen konnte, hinterher so aussehen, als wäre er in dem Urteil, in der Weisheit des Gerichtshofs vorweggenommen worden. Schmiedeten denn nicht der Gouverneur und die Deputierten hinter dem Rücken des Gerichtshofs und der Polizei allerhand Pläne? Der Polizeichef war ein anmaßender Dummbart, doch er, Präsident des Appellationsgerichts, ließ sich nicht so leicht einwickeln. Auf seinem Rücken sollte kein schamloser Gauch sich die Sporen des braven Bürgers verdienen. Mit dem auf Gründen und Scharfsinn fußenden Urteilsspruch erschien der Gerichtshof als wahre Triebfeder jedweder Vergleichslösung. Er beauftragte seine Beamten, das Urteil erst nach ausdrücklicher Anweisung seinerseits der Polizei auszuhändigen.

Nur Herr Dr. Albuquerque, auf seiner Ahnenreihe, seinem Ehrgeiz und seiner Überheblichkeit thronend, merkte nichts von den fieberhaften Umtrieben, die sich im Schatten der Polemik über den Katzentöter abspielten. Nie war ihm seine Stellung unerschütterlicher, strahlender erschienen. Noch am Vorabend, als er gewisse, in der Presse lautgewordene Gerüchte klären wollte, hatte der Gouverneur ihm von neuem sein ungeteiltes Vertrauen zugesichert. Seine Exzellenz hatte dabei hinzugefügt, das Problem des Katzentöters stehe völlig außerhalb seiner Befugnisse. Die Justiz habe über den Fall zu befinden, die Polizei habe die Entscheidung des Gerichtshofs zu vollstrecken. Als Herr Dr. Albuquerque den Regierungspalast verließ, fühlte er sich stark wie nie zuvor. Im Portal stieß er auf Lício Santos und beantwortete den freimütigen Gruß des Stadtverordneten kurz und ablehnend. Hätte der Liederjahn nicht dank seines Mandates Immunität genossen, er hätte ihn auf der Stelle einlochen lassen.

Dadurch, daß die Zeitungen der Opposition den Polizeichef als unnachgiebig hinstellten und überdies ein ziemlich düsteres Bild von ihm zeichneten, leisteten sie ihm unwillkürlich einen ausgezeichneten Dienst und reihten ihn als einen festentschlossenen Führer unter die konservativen Schichten ein. Während andere zauderten und um die Gunst und Wahlstimmen der großen Masse des Volkes buhlten, trat er als unbezwingbarer Vorkämpfer der Eigentümer auf. Wer, wenn die Stunde schlug, war dann der natürliche Führer aller derjenigen, die eine Welle der Umstürze, die beunruhigende Umtriebe des Sozialismus befürchteten, deren Verkündigungsdrommeten – nach ihrer unmaßgeblichen Meinung – bereits auf dem Hügel Katzentöter erschallten? Wer war der geeignete Mann, um den Staat mit eiserner Faust zu regieren, wenn der Panther zur Tränke ging? In seinem Amtszimmer die offizielle Aushändigung des richterlichen Urteils erwartend, sah Herr Dr. Albuquerque sich bereits im Regierungspalast, vor sich, gedemütigt und aalglatt, den König des Bicho, jenen gewissen Senhor Otávio Lima...

Es wäre eine Übertreibung, wollte man behaupten, daß Dr. Albuquerque der einzige Mann im Staate war, den die Ereignisse überraschten. Auch einige Deputierte der zweiten Garnitur und der eine oder andere Staatssekretär wußten von nichts, schwebten in den Wolken und fanden kaum die Zeit, herbeizueilen und zu applaudieren. Übrigens überstürzten sich die Dinge dergestalt, daß der Abgeordnete Polidóro Castro, der kleine Castro der Französinnen, früherer Louis aus der Zeit der Rua Carlos Gomes, als die Carlos Gomes-Straße noch die Strichgegend war – ein recht dümmliches Gesicht schnitt. Dieser Castro, in seiner Studentenzeit bei der Sittenpolizei ziemlich schlecht angeschrieben, war bald darauf ins Landesinnere geflüchtet, hatte dort die Tochter eines Fazendeiro geheiratet und sich in einen Bakkalaureus hoher ethischer Qualitäten verwandelt. So kehrte er, wiewohl mit halber Glatze, in die Hauptstadt zurück, als erster Ersatzmann eines Landtagsabgeordneten der Regierungspartei nominiert, womit er das Mandat übernehmen konnte, solange sein Träger auf Kosten des Hohen Hauses eine kleine Rundreise durch Europa absolvierte, was wiederum alle Beteiligten befriedigte. Darauf erpicht, auf der Tribüne zu glänzen, sah er seine große Chance in Ramos da Cunhas Antrag und machte sich zu dessen erbarmungslosestem, kleinlichstem Kritiker; er zerlegte das Projekt Punkt für Punkt und ließ dank seiner aufreizenden Bildung eines Advokaten aus dem Hinterland und der kartesischen Logik eines Liebhabers alternder französischer Huren von jener »Ansammlung demagogischer Torheiten unseres hitzigen Mirabeau aus dem Sertão« nur noch Fetzen übrig... All das spulte er in drei langen, unwiderlegbaren Reden ab.

An dem der Entscheidung folgenden Tag hielt er gerade eine dritte Rede – unter offensichtlichem Beifall und allgemeiner Bewunderung für die Kraft seiner Beweisführungen, seiner teils lateinischen Zitate und seiner Stimmlage – und schickte sich an, auf den richterlichen Entscheid einzugehen, auf die Übereinstimmung zwischen der juridischen Beweisführung seiner eigenen Reden und der »leuchtenden Lehre des Tribunals«, als der Führer der Mehrheit, aus dem Regierungspalast kommend, den Raum betrat. Er warf einen verstohlenen Blick auf Tribüne und Redner, flüsterte kurz mit etlichen Deputierten der Mehrheit, wandte sich an Ramos da Cunha, der damit beschäftigt war, Polidoro durch Zwischenrufe aus dem Konzept zu bringen, und bat ihn in eine Ecke, um sich mit ihm zu beraten. Polidoro Castro, durch seine eigene Stimme in Anspruch genommen, schenkte dem Parteichef keine sonderliche Aufmerksamkeit. Er sah auch nicht, als dieser sich an die Vorsitzenden wandte und dem Landtagspräsidenten ins Ohr flüsterte. Er kam erst aus seiner Trunkenheit, aus der Verzauberung, in die seine eigene Intelligenz ihn versetzt hatte, zu sich, als das Glöckchen erklang und der Präsident ihm mitteilte:

»Die Zeit des noblen Herrn Abgeordneten ist abgelaufen...«

Das war doch kaum möglich: Er hatte Anspruch auf zwei

Stunden und nicht einmal die erste hinter sich, der Präsident mußte sich getäuscht haben. Nein, nicht der Vorsitzende hatte sich getäuscht, sondern der edle Abgeordnete, seine Zeit war tatsächlich abgelaufen. Als er sich an den Präsidenten wandte, um diese Unsinnigkeit zu bestreiten, traf Polidoros Blick den des Parteichefs, und er begriff. Fraglos hatte dieser dem hohen Haus eine wichtige politische Mitteilung zu machen. Der Parteichef beanspruchte die Rednertribüne. Das sollte Polidoro nichts ausmachen, er würde eine vierte Rede halten.

»Ich komme zum Schluß, Herr Präsident...«

In aller Eile faßte er seine Betrachtungen zusammen und versprach, sie in einer letzten überwältigenden Ansprache fortzuführen. Warum zum Teufel lächelte Ramos da Cunha angesichts einer so ernsten Drohung? Er lächelte nicht nur, sondern setzte sich neben ihn in die erste Reihe, um von dort aus dem Führer der Mehrheit zuzuhören, der, bereits auf der Rednertribüne, dem Plenum entgegenhüstelte. Ramos da Cunha mit seinem vernichteten Plan blickte zur Decke auf – der ist moralisch erledigt, dachte Polidoro.

Der Chef der Regierungspartei bat um die Aufmerksamkeit seiner Fraktionsmitglieder; er komme gerade aus dem Regierungspalast und spreche im Namen des Gouverneurs. Ein Stillschweigen, wie es nur bei großen Gelegenheiten eintritt, verlieh den Worten des Führers vermehrtes Gewicht. Er komme gerade aus dem Palast, wiederholte er, und man fühlte, daß ihm die Vertrautheit mit Sälen und Gängen angenehm war, wo er als Führer der Regierungspartei ein- und ausging, ohne vorher um eine Audienz nachsuchen zu müssen. Dort, in Gesellschaft des Herrn Gouverneurs, des Vizegouverneurs, des Präfekten der Hauptstadt, des Verkehrsministers sowie anderer hoher Beamter habe er an der langwierigen Sitzung teilgenommen, in der das brennende Problem des Hügels Katzentöter in seinen mannigfachen, verwickelten Aspekten geprüft worden war.

Er machte eine Pause und hob die rechte Hand, um seinen Worten Nachdruck zu verleihen. Der illustre Gouverneur des Staates, sagte er, dessen außerordentlich menschlichem Eingreifen es zu verdanken sei, daß kein Blut auf Seiten jener Bevölkerungsschichten floß, die aus Not den Hügel Katzentöter besetzt und bebaut hatten; Seine Exzellenz, die, wiewohl den Anliegen und Ansprüchen des Volkes stets ein williges Ohr leihend, nun mit gebundenen Händen zusehen müsse, wie die Polizei den Vollstreckungsbefehl des Gerichtshofs ausführen werde; Seine Exzellenz, der hochverdiente Herr Gouverneur – er wiederholte es mit schäumendem Mund, während sein Speichel der Schmeichelei in die Gegend spritzte –, gestützt auf die Begründung der Entscheidung, die der gesetzgebenden und vollziehenden Gewalt riet, eine politische Lösung zu finden, dank derer die Polizeiaktion verhindert werden könne; Seine Exzellenz, dieses den Nöten des Volkes zugewandte Vorbild eines Mannes der Öffentlichkeit, dieser Humanist, habe von neuem seine hohe Empfindungskraft, seine politische Unabhängigkeit und seine Liebe zum Volke unter Beweis gestellt. Hier in der Landtagskammer, im Haus des Gesetzes und des Volkes, werde über eine Gesetzesvorlage debattiert, welche die Enteignung des Hügelgeländes Katzentöter zum Ziel habe, der Antrag aus der Feder des noblen Führers der Opposition, Herrn Dr. Ramos da Cunha, dessen Begabung und Kultur nicht ausschließlich der Minderheit angehörten, sondern vielmehr der ganzen Versammlung, dem Staat Bahia, ja ganz Brasilien (Händeklatschen, sehr richtig, allgemeiner Beifall und Ramos da Cunhas Einwurf: »Euer Exzellenz ist sehr großzügig, edler Kollege!«), nun gut: Im Namen und auf Entscheid des Herrn Gouverneurs sei er gekommen, um der Versammlung die einstimmige Unterstützung der Regierungsfraktion, mit anderen Worten, der Mehrheit der Abgeordneten für das vaterländische Projekt des Herrn Führers der Opposition mitzuteilen. Angesichts des Volkes gebe es keine Regierungspartei und keine Opposition mehr und nur noch Deputierte im Dienste seiner Interessen. So habe der Herr Gouverneur gesprochen, und er, der Führer, freue sich, seine wunderbaren Worte wiederholen zu dürfen. Somit übergebe er, der Chef der Regierungspartei, den von ihm und vom Chef der Opposition unterzeichneten Antrag den Händen des Herrn Präsidenten mit der Bitte um raschestmögliche Abstimmung. Zum Schluß möchte er noch zum Ausdruck bringen, wie stolz er sei, einer so hervorragenden Gestalt wie dem Herrn Regierungschef zu dienen. Eine so großartige und großherzige Geste wie seine finde sich in der Geschichte Brasiliens nur noch bei der Prinzessin Isabel, der Erlöserin, als sie das Dekret zur Abschaffung der Sklaverei unterschrieb. Der Herr Gouverneur sei die neue Prinzessin Isabel, der neue Erlöser. Inmitten tosenden Beifalls stieg er von der Tribüne.

Kaum hatten sich die Wellen des Beifalls gelegt, während der Redner noch von allen Seiten beglückwünscht und umarmt wurde, als der flinke Polidoro Castro von neuem die Tribüne bestieg, was eine gewisse Befangenheit und Erregung auslöste, da etliche eine gewaltige Dummheit des Hauptgegners befürchteten und glaubten, er könne womöglich mit der Regierungspartei brechen und somit, gleichermaßen isoliert von der Mehrheit und der Minderheit, allein auf weiter Flur stehen.

»Jetzt gibt's Zunder...«, frohlockte der Journalist Mauro Filho auf der Journalistentribüne.

Auf der Tribüne, die Arme ausgestreckt, donnerte Polidoro Castro:

»Herr Präsident, ich möchte als erster den illustren Herrn Staatsgouverneur zu der historischen, ich darf wohl sagen, unsterblichen Entscheidung beglückwünschen, die der edle Führer der Mehrheit mit seinem beredten Wort soeben dem Haus übermittelt hat. Ich habe Gelegenheit gehabt, das Projekt des illustren Kollegen Ramos da Cunha, dessen Begabung wie ein Diamantenstern am Himmel des Vaterlandes funkelt, zu analysieren, und wenn ich es auf dieser Tribüne bekämpfte, so habe ich ihm doch nie seine hohen Verdienste abzusprechen gewagt. Herr Präsident, ich möchte sagen, daß ich mich ganz und gar hinter das Projekt stelle, daß ich ihm meine ungeteilte Unterstützung gebe. Und ich nütze die Gelegenheit, dem Herrn Gouverneur meine bedingungslose Solidarität zu übermitteln ...«

Der Journalist Mauro Filho setzte sich wieder:

»Gegen diesen Polidoro kommt keiner an ... Das ist wirklich die Höhe ... Es ist wohl kein Zufall, daß er es verstanden hat, den Französinnen Geld abzuknöpfen ... Der Bursche hat ein unheimlich dickes Fell ...«

Unverzüglich wurde zur Abstimmung geschritten. In den Redaktionen siedete es von Neuigkeiten, die Journalisten amüsierten sich über den Erguß des Führers der Mehrheit, der den Gouverneur als Prinzessin verkleidet vorstellte. Einige staunten über den überschwenglichen Beifall Polidoro Castros. Doch mit welchem Recht wollten sie ihm verwehren, vaterländische Glut zu entfalten?

Die neuesten Nachrichten meldeten, Techniker und Sachverständige des Verkehrsministeriums seien in Unterhandlung mit dem Komtur José Perez, seinen Anwälten und Architekten. Bisher war freilich keine Übereinstimmung über den Preis des Geländes pro Quadratmeter erzielt worden. Die Sachverständigen führten die große Entfernung von der Stadt ins Feld, das Fehlen von Verkehrsmitteln, die Tatsache, daß der Grund unerschlossen sei, sowie die mangelnde Nachfrage nach baureifem Boden in jener Gegend. Der Komtur José Perez, gestützt auf Landkarten, Baupläne und Berichte, fand den Schätzpreis lächerlich niedrig. Wollte man die Wohltäter spielen? War man auf Jagd nach Beifall und Wahlstimmen? Suchte man das Lob der Presse? Er war mit allem einverstanden und hatte keine Einwände zu machen, solange es nicht auf seine Kosten ging, solange er nicht als einziger die Zeche bezahlen sollte. Wie wagte man einen so

niedrigen Preis zu erwägen, wo alle Vorarbeiten, Berechnungen und Pläne abgeschlossen waren und der Verkauf der Parzellen beginnen sollte? Zumal er ein Gerichtsurteil zu seinen Gunsten in der Tasche hatte? Kannte man den Preis, der für einen Quadratmeter parzellierten Grunds verlangt werden sollte? Kannte man den Preis des Urteils?
Lício Santos lief von einer Ecke zur anderen, vom Komtur zu den Sachverständigen; wo es Geld zu raffen gab, da war sein Platz; von jedem Trinkgeld, das freiwillig oder unfreiwillig gezahlt wurde, von jedem Tostão, das bei der Geschichte von der Invasion des Katzentöters die Hosentasche wechselte, bekam er seinen Anteil. Er lief vom Gouverneur zum Vize, vom Präfekten zum Präsidenten des Abgeordnetenhauses, von Airton Melo zu Jacó Galub. Er diente als Überbringer der Botschaften Otávio Limas, da gemeinsam mit der Angelegenheit des Hügelgeländes das Problem des Bicho-Spiels gelöst wurde. Zu gleicher Zeit war eine politische Einheitsfront, welche die verschiedenen Parteien in Unterstützung der Regierung vereinte, im Entstehen. Man sprach davon, daß Ramos da Cunha ein Staatssekretariat, daß Airton Melo ein zweites übernehmen sollte. Namen wurden genannt, um an Dr. Albuquerques Stelle als Chef der Polizei zu treten.
Gegen Abend war die erste Abstimmung über das Projekt beendet. Ein von den beiden Führern unterzeichneter Antrag bat um die Sondereinberufung der Justiz- und Finanzkommissionen für denselben Abend, damit über das Projekt in der letzten Debatte am folgenden Tag abgestimmt und das Ergebnis unverzüglich bekanntgegeben werden könne.
Auf dem Polizeipräsidium wartete Dr. Albuquerque nervös und hastig auf den Empfang des Entscheids. Er konnte die Verzögerung nicht begreifen, er war vor vierundzwanzig Stunden vom Tribunal diktiert worden, wie kam es, daß er noch nicht in seinen Händen war? Das war nichts als die Unfähigkeit der Bürokratie, sofern nichts anderes im Spiel

war. Die Nachrichten aus dem Abgeordnetenhaus und Regierungspalast bereiteten ihm Sorgen. Er hatte versucht, mit dem Gouverneur in Verbindung zu treten, seine Exzellenz war aber nicht anzutreffen, niemand wußte, wo er zu finden war. Dr. Albuquerque beschloß, die Ereignisse zu beschleunigen.

Er ordnete die Umzinglung des Hügels an. Die Polizei, bis an die Zähne bewaffnet und unterstützt von mehreren Überfallwagen, sollte das gesamte Gebiet rings um den Hügel besetzen und dort kampieren. Kein Mensch, von oben kommend, sollte durchgelassen werden. Jeder, der herabstieg, sollte festgenommen und in einen der mitgebrachten Gefangenenwagen gesteckt werden. Sobald das Urteil mit dem Erlaß des Gerichtshofs bei der Polizei einträfe, würden die entsprechenden Befehle für die Besetzung des Hügels und die Vernichtung der Baracken unverzüglich folgen. Allerspätestens am Vormittag des kommenden Tages. Chico Großmaul, mit der Durchführung des Unternehmens betraut, fragte, ob er tatsächlich befugt sei, entschlossen vorzugehen.

»Mit größter Entschlossenheit. Wenn die Leute reagieren, ist Gewalt anzuwenden. Vereiteln sie gewaltsam jeden Versuch, die Polizei anzugreifen oder zu demoralisieren! Ich will nicht noch einmal sehen, daß meine Polizei von Aufrührern lächerlich gemacht wird...«

»Das soll nicht wieder vorkommen, Herr Doktor können ganz beruhigt sein.«

Kurz vor dem Hügel begegnete Chicos Trupp dem Leichenzug. Chico Großmaul verzog den Mund zu einem Lächeln und zeigte seine fauligen Zähne. Zu seinem Beifahrer Miguel Zigarre gewandt, meinte er:

»Wenn die sich mausig machen, wird's einen Haufen Leichenzüge geben...«

Miguel Zigarre hatte nur einen Wunsch: Korporal Martim einzulochen. Und wenn er ihm dabei die Fresse zerschlagen konnte, umso besser.

Er wußte jedoch nicht, daß der Korporal Martim nicht beim Aufbruch des Leichenzuges zugegen war. Er hatte den Freunden die Hand geschüttelt, Tibéria auf ihre feisten, plötzlich gealterten Wangen geküßt. Die große Dreimastbarke Militãos, die »Blume der Wellen«, erwartete ihn, bereit, die Segel zu setzen. Sie war für Penedo in Alagoas bestimmt und nahm Martim auf Bitten Meister Manuels als Passagier mit. Doch Martim war nicht mehr Martim, seine versteinte Miene erinnerte nicht mehr an das verschmitzte, fröhliche, lächelnde Gesicht des einstigen Korporals. Seine tränenlosen brennenden Augen waren nicht mehr die lebhaften, warmen Augen Martims. Er hatte für immer seinen Rang und Namen abgestreift. Korporal Martim existierte nicht mehr, wie sollte er ohne Otália leben? Auf dem nächtlichen Meer war es leer in ihm, er war niemand mehr, er fühlte das Haupt der Toten auf seiner Brust lasten, ihr seidenfeines Haar und ihren Brautschleier.

Später, wenn er in der unbekannten Stadt war, würde er ein anderer sein und von neuem beginnen. Mit derselben Behendigkeit der Finger, die ein Kartenspiel handhaben, mit dem gleichen blitzschnellen Augenmaß, das den Würfelbecher schüttelt und die Würfel wirft, doch ohne jene Verschmitztheit, ohne jene Lust, jeden Augenblick auszukosten, ohne jene Anmut und jenen Zauber, und nicht mehr unwiderstehlich. Der Feldwebel Porciúncula hatte ein wenig gebeugte Schultern, als trüge er eine Last. Er trug seine Tote, würde sie aber nie auf dem Erdboden absetzen, von der schweren Last ausruhen wollen. Nie würde er die Lippen öffnen, um seine Geschichte zu erzählen, er würde sie niemandem anvertrauen. Auf seinem Rücken hing Otália in ihrem Brautkleid und beugte ihm die Schultern.

16

Dante Veronezi erstieg ohne Schwierigkeit den Hang, er durchschritt die Posten der bewaffneten Polizei und der in Stellung gebrachten Maschinengewehre. Man hinderte ihn nicht am Aufstieg und belästigte ihn mit keinem Wort. Die erhaltenen Befehle lauteten: Kein Mensch darf die Hügelsperre stadtwärts durchqueren. Als daher Veronezi in Begleitung seines für die Errichtung der beiden Häuserreihen verantwortlichen Baumeisters in die Stadt zurückkehren wollte, wurde er angehalten, festgenommen und mitsamt seinem Polier in eine Grüne Minna geworfen. Dort würden sie fraglos übernachtet haben, hätte Miguel Zigarre ihn nicht erkannt und Chico Großmaul etwas ins Ohr geflüstert. Dante vollführte ein Wahnsinnsgetöse in dem Gefangenenwagen. Daher beschloß Chico Großmaul, die beiden in einem Kraftwagen ins Polizeipräsidium zu schaffen. Der Chef solle entscheiden, was mit ihnen zu tun sei.
Die Festnahme des Führers Veronezi wurde von oben aus beobachtet. Jesuíno traf eine neue Kriegsmaßnahme und schickte einen Jungen in die Stadt, um Jacó Galub von dem Geschehen in Kenntnis zu setzen. Der Herr des Strandes wählte für seinen Botengang die jüngst in den dem Watt zugekehrten Hang gehauene Schneise und entwich im Schutz des Gestrüpps; kein Blauer hätte ihn in dem stinkenden Schlamm des Brackwassers zu jagen vermocht. Bald darauf war er, sich an einen vorüberfahrenden Lastwagen hängend, stadtwärts unterwegs, um Jesuínos Meldung zu überbringen. Noch bevor der Junge wieder zurück war – er hielt sich eine Weile in der Redaktion der »Gazeta de Salvador« auf, wo er von den Reportern gehört und photographiert wurde – erklomm der Stadtverordnete Lício Santos den Hügel mit der Nachricht von der Befreiung Dantes und seines Bauleiters, die von ihm persönlich beim Gouverneur durchgesetzt, von

diesem befohlen worden war. Er verkündigte auch die einstimmige Annahme des im Landesparlament zur Debatte stehenden Projekts im ersten Wahlgang. Abends berieten die Ausschüsse. Am nächsten Tag sollte die Abstimmung, die zweite, abgehalten werden, der Gouverneur würde den Enteignungserlaß unterzeichnen, und die Leute würden die Herren ihrer Baracken sein, und Lício Santos war glücklich und stolz, mit seinem Wort und seinem Vorgehen zum Sieg des Volkes beigetragen zu haben. Als Freund des Volkes war er in der Stadtverordnetenversammlung ihr rechtmäßiger Vertreter.
All das teilte er mit bebender Stimme an der Tür eines der Häuser Dantes mit, über der auf einem Schild zu lesen stand:

»Wahllokal
des Stadtverordneten Lício Santos
und des Senhor Dante Veronezi.«

Die Bewohner waren zusammengelaufen, um ihm zuzuhören. Lício mit seinen hergeholten Bildern – »Schon der Dichter der Sklaven hat gesagt, daß der Stadtplatz dem Volk gehört wie der Himmel dem Kondor« und seinen komischen Einfällen: »Und ich sage, daß der Hügel dem Volk gehört wie der Knochen dem Hund« –, brachte die Leute immer wieder zum Lachen. Abermals ließ er kein gutes Haar an dem Polizeichef und verkündete seine unvermeidliche bevorstehende Entlassung. Es war sogar möglich, daß der besagte Albuquerque nicht einmal mehr am Ruder war und bereits einen Tritt in den Hintern bekommen hatte.
Er war jedoch noch im Amt. Der Befehl des Gouverneurs, Dante Veronezi freizulassen, gelangte in die Hände des Polizeichefs mit der Empfehlung, nur mit größter Vorsicht und Zurückhaltung gegen die Hügelbewohner vorzugehen. Zum ersten Mal fühlte sich Herr Doktor Albuquerque nicht mehr so sicher in seiner Haut und Stellung. Er ließ Veronezi in Freiheit setzen (Lício Santos wartete im Nebenzimmer, der Polizeichef weigerte sich, ihn zu empfangen) und ging zum

Regierungspalast. Er mußte den Gouverneur sehen und sich mit ihm aussprechen. Doch im Palast brannten kaum noch Lichter, Seine Exzellenz war nach einem aufreibenden Tag zu einem formlosen Spaziergang ausgegangen und hatte nicht gesagt, wohin er gehen und wann er zurückkehren würde. Der Polizeichef wartete noch eine Weile. Endlich beschloß er, ins Polizeipräsidium zurückzugehen und im Palast eine Nachricht zu hinterlassen: Er würde die Nacht wachend in seinem Arbeitszimmer verbringen, dort erwartete er die Befehle des Herrn Gouverneurs. Doch als gegen zwei Uhr morgens noch keine Nachricht eingetroffen war und ihm die Augen zuzufallen drohten, ging er mit mürrischer Miene und bekümmerten Herzens nach Hause. Als er auf die Straße trat, sah er den Delegado Ângelo Cuiabá an einer Ecke im Kreise von Polizisten lachen und schwatzen. Er hörte noch den Rest eines Satzes, unterbrochen von den Worten, mit denen sie ihn begrüßten:

»...Man spricht von dem Deputierten Morais Neto, jedenfalls ist jeder besser als dieser Hornochse...«

Worauf er mit der Miene eines, der seine Grabrede gehört hat, in seinen Wagen stieg – weder hatte er Geld aus dem Bicho-Spiel noch die Führung der Konservativen gewonnen. Dafür fiel er mit Würde: »Ich falle von den Füßen«, sagte er zu seiner Frau, die ihn wachend erwartete, gleichfalls unruhig über die bei den Nachbarinnen gehörten Gerüchte. So blieb ihm nur der Ruf der Ehrlichkeit und Unbestechlichkeit übrig. Seine Frau, all der Großsprecherei und des wenig einträglichen Dünkels müde, erinnerte ihn daran, daß es unmöglich sei, von den Füßen zu fallen, und was die Unbestechlichkeit betraf, so sei sie zwar ein wohlklingendes Wort, bringe aber nichts ein. Doktor Albuquerque setzte sich auf den Bettrand und bedeckte das Gesicht mit den Händen:

»Was soll ich tun?«

»Zumindest schleunigst deine Entlassung einreichen.«

»Glaubst du? Und wenn die Dinge sich noch ändern, wenn

der Gouverneur mich trotzdem halten will? Warum etwas übereilen...?«

Seine Frau zuckte mit den Achseln. Sie war müde und wollte schlafen.

»Wenn du nicht um deine Entlassung bittest, behältst du nicht einmal deine Würde... Dann wird nichts übrig bleiben...«

»Ich werde darüber nachdenken... Morgen früh werde ich die Sache entscheiden...«

Am nächsten Tag frühmorgens wurde er durch eine Botschaft aus dem Palast geweckt: Der Gouverneur bat um sein eiliges Erscheinen. Seine Frau war aufgestanden, um den Boten anzuhören; er sah sie wieder ins Schlafzimmer treten, sie hatte Mitleid mit ihm, ihrem armen Mann, der so eingebildet und dabei so unfähig war. Nur sie und niemand anderes konnte seine Nutzlosigkeit, seine Albernheit ermessen. Dabei sah er so jämmerlich aus, daß sie an sein Bett trat. Dr. Albuquerque senkte das Haupt, das war das Ende.

»Der Gouverneur möchte dich sprechen...«

»Das kann zu dieser frühen Morgenstunde nur bedeuten...«

»Mach dir nichts draus... Wir bleiben jedenfalls am Leben... Du hast deine Pflicht getan.«

Doch er wußte, wie seine Frau in Wahrheit über ihn dachte und urteilte. Es nutzte nichts, seine Ehrlichkeit in die Welt hinauszuposaunen, wie ein Standbild zu posieren, all das täuschte sie nicht und überzeugte sie noch weniger.

»Besiegt von dieser Horde Lumpen ...«

Sie sollte nie erfahren, ob ihr Mann damit den Gouverneur und die Politiker oder die Hügelleute meinte. Sie half ihm beim Anziehen. Dr. Albuquerque trug noch immer steife Kragen.

Im Regierungspalast beteuerte der Gouverneur ihm seine Hochachtung, seine Wertschätzung, er dankte ihm von neuem und sprach den Wunsch aus, ihn noch lange in seiner Regierung zu sehen, die durch seine Mitarbeit an Glanz und Achtbarkeit nur gewonnen habe. Allerdings auf einem anderen

Posten. Eine Frage, die später in aller Ruhe besprochen werden sollte. Die Leitung der Polizei bedürfe jedoch in diesem Augenblick der politischen Ausgleiche, der gegenseitigen Zugeständnisse einen Titelträger ohne die Unbeugsamkeit des Herrn Dr. Albuquerque. Seine Unbeugsamkeit sei ein kostbares Gut, nicht nur für die augenblickliche Regierung, sondern auch für das gesamte öffentliche Leben Bahias. Dr. Albuquerque sei das Vorbild künftiger Generationen. Die Politik indessen habe ihre Launen und Schattenseiten, sie erfordere Anpassungsfähigkeit, Entgegenkommen, die Bereitschaft zur Verständigung, ja zum Kuhhandel. Doch das sei offensichtlich nicht die Sache seines illustren Freundes.
Herr Dr. Albuquerque senkte den Kopf: Was nutzte ihm all das Lob? Er verließ seinen Posten mit ebenso sauberen Händen, wie er ihn angetreten. Freilich hatte er ihn mit zahlreichen begründeten Hoffnungen angetreten... Ehrlich, unbeugsam, unbestechlich, ein Hornochse, ein Trottel. Er sah, wie der Gouverneur vor ihm lächelnd alle diese liebenswürdigen Worte aussprach und ihn mit Lob überschüttete. Saubere Hände, ein Vorbild der Ehrlichkeit, ein so heikles Amt arm zu verlassen: Er wäre am liebsten aufgestanden und hätte den Gouverneur mitsamt aller Ehrlichkeit, aller Unbeugsamkeit und aller Unbestechlichkeit der Welt zum Teufel gejagt und zu der Hure, die sie alle in die Welt gesetzt hatte.
Er stand auf, knöpfte seinen Rock zu und verbeugte sich vor dem Gouverneur:
»Innerhalb einer halben Stunde werden Euer Exzellenz mein Entlassungsgesuch in Händen haben.«
Der Gouverneur stand auch auf, gab ihm ein warmes Abraço und versicherte ihn nochmals, fast aufrichtig, seiner Zuneigung.
»Herzlichen Dank, mein Guter, Lieber...«
Das Entlassungsgesuch spielte weder auf die Ereignisse auf dem Katzentöter noch auf das Bicho-Spiel an – der Delegado

Angelo Cuiabá hatte Wert darauf gelegt, den Polizeichef gleich nach dessen unzeitig frühem Arbeitsbeginn von der bevorstehenden Freigabe des Glücksspiels in Kenntnis zu setzen, eine Vereinbarung, die am Vorabend zwischen dem Gouverneur und Otávio Lima in dessen Haus, beiläufig gesagt: im Hause dessen rechtmäßiger Frau, getroffen worden war. Eine angegriffene Gesundheit, die Notwendigkeit, auszuruhen, ärztliche Vorschriften – das waren die Gründe, derenthalben Albuquerque in seinem sorgfältig abgefaßten Brief um seine Entlassung bat: »Mehr als einmal habe ich um Entlassung aus dem mir anvertrauten Amt gebeten. Indessen, sie wurde mir nicht gewährt, so daß ich mich in Aufopferung meiner Gesundheit den Bitten Eurer Exzellenz, in meinem Amt zu bleiben, fügen mußte. Diesmal jedoch ...«
Der Gouverneur nahm das Gesuch an und gab Albuquerques Bitte um Amtsenthebung brieflich statt. In seinem Brief sang er ein Loblied auf den scheidenden Polizeichef und nannte ihn einen Meister des Rechts und ein Muster der Unbescholtenheit. Ein Journalist, dem Albuquerque bei der Polizei einen Nebenverdienst besorgt hatte, verfaßte eine Kurznachricht für ein Radioprogramm, in welcher er seinen Dank an den Expolizeichef in einer sympathischen Version abstattete: Albuquerque habe seinen Abschied eingereicht, weil er sich bei dem neuen Skandal um das Bicho-Spiel nicht die Hände beschmutzen wollte. Mit seiner Amtsübergabe versacke die Regierung endgültig im Schlamm des Spielbetriebs.
Auf dem Hügel wurde die Nachricht von dem Rücktritt des Polizeichefs, die gegen Mittag eintraf, von den Bewohnern stürmisch begrüßt. Einer der Jungen, der als Verbindungsmann zwischen den belagerten Hügelleuten und der Stadt diente, brachte eine Nachricht von Lício Santos. Nachdem der Polizeichef zurückgetreten, nachdem der Antrag von den Ausschüssen befürwortet sei, sollte er in einer Sondersitzung des Plenums zur Abstimmung gelangen und sehr wahrscheinlich noch am selben Tag angenommen werden. Die

Hügelbewohner sollten sich für die große Freudenkundgebung bereithalten, zu deren Teilnahme die Bevölkerung durch Presse und Rundfunk aufgefordert wurde, für eine Massenversammlung vor dem Regierungspalast, die als Beifallskundgebung für die Regierung gedacht war.

Tatsächlich forderten die Vormittagsausgaben der Zeitungen die Stadtbevölkerung auf, den hochverdienten Akt des Herrn Gouverneurs durch ihre Gegenwart auf dem Stadtplatz zu ehren. In der »Gazeta de Salvador« erschien außer der begeisterten Reportage von Jacó Galub, in der er »die Schrecken der letzten Umzinglung des Hügels Katzentöter durch die Mordbuben Albuquerques, dieses als Geier aufgezäumten Aasgeiers« beschrieb, in der er die Gefangennahme Dante Veronezis dramatisierte, die malerischen Erklärungen Spechts, des Herrn vom Strande, der ihm die Hügelbotschaft überbracht hatte, wiedergab und dabei nicht vergaß, dessen freches, sympathisches Lausbubengesicht mit dem in die Stirn hängenden Haarschopf und einer Kippe im Schnabel zu skizzieren – außer dieser Reportage, die das Ende all der ungerechten Verfolgung ankündigte, erschien auch ein Leitartikel, unterzeichnet von Chefredakteur Airton Melo. Nur sehr selten unterzeichnete Airton Melo einen Artikel. An diesem Morgen tat er es, um die Geste des Herrn Gouverneurs zu feiern. Wiewohl dessen politischer Gegner, hatte er dennoch ein Auge für wahre Größe, wo immer sie auftrat. Seine Exzellenz hatte die Bewunderung des ganzen Staates auf sich gezogen. Das war der Grund, warum er, Airton Melo, sich dazu bereitfand, einer der Redner der für den Nachmittag anberaumten Kundgebung zu sein.

Das Hügelvolk traf seine Vorbereitungen und verfertigte Plakate, Fahnen und ein Band, das den Gouverneur hochleben ließ. Die Jungen verließen den Hügel auf dem Schleichweg durchs Watt. Auch jene Seite hatte die Polizei umzingelt und dort Wachen aufgestellt. Doch die Herren des Strandes schlüpften auf Katzenpfoten ungesehen durchs Gestrüpp,

und bevor die Polizisten etwas merkten, waren sie längst auf und davon und winkten den auf der Landstraße vorbeifahrenden Lastwagen zu, um mitgenommen zu werden.
Die einzige noch ungelöste Schwierigkeit war der Preis des Landstrichs. Fußend auf seinem Aufsiedelungsplan und seinen Parzellierungsberechnungen hatte der Komtur José Perez seinen Preis genannt und ging nicht davon ab. Freunde schalteten sich vermittelnd ein, schließlich ergab sich eine Aussprache des Gouverneurs mit der Bastion der würdigen spanischen Kolonie. Man kam zu einem Vergleich. Um die Lösung zu erleichtern und das Seinige zum Wohl des Volkes, des armen Hügelvolks, beizusteuern, räumte er einen kleinen Abschlag ein oder brachte damit ein großes Opfer, je nachdem, wie der einzelne die Geste anzusehen und zu bewerten bereit war. Die Sachverständigen berichtigten ihr erstes Gutachten. Übrigens weigerte sich einer von ihnen, das neue Schriftstück zu unterzeichnen, das er eine schlimme Gaunerei nannte. Etliche stießen sich an diesem Schiebergeschäft gesund, mancher Name wurde genannt, für einen können wir uns verbürgen: Lício Santos, der Gutgelaunte, der Unermüdliche.
Am Fuß des Hügels Katzentöter hielt die Polizei, die in dem Durcheinander zwischen dem Rücktritt des alten und der Ernennung des neuen Polizeichefs vergessen worden war, nach wie vor den Belagerungszustand aufrecht, verhaftete und steckte jeden in die Grüne Minna, der sich vom Hügelkamm herabwagte. Drei Bewohner brummten bereits, doch Jacó und Lício versprachen, sie zu befreien, sobald sie eine Minute Zeit hätten. Vorderhand waren sie mit der Kundgebung vollauf beschäftigt. Sie würden den Zeitpunkt so rasch wie möglich bekanntgeben. Vermutlich würde sie gegen Abend stattfinden.
Jesuíno, der nun nicht mehr Krieg spielen konnte, leitete die Vorbereitungen für die Teilnahme der Hügelbewohner an der bevorstehenden Feier. Auch das war lustig und brachte

ein paar Nickelmünzen ein: Gar nicht zu reden von Lício Santos' Versprechen, bei der Siegesfeier Freibier und -schnaps verteilen zu lassen. Tollhahn, von dem niemand wußte, ob er je einen Beruf ausgeübt hatte, zumal er als unversöhnlicher Feind aller und jeder Arbeit galt, war jedoch willens, berufshalber Eroberer von neuem Baugrund zu werden, wie er Miro lachend mitteilte, während sie gemeinsam Papp-Plakate auf lange Holzplatten nagelten. Für ihn gab es nichts Kurzweiligeres. Schon plante er insgeheim eine neue Landnahme: Hinter Liberdade lag noch mehr Grund, und zwar an einem Ort mit dem einladenden Namen Bach-der-Türkin.

Gegen zwei Uhr nachmittags wurde inmitten der allgemeinen Begeisterung der Abgeordneten über den endgültigen Wortlaut des Gesetzes Ramos da Cunhas abgestimmt. Der Präsident war dabei, eine Delegation zu ernennen, die es dem Gouverneur überbringen sollte. Doch auf Vorschlag Polidoro Castros kam man überein, daß alle Abgeordneten geschlossen zum Palast schreiten sollten. Die Unterschrift wurde für sechs Uhr abends anberaumt, auf diese Weise würde sich Zeit finden, die große Kundgebung vorzubereiten. Sämtliche Rundfunkanstalten sendeten alle fünf Minuten einen Aufruf, der die Behörden und das Volk aufforderte, um achtzehn Uhr auf dem Stadtplatz vor dem Regierungspalast vollzählig zu erscheinen, um Zeuge des historischen Aktes zu sein: Der Gouverneur würde das vom Abgeordnetenhaus erlassene Gesetz über die Enteignung des Hügels Katzentöter bekanntgeben. Es würden unter anderem sprechen: die Führer der Regierungspartei und der Opposition im Parlament, der Journalist Airton Melo, der Stadtrat Lício Santos, der Gouverneur. Lastwagen des Staates und der Präfektur, Omnibusse und Straßenbahnen wurden zur Beförderung der Bevölkerung zur Verfügung gestellt, alle Mittel wurden benützt, um der spontanen Kundgebung des Volkes zu einem vollen Erfolg zu verhelfen.

17

Viele Aufgaben, die zu bewältigen, viele Vorkehrungen, die zu treffen waren, viele Ereignisse, die einander ablösten – Versammlungen im Regierungspalast, Unterredungen, Konferenzen, Unterhandlungen über die Wahl des neuen Polizeichefs und über die Neubildung des Kabinetts – all das war schuld daran, daß die Schutzpolizisten, die noch immer auf dem Kriegspfad, bis an die Zähne bewaffnet, mit ihren Maschinenpistolen den Hügel umstellt hielten, daß die Hügelbewohner völlig in Vergessenheit geraten waren. Schon wimmelte der Stadtplatz von Menschen, Omnibusse und Lastwagen spuckten Kundgebungsteilnehmer mit Plakaten und Spruchbändern aus; die Mitglieder der gesetzgebenden Versammlung fuhren im selben Fahrzeug mit den Führern der Regierungspartei und der Opposition vor; Politiker entstiegen ihren Wagen vor dem Regierungspalast; der Herr Präfekt stieg die Stufen des Rathauses herab, um den Platz zu überqueren und sich zu dem Herrn Gouverneur zu gesellen – als Jacó Galub, der in einem der Salons des Palastes Aufstellung genommen hatte, an die Hügelleute dachte. Neben ihm stand Lício Santos.

»Und die Leute vom Hügel?«

»Verdammt! Wir müssen sie holen lassen.«

Nun fiel Jacó der Junge ein, der in der Redaktion auf eilige Botschaften wartete. »Hoffentlich funktioniert das Telefon.« Er erreichte die Verbindung, wenige Minuten später fuhr der Herr des Strandes im Taxi mit dem verspäteten Aufruf hinaus, um die Hügelbewohner in die Stadt zu bringen. Sie sollten zu Tal steigen und unten warten.

Damit erinnerten sie sich auch an den Belagerungsring der Polizei. Rasch gingen sie auf die Suche nach dem neuen Polizeichef, der eine halbe Stunde zuvor ernannt worden war. Ein Deputierter, Vetter der Frau des Gouverneurs und Freund

Otávio Limas; auf diese Weise blieb der Bicho eine Familienangelegenheit. Der Mann erschrak: der Hügel umzingelt? Natürlich! Er hatte es ja in den Zeitungen gelesen. Er würde die notwendigen Schritte einleiten, man möge sich nicht beunruhigen. Doch welche Schritte? – das wußte er nicht. Sehr einfach, meinten die beiden Gevattern. Er brauche nur einen Delegado oder einen Kommissar zu beauftragen, das Polizeidetachement ins Polizeipräsidium zurückzubringen. Seit mehr als vierundzwanzig Stunden belagerten sie den Hügel; lebten von belegten Broten und lauwarmem Wasser, alles Anordnungen jenes Vollidioten Albuquerque, die Männer meuterten schon halbwegs.

Meuterei war nicht der richtige Ausdruck, sie meuterten nicht, waren nur angeödet, aufgebracht, unterernährt, übernächtig, bedeckt von Mückenstichen, denn das Brackwasser wimmelte von Moskitos. Sie waren die einzigen, die nichts wußten von dem Freudenfest, von der Massenkundgebung. Stattdessen saßen sie dort fest und hielten den Scheißhügel umzingelt. Wäre wenigstens einer von den armseligen Kerlen herabgestiegen, damit man ihn hätte einlochen und piesacken können. Am Abend vorher hatte man drei festgenommen, die saßen nun in der Grünen Minna, litten, halb ohnmächtig vor Hitze, Hunger und Durst. Chico Großmaul tigerte wutschnaubend von einem Ende zum anderen. Miguel Zigarre hatte nur den einen Wunsch: Korporal Martim zu fassen zu kriegen, um ihm eine Abreibung zu erteilen.

In diesem Augenblick kam die Menge auf dem Hügelkamm in Sicht. Chico Großmaul sah, wie sie, bewaffnet mit Stecken und Steinen, sich zum Abstieg anschickte. Vorneweg, einen Kampfstab in der Faust, Jesuíno Tollhahn. In Wirklichkeit waren es nur Hügelbewohner, die dem Lastwagen entgegengehen wollten, der sie von der Landstraße aus zum Stadtplatz befördern sollte. Jesuíno trug ein zwischen zwei zerbrechlichen Latten gespanntes Band.

Der Herr des Strandes war ein beträchtliches Stück vor dem

Hügel aus dem Taxi gesprungen, hatte das Watt durchquert, war auf Schleichwegen hinaufgeeilt und hatte Jacós und Lícios Botschaft überbracht. Jesuíno versammelte die Hügelbewohner, sie waren mehr oder minder gerüstet, ergriffen ihre Spruchbänder und Schilder und folgten Tollhahn, der seinen absonderlichen Kommandohelm zur Schau stellte.

Drunten deutete Miguel, einen Schritt zurückweichend, nach oben:

»Die wollen auf uns los...«

Chico Großmaul packte seinen Revolver und brüllte seinen Männern Albuquerques Befehle zu. Er lächelte. Jetzt war die Stunde gekommen, um sich für die vorige Schlappe und die Mückennacht zu rächen, für das Warten in glutheißer Sonne, für den Schlangenfraß, für die lauwarme Brühe, die man als Wasser geschluckt hatte. Mit einem Mal fühlte er sich für all das entschädigt.

Die Hügelbewohner verschwanden hinter der Wegbiegung. Gleich würden sie wieder auftauchen. Chico Großmaul lachte befriedigt. Miguel Zigarre bezog Stellung, er nahm sich vor, den Hundesohn mit Namen Martim zu schnappen. Jesuíno Tollhahns Umriß wurde vor dem roten Abendhimmel sichtbar. »Feuer!« kommandierte Chico Großmaul, und der Feuerstoß einer Maschinenpistole fegte durchs Gestrüpp, riß Erde hoch und zerfetzte Jesuínos Brust. Er stand auf einem Felsen, schwankte, griff nach seinem Helm, brach wie ein Taschenmesser zusammen, rollte hügelab und landete im Brackwasser; Schlamm deckte ihn zu. Die anderen wichen gegen die Hügelkuppe zurück. Das Plakat, das Jesuíno getragen hatte, blieb kurz unter dem Felsrücken stecken; darauf stand geschrieben:

»Gegrüßt seien die Freunde des Volkes.«

Kurz darauf, fast gleichzeitig, kamen ein Auto mit dem Delegierten Angelo Cuiabá und ein Lastwagen an, um die Hügelleute in die Stadt zu bringen. Der Delegado brachte den Befehl, die Belagerung einzustellen und die Gefangenen freizulassen, sofern solche vorhanden waren; die Polizeimannschaft und die Überfallwagen sollten ins Präsidium zurückfahren. Wer an der Kundgebung teilnehmen wolle, könne es tun.

Er wollte wissen, ob alles gut verlaufen sei. Chico Großmaul berichtete, alles war gut verlaufen, drei Kerle, die versuchten, den Hügelring zu durchbrechen, seien festgenommen worden. Außerdem sei von den Hügelbewohnern vor wenigen Minuten ein gewaltsamer Ausbruch versucht worden. Er habe als Abschreckung eine Feuergarbe befohlen, die Kerle hätten sich daraufhin zurückgezogen.

»Hat es Verwundete gegeben ...? Oder Tote?«

»Keinen ...«

Die Polizei rückte ab. Einige wenige Bewohner, an der Spitze Dona Filó und ihre Kinder, nahmen Spruchbänder und Schilder wieder auf. Nicht alle: Die beiden ältesten waren nicht dabei. Miro war auf der Wattseite abgestiegen.

Auf dem Stadtplatz war die Kundgebung in vollem Gange. Die Ansprache des Führers der Regierungspartei löste eine Sensation aus, da sie ein höchst wirksames Bild spiegelte: Seine Exzellenz, der Gouverneur, war die Prinzessin Isabel der neuen Zeit, welche die sozialen Sklaven befreite. Airton Melo und Ramos da Cunha ließen sich auch nicht lumpen. Und der Gouverneur, der auf dem Balkon des Palastes unter dem Beifall der vor ihm versammelten Menge das Gesetz zur Enteignung des Baugrunds Katzentöter unterschrieb, konnte Tränen der Ergriffenheit nicht unterdrücken. Mit diesen Tränen, die ihm aus den Augen traten, begann er seine denkwürdige Rede. Am Fenster nebenan stand der Industrielle Otávio Lima; auf seiner wohlriechenden aromatischen Zigarre kauend, lächelte er befriedigt über die Begeisterung der Menge, die zum großen Teil aus Bekannten bestand: aus Untergebenen und Angestellten seiner Organisation, die von neuem freie Bicheiros waren. Es waren tadellose Leute, keiner von ihnen war ferngeblieben.

Das Ganze war ein unbeschreiblich ergreifendes Schauspiel, das eines Camões bedurft hätte, um unsterblich besungen zu werden: der Abraço, mit dem der Herr Gouverneur Dona Filó empfing, als sie, ganz bespickt mit Kindern, die höchste Stufe des Balkons erreichte und er, der Chef des Staates, der Vater des Volkes, sie in seine Arme schloß.

Das Fest dauerte bis in die Nacht hinein, Otávio Lima ließ Bier und Schnaps auffahren, auf der an Ort und Stelle errichteten Tribüne wurde getanzt.

Es war eine mondlose, wolkenüberlagerte Nacht, fast ohne einen Stern, die Luft war schwer von Föhn und sprach von kommendem Gewitter. Draußen, in dem fauligen Brackwasser, suchten die Herren des Strandes mit ihren langen Bohnenstangen die Leiche Jesuíno Tollhahns. Windsbraut und Curió waren dabei, Ipicilone und Nelke-im-Knopfloch, dazu einige andere. Nutzlos durchstreiften sie die Nacht. Die Ölfunzeln warfen einen rötlichen Schein auf die Fäulnis des Watts. Jesuíno war im Schlamm versunken, es war unmöglich, ihn zu finden. Sie fanden nur seine wunderliche Kopfbedeckung, halb Tropenhelm, halb Pickelhaube, halb Dreispitz. Doch Tollhahn mit seinem wilden graumelierten Haarschopf hatte darunter nie wie ein Soldat, sondern eher wie ein Dichter ausgesehen.

Mit der Kundgebung, die sich bei Tanz und Trunk als lustiges Fest in die Nacht hineinzog, endete die Geschichte von der Besetzung des Hügels Katzentöter. Sie fand ein glückliches Ende, oder, wie ein junger Mann unserer Tage sagen würde, ein »happy end«. Alle gingen zufrieden daraus hervor, ein jeder trug den wohlverdienten Lohn mit nach Hause. Dem Gouverneur war das Geschenk einer spontanen, aufrichtigen Kundgebung (geht und fragt Otávio Lima!) zuteil geworden, bei der er die Wärme und Liebeskraft des Volkes gespürt hatte. Gar nicht zu reden von der damit errungenen politischen Unterstützung und der Tatsache, daß die Opposition ihm nunmehr aus der Hand fraß und sich am Gängel-

band führen ließ. Ramos da Cunha wurde zum Staatsminister der Landwirtschaft, Airton Melo zu dem der Finanzen ernannt. Die Regierung ging gestärkt aus der Fehde hervor, die Folge war ein politischer Waffenstillstand.
Herr Komtur Perez verkaufte seinen Grund und Boden zu Goldpreisen. Seinen Enkelkindern, dem jungen Mädchen und dem jungen Mann, beide glühende Revolutionäre und Mordstheoretiker, schenkte er ein neues Auto. Von Lício Santos wissen wir bereits, daß er da, wo es etwas zu ergattern gab, stets eine Kleinigkeit in die eigene Tasche wandern ließ. Da er heute ein populärer Mann ist, steht seine Wahl als Landtagsabgeordneter ziemlich fest, desgleichen die Wahl Dante Veronezis zum Stadtverordneten. Er ist Kandidat der Invasionen, denn die Invasionen gingen weiter und mehrten sich, obgleich Jesuíno Tollhahn nicht mehr da ist, um sie anzuführen. In jedem der besetzten Gebiete besitzt Dante Veronezi Häuserreihen. Jacó Galub, der Held vom Hügel Katzentöter, wurde zum Schriftführer des Parlaments ernannt und, wie bereits bekanntgegeben, für seine Reportagen über die Invasion mit dem Journalistenpreis ausgezeichnet. Was die Hügelleute betrifft, so blieben sie auf dem Hügel. Sie wohnten weiterhin in ihren Baracken und lebten hartnäckig ihr Leben. Dona Filó widmet sich der Politik als Wahlkandidatin Dantes. Wäre sie nicht Analphabetin, sie könnte eines Tages noch ins Abgeordnetenhaus einziehen.
Und Herr Dr. Albuquerque? Sollte der Meister des Rechts, der unbestechliche Bakkalaureus der einzige sein, der bei der Affäre Haare gelassen hat? Wir können den Leser beruhigen: Er hat keine Haare gelassen, sondern gleichfalls seinen Lohn geerntet. Da trotz zahlreicher Anwärter ein Posten beim Rechnungshof des Staates frei wurde, besann der Gouverneur sich auf seinen früheren Polizeichef und ernannte ihn für die betreffende Stellung. Selbst wenn er in der Geschichte der Hügelbesetzung unter so vielen Freunden des Volkes als Bandit, als der böse Mann schlechthin abschneidet, wäre es

dennoch ungerecht, ihn bei der Preisverteilung zu übergehen. Auf seinem hohen Posten eines Rats am Rechnungshof wartet er darauf, eines Tages wieder in die Regierung berufen zu werden. Als Kandidat der Konservativen auf den Posten des Regierungschefs, als einfacher Staatssekretär oder wiederum als Chef der Polizei. Das wäre ihm vielleicht das liebste; die Geschichte mit dem Bicho-Spiel sitzt ihm noch immer in den Knochen. Es heißt, der Gouverneur (mitsamt seiner ganzen Familie) berste von Geld, von dem Trinkgeld des Bichospiels. Himmelhunde, denkt der Herr Doktor Albuquerque, der noch immer einen steifen Kragen trägt.

Wer noch? Jesuínos Leiche wurde nie gefunden. Manche zweifelten sogar an seinem Tod, meinten, er habe sich davongemacht und einen anderen Namen angenommen, wie es Korporal Martim tat, als er Feldwebel Porciúncula wurde. Derartige Gerüchte kreisten einige Monate lang, als bei einem großen Fest im Candomblé Angola-Dorf, wo der Heiligenvater Jeremoabo den Caboclo Hochflut empfängt und Segen und Gesundheit austeilt, ein neuer, bisher unbekannter Caboclo in das Mädchen Antonia von der Annunziation, eine Iawô ohne bestimmten Heiligen, ein Stück Weib, das ihresgleichen sucht, niederfuhr.

Zum ersten Mal stieg er auf einem Terreiro nieder und erklärte, er heiße Caboclo Tollhahn. Sein Tanz war aufsehenerregend, er schuf neue Schritte, kannte keine Müdigkeit und tanzte, Lieder um Lieder fordernd, die ganze Nacht hindurch. Er heilte Krankheiten, alle Krankheiten; er löste Probleme, alle Probleme und war unfehlbar in Dingen der Liebe. Er liebte einen guten Schluck und bediente sich einer gefälligen Redeweise.

Das konnte niemand anderes sein als Jesuíno, denn man hatte nie gehört, daß der Caboclo Tollhahn in eine alte Heiligentochter, in ein abgetakeltes Wrack, in ein hageres Pferd gefahren wäre. Er fuhr nur in die schönsten Töchter und machte sich nichts daraus, wenn sie anderen Caboclos angehörten; ihm waren sie recht, solange sie hübsch waren, und in ihnen fegte er tanzend durch die Nacht. Jesuíno Tollhahn, jetzt ein Verzauberter, Orixá des Caboclo-Candomblé, ein kleiner Gott des Volkes von Bahia.

Worterklärungen des Übersetzers

Abalá:	Brei aus Bohnen, Pfeffersauce, Krabben, Dendé-Öl
Abará:	Püree, ähnlich wie oben, afro-bahianisch
Acará:	wie oben, Speise der Jeje-Nagô-Riten. Aus der Ioruba-Sprache: Kuchen, Brot
Acarajé:	wie oben, Grundstoff: zerstampfte Bohnen. Zutaten wechseln
Acauã:	Vielgerühmter Vogel, der Schlangen vertreiben und Botschaften bringen soll
Adjá:	Metallglocke, mit der zum Heiligenmahl geläutet wird
Adubajé:	Begrüßungsgeste der Heiligensöhne und -töchter, bei der mit der Stirn der Fußboden berührt wird
Afoxé:	Auch Rancho genannt, Tanzgruppe der Neger beim Karneval. Bunter Schmuck, farbige Gewänder. Gesang in afrikanischen Sprachen, meist in Nagô
Afonjá:	Nagô-Name von Xangô, dem Orixá von Blitz und Donner
Agoxum:	Hilfspriester beim Candomblé
Aidjé:	Schwirrholz, Stierbrüller, bemalt. In der Luft gewirbelt erzeugt es starkes Summen. Wird bei Bestattungskulten gebraucht
Alourixá:	Mãe-de-Santo oder Heiligenmutter, Mãe-de-Terreiro oder Kultort-Mutter. Leiterin eines Candomblé. Priesterin des Jeje-Nagô-Kultes. Weiht, lenkt, leitet Candomblé oder Kultstätte. Siebenjährige Kultausbildung
Aluá:	Gegorenes Getränk aus Mais, Ananas, gekochtem Reis, mit Wasser und Zucker
Angola:	Name eines Kultplatzes
Aratu:	Kleiner Krebs
Atabaque:	Pauke, ausgehöhlter Holzblock, überzogen mit Tierhaut. Trommelrhythmus,

	Grundlage der Negermusik, erzeugt Verbindung mit Gottheiten. Afrikanisches Dröhnen
Axê:	Terreiro, Candomblé – Synonyma für Kultstätte, -ort, -raum
Ayabá:	Filha-de-Santo oder Heiligentochter, deren Heiliger weiblich ist, also eine Tochter von Oxun, von Yemanjá, von Yansã usw.
Babalorixá:	Pai-de-Santo oder Heiligenvater, Priester, Wächter, irdischer Führer, geistlicher Führer, Verwalter eines Kultplatzes (Candomblé, Roça, Axê, Terreiro usw.). Kein Seher
Babalaô:	Priester des Jeje-Nagô-Kultes, Heiligenvater, Seher
Balangandã:	Lautmalende Bezeichnung für Armband oder Gürtel, behangen mit verschiedenen Arten des Talisman, vorwiegend aus Silber
Balzaquiana:	Nach Balzacs *Frau von dreißig Jahren*
Batuque:	Stepptanz mit Händeschlag zu Trommelbegleitung, afrikanisch, Solotänzer vom Kreis beklatscht
Berimbau:	Mundinstrument aus Eisen, auch Maultrommel, Brummeisen, Judenharfe genannt. Ergibt summenden eintönigen Laut. Erstmalig Nyassaland, Kongo
Bicho, Bicheiro:	Berühmtes illegales Zahlenlotto. Lottoverkäufer, Bankier
Bonfim:	Kirche vom Guten Herrn von Bonfim: Beliebteste und berühmteste Kirche der Neger in Bahia. Traditionelles Volksfest im Januar
Bori:	Jährliche Pflichtzeremonie für jeden Eingeweihten des Axê. Opferung von Tieren für den persönlichen Orixá. Die

	Feier beginnt gegen 19 oder 20 Uhr; der Teilnehmer übernachtet im Altarraum, um sie am nächsten Morgen zu beenden
Buzio:	Muscheln als Schüttel- und Blasinstrument zur Schicksalsbefragung, zur Herbeirufung des Windes, als Beschwörung, als Schutz und Abwehr
Caboclo:	1. der zivilisierte Indio. 2. Abkömmling der Mestizen aus Indio und Weißem. 3. Analphabet des Innern, »Kleinbauer«, besonders wenn seine Haut bronzefarben ist. 4. Name der Eingeborenen-Gottheit bei Caboclo-Candomblé, bei Macumba oder Catimbô
Cabrocha:	Dunkle Mestizin
Cafuné:	Kopfkraulen, bei dem Daumen und kleiner Finger ein Geräusch verursachen, als ob sie Läuse zerdrückten. Beruhigungsmassage. Auch Läusesuchen
Candomblé:	Terreiro oder Kultstätte. Aber auch religiöses Fest der Bahianer Neger. Gegenstück zu Macumba von Rio de Janeiro
Capoeira:	Sport der farbigen männlichen Bevölkerung, von den Bantunegern aus Angola herübergebracht, aber auch für blitzschnelle Abwehr und Verteidigung gedacht
Congada, Congo:	Allegorische Einakter afrikanischen Inhalts. (Z. B. zur Erinnerung an die Königin Njinga Mbandi in Angola, gestorben 1663.) Gleichzeitig dramatische Balletts mit Gesangs- und Dialogeinlagen
Conto de Réis:	Tausend Mil-Réis

Cuíca:	Kleines Trommelfäßchen, als Geräuschinstrument sehr wichtig bei Candomblé- und Karnevalsfesten der Bahianer Neger. Kam mit den Bantusklaven aus Angola nach Brasilien
Ebó:	Zauber, Zauberspuk, Zauberspruch, Gegenzauber als Abwehr gegen erlittene Verzauberung
Efum:	Bemalungszeremonie. Der Kopf des Anwärters auf den Posten des Heiligensohns wird rasiert und mit den Farben seines Orixá bemalt
Egun:	Seelen der Toten, Gespenster, Revenants
Ekedí:	Freiwillige Helferinnen der Heiligentöchter
Exu:	Ambivalente Gottheit, als Widersacher angebetet und gefürchtet. »Der Mann der Kreuzwege«. Muß rasch »abgefertigt« werden. Störenfried in Gestalt eines Straßenjungen
Heiligenhaus:	Kultstätte, in der die Heiligenmutter amtiert
Heiligenmutter:	Mãe-de-Santo, wörtlich aus der Jeje-Sprache übernommen: Vodu-no: Priesterin des Jeje-Nagô-Kultes, welche die Heilserziehung der Heiligentöchter oder des Heiligenpferdes (das die Gottheit unsichtbar reitet) leitet und die bei den Festzeremonien mit uneingeschränkter Autorität präsidiert
Den Heiligen machen:	Geweiht werden
Den Heiligen empfangen:	In Ekstase fallen
Heiligensohn:	Eingeweihter der Kultstätte
Heiligenvater:	Volkstümlicher Name für Babalorixá
Heiligentochter:	Eingeweihte der Kultstätte. Auch Prie-

	sterin, nach abgelegter Ausbildung und Prüfung in Ritus, Tanz, Gesang, Bereitung von Schmuck und Speisen für den Heiligen. Sie muß als Pferd dienen, als Körper, Instrument, als Medium für den Orixá, der sich in ihr verkörpern und manifestieren will
Herren des Strandes:	Auch Kapitäne des Strandes. Straßenjungen
Iawô:	Heiligentochter in Ausbildung. Neu geweiht oder in Einweihung befindlich
Iyalorixá:	Höchste Priesterin des Candomblé
Kammer:	Raum oder Zimmer im Heiligenhaus, in dem die Fetische des Orixá und all sein Eigentum aufbewahrt werden, in dem auch seine Speise aufgestellt wird. Heiligtum
Nagô:	Name der Ioruba-Sprache. Auch jeder Neger der Sklavenküste, der Ioruba sprach oder verstand. Nagô ist im ganzen Kultwesen Brasiliens gegenwärtig
Obá:	Obá de Xangô. Hoher Titel bei den Candomblés von Bahia. Bedeutet Oberhaupt, Minister. Obás gibt es nur im Candomblé Axê Ôpo Afonjá, einem Candomblé von Xangô. Die Obás – höher und bedeutender als die Ogáns – entscheiden alle Angelegenheiten mit der Heiligenmutter, die ihre Stimme hört. Lebenslängliches Amt. Mit den 24 Stellvertretern gibt es somit 36 Obás, sechs der Linken und sechs der Rechten. Jorge Amado ist einer der zwölf effektiven Obás, ein Obá der

	Rechten, sein Titel ist: Otun Obá Arolú
Obí:	Kola-Nuß, unerläßlich beim Jeje-Nagô-Kult
Ogán, Oqã:	Helfer und Beschützer des Candomblé. Rechte und Verpflichtungen sind beschränkt
Ogun:	Orixá von Eisen, Krieg, Kampf. Nagô-Gottheit, angesehene Gottheit im Candomblé Bahias. Sein Tag: Donnerstag
Oia:	Ojuaruá oder Yansã. Göttin des Flusses Oiá oder Niger, Frau und Schwester Xangôs
Ojá:	Candomblé-Fetisch, perlen- und muschelgeschmücktes Band
Omolú:	Böswilliger Orixá (heute mit dem Heiligen Lazarus gleichgesetzt), Orixá der Blattern, dämonisch, schädlich, mit phallischen Attributen. Opfertiere: Hahn, Ziegenbock
Opanijé:	Candomblé-Tanz
Ôpo Afonjá:	Axê oder Kultstätte von Xangô
Orixá:	Gottheit der Iorubana-Religion. Mittler zwischen Gläubigen und höchster Gottheit. Versinnbildlicht Naturkräfte. Bedient sich der *Pferde*, ihrer Medien
Orobó:	Olobé: Bittere Kola zum Kauen, charakteristisches Element bei jeder Jeje-Nagô-Zeremonie von Bahia
Ossane:	Ioruba-Gottheit der Kräuter und Blätter. Auch Caipora oder Teufel der Ureinwohner, einbeinig, ein Spottvogel
Ossé:	Wöchentliche Zeremonie im Candomblé Jeje-Nagô. Heiligentochter bringt Votiv-Speisen dar. »Ossé machen«
Oxalá:	Gottheit des Himmels und der Schöpfung, brasilianischer Name von Obatalá. Auch Orixalá. Zweigeschlecht-

licher Charakter. Der größte Orixá mit der längsten religiösen Überlieferung afrikanischer Gegenwart. Wird mit dem Herrn Jesus von Bonfim auf dem Hügel von Itapagipe in Bahias Vorstadt gleichgesetzt

Oxolufã, Oxuguian: Oxalá, der größte der Orixás, eine Zweiheit. Geteilt in Oxoguian, den jungen Oxalá, und Oxolufã, den alten Oxalá, der einen Stab benutzt, wenn er herabsteigt

Oxossí: Orixá der Jagd, dargestellt durch den Fetisch von Pfeil und Bogen. Gleichgestellt mit dem Heiligen Georg

Oxum: Orixá der Flüsse, Quellen, Göttin des Flusses Oxum (Afrika), Ägide des Süßwassers, wie Jemanjá die des Salzwassers ist

Oxumaré: Orixá des Regenbogens. Iorubano-Heiliger, trägt Wasser von der Erde zum heißen Wolkenpalast ins Reich Xangôs

Padê: Der Candomblé beginnt mit einem Speiseopfer für Exu, damit er das Fest nicht störe: Padê. Damit wird Exu »abgefertigt«

Pataca: Silbermünze aus der Kolonialzeit, die während der Republik noch lange im Umlauf war, noch heute im Sprachgebrauch

Peji: Altar, Altarraum, Allerheiligstes, Kapelle. Orixário oder Wohnort der Orixás. Brasilianische Wortschöpfung der Afroneger

Quilombo: Versteck entflohener Neger. Noch heute erinnern die in Alagoas aufgeführten Autos an die Ende des 17.

Jahrhunderts durchgefochtenen Kämpfe gegen die berühmten Schanzfesten flüchtiger Negersklaven

Roça: Ursprünglich: Pflanzfeld. Dann auch: Besitz, Eigentum, Eigentumsrecht. Schließlich gleichbedeutend mit Terreiro, Axê: Kultstätte im weitesten Sinn

Terreiro: Kultplatz, Kultstätte, der ganze Komplex von Häusern, Baracken, Tempelchen, Kapellen

tou-fraco: Synonym von Padê

Xangô: Gott des Donners der Iorubas

Xin-Xin: Xin-Xin-Huhn, traditioneller Leckerbissen der afro-brasilianischen Küche

Xique-Xique: Stachelkaktus

Yansã: Gleichbedeutend mit Oiá: Göttin des Flusses Oiá oder Niger. Frau und Schwester Xangôs

SERIE PIPER

Jorge Amado

Die Abenteuer des Kapitäns Vasco Moscoso

Roman. Aus dem brasilianischen Portugiesisch von Curt Meyer-Clason. 348 Seiten. SP 1187

Die Auswanderer vom São Francisco

Roman. Aus dem brasilianischen Portugiesisch von Andreas Klotsch. 330 Seiten. SP 1910

Dona Flor und ihre zwei Ehemänner

Eine Geschichte von Moral und Liebe. Roman. Aus dem brasilianischen Portugiesisch von Curt Meyer-Clason. 478 Seiten. SP 666

Jorge Amado erzählt ironisch und voller Phantasie, wie Dona Flor in einer erotischen Ménage à trois die Gesellschaft an der Nase herumführt – und glücklich dabei ist.

Die Geheimnisse des Mulatten Pedro

Roman. Aus dem brasilianischen Portugiesisch von Kristina Hering. 377 Seiten. SP 1504

Jubiabá

Roman. Aus dem brasilianischen Portugiesisch von Andreas Klotsch. 355 Seiten. SP 687

Leute aus Bahia

Zwei Romane. Aus dem brasilianischen Portugiesisch von Johannes Klare. 271 Seiten. SP 1596

Nächte in Bahia

Roman. Aus dem brasilianischen Portugiesisch von Curt Meyer-Clason. 443 Seiten. SP 411

»Ich habe Bahia durch Jorge Amado kennengelernt, aber auch Brasilien kenne ich durch ihn.«

Pablo Neruda

Tieta aus Agreste

Roman. Aus dem brasilianischen Portugiesisch von Ludwig Graf Schönfeldt. 581 Seiten. SP 926

Tote See

Roman. Aus dem brasilianischen Portugiesisch von Erhard Engler. 371 Seiten. SP 697

Das Verschwinden der heiligen Barbara

Roman. Aus dem brasilianischen Portugiesisch von Kristina Hering. 469 Seiten. SP 1568

Viva Teresa

Roman. Aus dem brasilianischen Portugiesisch von Ludwig Graf von Schönfeld. 452 Seiten. SP 2098

»Wahrscheinlich muß man in Lateinamerika leben, um so ungebrochene Lebensfreude, so hemmungslose Lust am Fabulieren zu produzieren, wie Jorge Amado.«

Mannheimer Morgen

SERIE PIPER

Jesús Díaz

Die Initialen der Erde

Roman. Aus dem kubanischen Spanisch von Wilfried Böhringer. 514 Seiten. SP 1693

Jesús Díaz zählt zu den bedeutendsten Vertretern der kubanischen Gegenwartsliteratur. In diesem Roman gelingt es ihm meisterhaft, die Spannung eines Landes zwischen Voodookult und sozialistischer Fortschrittsideologie in den inneren Widersprüchen seines Romanhelden Carlos zu spiegeln. Das Schicksal dieses leidenschaftlichen, mitreißenden Helden und gleichzeitig Antihelden, sein Leben, das in Höhen und Tiefen seinesgleichen sucht, ist beispielhaft in einer Welt, die sich so rasant verändert wie unsere.

»Über ›Die Initialen der Erde‹, von Wilfried Böhringer kongenial ins Deutsche übertragen – läßt sich eigentlich nichts sagen, das dem Erlebnis, ja dem Glück nahekäme, das es ist, dieses Buch zu lesen, diese Geschichte, die im doppelten Sinn des Wortes ergreift. Seine Substanz ist so wenig beschreibbar wie seine Sprache; wie die (afrokubanische) Musik, deren erotische und spirituelle Klangfarben, deren verschiedenste Tempi und Rhythmen Jesús Díaz rein, unverfälscht in seine Prosa transportiert.«
Deutsches Allgemeines Sonntagsblatt

»›Die Initialen der Erde‹ ist ein Feuerwerk von Leidenschaften, ein Trommelfeuer an Blasphemien, eine rasende Abfolge gröbster Zärtlichkeiten.«
Die Zeit

Die verlorenen Worte

Roman. Aus dem kubanischen Spanisch von Wilfried Böhringer. 400 Seiten. SP 2620

Drei junge Literaturliebhaber im Havanna der sechziger Jahre sehnen sich nach einem besseren Leben und der großen Kunst, scheitern jedoch an der Zensur. Ihre Texte sind »verlorene Worte«. Ein opulenter, vor Witz funkelnder Kuba-Roman von einem der bedeutendsten kubanischen Gegenwartsautoren.

Syl Cheney-Coker

Der Nubier

Roman. Aus dem Englischen von Thomas Brückner. 588 Seiten. SP 2641

Der Seher Sulaiman, der »Nubier« genannt, geht als mythische Gestalt, die alles Wissen Afrikas in sich birgt, durch die Zeiten und Länder. Er kann das Schicksal seines Volkes in seinem Zauberspiegel voraussehen: die Rückkehr der freigelassenen Sklaven aus Amerika, die Unterdrückung durch die englischen Kolonialherren, den Kampf um die Selbständigkeit und den ruinösen Verfall unter den korrupten schwarzen Machthabern. Die bilderreichen, verschlungenen Geschichten um zwei Familien spiegeln diese Entwicklung in ihren eigenwilligen, lebensprallen Figuren – in den freiheitsliebenden Männern, den schönen Frauen und auch in jenen, denen das Streben nach Wahrheit und Erkenntnis alles ist. Der Dichter Syl Cheney-Coker gestaltet in diesem Roman eine phantastische Welt von Illusion und Glauben, Realität und Vision – ein Meisterwerk des magischen Realismus.

Gisèle Pineau

Die lange Irrfahrt der Geister

Roman aus Guadeloupe. Aus dem karibischen Französisch von Gunhild Niggestich. 191 Seiten. SP 2640

Eine frischgebackene Studentin reist, auf der Suche nach ihren Wurzeln und den Spuren ihrer Familie – nach Guadeloupe und trifft dort in einer Hütte auf Eliette, eine alte Frau, die ihr unversehens ihre Geschichte erzählt: Da ist Léonce, der Schwarze, in Liebe entbrannt zur schönen Myrtha und begabt mit übernatürlichen Fähigkeiten, da ist Célestina, die Tochter der beiden, die der Ich-Erzählerin wiederum die Geschichte von Sosthène, dem Großvater, erzählt, der einem eigenartigen Fluch unterliegt. Wie Aufnahmen in einem alten Familienalbum entwickelt sich ein Geflecht von Geschichten zwischen Hoffnungen und Träumen, Realität und Magie, Liebe und Tod, zwischen Geisterglauben und europäisch geprägter Vernunft. «

SERIE PIPER

Barbara Kingsolver

Siebengestirn

Roman. Aus dem Amerikanischen von Dorothee Asendorf. 448 Seiten. SP 2276

Bis vor kurzem hätten die junge, unkonventionelle Taylor Greer und ihre sechsjährige Adoptivtochter Turtle nicht glücklicher sein können. Zusammen mit dem Rockmusiker Jax, der sie beide von Herzen liebt, leben sie in einer Künstlerkolonie in Tucson, Arizona. Drei Jahre zuvor hatte eine Indianerin das verstörte, mißhandelte Kleinkind einfach in Taylors Auto »ausgesetzt«. Und Taylor, die sich sofort leidenschaftlich in ihre unverhoffte Mutterschaft hineinfand, legalisierte sie mit einer Adoption. Eines Tages machen Taylor und Turtle einen Ausflug zum Hoover-Staudamm. Sie retten dank Turtle einem Verunglückten das Leben, werden berühmt und kommen ins Fernsehen. Dort sieht sie Annawake Fourkiller, eine ehrgeizige indianische Anwältin, die sich das Durchsetzen der Rechte ihres Volkes zur Lebensaufgabe gemacht hat. Annawake erkennt, daß es sich bei Turtle um ein Cherokee-Kind handelt; und das sollte ihrer Meinung nach nicht bei Weißen, sondern bei seinem Stamm aufwachsen. Nachdem sie herausgefunden hat, daß bei Turtles Adoption Rechtsfehler vorlagen, verlangt sie die Rückgabe des kleinen Mädchens – bevor es ganz vom Einfluß der »weißen Kultur«, in der Herkunft und Familienzusammenhalt nicht mehr gelten, korrumpiert wird…

»Der Roman ›Siebengestirn‹ ist spannend geschrieben, rührt ans Herz und ist voller Humor.«
Schweizer Familie

Das Bohnenbaumglück

Roman. Aus dem Amerikanischen von Dorothee Asendorf. 281 Seiten. SP 2180

Die Pfauenschwestern

Roman. Aus dem Amerikanischen von Astrid Arz. 448 Seiten. SP 2648

»Ein herrliches, einfühlsames Buch voll politischer und persönlicher Fragestellungen, reich an Hoffnung und dem Zauber des alltäglichen Lebens.«
Alice Hoffmann.«